MINGUO TONGSU XIAOSHUO
DIANCANG WENKU

夜深沉

民国通俗小说典藏文库·张恨水卷

张恨水◎著

中国文史出版社

小说大家张恨水（代序）

张赣生

民国通俗小说家中最享盛名者就是张恨水。在抗日战争前后的二十多年间，他的名字真是家喻户晓、妇孺皆知，即使不识字、没读过他的作品的人，也大都知道有位张恨水，就像从来不看戏的人也知道有位梅兰芳一样。

张恨水（1895—1967），本名心远，安徽潜山人。他的祖、父两辈均为清代武官。其父光绪年间供职江西，张恨水便是诞生于江西广信。他七岁入塾读书，十一岁时随父由南昌赴新城，在船上发现了一本《残唐演义》，感到很有趣，由此开始读小说，同时又对《千家诗》十分喜爱，读得"莫名其妙的有味"。十三岁时在江西新淦，恰逢塾师赴省城考拔贡，临行给学生们出了十个论文题，张氏后来回忆起这件事时说："我用小铜炉焚好一炉香，就做起斗方小名士来。这个毒是《聊斋》和《红楼梦》给我的。《野叟曝言》也给了我一些影响。那时，我桌上就有一本残本《聊斋》，是套色木版精印的，批注很多。我在这批注上懂了许多典故，又懂了许多形容笔法。例如形容一个很健美的女子，我知道'荷粉露垂，杏花烟润'是绝好的笔法。我那书桌上，除了这部残本《聊斋》外，还有《唐诗别裁》《袁王纲鉴》《东莱博议》。上两部是我自选的，下两部是父亲要我看的。这几部书，看起来很简单，现在我仔细一想，简直就代表了我所取的文学路径。"

宣统年间，张恨水转入学堂，接受新式教育，并从上海出版的报纸上获得了一些新知识，开阔了眼界。随后又转入甲种农业学校，除了学习英文、数、理、化之外，他在假期又读了许多林琴南译的小说，懂得了不少描写手法，特别是西方小说的那种心理描写。民国元年，张氏的父亲患急症去世，家庭经济状况随之陷入困境，转年他在亲友资助下考入陈其美主持的蒙藏垦殖学校，到苏州就读。民国二年，讨袁失败，垦殖学校解散，张恨水又返回原籍。当时一般乡间人功利心重，对这样一个无所成就的青年很看不起，甚至当面嘲讽，这对他的自尊心是很大的刺激。因之，张氏在二十岁时又离家外出投奔亲友，先到南昌，不久又到汉口投奔一位搞文明戏的族兄，并开始为一个本家办的小报义务写些小稿，就在此时他取了"恨水"为笔名。过了几个月，经他的族兄介绍加入文明进化团。初始不会演戏，帮着写写说明书之类，后随剧团到各处巡回演出，日久自通，居然也能演小生，还演过《卖油郎独占花魁》的主角。剧团的工作不足以维持生活，脱离剧团后又经几度坎坷，经朋友介绍去芜湖担任《皖江报》总编辑。那年他二十四岁，正是雄心勃勃的年纪，一面自撰长篇《南国相思谱》在《皖江报》连载，一面又为上海的《民国日报》撰中篇章回小说《小说迷魂游地府记》，后为姚民哀收入《小说之霸王》。

　　1919 年，五四运动吸引了张恨水。他按捺不住"野马尘埃的心"，终于辞去《皖江报》的职务，变卖了行李，又借了十元钱，动身赴京。初到北京，帮一位驻京记者处理新闻稿，赚些钱维持生活，后又到《益世报》当助理编辑。待到 1923 年，局面渐渐打开，除担任"世界通讯社"总编辑外，还为上海的《申报》和《新闻报》写北京通讯。1924 年，张氏应成舍我之邀加入《世界晚报》，并撰写长篇连载小说《春明外史》。这部小说博得了读者的欢迎，张氏也由此成名。1926 年，张氏又发表了他的另一部更重要的作品《金粉世家》，从而进一步扩大了他的影响。但真正把张氏声望推至高峰的是《啼笑因缘》。1929 年，上海的新闻记者团到北京访问，经钱芥尘介绍，张恨水得与严独鹤相识，严即约张撰写长篇小说。后来张氏回忆这件事的过程时说："友人钱芥尘先生，介绍我认识《新闻报》的严独鹤先生，他并在独鹤先生面前极力推许我的小说。那时，《上海画报》（三日刊）曾转载了我的《天上人间》，独鹤先生若对我有认识，也就是这篇小说而已。他倒是没有什么考虑，就约我写一篇，而且愿意带一部分稿子走。……在那几年间，上海洋场章回小说走着两条路子，一条是肉感的，一条是武侠而神怪的。《啼笑因缘》完全和这两种不同。又除了新文艺外，那些长篇运用的对话并不是纯粹白话。而《啼笑因缘》是以国语姿态出现的，这也不同。在这小说发表起初的几天，有人看了很觉眼生，也有人觉得描写过于琐碎，但并没有人主张不向下看。载过两回之后，所有读《新闻报》的人都感到了兴趣。独鹤先生特意写信告诉我，请我加油。不过报社方面根据一贯的作风，怕我这里面没有豪侠人物，会对读者减少吸引力，再三请我写两位侠客。我对于技击这类事本来也有祖传的家话（我祖父和父亲，都有极高的技击能力），但我自己不懂，而且也觉得是当时的一种滥调，我只是勉强地将关寿峰、关秀姑两人写了一些近乎传说的武侠行动……对于该书的批评，有的认为还是章回旧套，还是加以否定。有的认为章回小说到这里有些变了，还可以注意。大致地说，主张文艺革新的人，对此还认为不值一笑。温和一点的人，对该书只是就文论文，褒贬都有。至于爱好章回小说的人，自是予以同情的多。但不管怎么样，这书惹起了文坛上很大的注意，那却是事实。并有人说，如果《啼笑因缘》可以存在，那是被扬弃了的章回小说又要返魂。我真没有料到这书会引起这样大的反应……不过这些批评无论好坏，全给该书做了义务广告。《啼笑因缘》的销数，直到现在，还超过我其他作品的销数。除了国内、南洋各处私人盗印翻版的不算，我所能估计的，该书前后已超过二十版。第一版是一万部，第二版是一万五千部。以后各版有四五千部的，也有两三千部的。因为书销得这样多，所以人家说起张恨水，就联想到《啼笑因缘》。"

不论张氏本人怎样看，《啼笑因缘》是他最有影响的作品，这一点毫无疑问，可以随便举出几件事来证明。《啼笑因缘》发表后，被上海明星公司拍成六集影片，由当时最著名的电影明星胡蝶主演，同时还被改编为戏剧和曲艺，在各地广泛流传；再有《啼笑因缘》被许多人续写，迫使张氏不得不改变初衷，于1933年又续写了十回，张氏在《我的写作生涯》中说："在我结束该书的时候，主角虽都没有大团圆，也没有完全告诉戏已终场，但在文字上是看得出来的。我写着每个人都让读者有点儿有余不尽之意，这正是一个处理适当的办法，我绝没有续写下去的意思。可是上海方面，出版商人讲生意经，已经有好几种《啼笑因缘》的尾巴出现，尤其是一种《反啼笑因缘》，自始至终，将我那故事整个地翻案。执笔的又全是南方人，根本没过过黄河。写出的北平社会真是也让人又啼又笑。许多朋友看不下去，而原来出版的书社，见大批后半截买卖被别人抢了去，也分外眼红。无论如何，非让我写一篇续集不可。"这种由别人代庖的续作，出书者至少有四种：惜红馆主《续啼笑因缘》、青萍室主《啼笑因缘三集》、康尊容《新啼笑因缘》和徐哲身《反啼笑因缘》。虽然远不如《红楼梦》续作之多，但在民国通俗小说中已经是首屈一指了。张氏在《我的小说过程》一文中还说："我这次南来，上至党国名流，下至风尘少女，一见着面便问《啼笑因缘》。这不能不使我受宠若惊了。"

《啼笑因缘》使张氏名声大振，约他写稿的报刊和出版家蜂拥而至，有的小报甚至谣传张氏在十几分钟内收到几万元稿费，并用这笔钱在北平买下了一所王府，自备一部汽车。这自然不是事实，但张氏当时收到的稿酬也有六七千元，的确不能算少。这样，他就可以去搜集一些古旧木版小说，想要作一部《中国小说史》。就在此时，日寇侵华的"九一八事变"爆发，张氏的希望随之化为泡影。作为一位爱国的作家，在国难当头的状况下自不会沉默，张恨水在 1931 至 1937 的几年间，先后写了《热血之花》《弯弓集》《水浒别传》《东北四连长》《啼笑因缘续集》《风之夜》等涉及抗敌御侮内容的作品。

1934 年，张恨水到陕西和甘肃走了一遭，此行使他的思想发生了很大的变化。张氏在《我的写作生涯》中说："陕甘人的苦不是华南人所能想象，也不是华北、东北人所能想象。更切实一点地说，我所经过的那条路，可说大部分的同胞还不够人类起码的生活。……人总是有人性的，这一些事实，引着我的思想起了极大的变迁。文字是生活和思想的反映，所以在西北之行以后，我不违言我的思想完全变了，文字自然也变了。"此后，他写了《燕归来》，以描写西北人民生活的惨状。

抗日战争全面爆发后，张恨水取道汉口，转赴重庆，于 1938 年初抵达，即应邀在《新民报》任职。抗战八年间，他除去写了一些战争题材的小说外，还有两种较重要的作品，即《八十一梦》和《魍魉世界》（原名《牛马走》），均先于《新民报》连载，后出单行本。抗战胜利，张氏重返北平，担任《新民报》经理，此后几年他写了《五子登科》等十来部小说，但均未产生重大影响。1948 年底，张氏辞去《新民报》职务。1949

年夏，他患脑溢血，经过几年调治，病情好转，张氏便又到江南和西北去旅行。1959 年，张氏病情转重，至 1967 年初于北京去世，终年七十三岁。

张恨水一生写了九十多部小说，印成单行本的也在五十种左右。说到张氏作品的总特色，一般常感到不易把握，因为他总在不断地变。其实，这"变"就正是张恨水作品最鲜明的总特色。

张恨水是一个不甘心墨守成规的人，他好动不好静，敢于否定自己，这正是作为开创者必须具备的素质。读一读张氏的《我的写作生涯》，就会发现他总是在讲自己的变，那变的频繁、动因的多样，在民国通俗小说作家中实属仅见。……待到《金粉世家》《啼笑因缘》相继问世，张恨水的名声已如日中天，他在思想上的求新仍未稍解，他说："我又不能光写而不加油，因之，登床以后，我又必拥被看一两点钟书。看的书很拉杂，文艺的、哲学的、社会科学的，我都翻翻。还有几本长期订的杂志，也都看看。我所以不被时代抛得太远，就是这点儿加油的工作不错。"

追求入时，可说是张恨水的一贯作风，不仅小说的内容、思想随时而变，在文字风格上也不断应时变化。仅就内容、思想方面的变化而言，在民国通俗小说作家中也很常见，说不上是张氏独具的特色，但在文字风格上也不断变化，就不同于一般了。张氏在《我的写作生涯》中经常提到这方面的事例，譬如他曾提及回目格式的变化，他说："《春明外史》除了材料为人所注意而外，另有一件事为人所喜于讨论的，就是小说回目的构制。因为我自小就是个弄辞章的人，对中国许多旧小说回目的随便安顿向来就不同意。即到了我自己写小说，我一定要把它写得美善工整些。所以每回的回目都很经一番研究。我自己削足适履地定了好几个原则。一、两个回目，要能包括本回小说的最高潮。二、尽量地求其辞藻华丽。三、取的字句和典故一定要是浑成的，如以'夕阳无限好'，对'高处不胜寒'之类。四、每回的回目，字数一样多，求其一律。五、下联必定以平声落韵。这样，每个回目的写出，倒是能博得读者推敲的。可是我自己就太苦了……这完全是'包三寸金莲求好看'的念头，后来很不愿意向下做。不过创格在前，一时又收不回来。……在我放弃回目制以后，很多朋友反对，我解释我吃力不讨好的缘故，朋友也就笑而释之，谓不讨好云者，这种藻丽的回目，成为礼拜六派的口实。其实礼拜六派多是散体文言小说，堆砌的辞藻见于文内而不在回目内。礼拜六派也有作章回小说的，但他们的回目也很随便。"再譬如他在谈及《金粉世家》时说："以我的生活环境不同和我思想的变迁，加上笔路的修检，以后大概不会再写这样一部书。"诸如此类的变化不胜列举。

张氏的多变还体现在题材的多样化。他说："当年我写小说写得高兴的时候，哪一类的题材我都愿意试试。类似伶人反串的行为，我写过几篇侦探小说，在《世界日报》的旬刊上发表，我是一时兴到之作，现在是连题目都忘记了。其次是我写过两篇武侠小说，最先一篇叫《剑胆琴心》，在北平的《新晨报》上发表的，后来《南京晚报》转载，改名《世外群龙传》。最后上海《金刚钻小报》拿去出版，又叫《剑胆琴心》了。"第二篇叫《中原豪侠传》，是张氏自办《南京人报》时所作。此外，张氏还写过仿古的《水浒别传》和《水浒新传》，他说："《水浒别传》这书是我研究《水浒》后一时高兴之作，写的是打渔杀家那段故事。文字也学《水浒》口气。这原是试试的性质，终于这篇《水浒别传》有点儿成就，引着我在抗战期间写了一篇六七十万字的《水浒新传》。""《水浒新传》当时在上海很叫座。……书里写着水浒人物受了招安，跟随张叔夜和金人打仗。汴梁的陷落，他们一百零八人大多数是战死了。尤其是时迁这路小兄弟，我着力地去写。我的意思，是以愧士大夫阶级。汪精卫和日本人对此书都非常地不满，但说的是宋代故事，他们也无可奈何。这书里的官职地名，我都有相当的考据。文字我也极力模仿老《水浒》，以免看过《水浒》的人说是不像。"再有就是张氏还仿照《斩鬼传》写过一篇讽刺小说《新斩鬼传》。张恨水的一生都在不停地尝试，探寻着各色各样的内容及表达方式，他甚至也写过完全以实事为根据、类似报告文学的《虎贲万岁》，也写过全属虚幻的、抽象的或象征性的小说《秘密谷》，他的作风颇有些像那位既不愿重复前人也不愿重复自己的现代大画家毕加索。

张恨水写过一篇《我的小说过程》，的确，我们也只有称他的小说为"过程"才最名副其实。从一般意义上讲，任何人由始至终做的事都是一个过程，但有些始终一个模子印出来的过程是乏味的过程，而张氏的小说过程却是千变万化、丰富多彩的过程。有的评论者说张氏"鄙视自己的创作"，我认为这是误解了张氏的所为。张恨水对这一问题的态度，又和白羽、郑证因等人有所不同。张氏说："一面工作，一面也就是学习。世间什么事都是这样。"他对自己作品的批评，是为了写得越来越完善，而不是为了表示鄙视自己的创作道路。张氏对自己所从事的通俗小说创作是颇引以自豪的，并不认为自己低人一等。他说："众所周知，我一贯主张，写章回小说，向通俗路上走，绝不写人家看不懂的文字。"又说："中国的小说，还很难脱掉消闲的作用。对于此，作小说的人，如能有所领悟，他就利用这个机会，以尽他应尽的天职。"这段话不仅是对通俗小说而言，实际也是对新文艺作家们说的。读者看小说，本来就有一层消遣的意思，用一个更适当的说法，是或者要寻求审美愉悦，看通俗小说和看新文艺小说都一样。张氏的意思不是很明显吗？这便是他的态度！张氏是很清醒、很明智的，他一方面承认自己的作品有消闲作用，并不因此灰心，另一方面又不满足于仅供人消遣，而力求把消遣和更重大的社会使命统一起来，以尽其应尽的天职。他能以面对现实、实事求是的态度对待自己的工作，在局限中努力求施展，在必然中努力争自由，这正是他见识高人一筹之处，也正是最明智的选择。当然，我不是说除张氏之外别人都没有做到这一步，事实上民国最杰出的几位通俗小说名家大都能收到这样的效果，但他们往往不像张氏这样表现出鲜明的理论上的自觉。

张恨水在民国通俗小说史上是一位名副其实的大作家，他不仅留下了许多优秀的作品，他一生的探索也为后人留下了许多可贵的经验。

目　　录

1

2

3

自序一

　　平生作了许多长篇小说，我母亲所最爱的是《金粉世家》。远在未出版单行本以前，当初稿在北平《世界日报》发表的时候，家里的儿女们逐日地把小说念给她老人家听，有时她老人家点头微笑，有时也就立刻给予一个正确的批评。这原因由于她老人家曾在略近富贵的大家庭中生活一个时期，她知道这富贵大公馆里会产生一些什么事。可是我内人所爱好的，却是这部《夜深沉》。我们的结合，朋友们捏造了许多罗曼斯，以为媒介物是《金粉世家》或《啼笑因缘》，其实并不尽然。假使《夜深沉》远在我们未结婚以前出版，介绍人应该是它。

　　我为什么引出这两段话？我感到文字是生活的反映，那文字与某种人有关，某种人就会感到兴趣。内子是北平生长大的，她觉得《夜深沉》里的北平风味颇足，离开北平太久了，昼夜梦着那第二故乡，开卷就像眼见了北平的社会一样。她并且说：她看见过丁老太丁二和这种人物，给她家做针线的一位北平妞儿几乎就是田家大姑娘。因之内人把百新书店由香港带来的一部《夜深沉》前后看过七八遍，她说，她如是图书主管机关人物，她一定给我一张褒奖状。她太息七旬老母远隔在故乡，不然，她要给老人家推荐这部书，从头至尾念给老人家听。其实，她太主观了，也不尽对，我就感到这部书有很多漏洞。

　　这里我必须说这部书写出的经过。二十四五年间我在南京，开始和上海《新闻报》写这篇特约小说。我的意思，是要写社会一角落的黑暗，而同时也要写低层社会里有不少好人，这与我写的南京故事《丹凤街》意思相同，我向来喜欢在低层社会找出平凡英雄来。后来大战兴起，我辗转来川，这部书已写了一半就中断了。二十七年，上海重庆间照常通信，《新闻报》一再来信，要我写完这部书，我在情绪极不好的环境下，勉强把书写完了，我并没有得着一度整理的机会，上海方面就出了版，交百新书店发行。去年，百新和我商量在后方印行，我自无不可，曾把原书修改一番，无如百新是将纸型由上海带到后方来重印的，为了减少印刷费，并不重排，我的修整本却不能出面。因之有若干漏洞，如丁二和父亲的画像，其初却写成为祖父，田老大家里吃包饺子，变成吃炸酱面之类。虽与整个结构并无多大关系，然而漏洞究竟是漏洞，这是我应当承认的。

关于书的内容，我向来不肯为自己的东西做自我宣传。而鉴于上文所引，可见我并不是在小书桌上构成的幻想。这也是我一贯的手法，人物全在情理之中，而故事却是出在虚无缥缈间。最后，我所感到的一点儿缺憾，就是纵然把这部书寄到故乡，推荐给老母，我暂时看不到家人念给老人听，而老人给予我点头微笑之乐。

三十三年六月张恨水序于南温泉北望斋

自序二

　　《夜深沉》原是一个曲牌的名字。我因为这一部书的故事它的发芽以及开花结果都是发生在深夜，因此就借用了这个名字。

　　这里所写，就是军阀财阀以及有钱人的子弟，好事不干，就凭着几个钱，来玩弄女性。而另一方面，写些赶马车的、皮鞋匠以及说戏的，为着挽救一个卖唱女子，受尽了那些军阀财阀的气。因为如此，所有北京过去三十年的情形，凡笔尖所及，略微描绘了一些。

　　当然，我这书里所写的北京，已是历史上的陈迹了，并且在暴露社会面上，也感到写得不够深，而且很幼稚的。深望一些老北京告诉我一切。我打算这书再行重版时，根据读者们的意见，该补充的补充，该删掉的删掉。这就是我唯一的愿望。

　　不过这书不是一口气写成功的。先是我在南京，作了半部，送到上海《新闻报》发表，因为我从前著书都是一边刊载一边写作的。这也不但是我一个人如此，大凡当时作章回小说的人，都是如此。后来抗日战争开始，日寇越逼越近，我就随了逃难的人群迁到了重庆。这部《夜深沉》，作到了一半也就停顿了。

　　其后，《新闻报》同人写信到重庆，说他这个报因它受到租界的庇护，未被日本人攫取，希望我继续完成《夜深沉》的后半部。所以耽搁了半年我又重新写将起来。那个时候重庆向上海去信，由香港转是很麻烦的。这就是这部书的经过。现在此书经我自己看过，略微删改，又经重印。这就是此书写作的经过。

张恨水　一九五七年六月

第一回

陌巷有知音暗聆妙曲
长街援弱女急上奔车

夏天的夜里，是另一种世界，平常休息的人，到了这个时候全在院子里活动起来。这是北京西城一条胡同里一所大杂院，里面四合的房子围了一个大院子，所有七八家人家的男女，都到院子里乘凉来了。满天的星斗发着混沌的光，照着地上许多人影子，有坐的，有躺着的，其间还有几点小小的火星在暗地里亮着，那是有人在抽烟。抬头看看天上，银河是很明显地横拦着天空，偶然一颗流星飞动，拖了一条很长的白尾子射入了暗空，在流星消减了之后，暗空一切归于沉寂，只有微微的南风飞送着凉气到人身上。院子的东角，有人将小木棍子撑了一个小木头架子，架子上爬着倭瓜的粗藤同牵牛花的细藤，风穿了那瓜架子，吹得瓜叶子瑟瑟作响，在乘凉的环境里倒是添了许多情趣。

然而在这院子里乘凉的人他们是不了解这些的。他们有的是做鞋匠的，有的是推水车子的，有的是挑零星担子的，而最高职业，便是开马车行的。其实说他是开马车行的，倒不如说他是赶马车的更恰当一些。因为他在这大杂院的小跨院里，单赁了两间小房，做了一所马车出租的厂。他只有一辆旧的轿式马车，放在小跨院里；他也只有一匹马，系在一棵老枣子树下；靠短墙将破旧的木板子支起了一所马棚子，雨雪的天气，马就引到那木板子下面去。他是老板，可也是伙计，因为车和马全是他的产业，然而也要他自己赶出去做生意。

这位主人叫丁二和，是一位三十二岁的壮丁，成天四处做生意。到了晚上，全院子人都来乘凉，他也搬了一把旧的藤椅子，横在人中间躺着。他昂了头可以看见天上的星斗，觉得那道银河很是有点儿神秘。同时，院

1

邻皮鞋匠王傻子大谈着牛郎织女的故事，大家也听得很入神。

这时，在巷子转弯的所在有一阵胡琴鼓板声绕了院子处走着，乃是一把二胡一把胡琴，按了调子打着板，在深夜里拉着，那声音更是入耳。正到这门口，那胡琴变了，拉了一段《夜深沉》，那拍板也换了一面小鼓，嘚儿咚咚嘚儿咚咚地打着，大家立时把谈话声停了下去，静静地听着。等那个《夜深沉》的牌子完了，大家就齐齐地叫了一声好，王傻子还昂着头向墙外叫道："喂，再来一个。"

丁二和还是躺在藤椅上，将手上的芭蕉扇拍着椅子道："喂，喂，王大哥，人家做小生意卖唱的，怪可怜的，可别同人家闹着玩。"

这句话是刚说完，就听到有人在门口问道："这儿要唱曲儿吗？"那声音是非常的苍老。

丁二和笑道："好嘛，把人家可招了来了。"

王傻子道："来就来了。咱们凑钱，唱两支曲儿听听，也花不了什么。喂，怎么个算法？"

那人道："一毛钱一支，小调、京戏，全凭你点。要是唱整套的大鼓，有算双倍的，有算三倍的，不一样。"

说着，在星光下可就看到那人之后又有两个黑影子跟随了进来。王大傻子已是迎上前去，丁二和也就坐了起来。

看进来的三个人，一个是穿短衣的男子，一个是短衣的妇人，还有个穿长衣的，个儿很苗条，大概是一位小姑娘。

王大傻子和那人交涉了一阵，却听到那妇人道："我们这孩子，大戏唱得很好，你随便挑两出戏听听，准让你过瘾。"

二和远远地插嘴道："她唱什么的？都会唱些什么？"

妇人道："大嗓小嗓全能唱。《骂殿》《别姬》、新学会的《凤还巢》，这是青衣戏，胡子戏《珠帘寨》《探母》《打鼓骂曹》，全成。"

大傻子笑道："怪不得刚才你们拉胡琴拉《夜深沉》了，是《骂曹》的一段。我们这儿全是穷家主儿，可出不了多少钱，你要能凑付，一毛钱来两支成不成？"

那人道："啊，街上唱曲的也多啦，可没这价钱。我们今天也没生意，唱一会子该回去了。诸位要是愿意听的话，两毛钱唱三支，可是不能再加了。"

王傻子回转身来，问道："大家听不听？我出五分。"

二和笑道："我出一毛。"

大傻子拍着腿道："成啦！只差五分钱，院子里这么些个人，凑五分钱还凑不出来吗？"

乘凉的人这就同声地答应着："就是那么办吧。"

那一行三个人，慢拖拖地一溜斜地走进了院子里。大傻子立刻忙碌起来，一面搬了三条凳子让他们去坐，一面昂了头大声嚷道："吓！大家全来听曲儿，这儿就开台了！"

唱曲儿的男子道："劳驾，先给我们一点儿凉水喝。"

二和道："凉茶喝不喝呢？"

那人道："那就更好了。"

二和听说，立刻跑回家去，捧了一把壶三个茶杯子出来，自然一直迎到他们面前去。在黑暗中，是那位姑娘说了一声"劳驾"，两手把茶壶接了过去，连连道了两声"劳驾"。

在她叫"劳驾"的声中，二和像扎针扎了什么兴奋剂一样，心里倒是一动，等到自己要去仔细看这人时，她已经把壶抱着走了，站在黑暗的院子里，倒不免呆了一呆。

他们喝过茶之后，就问道："各位听什么？我这儿有个折子。"

王大傻子道："二哥在哪儿啦？我们全不认得字，这件事可托着你了。"

二和道："看折子吗？连人都看不清楚，你叫我看折子上的小字，那不是笑话？"

说着话，两人走到了一处，王傻子可就塞了一个硬邦邦的折子在他手上。二和道："不用瞧了，他们刚才报的那几出戏，我都爱听。"

王傻子道："唱曲儿的，听见没有？你就挑拿手的唱吧。"

这句吩咐过了，只见三个黑影子已坐到一处，同时胡琴鼓板全响起来，那调子正奏的是南梆子。过门拉完了，那小姑娘唱了一段"老大王在帐中和衣睡稳"的词句，正是《霸王别姬》。唱完以后，加上一段《夜深沉》的调子，这是虞姬舞剑那一段音乐。二和本来回到他原位躺在藤椅子上，听完了这段《夜深沉》，二和叫了一声好，人随了这声好就坐起来。

那男子停了胡琴，问道："先生，还唱什么？"

大傻子道："别骂人了，我们这儿哪来的先生？"

人丛中有人道："真好听，再来一个。"

大傻子道："好听尽管是好听，可也不能老唱这个。"

3

那女孩子道:"那我们唱一段《骂殿》吧。"

王傻子道:"她自己点了这出戏,那准拿手,就唱这个吧。这孩子一副好甜的嗓子,听了真够味。"

黑暗里刘姥姥坐在阶沿上,只把一柄芭蕉扇轰蚊子,拍了大腿直响,这就插嘴道:"王傻子,也不管自己有多大年纪,叫人家孩子。"

大傻子道:"我今年三十啦,这小姑娘也不过十三四罢了。"

那唱曲的妇人插话道:"我们这丫头十七,个儿小,瞧她不怎么大似的。"

二和道:"好吧,就是《骂殿》,你唱吧。"

于是胡琴响起来,那女孩子又唱了一大段《骂殿》。

他们共凑的两毛钱,只唱三段曲子,很快地就唱完了。大傻子在各人手上凑好了钱,递到唱曲儿的手上去,那妇人道:"各位还听不听?要不听,我们可得赶别家了。"

大家听了,倒沉寂了一会儿,没有作声。二和道:"我出一毛钱,你唱一段长一点儿的得了。"

那男子道:"也可以,我老两口子伺候你一段。"

二和暗地里笑了,还没有答言,大傻子道:"谁要听你老两口子的!花一毛大洋,干什么不好?我们就说说这小姑娘嗓子甜,送到耳朵里来,真有那么一些子……我也说不上,反正很有点儿意思吧。"

那妇人道:"可是她的戏,是我老两口子教的呢。"

二和笑道:"不谈这个了,一毛钱,你再让你们姑娘唱一段《霸王别姬》,末了还是来一段胡琴。"

唱曲的还没答复呢,远远地听到有苍老的妇人声音叫道:"二和可别唱了。今天下午花钱可不少,你又喝了酒,这会子听了一毛钱曲儿,也就够了。明天早上买吃的钱,你预备下了吗?"

二和笑道:"唱曲儿的,你去赶有钱的主儿吧。我们这儿穷凑付,唱一个曲儿,凑一个曲儿的钱,你也不得劲。"

那唱曲儿的三口子,一声儿没言语,先是椅子移动着响,后来脚步不得劲似的,鞋子拖了地皮响着,那三个黑影子,全走出大门去了。

二和躺着,也没有说什么,虽是在这里乘凉的人依然继续谈话,但他却是静静地躺着,只听那胡鼓琴板一片响声,越走越远,越远越低,到了最后,那细微的声音,仿佛可以捉摸。二和还在听着,但是这倭瓜棚上的

4

叶子被风吹得抖颤起来，这声音就给扰乱了。

大傻子突然问道："二哥怎么不言语，睡着了吗？"

二和道："我琢磨着这胡琴的滋味呢。"

大傻子笑道："得了吧，咱们这卖苦力的人，可别闹上这份子戏迷，别说花不起钱，也没这闲工夫琢磨这滋味。你家老太太嚷一声，把你那毛钱给断下来了，你还不死心。"

二和笑道："就是不死心，又怎么着？咱们还能每天叫卖唱的叫到院子里穷开心吗？"

大傻子笑道："咱们总还算不错，坐在这里还有人唱着曲儿伺候我们。伺候我们的，还是十七八岁的小姑娘。"

有人问道："小姑娘这么唱一段，你就受不了了，假使真有这样一位小姑娘伺候你，你怎么办？"

大傻子道："瞧了干着急，那我就投河了。今天我媳妇到娘家去了，我敞开来说，好的想不着，赖的还是把我霸占了，这辈子我白活了，我非投河不可，要不，憋得难受。"

二和笑道："这傻子说话，狗嘴里长不出象牙来。"

王傻子道："二哥你别胡骂人，我说的都是实心眼子的话。你现在还是光棍儿一个，假使你有这样一个十七八岁的姑娘伺候着，你能放过她吗？你要不把她一口吞下去才怪呢。"

刘姥姥将扇子伸到他背上，乱扑了几下，笑骂道："这小子傻劲上来了，什么都说，天不早了，都睡去吧。"还是她的提议有力量，大家一阵风地就散了。

在夏夜总是要乘凉的，这也就是穷人的一种安慰。忙了一天，大家坐在院子里，风凉着，说说笑笑，把一天的劳苦都忘了去。到了次晚，大家自然是照样地坐在院子里乘凉，然而那卖唱奏着《夜深沉》的调子由胡同口上经过，可没有人再说把他们叫进来。因为除了二和，大家全是舍不得钱的。

二和因为昨日已经让母亲拦阻着了，今天哪还敢发起这事呢？自此，每当晚间卖唱的经过，只好静静地听一阵子。有时，他们在附近人家唱，也就追到人家门外，隔了墙去听着。那三口子的嗓音听得很熟，他们在黑暗里随便唱一声，也知道是谁，可是他们的脸面，却没有看得出来。自己也曾想着，要瞧瞧他们到底是怎么一个样子才好，但是他们白天又不出来的，哪儿有机会去见他们呢？不久，天气又慢慢地凉了，胡同里的胡琴声，有时听得着，有时又听不着，后来是整月不来。

天气就到了深秋了。是一个早上，丁二和要上西车站去接客，套好了马车，拿了一条细长的鞭子，坐到车前座上，啪的一鞭子，四个轮子骨碌都作响，直奔前门。街上的槐叶子带了些焦黄的颜色，由树枝空当里垂下一球一球的槐子荚来，早风由树叶子里穿过，飒飒有声。人身上自也感到一种凉意，心里头正也有一种说不出来的情绪。

忽然有人叫道："那位赶马车的大哥！"回头看时，一条小胡同口，一个蓬着头发的姑娘满脸的泪痕，抬起两只手，只管向这里招着。

二和将马带住，跳下车来，迎向前问道："姑娘，你认得我吗？"

那姑娘似乎头在发晕，身子晃了两晃，向墙上一靠，将手托住头。在她这样抬手的时候，看见她两条光手臂，有许多条的粗细紫痕，那两只青夹袄袖子犹如美丽的物件下面挂着穗子一样，叮叮当当地垂下布片来，再看她身上穿的那青布夹袄，胸前的齐缝，也扯成两半边，裂下一条很大的口子。二和就问道："姑娘，你怎么回事？家里有什么人打你吗？"

她听了这话，两行眼泪像抛沙一般滚了下来，抖颤着声音道："我师傅，我师傅……"她说到这里，回头看到巷子里面有人跑了来，放步就跑，却顾不得再谈话。二和跳上车去，一兜缰绳，马就飞跑上去，赶了一截马路，马车已超过了那姑娘的前面去。二和回头看时，见有一男一女，手里各拿一根藤条，站在那小胡同口上，只管东张西望着。

那个哭的姑娘跑了一截路，也赶上了马车，藏在人家一个大门楼子下面，向二和乱招手，口里低声叫道："喂，掌柜的，你带我跑一截路，免得他们追上我。"

二和将马车赶了一截路，已是缓缓地走着，二和听了姑娘的喊叫声，就向她点点头，低声答道："你快上来。"于是把马拉拢一步，带到大门楼子下。那姑娘也不等马车靠拢，就奔到车子前，两手将车门乱扯。二和一跳，向门楼子下一蹿，势子也来得猛一点儿，向墙上一碰，咚的一声，可是他也来不及去管了，左手摸着额角，右手就来开车门。那姑娘跳上了车子，将脚乱顿着道："劳你驾，把车子快开走吧，他们追来了，他们追来了！"

二和被她催得心慌意乱跳上车，也只有兜住马缰就跑。跑了一截路，这才问道："姑娘，你让我送你到什么地方去？"

她答道："随便到什么地方去都可以。"

二和道："这是笑话了，怎么随便到什么地方去都可以呢？我是到西车站接客去的。"

她道："我就上西车站搭火车去。"

二和道："你搭火车到哪儿？"

她道："到哪儿也可以。"

二和将车子停住了，回转头来，向车子里看着，因道："姑娘，我好意把你救了，你可不能连累我。你叫我把你带上西车站，那算怎么回事？那里熟人很多，侦探也很多，你要让人家告我拐带吗？"

她道："哦，那里有侦探？我家住西城，你把我送到东城去就是了，劳你驾，再送我一趟。"

二和道："送到东城以后，你怎么办？"

她道："我有个叔叔，在北新桥茶馆里当伙计，我找他去。"

二和道："这样说着，那倒是成。"

于是一面赶着马车，一面和她说话，问道："你师傅干吗打你？"

她道："师娘不在家，他打我。"

二和道："刚才有一个女人也追出了胡同，不是你师娘吗？"

她道："是我师娘，我师娘回来了，听了师傅的话，也打我。"

二和道："那为什么？"

她低住了头，没有作声。二和道："师傅常打你吗？"

她道："师娘常打我，师傅倒是不打我。可是这一程子师傅尽向我挑眼，也打过我好几回了。"

二和道："你总有点儿什么事，得罪你的师傅了。"

她道："不，我在家里洗衣煮饭，什么事全替他们做，出去还替他们挣钱。"

二和道："挣钱？你凭什么挣钱？"

她顿了一顿道："做活儿。"

二和道："你师傅是一个裁缝吗？"

她道："唔，是的。"

"你家里人呢？"

她道："我什么亲人也没有，要不，他们打我，怎么也没有人替我做主？"

二和道："你不是还有一个叔叔吗？"

她道："哦，对的，我还有个叔叔。"

二和道："叔叔不问你的事吗？"

她道："很疏的，他不大管我的事。"

二和道："你姓什么？"

她道："我姓李。"

两人说着话，不知不觉，把马车赶到了一所空场里。二和把马车拢住，由车子上跳下来，因道："姑娘，你下车来吧。由这里向北走，向东一拐弯，就是北新桥大街。"

她跳下车来，将手理着头上的乱发，这才把她的真相露了出来：雪白的鹅蛋脸儿，两只滴溜乌圆的眼珠，显出那聪明的样子来。二和便道："倒是挺好的一个人。"

她站着怔了一怔，望了他道："由北新桥过去，再是什么地方？"

二和道："过去是东直门，你还要过去干什么？"

她道："不过去，我不过这样问一声。"

二和道："你叔叔叫什么名字？"

她道："叫王大龙。"

二和道："这就不对了，你说你姓李，怎么你叔叔姓王呢？"

她愣住了一会子，笑道："是我说错了，我叔叔叫李大龙。"

二和向她打量了一遍，点点头道："你去吧，拐弯就是北新桥。没想到为了你这档子事，耽误了我西车站一道生意，我还得赶出城去捞东车站的生意呢。"说着跳上车去，一撒缰绳，车子掉转过头来向南走。看那姑娘时，将脚拨着地面上的石块，低了头缓缓地向北走去。她没有向二和道谢，二和也没有那闲工夫再问她向哪里去了。

第二回

附骥止飘零登堂见母
入门供洒扫做客宜人

人生的聚合，大半是偶然的，不过在这偶然之中往往可以变为固然。二和同那位逃难的姑娘一路谈到这空场子里，也就觉得她果然有些可怜。这时虽然掉转马头，自己走自己的，可是再回转脸来向北看，只见那女孩子两手抄在衣衩上面，低了头，一步拖着一步地走了去。二和将手上的马鞭子一举，叫道："喂，那位小姑娘，别忙走，我还有话问你呢。"

那女孩子听了这话，一点儿也不考虑，立刻跑了过来。她走来的势子那是很猛的，但是到了他面前以后，这就把头低了下来，问道："掌柜的，你叫我干吗？我已经给你道过劳驾了。"

二和跳下车来，笑道："你不和我道劳驾这没有关系。我还要问你一句话，你说你有个叔叔在北新桥茶馆里，这话有点儿靠不住吧？"

她点点头道："是的，有一个叔叔在茶馆子里。"

二和道："这茶馆子的字号，大概你不知道。但是这茶馆子朝东还是朝西，是朝南还是朝北，你总不会不知道。"

她昂着头想了一想，忽然一低头，却是扑哧一笑。

二和道："这样说，你简直是撒谎的。你说，你打算到哪里去？"

她抬起头来，把脸色正着，因道："我实话对你说吧，因为你追问着我到哪里去，我要不告诉你有一个叔叔在北新桥，那你是会老盯着我问的，叫我怎么办呢？"

二和道："我老盯着你问要什么紧？"

她道："我怕你报告警察，送我到师傅家里去。"

二和道："你不到师傅那里去，又没有家，那么，你打算往哪里跑呢？"

9

她听着这话，倒真个愣住了，瞪了那乌溜的眼睛，只管向他望着，将右脚上的破鞋不断地在地面画着字。

二和道："你不能跑出来了，糊里糊涂地乱走一气，你事先总也筹划了一会子，自己究竟是打算到哪儿去。"

她道："我要是有地方去的话，我早就逃走了。就因为没地方去，我才在他们家里待着。"

二和道："怎么今天你又敢跑呢？"

她道："我要不跑，在他们家里迟早得死。还有那个畜类的师傅，他逼得我待不下去，我只好糊里糊涂先跑出来，逃开了虎口再说。我也有个想头，一来是逃下乡去，随便帮帮什么人的忙，总也可以找碗饭吃；第二条路，那不用说，我就打算死啦。别的事情不好办，一个人要寻死，没什么办不到。"

二和道："你不是说，你师傅待你还不错吗？"

她退后了两步，低了头没有作声，将两个手指头放在嘴唇皮子里抿着。

二和道："这样子说，你准是走第二条路，看你脸上，一点儿没有发愁的样子，反正是死，走一步算一步，你说是不是？"她沉郁着脸子，把眼皮也同时垂了下去，可没有答话。

二和抬头看看天色，太阳已高升过了人家门外的高槐树上，皱了两皱眉毛道："我不碰着这件事呢，我就不管，现在眼睁睁地看你去寻死，可没有这个道理。你能不能依着我的话，到我家里去一趟？我家里有个老太太，她见着的事就多啦，可以劝劝你。"

她道："到你们家去也可以的，可是我得声明一句，你要把我送回师傅家里去，我是不干的，你可别冤我。"

说了这话，她向二和周身上下全看了一眼。二和道："这是笑话了，你这么大一个人，就是你师傅也关你不住，我们一个过路的人，就能把你送回去吗？脚在你身上，我要你回去，你不走，我们也算白着急。你先到我家里去瞧瞧，若是不好，你再走，那也不迟吧？我豁出去了，今天上午什么买卖也不做，我再陪你跑一趟，你上车。"说着，就上前把车门打开了，而且还欠了一欠身子。

她跳着上了车，由车门子里伸出了半截身子，向二和道："你若是把马车向我师傅家里赶了去，那我就会跳下来的。"

二和道："你这位姑娘说话也太小心了。你上我的马车，是你自己找着

10

来的，又不是我去拉了你来的，你若是不相信我，就不该叫住我救你。"

她笑道："我倒相信你是个好人，就是保不住你不送我回去。掌柜的，劳驾了，我跟你去。"

二和跳上了车子，一鞭子赶了马车就跑，因为是一径地跑着，也就没有工夫来和她说话。到了家门口，把车子停在门外，那姑娘倒像是熟路似的，开了车门下来，直向小跨院子里丁家走去。在这屋檐下，坐了一位老太太，背对了外坐着，二和道："妈，我告诉你一段新鲜事儿，我带着一位客来了。"

那位老太太扭转身来，尖削的脸上闪出了许多皱纹，戴了一把苍白的头发，不住地微微摇撼着，这是表示着为人受刺激太深，逼出来的一种毛病。她虽是站起来了，但还依旧仰了脸看人，由这里可以看出来，她还是个双目不明的残疾人。

二和站在他母亲面前，向那位姑娘招了招手，因道："请你过来见见，这是我妈。"

那姑娘走了过去，叫了一声老太，丁老太就伸出右手来，一把握住了她的手，左手却在她手臂上、肩上，全轻轻地抚摸了一番，因笑道："这可是一位小姑娘。二和，是哪一家的？"

二和道："你老坐着吧，先让我把一段子经过的事告诉你，然后再让她说她的。"

丁老太就弯了腰，把刚才自己坐的凳子拍了两下，笑道："小姑娘，你就在这儿坐着吧。"她说完了这话，自己慢慢地走到对过的所在，弯了腰，伸着两手在各处摸索了两三下，果然就让她摸到了一把小椅子，然后坐下。二和在墙上长钉子上取下了一条半干湿的手巾，在额头上乱摸擦了一阵，这就笑着把今日早上的事叙述了一番。

丁老太虽然看不到来的贵客是怎么一个样子，可是谁说话，她就把脸朝着谁。等二和把话说完了，这就将脸一转，朝到那位小姑娘，笑问道："我儿子说的话全是真的吗？你贵姓？我应当怎么称呼呢？"

她道："你太客气，还说这些啦？我姓王，师傅替我起了个名字叫月容，成天成晚地就是这样叫着。扫地抹桌，洗衣煮饭，什么全叫我，我真腻了。我在家的时候，小名儿叫小四儿，你就叫我小四儿吧。"

二和道："姑娘，你同我妈妈有一句便说一句，就别发牢骚了。"

丁老太将脸朝着他道："二和，你还没有做买卖啦，我听这王姑娘的话一定很长，你先去找一点儿生意，咱们等你回来。"

二和向那姑娘看了一下，又低低头想了一想道："姑娘，你不要心急，陪着我妈在这里谈谈，等我回家来了，你再走开。我妈眼睛看不见，你要跑，她可抓不住。"

她站起来道："你放心去做买卖吧，我这满市找不着主儿的人，会到哪儿去？"说着，还向他露齿一笑。

二和走到院子里了，回头看到了她这两片鲜红的嘴唇里，透出雪白的牙齿来，又把那乌溜的眼珠对人一转，这就不觉呆了。

丁老太道："二和，怎么啦，没听到你的脚步响？"说着，扬了脸对着院子。

二和道："忙什么？我这就走啦。喂，那位姑娘，你可别走，走了，我是个漏子。"于是取下头上的帽子，似乎要向她点个头，可是不知他有了一个什么感想，一转念头，将手在帽子上拍拍灰，大踏着步子走了出去了。

这位王月容姑娘，一面和丁老太谈话，一面打量他们家的屋子。这里是两间北屋，用芦苇秆糊了报纸隔了开来的，外面这间屋子大小堆了三张桌子。正面桌上，有一副变成黑黝的铜五供，右角一个大的盘龙青花破瓷盘，盛了一个大南瓜，左角堆了一叠破书本，上面压了一方没盖的砚池，笔墨账本又全放在砚池上。那正墙上，不是字画，也没供宗先神位，却是一个大镜框子，里面一个穿军服挂指挥刀的人像。那人军帽上还竖起了一撮绒缨，照相馆门口悬着袁世凯的相片，就是这一套。这人大概也是一个大武官，可不知道他们家干吗拿来挂着。其余东西两张桌子，斜斜地对着，盆儿罐儿、破报纸、面口袋、新鲜菜蔬、马毛刷子、破衣服卷，什么东西都有。两张桌子下面，却是散堆了许多煤球，一套厨房里的家伙。连煤炉子带水缸，全放在屋子中间，再加上两条板凳，简直把这屋子给塞满了。

丁老太因为她在谈自己的身世，正垂了头，静心静意地向下听着，并不知道她在察看这屋子。约莫有大半个钟头，月容把她的身世全说过了，老太点点头道："原来你是这么回事，等我们二和回来，再替你想法子。你既是什么都会做，我家里油盐白面全现成，要不然，你等着二和回来才可以做饭，那就早着啦，恐怕你等不了。往日，他没做完买卖，也赶回来给我做饭吃，要不，事先就留下钱在面馆子里，到时候让面馆子送面来。别瞧他是个赶马车的，他可知道孝顺上人。唉，这话提起来，够叫人惭愧死了。你瞧见上面那一个大相片没有？那是我们上辈老爷子，官大着啦，做

12

到了上将军，管两省的地方。二和的父亲是这老爷子的长子，三十岁的人，除了原配不算，连我在内，是八个少奶奶，把一条性命活糟蹋了。我也是好人家儿女，他花了几千块钱，硬把我强买了来，做第四房。上辈老爷子和二和的老爷子是一年死的，整千万的家财，像流水一样地淌了去。我是一位第四的姨少奶奶，又没有丈夫，能摊着我得多少钱？我带了这个儿子，分了两千块钱，就这样过了十几年。坐吃山空，两千块钱够什么？把我私人藏着的一点儿首饰全变卖完了。到了前两年，孩子也大了，浮财也用光了，我两只眼睛也瞎了。我们那位大奶奶，过了十几年的光花不挣的舒服日子，钱也完啦，就把最后剩下的一所房也给卖了去。我本来也不想分他丁家财产了，人家说，我们上辈老爷子共有九个孙子，就是我们这孩子分得太少，这才托人去说，就是这一次啦，多少得分一点儿给我们。丁家人比我穷的还有呢，早把钱抢了个空，分给了我们一辆马车、一匹老马。我说，这是给穷人开心，穷得没饭吃，还坐马车啦？二和可就信了街坊的话，把马车拖回来了，就凭了这匹老马，倒养活了我这老少两口子过了两年。"

月容笑道："那么说，丁掌柜的倒是一位贵公子啦。"

丁老太道："贵公子怎么着？没有什么学问，还不是给人赶马车嘛！"

月容道："您这话倒是真的，我只说了我在师傅家的事，没说我自己家的事。下次我到你府上来，就可以把这话详详细细地对您说了。"

两人这样一谈，倒是很高兴，也忘了谁是主人谁是客。

过了两三小时，在外面赶马车的丁二和对于家里这一位客人实在不放心，拉了一笔生意，赶快地就赶回家了。马车放在大门外，他手上拿了一个马鞭子，大开着步子就向院子里走，看到王月容正在屋檐下站着呢，便道："姑娘，好啦！我给你想到了一个办法啦，你先买一点儿东西吃，我这就送你去，你可别……"

他一面说着，一面走近前来，这倒不由得他不大吃一惊。原来这个小跨院里扫得干干净净的，破桌子烂板凳全理齐了，放到墙角落里。院子里有几只鸡，全用绳子缚了脚，拴在桌子底下，水缸、煤炉还有一张条桌，全放在屋檐下来。煤炉子上烧着一铁锅开水，桌上一块砧板，撑了好些个面条子，在那里预备着。几只碗里放了酱油、醋、葱花儿，还有一只碗放了芝麻酱、甜酱，一个碟子切了一碟盐水疙瘩丝儿。再向屋子里一看，全改样啦，那张条桌同做饭家伙全搬出去了，屋子里也显着空阔起来。煤球全搬出去了，地面上扫得镜子似的，不带一点儿脏。左边的桌子空出来了，只有一把茶壶、两只杯子，正中桌上，书理得齐齐的，笔砚全放在犄角上。院子里有两瓦盆子鸡冠花，压根儿没理会过，这会子把瓦盆子上的浮泥全都擦干净了，放在桌上五供旁边。母亲坐在桌子边椅子上，手里捧了一杯水在喝呢。

因道："啊，屋子全收拾干净了，这是谁收拾的？"

月容道："掌柜的，是我收拾的，可是我没有多大工夫，还没有收拾得好。掌柜的，你这就吃饭吗？什么全预备好啦。"

二和拿了一条马鞭子，只管向屋子里外望着，简直说不出话来啦。

丁老太道："这位姑娘为人真勤快，自从你去后，她就做得没有歇手。"

二和道："这可真难为了人家，我们要怎样地谢谢人家呢？"

这句话没说完，月容把一只破旧的铁瓷盆舀了热水，连手巾也铺在水面上，这就向他点了两点头笑道："你先来洗把脸。"

二和将马鞭子插在墙窟窿眼里，两手乱搓了巴掌，向她笑道："姑娘，你是一个客，我们怎好要你做事呢？"

月容道："这没关系，我在师傅家里，就这样伺候师傅惯了的。"说着，她将脸盆放在矮凳子上，自走开了。

二和洗着脸，水哗啦啦响，丁老太就听到了，她说："二和，你瞧这位姑娘多会当家过日子，我要是有这么一位姑娘，我这个家就上了正道了。你瞧，人家还是一位客呢，你一回来了，茶是茶水是水的，忙了一个不亦乐乎。"

二和心里正想着，水倒有了，哪儿来的茶？一抬头，却看到桌子角上放了一杯茶，便哟了一声道："姑娘，这可劳驾劳驾。"

月容站在门外自低了头下去，微微一笑。丁老太道："二和，刚才你一进大门，就嚷着有了办法了，你所说的，是有了什么办法？"

二和端起那杯茶来，喝了一口，因道："我在车站上，也是听到伙伴里说，妇女救济院里面就收留各种无家可归的女人。若是这位姑娘肯去，那里有吃有穿，还有活做，将来可以由院里头代为择配呢。你看这不是一件好事吗？只要到那里面去了，无论这姑娘的师傅是怎么一位天神，他也没有法子，只好白瞪眼。"

二和同母亲只管说话，一不留神，刚才洗的那脸盆水却让人家端起走了。接着，桌面子是揩抹干净，月容把两碗下得了的面条子放到桌上，而且还搀着丁老太到桌子边坐下，拿了筷子塞到她手上，笑道："老太太，我这份手艺可不成，面条全撑得挺粗的一根，你尝尝这味儿怎样？"

二和两手一提裤脚，张了腿在椅上坐下，拿起筷子夹了一大夹子面，弯腰就待向嘴里送去，可又忽然把筷子放下，望了她道："这位姑娘你自己怎么不吃？"

她道："我吃啦。"她捧了一碗面，在廊檐下举了两举，笑道："我在这儿奉陪啦。"

二和笑道："这可不像话。就算我们这是一张光桌子，我们娘儿俩全坐在这里，正正经经地吃面，你累了大半天，让你坐在院子里吃，就是不让别人瞧见，我们心里头也过不去。"

说着话自己可就走了出来，把她那碗面接到手上，向屋子里端了去，笑道："这一餐饭，你是自做自食，我也不好说什么客气话，等我做完了下午两趟买卖，好好儿来请你一请。"二和说着话，可就把那碗面放到了桌子上，而且搬了一条凳子，放在横头，将手连连拍了凳子两下，向她微微笑着道："请坐，请坐。"

月容将牙微咬了下嘴唇低头坐下。二和点点头道："我没有什么可说的，这是你做的面，做得很好，请你多吃一点儿就是了。"

月容只是低了头吃面，却没有说什么。二和虽不是正面地朝她望着，可是当和她说话的时候，就偷着看她脸色一下，只看她圆圆的脸儿，头上剪着童式的头发，现在不蓬了，梳得光滑滑的。两鬓边垂了两绺长的垂鬓，越是显着那脸腮上的两片红晕成了苹果般一样好看。她扶了筷子的手，虽然为了工作太多，显着粗糙一点儿，却也不见得黄黑，而且指甲里面不曾带了一丝脏泥。记得小时候，常和一位刘家小姐在一起玩，她的样子，倒有些相同。

正打量着呢，这位王姑娘的头可就更抬不起来了。丁老太听到桌面上静悄悄的，这就问道："二和，那救济院的事，你得和这位姑娘谈谈，看她是不是愿意去？"

月容道："我早听到了，我只要有个逃命的地方，哪儿也愿意去。吃完了饭，就请丁掌柜的送我一趟吧。"她说着，就仰着脸望了二和，等他的答复。她心里大概也很高兴，以为是得着一个归宿之处了。

第三回

多半日勾留闻歌忆旧
增一宵梦寐移榻惊寒

丁二和在今天吃午饭的时候，家里会来了这么一位女客，这是想不到的事。自从脱离大家庭以来，仿佛记得没有吃过这样一餐舒服的饭，可以不用自己费一点儿心力，饭碗放在桌子上，扶起筷子来就吃。觉得自己家里真有这样一位姑娘，那实在是个乐子。虽然家里多这样一个人吃饭，不免加上一层负担，可是一个小姑娘又能吃多少？她若是愿意不走，把她留下来也好。因为如此想着，所以月容说上救济院去的话就没有答复。

月容向他看看，见他吃着面，只是把筷子夹了两三根面条子送到门牙下，一截一截地咬了吃，咬完了两三根面条子，再挑两三根面条子起来咬着，两只眼睛全射在桌子中心那盐水疙瘩丝的小碟子上。心里一转念，是啦，人家家里突然地来了一位逃跑的小姑娘，可担着一份干系。这事要让自己师傅知道了，说不定要吃一场飞来的官司，还要落个拐带二字，人家怎么不透着为难呢！人家顾着面子，直不好意思说出口，叫客快点儿走，这也就不必去真等人家说出来，自己知趣一点儿，就说出来吧。于是掉转脸，对了上座的丁老太道："你这份恩情，我现在是个逃难的孩子，也没法子报答，将来我有个出头之日，一定到你府上来，给你磕头。"

丁老太放下筷子了，顺了桌沿将手摸着过来，摸到了月容的手胳臂，就轻轻地拍着道："好孩子，你不要说这样的话。为人生在世界上，都是彼此帮忙，三年河东，三年河西，我们这样小小地帮你一点儿忙，算得了什么？将来也许有我们求到你府上的时候，你多照顾我们一点儿就是了。"

二和觉得母亲这种话劝人家劝得有些不对劲，便端起手上的面碗，连汤带面，稀里呼噜一阵喝了下去。月容看到，连忙将筷子碗同时放下，站了起来，笑道："还有面啦，我去给你盛一点儿。"

二和道："饱啦，劳你驾。"

月容站在桌子角边，对他望着，微笑了一笑道："在外面忙了这样一天，饭又晚了，再吃一点儿。"

二和看了她这样子，倒不好拒绝，因笑道："也好，我帮着你，一块来下面吧。"说着同走到屋檐下来。

月容捧了他的碗放在小桌上，还在抽屉里找出了一张小报，将空碗盖上。二和退后两步，两手互相搓着，望了她微笑道："姑娘，你做事真细心，把空碗放在这里一会子，还怕吹了灰尘进去。"

月容笑道："让你见笑，我自小就让人家折磨的。"她口里说着话，把砧板上一块湿面赶忙地搓搓挪挪，撑起面来，还回转头来向二和微笑道："下撑面总要现撑，一面撑着，一面向锅里下去，若是撑好放在这里等着，就差味儿。"

二和道："人少可以，人多撑面的人可得累死。"

月容笑道："无论什么，全是一个惯，我在师傅家里，就常常给他们一家人撑面。累死我倒不怕，就是别让我受气。"说着，微微叹了一口气，垂下头去。

二和看了人家这一副情形，只好把两手挽在身后，来回地在院子里徘徊着。月容是手脚很敏捷地煮好了一碗面，满满地盛着，刚待伸手来端碗，二和口里说了一声不敢当，人就抢过来，把碗端了去。放到屋里桌子上以后，看到月容碗里只剩了小半碗面了，这就整大夹子地挑了面条子，向她碗里拨了去。月容笑嘻嘻地跳着跑进屋子来，将手抓住了他的筷子，笑道："我早就够啦。"

丁老太道："你在我们家吃一顿饭，还是你自个儿动手，若是不让你吃饱，我们心里也过得去吗？"

二和笑道："若是这样子请客，咱们家虽穷，就是请个周年半载，也还请得起。"

丁老太道："真的，让人家替咱们忙了大半天，也没让人家好吃好喝一顿。"

月容道："丁掌柜帮我一点儿忙，把我送到救济院，弄一个长久的饭碗，那也就得啦。"

丁老太道："二和，你瞧，这位姑娘只惦记着到救济院去，你快点儿吃饭，吃完了饭，你就赶着车子把人家送了去吧。"

月容本是坐在旁边，低了头吃饭的，听了这话以后，立刻放了筷子碗，站起来向他深深地鞠了一个躬，笑道："丁掌柜，我这里先谢谢你了。"

二和也只得放了筷子碗，站将起来，因向她道："这点儿小事，你放心得了，我马上送你去。不但是送你去，而且我还要保你的险，那救济院里是准收。"

月容听说，又向他勾了一勾头。二和心里这就连转了两个念头，说送人家到救济院去，是自己出的主意，现在不到半点钟，那可转不过口来。再说到瞧她这样子，那是非常地愿意到救济院去，自己又怎好去绝了人家的指望呢！如此想着，就对她道："好的，姑娘，你自己舀一盆水，洗把脸，喝一口水，我到外面套车去。"他说着，把面碗放下了，自到门外去套车。

还不曾出得院子呢，有人叫了进来道："二哥，在家啦？买卖来了。"

二和看时，是同行陈麻子，他家相距不远，就在本胡同口上。二和道："家里喝碗水。"

陈麻子站在院子中心四周看了一看，笑道："啊，你这院子里开光啦，你真是里外忙。"

二和见他麻脸上的两张薄片嘴一连串地说着，这倒不好让他进屋子去，便道："多谢你的好意，既是有生意，就别耽误了，上哪儿呀？"

陈麻子道："就是这胡同外面那座大红门里面，他们要两辆马车，游三贝子花园去。"

二和道："出外城啦，什么时候回来？"

陈麻子道："有一点钟向坐车的主儿要一个钟头的钱，你怕什么？走吧。"他说了这话，挽住二和的手臂就向外拉。

二和被他拉到大门外，笑道："我丢了帽子没拿，你等一会儿。"

说着向院子里跑了进去。走到屋子里，见到月容正在揩抹桌子，于是低声向她道："这可对不起，我有一趟城外的买卖，立刻要走。"

月容笑道："掌柜的，你自便吧，我在你府上等着，你什么时候回来就什么时候再送我。"

丁老太道："我先留着这姑娘谈谈。"

二和怕陈麻子进来，在墙壁钉子上取下了自己的破呢帽子，匆匆地就跑出门去。

陈麻子所告诉他的话，倒不是假的，果然是一趟出城的生意。在路上心里也就想着，这件事，也不忙在今日这一天，只要生意上多挣几个钱，明日早上，就耽搁一早也没关系，于是定下心，把这一趟生意做完。不想这几位游客偏是兴致甚豪，一直游到下午七点钟才到家。

二和赶着马车回来，已是满天星斗。自己也是着急于要看看月容还在这里没有，下车也来不及牵马进棚子里去，手上拿了马鞭子，悄悄地走到院子里来。只见屋檐微微地抽出一丛泥炉子里的火焰，虽是黑沉沉的，显着院子里宽敞了许多，这就想到今日上午，月容收拾院子的这一番功劳不能够忘记。外面屋子里也没点灯，只是里面房间里有一些浑黄的灯光，隔了玻璃窗向外透露着，于是缓缓地走到廊檐下来，听她们说什么呢。这就有一种细微的歌声送到耳朵里来，这词句听得很清楚，乃是"老大王在帐中和衣睡稳"，正是自己所爱听的一段《霸王别姬》。这就不肯作声，静静地向下听着这一段唱腔。不但是好听，而且还十分耳熟，直等这一段南梆子唱完了，接着又是一段嘴唱的胡琴声，滴咯滴咯儿隆，隆咯隆咯儿咚，这岂不是《夜深沉》！在唱着胡琴腔的时候，同时有木板的碰击声，似乎是按着拍子，有人在那里用手指打桌沿。

直等这一套胡琴声唱完了，自己再也忍耐不住了，突然叫起来道："哦，唱得真好。"随着这句话，就一脚跨进屋门来。只在这时，却看到一个人影子，由桌子边站了走来，暗影里也看得清楚，正是王月容。便笑道："哦，王姑娘，你还会唱戏？"

她道："不瞒你说，我现在是无家可归的人，逃出了天罗地网，不受人家管了，心里一痛快，不知不觉地就唱了起来了。你们老太身上有点儿不舒服，早睡着了，我一个人坐在这里怪无聊的，随便哼两句，让你听着笑话。"她口里说着话，擦了火柴，就把桌子上一盏煤油灯给点着了。

二和在灯光一闪的时候，看到那娇小的身材，这让他想起星光下一段旧事，便问道："姑娘，你是怎么会唱戏？你学过这玩意儿的吗？"

她在桌子边站着避了灯光，不由得低下头去。二和看到桌上有茶壶，自己觉得把话问得太孟浪了，于是搭讪着斟茶喝。人家是一位客呢，又不便自己喝了倒不理会客人，于是也倒了一杯，悄悄地送到她面前桌子角上。她看到就明白了，向他笑着一点头道："劳驾了。"

二和一抬手道："我记起来了，我记起来了，一点儿没有错！夏天，你在我们院子里唱过一晚戏，你唱得真好，我永远记得。不想咱们成了朋友了，想不到，想不到！"说得高兴了，两只手掌互相撑着，微扛了肩膀，有说不出来的那一种快乐似的，只管嘻嘻地笑。

月容臊得耳根子也红了，只是低了头，将一只手去慢慢地抚摩着桌沿。二和这才看出来了，人家很不好意思，因止住了笑容，很沉着地对她道："这要什么紧，我们赶马车是糊嘴，你卖唱也是糊嘴，又有什么不能对人说的？"

她这才低声答道："我不敢告诉你是学什么，就为的是这个。丁掌柜的，你明天把我送到救济院里去，可别说出来，我觉得真是怪寒碜的。"

二和端了一张方凳子在房门口放下，然后又端了那杯茶，朝着她慢慢儿地喝。她忽然身子掉正过来，向二和望着，沉住了颜色道："丁掌柜……"说着这话，突然地把话止住，而且将头低下去。

二和虽然不敢正眼地望着她，可是这话也不能不回答她，因之手上捧着茶碗，慢慢儿地向嘴里送着，缓缓地道："那没什么要紧，我答应了你的事，迟早总得替你办。"

月容道："不是那话，你想不到我是一个卖唱的人吧？"

二和见她两手反撑了桌子，背着灯光看了自己的鞋尖，那就够难为情的了，便站起来道："倒是没有想着。可是等我知道了你是一个卖唱的，我可喜出望外。因为你那天在我们这院子里唱过一回之后，我们这院子里人全都成了戏迷了。可是我们又没有那么些个钱，可以天天叫唱曲儿的到家里来。所以当你们这一班拉着弹着由胡同里过去的时候，我就老是跟了你们走，有时候还走着很远的地方去。你唱的声音，我是听得很熟，可是我还没瞧见过你长的是个什么样子。"

月容本就低着头的了，听着这话，不觉扑哧一声笑着，将头扭了过去。二和见她这样不好意思，更觉得心里有些荡漾起来，拿起桌上的茶壶，又自斟了一杯茶，站在桌子角上喝了。那月容始终把脸朝了那边，也不掉过来，这样彼此寂然地对立着，约莫有五七分钟。

丁老太在里面屋子床上翻了两个身，嘴里哼哼有声，二和这才发言道："妈，你又不舒服啦？"随着这话，他就走了进去。

月容一人在外面屋子里，就靠了桌子角坐下，也是这一天实在是疲劳了，不知不觉地就伏在桌子角上闭眼稍微休息一下。蒙眬中觉得这桌子摇撼了一阵，便抬头向前面看着。二和已是将两条板凳架了一块板子横在堂屋中间，板子上铺了一床薄被。月容站起来，打了两个呵欠，立刻将嘴掩住，笑道："又要劳你的驾，我自己会来铺床。"

二和道："不，这是我搭的铺。你一位大姑娘家，怎好让你住在外面屋子里睡？你别瞧我家穷，还有一张大铜床呢。"

月容道："向来丁掌柜在哪儿睡？"

二和道："你不瞧见我那屋子里有一张小土炕吗？我向来就睡在那儿。"

月容道："把你挤到这外边屋子里来，倒怪不好意思的。"

二和道："这也没有什么不好意思，反正我不能让客人在家里熬一宿。"

月容道："老太太向来一个睡在床上的，今晚上又不大舒服，我怎好去打搅她？我在炕上睡吧。"

二和道："这可以听你的便。"说着举起两只手，连连打了两个呵欠。

月容抬起一只手来，理着自己的鬓发，笑道："你为我受累了一天，这会子该休息了，我这就进房去了。"

二和道："里面屋子里，请你别熄灯。桌上有一壶茶，是拿一件大棉袄包着的，假如半夜里我们老太太要喝茶，请你倒一杯给她喝，别的也没有什么可说的了，你睡吧。"

月容虽然觉得他最后两句话是有点儿赘余，但是自己要睡，人家也就睡，不便多问，自进里屋掩上房门睡了。

二和这方搭床的板子，正是屋子里开向院子里屋门，现在睡下了，屋子门可就不能关上。将一床被半叠半盖地躺着，没有枕头，只好脱下身上的衣服，做了一个大棉布卷塞在垫被的下面，把头枕着。这一天，早上把东北城跑了一个来回，晚上又把西北城跑了一个来回，也就相当地疲倦。何况为了月容，心里头老是有一种说不出所以然的牵挂，总觉得安置没有十分妥当，做什么事也有些仿仿佛佛的。这时头靠了那个卷的衣包，眼对了里面房门望着，他心里就在那里想着，假使自己有一天发了财，把这间房当了新房，那就不枉这一生了。不过像王姑娘这份人才，要她做新娘子，也不能太委屈了，必得大大地热闹一下子。

心里这样想着，眼面前可就站着一位新娘子，身上穿了水红色的长衣，披了水红色的喜纱，向着人微微地一笑。耳边下兀自有音乐响着，但是砰砰呛呛的，却有些不成腔调。这就忘记了自己是新郎，也禁不住发脾气喊起来，为什么音乐队这样地开玩笑？不想这一声嚷着，自己也醒过来了，是墙外面有敲更的经过，是那更梆同更锣响着。于是转了一个身朝里睡着，心里也在责骂自己未免太不争气，家里来一位女客，立刻就想把人家当新娘子。可是月容倒很赞成这个办法，对他道："你不要送我上救济院，我们逃跑吧。"说一声跑，不知道有多少人在追赶，两个人拼命地跑，后来索性牵了月容的手跑。所跑的正是一条荒僻的大街，刮着大风，飞着雪花，吹得人身上冷水浸了一样，尤其是自己的脊梁上，直凉透了肺腑。站着定了定神，自己并没有站着，却是躺在门板上。那院子里的风，呼呼地向屋子里面灌，吹得脊梁上犹如冷水浇过，所以把人又惊醒了。于是一个翻身坐起来，定了一定神。今天晚上，怎么老是做梦？这可有些怪了。记得桌上还放下了一盒烟卷的，这就走过去向桌面上摸索着。

不知道怎么当的一声，把桌上一只茶杯子给撞翻了，自己啊哟了一声。接着便是咿呀一声，原来房门开着，闪出一线灯光来，月容可就手扶了房门，在那里站着。

二和道："你还没睡着吗？准是认床。"

月容笑道："我们是什么命，还认床啦？我想你在外面屋子里躺着，忘了关门，仔细着了凉。我把你挤到外面来，怪难为情的，可是你老太太睡着了，我又不便叫你。"

她说着话，就抱了一床小被出来放到板子上。二和也摸着了火柴，把桌上的灯点了，见她睡眼蒙眬地蓬乱着一头头发，衣服单单的，又有几个破眼，直露出白肉来。在灯下看到她这种样子，心里未免动荡了几下。月容见他望着，低了头就走进房去，两手要关上房门的时候，还在房门缝里同二和连连点了几点头，然后在她微笑的当中，将门缝合上，两个人就在门内外隔开来了。

二和当时拿了火柴烟盒在手，一句什么话也说不出，这时门合上了，才道："喂，王家大姑娘，你把被给我了，你就别在炕上睡了。"

月容道："我知道了。掌柜的，你可把门掩上一点儿，别吹风了。"

二和答应了一声，自擦火抽着烟。丁老太太咳嗽了几声，隔了屋子叫道："二和你还没睡啦？"

二和道："我刚醒，抽一支烟卷就睡。您好一点儿了吗？"

丁老太道："好些了，多谢这位王家姑娘，倒给我倒了两遍茶。别搅和人家了，让人家好好地睡一会儿吧。"

二和静静地抽完了那支烟，将两床被一垫一盖，却是睡得舒服一点儿，心里也就想着：可别胡思乱想了，明天一早就得起来套车，送她上救济院去。好好地睡一觉吧，只要把她送走，自己心事就安定下来了，睡吧。这

22

样决定了，口里数着一二三四，一直数到四百数十，这就有点儿数目不清。

直等这耳朵下听到呼呼的风声，起来一看，天色大亮，那邻院的树叶子被风吹着，只管在半空里打旋转，抬头看看天色，阴沉沉的。这也就来不及做什么想头，到院子里马棚子里去，把马牵出来，将车套好。一回头，月容把头发梳得溜光，脸上还抹了一层胭脂，胁下又夹了一个小布包袱。

二和道："你还带着什么啦。"

月容道："这是你送我的一点儿东西，我带去做纪念品。"

二和也就仿佛着曾送过她一点儿东西，便点头道："你记得我就好。你到院里去以后，我还可以让我们老太太常常去瞧你。"

月容低了头没作声，自开了车门子就钻了进去。二和道："姑娘你也真心急，我车子还没有套好呢。就算我车子套好了，你到大门外去上车也不迟。"

月容道："你外面院子里街坊多，我不愿意同他们见面，你快一点儿走吧。"

二和一听这话，觉得这个人太狠心，母子两个人这样款待她，她竟是一点儿留恋之心没有。一赌气，拿着马鞭子就跳上车去，口里喝了一声道："畜生快走！"那马似乎也生了气，四蹄掀起向前直奔，就要把这位刚脱樊笼的小鸟，又要送进鸟笼子去了。

第四回

委婉话朝曦随亲挽客
殷勤进午酒得友为兄

　　丁二和无故在街上遇到这样一个少女，本来也就知道事出偶然，并没有什么情爱的意思，及至听到她唱戏，正是自己倾慕的一个人。原来自己料着，一个赶马车的人，是没有法子同这唱曲儿的人混到一处去的，自己追着她们后面听曲子，那一种心事算是做梦。现在这女人到了家里，他的那种侥幸心就引起了他的占有欲。偏是那女孩子不懂事，只管催了走，所以他气极了，挥着马鞭子就打了马跑。赶马车的人，自然坐在车前面那一个高高的位子上。马跑得太快了，他只管在车子上颠簸，不想车轮子在地面碰了一块大石头，打得车子向旁边一歪，连人带马一齐全倒在马路上。忽然受了这一下子，着实有点儿害怕，等到自己睁眼翻身一看，不想还是一个梦。摔下地来那倒是不假，因为那搭铺的门板未免太窄，自己稍微疏点儿神，就翻身滚下来了。于是坐了起来，凝神了一会儿，自己这也就想着：这也不能说完全是梦，本来已经和王姑娘商量好了，第二日早上一定可以送她到救济院去，现在天快亮了，约定的时候也就快到了。想到这里走出院子去，四周望了一望，然后走回屋子来。

　　不想在他走进门来的时候，月容也起来了，站在桌子后面向他笑道："你准是惦记着你老太太的病，这倒好些了。就是由半夜那一觉醒过之后，一直到现在还没有翻过身，睡得香着呢。我怕你要瞧老太太，所以我就开门出来。"

　　二和听说，走进里面屋子里去看看，果然母亲是侧身地躺着，鼻子里还呼呼打鼾呢，于是放轻了脚步，又悄悄地走了出来。

　　月容道："掌柜的，你要是没有睡够，你就只管睡吧，我这就去给你拢

24

炉子烧水。"

二和笑道："你是一位做客的人，老是要你替我们做活儿，我真过意不去。"

月容道："哟，你干吗说这样的话？就怕我年轻不懂什么，做得不称你的心。"她这样说着，可就走到屋檐下去，先把炉子搬到院子中心，将火筷子把煤灰都捣着漏下去了，于是在屋角里找了一些碎纸，先塞炉子里去，然后在桌子下面挑了些细小的柴棍，继续着放下去。

二和本是在屋子里站着的，这时就搬了一张矮凳子在院子里坐着，两腿缩起来，把两只手撑在自己腿上，托住了头向她看着。她不慌不忙地把炉子里火兴着了，用洋铁簸箕搬了有半炉煤球倒下去，接着将炉子放到原处，找了一把长柄扫帚就来扫院子。二和这就起身把扫帚接过来笑道："你的力气很小，怎么扫得动这长扫帚呢？交给我吧。"

月容道："你一会儿又要出去做生意的，在家里就别受累了。"

二和扫着地道："你是知道的，我这位老太太，双目不明，什么也不能干，平常扫地做饭，也就是我。"

月容舀了一盆水，放在屋檐矮桌子上，可就把抽屉里的碗筷零碎，一件一件地洗着。手里做活儿，口里谈话，因道："掌柜的，你不能找个人帮着一点儿吗？你府上可真短不了一个人。"

二和听了这话，将地面上的尘土扫拨到一处，低了头望着地面，答道："谁说不是？可是我们赶马车的，家里还能雇人吗？"

月容道："不是说雇人的话，你总也有三家两家亲戚的，不会同亲戚打伙儿住在一块儿吗？"

二和将扫帚停了，两手环抱着，撑在扫帚柄上，望了她道："姑娘，咱们是同病相怜吧。我倒不是亲戚全没有，他们可是阔人的底子，有的还在住洋楼坐汽车，他肯认我吗？有的穷是穷了，我还能赶马车，他们连这个也不会，当着卖着过日子。有钱的亲戚找他们，他们欢迎，我干着这一份职业，他不怕我借光吗？再说，他们只知道做官的是上等人，像我这样当马夫的，那算是当了奴才啦。在大街上看着我，那就老远地跑了走，我们怎么和他打得起伙来？"

月容道："你这人有志气，将来你一定有好处。"

二和笑道："我会有什么好处呢？难道在大街上拾得着金子吗？"

月容道："不是那样说。一个人总要和气生财，我第一次遇着你的时候，我就知道你很好。"

二和道："哪个第一次？"

月容道："就是那天晚上，我在这院子里唱曲儿的时候。"

二和笑了，将手上的长扫帚又在地面上扫了几下土，笑道："那晚在星光下，我并没有瞧见你，你倒瞧见我了？"

月容道："当晚我也没有瞧见你，可是有两次白天我走这门口过，我听你说话的声音，又看到你这样的大个儿，我就猜着了。"

二和又站住了，把扫帚柄抱在怀里笑道："这可巧了，怎么你昨天逃出胡同来的时候，就遇到了我？"

月容把碗筷全清好了，将脸盆取过，先在缸里舀起一勺冷水，把脸盆洗过了，然后将炉子上壶里的热水斟了大半盆，把屋子里绳子上的手巾取来，铺在水面上，回过头来对二和点了两点头道："掌柜的你洗脸。你的漱口碗呢？"

二和抛了扫帚，走过来道："我以为你自己洗脸呢，这可不敢当。"

月容道："这有什么不敢当！你昨天驾着马车，送我全城跑了一个周，怎么我就敢当呢？"

二和在屋子里拿出漱口碗牙刷子来，在缸里舀了一碗水，一面漱着口，一面问道："我还得追问那句话，怎么这样巧，昨天你就遇着我呢？"

月容笑道："不是看到你那马车在胡同口上经过，我还不跑出来呢。"她原是站在屋檐下答话，说着也就走到院子里去，弯腰拿了一个洋铁簸箕，把扫的积土慢慢搬了起来，然后自运到门角落里土筐子里去。

这时东方半边天，已是涌起了许多红黄色的云彩。那跨院的矮墙上，堆了未曾干枯的倭瓜，老藤在大片的叶子上，已涂着金黄色的日光。月容却走进屋子去，把二和搭的铺先给收拾起来，那堂屋里，也扫过一个地，听到炉子上的水壶咕噜作响，就跑了出来，将壶提开了火头笑问道："丁掌柜，给你沏壶茶喝吧，茶叶放在什么地方？"

二和坐在矮凳子上，将马鞭子只管在地面上画着字，眼睛也是看了地面，听了这话，马鞭子依然在地面上画着，很随便地答道："墙头钉子上，挂了好几包呢。"

月容看他那样无精打采的样子，心里可就想着：人家准是讨厌我在这里了，可别让人家多说话，自己告辞吧。她这样地想着，也没多言多语，自走回屋子里去。

二和先是只管把马鞭子在地面上涂着字，他忽然省悟过来，这样地同人家说话，恐怕是有点儿得罪人，于是向屋子里先看一下，立刻站了起来，这就大声叫道："大姑娘，你休息一会子吧。"他口里说着，人也随了这句走进来。

可是月容没有答话，丁老太倒是答言了，她道："二和，我口里干得发苦呢，你倒一口水我来喝吧。"

二和听了这话，虽看到月容站在堂屋里发呆，自己来不及去理会，立刻斟了一碗开水抢到屋子里去。只见丁老太躺在床上，侧了脸一只手托住了头，一只手伸到下面去，慢慢地捶着自己的腿。

二和道："你怎么了？是周身骨头痛吗？"

丁老太道："可不是？"

二和扶起她的头，让她喝了两口水，放下碗，弯了腰伸手去摸那画满了皱纹的额头，果然有些烫手，使她那颧骨上，在枯蜡似的脸皮里，也微微地透出了一些红晕。这就两手按了床沿，对了母亲脸上望着，因低声问道："你是哪儿不舒服？我得去给你请一位大夫来瞧瞧吧？"

丁老太道："那倒用不着，我静静地躺一会儿，也许就好。要不，让这位大姑娘再在咱们家待上一两天，让她看着我，你还是去做你的买卖。"

二和道："这倒也使得，让我去问问这位姑娘看，不知道她乐意不乐意。"

丁老太道："我也是怕人家不乐意，昨日就想说，压根儿没有说出来。"

二和道："好的，我同她去说说吧。"

口里说着，走到外面来，不想她已是在跨院门口站着了。二和没有开口呢，她就勾了两勾头，先笑道："丁掌柜的，我实在打搅你了。本来呢，我还劳你驾一趟，把我送到救济院去，可是我想到你老太太又不舒服，当然也分不开身来，请你告诉我在什么地方，让我自己去吧。"

二和听着话，不由得心里怦怦乱跳了一阵，问道："姑娘，我们有什么事得罪了你吗？"

月容靠着门框站着，手扶了门闩，低着头道："你说这话，我可不敢当。我是心里觉着不过意，没别的意思。"说着，将鞋子在地面上来回地涂画着。

二和将那矮凳子又塞在屁股底下，蹲着坐了下去，分开了两腿，自将双手托住了下巴，向地面上望着道："也是你自己说的，你觉得我这人还不错。"

月容道："这是真话，以前我打这胡同里走过去的时候，有两次，我看到你替人打抱不平，我心里就想着，你这人一定仗义。"她说着，就蹲下在门槛石板上坐着，低了头，捡了一块石头子，在石板上画着圆圈，口里接着道："所以那天你由胡同口上经过，我就想找着你，你一定可以帮忙的。"

二和道："我并不是不替你帮忙，我们老太正病着，家里没个人，我不敢离开。唉，穷人真是别活着。"他深深地叹着气，只管摇头。

月容道："穷人是真没有办法，越是工夫值钱，老天爷就越是要耽搁你的工夫。"

二和突然站起来，将两只巴掌不住手地拍着响，然后两手环抱在胸前，将一只脚在地面上点拍着，沉吟着道："我们老太太倒有这个意思，说是请你在我们这寒家多住两天，可是你要到救济院去的心思又很急，我有话也不好出口。"

她听了这话，好像得了一种奇异的感觉，全身抖颤一下，笑了起来，可是还有点儿不好意思，将头扭到那儿去，低声道："你这话是真的吗？"

二和道："那你放心，我绝不能同你开玩笑，请你在我家委屈两三天，等着家母身体好些了，我再送你到救济院去。"

月容这就站起身来，将手高高地抬起扶了门板，把脸子藏在手胳臂里面，笑道："我现在是无主的孤魂啦，有人肯委屈我，那就不错啦。"

二和听了这话，当然是周身都感着一种说不出来的愉快，不停地在院子里来回地走着，而且也是不停地双手拍灰。那墙头上的太阳斜照到这跨院墙脚下，有一条黑白分明的界线。

当他们在院子里说话的时候，那太阳影子是一大片，到了那影子缩小到只有几尺宽的时候，只有月容一人在院子里做饭。太阳当了顶，一些影子没有，二和可就夹了一大包子东西进来。这还不算，手里还提着酱油瓶子，一棵大白菜，一块鲜红的羊肉。一到院子里，月容就抢上前把东西接过去了。他胁下放下来的，大盒子一个，小盒子两个，另外还有个布卷儿。大盒子里是一双鞋子，小盒子里是线袜子两只，胰子手巾牙刷全份。

月容将那纸盒子抱在怀里，笑道："这全是给我买的吗？"

二和且不答复她这句话，却把那纸包打了开来，花布、青布、蓝布各样都有，两手提了布匹的一头，抖了两抖，笑道："你不是说你自己会做活儿吗？……"

这话没说完，外面有人叫起来道："二哥刚回来啦？"二和听他那声音，正是大院子里多事的王傻子来了，便抢出来把他截住，一块儿走到外面院子来。

他先站住脚，把一个手指头向他点着，将眼睛眯了两眯，笑道："这两天，你是个乐子。"

二和把穿的长夹袍儿，摸了一摸纽扣，又抬起手来，把头发乱摸了一阵，笑道："这件事，我正想和你商量着，你猜她是谁？就是六月天那晚上在咱们院子里唱曲儿的那位小姑娘。"

王傻子把系在腰上的板带两手紧了一紧，将脸沉了一沉，摆着头道："那更不像话，你想闹个拐带的罪名还是怎么着？我们做街坊，知情不举，那得跟着你受罪，这个我们不能含糊。"

二和笑道："所以我来请教你，你请到我们小院子里去坐坐，咱们慢慢地谈谈。"

王傻子跟着他的话，走到小院子里来，便四处看了一遍，笑道："两天没来，这小院子倒收拾得挺干净的。"

二和把院子里放着的矮凳，让王傻子坐了，自己搬了一张小椅子对面坐下，王傻子两手牵了两腿的裤脚管，向上一提，因道："这事没有什么可商量的，干脆你就把她送回家去。咱们虽是做一份穷手艺的人，可是要做一个干净，这唱曲儿的姑娘……"

他这话是没有说完，月容手上拿了一盒纸烟就走出来了。二和站起来介绍着道："这位王大哥，他为人义气极了，你有事要托着他，他没有不下血心帮忙的。"

月容听了这话，可就向他鞠了一个躬，又叫了一声王大哥。王傻子对她望了一望，笑了，沉吟着道："倒是挺斯文的人。"

月容递了一根烟到他手上，又擦了一根火柴，给他点着烟，王傻子口里道："劳驾，劳驾。"心里却想着这人哪儿来的，一面就吸着烟。月容退了一步道："我是个流落的人，诸事全得请王大哥照应一二，你算做了好事。"

王傻子听她又叫了一句大哥，满心搔不着痒处，笑道："这可不敢当。"

二和见王傻子已经有些同情的意思了，这就把月容的身世和自己收留她的经过全都说了一遍，接着便笑道："若是你们大嫂子回来，高攀一点儿，让她拜在你名下，做一个义妹，也不算白叫一声大哥。"

王傻子望了她笑道："人家这样俊的人，我也配！"

月容站在一边，看到二和只管敷衍，心里就明白了，因道："大哥，你就收下吧。回头带我去拜见嫂嫂吧。"

王傻子跳了起来，叫道："真痛快，我不知道怎么好了。"

二和笑道："别忙，我家里还有一瓶莲花白，咱们先来三杯，你看好不好？就是少点儿下酒的，我这就去买去。"

王傻子道："你听门口有叫唤卖落花生的，咱们买几大枚落花生就成，会喝酒的，不在乎菜。"他口里说着，人就跑了出去。

一会儿买了花生进来，就送到堂屋里桌上，透开报纸包儿摊着。桌上已是斟了两茶杯白酒，二和坐在下方，一手握了酒瓶子，一手端起杯子来，笑道："你试试，味是真醇。"

王傻子先端杯喝了一口，然后放杯坐下，将嘴唇皮咕啜了两声，笑道："真好。"

二和摇晃着酒瓶子，笑道："知道你量好，咱们闹完算事。"

王傻子两手剥着花生，将一粒花生仁向嘴里一抛，咀嚼着道："那可办不了。"

正说着呢，月容端了一碟子煎鸡蛋来，笑道："大哥，这个给你下酒。"

王傻子晃着脑袋直乐，望了她道："大妹子，你歇着，什么大事？交给愚兄啦。"

月容笑道："全仗您救我一把。"

王傻子端起杯子来喝了一大口酒，二和又给他满上，他欠着身笑道："二哥你喝。大妹子，丁掌柜的在这里，我说实话，大哥有这么好做的吗？你既是叫了我一声大哥，我不让你白叫！"

二和道："大哥，你喝，我这里预备下了羊肉白菜，回头下热汤面你吃。"

月容道："面都擀好了。"

王傻子笑道："这姑娘真能干，这样的人才哪儿找去！大妹子，你就别上救济院了，就在丁二哥这里住着，他老太太是个善人，你修着同她在一处，你有造化。再说，你大嫂子直心肠儿，我们两口子虽是三日一吵五日一骂的，可是感情不坏。同在一个院子里，什么事我能照应你。"

月容站在一边笑着，王傻子道："老太睡着啦？我一喝酒，嗓门子就大了。"

二和道："没关系。大哥你说不让她走，她师傅家可离这儿不远。"

王傻子在墙上筷子筒里抽出两双筷子，分了一双给二和，然后又一夹子鸡蛋，向嘴里一塞，又喝了一口酒，杯筷同时在桌上放下，表示那沉着样子，笑道："人家都叫我傻子，我可不是真那么傻。这件事，绝不能含含糊糊地办，要办就办一个实在，同我妹子师傅敞开来说脱离关系，离得远，离得近，都没什么。"

二和道："那可透着难点儿吧？"

王傻子一连剥了好几粒花生咀嚼着，笑道："有什么难？豁出去了！咱们花几个钱，没有办不妥的。"

二和端起杯子来，抿了一口酒，因昂头叹了一口气道："咱们就缺少的是钱。"

王傻子道："缺钱是缺钱，可是咱们哥儿俩在外有个人缘儿，就不能想点儿法子吗？花钱能了不算，我还要少花呢！"

二和道："请教大哥有什么法子呢？"

于是他两指一伸，说出他的办法来。

第五回

茶肆访同俦老伶定计
神堂坐壮汉智女鸣冤

丁二和拿出一瓶莲花白来，原也不想有多大的效力，现在王傻子一拍胸脯就答应想法子，倒出乎意外，便笑道："你说有法子，自然是有法子的。但不知道这法子怎样的想法？"

王傻子道："明人不做暗事，你打算把我们这位小妹妹给救了出来，干脆就去找她的师傅，把她的投师纸给弄了出来。自然，让他白拿出来他不会干的。咱们先去说说看，若是他要个三十五十的，咱们再想法子凑付。"

二和道："他要是不答应呢？"

王傻子端起酒杯一仰脖子喝了一大口，淡笑一声道："二哥，你怎么还不知道王傻子为人吗？我傻子虽是不行，我的师兄弟可都不含糊。说句揭根子的话，他们全是干了多年的土混混，漫说是一个唱曲儿的，就是军警两界咱们都有一份交情。咱们说是出面，给两下里调停，他唱曲儿的有几个脑袋，敢说一个不字！"

二和道："若是那样子大办，那他倒是不能不理会。"

王傻子道："这不是街坊走了一只猫，让人家抱去了，骂几句大街就了事的。"说到这里，他回头看到月容在屋檐下撑面，这就笑道："大妹子，你别怪我，我说话一说顺了嘴，什么全说得出来的。"

月容笑道："我还不如一只猫呢，猫还能拿个耗子，我有什么用？"

王傻子向二和笑道："这孩子真会说话。她要是有那造化，在富贵人家出世，一进学校，一谈交际，咱们长十个脑袋，也抵不了她。"

月容笑道："大哥，你别那样夸奖，我的事全仗你啦。你把我抬高了，显见得我是不用得人帮忙的，那可糟了。"

王大傻子手一按桌子站了起来，将手拍了胸道："大姑娘，你放心，我要不把你救了出来，算我姓王的是老八。你赶快把面煮了来，吃了我就走，酒我不喝了。"

二和看到他这样子起劲，心里头自然也是很欢喜，就帮着月容端面端菜。

身后丁老太叫了一声王大哥，接着道："有你出来，这事就妥了。我家二和胆子小，不敢多事。"

二人回头看时，丁老太手扶着房门站定，笑得脸上的皱纹一道道地簇拢起来。二和赶快上前搀着道："我只管说话，把你有病都给忘了。"

丁老太扶了他，一手摸索着走出来扶了凳子坐下，笑道："你们的话我全听到了，这样办就好。我就常说，王大哥就是鼓儿词上的侠客。心里一痛快，我病也好啦。"

王傻子听了，不住地咧着嘴笑，吃了一碗撑面，连第二碗也等不及要，站起来将大巴掌一抹嘴道："大家听信儿吧。"他说了这话，已经跨步出了院子门了。

离这胡同口不远有家清茶馆儿，早半天有一班养鸟的主儿在这里聚会。一到下午，那就变了一个场面了，门口歇着几挑子箩筐，里面放着破鞋旧衣服、大玻璃瓶小碗等等，是一批打小鼓收烂货的在这里交换生意经。靠墙一列停着几辆大车，这是候买卖的，这些人全在茶馆子里，对了一壶清茶，靠桌子坐着。

王傻子走进门两手一抱拳，叫道："哥们儿，王傻子今儿个出了娄子啦，瞧着我的面子，帮个忙儿成不成？"

在茶座上坐着的有五六个人全站起来，有的道："王大哥，你就说吧，只要是能帮忙的，我们全肯出力。"

王傻子挑了一个座位坐下，因道："赶马的丁二和昨天上午在羊尾巴胡同口救了一个唱小曲儿的姑娘，把她藏在家里。据说，她师傅同师娘全不是人，师娘成天磨她，晚上又要她上街挣钱；师傅是个人面兽心的东西，要下她的手。她受不了才逃出来的，我瞧见丁二和家有个姑娘，打算管管闲事。可是一见面，那姑娘直叫我大哥，怪可怜儿的，我就答应了她，和她师傅要投师纸去。凭咱们在地面上这一份人缘儿，她师傅不能不理。唐大哥在这前前后后最熟不过，烦唐大哥领个头儿，咱们一块儿去。"

在窗户边一个大个儿，短夹袄上围着一根大腰带，口里衔着短旱烟袋，架在桌沿上吸着，便答道："这没什么难，只要人逃出来了，咱们同他蘑菇去，不怕他不答应。她师傅姓什么？"

王傻子啊哟了一声，将手乱搔着头，笑道："我只听到丁二和给我报告个有头有尾，我倒忘了问这小子是谁。"他这一说，在座的人全乐了。

墙角落里桌子边坐了一位五十来岁的人，黄瘦的脸儿，穿了一件灰夹袍，外套旧青缎子坎肩，手里搓挪着两个核桃，嘎啦子响。他向王傻子笑道："这个唱曲儿的我认得，他叫光眼瞎子张三，在羊尾巴胡同里小月牙胡同里住。你们要到他手上去拿投师纸，你说上许多话不算，还得给他一笔钱，哪有那么些工夫？你们把事交给我，叫我一声……"

王傻子笑道："杨五爷，你可别开玩笑。"

杨五爷哈哈大笑道："你可真不傻，我当然叫她拜我为师，还要她做我干姑娘不成？张三这小子，无论怎样不成人，他总有三分怯我，这里另有个缘故，将来可以告诉你们。"

在座的人听说，这就哄然地道："有杨五爷出来，这事就妥啦。"

杨五爷道："这孩子我也看到过，模样儿好，嗓子也好，准红得起来。王大哥，你去对那位姓丁的说，他得和这姑娘假认是亲戚，把姑娘送到我家里去学戏，然后我去同张三胡搅。"

王傻子道："我已经和她认作干兄妹啦。"

杨五爷道："干兄妹三个字能拿出来打官司吗？最好让姓丁的同她认成姑表亲，找一位长辈出来说话，我就有戏唱了。"

王傻子道："成啦，二和的老娘倒是个真瞎子。"

杨五爷笑道："那就更好了。我这就回家去，回头你同姓丁的把那姑娘送到我家里，让那丁老太也陪着，只要姑娘给我磕三个头，担子我担了，晚上没事，你到我家里去瞧一份儿热闹。"

王傻子就走到他座位边来，两手扶了桌子，向他脸上望着，问道："五爷，这话真吗？"

杨五爷手心搓挪着核桃，另一只手摸了尖下巴颏上几根黄胡子，笑道："王大哥，咱们可常在茶馆里会面，你瞧我什么时候做过猴儿拉稀的事情？实对你说，我也是瞧那姑娘很好，跟着张三在街上卖唱，哪日子是出头年？以前她好好儿地跟了张三，我瞧她在泥坑里，也没法拉她一把，因为那是她自己愿意的。现在她既是逃出罗网来了，我就想收现成这样一个好徒弟。"他口里说着，将桌上放的瓜皮帽子抓了起来，做个要走的样子，向王傻子道："你们若是相信我的话呢，我就照办；不相信我的话，这话算我没有说。"他说着，把帽子向头上盖了下去，因道，"我可要走啦。"

王傻子道："五爷，你怎么啦？我可一个字也没有敢给驳回，你怎么先生气呢？"说到这儿，他可退后两步，挡住了他的去路。

杨五爷笑道："你不要我走，在这茶馆子里，马上也办不出来。"

王傻子就把他面前的茶壶给斟了一杯茶，两手捧着，送到杨五爷面前，笑道："五爷你先喝一杯，告诉我们一点儿主意，你眼珠子一转，也比我们想个三天三夜来得巧妙些。"

杨五爷听了这话，又坐了下来，向四周一看，因道："好在这里没有传信给他的人，我就可以说了。"于是把自己想的主意，绘声绘影地就在茶座上对他们说了。

大家眉飞色舞地都点着头说，这个法子不错，张三要是知趣的人，这事情就妥了。杨五爷笑道："难剃的连鬓胡子，我经过的就多了，这么一个张三，我有什么对付不了的！"

他手上搓了两个核桃，笑嘻嘻地走出去了。王傻子这就转过身来，向那位姓唐的一拱手道："这件事有杨五爷出了头，不能算我私人的事，大家就是捧五爷一场，也应当带我傻子一个。"

那位姓唐的大个儿听了这话，就把胸脯子一挺，站了起来，一伸右手的大拇指道："要是照着刚才杨五爷说的那话，绝对没有什么难处，都交给我了。"他说时，僵着脖子，眼睛又是一横，那神气就大了。王傻子也沏了一壶茶，在清茶馆里又坐了一会子，然后回家去。他也来不及进自己的屋子，立刻就到丁家跨院子里来。

丁老太这时坐在小堂屋里矮凳子上，捧了一小串子香木念珠，两手握住，四个指头两推两掐地数着。月容坐在她对面，絮絮叨叨地说话，老太低头听着，一声儿不言语。

王傻子刚进院子门，月容说一声大哥来了，就迎出了院子来。王傻子笑道："大妹子，你的事妥了，没事了，有人替你出头了。"

丁老太道："王大哥，请你到屋子里坐吧。谁肯出头呢？我倒愿意听听。"

王傻子昂了头，笑着进来，脚步是刚停住，月容早就搬了一张椅子放到他身后，还用手牵了他的衣襟，低声叫道："王大哥，请坐请坐。"

王傻子刚坐下，月容又斟了一杯茶，两手捧着，送到他面前。王傻子笑道："丁老太你猜怎么着，杨五爷肯给咱们出头了。"

丁老太道："哪个杨五爷？"

王傻子道："这人说起来是很有名的。从前他唱戏的时候，名字叫赛小猴，唱开口跳。后来不唱戏了，靠说戏过活，年数多了，倒也挣了俩钱，在咱们城西这一带很有个人缘儿，要说是在街上卖艺的人，要得罪了他，那可就别想混出去。"

月容站在丁老太椅子后，正半侧了身子听着，这就插一句话道："我明白了。这个姓杨的准是一位在家里的吧？"

傻子道："小姑娘家，可别胡说。"说着，连连地瞪了她两眼。月容也没有知道这句话是说错了在哪里，倒是直了眼睛望着。

正在这时，二和手里拿了一条马鞭子大步地赶将进来，也等不及进门，立刻就叫起来道："王大哥来啦，怎么样？有了办法吗？"

王傻子道："我们这个大妹子真有个人缘儿，杨五爷听我一说，他愿帮忙啦。"

二和也有点儿莫名其妙了，把手上的马鞭子向月容手上一递，然后两手一拍，对王傻子道："这事妥了？"月容看到他们都这样兴奋，也就料着事情不坏，他们有什么吩咐，就照了他们的吩咐行事。

这个计划的开始是这日下午七点钟，王傻子、丁二和、王月容三个人一同到杨五爷家里来。他们倒也是个四合院子，中间是板壁屏门一隔，分成了内外，正面北屋子电灯通明的，正敞着门啦。杨五爷口里衔着一支七八寸长的旱烟袋，烟斗里面正插了半截烟卷，两手背在身后，只管在屋子里来回地踱着。看到二和进来，立刻地到门边来，招了两招手。月容随在他二人身后，这就留心看他的家庭状况了。走进堂屋去，正中上面一张大长案，长案外面又是一张小长桌，在桌上摆着一个三尺多长的雕花硬木神龛。在那里面供着一位尺来长的白面长须、穿黄袍的佛像。在神龛两面，有那小旗小伞用小白铜架子安排着，此外又是白锡的大五供小五供，一对没有点的大红烛，高高地插在烛台上。五供里面，有一盏锡的高灯台，几根灯草并在一处点了一个小火焰。那中间檀香炉子里，微微的一小缕青烟，在半空里飘荡着，只这一点，这就形容得这个堂屋有了很神秘的意味了。两边列着四把紫檀椅子，上面还铺着紫缎子的椅垫子。在这中屋梁上垂下来的电灯，正照着下面的一张四仙桌，上面是茶盘子里放好了茶壶茶杯。烟卷是用一个雕漆盒子装着，连火柴全放在茶盘子边，那是等候客人多时的了。

王傻子抢上前一步，回转头向月容道："这就是你师傅了，磕头吧。"

杨五爷拿了小旱烟袋杆，摇摆了两下，笑道："先别忙，你们在这里坐一会子，我自有安排。"说着，向二和道："丁二哥，咱们短见，难得你这样仗义，将来她总得报你的大恩。"他说着，很快地用眼光在二和、月容两个人身上扫了一下。

二和笑着连连地弯腰道："我们这穷小子，哪配说给人帮忙？这好比水里漂着一根浮草，顺便让落下河的小虫儿搭了这根草过河，算得了什么力量？"杨五爷微微地笑着。

不过月容并不因为杨五爷这样说了就呆呆地站着，便是缓步向前，对正了他弯腰行了个三鞠躬礼。杨五爷侧了身子受着，笑嘻嘻地连点了几下头。就在这时，已经有用人出来张罗着茶水，同时把佛案前的两支大烛给点上，又燃了佛香，横放在桌边，地上也铺上红毡子。月容一机灵，也不要人告诉，已是走到所供的老郎神案前，拿起佛香磕下头去。王傻子等她把头磕完，就扶着杨五爷站到佛案下大手边，将肩膀摇着，向月容一歪脖子道："姑娘，你造化，认这样一个好老师，你磕头吧。"

月容朝上端端正正地磕了三个头，刚一站起，王傻子便道："请老师带到里面拜师娘去，我们要叫你出来，你才出来呢。"

杨五爷招招手，果然带了她进去，当她再出来时，这堂屋里已经换了一个样子，只见一个大个儿领头坐在那大椅上，在他手下一排坐着五个直眉毛瞪眼睛的人，看那情形好像是预备和人打架。两边只有两张椅子，其余三个人全是搬了凳子来坐着，将脚抬起来架在凳上。

王傻子站在她身边，伸手向唐大个子一指道："这位是唐得发大哥，事情就全仗着他啦。"

月容这就走向前一步，和他勾了一勾头。唐得发道："姑娘，你别客气，好像唱戏，我就管这一场，你们的事情还多着啦，我卖一卖力气，没什么关系。"

二和向院子外努努嘴，让他别作声。月容也向外面看时，那隔了屏风的几间屋子灯火通明，还有人说话嘈杂的声音，显然是有客在那边了，那声音一路地由远而近，杨五爷在前面引导，正带着张三夫妇两口子进来。

月容红着脸，早是心里怦怦地乱跳，向后退了两步，藏到王傻子身后来。王傻子用手碰了她两下，意思是叫她别害怕。张三已是知道她在这屋子里的了，看到她淡淡地一笑，还点了两点头。杨五爷就站在堂屋中间，一个个给他介绍着，最后介绍到唐得发面前，笑道："你大概也听见过，他叫唐大个儿，地面上哥儿们有个什么事，少不了他。他为人挺仗义的，同人办事，除了跑腿不算，还可以贴钱。"

张三向他脸上看看，接着一抱拳道："久仰，久仰。"

然后大家让座，把张三夫妇俩让在唐得发身边坐着，唐得发坐在张三上首，同他来的五个人一顺边地坐在两条板凳上，杨五爷同王傻子、二和坐在他们对面，月容又退在杨五爷身后站着。一位壮汉出来张罗过了茶烟，唐得发先掉过脸来向张三道："照说呢，我们可不能多你的事，都因为你这位徒弟哭得可怜，我怕在大街一嚷，惹出是非来，就上前拦着。也是事有凑巧，她在胡同里哭的时候，我们同杨五爷全都在茶馆子里。当时，我们听了她所说的那一家子理，都相信了，就让她拜杨五爷为师。可是杨五爷又说啦，明人不做暗事，还得请你来当面交代一声儿。"

张三一看屋子里坐的这几个人全是粗胳膊大腿的，心里早就明白啦。嘴里吸着烟呢，这就把两个指头夹住了烟卷，呆着不动，鼻子里不断地向外喷着烟。他的妇人黄氏没说话先就哟了一声道："这丫头信口胡扯的话，哪里能听呢！一个徒弟拜两个师傅的，那也常有，我们不反对。别的话不用说，只要她同我们回去，万事全休。"

唐大个儿没说什么，只是把鼻子耸着冷笑了一声。杨五爷道："这话是对的，我也就为了这事，把你二位请过来。我先就要她回家了，她说是口里叫叫的师傅，总不能帮忙，总得要有一点儿把握，所以我就想了一个主意，在今天晚上拜过了师以后，立刻把你二位请来。那意思就是说，她心里可以踏实了，我也有话把她送出门，免得说我霸占你二位的徒弟。现在她在这儿，你二位要带她走，我是绝不拦着。月容，你出来说话呀。"只这一声，大家全向她身上看了来。

月容站在那儿，先用手牵牵衣服，又抬起手理一理自己的鬓发，然后走了出来，站在堂屋中间，正着脸色道："凭了祖师爷在这儿，我起誓，我要说一句假话，我立刻七孔流血而亡。"

杨五爷微笑道："这小孩子说话就是这样不知道轻重。"

黄氏将右手伸了一个食指，连连地点着月容道："臭丫头！你说，你说！"

唐大个儿突然站起来，两手操着腰带紧了一紧，瞪着眼道："这位大嫂，你别拦住她说话！就是法庭上犯人也能喊叫三声冤枉呢。要讲理，咱们就讲理；要讲胡搅，大家都会！"

张三立刻向她睃了一眼，低声道："你先别作声。"

二和偷眼看他身上穿了一件青布夹袍子，很有几处变了灰色。一张雷公脸带了苍白色，连两只眼珠都是灰的。不扎吗啡也抽白面，头上养了一撮鸭屁股头发，倒梳得挺光滑。心想：凭这副尊相也不是好人。就对月容道："别发愣，有话只管说，在这里的这些人全是讲公道的，对谁也不能偏着。"

月容向大家看了一看，觉得各人脸上全鼓着一股子劲，料是不能有什么乱子，便道："要我说，我就说吧。让我跟师傅回去，我是不能去的；若是要我的小八字儿，干脆拿一把刀来，给我穿了八块吧。并不是我忘恩负义，因为师傅待我，不是把我当一个徒弟，是把我当个姨奶奶看待。我这么小年纪的人，我还图个将来呢，我能够跟他胡来吗？所以我含着一包眼泪，总是躲开他。可是诸位想想，我一个没爹娘的小女孩子，能对付得了他吗？这是他。再说到我们师娘，她也知道师傅没安着好心眼，倒是难为了她处处都看着我，不让我同师傅有说话的机会，这倒是一件很好的事。可是她应当劝劝她的丈夫，不能怪我这可怜的孩子。她不那么想，借了别的缘故，不是打我就是骂我。她还说了，要弄瞎我的眼睛呢！我逃出来的那一天，是师傅把我关在房里，掏了几毛钱给我，让我买吃的，伸手就来抓我。师娘是老早地出去了，没有人救我，我只得大嚷起来，师傅一气，揍了我一顿。恰好师娘回来了，看见师傅关着房门呢，敲开房门进来，拿过一把鸡毛帚子，不容分说劈头就抽过来。我一急，就跑出大门来了，打算报警察的。祖师爷在这里，我可没说一句假话。"

二和听到这里忍不住了，两脚一跳就跳到张三面前，举起右手的拳就劈过去。杨五爷眼快，早已看到，伸手给他拦住，笑道："丁二哥，你别急，咱们不是讲理来着吗？有话可以慢慢地说。"

二和指着张三道："这小子人面兽心，要是教徒弟都是这么着，人家还敢出来学艺吗？"

张三听到月容那一篇报告，早是身上抖颤，脸上是由苍白变紫，由紫更变到青，呆了两眼，像死过去了的僵尸一般，二和到了面前，他也不会动。

唐得发在这时候也就站起来了，一手按住了张三的肩膀，一手把二和向外推着，瞪了眼道："别这么着。要说讲理，我唐大个儿没什么可说的。若说到打架，二哥，你不成。今天在祖师爷面前，大家全得平心静气地说话，谁要不讲理，我先给他干上！王家姑娘，你说你的冤枉。张三爷，你看我的话怎么样？"

张三见他的一个拳头简直同铁锤一样，便连连地点着头道："是，是，是。"于是杨五爷定的计策，就算大功告成了。

第六回

焚契灯前投怀讶痛哭
送衣月下搔首感清歌

　　这个局面，虽是杨五爷预定的计划，但是他只知道张三的个性，还不知道张三媳妇黄氏是什么脾气，这时一服软，他想着，再不必用什么严厉的手段了。这就把各人都让着坐下来，然后捧了装着烟卷的瓷碟子，向各人面前送去。送到了张三面前，这就笑道："你既是孩子的师傅，你总得望孩子向好路上走，她老是在街上卖唱，总不是一条出路。"

　　张三也不曾开口，黄氏就插嘴道："是哟，她有了好师傅了，还要我们这街上卖唱的人干什么？可是，她到我们家去，写了投师纸的。就不说我们两口子教了她什么玩意儿吧，她在我们家过了两年，这两年里头就算每天两顿窝头，也很花了几个钱，白白地让她走了我有点儿不服气。再说，我们就看破一点，不要她还我们饭钱吧，她家里人问我要起人来，我们把什么话去回答人家？我知道你杨五爷是有面子的人，可是有面子的人更得讲理。写了投师纸的人，可以随便走的吗？那写投师纸干吗？再说这时候你把我们的徒弟夺了去，还说我们待孩子不好。反过来说，有人夺了杨五爷的徒弟，再说杨五爷不是，五爷心里头怎么样？"

　　她一开口，倒是这样一大篇道理。杨五爷一面抽着烟，一面坐下来慢慢地听着，并不插嘴，只是微笑。她说完了，二和就插言道："说到这里，我可有一句话忍不住要问，这小姑娘当年写投师纸，是谁做的主？"

　　张三道："是她一位亲戚。"

　　二和道："是一位亲戚，是一位什么亲戚？"

　　张三笑道："这个反正不能假的，您问这话……"

　　二和道："我问话嘛自然是有意思的，你不能把这位亲戚的姓名说出来吗？"

黄氏道："那没有错，那人说是她叔叔。"

二和道："她叔叔叫什么？"

黄氏道："事情有两年了，我倒不大记得，可是他姓李是没有错的。"

二和道："准没有错吗？"黄氏听到这句话，却不免顿了一顿，二和哈哈笑道："又是一个叔叔和侄女儿不同姓的。"

黄氏抢着道："那是她表叔。"

杨五爷道："张三爷，我看你这事办得太大意。收一个徒弟，很担一份儿责任，你不用她的真亲真戚出名，你就肯收留下来了吗？"

张三道："这个我当然知道，可是她就只有这么一个亲戚。"

二和道："你这话透着有点儿勉强，她的亲戚你怎么就闹得清楚？你说她没有真亲真戚的，我引她一位真亲戚你瞧瞧。"说着，就转脸对月容道，"可以请出来了。"月容点了点头，自进内室去了。

张三夫妻看到却是有点儿愕然，彼此对望着。他们还没有猜出来这是一桩什么原因的时候，月容已是搀着丁老太走了出来，向她道："舅母，这堂屋里有好些个人，你对面坐着的，是我师傅、师娘。"

丁老太太将头点了两点道："我们这孩子，麻烦你多年了。"

唐大个儿也走上前来，将她搀扶在椅子上，笑道："大娘，你坐着，我们正在这里说着，你就是这么一个外甥女儿，不能让你操心。"

丁老太将身边站着的月容一把拉着，站到面前，还用手摸着她的头发道："孩子，你放心，我总得把你救出天罗地网，若是救你不出去，我这条老命也不要啦。"

唐得发摇摇头道："用不着，用不着。若是有人欺侮你外甥女儿，要我们这些人干什么的？说句不大中听的话，要拼命，有我们这小伙子出马，还用不着年老的啦！"他说着这话，可站在堂屋中间，横了眼睛，将手互相掀着袖子，对张三道："姓张的，以前这小姑娘说的话，我还不大敢相信，以为她是信口胡说，照现在的情形看来，简直你有点儿拐带的嫌疑。我瞧着，这事私下办不了，咱们打官司去！"口里说着，人向张三面前走来，就有伸手拖他的意思。

旁边坐的壮汉，这就有一个迎上前来，将手臂横伸着拦住了他，笑道："唐大哥，你急什么！张三爷还没有开口啦。"

唐得发道："这小子不识抬举，给脸不要脸！"

42

张三板着脸道："你怎么开口就骂人！"说着不免身子向上一起。

唐得发一手叉了腰，一手指着张三道："骂了你了，你打算怎么办吧！咱们在外头就讲的是一点儿义气，像你这样为人，活活会把人气死。你瞧这王家小姑娘，是多么年轻的一个人，你……你……你这简直是一个畜类！祖师爷在这儿，你敢起誓说她是冤枉你的吗？"

丁老太道："大家听听，并不是我一个人起急，我这孩子，实在不能让她跟先前那个师傅去了，她师娘也不是来了吗？请她说两句话。"

黄氏虽是向来没有听到月容说有什么舅母，可是月容说张三的话并不假，而且有好多话并不曾说出来。再看看唐得发这几个壮汉，全瞪了眼卷着袖子，那神气就大了，因向张三低声道："这全是你教的好徒弟，到了现在，给咱们招着许多是非来了。"

唐得发向他两人面前再挺进了一步，杨五爷站起来，抱了拳头道："大家请坐下吧，有话咱们还是慢慢地商量。"唐得发歪了肩膀，走着几脚横步，坐在靠堂屋门的板凳上，两腿分开将手扯了裤脚管，向上提着，那也显然没有息怒。他做出一种护门式的谈判，倒是很有效力的，张三想要走是走不了，要在这里说什么吧，理可都是人家的。他看到茶几上有烟卷，只好拿起来抽着，就算是暂时避开攻击一个笨法子。可是他能不说，禁不住别人不说，他的脚边下不知不觉地是扔下了十几个烟卷头子。

最后的解决，是唐得发同了两位伙伴陪了张黄氏在家里把月容投师纸取了来，丁老太在身上抖抖颤颤地摸索着，摸出一叠钞票来，抓住了月容的手向她手心里塞了去，因道："这是三十块钱，是谢你师傅的。虽说你吃了你师傅两年饭，可是你跟他们当了两年使唤丫头，又卖了两季唱，他们也够本儿了。这钱不是我的，是借来的印子钱，求你师傅行个好吧。"

月容接着也没有敢直递给张三，只是交到唐得发手上。唐得发却笑嘻嘻地把一张投师纸做了交换品，笑道："大姑娘，这可不是闹着玩的事，你得把字纸看清楚了。"

杨五爷也就抢着过来，把纸拿到手上，捧了在电灯下看着，向丁老太道："老太，投师纸我已经拿过来了，你外甥姑娘自己也看清楚了，上面有她的指印倒是真的。这玩意儿留着总是厌恶，当了你外甥姑娘和许多人在这里，在祖师爷当面，在灯火上烧掉吧。"他说着，把那契纸送到烛焰上点触着，然后递到月容手上，笑道："姑娘，你可自己望着它烧掉。"月容当真地接了过来，眼睁睁地望了那契纸被火烧去，直待快烧完了，方才扔到地下。

张三在那烧纸的时候不免身子微微地发抖，回转脸来，向黄氏道："咱们走吧。"

黄氏道："不走还等着什么！"一面起身向外走，一面带了冷笑道："杨五爷，劳驾了，算你把我们的事给办妥了。"

唐大个儿也就跟着站了起来，紧随在她身后，而且鼓着脸子，把两只袖口又在那里卷着。张三慢吞吞地随在后面，淡笑道："走吧，别废话了。"说着，半侧了身子向在座的人拱了一拱手，然后扬长着出去。在座的人就有几个送到院子里去。

月容站在堂屋里可就呆了。直等杨五爷送客回屋子来，也向她拱了两拱手，可就笑道："姑娘你大喜了，事情算全妥啦。"

月容这才醒悟过来，低头一看，那契纸烧成的一堆灰还在佛案面前。这就掉转身来，向老太怀里一倒，哇的一声哭了起来。丁老太倒有些莫名其妙，立刻两手搀住了她，连连地问道："怎么了？怎么了？"月容并说不出所以来，只是哭。

到了这时，杨五爷的女人赵氏穿了一件男人穿的长夹袍，黑发溜光地梳了一把背头，才笑着出来，见丁老太搂着月容，月容哭得肩膀只颤动，因问道："这是怎么了？难道还舍不得离开那一对宝贝师傅师娘吗？"

月容听了这话，才忍住了哭道："我干吗舍不得他？要舍不得他们，我还逃走出来吗？"

丁老太两手握住她两只手微微推着，让她站定，微笑道："我瞧，是碰着哪儿了吧？"

二和同了那几位壮汉，全在堂屋里呆呆地站着，也不知道她为了什么。唐大哥道："准是你还有什么话要说吧，那不要紧，今天张三走了，过了几天，我们一样地可以去找他。"

月容拭着泪，摇摇头。杨五爷口里衔着那烧烟卷的短烟袋，微笑道："你们全没有猜着。我早就瞧出来了，她是看到那投师纸烧了，算是出了牢门了，这心里一喜，想到熬到今日，可不容易，所以哭了。"

月容听到这里，嘴角上又是一闪一闪地要哭了起来。赵氏牵了她的手道："到屋子里去洗把脸吧。"说时，就向屋子里拖了去。

二和笑道："原来是这么回事。"

杨五爷笑道："你一个独身小伙子，哪里会知道女人的事！"

二和摇摇头道："那我是不成。"

唐得发道："杨五爷，现在没我们什么事了吧，我们可以走了吗？"

杨五爷拱拱手道："多多劳驾。"

二和道："没什么说的，改日请五位喝两盅。"

唐得发笑道："这么说，你倒是真认了亲了，这姑娘的事还要你请客？"

王傻子笑道："那么说我也得请客，我是她干哥哥啦。"

正说时，赵氏已是带了月容出来了，头发梳得清清亮亮儿，脸上还抹了一层薄粉。看到王傻子说那话，胸脯子一挺，将大拇指倒向着怀里指了两指，瞧他那份儿得意，也就一低头，噗地笑了出来。

王傻子笑道："事情办成了，你也乐了，现在我们一块儿回去了吧？"

赵氏道："她说了，她在丁二哥那里住，挤得他在外面屋子里睡门板，挺不过意的。她瞧我这儿屋子挺多的，就说愿意晚上在我这儿住，白天去给丁老太做伴。"

二和道："我也有这个意思，不过不好意思说出来，要说出来，倒好像我们推诿责任似的。"

杨五爷笑道："这也说不上推诿两个字，现在你是帮她忙的人，我可是她的师傅。"

二和听了这话，自不免怔了一怔，可是立刻转了笑脸道："好的，好的，咱们明天见了。"说着，向月容也勾了两勾头，先走到母亲面前，将她搀起了，因月容在母亲身边呢，又轻轻地对她道："诸事都小心点儿。"

月容把眼向他瞟了一下，很诚恳的样子，点了两点头，然后直送到大门外来，看了丁老太同王傻子都上马车，才抢到前座边，向二和道："二哥，这样东西请你给我带回去，我明日早上使。"

二和猛然听到她改口叫着二哥，心里已是一动，一伸手接过东西去，又是个小手巾包儿，心里接着更是一阵乱跳。她还轻轻地道："明儿见。"那三个字，是非常清脆悦耳。虽然她不同着一道回去，也就十分地愉快了。

到了家里，二和忍不住首先要问的一句话，就是那三十元钞票由哪里来的。丁老太道："你想我会变戏法吗？变也变不出这些钱来呀。这是那杨五爷递给我的。"

二和道："他们家真方便，顺手一掏，就是几十。"

丁老太道："一掏几十，那算得了什么！以前我们一掏几百，还算不了什么呢！"

二和道："老人家总是想着过去的，过去我们做过皇帝，我们现在还是一个赶马车的。所以我不想那些事，我也不去见那些人。"

丁老太道："听你争这口气那就很好，不过你又要加一层担子，还得大大地卖力呢。"

二和道："你说的是那王家姑娘吗？这有什么担子？她有师傅靠着了。"

丁老太也没接着向下说，自上床去安歇。二和在外面屋子里由怀里把那小手绢包儿掏出来，透开看时，却是些花生仁儿和两小包糖果，不由得自言自语地笑道："孩子气。"依然包好，放在桌子抽屉里。

次日早上，天亮不久，就被敲院子门的声音惊醒。二和起来开门，迎着月容进来笑道："你干吗来得这样早？"

月容道："我同师傅说了，这两天老太身体不大好，我得早一点儿来，同你拢火烧水。"

二和笑道："你昨天给我的手绢包儿，我还给你留着呢。"

月容道："干吗，我还把师傅的东西带到这儿来吃？"

二和道："那为什么让我带来？"

月容红了脸笑道："事后我也后悔了，你又不是小孩子，我干吗给糖子儿花生仁你吃？"她越说就越不好意思，可把头低着，扭转身去。

二和笑道："这么办吧，手绢儿我留下了，糖子儿你自己留着吃吧。"

月容听到他这样说，越是不好意思，这就跑到屋子里去伏在桌上，咯咯地笑。这样一来，彼此是相熟得多了，二和也在家里陪着她做这样做那样，还是丁老太催他两遍，他才出去做生意。到了下午，二和回来吃过晚饭，月容才到杨五爷家去学戏。

这样下来有两个星期。据月容说，杨五爷很高兴，说是自己很能学戏，赶着把几出戏的身段教会了，就可以搭班露市了，因为这样，早上来得晚，下午也就回去得早。恰好这两天二和出去得早，又回来得晚，彼此有三个日子不曾见到面了。到了晚上，二和等到了这日黄昏时候，下过一阵小雨，雨后稍微有点儿西北风，就有点儿凉意了。二和因对母亲说，要出去找个朋友说两句话，请她先睡，然后在炕头边木箱子里取出一个包妥当了的布包袱夹在胁下，就出门向杨五爷家走了来。

那时天上的黑云片子已经逐渐地散失，在碧空里挂一轮缺边的月亮，在月亮前后，散布着三五颗星星，越显着空间的淡漠与清凉。杨五爷的家门口有一片小小的空地，月亮照在地上雪白，在他们的围墙里，伸出两棵枣子树，那树叶子大半干枯着，在月亮下不住地向下坠落。为了这一阵黄昏小雨的缘故，这深巷子里是很少小贩们出动，自透着有一番寂寞的境味。就在这时，有一阵拉琴唱戏的声音送了出来。那个唱戏的人正是青衣腔调，必是月容在那里唱戏了，于是慢慢走着，靠近了门，向下听了去。她所唱的，是大段《六月雪》的二黄，唱得哀怨极了，二和不觉自言自语地赞叹了一声道："这孩子唱得真好。"因看到门框下有两块四方的石墩，这就放下包袱，抬起一只腿，抱了膝盖坐，背靠了墙，微闭了眼睛潜心去听。

"喂，什么人坐在这门口？"突然有人喊着，二和抬头看时，却是一个穿短装的人，手里提了二三个纸包走了过来，因答道："我是送东西来的，是杨五爷的朋友。"

那人笑道："我听出声音来了，你是丁掌柜的。"

二和道："对了，你是……"

他道："我是在五爷家做事的老陈，你干吗不进去，在这里坐着？"

二和道："里面正唱着呢，唱得怪好听的。我要是一敲门把里面的人吊嗓子给打断了，那倒是大煞风景的事。"

老陈道："又不是外人，你要听，敲了门进去，还不是舒舒服服地坐着听吗？"他口里说着已是上前去打门环了。

来开门的，正是月容。在月亮下面，老远地就把二和看到，因笑道："二哥这两天生意好？老早地就出门了，我做的留下来的饭，你够吃的吗？"

二和笑道："够吃的了。今天你还给我煨了肉，稀烂的，就馒头吃真好。"

月容道："馒头凉的，你没有蒸蒸吗？"

二和道："蒸了。这点儿便易活，我总会做的。天气凉了，你穿的还是那件旧夹袄，我给你做的新衣服已经得了。一件绒里儿的夹袍子，一条夹裤，你上次不是做了一件大褂子吗？就照那个尺寸叫裁缝缝的。事先我没有告诉你，怕你同我客气，不肯收下，现在衣服做得了，我瞧着样子还不怎么坏，特地送了来。"说着，把衣服包袱交到她手上。

老陈笑道："姑娘，我还告诉你一桩新闻，丁掌柜的早就来了，他在大门口听到你在吊嗓子，说是你的戏唱得很好，坐在这里石头墩子上听，他不肯敲门，怕是一敲门，里面的戏就停止了。"

月容手里捧了包袱，向二和望着道："是吗？"

二和道："你唱得太好了，我听着几乎要掉下泪来。有五爷这样好的师

47

傅教你，你将来还不是一举成名吗？"

月容道："我有那样一天，我先给二哥磕头。"

二和道："用不着磕头，只要……"说着，嘻嘻地一笑。

月容站在那里也沉默了一会子，便道："二哥进来坐吧。"

二和道："我在门外边坐了大半天了，我妈已经睡了，我不敢久耽搁，我要回去了。"

月容道："那也好，师傅赶着同我吊嗓子呢。我明天早点儿来给你做饭。"说着，她转身进去。

二和见那大门关着，正待要走，那门跟着又打了开来，月容可就伸出半截身子来叫道："二哥，你别见怪，我还没有跟你道谢呢，谢谢你了。"

二和笑道："这孩子淘气。"等那门关了，自己也就向回头路上走。

还没有走二三十步路呢，那胡琴唱戏的声音，却又送了过来，二和不由得站住了脚，向下又听了一听。这胡同里并没有什么人，当头的月亮，照着白地上一个人影子，心里这就想着："妈已经睡了，除了熄灯火，也没有别的事，就晚点儿回去，也不要什么紧。"于是抬起手来，搔搔自己的头发，望着那大半圆的月亮。天上不带一些斑点的云彩，让人看着，先有一种心里空洞的感想，那遥远的唱声送了过来，实在让人留恋不忍走。抬起在头上搔痒的那只手，只管举着不能放下来，就是放下来，又抬了上去搔着痒，好像在他这进退失据的当儿，这样地搔着头发，就能在头发上寻找出什么办法来似的。他全副精神都在头上，就没有法顾到脚下，所以两只脚顺了路，还是向前走，到了哪里，他自己也不觉得。不过那胡琴声和唱戏声，却是慢慢地更加放大，唱词也是字字入耳，直待自己清醒过来，这才看到又是站在杨五爷门口了。既然到了这里那就向下听吧，月亮下那个石墩，仿佛更透着洁白，他并不怎样地留意，又坐在上面了。

第七回

腻友舌如簧良媒自荐
快人钱做胆盛会同参

在这样凄凉的深夜里，在月亮下面坐着，本也就会以引起一种幽怨，加之杨五爷的家里又送出那种很凄凉的戏腔与琴声来，那会更引起听的人一种哀怨情绪。二和坐在那大石墩子上，约莫听了半小时之久，不觉垂下两点泪来。后来是墙里的声音全都息了。抬头看看天上的月亮，已经偏斜到人家屋脊上去。满寒空的冷露，人的皮肤触到，全有一阵寒意，自己手摸着穿的衣服，仿佛都已经是在冰箱里存储过了的。他自言自语地叹了一口气道："回家去吧。"一个人在月亮下面低头看了自己的影子，慢慢地走回家去。

当自己推开自己跨院门的时候，却看到外面屋子里灯火也亮着，便问道："谁到我家来了？"

屋子里并没有人答应，二和抢着一步走进屋去，却看到同院住的田大嫂子在桌子边坐着，桌子上放了一个青布卷儿，便笑道："是大嫂子来了。我说呢，我们老太她双目不明，要灯干什么？她也不会把灯捧到外面屋子里来。"

田大嫂笑道："你别嚷，你老太太睡着呢。你不是有两双旧袜子吗？我给你缝上两只底了，现在经穿得多了。"说着，把那个布卷儿拿起，笑嘻嘻地递到二和手上。就在这时，向二和脸上看着，问道："你流泪来着吧？"

二和道："笑话，老大个子哭些什么？"

田大嫂道："就算你没哭，你心里头也有什么心事。"

二和笑道："刚才我在大月亮下走路，想起我小时候在花园子里月亮底下玩，到现在就像做了一个梦一样。我想到那样好的人家，一天倒下来，怎么就变成了这个样子？"

田大嫂笑道："我说你为着什么心里难受，原来是为了这个。你也太想不通了，谁能够穷一百年，谁又能够阔一百年？你现在这样苦扒苦挣地干着，那真没有准，也许再过三年五载的，你慢慢儿发起财来，自己再盖一座花园子，那日子也许有呢。再说，你现时又得了一个美人儿了，将来带着美人儿游花园，那才是个乐子。"

二和笑道："大嫂子又开玩笑，我哪里来的美人儿？"

田大嫂道："不说这院子里吧，就是这条胡同里，谁又不知道？你还打算瞒着呢！"

二和笑道："你说的是王家那姑娘？现在人家在杨五爷那里学戏了。"

田大嫂笑道："她不是天天到你这儿来帮着你府上做饭吗？"

二和道："那也不过她念我们一点儿好处，到我家里暂时帮一点儿小忙。"

田大嫂斜靠着桌子，又坐下了，将眼斜望了他道："她叫你什么？"

二和笑道："你又要开玩笑了。"

田大嫂笑道："这算是玩笑吗？你叫我什么？"

二和道："我叫你大嫂呀。"

田大嫂道："这不结了？你叫我大嫂，她叫你二哥，这不是一条路？"

二和笑着，用手又搔搔头发，然后在怀里掏出烟卷来，递了一根给田大嫂。她笑道："二和，你今年多大岁数了？"说着把一支烟卷衔在嘴上。

二和擦了一根火柴，弯腰给她点着烟，笑道："我二十五岁了。要是我家没穷的话，我也在大学毕业了。"

田大嫂两个指头夹着烟卷，对灯光喷出一口烟来，笑道："谁问你这个？你二十五岁，人家才十六岁，年岁透着差得远一点儿。再说姑娘年纪太轻了，可不会当家。我同你做媒，找一位二十挨边的，你看好不好？模样儿准比得上你那位干妹，粗细活儿一把抓，什么全做得称你的心，你瞧怎么样？"

二和笑道："好可好。可是你瞧我一家老小两口全都照应不过来，还有钱娶亲吗？"

这位田大嫂把她的瓜子脸儿一偏，长睫毛里的眼珠一飘，她又是两片厚嘴唇，微微噘起，倒很有点儿风致。把右手举起，将大拇指同中指夹住弹了一下，啪地作起响来，她笑道："好孩子，在你大嫂子面前来这一手，

50

谁问你借钱来着？尽哭穷。你说没钱，给你干妹妹买皮鞋、买丝袜子、做旗袍，哪儿来的钱？"

二和道："就是同她做了一件布旗袍，哪里买了皮鞋同丝袜子？可是这件事，你怎么又会知道的？"

田大嫂笑道："若要人不知，除非己莫为。你干的事，这院子里知道的就多着了。喂，有热茶没有？给你老嫂子倒碗茶来。"

二和笑道："田大嫂，你今晚是怎么着？只管教训我来了。"

田大嫂笑道："玩笑归玩笑，正话归正话。我家大姑娘，你瞧得上眼吗？"

二和斟了杯茶送到她面前又退回来，一只腿搭在矮凳上，半斜了身站着，将一个食指连连地点着她道："你这是人家大嫂子？对着我们这二十来岁的光棍，有这样说话的？"

田大嫂将两指夹着烟卷，向地面上弹了两弹灰，笑道："依你应当要怎样地说呢？"

二和道："依我说，你根本就不能谈到你家大姑娘。"

大嫂将嘴一撇道："你又假充正经人了。再说我说这话也不是没有缘故的，我瞧你往常对我们大姑娘，倒夸个一声好儿；我们大姑娘呢，提到了你，也没有说过什么坏话。我的意思，想喝你们一碗冬瓜汤，你瞧怎么样？"

二和听她这样很直率地说了出来，这倒不好怎样地答复，于是抬起一双手来，刚搭到头上，田大嫂笑道："你别露出这副穷相来了，又该伸手去搔头皮了。"

二和笑道："大嫂子，你这张嘴真厉害，我没法对付你了。"于是搬了个矮凳子拦门坐着，斜对了她，又笑道："你这番好意，我感谢得很。怎么你今天晚上突然地说出来了？"

田大嫂道："这个你有什么不明白！不就为了你现在有一个干妹妹了。我打算来问你老太太，要是你真把那位姑娘当干妹妹看待呢，我这话还有法子说下去；你若是留着她做少奶奶的，我就不用喝这碗冬瓜汤。偏是我到这里来，又遇到了老太太睡着了，我没法儿说什么。你既来了，干脆我就对你说吧。"

二和又在怀里把烟卷盒子掏出来，先送了一根烟递到田大嫂面前去，她伸着巴掌，向外一推，笑道："你别尽让我抽烟，我说的话，你到底是给我一句回话。"

二和笑道："这件事，我透着……"说时，向田大嫂一笑，取了一根烟卷，只管在烟盒子上顿着。

田大嫂笑道："透着晚一点儿吧？你现在家里有个候补的了。"

二和道："大嫂老是绕了弯子说话。"

田大嫂道："本来嘛，现在提亲，是透着晚一点儿，可是不为了晚一点儿，我还不赶着来提呢。"说着把声调低了一低，而且把身子微微地向前伸着，笑道，"咱们姐儿俩，以往总还算是不错，我是对你说一句实心眼儿的话，依着我们那口子的意思，很想把他的大妹子许配给你。他想托人出来说，又怕碰你的钉子，所以我就对他说，等我先来对老太太讨讨口气。"

二和笑道："真有这话吗？怎么田大哥在我面前一点儿消息也没有露过？"

田大嫂笑道："你这人真聪明，他要是能露出一点儿消息来还用得着我现在来说吗？"二和说了一个哦字，也就没有说别的什么。

丁老太可就在屋子里插言了，问道："二和，你回来啦？同谁说话？这么大嗓子，像打吵子似的。"

田大嫂抢着道："老太太，是我啦。恭喜您得了一位干姑娘，我还没有到这儿来瞧过她呢。"

丁老太道："她现时晚上在师傅家里学戏了，不过白天在我这里待一会儿。"

田大嫂道："老太，您干吗让她去学戏？您府上也差一个人，留着您做儿媳妇不好吗？"

丁老太笑道："大嫂子，又开玩笑。咱们救人家，就把人救到底，若是留着自己做儿媳妇，那我们成了拐带人口的了。再说人家也很年轻，我们这大小子有点儿不相配。"

田大嫂子道："您是一片佛心，将来您有好处，一定可以得着一位好儿媳妇。"说着话，只管向二和眹眼睛，二和笑着，只将手来指她。

丁老太道："你们田大哥没回来吗？"

田大嫂子笑道："哟，我们老夫老妻的，他回来了，我还陪着他啦？再说他在柜上就常常不回来。不回来也好，我同我家大姑娘谈谈笑笑的，自在得多啦。"

丁老太道："在外面挣钱的人，身子总是不能自由的，也难怪他。"

大嫂道："难怪他，我……"一言未了，只听到外面大院子里有一个很粗嗓子的人叫起来道："喂，十一点，该回来啦，人在哪儿？没事尽神聊，聊得街坊也不能睡。"

田大嫂起身道："丁老太，明儿见，我们那冤家回来了。你瞧，他一进院子就是这样大嚷，倒说我吵了街坊呢。"她口里说着，人已是向外面走了去了。

二和跟着后面要送她，她却回转身来，摇了两摇手，二和也就只得算了。在这天晚上，倒不免添了许多心事，想着田大嫂虽是开玩笑，有些话也是对的。母亲说救了人，自己又留着，那成了拐带人口，那更是不错。

到了次日早上，且不走开，自己搬了一张小方凳子在院子里坐着，只是想心事。耳边轻轻脆脆地听到人叫了一声二哥，二和抬头看时，正是月容进来了。她把新做的那件青布夹袄穿起，越透着脸子白嫩，立刻站起来，笑脸相迎道："你今天倒是来得这样早。"

月容笑道："我要是来晚了，你又出去了。我还来报告你一个消息，下个礼拜一，我就上台了。"

二和笑着，只管把两只手互相搓着，因道："你师傅待你真好，你将来有出头之日，可别忘了人家。"

月容道："师傅待我好，二哥待我更好呀。"

二和笑道："那么，你也别忘了我。"

月容没说什么，微微低了头，把右手反背到身后去。二和笑道："你手上拿着什么？"

月容笑道："我给二哥买的，我不好意思拿出来给你看。"

二和笑道："这是笑话，给我买的东西，又怎么不好意思给我看呢？"

月容这才笑着把手伸出来，原来是提了一个手绢包，下面沉甸甸地坠着。二和看到，刚要伸手去接时，她又把手缩了回去，依然藏到身后去。二和笑道："你既然拿来了，当然要给我，难道你还舍不得给我吗？"

月容笑道："你这样说着，那我只好拿出来了。"说着把那手绢包就递到二和手上。

二和刚是打开手绢包来看，她就起身向正面屋子里奔了去，二和笑道："要送我东西呢，又要害臊，这是什么原因？我倒有些不解。"口里说时，那手绢包已是透开，原来里面是两大个烤白薯，于是把手绢揣在衣袋里，手上就拿了白薯，剥着烤焦的皮向屋子里走，笑道："我最爱吃烤白

53

薯，你怎么会知道的？"月容听到，赶快掉转身来迎了他笑，而且将手指了丁老太屋子里，又摇了两摇。

二和看到她这种做作，也就跟着笑了。先把这个剥了皮的白薯递给了月容，而且点点头，叫她吃，然后自己坐在太阳里台阶石上，自剥了另一只烤白薯吃，一只腿架起来，手胳膊搭在腿上，态度十分地自在。

月容道："老太还没有起来啦，二哥不出去，还等她起来吗？"她说着这话时，人是靠了门框站着，提起一只脚来，将鞋尖点了地面，一手拿了白薯慢慢地吃，眼睛望了二和笑。

二和道："到了现在，你总算很快乐的了。"

月容道："我这份快乐，还不是二哥给的吗？现在想起来，总算我没有错认了人。"

二和还没有答话呢，王傻子早是在跨了院门口叫了进来道："我瞧见的，我们大妹来了。"

月容抢着迎到院子里来笑道："大哥，你没出去做买卖啦？我特意给你报信来了，我下个礼拜一就要上台了。"

王傻子两手一拍道："那就好极了，我邀几位朋友去捧场。"

二和笑道："我也是这样想着，她初上台，总要有几个人在台下叫个好儿，才能够给她壮一壮胆子。"

王傻子道："不捧场就算了，假如要捧场的话，必得热热闹闹捧一场，要不然，满池子人听戏，只有一个人叫好，那也反显着寒碜。"

二和道："壮胆子可不容易，得花一笔钱。"

王傻子道："就是这一层，我透着为难。就说池座吧，一个人的戏票，总要六毛钱，十个人就要六块，听一回戏，捧一回场，两口袋面不在家了。咱们真有这个钱……"他口里说着，眼睛可是向月容望着，显着很亲切的样子，便改口道，"不能那样算了，大妹一生一世，就看到这三天打泡的运气如何。杨五爷供她吃喝不算，还教她一身好本领，咱们出几个钱恭贺恭贺，也是应当的。"

二和道："要让咱们谁出来请客，都有点儿请不起。莫如咱们自己出面去请朋友帮忙，谁愿给咱们哥儿俩一点儿面子的，谁就去听戏，好在这花钱也不多，谁去捧一天场，谁花个五六毛钱。"

王傻子道："这倒是行。大妹，我还问问你，你是晚上唱，还是白天唱？"

月容听到他两人说决定去捧场，那更是笑容满面看看二和，又看看王傻子，简直不知道要说什么才好了。

王傻子道："若是白天，请人捧场那就透着难了。我们这一伙朋友，全是白天有事干的，谁能丢了自己的活不干到戏馆子里去捧场呢？"

月容抢着道："是晚上，是晚上。"

他们三人在院子里这样地高谈阔论，自然也就把屋子里睡觉的丁老太太吵醒，她就在屋子里嚷起来道："这么一大早，怎么你们就在院子里开上了会啦？"月容听说，对着两人乱摇两手，而且还努着嘴，二和微笑着点点头，就不再谈了。

王傻子进来，对老太敷衍了两句，然后走了出去，却在跨院子门口向二和招了几招手。二和迎出去，他就握着手道："回头咱们在茶馆子里见。大妹怕老太太不愿你捧角，所以她要瞒着。"

二和笑道："这位姑娘八面玲珑，什么全知道，你可别把她当年轻的小女孩子看待了。"

王傻子笑道："也就是这一点子可人心。"

二和笑道："你的傻劲又上来啦，怎么可人心三个字，也说了出来？"

王傻子笑道："可我的心要什么紧，可你的心那才好呢。"他说着这话，昂了头，哈哈大笑走去，二和看了他后身，也只有摇摇头。

在这日下午四点钟，二和收了车回到家里，将马拴在棚子柱上喂料，自向四合轩小茶馆里来。隔了玻璃窗子，就听到里面一阵哈哈大笑，接着王傻子在那里叫道："钱是人的胆，衣是人的毛，没有钱就能办事啦？我一个做皮匠的人，能有多少钱花？我现在有了个主意，大家先捧捧我的场，邀一支二十块钱的会，共邀十个人。每人在这第一次，只凑合两块钱得了。将来谁手头紧，谁先使会，咱们还不好商量哇？又不是白帮忙。再说，我还要请各位听两晚上戏呢，这又挣回去一块多了。这样便宜的事，做了人情，又有乐子，你们再要不干，算骂我是个浑蛋。"随了这话，茶馆子里人又是一阵哄堂大笑。

二和抢着走了进去，只见王傻子架起一腿在凳上，手按了小桌上的茶壶，侧了身子坐着，脸上还是红红的，所有茶馆子里的人全都对他脸上望着。二和走进来向大家点点头，这就有人道："别慌，人家正主儿来了。"只这一句，把王傻子的脸更涨红了。可是二和只当没听见，从从容容地在王傻子对面坐下。

王傻子不等他开口，先道："你没来，我就邀过人了，大家在面子上虽没说什么，可是很有点儿不自然的样子。那意思我也就明白了，说咱们这卖苦力的人，至多花个一毛两毛的到天桥去绕一个弯，哪里能够上大戏馆子捧角去？像咱们这种人，没钱买杂合面，向朋友借个块儿八毛的，说一句急难相助，人家不好说什么。现在咱们要学阔人，耍一耍阔劲，捧起角来，人家也没发疯病，谁肯干这事？可是我们已经在月容面前夸过海口了，到了现在，就是这样无声无色地冷销了，以后拿什么脸去见人？所以我就想着，只有自己掏腰包请人听戏，那是最靠得住的事。在座的朋友，有邀过你的会的，也有邀过我的会的，现在咱们俩凑合着，共请十位朋友，凑一支二十块钱的会。以后咱们每月各垫两块会钱，那总没什么，你每月少替王姑娘做一件衣服，我少上两回大酒缸，钱也就省出来了。"

二和笑道："我哪里能够月月替她做衣服？"

王傻子站起来将胸一拍道："你要遮遮掩掩的，那就归我一个人得了，谁让我叫人家小姑娘叫一声大哥呢。"他说着向各个座位上走去，见着人说："凑合我一支两块钱的会，你念交情，你就答应了。若是凑合不起来，你也直说，别让我胡指望。"他说着，还是在人家面前提起茶壶来，斟上一杯茶。大家看了他这样一来，想着钱又不是白扔了，都只好答应下来。

一直问到第三个人头上，挤在墙角上坐的唐得发就问道："王大哥，你怎么不邀我一角？"

王傻子向他望着笑道："别忙，我慢慢地来，少不了问到你头上来的。"

唐得发道："你别问了，不就是两块钱的一支会吗？交朋友谁也有个你来我往的，你说请些什么人吧，你要请的人，本人不答应，我也替他答应了。"

王傻子听到这话，倒向他望着，有点儿发愣。唐得发道："我是实话。你想，这件事除了你和丁二哥，还有一位杨五爷，一说起来，是三个人的面子，这点儿忙还不帮，那不算朋友了。还有哪几位肯上会的，现在咱们来一个新鲜玩意儿，举手为号。"他这样一说，把一只铁锤似的手举了起来，随着胸脯向上一挺，那样子是很带劲。于是这小茶馆子里十来张小桌子边，全有手、胳膊伸了起来。

唐得发走过来，一手握了二和的手，一手握了王傻子的手，连连地摇撼了两下，笑道："你瞧，帮忙的可就多了。王大哥说是钱是人的胆，咱们这就算走路捡鸡毛凑掸子了。"

王傻子道："他们不玩笑吗？"

唐得发道："我已经说了，上你们一支会，就是三个人的面子。现在再又加上我这唐大个儿，谁要不凑热闹，以后别上这四合轩喝茶了。话说明了，你二位有了胆子没有？"只他这一篇话，王傻子做了一个表演，全座又哈哈大笑了。

第八回

一鸣惊人观场皆大悦
十年待字倚榻独清谈

原来王傻子听说唐大个儿有这样的好事，心里快活极了，什么话也不说，对了大家，正正端端地磕下头去。他那磕头的姿势还是特别的有趣，两手叉着地，十指伸开像鸡脚爪一般，两只鞋底板朝上，头向前栽，两只脚底板向上一翘，像机器一般地非常合拍。

唐得发等他磕到两个头的时候，就把他由地面上拖了起来，笑道："你的傻劲又起来了。"

王傻子站起来还是弯了腰，将两手摸了自己的膝盖，因道："你想我这人会傻吗？是我怕你们说话不当话，现在磕下头去，瞧你们怎办。谁要不答应我的话，白领了我一个头，我活折死你们。"

唐得发笑道："要是你这个法子可以走得通，我也满市磕头去。"

王傻子听了这话，一手抓住唐得发的粗胳臂，瞪了眼道："老唐，那可不行！你骗我磕了头，不给我帮忙，那我就同你拼命。别说你是这么大个儿，就是一丈二尺长的人，我也同你打一架。"他说了这话，两手一同抓住了唐得发的手臂，乱晃了起来。

唐得发笑道："像你这样的实心眼儿待人，天神也会感动，我一定凑合着就是了。"

王傻子回转头来向二和望着，凝视了一会子，问道："你瞧，怎么样？"

二和笑道："唐大哥不会欺咱们的。真要不成，我比你还要卖劲，挨家儿地磕了去，你瞧好不好？"

王傻子道："唐大哥，你听见没有？可别让丁二和到你家去磕头。"在座的茶客看到他两人这样努力，就都站起来向他二人解释着，说是无论如何不能失信。王丁二人看看各人的颜色，料着不会有什么问题，二人就很欢喜地回家去。

他们第一件事，自然是向杨五爷家月容去报信。第二件事，是把各人所要摊的会钱完全收了起来，共是二十块钱，加上自己同二和的份子，就是二十四块钱，这一支会虽是丁王二人共请的，但是二和料着共是十二个人，捧两天场，这些钱依然是不够。不能让王傻子再出钱，所以他就把钱接了过去，一个人来包办。第三件事是去买两天对号入座的戏票子。

时光容易，一混就到了星期一。这日下午四点钟，王傻子就到四合轩去，把曾经入会的人都催请了一遍，说是人家唱前几出戏的，务必请早。在这种茶馆子里的人花块儿八毛去正正经经听戏，那可是少有的事。月容现在登台的戏馆子，也算二路戏馆子，一年也不轻易地去一回。现在有到戏院子里去寻乐的机会，多听一出戏，多乐一阵子，为什么不早到？所以受了王傻子邀请的各人，全是不曾开锣就陆续地到了。丁二和是比他们更早地到，买了十盒大哈德门香烟，每个座位前都放下一包，另是六包瓜子、花生同糖果，在两个座位前放下一份。自坐在最靠近人行路的一个座位上，有客到了就起来相让。倒把戏馆子里的茶房先注意了起来。这几位朋友真是诚心来听戏的，全池座里还是空荡荡的，先有这么十二个人拥挤着坐在一堆，这很显着有点儿刺眼不过。他们自己以为花钱来听戏，迟早是不至于引人注意的，很自在地坐着。

等到开锣唱过了两出戏，池座里约莫很零落地上了两三成人，这就看到上场门的门帘子一掀，杨五爷口里衔着一杆短短的旱烟袋，在那里伸出半截子身子来对于戏台下全看了一遍，然后进去。二和立刻笑容满面地向同座的人道："她快要上场了，我们先来个门帘彩吧。"大家随了他这话，也全是笑容簇拥上脸，瞪了两眼对台上望着。

王傻子却不同，只管在池座四周看了去，不住地皱着眉头子，因道："这些听戏的人，不知道全干吗去了，到了这个时候他还没有来。你瞧只有我们这一班人坐得密一点儿。"

二和道："那当然，前三出戏是没有什么人听的，还不到上座的时候啦。"

王傻子道："是这么着！那我们得和杨五爷商量，把大妹的戏码子向后挪一挪，要不然，她的戏好，没有人瞧见，也是白费劲。"

他的议论不曾发表完毕，坐在他身边的人早是连连地扯了他几下衣襟。当他回转脸来向台上看去，那《六月雪》里的禁婆已经上场了，那杨五爷在门帘里的影子又透露了出来，及至禁婆叫着窦娥出来，她应声唱着倒板，大家知道是月容上场了，连喊好带鼓掌一齐出发。这时，那门帘子掀开了，月容穿了青衫子、白裙子，手上戴了银光灿烂的锁链走了出来。她本是瓜子脸儿，这样的脸搽了红红的胭脂贴了漆黑的发片越显得像画里的人一样，于是看见的人又轰隆的一声鼓起掌来。在池座里上客还是很寥落的时候，这样的一群人鼓掌喊好，那声音也非常之洪大，在唱前三出戏的人，有了这样的上场彩，这是很少见的事，所以早来听戏的人都因而注意起来。加之月容的嗓子很甜，她十分地细心着，唱了起来也十分地入耳。其间一段二黄是杨五爷加意教的，有两句唱得非常好听，因之在王傻子一群人喊好的时候，旁的座上居然有人相应和了。

在他们前一排的座位上，有两个年轻的人，一个穿灰哔叽西服，一个穿蓝湖绉衬绒夹袍子，全斜靠了椅子背向上台望着。他两人自然是上等看客，每叫一句好，就互相看看，又议论几句，微微地点了两点头，表示着他们对于月容所唱的也是很欣赏。二和在他们身后看得正清楚，心里很是高兴，因对坐在身边的人低声笑道："她准红得起来。前面那两个人，分明是老听戏的，你瞧他们都这样听得够味，她唱得还会含糊吗？"

那人也点点头答道："真好，有希望。"

二和看看前面那两个人身子向后仰得更厉害了，嘴角里更衔住了一支烟卷，上面青烟直冒，那是显着他们听得入神了，偶然听到那很得意的句子，他们也鼓着两下巴掌。直把这一出戏唱完，月容退场了，王傻子这班人对了下场门鼓掌叫好，那两人也就都随着叫起好。

不多一会子杨五爷缓缓地走到池座里来，这里还有几个空座位，他满脸笑容地就坐下了，对了各人全都点了个头。王傻子道："五爷，这个徒弟算你收着了。你才教她多少日子，她上得台来，就是这样好的台风。"

杨五爷本来离着他远一点儿的地方坐着，一听说眉毛先动了，这就坐到靠近的椅子上，伸了头对王傻子低声笑道："这孩子真可人心。初次上台就是这样一点儿也不惊慌的，我还是少见。后台的人异口同声都说她不错呢。"

二和笑道："后台都有这话吗？那可不易，她卸了装没有？"

杨五爷道："下了装了，我也不让她回家，在后台多待一会子，先认识认识人，看看后台的情形，明天来，胆子就壮多了。你们也别走，把戏听完了，比较比较，咱们一块儿回家。"

王傻子道："那自然，我们花了这么些个钱，不易的事，不能随便就走的。"

说着这话时，那前面两个年轻的看客就回过头来看了一看。二和眼快，也就看到那位穿西服的，雪白的长方脸儿架了一副大框眼镜，里面雪白的衬衫和雪白的领子，系上了一根花红领带，真是一位翩翩少年，大概是一位大学生吧，在他的西服小口袋里插了一支自来水笔。幸而他转过脸去是很快，不然，二和要把他面部的圆径有多少都要测量出来了。

杨五爷因为池子里的看客慢慢地来了，自起身向后台去，临走的时候举了一只手比了一比，随着又是一点头，他那意思就是说回头见了。等到要散戏的时候，五爷事先到池座里招呼，于是大家一同出来，在戏馆子门口相会。月容早在这里，就穿的是二和送的那件青布长夹袍子，脸上的胭脂还没有完全洗掉，在电光下看着，分外地有一种妩媚之处。

王傻子笑道："你瞧，我们今天这些个人给你捧场，也就够你装面子的了吧？"

月容真够机灵，她听了这话并不就向王傻子道谢，对着同来的人全都是弯腰一鞠躬。杨五爷笑道："各位，这一鞠躬，可不好受，明天是她的《玉堂春》，还要请各位捧场呢。"大家听了异口同声地说，明天一定来。大家说笑着，一同向回家的路上走，快到家了，方才陆续地散去。二和却坚决地邀了王傻子一同送月容师徒回家。

月容缓缓地落后，却同二和接近，二和笑道："你有点儿走不动了吧？你先就该坐车子回来。"

月容低声笑道："现时还不知道能拿多少戏份哩，马上坐起车来，拿的戏份也许不够给坐车的。"

二和道："可不能那样说，今天你有师傅陪伴着，往后不能天天都有人送你，不坐车还行吗？"

月容笑道："到了那时候再说，也许可以找一辆门口的熟车子，一接一送，每天拉我两趟。"

二和道："可是打明后天起，五爷若是不能陪着你的话你怎么办？"

月容道："我唱完了戏不耽误，早点儿回家就是了。"

二和道："冬天来了，你下戏馆子在十点钟以后了，街上就没有了人了，那怎么成呢？"

月容低笑道："要不，我不天黑就上戏馆子，到了晚上，你到戏馆子来接我去。"

二和道:"好哇,你怕我做不到吗?"

在前面走的杨五爷就停住了脚问道:"你们商量什么事?"

月容走快两步,走到一处来,便答道:"二哥说,要我给他烙馅儿饼吃,我说那倒可以,他得买一斤羊肉,因为还得请请王大哥呢。"

二和听了她撒谎很是高兴,高兴得自己的脚步不免跳了两跳。说话之间,已是到了杨五爷门口,五爷一面敲着门,一面回转头来向他们道:"不到里面喝碗水再走吗?"

二和道:"夜深了,五爷今天受累了,得休息休息,我也应当回家去睡去了,明天还要早起呢。"他说着,道了一声明儿见,就各自分手了。

到了次日晚上,还是原班人物,又到戏园里去捧了一次场。昨晚的《六月雪》是一出悲剧,还不能让月容尽其所长。这晚的《玉堂春》却是一出喜剧,三堂会审的一场,月容把师傅、师母所教给她的本领,尽量地施展开来,每唱一句,脸上就做出一种表情,完全是一种名伶的手法,因之在台下听戏的人,不问是新来的,还是昨晚旧见的,全都喝彩叫好。那戏馆子前后台的主脑人物也全都得了报告,亲自到池子里来听戏。杨五爷看在眼里,当时只装不知道,到了家里却告诉月容,教她第三天的戏更加努力,这样一来,有四天的工夫,戏码就可以挪后两步了。月容听了,心里自然高兴。杨五爷觉得多年不教徒弟,无意中收了这样一个女学生,也算晚年一件得意的事。接着有一个星期,全是他送月容上戏馆子去。戏馆子里就规定了月容唱中轴子,每天暂拿一块钱的戏份。这钱是月容并不收下,每日领着,都呈交给师傅,而且戏也加劲地练。每日早上五六点钟出门喊嗓,喊完了嗓子大概是七点多钟,就到丁家去同二和娘儿俩弄饭。

这天吊完了嗓子到丁家去叫门,还不到七点钟,却是叫了很久很久,二和才出来开院门。月容进得跨院来,见他还直揉着眼睛呢,便笑道:"我今天来着早一点儿。早上天阴,下了一阵小雨,城墙根下吊嗓子的人很少,我不敢一个人在那里吊嗓,也就来了,吵了你睡觉了。"

二和笑道:"昨天回来晚一点儿了,回来了又同我们老太太说了很久的话,今儿早上就贪睡起来了。"

月容站在院子里,两手搡搡衣领,又摸了一摸鬓发,向二和笑道:"二哥,今晚你别去接我了。一天我有一块钱的戏份,我可以坐车回家了。"

二和道:"这个我也知道,我倒不是为了替你省那几个车钱,我觉得接着你回家，一路走着聊聊天，很有个意思，不知不觉地就到了家了。将来你成了名角儿，我不赶马车了，给你当跟包的去。"

月容道："二哥，你干吗这样损人？我真要有那么一天，我能够不报你的大恩吗？"

二和道："我倒不要你报我的大恩，我对你也谈不上什么恩，不过这一份儿诚心罢了。你要念我这一点儿诚意，你就让我每天接你一趟。这又不瞒着人的，跟五爷也说过了。"

月容笑道："并不是为了这个。后台那些人见你这几晚全在后台门外等着我，全问我你是什么人。"

二和笑道："你就说是你二哥得了，要什么紧！"

月容将上牙咬了下嘴唇皮，把头低着笑道："我说是我表哥，他们还要老问，问得我怪不好意思的。"

二和笑道："你为什么不说是二哥，要说是表哥呢？"

月容摇摇头道："你也不像我二哥。"

二和道："这样说，我倒像你表哥吗？"

月容不肯答复这句话，扭转身就向屋子里跑着去了。二和笑道："这事你不用放在心里，从今晚上起，我在戏馆子外面等着你。"

月容在屋子里找着取灯儿劈柴棒子，自向屋檐下拢炉子里的火，二和又走到檐下来，笑道："你说成不成吧？"

月容道："那更不好了，一来看到的人更多，二来刮风下雨呢？"

二和道："除非是怕看到的人更多，刮风下雨，那没关系。"月容只咯咯地一笑，没说什么。这些话可全让在床上的丁老太太听到了，因是只管睡早觉，没有起来。二和吃了一点儿东西，赶马车出去了。

月容到屋子里来扫地，丁老太就醒了，扶着床栏杆坐了起来，问道："大姑娘，什么时候了？"

月容道："今天可不早，我只管同二哥聊天，忘了进来给您扫拾屋子。"

丁老太道："我有点儿头昏，还得躺一会儿。"

月容听说，丢了手上的扫帚，抢着过来扶了她躺下，将两个枕头高高地垫着。丁老太叹了一口气道："我也是想不到，现在得着你这样一个人伺候我。"

月容道："你是享过福的人，现在你就受大了委屈了。"

丁老太道："你在床沿上坐着，我慢慢地对你说。你说我是享过福的人

63

不是？我现在想起来是更伤心，还不如以前不享福呢。"

月容一面听老太说话，一面端了一盆洗脸水进来，拧了一把手巾递给丁老太擦脸。丁老太道："说起来惭愧，我是什么也没剩下，就只这一张铜床。以前我说就在上面睡一辈子，现在有了你，把这张铜床送给你吧，大姑娘，你什么时候是大喜的日子，这就是我一份贺礼。"

月容接过丁老太手上的手巾，望了她的脸道："你干吗说这话？我可怜是个孤人，好容易有了你这么一位老太教训着我，就是我的老娘一样，总得伺候你十年八年的。"

丁老太笑道："孩子话。你今年也十六岁了，伺候我十年，你成了老闺女了。"月容又拧把手巾来交给她擦脸，老太身子向上伸了一伸，笑道："我新鲜了，你坐下，咱们娘儿俩谈谈心。"月容接过手巾，把一只瓦痰盂先放到床前，然后把牙刷子漱口碗全交给老太太。她漱完了口，月容把东西归还了原处，才倒了一杯热茶给丁老太，自己一挨身，在床沿上坐下。

丁老太背靠了床栏杆，两手捧了茶杯喝茶，因道："若是真有你这样一个人伺候我十年，我多么舒服，我死也闭眼了。可是那不能够的，日子太长了，你也该找个归根落叶的地方，你不能一辈子靠你师傅。"

月容对老太脸上看了微笑，因道："唱戏的姑娘，唱到二十多三十岁的，那就多着呢。我们这班子里几个角儿，全都三十挨边，我伺候你十年就老了吗？而且我愿意唱一辈子戏。"

丁老太笑道："姑娘，你年轻呢，现在你是一片天真，知道什么？将来你大一点儿就明白了。不过我同你相处这些日子，我是很喜欢你的。就是你二哥那傻小子倒是一片实心眼儿，往后呢，总也是你一个帮手。不过你唱红了，可别忘了我娘儿俩。"

老太说到这句话，嗓音可有点儿硬，她的双目虽是不能睁开，可是只瞧她脸上带一点儿惨容，那月容就知道她心里动了命苦的念头，便道："你放心，我说伺候你十年，一定伺候你十年。漫说唱不红，就是唱红了，还不是你同二哥把我提拔起来的吗？"

丁老太听了这话，忽然有一种什么感触似的，一个转身过来就两手同将月容的手握住，很久没说出话来，她那感触是很深很深了。

第九回

闲话动芳心情俦暗许
蹑踪偷艳影秀士惊逢

　　王月容虽然很聪明，究竟是个小姑娘，丁老太突然地将她的手握住，她倒是有点儿发呆，不知要怎样来答话才好。丁老太耳里没有听到她说话，就伸手摸摸她的头发道："姑娘，你是没有知道我的身世。"说着放了手，叹上一口气。

　　月容接过了她的茶杯，又扶着她下床，笑道："一个人躺在床上，就爱想心事的，你别躺着了，到外面屋子里坐着透透空气吧。"

　　丁老太道："我这双目不明的人，只要没有人同我说话，我就会想心事的，哪用在炕上躺着！往日二和出去做买卖去了，我就常摸索着到外面院子里去找大家谈谈，要不然，把我一个人扔在家里，我要不想心事，哪里还有别的事做？自从你到我家里来了，我不用下床，就有人同我谈话，我就心宽得多了。"

　　说着这话，两人全走到外面屋子里来，月容将她扶到桌边椅子上坐着，又斟了一杯热茶送到她面前，笑道："老太，你再喝两口茶，我扫地去。"丁老太手上捧了茶杯，耳听到里面屋子里扫地声，叠被声，归拾桌上物件声，便仰了脸向着里面道："一大早的你就这样同我做事，我真是不过意。孩子，别说你答应照看我十年，你就是照看我三年两载的，我死也闭眼了。"

　　月容已是收拾着到了外面屋子里来，因道："老太，你别思前想后的了。二哥那样诚实的人，总有一天会发财的。假如我有那样一天唱红了，我一定也要供养你的，你老发愁干什么？"

　　丁老太微摆着头道："姑娘，你不知道我。我发什么愁？我没有饭吃的时候，随时全可以自了。我现在想的心事，就是不服这口气。你别瞧这破屋子里就是我娘儿俩，我家里人可多着啦。你瞧，你二哥又没个哥哥在跟前，怎么我叫他二和呢？"

月容将一只绿瓦盆放在桌子上，两手伸在盆里头和面，笑道："我心里就搁着这样一句话，还没有问出来呢？"

丁老太道："我还有一个大儿子，不过不是我生的。你猜二和有几兄弟？他有男女七弟兄呢，这些人以前全比二和好，可是现在听说有不如二和的了。"说着，手向正面墙上一指道，"你瞧相片上那个穿军装的老爷子，他有五个太太，实不相瞒，我是个二房。除了我这个老实人没搂着钱，谁人手上不是一二十万？可是这些钱把人就害苦了，男的吃喝嫖赌，女的嫖赌吃喝，把钱花光不算，还做了不少的恶事。"

月容笑道："你也形容过分一点儿，女人哪里会嫖？"

丁老太将脸上的皱纹起着，发出了一片苦笑，微点了头道："这就是我说的无恶不作。不过我自己也不好，假使把当时积蓄的钱留着慢慢地用，虽不能像他们那样阔，过一辈子清茶淡饭的日子，那是可以的。不想我也是一时糊涂，把银行里的存款当自来水一样用。唉，我自己花光，我自己吃苦，那不算什么，只是苦了你二哥，把他念书的钱也都花了。"

月容听了，将两手只管揉搓着湿面粉，并没有说别的。丁老太只听到那桌子全体摇动之声，可以知道月容搓面用的手劲，是如何地沉着。大家是沉默了很久的工夫，月容忽然道："老太，你别伤心，将来我有一天能挣大钱的时候，我准替二哥拿出一点儿本钱，给他做别的容易挣大钱的生意。到那个时候，您老太自然可以舒舒适适地过日子了。"

丁老太道："到那个时候，只怕你对二和看不上眼。"

月容道："老太，我是那种人吗？再说，我和二哥就不错。"她猛地说出了这句话，很觉得是收不回来，而且整句的话都已说完，也无从改口，只好加紧地去和面。好在丁老太是双目不明的人，纵然红了脸，她也不会看到，这倒减少了两分难为情。可是丁老太虽看不见她，心里好像也很明白，只管笑着。这样一来，两个人都透着不好开口了，把这一段谈话就告一结束。

月容今天是替他娘儿俩烙饼吃，菜是炒韭菜绿豆芽儿。这两样，都是要吃热的，她看着院子里的太阳影子，知道二和是快要回来了，这就立刻在屋檐下做起来。果然，不多大一会子，二和大开着步子，走进院

66

子里来了，站在院子中心就把鼻子尖耸了两耸，笑道："好香好香，中午吃什么？"

月容道："韭菜炒绿豆芽儿，就烙饼吃，你瞧好不好？"

二和道："烙饼我很爱吃，最好是摊两个鸡蛋。"

月容打开桌子抽屉，两手拿了四个鸡蛋，高高地举着，笑道："这是什么？"

二和笑道："你真想得到，谢谢，谢谢。"

月容笑道："可不是要谢谢吗？这鸡蛋还是我掏钱买的呢。"

二和道："这就是你的不对了，到我这里来做饭，已经是让你受了累，还要你掏钱，那就更没有道理了。"

月容道："咱们还讲个什么道理吗？"

丁老太在屋子里道："二和，你还不知道呢，她的心眼可好着呢。她说了，她……"

月容在屋檐下跳着脚，叫起来道："老太，你可别乱说，你要说，我就急了。"说着还不算，一口气地跑到屋子里来，站在老太太面前，还伸手摇撼着她的身体。

丁老太笑道："我不说就是了，你急什么？"月容把身子连连地扭了两扭，笑道："哼哼，你不能说的，你要说了，我不摊鸡蛋给你吃。"

二和也跟着进来了，笑道："妈，你得说，你不说，我也急了。"

丁老太笑道："你也急了，你急了活该。"

月容向二和看看，笑着点了两点头。二和道："妈，她不让你说，你别全说，告诉我一点点，行不行？"

月容又摇撼着老太太的手胳膊，笑道："别说，别说。"

丁老太道："你们再要闹，我也急了，就不怕我急吗？她也没说别的什么，就是说要做了角儿的话，可以帮助你一笔本钱。"

二和向月容笑道："这话……"月容不等他把话说完，扭转身子就跑了出去了。

二和还不死心，依然站在屋子里向丁老太望着道："妈，你为什么不告诉我？我想还不止这么些个话。"

丁老太笑骂道："别胡搅了，这么老大个子，你再要胡闹，我大耳刮子打你。"

二和听说，只好笑着走出来了。月容已是在炉子边摊鸡蛋，手上拿起铁勺子，向二和连连点了几点，低低地道："该，挨骂了吧？"二和轻轻地走到她身边，笑着还不曾开口，月容便大声道："二哥，饼烙得了，你端了去吃吧。"二和笑着把手点点她，只好把小桌子上碟子里几张新烙得的饼端到里面去。虽是他心里所要说的两句话未曾说了出来，然而心里却是十分感着痛快，把饼同菜陆续地向桌上端着，口里还嘘嘘地吹着歌子。

大家围着桌子吃饭的时候，月容见他老是在脸上带了笑容，便道："二哥，你是怎么了？今天老是乐。"

二和道："我为什么不乐呢？你快成红角儿了，听说你的戏码子又要向后挪一步，是有这话吗？"

月容道："你怎会知道的？"

二和道："这样好的消息，你不告诉我，难道别人也不告诉我吗？"

月容道："这事定是我师傅告诉你的。因为再挪下去，就是倒第三了，我想着不会那样容易办到，所以没有敢同你说。"

二和道："怕办不到，就不同我说吗？"

月容笑道："你的嘴最是不稳，假如我告诉了你，你给我嚷嚷出去了，我又做不到那件事，你瞧我多么寒碜。"

二和道："是怎么突然地提到了这件事上来的呢？"

月容道："就因为池子里有几个老主顾给馆子里去信，说是他们老为着我的戏码太前了，要老早地赶了来，耽误了别的正事，希望把我的戏码挪后一点儿，他们好天天全赶得上。师傅说，这事可是可以的，不过我的戏太少了，几天就得打来回，戏码在后面怕压不住，那究竟不妥当。"

二和道："杨五爷这就叫小心过分，唱戏的就怕的是戏码不能挪后，既是有了这机会，那就唱了再说。"

月容笑道："爬得太快了我有点儿害怕，还是一步一步地向前走着的好。"

丁老太笑道："这样看起来，你是真会红起来，你所说的，就是一个做红角的人说的话。"月容听了，对二和微笑。

二和正夹一大叉子韭菜炒豆芽放到半张烙饼上，把烙饼一卷，卷成了一个筒子，放到嘴里去咀嚼着，笑得眼睛成了一条缝，只管对了月容望着。月容被他看了个目不转睛，有点儿不好意思，却夹了一丝韭菜，向二和这边摔了过来，不偏不斜地正摔在他眼睛皮上。二和放下筷子，用手去揭，笑得月容将身子一扭，两手按了肚皮，弯了腰就向房门外头跑，然后蹲在走廊上轻轻地叫着哎哟。二和大步子赶了出来，一手握了月容的一只手，一手做了猴拳，伸到嘴里去呵气，正待向月容胁窝里去胳肢时，那丁老太坐在桌子边，两手按住了桌子，半扬着脸子，向院子里望着，问道："二和，你们干什么？放了饭不吃，跑到院子里去。"

二和只得放了手，向月容伸一伸舌头，月容道："院子里来了一只小花猫，我想把它捉住。"

丁老太道："吃饭吧，别淘气了。"二和同月容这才暗笑进来，把一餐饭吃了过去。

等二和二次出门赶马车去了，月容同丁老太坐着闲谈。丁老太道："二和那孩子傻气，刚才碰疼了你没有？"

月容笑道："我也不是豆腐做的，哪里就会碰疼了？哟，你怎么知道？"

丁老太笑道："你别瞧我双目不明，在我面前有什么事，我也会知道的。"

月容笑道："老太太做长辈的人，也同我们小孩子开玩笑了。"

丁老太道："开玩笑要什么紧，只要你们俩和和气气的，我心里就十分地痛快。我也不是别的什么意思，我就是说，你们俩要过得像亲兄妹一样，那才好呢。"

月容拖着老太太一只袖子，连连摇撼了两下，鼻子里哼着道："您别那么说，那么说不好。"

丁老太道："那要怎么说呢？"

月容笑道："要说咱们像亲娘儿俩，那才亲热呢。"

丁老太呵呵笑道："这孩子说话绕上一个大弯，我还不知道你要这样地说呢，原来是说这个。"

月容随着笑了一阵，因站起来，握了老太的手，叫道："老娘，你今天乐了，回头又该不乐了，我有一句话，想说出口，又不好说。"

老太不免反握住了她的手道："什么呢？你说呀，你有什么委屈吗？"

月容道："那倒不是，今天不是礼拜六吗？白天有戏，我该去了。"

丁老太笑道："这孩子吓我一跳。你有正事，当然要去，干吗说我不乐意呢？"

月容道："我走了，你怪寂寞的。"

丁老太道："那不要紧，我到田大嫂子家里聊天去。"

月容道："就是大院子里住西边厢房的那一家吗？"

丁老太道："是的。你同她交谈过吗？她姑嫂俩全挺和气的。"

月容道："你说的，刚刚同我的意思相反。那位二十来岁的姑娘，见着我就瞪一双大眼，闹得我进进出出全不敢向她们那边望着。"

丁老太笑道："别多心了，人家全因你长得好看，多望着你两眼，你还有什么和她们过不去的吗？"

月容道："我也是这样想的，回头你见着她，可别提起这话。"

丁老太道："我提这话干什么？孩子，我比你知道的还多着呢。"

月容道："那么我去了。下了馆子，我再到这儿来做晚饭。"

丁老太道："你要忙不过来，就别来了，二和回来早了，他自个儿会做。回来晚了，随便买一点儿吃的就得了。"

月容道："我一定赶了来的，叫二哥等着吧。"

说着这话，她已是走到了院子里了。这并非她偶然地跑起来，因为哄咚一声的午炮响已经引起了她的注意了，戏馆子里一点钟就开戏，她还要到师傅那里去，预备好了行头，总要到两点钟才能到戏馆子去。唱中轴子的人，四点钟以前，必得上台，自己是不能再耽误的了。她匆匆忙忙地走出来，恰是看不到人力车，只好走出胡同口去。

约莫走了七八家门首，却听到后面一阵很乱的脚步声，直抢了过来。一个女孩子在街上走路，本来不应当随便回头，可是这脚步声太刺激人了，不由月容不回头看去。见其间有两位穿蓝布大褂的，一个穿灰色西服的，一个穿西服裤子枣红色运动衣的，所有头上的帽子全是微歪地戴着，只凭这一点可以知道他们全是学生。心里想着他们也未必是和自己开玩笑的，自己走自己的路，不必理他们了，因之掉过脸去，自低了头走路。

其中两个人互相问答，一个道："杨老板也可以说是挑帘儿红，才多少日子？"

一个道："人家不姓杨，杨是从她师傅的姓。她姓丁。"

另一个道："你怎么知道她姓丁呢？"

那一个答道："怎么不知道？每天有一个姓丁的大个儿在门口接她，那是她二哥。你想，不姓丁姓什么？"

月容长了这么大，还是不曾被人追求过。现在有四个人盯着她，她倒不知要怎么是好，赶快地走出了胡同口，看到有辆人力车停在路边，只说了地点，并不说价钱就让车夫拖着走了。在车子上，还听到后面一阵哈哈的笑声，有人还大喊着道："要什么紧，我们全是捧角的。"月容觉得车子拉远了，可以回头看看他们的行动，不想这样一回头，立刻就引起了他们一阵鼓掌大笑，那个穿运动衣的还叫了一声好嘛，活是天津的流氓口吻。

月容在戏馆子里已唱了这些日子的戏，对于一班青年捧角家的行为也知道一点儿，他们虽是在大街上这样地公然侮辱，可是也得罪他们不得的，只好忍住一口气。到了杨五爷家门口，回头看了，并没有这些类似的人，付了车钱自进门去。可是杨五爷有事，已经把她要用的行头带到戏馆子里去了。自己喝了一口茶，又扑了一点儿粉，然后从从容容地向戏馆子走来。

本来以现在每月的收入，坐着车子到戏馆里去，那是可以胜任的，但是这家门口的车子，总以为熟人的关系，多多地要钱，因此总是走远一点儿的路，坐了生车子走。今天自然也照往常一样，到胡同口上雇车。不想还没有到胡同口上，后面就窸窸窣窣地有了脚步声，月容想到刚才在二和门口的事，就知道是那班人追来了，心里怦怦地跳着，就赶快地走。但是走了十几步，心里忽然想到，在家门口我怕什么，回家去叫一个人出来，他们自然吓跑了。于是一回身，待要回去，还不曾开步走，就听到哈哈一片笑声。看时，正是先遇着的那几个人，在胡同中间一字排开。那个穿西服的手里正捧了一个相匣，对了人举着。

穿运动衣的道："喂，老吴，得了吗？"

穿西服的一摆脑袋，表示得意的样子，笑道："得啦，得了两张，总有一张可用，阳光很足，我用百分之一秒的。"

月容听了这话不由得脸红破了，要往家里走，怕是冲不破他们的阵线，要向戏馆子里走，怕他们老跟着。于是把脸子一板，瞪了眼道："青天白日的，你们这是干吗？我叫巡警了。"

那个穿运动衣的道："杨老板，你干吗生气？我们天天在前四排捧场，多少有点儿交情。也是透着面生一点儿，没有敢当面请你赐一张玉照，偷偷儿地跟了你大半天，想照一张相，这已经是十分地客气了，你还说什么？"他口里说着，手就取下帽子，挥着绕了半个圈子，然后一鞠躬。

那两个穿蓝布褂子的笑嘻嘻地道："啊，真客气。"他们不但是口里说着，而且也缓缓地走了过来，将她包围着。

月容本待嚷出来，可是想到一嚷之后，不免有许多人来看热闹，那更是难为情，便扭转了头，连连地蹬了脚道："你们这是干吗？你们这是干吗？"那四个人也不答言，只管笑嘻嘻地围拢上来。

月容又害羞，又害怕，脊梁上阵阵地冒着热汗，耳根也都发着烧热。自己正不知道要如何是好，忽听得身后有人道："喂，你们太冒昧了，有这样子对付女士们的吗？"

　　月容回头看时，一个人穿了浅灰哗叽夹袍子，一点儿皱纹也没有，长方脸儿，戴了一副大框眼镜，浅灰丝绒的盆式帽，绕了浅蓝帽箍，二十来岁年纪，一副斯文样儿。看他穿了紫色皮鞋，衣襟上挂了一支自来水笔，那可以知道他也是一位学生。他走近了，揭了帽子，点了一点头，露出他乌光的向后梳拢的头发。这更认得他就是每天在池子里第三排捧场的看客，而且也听到人说过他姓宋呢。怪了，怎么他也会在这里呢？

第十回

难遏少年心秋波暗逗
不忘前日约雨夜还来

那一个少年是由何而来，月容却不知道，不过他恰好会在这样难解难分的时候突然地出现，这却是可奇怪的事，难得他倒不是帮助那四个人的。因之月容胆子放大了一些，板了脸道："我就站在这儿，青天白日的，你们能把我怎么样？"

那少年对包围的四个人笑道："吓，你们的意思，要怎么样？还是要杨老板签名呢，还是要请杨老板去吃小馆子呢，还是要当面烦杨老板的什么戏呢？"

那西服少年笑答道："这三样猜得都不对。我们跟在杨老板后面转了半天，偷着照了两张相，现在这相片已经照过了，我们也就想什么得着什么了。"

少年道："既然如此，你们可以走了。大街上你们围着人家干什么？不讲一点儿面子！"那几个人对少年笑笑，慢慢地向后退着，越退越远，也就走开了。

月容在他们还没有退出胡同口外去的时候，自己还是呆呆地站在原地方，不肯走开。她不走，那少年也不走，两人静静地对立着。月容约莫站了五分钟的时候，自己颇感到有点儿不好意思，于是向少年点了两点头道："劳你驾了，你请便吧。"

那少年笑道："杨老板，不是我多事，我是一个捧你的人，不能看着你吃人家的亏。现在这四位先生看到我在这里，虽然走了，可是他们是真走是假走，那还不得而知。若是他们没有走远，在胡同口外等着你，你走了出去，又要受他们的包围。依着我的意思，我一直送到你戏馆子门口去。"

月容道："那不敢当，我回家去找一个人来送我就得了。"

少年笑道："这事闹得你师傅知道了，也许他不谅解，反而会怪你的。我现在就是到戏馆子里去听戏，本来同路。杨老板若是觉得同一路走，有什么不便的话，雇两辆车，你的车在前，我的车在后，这么着走，你也不会有什么不便。倘若他们看到了呢，有我在后面，他们准不敢胡闹。若是杨老板怕到了戏馆子门口，先后下车，又觉得不妥当，那也成，我不到戏馆子门口先下车，还不行吗？"

月容听他说得这样的婉转，完全是一番好意，不免站着低头静静地想了一会子，自然是不能立刻拒绝那少年的话。少年笑道："不用想了，我说的这个办法，那是最便于你的，你还有什么不满意吗？洋车！"

他将一篇话交代之后，立刻昂起头来，向胡同口上叫人力车，随着这叫唤声，有好几辆车子拖了过来。那少年掏出四张毛票，挑着两个壮健些的车夫，一人给了两毛钱，说明地点，就让月容上车。月容看到他那样大方，车钱已经付过了，若是不坐上车去，倒让人家面子上过不下去，这就在脸上带了一分羞意的当儿低着头，坐上车子去了。在车上果然遇到先前那四个人，还在路上走着，回过头来，看到那少年的车子在后面，就有一个笑道："喝，有保镖啦。"仅仅只说了这句俏皮话，车子就过去了。到了戏馆子门口回头看时，那少年果然已在老远的地方下了车。心里这就想着：这个人倒是好人。

到了后台，杨五爷口里衔了一支卷烟，正与几个人谈话，看到了她，便招招手叫她过去。月容也不知道为了什么缘故，心里头只是怦怦地跳上一阵，慢慢儿地走过来的时候，仿佛耳朵根子上都有点儿发烧，因此远远地在师傅面前站着。杨五爷道："脸上红红的，额头上还流着汗呢，你怎么啦？"

月容笑道："不怎么，我听说师傅已经上了馆子，我就赶着来了，我真怕误了事。"

杨五爷道："我看你进得门来，东张西望，只管喘气，以为有了什么事呢。今天这出《宝莲灯》还是初露，身段你都记清楚了吗？"

月容笑道："那没有错。"

杨五爷道："你同李老板对对词儿，别临时出岔子。"

正说着，唱胡生的李小芬正走了过来，她完全是个男子装扮，湖绉袍子上，套了青花毛葛坎肩，戴了深蓝色的丝绒帽子。杨五爷便起身向她点个头儿，笑道："李老板，月容今儿同你配《宝莲灯》，她是初露，你携带携带一点儿。"

李小芬笑道："五爷，你说这话，我倒怪不好意思的了，月容和我不坏，她很有希望，我还说和她拜把子啦。"说着这话，就拍了两拍月容的肩膀。

杨五爷道："那就很好啦。唱青衣衫子的，短不了和老生在一块儿，要是把子，彼此总有个关照那就好得多了。同你配戏，借借你的光，将来捧你的人，也顺便可以叫她几个好儿。"

李小芬笑道："这个你是倒说着吧？我们杨老板上场，叫她好儿的人还会少着吗？"说时，又伸手拍拍月容的肩膀，接着道，"在第三四排的东边犄角上，那里就有一群人，是专捧她来的。"

月容道："小芬姐你干吗损我呀？"

小芬笑道："本来嘛！"她说着这话，就把月容一只手拖到上场门的门帘子下，把帘子掀起了一条缝，在缝里向外张望着，却反过一只手来，向月容连连招了几招，笑道："喂，你来，你来，你来瞧。"

月容也不知道有什么要紧的事，就依了她的招呼，跑到她身后去。那门帘子的缝，让小芬缩得更小了，将一个手指微微地向外指着道："你看那个穿蓝夹袍子梳背头的。"

月容看时，正是今天援助自己的那个少年，便退后一步道："瞧他干什么？"

小芬这才回转身来向她道："这小子在这里听了半年的戏，头里是无所谓，瞧他高兴，爱叫谁的好，就叫谁的好。可是自从你露了以后，他就专捧你。"

小芬与月容相距不远，场面上又打着家伙，她低着声音说话，却不会让别人听到。月容红了脸道："我够不上那资格。"只说了这句，把头都要低到怀里去，那两块脸腮上的红晕差不多红到颈脖子上去。

小芬笑道："没出息，这要什么紧，唱戏的人，谁没有人捧呀？没人捧还想红吗？只说这么一句话，也犯不上羞到这个样儿。"

月容一扭头道："时候到啦，该去扮戏了。"

小芬在坎肩袋里摸出金表看看，这才依了她的话，去扮戏。

《宝莲灯》这出戏，是老生在台上唱过一场之后，青衣才唱了出台的。李小芬在台上唱的时候，月容是在上场门后，门帘子里听着的，虽然也有

75

两阵好声，不十分热闹。等到门帘一掀，自己走出来的时候，便是鼓掌声与喊好声一齐同发，而好声最烈的所在，就是第三四排里边。月容得着这样热烈的彩声，想起小芬的话，大概是不错，情不自禁地就向那东边犄角上飞了一眼，意思是要侦察这些人哪一个鼓掌最有劲。不料这竟是有电流同样的效率，待她的眼珠由池子东边转到台上本身来以后，那边就轰雷似的叫起好来。

在后台的杨五爷也就赶快地走到上场门，掀开了一条门帘缝，悄悄地就向外面看了来。月容偶然一回头看到，自己就加了一番镇定，把全副精神都贯注到戏上，尽管那东犄角好声震天，自己也不再去偷看。到了自己要回后台了，这出戏算是累了过去，无须慎重。当那刘彦昌正拉着儿子秋儿，要向秦府去偿命，月容拖了孩子跑在台板上向台里走，正对东犄角有一个亮相，却看到那个少年正瞪了两眼向自己望着，巴掌是双双地放在胸前，极力地在拍。同时也就看到他那左右前后全是些二十上下的少年。

到了后台，小芬两手取下脸上挂的胡子，第一句话就笑着问道："我说得怎么样？那些人全是捧你的吧？"

月容微笑道："理他干什么！他们是瞎起哄。"

一位扮小丑的宋小五正由面前经过，她打了粉白鼻子，眼睛上画了许多鱼尾纹，嘴唇上还画了一道黑线，偏了头，两颗乌眼珠在白粉里转着，向月容望了笑道："小姑娘，你知道什么？捧角的人就是起哄，起哄就是捧角呀。"她身穿了一件黄布衫子，由大袖子里伸出一只黄瘦的手来，在她肩上连连地拍了两下，笑道："抖起来别忘了我。"

月容笑道："宋大姐，干吗拿我们小可怜儿来开心？"

宋小五笑道："别叫我宋大姐，叫宋大爷吧，好孩子，你要学会了这一手，你准能发财。那位宋大爷，真是一位大爷，我听说他家在上海开银行的，有的是子儿。"

杨五爷背了两手，正慢慢地踱了过来，将眼睛瞪着道："小五，你干吗和她小孩子要贫嘴？凭我杨五爷的面子，你不携带携带她也就罢了，还当着这些人开玩笑呢！"小五伸了一伸舌头自走了。

杨五爷对月容道："今天这出《宝莲灯》，你总算没砸，还有一两处小毛病，回家我同你说一说，下次改过来就是了。你去卸装吧，我有点儿事，暂不回家，不等你了，行头你自己带回去。"月容只管答应是，想把今天所遇到的来告诉他，他已经转身走开了。她觉得那些人也不会老盯着的，自去卸装洗脸，想到同丁老太有约会的，晚半天还要去，自己提了个行头包袱，匆匆地走出戏馆子来。

门口停着的人力车见她拿有一个包袱，车钱又要得多些。她不服这口气，提了包袱，只管走着，走过四五家店面，就遇到那个姓宋的，另同着两个青年站在一家大店铺的门口。这本来是捧角家的常态，在戏馆子附近站着，等候所捧的角儿出来，俗名叫作排班。月容因为让街上的车子，挨着店铺的屋檐下走，正是在那人面前挨身而过，因之低了头走过去，只当没有看见。不过在没有到他身边的时候，怕他们不肯让路，曾很快地转着眼睛，在他身上瞟了一下。

他们虽是排班，倒还正正经经地站着，并没有什么举动。等她走过去了，就一同在后面跟着彼此问答。听到那姓宋的少年道："星期一晚上，杨老板《贺后骂殿》还是初露，我们多邀几个人来捧场，好不好？"

那其余两个人道："一定来，一定来！而且还要表示出来，咱们是为杨老板来的，那才有劲。"

月容虽觉得他们的话是故意传送过来的，但那些话并没有恶意，因之还不急于要坐车，只管在大街人行道上走着，听他们所说的结果。

走尽了一条大街，人行道上行人已是稀少些，月容听不到身后有什么闲言闲语了，这才将包袱放在人家店铺外的阶沿石上，站定了，透过一口气，回转头来看了一看，就在这时，倒吓了一跳。那姓宋的笑嘻嘻地站在面前，相距还不到三尺远。

他因月容回转头来，就抬上手扶着帽边沿，深深地点了一个头，笑道："杨老板，你提不动了吧？我给你提一截路，好不好？"

月容看他同路的二位已是不见，本待要笑出来，却极力地板住了面孔，微摇着头道："不用劳驾。"

那少年笑道："我反正知道杨老板府上的，你还怕雇车漏了消息吗？"

月容看看他这嬉皮赖脸的样子，只是微欠了身子，向人发笑，说话之间已是向前走来了大半步。所幸身后这店铺是家大绸缎庄，在柜台外还套了一所大玻璃棚的穿堂，要不然这些话让他们店伙听到怪难为情的。因之两道眉毛头子皱了一皱，大声叫着车子，就用这种声音来震慑那人，而且把眼睛向他瞪着。

他微笑道："别急，我不送得啦。你记着，后天晚上我要特别捧场，那一天要赏面子，对我们叫好的朋友打个'回电'，这没有什么，哪个唱红了的人没有这样一手？叫人捧场，能让人家白白地捧场吗？"月容没有理他，依然继续地叫车子。就在这个时候，有一辆车子拖过来，她还是不讲价钱，跳上车去走了。

到了星期一这天，恰好这班子里的名青衣台柱子吴艳琴请假，因之唱压轴子的角儿，推着唱大轴子，唱倒第三的角儿，唱压轴子。这晚的《贺后骂殿》，还是月容同李小芬两人配合。月容心里也就想着，凭着自己初上台的一个角儿，无论人家怎么样好，是唱不到压轴子这种地位，今天无意中得了这样一个机会，绝对不能轻易放过的。她这样想着，上午没有到丁家去，只是在家吊嗓。到了下午，以为可以到丁家去打一个招呼了，偏是天气阴沉着下起雨来，月容不由得撅了嘴，闷坐屋角边。

杨五奶奶看到便笑道："我知道你心里那一点儿毛病，好容易得一个唱压轴子的机会，又要回戏了。"

月容两手放在怀里互相抚弄着，撅了嘴道："谁说不是？"

杨五奶奶道："我告诉你一个好消息，不回戏了。刚才我打电话去问过，戏馆里已经卖掉了两百多张票，还卖了三个包厢，把吴艳琴的戏份刨消，馆子里已经够开销的了。"

月容道："下雨的天，买了票的人也不会去。"

杨五奶奶道："那你管他呢，买了票不来，那活该不来。"

月容身子一扭道："唱一回压轴子，总也让人看到才有意思。"

杨五奶奶笑道："你这孩子，也好名太甚。"月容听到师母这样批评着，不说什么。

也是自己不放心，吃过晚饭，就带了行头坐车向馆子里去。那雨竟是天扫人的兴，更是哗啦哗啦陆续地下着。月容放下行头包袱第一件就是到上场门去，掀开一线门帘子缝，向外张望着，池子里零零落落地坐着很少的看客，电光照着一排一排的空椅子，十分萧条。果然不出自己所料，但是第三四排东角上，却很密地坐了二三十位老客。虽然那位姓宋的少年还没有到，认得这些人全是他的朋友，料着他也会来的，就把今天一天的心事，全都解除。

手牵了门帘，掩了半边脸正出着神，肩膀上忽然有人轻轻地拍了两下。回头看时，便是今天移着唱大轴子的刘春亭，便笑道："你今天干吗来得这样早？"

刘春亭道："你还不知道吗？艳琴同前后台全闹别扭，她不来不要紧，小芬也请了假，这样子是非逼得今晚上回戏不可。那意思说，没有她俩就不成。刚才李二爷把我先找了来，商量着你先唱《起解》，我还唱《卖马》，回头咱们再唱《骂殿》。本来我是不唱《骂殿》的，可是为了给点儿手段艳琴瞧瞧，我就同你配这一回，你干不干？"

月容比着短袖子，连连作揖笑道："你这样抬举我，我还有不干的吗？可是《卖马》下来，就赶《骂殿》，这时头没有过场，恐怕你赶不及。再说我《起解》的衣服同鱼枷，全在家里没拿来。"

刘春亭道："那没关系，我唱在你头里也可以的。我就是这样想，要帮人家的忙，就帮个痛快。"这话没说完身后就有人道："若是这样子办，我保今晚上没问题。"

月容看时，正是这馆子里最有权威的头儿李二爷。他扛起两只灰夹袍的瘦肩膀，两手捧了一杆短旱烟袋直奉揖，伸了尖下巴笑道："我先贴一张报单出去试试，假如这百十个座儿不起哄，就这样办了。我认得，这里面有一大半熟主顾。"月容微笑着，也没说什么。

不到二十分钟，东边看楼的包厢外面，就在栏杆上贴了几张三尺长的大纸，上面写着：

> 今晚吴李二艺员请假，本社特商请刘杨二艺员同演双出，除
> 刘艺员演《卖马》，并与杨艺员合演《骂殿》外，杨艺员月容加
> 演《女起解》一出，以答诸君冒雨惠临之盛意。

这报条贴出来以后，立刻那台下的掌声震天震地地响着，尤其是那西边包厢里，有人大声喊道："今天算来着了！"月容原来没有留意到包厢里去，这时在门缝子里向檐上张望着，果然那位姓宋的同了几位穿长袍马褂的高坐在那里。他那一排三座包厢，都已坐满了人，他是坐在中间一个包厢里的，同左右两边的人不住地打招呼说话。显然是这三个包厢全是他一人请来的了。前天他说是来捧场的，果然来了，而且不是小捧，除了散座，还定有包厢，假使自己今天不唱，那么未免辜负人家一番好意了。

她如此想着，自然是十分地高兴。在大雨淋漓的时候，馆子里也派了人到杨五爷家去，将她《女起解》的行头取了来。当她结束登场的时候，门帘子一掀，不先不后，正对了她向台下的一个亮相共同地发了一声好。楼上下虽只有百十来个人，可是这百十来个人很少闲着的，全是拿起巴掌

噼噼啪啪地鼓着。差不多月容唱一句，台下便有一阵掌声，尤其坐在三个包厢里的人，那掌声来得猛烈清脆。等月容下场了，换了刘春亭上去，第一就没有碰头好，第二偶然一两阵叫好，也不怎样地猛烈。月容心里头这就十分地明白，今天到场的人，完全是捧自己的了。

第十一回

甘冒雨淋漓驱车送艳
不妨灯掩映举袖藏羞

这晚上，戏馆子看戏的人尽管是很少，空气可十分紧张，连后台的这些人都瞪了两只眼向月容看着，觉得她这样出风头，实在是出乎意料的事。月容越是见人望着她，越是精神抖擞，笑嘻嘻地在台后扮戏，虽然那窗户玻璃上的雨水倒下来似的，但也不听到雨声。

到了《贺后骂殿》这出戏该上场了，自己穿妥了衣服，站在上场门口，尽等出场。见到小丑宋小五斜衔了一支烟卷，两手环抱在胸前，斜对人望着，便伸手道："宋大姐，给支烟我抽抽，行不行？"

宋小五口里连说着："有，有，有。"一手按了衣襟，一手便到怀里摸索着去，立刻掏出一盒烟卷来，抽出一根，两手恭递着送到月容嘴里衔着，笑道："取灯儿我也有。"说着，把烟卷揣了进去，抬起一只腿来，将腰就着手，在口袋里再摸出一盒火柴来，这就擦了一根火柴，弯腰递上。

月容倒是不客气，就了火吸着，因道："我明天请你。"

宋小五笑道："我前天说的话怎么样？还是那位宋大爷不错吧？我看这池子里的人就有三分之二是他拉来的客，楼上三个包厢，就更不用提了。他在这戏园子里听了一年的戏，谁也捧过一阵子，可只有这次捧你上劲。"

月容喷出一口烟来，将眼睛斜瞟了她道："老大姐，干吗又同我开玩笑？"

宋小五顿脚道："你这话真会气死人，我报告你实在的话，你说我同你开玩笑！"

月容道："今天这么大雨，倒想不着还有人听戏。哟，打上啦，我该上场了。"说着，把烟卷扔在地上，把扮好了站在面前的两个皇子一手抓住了一个，就向帘子外走去。

宋小五站在一边，对了门帘子外出神，早是哄天一声的"好"叫了出来。那位场门打帘子的粗男人摇摇头道："新出屉的馒头，瞧这股子热烘劲。"

小五道："就瞧她今天这样子，已经抬起身价不少了。下辈子投胎，和阎王老子拼命，也得求他给个好脑袋瓜。"

打帘子的人听到她有些不好的批评意味了，不敢插言。这宋小五也不知有什么感想，月容在外面唱一出戏，她就在上场门后听一出戏。果然台下的叫好声都是随了月容的唱声发了出来的。尤其是她唱快三眼那段，小五抬起一只腿，架在方凳上，将手在膝盖上点着板眼，暗下也不免点点头。那台上听戏的人，却也如响斯应叫出"真好"两个字来。

戏完了，月容进得后台来，所有在后台的人一拥而上，连说："辛苦，辛苦。"

月容笑得浑身直哆嗦，也连说："都辛苦，都辛苦。"

自己回到梳妆镜子下去卸妆的时候，那李头儿口里衔了一支旱烟袋慢慢地走来了，笑道："杨老板，你红啦。"

月容本是坐着的，这就对了镜子道："二爷，你干吗这样称呼？"

李二爷笑道："我并不是说有人叫过几声好，那就算好。刚才我在后台也听了你一段快三眼，那真是强将手下无弱兵，我们杨五爷一手教的，一点儿都没有错。"

月容道："那总算我没让师傅白受累，可惜我师傅今天没来。"李二爷微笑着，也没接下去说什么。

月容穿好了便衣，洗过了脸，正在打算着外面的雨还没有停止要怎样回去，前台有个打杂的跑来报告道："杨老板，馆子门口来辆汽车，停在那里，那个司机的对我说是来接你回去的。"

月容笑道："你瞧，一好起来，大家全待我不错了，我师傅还派了汽车来接我。其实有辆洋车就得啦，汽车可别让他们等着，等一点钟算一点钟的钱。"口里说着，手提了行头包袱，就跑出戏馆子来。看到汽车横在门口，自己始而还不免有点儿踌躇，然而那司机像知道她的意思似的，已是推了车门，让她上去。

月容问道："你是杨家叫的汽车吗？"

汽车夫连连答应是，月容还有什么可考虑的，自然是很高兴地跨上车去。车子开了，向前看去，那前座却是两个人。那个不开车的穿的是长衣，没戴帽子，仿佛是乌光的头发，心里正纳闷着，那也是个车夫吗？那人就开言了，他道："杨老板，是我雇的车子送你回去。不要紧的，你不瞧我坐在前面？到了你府上门口，我悄悄地停了车子，我们车子开走了，你再敲门得了。你脚下，我预备下有把雨伞，下车的时候可以撑伞，别让雨淋着。"

月容听那人的话音，分明就是今天大捧场的宋大爷。这倒不知道要怎样答应他的话才好，说是谢谢吗？那是接受了他这番好意；说是不坐他的车子吗？看看车子头上那灯光射出去的光里，雨丝正密结得像线网一样，待要下车去，烂泥地里，一会子工夫哪儿雇车子去？她这样想着，就没有敢反对，也没说什么。

那车子的四个橡皮轮子在水泥路上滚得吱吱发响，虽然不时地向玻璃窗子外张望出去，然而这玻璃上洒满了雨水，只看到一盏盏混沌的灯光，由外面跳了过去，也不知道到了什么所在。好在自己不说话，前面那个姓宋的也不说话，一直到那车子停了，那姓宋的才回头过来道："杨老板，在你那脚下有一把雨伞，你撑着伞下去吧，到了你府上了。"

月容听了这话，还不敢十分相信，直待把车子门打开了，她伸头向外看看，那实在是自己家门口了，这才摸起脚下的那把雨伞，立刻就跳下车去，一面撑着雨伞，一面三脚两步地向大门前跑。至于后面还有那姓宋的在连连叫着，也不去理会，自去敲门。

不想那个姓宋的在雨林子里淋着，直追到身后叫道："杨老板，杨老板，你忘了你的行头了。"

月容不觉回头来，哦了一声，姓宋的便将手上的大衣包袱两手捧着，送到雨伞下面来，笑道："杨老板，你夹着吧，可别淋湿了。"

月容右手打着伞，左手便把包袱接过。家门口正立着一支电线杆，上面挂有电灯，在灯光下照着他那件长衣服，被雨打着，没有一块干净的所在。这倒心里一动，便道："谢谢你啦。"

姓宋的已经是掉转身去，要向车子里钻，这可又回过身来，连连点了几个头道："这没什么，这没什么。"虽是那风吹的雨阵只管向他身上扑了去，他也不怎样介意，把礼行过，方才回转身扑上汽车去。月容看到车子已经开着走了，这才高声叫着开门，果然，家里人开门的时候，车子已经去远，也就放心回家了。

这晚在床上，想起姓宋的这个人总算不错，下这样大的雨，他只凭了前两日一句话，到底来了，让自己足足出了一个风头。这就算是平常捧角的人做得出来的事，最难得是他会在下雨的时候，雇了一辆汽车来接人，而且还在车子上预备下了一把伞，免得人雨淋着。二和待人就很忠厚的，也绝不能想得这样的细心。只知道他姓宋，可不知道他家是干什么的，虽不能像宋小五那样说是开银行的，但是一定也很有钱。自己要想做个红角儿，总少不了要人捧的，这样的人也很老实的，就让他去捧吧。当晚只管把意思向这方面想去，也就越是同姓宋的表示好感了。

到了第二日，那台柱子吴艳琴已经知道下雨晚上的事，凭刘春亭带上一个新来的小角杨月容，居然在大雨里能抓上三成座。这是一把敌手，因之不再放松，销假唱戏。连台柱子也不敢小看了，杨月容她的身份也就抬高不少。捧角的人也都是戴了一副崇拜偶像的眼镜的，月容的戏码一步一步向上升，不断地和李小芬或刘春亭配戏，大家也就把她当一个角儿了。约莫有一个多月的时间，月容也得了杨五爷另眼相待：在门口的熟人力车当中，挑了一辆车子新些的，和车夫订好了约，做一个临时包车，每晚将月容一接一送，星期日有日戏也照办。这样一来，月容舒服得多，不怕风雨，也不怕小流氓在路上捣乱，可以从容地来去。

但是那常常迎接她的二和这倒没有了题目。人家是个角儿，有了包车来往，总不成让自己跟着在车子后面跑来跑去？因为如此，二和也就只好把这项工作取消。他本来也就征求过月容的意思，可以不可以自己赶马车来接。月容说那使不得，前后台有钱的人多着呢，全是坐包车的，自己这么一个新来的角儿坐起马车来，恐怕会遭人家的议论。二和想着也对，所以他也并没有向下说。自月容有了坐半天包车以后，只有到二和家里来的时候可以见面。假如二和这天事忙，又赶上了星期日，两人也许在家见不着面。但二和有一天不见她，心里好像有一件事没办，到了晚上，不是追到杨五爷家里，就是追到戏馆子里，总要打一个照面。月容倒也很感激他，真是忠实不变心的。可是有一层，再三叮嘱二和，别向池子里去听戏。二和问她上场以后人缘怎么样？月容说是很好，若不是很好，自己怎样红得起来呢？可是专捧自己的人，还是没有，不信，可以去问师傅。二和为了她有这样的话，自己要表示大方，倒更不能去听她的戏了。

月容虽然年纪很轻，用心很周到的。在二和没有会面的这一天，上场以前必定在门帘缝子里，向池子里看看，姓宋的那班人来了没有，再向廊子后面看看二和是不是在那里听蹭戏。其实她这种行为也是多余的，那位宋先生是每场必到，二和却是从来也没有到过。反是因为她这种张望的关系，宋先生以为她有意在这登场以前，先通一回"无线电"，这是他捧角的努力，已经得着反应了。

在一个星期日的下午，恰是拉月容上馆子的那个车夫临时因病告假，月容来的时候雇了车子来的。唱完了戏，匆匆地卸装，想到二和家去，赶着同丁老太做包饺子吃。行头放在后台，托人收起来了，空着两手就向外走。出了戏馆子门，走不到十几步就看到宋先生站在路边，笑嘻嘻地先摘下帽子来点了一个头。他今天换了一套紫色花呢的西服，外套格子呢大衣，在襟领的纽扣眼里插了一朵鲜花。头发梳得乌滑溜光，颈上套了一条白绸巾，越是显着脸白而年少。月容因为他那天冒雨相送以后，还不曾给他道谢，这时见面，未便不问，于是也放开笑容，向他点了个头。

宋先生道："杨老板，今天我请你师傅五爷吃晚饭，同五爷说好了，请你也去，五爷在前面路口上等着呢！"

月容道："刚才我师傅还到后台去的，怎么没有提起呢？"

宋先生道："也许是因为后台人多，他不愿提。他在前面大街上电车站边等着，反正我不能撒谎。"

月容道："我去见了师傅再说吧，我还有事呢。"

宋先生道："那么，我愿引路。"说着，他自在前面走。

月容见他头也不曾回，自大了胆子跟他走去。可是到了大街上电车站边，师傅不在那里，倒是戏馆里看座儿的小猴子站在路头。他先笑道："五爷刚才坐电车走了，他说在馆子里等着你。"

月容皱了眉头道："怎么不等我就走了呢？"

小猴子道："大概他瞧见车上有个朋友，赶上去说两句话。"

月容站在大街边的人行道上，只管皱了眉毛，她心里那一份不高兴是可想而知的。宋先生笑道："这样一来，倒弄得我上不上、下不下了。小猴子，你送杨老板一程。我们是在东安市场双合轩吃饭，你把杨老板送到馆子门口，行不行？"

小猴子道："要说到送杨老板上馆子吃饭，我不能负这个责任。我倒是要到市场里去买点儿东西，顺道一块儿同走，倒没什么关系。"说着话，上东城的电车已经开到了，宋先生乱催着上车，月容一时没了主张，只好跟了他们上车。电车到了所在的那一站，又随了宋先生下车，可是在车上搭客上下拥挤着的当儿，小猴子就不见了。

月容站在电车站边，又没有了主意。宋先生笑道："其实你也用不着人送，这里到市场不过一小截路，随便走去就到了。"

月容抬头看看天色，已是漆黑地张着夜幕，街上的电灯似乎也不怎么亮，便低声道："不知道我师傅可在那里？"

宋先生笑道："当然在那里，你不听到小猴子说的，他先到馆子里去等你了？"

月容待要再问什么，看到走路的人只管向自己注意，也许人家可以看出来自己是唱戏的，这话传出去了却不大好听。一个唱戏的女孩子跟了一个白面书生在大街上走，那算怎么一回事呢！因之掉转身就挑着街边人行道电光昏暗一点儿的地方走，宋先生紧紧地在后面跟着，低声道："不忙，我们慢慢地走，五爷还要买点儿东西才到馆子里去，也许还是刚到呢。"

月容并不作声，只是在他前面走着，头低下去，不敢朝前看，眼望着脚步前面的几步路，很快地走着。宋先生倒不拦住她，也快快地跟着，到了市场门口，自己不知道应当向哪边走，才把脚步停了。宋先生点了个头，笑道："你跟我来，一拐弯儿就到。"

月容随着他走，可没有敢多言语，糊里糊涂地两个弯一转，却到了市场里面一条电灯比较稀少些的所在。抬起头来面前便是一所两层楼的馆子，宋先生脚停了一停，等她走到面前就牵了她的衣袖，向里面引着。月容待要不进去，又怕拉扯着难看，进去呢，又怕师傅不在这里，只好要走不走的，随着他这拉扯的势子走了进去。

那饭馆子里的伙计仿佛已经知道了来人的意思，不用宋先生说话，就把他两人让到一所单间里去。月容看时，这里只是四方的桌子上，铺了一方很干净的桌布，茶烟筷碟，全没有陈设，这便一怔，瞪了眼向宋先生望着，问道："我师傅呢？"

宋先生已是把帽子挂在衣钩上，连连地点着头，笑道："请坐，请坐。五爷一会儿就来的，咱们先要了茶等着他。"

月容手扶了桌子沿，皱着眉头子，不肯说什么。宋先生走过来把她这边的椅子移了两移，弯腰鞠着躬道："随便怎么着，你不能不给我一点儿面子？你就是什么也不吃，已经到这里来了。哪怕什么不吃，坐个五分钟呢，也是我捧你一场。杨老板，你什么也用不着急，就念我在那大雨里面送你回去，淋了我一个周身彻湿，回家去受着感冒，病了三四天，在我害病的时候，只有两天没来同你捧场，到了第三天，我的病好一点儿，就来了。"

月容低声道："那回的事，我本应当谢谢你的。"

宋先生笑道："别谢谢我了，只要你给我一点儿面子，在我这里吃点儿东西，那比赏了我一个头等奖章还有面子呢。就是这么办，坐一会子吧。"说着，连连地抱了拳头拱手。月容见他穿着西服，高拱了两手，向人作揖，那一份行为真是有趣，于是扑哧一声笑着，扭转头坐下去，不敢向宋先生望着。

这时伙计送上茶来，宋先生斟上一杯送到她面前，笑道："先喝一口茶。杨老板，你就是什么也不吃，咱们谈几句话总也可以吧？杨老板，你总也明白，你们那全班子的人我都瞧不起，我就是捧你一个人。"

月容听了这话，只觉脸上发烧，眼皮也不敢抬，就在这个时候，全饭馆子里的人，啊哟了一声，跟着眼前漆黑，原来是电灯熄了。月容先是糊涂着，没有理会到什么，后来一想，自己还是同一个青年在这地方吃饭，假如这个时候正赶着师傅来到，那可糟了，因之心里随了这个念头，只管怦怦乱跳。宋先生便笑道："别害怕。吃馆子遇着电灯熄了，也是常有的事，你稍微安静坐一会子，灯就亮了。"

月容不敢答话，也不知道要答复什么是好，心里头依然继续地在跳着。所幸不多大一会子，茶房就送上一支洋烛来放在桌子角上，心才定了一点儿。不过在电灯下面照耀惯了的人，突然变着改用洋烛，那就显着四周昏暗得多了。宋先生隔了烛光，见她脸上红红的，眼皮向下垂沉着，是十分害羞的样子，便笑道："这要什么紧，你们戏班子里够得上称角儿的，谁不是出来四处应酬呀？"

月容也不说他这话是对的，也不说他这话不对，只是抬起袖子来，把脸藏在手胳臂弯子里，似乎发出来一点儿哧哧的笑声。宋先生笑道："我真不开玩笑，规规矩矩地说，杨老板这一副好扮相，这一副好嗓子，若不是我同几个朋友一阵胡捧，老唱前三出戏，那真是可惜了。我们这班朋友，差不多天天都做了戏评，到报上去捧你，不知道杨老板看到没有？"

月容对他所说的这些话并非无言可答，但是不解什么缘故，肚子里所要说的那几句话，无论如何口里挤不出来，她举起来的那一只手臂依然是横在脸的前面。宋先生一面说话，一面已是要了纸笔来，就着烛光写了几样菜，提了笔偏着头向月容道："杨老板，你吃点儿什么东西？"

月容把手向下落着，摇着那单独的烛光几乎闪动得覆灭下去，宋先生立刻抢着站起来，两手把灯火挡住，笑道："刚刚得着一线光明，可别让它灭了。"月容听说，又是微微地一笑，将头低着。宋先生道："杨老板，你已经到了这里来，还客气什么？请你要两个菜。"

月容手扶着桌子站起来道："我师傅不在这里，我就要走了。"

宋先生道："现在外面的电灯全黑了，走起来可不大方便。"月容索性把身子掉过去，将袖子挡住了大半截脸，宋先生也是站着的，只是隔了一只桌子面而已，便道："杨老板！你就不吃我的东西，说一声也不行吗？你真是不说，我也没有法子，就这样陪着你站到天亮去！"他这句话，却打动了月容，不能不开口了。

第十二回

无术谢殷勤背灯纳佩
多方夸富有列宝迎宾

孔夫子说过："唯上智与下愚不移。"这实在不错！聪明的人是不受诱惑；愚蠢的人是不懂诱惑。至于小聪明的人，明知道诱惑之来，与己无利，而结果，心灵一动，就进了诱惑之网了。

月容对于这位宋先生，本来就在心里头留下了一个影子，现在宋先生把她请到馆子里，只管用好话来安慰，最后不必要她吃东西，只要她说一声吃什么，要不然他就在这屋子里站上一宿！自己也觉得实在不能不给人家回答了，因低声道："我随便。"

宋先生道："随便两个字，不等于没说吗？"

月容道："你不用客气，我实在不会点菜，就请你同我代点一个吧。"

宋先生的意思本也不一定要她点菜，只是要她开口说话而已。这就笑道："那么，请你先坐下，你果然委我做代表，我应当遵命，等我来想想，应当替你点个什么菜？"正说着，馆子里哄然一声，电灯已是亮了。

宋先生就叫着伙计把菜牌子拿来，两手捧着送到月容面前，笑道："你不说也不要紧，你看看这上面的菜，有什么是你合口的，你拿手指一指好了。"

月容听说，对那牌子上的看看，却有十之七八是不认识的，脸上先红了一阵，仍还说了两个字"随便"。宋先生似乎也懂得她的意思，就把一个手指沿了菜名指着道："这是炒子鸡，这是炒腰花，这是红烧鱼头尾。"他就一串珠似的向月容报着。月容所知道的，还是在人家赶喜事听到那猪八样的酒席里，有炸丸子这样菜，因之也就对宋先生说："要个炸丸子吧。"

宋先生也很知道她对于这件事外行，也不再来难为她，自坐到对面位子上去了。他笑道："杨老板，你那杯茶大概凉了，换一杯吧。"他说着起身把月容的那杯茶给倒了，另斟了一满杯热茶，两手捧着，送到月容面前。她微微起了一起身子，然后坐下。宋先生把一番应酬的行为做过去了，这就可以在电灯下向着月容平看过去。

月容虽是低了头下去，可以躲开宋先生的目光，可是她的血液里像发生了疟疾，只管飕飕地全身发抖。她自己也慢慢地有些感觉了，为什么这样地不中用？这让人家看到了，要笑自己不开通，而且无用。因之强自镇定，端起茶杯来打算喝一口茶，那意思也是要用喝茶的举动来遮掩她害怕的状态。可是那杯子拿到手上，把自己害怕的状态更形容得逼真。手上的茶杯像是铜丝扭的东西，上下高低，四周乱晃，放在嘴边来喝，却撞得牙齿当当的响，这没有法子，只好把茶杯放下来。

那宋先生看在眼里，便笑道："杨老板，这不要什么紧，艺术界的人在外面交朋友，那是很平常的事呀！"

月容只是低了头，并不理会他的话。宋先生笑道："这也是我荒唐之处，我们都认识这样久了，大概你除了知道我姓宋而外，其余是一概不得知。我告诉你，我叫宋信生，是河南人，现在京华大学念书，我住在第一公寓里。假如你要打电话找我，你可以叫二三四八的东局电话。怕你还不记得，我这里有张名片，上面全记得有的。"说着摸出皮夹打开来，在里面掏一张名片弯腰送了过来。

在他这皮夹子一闪的时候，在那里面的钞票露了一露，只见十元一张的钞票叠着，有手指般厚，做了两叠，与名片混杂地搁着，心里这就连带地想起："这小子真有钱，怪不得他老在戏馆子里听戏了。"当把名片送了过来的时候，自己也起身接着，看时，那名片正中"宋信生"三个大些的字，自己却还是认得，于是点点头哦了一声。

宋信生在对面看到，这就喜笑颜开，连鼓了两下掌，笑道："这就对了！这就对了！我们要彼此相处得像平常的朋友一样，那才有意思！大概杨老板也总听见后台人说过，有个宋信生是老听戏的。他们看到我花钱手松，全说我家是开银行的，那倒不对！其实在银行里做事的人，不一定有钱。我父亲是在河南开煤矿的，资本大得多！将来你我交情熟了，你就会明白的。"

说到这里，伙计已是送上菜来，问要酒不要？信生却是招呼他盛饭。等伙计走了，信生向月容笑道："本来我应当向杨老板敬两杯酒，不过杨老板是位小姐，又是初次出来应酬，我不能做这样冒昧的事。平常这个时候，杨老板也该吃饭了吧？"

月容始终是心里惊慌着，不好向信生说什么话，这句问话是比较地容易答复，便点头说了一个"是"字。

信生笑道："既然如此，杨老板也就饿了，那就请用饭吧！"他说着，手上举了筷子，连连向月容面前的饭碗点着，满脸全是笑容，客气极了！

月容本来也就有点儿饿，闻到了这股饭菜香味，肚子里更是饿得厉害，经主人翁这样劝着，只得低了头先扶起筷子来。信生笑道："杨老板，你只管放大方一些，爱吃什么，就吃什么！我是一个大饭量的人，每顿总要吃好几碗，假如你只管客气，我也不好意思吃，那要让我挨饿的。你做客的人总也不好意思拖累主人翁挨饿吧？我真饿了，杨老板，你让我望着饭菜干着急吗？"说着放下筷子来，向月容抱着拳头，连作了两个揖。

月容这就想着："这个人实在会让客。"随了这个念头，也就嘻嘻地一笑，再看主人翁已是扶了筷子，等着不肯先吃，只得手扶了碗，将筷子头挑了几粒饭送到嘴里去。

信生笑道："你别吃白饭呀！我可不会学太太小姐的样，向客人布菜。你真是不吃菜，我也没法子，我只好勉强来学一学了。"于是在每碗菜里都夹了一夹子，起身送到月容碗里来，低声下气地道："杨小姐，你吃这个，别吃白饭。"

月容觉得他倒真有点儿太太的气味，不由得扑哧一笑，赶快抱额头枕着手臂，将脸藏起来。信生笑道："我说我不会布菜，你一定要我布，我就布起菜来，又不是那么一回事，倒让你见笑，看着难为情。"月容被他说着，更是忍不住笑，把脸藏在手弯子里，很有一会儿，约莫沉默了五分钟，这才开始吃饭。

月容是不必再向菜碗里夹菜，仅仅这饭碗上堆的菜，已经不容易找出下面的饭了。信生只要她肯吃了，却也不再说笑话，等她吃完了一碗，勉强地又送了一碗饭到她面前去。月容站了起来："我吃饱了！"

信生笑道："总不成我请你吃一顿饭，还让你肚子受一场委屈吗？"他口里说着又站了起来，将筷子大夹了菜，向月容饭碗里送了去。月容刚是坐下去，又扶着碗筷站了起来。信生笑道："杨老板，你一切都别和我客气，最好像是……"说到这里，摇摇头笑道，"这话太冒昧！反正我高攀一点儿，算是你一个好朋友吧！"

月容自让他去说，并不理会，本来自己的肚子是饿了，而且菜馆子里的菜又很好吃，因之不知不觉之间，把那碗饭又吃完了。信生自始就是一碗饭，慢慢地吃着相陪，看到月容吃完了这碗饭，立刻叫茶房盛饭。月容红脸笑道："再要吃，那我成了一个大饭桶了！"

信生笑道："那我就不勉强了。"回转头来对茶房道："饭不用了，给我切两盘水果来，不怕贵，只要好！"

茶房对他们看了一眼，没多说话，自预备水果去了。月容已是两手扶了桌沿慢慢儿站起，偏转身有要走的样子。信生抢过去两步挡了这单间的房门，笑道："你是听到的，我已经吩咐茶房去切水果了。你走了，水果让我自己一个人吃吗？"

月容想到这个人真会留客，说出话来总让你走不了。于是低头扑哧一笑。这时茶房进来，送过手巾，斟过茶，接着送了水果来。这让月容不好说走，因为怕他挽留的时候会露出什么话尾子来。等到茶房走开，这回是坚决地要走了，便先行一步，走到房门口，免得信生过去先拦住了。信生隔了桌面也不能伸手将她拉住，先站起点点头道："杨老板，你不用忙，我知道你工夫分不开来，除了回家而外，你还得到戏馆子里去赶晚场。不过这水果碟子已经送到桌上来了，你吃两片水果，给我一点儿面子，你怕坐下来耽误工夫，就站着吃两片水果也可以。"他说着，手里托住一碟切了的雪梨，只是颠动着，做一个相请的姿势。月容看这情形，又是非吃不可，只好走回过来，将两个手指夹了两片梨。

信生趁她在吃梨的时候放下水果碟子，猛可地伸手到衣袋里去摸索着，就摸出一样黄澄澄的东西来。月容看时，乃是一串金链子，下面拴了小鸡心匣子。这玩意儿原先还不知道用处，自从在这班子里唱戏，那台柱子吴艳琴她就有这么一个。据人说，这小小的扁匣子里，可以嵌着那所爱的人的相，把这东西挂在脖子上，是一件又时髦又珍贵的首饰。这倒不知道宋信生突然把这东西拿出来干什么？心里这样想着，将梨片送到嘴里，用四个门牙咬着，眼睛可就偷偷地对信生手上看了去。

信生笑道："杨老板，我有一样东西送你，请你别让我碰钉子。"月容听到这话，心里就怦怦地跳上了几下，仅仅对他望了一下，可答不出话来。

信生手心上托住那串金链子走到桌子这边来，向她笑道："这串链子是我自己挂在西服口袋上的，我觉得我们交朋友一场，也是难得的事。我想把这链子送给你做个纪念品，你不嫌少吗？"

月容轻轻地呀了一声，接着道："不敢当！"

信生道："你若是嫌少呢，你就说不要得了！若是觉得我还有这送礼的资格，就请杨老板收下。"他说到这里，人已经更走近了一步，月容想不到他客气两句真会送了过来，立刻把身子一扭，将背对了灯光低着头，口里直说"那不能，那不能"。

看她那情形又有要走的样子，信生道："你太客气！我不能征求你的同意了。你如是不要，你就扔在地上吧！"他说着，已是把那串链子向她的胸襟纽扣上一插。

月容虽是更走远了半步，但是没有躲开信生的手去，信生把这链子插好，已是远远地跑开了。月容扯下来捏在手心里，向信生皱了眉道："我怎么好收你这样重的礼呢？"

信生已是到桌子那边去，笑道："你又怎么不能收我这重的礼呢？"他说着，偏了头，向她微笑着。

月容将那金链子轻轻地放在桌沿上，低声道："多谢，多谢。"说时依然扭转身去。

信生隔了桌面就伸手把她的衣服抓住，然后抢步过来道："杨老板，你不要疑心这鸡心里面有我的相片，其实这里面是空的，假使你愿意摆我一张相片在里面，那是我的荣幸！杨老板若不愿放别人的相片，把自己的相片放在里面，也可以的。"他一串地说着，已是把桌子的金链子抓了起来，向月容垂下来的右手送了去。

月容虽是脸背了灯光，但她脸上微微地透出红晕，却还是看得清楚，眼皮垂着，嘴角上翘，更是显着带了微微的笑容。信生觉得金链子送到她手心里，她垂直了的五个指头，微弯着要捏起来了，因之另一只手索性把她的手托住，将金链子按住在她手上，笑着乱点了头道："杨老板，收下吧！你若不肯给我的面子，我就……啰、啰、啰，这儿给你鞠躬！"他随了这话，果然向她深深地三鞠躬。月容看到，觉得人家太客气了，只得把金链子拿住，不过垂了手不拿起来，又觉得这事很难为情，只是背了灯站着，不肯把身子掉转过来。

信生见她已是把东西收过，这就笑道："杨老板，你收着就是，你戴与不戴，那没有关系！你搁个一年半载，将来自个儿自由了，那就听你的便，爱怎么戴，就怎么戴了！"

月容听他所说的话，倒是很在情理上，便回过头来向他看了一眼。信

93

生笑道:"杨老板,我很耽搁你的时候了,你若是有事,你就先请便吧!"月容听到,这才偏转头和他点了两点,告辞而去。那个背着灯的身子,根本就不曾转过来,口里虽也咕嘟着一声"多谢",可是那声音非常地细微,就是自己也不会听到的,不过信生送了这样一份重礼给她,她心里是十分感谢着的。

在当天晚上唱戏的时候,她的这一点儿深意就可以表示出来。她在台上,对了信生所坐的位子边很是注目了几次,信生是不必说要多叫几回好了。事情是那样凑巧,拉车子送月容来回戏馆子的那位车夫请假不干,月容在唱完戏以后,总是在戏馆子门口步行一截路。在这个当儿,信生就挤着到了面前了,匆匆忙忙地必定要说几句话,最后两句总是:"双合轩那一顿饭没有吃得好,明天下午,我再请杨老板一次,肯赏光吗?"

月容始而还是对他谦逊着:"你别客气。"但是他绝不烦腻,每次总是赔了笑脸说:"白天要什么紧,你晚一点儿回家,就说是在街上绕了一个弯,大概你师傅也不会知道吧。我想杨老板是个角儿了,也不应当那样怕师傅。"

月容红了脸道:"我师傅倒不管我的。"

信生笑道:"这不结了。又不为着什么,你为什么不去呢?要不,那就是瞧我不起。"

月容道:"宋先生,您这话倒叫我不知道说什么是好了。"

信生却并不带笑容,微微地板了脸道:"一来呢,杨老板为人很开通的,什么地方都可以去;二来呢,杨老板又是不受师傅拘束的,还有什么原因我请不动?只有认为是杨老板瞧我不起了。"

月容道:"宋先生,你不是请我吃过一回了吗?"

信生道:"就因为那回请客没有请得好,所以我还要补请一次。你要是不让我补请这次,那我心里是非常之难过的。"

月容笑道:"实在是不好一再叨扰。"

信生笑道:"咱们是很知己的朋友,不应当说这样客气的话。"

月容只管陪了他走路,可没有再作声。信生看到路旁停了两辆人力车,就向他们招招手叫车夫过来。车子到面前,信生先让月容上了车子,然后对拉他的车夫轻轻地说了个地名,让他领头走。月容已经上了车了,自然也不能把车子停着下来。未曾先讲妥价钱的车子,拉得是很快,才几分钟的工夫,在一条胡同口上停住了。月容正是愕然,怎在这僻静的馆子里吃饭？信生会了车钱，却把她向一座朱漆大门的屋子里引，看那房子里，虽像一所富贵人家，可是各屋子里人很多，只管来回地有人走着。曾由几所房门口过，每间屋子里全有箱杠床铺，那正是人家的卧室，而且各门框上，全都挂着白漆牌子，上面写了多少号，这就心里很明白，是到了一家上等公寓了。虽然做姑娘的不应当到这种地方来，但是既然来了，却也立刻回身不得，拉拉扯扯，那就闹得公寓里人全知道了。因之低了头，只跟着信生走去。后来穿过两个院子，却到了一条朱红漆柱的走廊下，只听到信生叫了一声茶房，这就有人拿了钥匙来开门。

　　只一抬眼，便觉得这房子里显然与别处不同，四周全糊着白底蓝格子的花纸，右边挨墙一列斜悬着十二个镜框子，最大的二尺多长，最小的却只有四寸。里面都是信生的相片，有穿西服的，有穿便服的。那镜框子，一例是银漆的边沿，用白线绳悬在白铜的如意的钉子上。在这边墙下，两架红木的雕花架格，最让人看了吃惊：玉白的花盆、细瓷的花瓶、景泰蓝的香炉、罩子上有小鸟跳舞的座钟，还有许多不认识的东西，花红果绿的，在那方圆大小的雕花格子里面，全都陈列满了。在那正中的所在，放了三张沙发，全是蓝绒的面子，围着小小的圆桌子，铺了玻璃桌面，上面有个玉石盆子，里面全是碎白石子，插了两枝红珊瑚。这种东西自己本来也就不认识，因为新排的一本戏里曾说到这东西，知道是很值钱的。信生笑着把月容让到沙发上坐了，她是无心向后坐下，不知不觉向后倒去靠在沙发背靠上了，舒服极了。刚刚坐定，就有一阵很浓的桂花香味送到了鼻子里来，回头看时，正中花纸壁上绫子裱糊的一轴画，正是画着桂花。正画下面，又是个乌木架子，架着五彩花瓷缸，里面栽着四五尺高的一棵桂花。只是这些，月容已觉得是到了鼓儿词上的员外家里了。还有其他不大明白的东西，只可笼统地揣想着，那全是宝物吧。

　　信生见她进屋以后不停地东张西望，心里非常地高兴，笑道："杨老板，你看看我这间小客厅布置得怎么样？"

　　月容把头低着，微笑着，不好答应什么。可是在这个时候，她又发现了这个屋子的地板洗刷得比桌面还要干净。在这脚底下，是一张很大的地毯，上面还织有很大一朵的牡丹花，脚踏在上面软绵绵的，估量着这地毯总是有一寸多厚。信生笑道："杨老板，我告诉你一句话，我不但是个戏迷，我自己还真喜欢哼上两句，每逢星期一三五，还有一位教戏的在这里教戏。你瞧那块地毯，就是我的戏台。"他坐在月容对过沙发的手靠上，将

95

嘴向月容脚边努了两下，月容似乎感到一种不好意思，立刻把脚缩了向椅子底下去。

　　正说着，公寓里的茶房送着四碟点心、一壶茶进来，月容看来，瓷壶瓷碟，一律是嫩黄色雕花的。同时，信生在红木架格的下层取过来两个大瓷杯，高高的圆桶形，有一个堆花的柄，那颜色和花纹全是同壶碟一样。月容看了这些，实在忍不住问话了，因道："宋先生，难道你住在公寓里，什么东西全是自备的吗？"信生听了，不免微笑着。就凭她这一句问话，可就引出许多事故来了。

第十三回

钓饵布层层深帷掩月
衣香来细细永巷随车

宋信生寄住在公寓里，月容知道的，但是他所住的公寓有这样阔绰，那是她做梦想不到的事。信生见她已经认为是阔了，这就笑道："依着我的本意，就要在学校附近赁一所房住。可是真赁下一所房，不但我在家里很是寂寞，若是我出去了，家里这些东西没有人负责任看守，随便拿走一样，那就不合算了。这外面所摆的，你看着也就没什么顶平常的，你再到我里屋子里去看看，好不好？"他说着这话，可就奔到卧室门口，将门帘掀起来，点着头道："杨老板，请你来参观一下，好不好？"月容只一回头，便看到屋子里金晃晃的一张铜床，床上白的被单，花的枕被，也很是照耀。只看到这种地方，心里就是一动，立刻回转头去，依然低着。

信生倒是极为知趣的人，见她如此，便不再请她参观了，还是坐到她对面的沙发上来，笑道："杨老板，据你看，我这屋子里，可还短少什么？"

月容很快地向屋子四周扫了一眼，立刻又低下头去，微笑道："宋先生，你这样的阔人，什么不知道？倒要来问我短少什么。"

信生笑道："不是那样说，各人的眼光不同，在我以为什么事情都够了，也许据杨老板看来，我这里还差着一点儿什么。"

月容道："你何必和我客气。"

信生道："我并非同你客气，我觉着我布置这屋子，也许有不到的地方。无论如何，请你说一样，我这里应添什么。你随便说一句得了，哪怕你说这屋子里差一根洋钉，我也乐意为你的话添办起来。"

月容听了这话，扑哧一笑，把头更低下去一点儿，因道："你总是这样

97

一套，逼得人不能不说。"

信生道："并非我故意逼你，若是你肯听了我的话，很干脆地答复着我，我就不会蘑菇你了。你既知道我的性情，那就说一声吧。这是很容易的事，你干吗不言语？"

月容笑道："我是不懂什么的人，我说出来你可别见笑。你既是当大学生的人，上课去总得有个准时间，干吗不摆一架钟？"

信生点头笑道："叫人买钟表，是劝人爱惜时间，那总是好朋友。我的钟多了，那架子上不有一架钟？"说着，向那罩子上带跳舞小鸟的座钟指了两指。

月容不由得红了脸道："我说的并不是这样的钟，我说是到你要走的时候就响起来的闹钟。"

信生连连地点着头道："杨老板说得不错，这是非预备不可的。可是杨老板没有到我屋子里去看，你会不相信，我们简直是心心相照呢，请到里面去参观两三分钟，好不好？"他说着便已站起来，微弯了身子，向她做个鞠躬的样子，等她站起来。

月容心里也就想着，听他的口气，好像他屋子里什么全有，倒要看看是怎么个样子，走进去立刻就出来，那也不要紧。正这样地犹豫着，禁不住信生站在面前只管赔着笑脸等候起身，因笑道："我其实不懂什么，宋先生一定要我看看，我就看看吧。"

她这样地说着，信生早是跳上前把门帘子揭开了。月容缓缓地走到房门口，手扶了门框就向里面探头看了一看。只见朝外的窗户所在，垂了两幅绿绸的帷幔，把外面的光线挡着一点儿也不能进来，在屋正中垂下一盏电灯，用绢糊的宫灯罩子罩着，床面前有一只矮小的茶几，上面也有一盏绿纱罩子的桌灯。且不必看这屋子里是什么东西，只那放出来的灯光，红不红，绿不绿的，是一种醉人的紫色，同时还有一阵很浓厚的晚香玉花香。心里想着："哪有一个男人的屋子会弄成这个样子的？"也不用再细看了，立刻将身子缩了回来，点着头笑道："你这儿太好了，仙宫一样，还用得着我说什么吗？"

她走回那沙发边，也不坐下，端起茶杯来喝了一口，回头向信生点了两个头道："打搅你了。"

信生咦了一声，抢到门前拦住了去路，因道："我是请杨老板来吃饭的，怎么现在就走？"

月容笑道："下次再来叨扰吧。"

信生连连地弯了腰道："不成，不成。好容易费了几天的工夫，才把杨老板请到，怎能又约一个日子？"

月容道："我看到宋先生这样好的屋子，开了眼界不少，比吃饭强得多了。"

信生笑道："这话不见得吧？若是杨老板看着我这儿不错，怎么在我这里多坐一会子也不肯呢？"

月容道："并不是那样子说。"她说到这里，把眉头子又皱了两皱。

信生点点头笑道："你请坐，我明白，我明白。你的意思是在我这里坐了很久的工夫，再出去吃饭，那就耽误的时间太多了。那就这样得了，两件事做一件事办，你在我这里多坐一会儿。我吩咐公寓里的厨子做几样拿手好菜来吃。你若嫌闷得慌，我这里解闷的玩意儿可也不少。"他说着话，就跑进他的卧室里去，捧出十几本图画杂志来，笑道："你瞧我这个，把这几本书看完了，饭也就得了。请坐，请坐。"

他把杂志放到小桌上，只管向月容点头，月容笑道："你这份儿好意，我倒不好推诿，可是有一层，你别多弄菜。"

信生将右手五个指头伸着，笑道："四菜一汤，仅仅吃饭的菜。"他说着就出去了，那样子是吩咐公寓里的茶房去了。

月容想到人家相待得十分恭敬，而且又很大方，绝能当着人家没有来就不辞而别，只好照了人家的意思，坐着看图画杂志。一会儿他进来了，笑道："杨老板，你瞧画有点儿闷吧？我昨天买了几张新片子，开话匣子给你听吧。"他说着，自向卧室里走去，接着，屋子里的话匣子就开起来了。

从事什么职业的人，眼前有了他职业以内的事情发生，当然是要稍稍注意。月容先听到话匣子里唱了两段《玉堂春》，还是带翻了书带听着，后来这话匣子里改唱了《贺后骂殿》了，月容对于这样的拿手戏，那更要静心听下去。

唱完了，信生在屋子里问道："杨老板，你听这段唱法怎么样？"

月容道："名角儿唱的，当然是好。"

信生道："我的话片子多着呢，有一百多张，你爱听什么？我给你找出来。"

月容道："只要是新出的就行。"

信生道："要不请你自己挑吧。"他说时，已是捧了十几张话片在手，站在房门口来。月容放下书，也就迎到卧室门边，看他手上所捧的，第一张就是梅兰芳的《凤还巢》，随手拿起来道："那么，就把这个唱两遍听听，也许我能偷学两句下来。"

信生笑道："这是杨老板的客气话。现在内行也好，票友也好，谁不在话匣子里去模仿名角儿的腔调，杨老板那样响亮的嗓子，唱梅兰芳这一派的戏，那是最好不过。"他口里说着，已是把话片子搬到了话匣子下面长柜子里去。原来他这话匣子是立体式的高柜子，放在床后面，靠墙的所在，信生走过来，月容是不知不觉地跟着。信生对于她已走进卧室来，好像并不怎样地介意，自接过那张话片放到转盘子上去，话片子上唱起来了，他随意地坐在床上，用手去拍板。在话匣子旁边有一张小小的沙发，月容听出了神，也就在那上面坐着。

唱完了这张《凤还巢》，信生和她商量着，又唱了几张别的话片，于是他把匣子关住了，笑道："你再看看我这屋子里布置得怎么样？"

月容看这房间很大，分作两半用：靠窗户的半端，做了书房的布置；靠床的这半端，做了卧室的布置，家具都是很精致的。说话时，信生已到了靠窗户的写字台边，把桌灯开了，将手拍拍那转的写字椅道："杨老板，请你过来，看看我这桌上，布置得怎样？"月容远远地看去，那桌上在桌灯对过，是一堆西装书和笔筒墨砚玻璃墨水盒，没什么可注意。只有靠了桌灯的柱下，立着一个相片架子，倒是特别的，不知道是谁的相片，他用来放在桌上，自己正是要上前看看去。即是信生这样地招呼了，那就走过去吧。对了十步附近，已看出来是个女子的相片，更近一点儿，却看出来是自己的半身相，这就轻轻地喝了一声，做一种惊奇的表示。

信生随着她也走到桌子边，低声问道："杨老板，你只瞧我这一点，可以相信我对于杨老板这一点儿诚心，绝不是口里说说就完事，实在时时刻刻真放在心里的。"月容两手扶了桌沿，见他已是慢慢地逼近，待要走出去，又觉得拂了人家的面子，待要站在这里不动，又怕他有异样的举动，心里怦怦乱跳，正不知怎样是好。

忽然听到窗子外面有人过往说话的声音，心里这就一动，立刻伸手来揭那窗户上的绿绸帷幔。信生看到，手伸出来，比她更快，已是将帷幔按住着，向她微笑道："对不住，我这两幅帘子，是不大开的。"

月容道："那为什么？白天把窗户关着一点儿光不漏，屋子里倒反要亮电灯，多么不方便。"

信生笑道："这自然也有我的理由。若是我自己赁了民房屋住，那没有疑问，那当然整天地开着窗户。现在这公寓里来来往往的人，非常之乱，我要不把窗户挡住，就不能让好好地看两页书。再说，我这屋子里究竟比别人屋子里陈设得好一些，公寓里是什么样子的人都有的，我假如出门去，门户稍微大意一点儿，就保不定人家不拿走两样东西。所以我在白天是整日地把窗户帷幔挡着，但是我很喜欢月亮，每逢月亮上来了，我就把帷幔揭开，坐在屋子里看月亮。"

月容道："是的，宋先生是个雅人。"

她说着这话，把扶住桌沿的手放下，掉转身来有个要走的样子。但在这一下，更让她吃一惊，便是门窗子里的房门也紧紧地关上了。脸上同脊梁上，同时阵阵地向外冒着热汗，两只眼睛也呆了，像失了魂魄的人一样，只管直着眼光向前看。信生笑道："我从前总这样傻想，月亮是多么可爱的东西，可惜她照到屋子里来，是关不住的。可是现在也有把月亮关在屋子里的时候，她不依我的话，我是不放月亮出去的。"说着，哧哧一笑。

月容猛地向房门口一跑，待要去开门，无奈这门是洋式的，合了缝，上了暗锁，可没法子扭得开。信生倒并不追过来拦住，笑道："杨老板，你要是不顾面子的话，你就嚷起来得了，反正我自信待你不错，你也不应该同我翻脸。"

月容道："我并没有同你翻脸的意思，可是你不能把我关在屋子里，青天白日的，这成什么样子？"

信生道："我也没有别的坏意，只是想同你多谈几句话。啰，你不是说我屋子里少一口闹钟吗？其实你没留心，床头边那茶几的灯桌下，就有一口闹钟。闹钟下面有两样东西，听凭你去拿。一样是开这房门的钥匙，一样是我一点儿小意思，送给你做衣服穿的。你若是拿了钥匙，你不必客气，请你开了房门走去，往后我的朋友，在台下同你相见！你若是不拿钥匙，请你把那戒指戴着算是我一点儿纪念，那可要等着闹钟的铃子响了，你才能走。我觉得我很对得起你，自从你上台那一日起，我就爱你，我就捧你。到了现在，我要试验试验，你是不是爱我了。你若是走了，请你再看看，我那枕头下有一包安眠药，那就是我捧角的结果。"

月容听了这话，那扶了门扭的手就垂下来，回头向床面前茶几上看看。灯光照去，果然有亮晃晃的一把钥匙，这就一个抢步，跑到茶几面前去。那钥匙旁边，果然又有一叠十元一张的钞票，在钞票上面，放了一只圆圈的金戒指。再回头看枕头边，也有个药房里的纸口袋。伸下手去，待要摸那钥匙，不免回头向信生看看，见他那漆黑乌亮的头发，雪白的脸子上透出红晕来，不知道他是生气，也不知道他是害羞，然而那脸色是好看的。因之手并没有触到钥匙，却缩回来了。

信生道："月容，我同你说实话，我爱你是比爱我的性命还要重，你若不爱我，我这性命不要了。但是爱情绝不能强迫的，我只有等你自决，你若不爱我，你就拿钥匙开门走吧。"

月容垂了头，将一个食指抹了茶几面，缓缓地道："我走了你就自杀吗？"

信生道："这是我自己的事，你就不用管了。"

月容道："你不是留我吃饭吗？我现在可以不走，请你把房门打开，我们到外面屋子里去坐。"信生道："钥匙在你手边，你自己开吧，要等我开那门，非闹钟响了不可。"

月容道："你既是……请你原谅一点儿。"

信生道："请你把那戒指戴上。"

月容道："你送我的东西太多了，我不好收你的。"

信生道："那么，请你把我的桌灯灭了。"月容想着，这屋子共有三盏灯，全是亮的，把这桌灯熄了，没有关系，因之就听了他的话，把桌灯熄了。不想这里把桌灯上的灯钮一转，灯光熄了，屋子里那其余两盏灯也随着熄了。

直待屋子里闹钟响着，那电灯方才亮起来。那倒是合了月容的话，钟一响，就该催着人起身了。于是那卧室门开了，信生陪了月容出来吃晚饭，在信生整大套的计划里，吃晚饭本是一件陪笔文章，这就在绚烂之中，属于平淡，没有费什么心的手续了，但是在月容心里，不知有了什么毛病，只管怦怦乱跳。匆匆地把晚饭吃完，也不敢多耽搁，就在东安市场里绕了两个圈子，身上有的是零钱，随便就买了些吃用东西，雇了人力车，回馆子来。心里可想着丁二和为了自己没有到他家去，一定会到戏馆子来追问的，就是自己师傅若是知道没有到丁家去，也许会来逼问个所以然。因之悄悄地坐在后台的角落里，默想着怎样的对答。但是自己是过虑的，二和不曾来追问，杨五爷也没有来追问。照平常的一样，把夜戏唱完就坐了车子回去，杨五爷老早地就睡了觉了，并不把这事放在心上。到了次日，月容的心也定了，加之赶着星期日的日戏和星期日的夜戏，又是一天没有到二和家里去。这样下去接连有好几天，月容都没有同二和母子见面，最后，二和自赶了马车，停在戏馆子门口，他自己迎到后台来。

月容正在梳妆，两手扶了扎发的绳带，对了桌子上面大镜子，一个中年汉子穿着短衣，掀起两只袖子，在她身后梳头。月容对了镜子道："老柳，你说，哪一家西餐馆子的菜最好？"

梳头的老柳道："你为什么打听这件事？"

她笑道："我想请一回客。"

老柳笑道："你现在真是个角儿了，还要请人吃西餐。"

月容道："我吃人家的吃得太多了，现在也应该向人家还礼了。"

老柳道："吃谁的吃得多了？"

月容笑道："这还用得着问吗？反正是朋友吧。"

正说到这里，老柳闪开，月容可就看到二和站在镜子里面，露出一种很不自然的笑容。月容的脸上，已是化过妆了，胭脂涂得浓浓的，看不出一些羞答。不过在她两只眼睛上，还可以知道她心里不大自然，因为她对着镜子里看去时，已经都不大会转动了。

二和倒没有什么介意，却向她笑道："在电话里听到你说去，昨天晚上包饺子，今天晚上又炖了肉，两天你都没有去。"

月容低声道："我今天原说去的，不想临时又发生了事情，分不开身来，明天我一定去。老太太念我来着吧？"

她说着话，头已经梳好了，手扶了桌子角站起身来。她穿了一件水红绸短身儿，胸面前挺起两个肉峰，包鼓鼓的，在衣肩上围了一条很大的花绸手绢，细小的身材，在这种装束上看起来，格外地紧俏了。

二和对她浑身上下全呆呆地观察了一遍，然后问道："今天你唱什么？"

月容道："《鸿鸾禧》带《棒打》。"

二和笑笑道："这戏是新学的呀，我得瞧瞧。"

月容道："你别上前台了。老太太一个人在家里，很孤单的。让她一个人等门，等到深夜，那不大好。你要听我的戏，等下个礼拜日再来吧。"

二和笑道："下个礼拜日，不见得你又是唱《鸿鸾禧》吧？"

月容道："为了你的缘故，我可以礼拜日白天再唱一次。"

二和听这话时，不免用目光四周扫去，果然的，站在旁边看热闹的人倒是不少，全是微微地向人家笑着，这倒有点儿不好意思，愣了一愣。

月容道："真的，我愿意再唱一次，就再唱一次，那没有什么问题。

你信不信？"

正说着，有个人走到月容面前低声道："《定军山》快完了，你该上场了。"月容向二和点了个头，自去到戏箱上穿衣服去了。二和站在后台，只是远远地对了月容望着。恰好后台哄然一阵笑声，也不知道是笑什么人的，自己还要站在这里，也就感到无味，只好悄悄地走了。

但是过了二十四小时，他依然又在戏馆子门前出现了。也许是昨天晚上在后台听到了大家的笑声很受了一点儿刺激，就笼了两只袖子，在大街上来回地踱着，并不走进去，眼巴巴地向人丛里望着。但看到两盏水月灯光里一辆乌漆光亮的人力车由面前跑过去，上坐一位蓬松着长发，披了青绸斗篷的女郎，当车子过去的时候，有细细的一阵香风，由鼻子里飘拂着。虽然她的头上有两绺头发垂下来，掩住了半边脸，然而也看得清楚，那是月容。她坐在车上，身子端端的，只管向前看了去，眼珠也不转上一转。

二和连跑了几步，追到后面叫道："月容，我今天下午又等着你吃包饺子呢，你怎么又没有去？"

月容由车上回过头来望着，问道："二哥，你什么时候来的？我没瞧见你呀。"

二和道："我虽然来了，可是我没有到后台去。"

月容道："你就大门口待着吗？"

二和笑道："我们赶马车的人，终日地在外面晒着吹着，弄惯了，那不算回事。"说时，口里不住地喘气。

月容就把脚踢踢踏蹬，叫车夫道："你拉慢着一点儿，人家赶着说话呢。"

那包车夫回头看是二和，便点了两点头道："二哥，你好。"随了这话，把车子缓缓地走下来。二和看着他的面孔，却不大十分认识，也只好向他点点头。

月容见他和车夫说话，也就回过头来对二和看看，二和笑道："你觉得怎么样？我瞧你这一程很忙吧？"

月容顿了一顿，向二和笑道："你看着我很忙吗？"

二和道："看是看不出来。不过我们老太太惦记着你有整个礼拜了，你总不去。你若是有工夫，你还不去吗？"月容听了他这番言语，并不向他回话。二和看她的脸色，见她只管把下巴向斗篷里面藏了下去，料是不好意思，于是也就不说什么，悄悄地在车子后面跟着。

车子转过了大街，只在小胡同里走着，后来走到一条长胡同里，在深夜里，很少来往的行人。这车子的橡皮轮子微微地发出了一点儿瑟瑟之声，在土地上响着，车夫的脚步声同二和的脚步声，前后应和着，除此以外，并没有别的大声音。二和抬头看看天上，半弯月亮掷在人家屋角，西北风在天空里拂过，似乎把那些零落的星光都带着有些闪动，心里真有万分说不出来的情绪，又觉得是苦恼，又觉得怨恨。但是，自己紧紧地随在身后，月容身上的衣香，有一阵没一阵地向鼻子里送来，又有叫人感到无限的甜蜜滋味。

月容偶然回转头来，哟了一声道："二哥，你还跟着啦？我以为你回去了，这几条长胡同真够你跑的。"

二和道："往后咱们见面的日子恐怕不多了。"这句话，却把月容的心可又打动了。

一个十六七岁的女孩子，凭她怎样的聪明，社会上离奇古怪的黑幕她总不会知道的，同时，社会上的种种罪恶，也就很容易蒙蔽她的天真。月容虽一时受了宋信生的迷惑，但是她离开真实的朋友还不久，这时二和那样诚恳地对待她，不由她不想起以前的事来了，便道："二哥，你干吗说这话？你要出门吗？"

二和道："我出门到哪里去？除非去讨饭。"

月容道："那么，你干吗说这样的话？"

二和道："你一天一天地红起来了，我是一天一天地难见着你。你要是再红一点儿，我就压根儿见不着你了。"

月容道："二哥，你别生气。要不，我今天晚上就先不回家，跟着你看老太太去。"

二和道："今晚上已经是夜深了，你到我家里去了，再回家去，那不快天亮了吗？"

月容道："那倒有办法，我让车夫到师傅家里去说一声……"

她不曾说完，那车夫可就插嘴了，他道："杨老板，你回家去吧。你要不回去，五爷问起来了，我负不了这个责任。你想，我说的话，五爷肯相信吗？"

二和道："对了，深更半夜的你不回去，不但五爷不高兴，恐怕五奶奶也不答应。"

车夫把车子拉快了，喘着气道："对了，有什么事，你不会明天早上再到二哥那里去吗？"二和是空手走路的人，比拉车的趁了那口劲跑，是赶不上的，因之不到十分钟的时间，彼此就相距得很远了。

二和想着那车夫在小心一边，把月容拉了回去，这倒是一番好意，不可错怪了人家。他在我面前这样拉了月容走，当然在别人面前也是这样地拉了走，自己倒应该感谢他呢。二和这样地一转念，也就很安慰地到家去了。

次日早上，二和躺在床上，就听到院门外咚咚地打着响，二和口里连连地答应来了，披了衣服就出来开门。只见月容手上拿了三根打毛绳的钢针，手里捏了一片毛绳结好了的衣襟，身上穿了一件短的青呢大衣，将一团毛绳塞在袋里。

二和道："你现在也太勤快了，这样早起来就结毛绳衣。"

月容道："我瞧见你身上还穿的是夹袄，我赶着给你打一件毛绳衣吧。"

二和笑道："你忙着啦，何必同我弄这个，我有个大袄子没拿出来。"

月容道："穿大棉袄，透着早一点儿吧？我到这儿来，除了做饭没有什么事，我做完了事就给你打衣服，那不好吗？"

二和笑道："那我真感谢了，毛绳是哪里来的呢？"

月容顿了一顿笑道："我给你打件毛绳衣，还用得着你自己买毛绳子吗？"

二和听说，直跳起来，向里面跑着笑道："妈，月容来了！她还给我打毛绳衣服呢。"口里说着，也没看脚下的路，忘了跨台阶，人向前一栽，哄咚一声撞在风门上。月容赶过来挽着，二和已是继续向前走，笑道："没事，没事。"

丁老太也是摸索着走了出来，老早地平伸出两只手来，笑道："姑娘，你不来，可把我惦念死了。"月容走到她身边，丁老太就两手把她的衣服扭住，笑道："二和一天得念你一百遍呢。我说，你不是那样的孩子，不能够红了就把我们穷朋友给忘了。哟，姑娘，你现在可时髦多了，头发轮似轮的，敢情也是烫过了？"

月容不想她老人家话锋一转，转到头发上来了，笑道："可不是吗？我们那里的人全都是烫发的，我一个人不烫发，人家会说我是个丫头。"

丁老太伸手慢慢地摸着她的头发，笑道："你越好看越红，越红呢，我们这些穷朋友……"

二和道："妈，别说这些了，大妹子来了，咱们早上吃什么？"

月容道："吃包饺子吧。今天让我请，我来身上带有钱，请二哥去买些羊肉白菜。"

二和道："你到我家来吃饭，还要你来请我，那也太不懂礼节了。"

月容笑道："你还叫我大妹子呢，我做妹子的人请你二哥吃顿包饺子，还不是应当的吗？"

二和道："那么说着，就把王傻子请了来一块儿吃好不好？"

月容向他瞟了一眼，又摇摇手，丁老太道："好的，他也是很惦念你大妹子的，见着我就问来过了没有。"

二和向月容看看，微微地笑着。月容道："先不忙，我们去买东西，买来了，我们再叫王大哥得了。"

二和道："那么我们就走吧。"

月容在身上掏出一张钞票来，交来到他手上，笑道："你去买吧，我应该在这儿拢炉子烧水。"

二和笑道："你现在是角儿了，我可不好意思再要你给我做厨房里的事了。"

月容噘了嘴道："别人说我是个角儿罢了，你做哥哥的也是这样地损我吗？要不我明天就不唱戏了。"

二和听说，这就伸手连连地拍了她几下肩膀道："得了，得了，我不说你了，我这就去买东西了。"说的时候，就伸手掏起月容的手来握了一握。

第十四回

小别兴尤浓依依肘下
遥看情更好款款灯前

月容倒并不藏躲，就歪过来在他身边靠着，微微地噘了嘴道："你再不能够损我了，你再损我，我不答应你的。"她说着这话，左手扯住了二和的衣襟，右手将两个指头摸着他对襟衣服上的纽扣，由最低的一个起，摸到领脖子边最上一个纽扣为止，什么也不说。那头发上的香气，一阵阵上袭到鼻子眼里，熏得二和迷迷糊糊的有些站立不住了。

丁老太手扶了桌子，呆呆地站着，问道："二和走了吗？"

月容道："没有啦，他在院子里站着呢。"

二和于是放大了脚步，轻轻地走到院子里去，答道："月容她要请咱们，就让她请吧，连同麦包馅儿的作料全有了，也用不了这些钱。你还要什么？我给你带来。"

丁老太道："我也不要什么。"可是他嘴里不曾答应着，人已是走出院子门去了。

月容这就走到丁老太面前，扶她在凳子上坐下，一面拢火烧水，一面陪了丁老太说话。水烧开了，茶沏好了，二和也就买了东西回来了。他在屋子里漱洗过，又站着喝了一杯茶，月容向他瞟了一眼道："二哥该出去了，我们等着你回来吃包饺子。"

她说话的时候，正是在小桌子上擦抹擀面板，两只袖子卷得高高的，由蓝布裢子里翻出一小截红绸袖口，更由红绸袖子里露出雪藕似一双手臂。二和斜站在她身边，对她望着，见她右鬓下倒插了一朵通草扎的海棠花，这就笑得将眼睛合成了一条缝。月容向他很快地瞟了一眼，依然低头做事，这就微笑着道："二哥好像不认得我一样，只管对我望着。"

丁老太坐在旁边，两手叉放在怀里，也昂了头带了笑容道："不是我自己夸我自己的儿子好。你是不知道，二和长了这么大，又没有个姐儿妹儿的，自从认识了你以后，他真把你当同胞骨肉看待，同我闲聊起天来，总会念着你。"

月容且不说什么，向二和面前走过去，紧紧地靠了过来。因为二和站在她身后，所以她并不掉转身来，只把头微微地向后仰着，直仰到二和的怀里去。二和手按了她的肩膀，没有作声，但觉得自己的心房乱跳。

丁老太仰了脸，对了月容所站的地方很凝神了一会子，问道："两个人都出去了吗？"

月容掉转脸来向二和笑着，因道："没有，我手上扎了一个刺，让二哥给我挑出来。"

丁老太道："早上去了这么些个时候了，包饺子也该动手了。"

二和道："这么着吧，我也帮着包一个，吃完了饺子我再出去，你瞧好不好？"

丁老太道："你愿意在家里多陪你妹子一会儿，你就吃了包饺子再走吧。"这句话说出来之后，二和同月容又情不自禁地对看了一下。丁老太道："你两人干吗不说话？快动手吧，只要把饺子皮擀好了，肉馅剁好了，我就可以包饺子。"

月容这才对二和点了个头道："我们快一点儿动手吧。"

有了这句话，于是和面剁馅，两人忙个不亦乐乎。预备好了，全放在桌上，月容也扶着丁老太在桌子边坐下，帮同包饺子。月容见二和坐在桌子下方，却站在桌子角边，挨了他从容做事。因为丁老太的脸子不时地对着这方面，虽然她的眼睛并不看到，可是她的耳朵是很灵敏的，随便怎样轻轻儿地说话，她也可以听到，所以月容只是向二和微笑，并不说什么。把饺子包完，又煮着吃了，这已到了半上午。二和帮着她把碗筷洗干净了。月容自拿了毛绳，坐在屋檐下太阳光里打衣服，二和高起兴来了，也衔了一支烟卷，环抱了两手臂，斜伸了一只脚，就在太阳里对月容望着，只管发着微笑。月容手里结着毛绳，眼光不时射到他身上，也是微笑不止。

丁老太坐在门槛上，是晒着太阳的，听到院子里鸦雀无声，便问道："二和还在家没有出去吗？"

月容道："他在马棚子里喂马，快走啦。"说时，对二和连努了两下嘴。

二和只得走到马棚子里去，牵出马来套车，把车套好了，这才走到月容面前来，笑道："你请我吃了包饺子，我应当请吃晚饭。你今天吃了晚饭再回去来得及吗？"

月容道："来得及。今天晚上，我同人家配戏是倒数第二了。"

二和道："这么说，要不同人配戏，你是唱不上倒第二的了？别红得那么快也罢，要不……"

月容站了起来，举起打毛绳的长针做个要打人的样子，因道："二哥，你要说这样的俏皮话，我就拿针扎你。"

二和哈哈大笑，扬着马鞭子向外面跑。跨上了马车的前座，自己正也打算鞭了马就走，在这时，月容又追到街上来了，抬着手招了几招，笑道："二哥，别忙走，我还有点儿事情托你呢。"

二和勒住马，回转头笑问道："你有什么事托我？这托字可用不着，干脆你就下命令得了。"

月容笑道："大街上来来去去尽是人，你也开玩笑！要是走市场里过，让你给我买两朵白兰花。"

二和点头道："就是这个吗？还要别的东西不要？"

月容道："不要别的东西了，倘若你愿意买什么东西送我，我也不拒绝的。"

二和道："好的，你等着吧。"二和说毕，一马鞭子赶了马跑开，也就希望早点儿做了买卖回来，好同月容谈话。

他赶马车出去的时候，是扬着鞭子，他赶着马车回来，可是把马鞭子插在前座旁边，两手全靠了纸口袋。口里念着《夜深沉》的胡琴声，咯儿弄的咚，弄儿弄的咚，唱得很有味。到了门口，先不收车子，两手拿了纸口袋，高高地举着，向院子里直跑，口里大喊着道："月容，我东西买来了，花也买来了。"说着这话，向自己屋子里直奔。

可是跑到屋子里看去，只有自己老母在那里，哪有月容呢！于是把手上的纸口袋放在桌上，伸头向里面屋子看去。那铜床上倒是放下了毛绳所结那一片衣襟，还是没人，不由得咦了一声。丁老太道："你去了不多大一会子，杨五爷就派人来接她来了。她先是不肯走，说不会有什么事。后来她到大门口去看了一看，就这样走了。"

二和道："她没留下什么话吗？"

丁老太道："她说也许是要排什么新戏，只好走，改天再来吧。"

二和懒洋洋地把桌子一个小纸口袋先透开了，取出了一排白兰花，放在鼻子尖上嗅了一嗅。又透开一个大纸包，里面却是鲜红溜圆的橘子。丢下了花，自己剥着橘子吃，且到大门外去收拾马车，也说不出心里头那一份难受，只觉进出走坐都不合意。把马车都收回棚里了，然后叉着两手站在大门外闲望。

只见王傻子远远地挑了担子回来，在门外就站着笑问道："月容不是来了吗？"

二和依然叉了手身子动也不动，笑道："来了可来了，我走了，她也走了。我给她买了花，买了水果，白花了钱。"

王傻子笑道："我好久没见她，也很惦记的，吃过晚饭之后，咱们一块儿到戏馆子里瞧瞧她去，你看好不好？我也买点儿东西送她。"

二和想了一想，笑道："我一个人原不愿意到后台去，若是王大哥陪着我去，我就同你去吧。我先回去，把那一排白兰花用水来养着，你吃了饭，再来叫我吧。"

说着就赶回家去，将茶杯舀了一杯清水，把白兰花养着。将放在桌子的橘子分作两半，一半放到藤篮里，挂在墙上，其余的依然放在纸口袋里，因道："妈，你的橘子，我给你留着呢。"

丁老太道："我吃不吃没关系，你还是带给月容去吃吧。她是个小孩子脾气，你留给她一点儿得了。"

二和站在母亲面前，看了她的样子，倒有些发呆。丁老太又不知道儿子在面前出神，她坐在矮凳子上，两手交叉放在怀里，微偏了头，带一点儿忧容道："我是事情看得多了。你把橘子送到哪里去？"

二和道："晚上同王傻子一块儿到戏馆子里去。"

丁老太这才知道他站在面前，向他点了几下头道："这倒可以。在后台，人多口杂，你见见她就得了，不必多说话。"

二和问道："您这样说，有什么意思吗？"

丁老太笑道："没什么，你听完了戏早一点儿回来得了。"

二和看了母亲这样子，知道这是有下文的，可是自己又不好意思追着问，只好存在心里。

吃过晚饭以后，就同着王傻子一路到戏馆子里来。在路上，二和问他，送月容的礼物呢？王傻子伸手到怀里去一摸，摸出一个扁扁的纸包来，笑道："你猜是什么？"

二和接过来摸了一摸，里面却是软绵绵的，笑道："这不是两双丝袜子吗？"

王傻子笑道："丝袜子，那我买不起，这是一双细线袜子。"

二和笑道："你别露怯了。她现在阔起来了，大概平常一点儿的丝袜子还不要穿呢，你送双……"

王傻子夺过纸包，向怀里一揣，因道："这话不是那样说，瓜子不饱是人心。"二和见他是这样强硬的主张，那也就只好不说什么。

到了戏馆子里，二和是人眼熟一点儿，直接就向后台走了去。刚一进后台门，就有一个男子端了一盆脸水直撞过来，向他望着道："找杨老板吗？杨老板没有来。"

二和道："天天这个时候不都来了吗？"

那人道："谁说的？"

说着这话，他已经是走远了。看看门帘子下，还有两个女角儿，对这里不住带着笑容。二和也不知道自己有什么事是可以让人发笑的，但是人家已经发了笑，总是自己有了失态之处。便向后面看看，见王傻子没有进来，只好退出去说："咱们先到前台去听戏吧，她还没有来呢。"

王傻子也正是想着看看月容的戏，便道："只要不花钱，我还有什么不干吗？"

二和一面引他向前台走，一面又叮嘱他千万不可以胡乱叫好。到了池座子里，四周一看，今天生意不算坏，又上了八九成座。二和站在进门的路口，四处张望了一下，只有最后几排椅子是完全空的，扯扯王傻子笑道："太坐远了，听不见，那廊子下几个吃柱子的座位，总是没有人坐的，咱们先去坐着，有人来，咱们再让。"

王傻子到了这种地方，自己就透着没有了主意，二和向哪里引着，他也就向哪里走去。在二和坐下来之后，一眼看到池子正中有三个年轻看客，笑嘻嘻地交头接耳说话，记得第一次在这里同月容捧场，就看到他们坐在那里，不料今天来看月容的戏，他们也在这里，真是巧极了。

二和心里有这么一个巧字的意念，在王傻子心里，却是连那巧字的意义也没有。很难得地看一回戏，只是瞪了眼向台上望着。二和本来在看了两出戏之后，就要到后台去见月容的，无奈王傻子直瞪了两眼，动也不动一动，这就只好静静地在廊子下陪着。又看过了一出戏，是月容出台的时候了，王傻了把胸脯挺了　挺，直起了脖子，那期待的情形是更透着迫切。二和也就忍住了鼻息，对台上看去。

这晚月容是同生角配演《汾河湾》，她一出门帘子，喝彩声和鼓掌声就风起云涌地一阵又接着一阵地送来。尤其是第三排上几位看客，鼓掌鼓得最厉害，在别人没有响动，他们已经先闹起，人家喝彩完了，他们的响声还不曾停止。这样一来，就让丁王二人大大地注意，有时看戏，有时也看看他们，不过月容在台上很留意丁王二人的座位，并不因为有人这样捧场，就把这里冷淡了。由走廊下电灯昏暗些的地方，看那台上灯光极强烈所在，只觉得月容穿了青衣白裙，更把她那鲜红的脸儿衬托得娇艳极了。当她二次出台的时候，门帘掀开，一个抢步，走到台正中，那宽大而又软柔的衣服，真个翩翩然像一只青蝴蝶在台上飞舞。王傻子情不自禁连头带身子摇撼了半个圈圈，然后低声向二和道："真好！"二和心里也是在那里念着：真想不到，自己有这样好的一个心上人，在千百人面前大出风头。

在这时，那台上的柳迎春就像知道了自己的意思，当她身子向这边的时候，眼光也很快地对这边一扫。据二和心里断定着，她必是在和自己表示好意，好像说："你也来了。"不想每在她丢一个眼风之后，那几个叫好最热烈的人，他们就跟着鼓一阵掌，二和始而是不注意，在他们鼓掌两回之后，心里就大不高兴：难道她一次两次全是向你们打招呼吗？那真叫梦想！

可是他尽管这样想，那几个人还是鼓掌。王傻子轻轻地喝骂道："这三个小子，尽他妈的瞎嚷，我要揍他！二哥，你叫我别叫好，你瞧瞧别人！"

二和立刻把身子向上挺站起来半截，用手按住他的肩膀道："这是戏馆子，大家取乐的所在，你可别胡来。"

王傻子对于他这种劝告虽也接受了，但是不免把头昂起偏起了脸向二和看着。二和连连地又拍了他几下肩膀，连叫着："坐下，坐下。"

两人坐定了，再向上看去，已是柳迎春在台口打背躬的时候，她道："儿父不做官就不做官，一做官就是七八十来品。"她同时做个身段，将手背掩了口，微微一笑，在她一笑的时候，眼光又是闪电般射到池座这一角来。二和看到，心里痛快极了，觉得在这个时候，自己也就是台上人的薛仁贵了。

第十五回

揉碎花囊曲终人已渺
抛残绣线香冷榻空存

当月容把这出戏唱完了的时候，二和就向王傻子说要到后台去。可是接着出演的这个压轴子，是王傻子闻名已久向来不曾见过的《天女散花》，便笑道："古装花旦戏我是最爱瞧的，咱们看过两场，再到后台去，那也不会迟。月容刚下场，卸装洗脸，总还有一会子，哪里能够说走就走？"二和想他的话也对，很不容易地带他到这里来听一回戏，让他多过一点儿戏瘾吧，也就只好忍耐着，陪他把戏听下去。约莫听过了四五场戏，二和见王傻子直瞪了两眼向台上看去，将两手胳臂微微碰了他两下，他也不曾理会，依然睁着两只大眼，呆呆地向台上看那古装的女角。二和又想着，到后台去，不一定要同王大傻子同行，自己先偷偷地到后台去，给月容留一个信，叫她等一会儿，然后自己再出来陪王傻子听戏，这就两面全顾到了。

主意想妥，也不用告诉王傻子，拿了两个小纸口袋就绕到后台来。这已是快到散戏的时候，后台的人十停走了七八停，空气和缓得多，虽还有十来个男女在这里扮戏或做事，但门禁可松懈了。二和径直地走了进来，看到了横桌子边一个五十上下的中年汉子，笼了两只袖子坐在那里，便向前哈哈腰道："辛苦，辛苦。"

那人因他客气，也就伸起身子来，弯了两弯头。二和笑道："月容呢？她没事了吧？"

那人道："你不是来接她的吗？她早就走啦。"

二和道："她不是刚下场吗？"

那人道："我还能冤你吗？她一下场，卸了装就走了。我也是很纳闷，干吗她今日走得那样快？"

这时旁边站立有个老头子，口里衔住了一支长旱烟袋，斜了身子向人望着，喷出一口烟来，淡淡地答道："杨老板没回家去，准是吃点心去了。"

二和道："这时候哪里去吃点心？"

老人道："我又能冤你吗？这几天，那个姓宋的老是等杨老板下场了，就邀她到咖啡店里吃点心去。刚才我有见那姓宋的还同几个朋友，全站在后台门口望着，杨老板一到后台，就向他们打招呼，说是马上就走。"二和手里拿了两个纸包垂将下来，竟是听着发了呆，只睁了眼望人，不会说话，也不走开。

那老头子知道二和沾一点儿亲戚，料着他也不能干涉月容的行动，便道："第三排上，靠东边那儿个座位上，总是姓宋的那班朋友在那儿。他们捧杨老板捧得很厉害，就是五爷也知道，你没听见说吗？"

二和听了这话，心里就像滚油浇过一般，脊梁上向外阵阵地冒着热汗。那个坐在横桌子边的人见他只发愣，就将手指轻轻敲了桌沿微笑道："这没有什么，唱戏的人谁没有人捧？不捧还红得起来吗？有人捧，就得出去应酬应酬。不过月容年纪轻，你们是她亲戚，可以旁边劝劝她，遇事谨慎一点儿就得了。"

二和被人家这样劝了几句才醒悟过来。向后台四周看了一看，并没月容的踪影，搭讪着望了自己手上的纸口袋道："这位姑娘说话有点儿靠不住。说明了，她一下场，我就把东西送到后台来的，不想她一句话也不给我留下，就这样地走了。"口里说着，就跟了这话音向外走。估量着后台的人全看不到自己了，这就一口气跑到前台走廊子下去。

看那王傻子，还是瞪了眼睛向台上望着，于是碰了他一下，轻轻地喝道："喂，别听戏了，走了！"

王傻子回转头来问道："谁走了？"

二和道："别听戏了，你同我出去，我再告诉你。"

王傻子站起身来，还直向他发愣，问道："怎么一回事？"

二和道："你什么也不用问，跟着我出去就是了。"

王傻子两手牵牵衣襟，昂了头还只管向戏台上望着，二和一顿脚，扯了他的衣服就向外跑。一直走到戏馆子门口，王傻子道："怎么一回事？我不大明白。"

二和把脚重重一顿道："我们成了那句俗语，痴汉等丫头了。我们在这里伺候人家，人家可溜起走了。"

王傻子道："什么？月容她溜起走了？我们在这儿听戏，她不知道吗？"

二和道："凭你说，她瞧见我们没有？"

王傻子道："我们叫好，她只管向我们看着，怎么会不知道？"

二和道："你瞧，她已经把我看得清清楚楚的了，也知道我们是在这里替她捧场，为什么一声不言语就走了？这不分明是知道我们要到后台去，老早地躲开我们吗？"

王傻子道："月容是个好孩子，照说不应该这样子。"

二和道："那算了，她当了角儿了，她有她的行动自由，我们管得着吗？走吧，该回去睡觉了。"

他说了这话，无精打采地就在前面引路，王傻子后面跟着，嘴里啰唆着道："这件事，直到现在还让我有点儿莫名其妙。我们到杨五爷家瞧瞧去。"说到这里，二和突然停住了脚，向路边停的一辆人力车子望着。在那车踏板上笼着袖子坐了一个车夫，正翻了两眼向四处张望着。

二和道："老王，你们老板呢？"

老王道："我正在这儿等着呢？"

二和道："不是同姓宋的一块儿上咖啡馆子去了吗？"

老王道："是吗？也许我没有留神。"

二和道："你知道他们在什么地方喝咖啡吗？"

王傻子道："他当然知道。要是去喝咖啡，绝不止这一次，他准拉月容去过。"

老王红了脸道："我要知道，我还在戏馆子门口等着吗？"

二和站着沉吟了一会子，因道："我们老站在这里也不是办法。要喝咖啡，他们绝不能走远，我们就在附近各家咖啡馆子里瞧瞧去。"

老王站了起来两手一拦道："我说丁二哥，你别乱撞吧。一个当角儿的在外面总有一点儿应酬，一点儿不应酬，她就能够叫人家成天地捧吗？你若是这时候撞到咖啡馆里去，她还是不睬你呢，还是见着你说走呢？见你就走，得罪了那些捧角的，明天在台底下叫起倒好来，她可受不了。她要是不睬你，你恼她，她下不了台。你不恼她，她也难为情。所以我仔细替你想，你还是不去为妙。"

二和连点了几下头道："这样子说，你还是知道她在什么地方。"

老王道："你真想不开，杨老板若是不瞒着我的话，还不坐了车子去吗？她让我坐在大街上等着，那就是不让我知道。"

116

王傻子偏着头想了一想道："二哥，他这话也很有道理，我们回去吧。明天见了杨五爷，多多托重他几句，就说以后月容散了戏，就让老王拉了回去。"

二和道："假如她今天晚上不回去呢？"

老王笑道："回去总是会回去的。不过说到回去的迟早，我可不能说，也许马上就走，也许到一两点钟才走。"

王傻子道："你怎么知道她一定会回去呢？"

老王道："这还用得着说吗？人家虽然唱戏，究竟是一个黄花幼女，一个做黄花幼女的人，可以随便地在外面过夜吗？平常她有应酬，我也在一点钟以后送她回去过的。"

王傻子这就望了二和道："咱们还在这里等着吗？"二和站在街中心，可也没有了主意。

就在这个时候，戏馆子里面出来一大群人，街两边歇下的人力车夫免不了拖着车前来兜揽生意，那总是一阵混乱。丁王二人站在人浪前面被人一冲，也就冲开了，等到看戏出来的人散尽，颇需要很长的时间，两人再找到老王停车子的所在去，已经不看到他了。

二和道："这小子也躲起来了。"

王傻子跳脚道："这小子东拉西扯，胡说一阵，准是知道月容在什么地方，要不然他为什么在这个时候跑了？"

二和又呆呆地站了一会儿，并不言语，突然地把手上盛着白兰花的小纸口袋用力向地上一砸，然后把两只脚乱踹乱踏一顿。王傻子心里也是气冲脑门子，看了他这样子，并不拦阻。二和把那小口袋踏了，手里还提着一只大口袋呢，两脚一跳，向人家屋顶上直抛了去。抛过之后，看到王傻子手上还有一个纸包，抢夺过来，也向屋顶上抛着。可是他这纸包里是一双线袜子，轻飘飘的东西，如何抛得起来？所以不到两丈高，就落在街上。王傻子抢过去，由地上拾起来，笑骂道："你抽风啦，这全是大龙洋买来的东西，我还留着穿呢。"他说着，自向身上揣了去。

这时戏馆子门口还有不曾散尽的人，都望了哈哈大笑，二和是气极了的人，却不管那些，指着戏馆子大门骂道："我再也不要进这个大门了！分明是害人坑，倒要说是艺术！听戏的人，谁把女戏子当艺术？"

王傻子拖了他一只手胳臂道："怎么啦，二哥？你是比我还傻。"

二和不理他，指手画脚，连唱戏听戏的，一块夹杂着乱骂，王傻子劝他不住，只好拖了他跑。在路上，王傻子比长比短，说了好些个话，二和却是一声儿不言语。到了家门口，二和才道："王大哥，这件事你只搁在心里，别嚷出来，别人听到还罢了，田大嫂子听着，她那一张嘴，可真厉害，谁也对付不了。"

王傻子道："我就不告诉她，她也放过不了你。这一程子不是月容没到你家去吗？她见着我就说：'你们捧的角儿可红了，你们可也成了伤风的鼻涕甩啦。'"

二和道："这种话，自然也是免不了的，把今天的事告诉了她，她更要说个醋。"

王傻子道："好啦，我不提就是啦。"说着话，二人已走进了大院子，因为他们这大杂院子住的人家多，到一点以后才能关上街门的。

二和已到了院子里，不敢作声，推开自己跨院门进去，悄悄地把院子门关了，自进房去睡觉。丁老太在床上醒了，问见着月容说些什么。二和道："夜深了，明天再谈吧。"他这样地说了，丁老太自知这事不妥，也就不再问。二和也是怕母亲见笑，在对面炕上躺下，尽管是睡不着，可也不敢翻身，免得惊动了母亲。

清醒白醒的，睁眼看到天亮，这就一跳起床，胡乱找了一些凉水在外面屋子洗脸。丁老太道："二和，天亮了吗？刚才我听到肉店里送肉的拐子车在墙外响着过去。"二和道："天亮了，我出去找人谈一趟送殡的买卖，也许有一会子回来。炉子我没工夫拢着，你起来了，到王大嫂那里去讨一点儿热水得了。"

他隔了屋子和丁老太说话，人就向院子里走，丁老太可大声嚷着道："孩子，你可别同什么人淘气。"

二和道："好好儿的，我同谁淘气呢？"话只说到这里，他已是很快地走出了大门外，毫不犹豫地径直就向杨五爷家走来。

这时，太阳还不曾出山，半空里阴沉沉的，远远地看去，几十步之外烟气弥漫的，还是宿雾未收。二和却不管天气如何，尽量地就向前面跑了去，心里可也在那里想着：这样的早，到五爷家里去敲门，杨五爷定要吓一大跳。然而他所揣想的却是与事实刚刚相反，他走到杨五爷家门口，远远地就看到杨五爷背了两手，在大门外胡同里来往地踱着步子，口里衔了旱烟袋，微低了头，正是一种想心事的样子。二和冲到他面前，他才昂起头来看到。

二和笑道："五爷，你今天真早呀。"

杨五爷淡淡地答道："我早吗？你还比我更早呢！怎么没有赶车子出来？"

二和道："我有点儿事，要来同五爷商量一下。"

杨五爷向他脸上望着道："什么，你已经知道了这件事吗？"

二和被他这句话问着，倒呆了一呆，反向杨五爷脸上看了去。杨五爷道："月容这孩子，聪明是聪明的，只是初走进繁华世界，看到什么也要动心，这就不好办了。"

二和道："我想还得五爷多多指教，和她生气是没用的。她现在起来了吗？"

杨五爷将旱烟袋吸了两口，有气无烟地喷出了两下，笑道："二哥，你听了我的话也许会更生气，这孩子昨晚没有回来。"

二和呀了一声，直跳起来。杨五爷道："昨晚上我候到两点钟，没有听着打门，就爬起来在巡警阁子里，向园子里去打电话。闹了半天也没有打通。我急得了不得，坐了车子就亲自到戏馆子里去追问着，馆子里前台几个人一点儿摸不着头脑，我又只好空了手回来。"

二和道："她的包车夫呢？"

杨五爷道："这车夫就住在这胡同口上，我一早起来，就是到他家去问的。他说，他在戏馆子门口，也等到两点钟的。'夜深了，巡逻的警察直轰我，我只好拉回来了。'车夫这么说着，对他有什么办法？"

二和道："他瞎说的！我们在一点钟的时候才离开戏馆子的，那时就早没有看到他了。"

杨五爷道："二哥昨晚上也到戏馆子里去的吗？"二和一肚子怨恨无从发泄，放开了嗓子，就在大门外指手画脚地说着。

杨五爷扯了他的衣袖就向家里引了去，只在这时，杨五奶奶在屋子里大声应道："你这是怎么啦？人跑了，要到外面找去，你在家里嚷得出什么来？一大早的，吵得人七死八活。"

杨五爷笑道："你也不听听说话的声音是谁？"

二和这就走到窗户下，向屋子里叫道："五奶奶，对不起，我老早地就来吵你来了。"

五奶奶道："谁给去的信？我猜你今天会来的，想不到你有这样的早。我不是同你们一样吗？一宿没睡。你知道这孩子到哪里去了？"

二和皱了双眉，只在窗户下发愣。杨五爷道："屋子里坐吧，她走了我们还得过日子，不能跟了她全一走了事，发愣干什么？"

二和听到一个"走"字，心里就怦怦跳了几下，叹着气走进屋子来。

五奶奶扣着衣纽扣走了出来，对二和脸上看看，皱眉道："丁二哥真是一个实心眼子的人，我瞧你两只眼睛全都红了，一夜都没闭眼吧？"

二和也不坐着，在屋子里转着走，两手在前面抱着，又背过身后去，背过身后还不舒适，又回到胸前来，答道："我的脾气不好，心里老搁不住一点儿事。你想，这么年轻轻的姑娘，整宿不回家，这要是上了坏人的当，不定将来会闹个什么坏结果。知道是这么着，还不如以前不救她，让她跟人在大街上卖了一辈子唱。"

杨五爷道："有一个姓宋的小子捧她，我知是知道一点儿。可是唱戏的没人捧，那还红得起来吗？再说她是个初出茅庐的角儿，有人捧，就是难得的事，好在来去有车子送接，这孩子又向来规矩，我倒没提防什么，不料她真有这大胆，成宿不回来。二哥你放心，人交给我了，她回来了，我一定要问她个水落石出。"

五奶奶道："我们五爷手下出来的徒弟，也不能让人家说笑话。"

二和道："她要回来呢，我也可以劝劝她，就怕她不回来了。"

五奶奶道："不能吧，不是我夸嘴，我一双眼睛看人也是最厉害的，我和她成天在一块，瞧不出她有逃走的意思呀。前天下午还巴巴地买了十字布，要给我做挑花枕头衣呢。"

二和道："我到她屋子里去瞧瞧成不成？"

五奶奶道："你一句话提醒了我，我也瞧瞧去。"说着话，她便向东厢房走了去。

那房门是朝外虚掩着的，推开门二和跟了进去，里面有一张小桌子，两个方凳，一张小铁床，铁床头上一只破的书架子。以杨五爷这样的旧家庭，对一个新收的徒弟这样款待，已经是很优异的了。床上雪白的被单上，叠着一条蓝绸被，在墙上挂了一只草扎的花球，直垂到叠被上来，果然有一块十字布，将挑花架子绷着，放在白布枕头上。那上面绣着红的海棠花，还有两片绿叶子呢。这小桌上，放着雪花膏、香水瓶子、粉盒儿，还有个雕漆的小梳妆匣子，全摆得齐齐儿的。也不知道是花露水香，还是别的化妆品香，猛可地走到床边，就有一阵细微的香气，只是向鼻子里送了来。

五奶奶道："你瞧，床单子铺得一丝皱纹也没有，床上洒得喷喷香的，床底下一双平底鞋也齐齐地摆着，这像是逃走的人吗？"

二和看看，也觉什么都陈设得整齐，不是那一去不回头的样子。书架子下层放了个二尺多大的白皮小箱子，将盖一掀，就掀开了，里面除了月容的几件衣服而外，还有几卷毛线。五奶奶道："丁二哥，她还说和你打一件毛线衣呢。"

二和道："是的，她昨天到我家去，还带了一片毛线衣去的。"

五奶奶道："照这种种情形看起来，她哪里会逃走？二哥，你可以放心了。"二和把床上放着的挑花枕头布拿到手上看看，又送到鼻子边闻闻，靠了铁床站着，只是发愣。

杨五爷在屋子外叫道："你们打算做侦探吗？老检查什么！"

二和走出屋来，向他笑道："五爷，我看她不是逃走，昨晚上没回来，恐怕是迷了道，说不定巡警带到区里去，过了夜，今天一早就会送回来的。"说着抬头看了看天色，那金黄色的太阳，早晒满了西厢房的屋脊，又沉吟着道，"假如是迷了道的话，这时候也该回来了。"

五奶奶站在他身后，倒不住微笑，这就拖了他一只袖子向北屋子里拉，笑道："先别乱，到屋子里去洗把脸，喝口茶，定一定心，她回来了，先别和她生气，她自己知道这一关过不了，一定会说出来的。"

二和本待要说什么，见五奶奶脸上却带了一些笑容，自己也就想过来了，是呀，自己和这位姑娘有什么牵连？老把她放在心上，那也是一个话柄子。当时也就只好随了五爷夫妇到屋子里去坐着。

五爷家用的女仆赵妈是个老用人，很懂规矩，始而是没有插言，现在大家进屋子里了，她端了一盆脸水放到桌上，向二和道："丁掌柜，你洗脸吧。大姑娘马上就回来的，她昨天上馆子的时候，还叫我今天上午撑面给她吃呢。"

二和向她道着劳驾，走过来弯腰捞起脸盆里的手巾，向脸上涂抹着，问道："她是这么说来着吗？"

赵妈道："她总说师傅师娘好，又说丁掌柜好，哪里会……她不是回来了！"赵妈站在屋子中间，向院子外面指着。

二和听说月容回来了，满脸是水，手里拿了湿淋淋的毛巾就向院子外面迎了去，他真不能忍了。可是这是接好消息呢，还是接坏消息呢？

第十六回

遍市访佳人伴狂走马
移家奉老母缱绻分羹

二和心里老早就想着：月容在外面犯了夜，这一次回来，一定是骇得面无人色，自己虽然怒气填胸，但是见了她，总要忍耐一二。所以自己迎到院子里面来，竭力地把自己的怒气沉压下去。可是把脸上的水渍摸擦了，向前看看，来的并不是月容，是拉月容包车的老王。二和这才拧着手巾，陆续地擦脸，问道："你没有拉杨老板回来吗？"

老王道："我特意来打听杨老板的消息的。"

二和懒洋洋地向屋子里走着道："我说呢，她怎么回来的时候，也不言语一声。"

那女仆赵妈也透着不好意思，笑道："我瞧见王大哥来了，我以为杨老板也来了。"

杨五爷道："老王，昨儿个晚上，你到底是怎样同月容分手的？"

老王对杨五奶奶看看，又对二和看看，便笑道："你这话可问得奇怪，我要是明明白白同她分手的，我还不知道她到哪里去了吗？"

二和手上捏了手巾，始终也没有放下，只揉了一个卷子向水盆里一扔，叉了两手，向老王望着道："你有点儿信口胡诌吧？昨天晚上你不是明明白白对我说，她是让那姓宋的邀着喝咖啡去了吗？到了今天，你怎么说是不知道？"

老王并不慌忙，向后退了一步，对他笑道："你别发急呀。不错，昨天我是这样说过的，可是我那是猜想的。我以为天气那么晚了，除了上咖啡馆喝咖啡去，她没有地方走。其实我并没有亲眼看到她和姓宋的一块儿走。"

杨五爷道："姓宋的昨晚上听戏去来着吗？"

二和插言道："去的，我和他还坐一个犄角上，月容唱完了戏，他和他几个朋友就不见了，不过是几时走的，我说不上。"

五奶奶道："这也用不着猜，当然姓宋的把她带走了。现在闲话不用说了，反正一个大姑娘家，老让她在外面飘荡着不回来，那不是办法。老王知道姓宋的住在什么地方，拉了车子到那里去碰碰瞧？"

老王淡笑道："我哪里会知道呢？要知道，昨晚上我就接她去了。"

他们几个人在这里议论纷纷的，杨五爷口里衔了旱烟袋，只管装成了那爱吸不吸的样子，眼望了他们，并不说话。二和道："五爷，你有什么主意吗？"

杨五爷左手扶了杆烟袋杆儿，右手一扬道："我有什么主意？只有等她回来，她若是有三天不回来，那我没法子，只好断绝师徒的关系了。"

五奶奶坐在旁边，可皱了眉向他道："你起什么急？也不至于闹到那个位分，孩子是好孩子，不过年岁轻一点儿，拿不出主意，上了人家的当。等她回来的时候，好好儿地劝解劝解她就得了。老王，你要是没事，替我们出去找找。丁二哥就在我们这儿吃便饭，带等着她。"

二和对于这个办法当然没有推诿，就在杨家等着。可是到了午饭以后，也并不见月容回来，二和想到母亲在家里等着，一定也是很担心的，只好向杨五爷叮嘱了两句话，匆匆地赶回家。

丁老太果然是很挂心，摸了院子的门框站定，正扬了脸向进去的路上对着。二和一阵脚步响到了她面前，她就点了头问道："二和，你去了多半天了，她回来了吗？"

二和道："没有一点儿消息。若是到下午还不回来，恐怕就不会回来了。你怎么知道这件事？"

丁老太道："是田大嫂子来告诉我的。"

二和跌脚道："我叫王傻子别对人说，这小子嘴就不稳。"

丁老太道："田大嫂说，你们昨晚上嚷着回来，她就知道了。"

二和道："知道也没有什么关系，又不是我的胞妹。就是我的胞妹她要逃走，做哥哥的还有什么法子吗？你好着一点儿走。"他口里说着，已是两手挽了母亲一只手臂，向院子里挽了进去。

丁老太道："我想那孩子不是那种胡来的人，她很懂事，又没有谁虐待她，她跑走干什么？我想总有一点儿什么意外把她给绊住了。你不到区子里去打听打听，有没有汽车撞人的事？"

二和笑道："你也想得到，她那么大人，会让汽车撞上了吗？汽车撞着人也不是丢了一只小鸡的事，瞒不住人的，有那事，也就早已知道了。"说了这话，母子二人进了屋。丁老太坐在椅子上，只听到二和的脚步乱响，由里屋到外屋，由外屋到院子里去，并不停止，又走了回来。

丁老太听到他跑过三四回之后，问道："二和，你找什么东西？这样热石上的蚂蚁一样，来回乱撞。"

二和道："我找一只饭碗倒茶喝。"

丁老太道："什么，找饭碗倒茶喝？就算是吧，你也不应该找饭碗找到院子里去。"

二和手里拿了一根马鞭子，走到外面屋子里停住了。他正想答复母亲这句话，心里有点儿想抽烟卷，于是把桌上一盒火柴拿到手上擦了一根，这才想起来身上并没有烟，于是把火柴扔了，把火柴盒子也扔了，把一只脚踏在凳子上，将马鞭子在桌面上画着圈圈。丁老太听了他半天没有言语，因道："你光是生闷气也没有用。你心事不定，今天下午别套车出去了，休息半天吧，别为了这个，你自己又出了乱子。"

二和道："我也是这样想。你要吃什么东西，我给你预备点儿，下午我还想到杨五爷家瞧瞧去，也许她回来了。"

丁老太道："但愿那样，千好万好。我也不要什么，你出去的时候，对田大嫂子说一声儿，让她到咱们家来吧。"

二和道："她……"说了一个她字，看到母亲的脸色在那里沉着，似乎知道自己有不好的批评似的，因道："她分得开身吗？"

丁老太道："人家早就知道你今日会到外面忙夫，已经对我说了，你走了她就来。"

二和道："好吧，反正我这件事已经闹得大家全知道了，少不了跟着她丢一回人。"说着，昂了头叹一声气，走出院子去。

一到外面院子里，就见田嫂子手上拿了三根白钢针，在太阳光里结毛绳子，还不曾开口呢，她先走过来，笑道："丁二哥出去啦？你放心走吧，我陪你老太太去。"

二和道："劳你驾。我不一定什么时候回来，吃晚饭的时候，请你给她在小山东铺子里下半斤面条子。"

田嫂子十个手指蝴蝶穿花似的在针头上转着，向他眼珠一转，笑道：

"你不在家，多早晚让你老太太挨过饿？"

二和拱拱手道："这里全是好街坊，所以我多出两个房钱，我也舍不得走。回头见吧。"

已经走到大门口了，却听到田大嫂很干脆叫了一声："哒，回来！"二和虽然听得她的话有点儿命令式，可是她向来是喜欢闹着玩的，倒也不必介意，这就回转头来，向她点了两点，笑道："遇事都拜托你了，回头我再说感谢的话。"二和也只要把这句话交代出去，自己立刻抽身向外跑着。

田嫂子叫着道："你倒是把手上的马鞭子给放下来呀。"她说着话，也跑了出来，老远地抬起一只手来，连连地招了几下道："你在大街上走路，拿一根马鞭子干什么？你不怕巡警干涉你吗？"

二和听说，这才将马鞭子扔在地上，并不送回来，远远地招招手道："劳驾，请你替我拿回去。"这个时候，便是一匹马丢了，他也不会放在心上的，再无论田大嫂如何叫也不回头，径直地向杨五爷家走去。

杨五奶奶迎出来说，依然没有月容的消息，五爷出去找人去了，这事只好到明天再说了。二和是站在院子里的，听了这话，先一跳跳到廊檐下，抬了两手道："又要让她在外面过一宿吗？"

五奶奶道："不让她再过一宿有什么法子？谁能把她找着？"

二和第二跳，由廊檐下又跳到院子中心，连连地顿了脚道："找不着也要找！今天再不找她回来，那就不会回来的了。"

五奶奶道："找是可以找，你到哪里去找她呢？"

二和道："东西两车站，我全有熟人，我托人先看守着，有那么一个姑娘跟人走，就给我报警察。至于北京城里头，只要她不会钻进地缝里去，我总可以把她寻了出来的。"话说到这里，他好像临时有了主意，立刻回转身向外面跑去。

他在杨家院子里是那样想着，可以开始寻人了，可是一出了杨家的门，站在胡同中心，就没有了主意。还是向东头去找呢，还是向西头去找呢？站着发了一会子呆，想到去戏馆子里是比较有消息的所在，于是径直地就向戏馆子跑了去。

这天恰好日夜都没有戏，大门是半掩着，只能侧了身子走进去。天色已是大半下午了，戏馆子里阴沉沉的，没有一个人影子，小院子东厢房里，是供老郎神的所在，远远看去，在阴沉沉的深处，有一粒豆大的火星，正是佛案前的香油灯。二和冲了进去，才见里面有个人伏在茶几上睡着。大概他是被匆忙的脚步响惊动了，猛可地抬起头来道："喂，卖票的走了，今天不卖票了。"

二和道："我不买票，我和你打听一个人。那杨月容老板她到哪里去了，你知道吗？"

那人道："你到她家去打听，到戏馆子来打听干什么？"

二和道："听说她昨天没回家。"

那人道："我们前台，摸不着后台的事。"

二和碰了一个钉子，料着也问不出什么道理来。最后想到了一个傻主意，就是在戏馆子附近各家咖啡馆里都访问了一遍。问说："昨晚上有没有一个十六七岁的姑娘来吃点心？"回答的都说："来的主顾多了，谁留神这些。"问到了街上已亮电灯，二和想着：还是杨五爷家里去看看为妙，也许她回来了。及至问明了杨家夫妇，人依然是没有踪影，这才死心塌地地走开。

自己虽是向来不喝酒的人，也不明白是何缘故，今天胸里头好像结了一个很大的疙瘩，非喝两杯酒冲冲不可。于是独自走到大酒缸店里，慢慢儿地喝了两小时的酒，方才回家去。到家的时候，仿佛见田氏姑嫂都在灯下，但是自己头重脚轻，摸着炕沿就倒了下去，至于以后的事情就不大明白了。

这一觉醒来，已是看到满院子里太阳光，翻身下床，踏了鞋子就向外面跑。看到田大姑娘正和母亲在外面屋子里坐着闲话，这也不去理会。径直跑到马棚子里去，把马牵了出来，那棚子里墙上有一副马鞍子，也不知道有多久不曾用过，放在院子里地上，将布掸子扑了一阵灰，就向马背上套着。丁老太在里面屋子里听到，便道："二和，你一起来，脸也没洗，茶也没喝，就去套车了？"

二和道："起来晚了，我得赶一趟买卖去。"说着，这才一面扣衣服，一面拔鞋子，带了马走出大门，跳上马去，又向杨五爷家跑了来。

这回是更匆忙，到了他家门口，先一拍门，赵妈迎了出来，向他脸上望了道："丁二哥，你别这样着急。两天的工夫，你像害了一场大病一样，两只眼睛落下去两个坑了。"

二和手里牵着马缰绳呢，因道："你别管我了，她回来了没有？"

赵妈道："她没有回来，连五爷今天也有点儿着急了。戏馆子刚有人来，说是今天再不回来，这人……"

二和哪里要听她下面这句话，跳上了马，扯着马缰绳就走，他现在似乎也有了一点儿办法。假设那姓宋的是住在西城的，只骑了马在西城大街小巷里走，以为纵然碰不到月容，碰着那姓宋的，也有线索。于是上午的工夫，把西城的街道走了个十之七八。肚子饿了，便在路边买烧饼油条，坐在马上咀嚼着，依然向前走。由上午走到下午，把南城一个犄角也找遍了。依了自己的性子，还在骑着马走，可是这马一早地出来，四只蹄子未曾休息片刻，又是不曾上料就向外跑的，现在可有点儿支持不住，不时地缓着步子下来，把脖子伸长了向地面嗅上几嗅。他在马上就自言自语地道："你老了，不成了，跑一天的工夫，你就使出这饿相来。"刚只说完了这话，自己可又转念着：马老了，我还知道念它一声，家里有个瞎子老娘，我倒可以扔下来成天地不管吗？虽然说拜托了田大嫂子给她下一碗面吃，那田大嫂子是院邻，她要不管，也没法子。如此想着，才骑马回家。

秋末冬初的日子，天气很短，家里已亮上灯了，丁老太在外面屋子里坐着，听到脚步声便问道："二和，你一早骑了马出去，车子扔在家里，这是干什么？"

二和进屋来，见桌子干干净净的，问道："妈，你没吃饭吗？"

丁老太道："田家姑嫂两个在我们家里坐了一天，做饭我吃了。刚才是田大哥回家了，她才出去。你怎么这时候才回来？"

二和道："你吃了就得。别提了，月容到底是跑了。"

丁老太道："跑了就跑了吧。孩子，咱们现在是穷人，癞蛤蟆别想吃那天鹅肉。当然，咱们有钱有势的时候，别说是这样一个卖唱的姑娘，就是多少有钱的大小姐，都眼巴巴地想挤进咱们的大门，只是挤不进来。咱们既是穷人，就心眼落在穷人身上，这些荣华富贵时代的事情，我们就不必去想了。"二和也没作声，自到院子里去拌马料，然后烧水洗过手脸。听到胡同里有吆唤着卖硬饽饽的，出去买了几个硬饽饽，坐在灯下咀嚼着。

丁老太坐在那里还不曾动，这就问他道："孩子，你明天还是去……"

二和抢着道："当然我明天还是去做我的买卖。以前我不认识这么一个杨月容，我不也是一样过日子吗？妈，你放心得了。"

丁老太道："这很不算什么。我见过的事就多了，多少再生父母的恩人，也变了冤家对头。"

二和笑道："你不用多心了。从这时候起，咱们别再提这件事了。"

丁老太道："你口里不提没关系，你心里头还是会想着的呀。"

二和道："我想着干什么！把她想回来吗？"

丁老太听他这样说着，也就算了。二和因怕母亲不放心，把院门关了，扶着母亲进了房，也就跟着上炕。上炕以后睡得很稳，连身也不翻，这表示绝对无所用心于其间了。

到了次日，他照往常一样很早地起来，拢煤炉子烧水，喂马料，擦抹马车。丁老太起床了，伺候过了茶水，买了一套油条烧饼请母亲吃过，套好了马车就奔东车站，赶九点半钟到站的那一趟火车。到了车站外停车的所在，还没有拢住缰绳呢，一个同行的迎上前来，笑道："丁老二，你昨天干吗一天没来？"

二和道："有事。"

那人笑道："有什么事？王大傻子告诉我，你找杨月容去了，据我看，你大概没找着。其实远在天边，近在眼前。"

二和道："你瞎扯，你知道？"

那人道："我怎么不知道？她昨天同人坐汽车到汤山洗澡去的。这车子是飞龙汽车行的。从前飞龙家也有马车你是知道的，我在他家混过两三年呢……"

二和道："你说这些干什么？我问你，在哪里瞧见她？"

那人笑道："飞龙家掌柜的对我说，唱戏的小姐，只要脸子长得好，准有人捧。那个杨月容才唱戏几天，就有人带她到行里来租车子，坐着逛汤山去了，不信你去问。"

二和道："那我是得去问。"只这一句，带过马头，赶了车子，就向飞龙汽车行来。

向柜上一打听，果有这件事，只知道那租车的人姓宋，住在哪里不知道。汽车回城的时候，他们是在东安市场门口下的车。二和也不多考量，立刻又把马车赶了回去。到家以后，见田氏姑嫂在自己屋子里，说一句我忙着啦，有话回头说。于是卸下了车把，套上马鞍子，自己在院子里就跳上马背，两腿一夹，抖着马缰绳就走。

田大嫂手上拿了一柄铁勺追到外面来，叫道："丁老二，你疯啦，整日地这样马不停蹄，饭也不吃，水也不喝，你又要上哪儿？"

二和已出了大门几丈远，回头来道："我到汤山脚下去一趟，下午回来，就跑这一趟了。"说着，缰绳一拢，马就跑了。

田大嫂站在大门外倒发了一阵子呆，然后望着二和的去路，摇了两摇头，叹了两口气，这就缓缓走进屋子里头来。她妹妹二姑娘将一块面板放在桌子上，高卷了两只袖子，露出圆藕似的两只手胳臂，在面板上搓着面条子，额头上是微微透着粉汗，便笑道："大嫂子，你张口就骂人。"

田大嫂道："我干吗不骂他？我是他大嫂子。你瞧，赶了马车出去找一阵子，又骑了马出去了，这样不分日夜地找那小东西，家都不要了。有道是婊子无情……"

二姑娘瞪了她一眼道："人家也不是你亲叔子、亲兄弟，你这样夹枪带棒乱骂！"

田大嫂歇了口气道："我就是看不惯。"她说着话，就用铁勺子去和弄锅里的面卤。

原来丁老太上了岁数，有些怕冷，她们把炉子搬到屋子里去做饭，也好就在一处说话。丁老太坐在桌边矮椅子上，鼻子尖嗅了两嗅，笑道："大嫂子，你真大请客了啦。都预备了些什么打卤？"

大嫂子道："四两羊肉，二十枚的金针木耳，三个鸡蛋，两大枚青蒜，五大枚虾米，一大枚花椒。"

二姑娘把面条子拉到细细的，两手还是不断地撑着，摔在面板上，沾着干粉啪啪有声，向大嫂子瞅了一眼笑道："还有什么？报这本细账！你打算要老太出一股钱吗？"

田大嫂笑道："今天你做东，我得给你夸两句，让老太多疼你一点儿。"

丁老太笑道："我们二姑娘也真客气，干吗还要你请客？你姑嫂俩整天来陪着我，我就感激不尽啦。"

二姑娘笑道："就凭我嫂子报的那笔账，也花不了多少钱吧？我这个月做活的钱多一点儿，不瞒您说，有两块八九毛了，还有十天呢，这个月准可以挣到三块五六毛。自己苦挣来的钱，也该舒服一下子。我姑嫂在家是吃这些钱，搬到这儿来，陪着老太也是吃这些钱，落得做个人情。老太，你吃面，要细一点儿的，要醋一点儿的？"

丁老太笑道："我听说你这一双小巧手，面活做得好，面也撑得细，我得尝尝。"

二姑娘道："做粗活，我可抵不了我大嫂子，她那股子劲，我就没有。大嫂子，卤得了吧？让我来烧水下面，你来撑面。"

大嫂道："老太说你有一双巧手，你倒偏不撑面给老太吃？"

二姑娘放下面条走过来，接了大嫂的铁勺，把两只大碗放在桌上，先将卤盛了一满碗，然后又盛了一个八分碗。田大嫂撑着面，抿嘴微笑。二姑娘把烧熟了的一锅水替代了炉子上打卤的小锅，然后找了一只瓷盘子，将八分满的一碗卤盖上，移着放到桌子里面。田大嫂点点头，向她微笑。

二姑娘红了脸道："你笑什么？"

大嫂子且不理她，对丁老太道："咱们两家合一家，好吗？"

丁老太道："好啊，你姑嫂俩总是照看着我，这两天吃饭也是在这里，做活也在这里，真热闹，承你姑嫂俩看得起我这残废。"

田大嫂笑道："不是说目前的事。带着活到这儿来做，老人家吃我们一点儿东西，我还用着你的煤水呢？做人情也没做到家，值得说吗？我的意思是说，你也很疼我家二姑娘的，我家二姑娘自小就没有爹妈，把你当了老娘看待，你要不嫌弃的话……"

二姑娘掀开了锅盖看水，笑道："对了，拜你做干妈。水开了，下面吧。"

田大嫂笑道："不，找王傻子出来做个现成的媒，让她同老二做个小两口儿……"

二姑娘伸手抓起一块面团高高地举起，笑骂道："你是个疯子，我拿面糊你嘴。"

田大嫂举起手来挡住脸，人藏在丁老太身后，笑道："二姑娘，我起誓，我这句话，要不说到你心眼儿里去了，我是孙子。"

二姑娘将面团向面板上一扔，顿了脚道："老太，你瞧，你瞧，我不干了，非打她不可。"

田大嫂依然起身撑面，笑道："你不干了？你就回家去吧。我们在这儿吃面。"丁老太听说，只是笑。田大嫂道："老太你说一句，愿不愿意？"

丁老太笑道："婚姻大事现在都归男女本人做主了，做父母的哪能多事啊！要说到我自己，那是一千个乐意，一万个乐意。"

二姑娘已是将锅盖揭开，把面条抖着向水里放下去，望了锅里道："我不言语，听凭你们说去。"于是拿了一双长竹筷子，在水锅里和弄着面。

大嫂笑道："若是这样说，还是有八分行了。二和呢，栽了这一个筋斗，大概不想摩登的了，凭我一张嘴，能把他说服。再说，他对我们二姑娘向来很客气。我们二姑娘呢，别的不提，一小锅卤，她就替二和留了一大半。"

二姑娘噘了嘴道："还有什么？你说吧，留了大半碗，就有一大半吗？

一个做嫂子的人，没有在别人家里这样同小姑子开玩笑的。老太，面得了，先给你挑一碗吧，趁热的。"

丁老太道："大家一块儿吃吧。"

二姑娘道："大家一块儿吃，面就糊了。煮得一碗吃一碗，又不是外人……"二姑娘正挑着面，立刻把拿筷子的手掩住了嘴。

大嫂子笑道："不是外人，这可是你自己说的，不是我开你的玩笑。"

二姑娘笑道："你今天疯了，我不同你说。老太，你先吃着。"她说着话，挑好了大半碗面，用瓷勺子浓浓地给面上加了许多卤，两手捧着，送到丁老太手上。

田氏道："老太你吃吧，这是她一点儿孝心。将来多帮着儿媳妇，少帮着儿子吧。"二姑娘将眼瞪了瞪，还没有说话呢，可又来个多事的了。

第十七回

妙语解愁颜红绳暗引
伤心到艳迹破镜难圆

屋子里三位妇女开玩笑，外面可有人笑着，正是王大傻子进来了。他一路走着，一路嚷着道："你们这是拿老太太开胃，二和整日地在外面跑着，脚板不沾灰，就是为了找媳妇，煮熟了的鸭子也给飞了，你们还说什么疼媳妇疼儿子的。"

他说这话时，已是一脚踏进了屋子，看到田家二姑娘也在这里，就把话顿住了。见二姑娘弯了腰正向水锅里下着面，这就笑道："撑得好细的面，是老太请你们姑嫂俩呢，还是你姑嫂俩请老太呢？"

田大嫂道："面还有一点儿，打的卤可不多，你要吃的话，我去买作料来打卤。"

王傻子向桌上看着，现成的一大碗卤，这还罢了，桌子里面还搁有一只碗，把碟子盖着的，在碗沿上挂下金针木耳来，便向田大嫂笑道："都是好街坊，也都是好朋友，二和不在家，你们还给他留上一碗，我现在这里的人，和你们要你们也不给。那碟子盖着是什么？"

田大嫂两手撑了面条子，向他看了一眼，笑道："你问问老太太，那一碗卤是我给留下来的吗？"

二姑娘虽不说什么，脸也红了，在锅里正挑起了一碗面就向王傻子笑道："我大嫂同你闹着玩呢，啰，这一碗你先尝着。"她口里说着，先把面碗递到他手上，然后端了卤碗过来，连舀了好几勺子卤，向他面碗上浇着。

王傻子两手捧着碗，笑道："得啦得啦，回头咸死我了。"

二姑娘笑道："卤做得口轻，不会咸的。"说着，又塞了一双筷子到他手上。

王傻子有了面吃，把刚才所要问的话也就忘了，自捧了碗，坐在旁边椅子上去，稀里呼噜只管吃起来。田大嫂子手里撑着面，可向王傻子笑道："王大哥，今天这顿是我们二姑娘请老太太吃的。你吃了我们二姑娘的面，将来二姑娘有什么事请你帮忙，你可别忘了吃了人家的口软。"

王傻子道："这院子里街坊，有找我王傻子帮忙的时候，我王傻子辞过没有？"

二姑娘只向她嫂子瞪了一眼，却没说什么，接连着把面条子下了锅。姑嫂二人也都端着吃，她们浇卤，依然是浇着桌子中间那一碗，因为不大够分配，只彼此随便浇了两勺子卤在面上。直把面都吃完了，那碗里还有些剩卤呢。

田大嫂道："王大哥还来一碗吗？这碗里还有些卤，够拌一碗面的。"

王傻子道："我本来就不饿，是同你姑嫂俩闹着玩的。还有一点儿卤，该留给你们俩了。"说着话，自己抹一抹嘴，道着谢走了。

在这日下午，他挑了皮匠担子回家来，远远地看到了一匹白马进了大门，那准是二和回家了。自己把担子挑到家里，休息了一会儿，跟着也向二和家走去。只见二姑娘又在那里下面，二和伏在桌子上吃面，面前摆了一碗卤和一碟子咸菜。丁老太坐在旁边矮椅子上正说着呢。她道："人家待你真不错，自己吃面也舍不得多浇一点儿，为了你一个人，倒留下一小碗卤了。"

二和道："你知道，你就该拦着，这倒叫我怪不好意思的。"

二姑娘盛起了一碗面放在桌沿上，低声笑道："全在这儿。"

二和一抬眼，见她那长圆的脸儿，虽没有涂一点儿脂粉，却也在脸腮上透出两个红晕。她不像别的少女有那卷着的烫发，只是长长地垂着，拖到肩膀上，梳得顺溜溜的。身上穿了一件蓝布旗袍，也没有一点儿痕迹。在那袖口里还露出两线红袖子，可以知道她这衣服里面还有一件短的红夹袄呢。在她右胁下纽扣上掖了一条长长的白布手绢，倒也有那一分伶俐样子。便欠了一欠身子，说声多谢。

王傻子站在屋檐下远远地看到，便搔着头发笑道："二哥，你别有福不知福。田大嫂子同二姑娘老早给你预备下的，面也有，卤也有。人家自己那份给我吃了，她俩就算没有浇卤，吃光面。放着家里现成的福不享，你骑着马满市去追爱人！你是烧煳了的卷子，油糊了心？谁是你的爱人？"

133

王傻子一嚷，二姑娘靠了桌子站着，红了脸望着他没作声。田大嫂子手里正把毛线打着手套呢，把手上的活向桌上一放，向他沉着脸道："哒！王大傻子，你可别不分皂白，糊涂乱说。请老二吃一碗，这有什么闲话可说？我们没有让你吃一碗吗？你说话可得分清楚一点儿。"

王傻子也红了脸，两手扭着身上的腰带，翻了眼道："我……我没敢说什么呀。"

田大嫂道："本来你也不敢说什么！不过你不会说话，说得有点儿不中听。"

二和看到这事情有点儿僵，放下碗，立刻抢到屋外来，向王傻子拱拱手道："大哥，你瞧我了。田大嫂就是心直口快。"

王傻子半天没作声，这才回想过来了，将手一摔道："好啦，咱们骑驴子翻账本，走着瞧。"

二和挽了一只手胳臂，就向院子外面拖了去，笑道："大哥，你怎么啦？喝了两盅吧？我心里正难受着呢，你能在这时候跟我为难吗？"王傻子看到田大嫂那样生气，觉得也许是自己说错了话，经二和一推也就走了。

二和回到家来，又只管向田氏姑嫂道着不是。田大嫂子默然坐在一边，只是看他。二和吃完了面，把一只腿架在凳子上，侧了身子坐下，口里衔了半截烟卷，两手抱了膝盖，把两道眉毛深深地皱着。田大嫂瞅了他两眼，微笑道："做老嫂子的，又该发话了。你在外面跑两天了，得着什么消息没有？"

二和轻轻答应了一声没有，还是那个姿势坐着。二姑娘坐在老太太对过椅子上，好像感到无聊，站起来拍拍身上的灰，低声道："大嫂，我回去一趟。"她说毕，从从容容地走了。

田大嫂微偏了头，向二姑娘后影瞧着，直等出了跨院门，才叹了一口气道："人都是个缘分。我们这一位，什么全好，就是摸洋蜡。"

丁老太道："怎么啦？你二姑娘晚上点洋蜡睡觉吗？她为什么爱摸洋蜡？"

田大嫂笑道："现在的姑娘，非摩登不可，她不摸灯，不是摸洋蜡吗？"丁老太哈哈地笑着，二和也笑起来。

田大嫂道："你也乐了？我瞧你刚才皱了两道眉头子，三千两黄金也买不到你一笑，以为你从今以后不乐了呢！老太，不是我事后说现成的话，以前我就瞧着月容那孩子不容易逗。你瞧，她也不用谁给她出主意，她就能在师傅面前变戏法跳了出来。现在一唱戏，那心更花了。"

二和听了这种言语，又把脸色沉下来，只是抱了架在凳子上的腿，默然无声。田大嫂笑道："我这样说着，老二必定不大爱听吧？"

二和笑道："这有什么爱不爱听？她又不是我的什么人。就算是我什么人，她已经远走高飞了，我还护着她干什么？"

田大嫂道："因为你已经有了笑容了，我才肯接着向下说。像你这么大岁数，本来也惦记成家。再说，你们老太太眼睛不方便，正也短不了一个人伺候，不过你所要的那种人，是吃苦耐劳、粗细活全能做的人。至于小花蝴蝶子似的人，好看不好吃，放在你们家里恐怕也是关不住。依着我的意思，还是往小家的人家去找一个相当的人，只要姑娘皮肤白净，五官长得端正，那就行了。"

二和笑道："大嫂子这话劝得我很对，可是我这样的穷人，哪儿去找这样事事如人意的姑娘去？"

大嫂笑道："有呀，只要你乐意，这红媒我就做上了。"

二和微微地笑着，也没有答应她的话，自在衣袋里掏出一盒烟卷，取了一根慢慢地抽着。田大嫂手上打着手套子，抬起眼皮子向二和很快地看了一眼，依然低了头做活。二和默然地坐了一会儿，看看天色已晚，就对门外的天色看了一看，笑道："累了两三天，这才喘过一口气来，我该出去洗个澡了。"说着站起来，牵牵自己的衣服就走出院子去。

也许是那样凑巧，他出来，刚好碰到二姑娘由外面进来，也许是二姑娘老早地就在这里，没有来得及闪开。所以二和出了跨院门的时候，她闪在旁边，低了头，让二和过去。二和出那跨院门的时候，是走得非常之快的，可是出院门以后，不知何故却站着顿了一顿。因之，二姑娘虽然是低了头站在一边的，她看见地上站的两条腿，也知道二和站在面前了。这样静站着约莫有五分钟，还是二姑娘低声先道："二哥又出去啦？"

二和笑道："不发那傻劲了，我出去洗个浴。"二姑娘虽没说什么，却听她咯咯一笑呢。

二和虽然说是出去洗浴，但是走出大门以后，他的意思就变了，他脚不停步地就上戏馆子里走去。月容搭的那个戏班子今天换了地方了，换在东城的吉兆戏园出演，这戏馆子的后台另有一个门在小巷子里出入，无须走大门。二和一直地走到这后门外，就来回地徘徊着。在一处车夫围着一个卖烧饼的小贩和一个卖热茶的孩子的地方，那里立了一根电线杆，上面一盏街灯正散着光线，罩着那些人头上。二和远远看去，见其中有两个车夫，正是拉女戏子的，于是缓缓地移步向前，在身上掏了几个铜子，向小贩手上买了一套油条烧饼，捏在手上，靠了电线杆咀嚼着，自言自语地道："真倒霉，等人等不着，晚饭也耽误了。这年头儿交朋友，叫人说什么是好。"

他这两句话刚说完，那墙旁包车的踏板上坐着一个黄脸尖下巴的车夫，两手捧了一饭碗热茶，啊的一声，又啊的一声喝着，这就插嘴道："喂，你说找谁呢？你跟我们打听打听就行。"

二和笑道："哥们儿劳驾，我给您打听打听，那个给杨老板拉车的老王今天怎么还没来？"

那车夫道："你打听的是他呀！他早不干了。你找他干什么？"

二和道："我请了一支会，他是一角，会钱他早已得过去了，现在该是他拿钱出来，头一遭，他就给我躲了个将军不见面。当年他请过两支会，都有我，我有始有终，把会给他贴满了。现在到了我请会，他就不理这本账。这年头儿交朋友，真是太难一点儿。"

另外的一辆车上坐着一位车夫，笑道："王小金子那家伙就不是个东西，你怎么给他会合得起伙来？你要是和他讨钱，现在倒正是时候，这回杨月容跟姓宋的那小子跑了，只有他知道，这小子很弄了几文。"

二和听了这话，心里头不由得扑通扑通跳了几下，但是他依然极力镇定着，笑道："你这位大哥怎么知道杨月容跟姓宋的跑了？"

那车夫道："我也是拉这班子里的一个角儿。班子里的这几个有名的人儿，她们的事情还瞒得了我们吗？我们老在这戏馆子门口坐着的，她飞不过我们眼睛。王小金子拉月容上四合公寓去的时候，哪一趟我们也知道。"

二和道："四合公寓？那是家大公寓呀。"

那车夫道："姓宋的那小子很有钱。他爸爸在本城同天津开有古董店，专门做外国人生意，一挣好几万，他要住什么阔公寓住不起？要不他就能天天来捧角吗？"

二和道："老王天天还到四合公寓里去吗？"

车夫道："月容跑了，他搂了一笔钱，好几天没见面了。以后也许他不拉车了。"

二和道："既是那么着，我赶快找他要钱去吧。"自己一面说着，一面向前走了去。一个在车站上赶马车的人，对于公寓旅馆，当然是很熟的。因之二和知道了姓宋的在四合公寓，用不着再去找地点，径直地就奔了去。

直跑到那公寓门口，心里这才忽然省悟：自己凭了什么资格可以到这里来找姓宋的？若说是找月容，她是不是明明地藏在公寓里，还不得知。就算她真的藏在这里，她一不是我姐妹，二不是我女人，她爱跟谁在一处，自己也是无法去管她。心越想得明白，胆子也就越小，慢慢地走着，慢慢地把脚步迟钝着，最后是完全站住了。

那公寓里出来一个茶房，却向他脸上望着，因道："我认得你，你是赶马车的。跑到这儿来干什么？"

二和自己觉得心里哄哄乱跳，跳得周身的肌肉都要随着抖颤起来，但是他极力地忍耐着，向茶房笑道："我是做什么的，就干什么来了。这里有位宋先生听说要车办喜事。"

茶房笑道："你消息真灵通，可是你也灵通过分一点儿。人家已经回天津了。"

二和道："新娘子也去了吗？"

茶房笑道："别瞎扯了！什么新娘子，她是个唱戏的，人家带着玩玩的。"

二和道："他们真走了吗？"说着这话时，那脸上的热血涨到耳朵根上去，觉得自己的面皮全绷得紧紧的。

茶房道："你多做一笔生意，也不碍着我什么事，我干吗冤你？"

二和道："他前天还借了我一个藤筐子装水果回来呢，他住的那屋子已经有人住着吗？"

茶房笑道："还空着的。怎么样，你想进去住吗？"

二和笑道："老哥，开什么玩笑！我想进去瞧瞧我那藤筐子还在里头没有，你们留着也是没用。"说着，向茶房一抱拳头，直嚷劳驾。

茶房笑道："本来没有这么大工夫，既是这样说了，我就陪你去找一趟来吧。"说着，他在前面引路。

二和两只眼睛真是不够使的，东瞧西望，每一间房门口，全死命地向里面盯上一眼。后来茶房走到一间房门口，将门向里一推，就对他笑道："你瞧吧，这里面有什么？"

二和看时，虽然所有陈设的只是公寓里寻常的木器家具，但是那四周

137

的墙壁却都是花纸糊的，隐隐之中好像有一阵香气向鼻子里送了来。看看地上，扫得干干净净，分明是人走以后，这里已经打扫过一次的了。再进里面一间屋子里去，亦复如此。

茶房在外面屋子里道："一只大藤筐，大概不是一根针，你找着了没有？我没有这些工夫老等着你。"二和被他催促不过，也就做个寻找藤筐的样子，四处张望。真正注意的所在，却是门缝里，窗户台上，桌子边的墙上，以为在这上面能找到一些字迹的话，那就可以找得着寻月容的一点儿线索。然而这墙全是花纸糊褙的，正为了美观，上面哪有一点儿墨迹？

二和寻不着一些什么，不便久留在这屋子里。要出门的时候，回转头来看，却见放洗脸架的地下有一样亮晶晶的东西射着眼睛。回身由地上拾起来，看时，却是一面小小的圆镜子，不过这圆形是一个铜框子，嵌在里面的玻璃却是打破了半边。这一面破镜子，是女人粉盒子里用的东西，要它干吗？正待扔了，可是偶然翻过面来，却是两个人合照的一张照片，一个是月容，一个便是姓宋的那小子。一看之后，但觉脊梁上出了一阵热汗，捏着手里出了一会儿神，就揣在衣袋里走出来。

茶房道："没找着吧？"

二和道："那姓宋的没有信用，把我们穷人的东西随便扔，可不想到我们置什么东西也是不容易。"说着这话，也就走出公寓了。

不等到家，在路上就连打了两个哈哈。回家了，在跨院门的所在就大声笑着道："他妈的不祥之兆！还没有走镜子就摔了，我往后瞧着，她要好得了，我不姓丁了。"

丁老太一人坐在外面屋子里，因道："二和，你是怎么了？你临走的时候说是洗澡，这又跑到什么地方去了？"

二和在屋子里跳着，两手一拍道："到底让我把他们的消息找着了。月容是同一个捧角的走了。他们原住在四合公寓里，现在上天津了。我还到公寓去了，在屋子里找着一面破镜子，那背面嵌着他两人的相片。这一下子，我真乐大发了，平常两口子过日子，打破了镜子还会出岔呢，他们刚刚搭上了伴，立刻出了这种事，那我敢说不要多久，他们就得完！哈哈！"

丁老太两手按了膝盖坐着，皱了两皱眉毛，笑道："你这孩子心眼儿也太窄。人家已经是远走高飞了，你还说她干什么？年轻的小伙子倒会谈妈妈经。"

二和也不说话，却跑到屋子里去找出一把剪刀来，拔出镜子后面的那张相片，把宋信生的相片给挖了出来，先扔在地上，用脚踏住。接着，把两手捧了月容的相片，高过了额顶，笑道："你别乐，破镜难圆！我也不要你，你们自个儿也分离了！"说毕，把捏在手心的那面破镜子向院子里一扔，噗嚓一声响，砸了个粉碎。

第十八回

忙煞热衷人挑灯做伴
窃听夜阑语冒雨迁居

丁老太坐在屋子里虽看不到一切，可是二和那种杂沓的脚步声，那种高亢的叫喊声，都可以知道他在生气，正想得了一个结果才阻止他呢。话还没有出口呢，就听到了院子里砸碎镜子声，那来势凶猛，倒骇得自己身子向上一冲，便道："哟，二和，你这是怎么了？可别犯那小孩子的脾气。"

二和也不理她的话，依然嚷着道："她上天津，我也上天津！她上天边，我也上天边！我总要找到她！那姓宋的小子不让我看见就罢，让我见着了，他休想活着！"他口里说着，人是由屋子跳到院子里去，接着又由院子里跳了进来，嚷着道："我怕什么，我大光棍一个，他是财主的后代，他和我拼起来，我比他合算。"说着，自己坐了下来，哗啦一下椅子响，向桌子上一撞，把桌子上那些瓶儿罐儿缸儿一齐撞倒，还有两只碗，索性呛嘟嘟地滚到地面上来。

丁老太再也不能忍耐了，战战兢兢地站了起来，脸扬着，对了发响的所在问道："二和，你这是怎样了？你觉得非这样闹心里不痛快吗？你为了一个女孩子，家不要了，老娘也不要了，性命也不要了，你就这样算了？"

二和倒在椅子上，本来无话可说，只是瞪了眼睛向天空上望着，经丁老太这几句话一提，心里有些荡漾了，就站起来道："我没有怎么样，不过想着心里烦得很。"

丁老太道："你心里烦得很，就应该在家里拍桌捶板凳吗？你不想想，这有三天了，你成天到晚全在外面跑，生意不做，瞎子老娘你也不管了。为了这样一个女孩子，打算丢我们家两条人命吗？"

二和听说，倒是怔怔地站着。丁老太道："你是我的儿子，你还不如田家大嫂那样心疼我。人家见你不在家，又是陪着我聊天，又请我吃饭，自己姑嫂俩全来，倒把房门锁着。再说，一个人替自己想想，也得替人家想想。你一个赶马车的穷小子，也只好娶一个小户人家的姑娘，粗细活全能做就得了。像月容那孩子，已经不是街上卖唱的人了，她成了个红角儿，就是不嫁人，她也有了饭碗，什么也不用着急。假如要嫁人的话，运气好也许碰上了个总长次长，收去做三房四房，次一点儿，一夫一妻的嫁个小有钱的主儿，每月不说多，也挣个百儿八十的。就别说她现在跑了吧，她要是不跑，就凭你每天赶马车挣个块儿八毛的能养活她吗？人家成了红角的，不去做太太，就去做少奶奶，只有她不开眼，要嫁你这个马车夫！"

二和听了这些话，仔细地玩味了一番，觉得母亲的话很是有理，便道："你说的话，怕不是很对。可是她由一个卖唱的，可以做到一个红角儿，我一个赶马车的，一样也可以混一个挣钱的事。好汉不怕出身低，就能料着我一辈子全赶马车吗？"

丁老太笑道："你能有这个志向，那就更好，只要你有这个志气，就比月容长得好看，能耐再高的，你全可以得着，那还着什么急呢？好啦，别发愁了，打盆水洗把脸，沏壶茶喝喝就先休息着吧。到了明天，真该做买卖了。"

二和呆了一呆，便走向前搀着丁老太笑道："您坐下吧，我也不过一时之气，自己这样大闹一顿。把心里头的这一点儿别扭，您这样同我一说，我也就明白过来了。好，从明日起，我决计规规矩矩出去做生意。我要是再不好好地去做生意，我就是个畜类。您吃过饭了吗？"

丁老太被他扶着坐下，脸上就带了笑容了，因道："只要你立着志气，好好儿地做事，成家立业，这都不是难事。若像你这样，有一点儿不心顺就寻死寻活，一千个一万个英雄好汉，也只有活活气死。"

二和笑道："我现在明白了，你不用生气了。我到田大嫂家里去讨口热水，先来闹一壶茶喝。"

丁老太笑道："你这小子，自己瞎嚷嚷，也知道把嗓子嚷干？"二和带了笑容，向大院子田家走来。

他们家是三小间西厢房，田氏两口子住北屋，二姑娘住南屋，中间是厨房堂屋一切在内。二姑娘坐在自己屋里炕头上，也在打头绳手套，看到二和跨进正中的屋子里，赶快把手上的活塞在衣服底下，自己也没下炕，向二和瞟了一眼，向对过屋子里叫了一声大嫂。田大嫂应声出来，向二和笑道："忙人啦，消息怎么样了？"

二和对二姑娘看着，见她低头咬了嘴唇微笑着，便道："大嫂，你损我干吗？"

田大嫂笑道："真话，你成天在外面跑，整个北京你都找翻过来了，再要……"

二和拱着手笑道："我现在算明白了，那些事别提了。你这儿有开水吗？"

田大嫂走近一步，对他脸上检查了一遍，笑道："你真明白过来了吗？你要是明白过来了，我们街坊是好街坊，朋友是好朋友，你若是不明白过来，别说是到我这里来要开水，就是到我这里来要凉水，我也不给。"

二和道："这些话口说无凭，你往后瞧着去就是了。"

田大嫂向二姑娘道："你可在旁边听到，将来你也是一个证人。"

二姑娘坐在炕头将嘴一撇道："狗拉耗子，多管闲事。你问我干什么？"

田大嫂向她眨眨眼，笑道："天下事天下人管，什么叫多管闲事！"

二和笑道："也没说什么。"

田大嫂道："二妹，他家老太太要开水，你提了炉子上把那壶送去吧。"

二姑娘没留神，笑道："你别大懒支小懒了，我要打手套子。"

二和道："我瞧见大嫂子在打手套子，二姑娘也打手套子，你姐儿俩全赶手套子干什么？"

大嫂道："我就对你说了吧，我瞧你空着手拿了马鞭子，怪可怜的，要打双手套子送你。我又杂事儿太多，忙不过来，要我们二姑娘帮忙。"

二姑娘坐在炕头上将身子扭了两扭，笑道："干吗呀，我不嘛！"

大嫂子提了炉子上的开水壶自在前面走，二和紧紧地后面跟着。田大嫂走进了跨院门，且不走，回转头来向他低声道："你瞧，我们二姑娘哪一样不如那卖唱的丫头？你偏要死心眼，直追那一个。"

二和道："我已经在你面前后悔过了，你还要提这件事干什么？"

田大嫂道："早呢，除非……"也望着向他眨眨眼。二和只是笑了一笑，也没有答话。到了里面，丁老太坐在那里，老远地就向他们扬着脸道："你们什么事可乐的？这样地乐了进来。"

大嫂道："我说我们这位大兄弟有点儿害相思病，我得和他治治病。"

丁老太太道："大嫂子，你可别和他开玩笑，这孩子已经是有半个疯了，再要是把他弄急了，不定会出什么事。"

田大嫂笑着摇摇头道："不要紧。有道是一物服一物，我们大兄弟就怕我这张碎嘴子，我若是在他面前老叽咕着，他就不能不含糊着我。"说着这话，她已是拿了水壶走进屋来了。

丁老太听了她的话音，将脸朝着她所站的地方，二和进得屋来，靠了门站定，两手伸在衣服插袋里，向田大嫂望着。田大嫂子在身上摸出一小包茶叶，将手托住给他看，笑道："我自己买了一包茶叶，没有舍得喝，给你沏上了。"

说着，把茶叶全放到瓷壶里，提起开水壶来就冲。二和道："谢谢你。可是你有那神机妙算，就知道我要和你讨开水吗？"

田大嫂笑着身子只管抖颤，将耳朵上两只银圈子抖颤得摇摇不定。二和笑道："我要是像大嫂子这样会说，什么人都喜欢我。"

田大嫂放下了水壶，正拿了茶杯子倒茶，这就半侧了身子，向他瞅了一眼道："凭你这句话，我有好几层听法：一来你是说我撒谎，我不是你肚子里哪条蛔虫，我怎么会知道你会要开水呢？二来，你占我的便宜，你说你有我这样会说，就有人喜欢你，不用提，我的嘴会说，你很喜欢我。你喜欢我，打算怎么办？"二和红着脸，远远地向她作了几个揖。

丁老太以为他们闹着玩闹惯了的，这也不算什么。可是就在这个时候，有个人在跨院子门洞里，伸头向里面张望一下。因为那一个探望的动作很快，丁老太自然是不看见，二和同田大嫂面对面地说话，自然也不会介意，依然跟着这话向下说去。因道："你无论喜欢我不喜欢我，我待人总是这一副直心肠子，你若是把我这个意思误会了，你就瞧不起你老嫂子。"说着这话，把斟的那杯茶将手罩住了杯口，眼瞅了二和，带着笑容，把杯子递过来。

二和两手接住，弯腰道着劳驾。田大嫂也没言语，再倒了一杯茶，两手捧着，送到丁老太面前，笑道："老太太，你喝这杯茶，新沏的好茶叶。"

丁老太道："大嫂子，你太客气了。"说着，站起身来接那杯茶。

田大嫂牵了她衣服，让她坐下，笑道："你根本就是老长辈，我当然要恭敬你。再说你眼睛又不大方便，我伺候伺候你，这算什么？"

一言未了，外面有人叫道："大嫂回家吧，大哥家里有事呢！"

田大嫂一伸舌头道："他回来了。"只交代了这四个字，匆匆地便已出门而去，二和对于这个举动，依然也不曾介意，自在家里做晚饭吃。

饭后，扶了母亲进屋子去，就在炕沿上坐着同母亲闲话。因为丁老太没有一点儿倦容，也只好没话找话的，老是这样地陪了坐着谈下去。这就听到王大傻子在跨院门口叫道："二哥，咱们出去洗个澡吧？"

二和道："不去了，我陪我们老太聊天呢。"

丁老太道："你去吧，我坐一会子也就睡了。"

王大傻子道："那没关系，回头我言语一声，请田大嫂子过来坐一会子得了。来吧，我有要紧的话同你说呢。"这句话是很可以打动二和的心事的，便带了一些零钱在身上，应声走了出去。

二和出门去不到十分钟，田大嫂子就笑着进来了。看到那盏煤油灯放在旁边小茶几上，这就把灯移到炕头边小桌上，把灯芯扭着大大的，手上拿了毛绳就着灯光打起手套子来。口里说道："老太，咱们总算有缘。我在家里坐一会子，惦记着你，又来了。"

丁老太道："二和出去洗澡去了，我也打算睡了。"

田大嫂道："我也就听到他出去了，特意来同你做伴。"

丁老太道："田大哥不在家吗？"

田大嫂道："他回来了，喝了一口水又出去了。"

丁老太道："那不丢了你家二姑娘一个人在家吗？"

田大嫂笑道："不，她也找张家三姑娘在家里聊天哩。本来我也要找她一块儿来的，可是我有几句话和你谈谈，不愿让她听到。老太，你猜这是什么事吧。"

丁老太微微地笑着道："田大嫂，你可别和我打哑谜，我这个人笨得很。"

田大嫂笑道："你是个观音菩萨，我们咳嗽一声，你也知道我是什么意思，有一个猜不出来的吗？你瞧，二和一出门去了，就把你孤孤单单地扔在家里。你若是有个常常做伴的，在家陪伴着你那就好了。"

丁老太微微笑着，微微点了几下头。田大嫂道："老太，白天我说的那番话，你瞧怎么样？"

丁老太笑道："我还有什么不愿意吗？不过现在这年头，男婚女嫁全得本人拿主意。二和这孩子在这两天过得昏天倒地的，这个日子……"

田大嫂拦着道："他的事你交给我了，我一定有法子把他说得心服口服。"

丁老太笑道："我这位大嫂子，真是一个好心的人。"

田大嫂以为她在这以下必定有一番解释，可是她只这样说了一句，就没有下文。自己把毛绳子连打了十几针，心里连转了几个弯，才道："您早知道我是个热心的人吧？我也不说不对。就为了这一点，常是为着别人的豆子，炸了自己的锅，这件事要是你们府上全乐意的话，我们那口子的话还得好好儿地去同他说呢。"

丁老太笑道："这就是为了别人家的豆子，炸了自己的锅了。可是我还望你别炸破自己的锅才好。"

田大嫂顿了一顿，笑道："我是说的闹着玩的，真是彼此做亲，我们那口子有什么不愿意？"

丁老太觉得她的话自己有些转不过弯来，老是追着向下说，也是叫她为难。这就拉扯着别的事情，闲谈了一阵，把这话撇开。

过了一会子，却有一个男子的声音在跨院门外叫道："夜不收的，你还不该回家吗？"

田大嫂道："什么夜不收的！还早着啦。老太太一个人在家，我同她做伴。"

丁老太道："是田大哥说话吧？你也该回去了。"

田大嫂站起来笑道："我们两口子，都成了老帮子了，他还是这样管着我。"她口里这样说着，可是人已拿了手上的活走到房门边了。回头望了丁老太道："老太，您也睡下吧，我给您带上跨院的门。"

丁老太道着谢，却偏了头用心听着他两口子说些什么。果然唧唧哝哝的，他们很有点儿唇舌，不过他们慢慢走远了，只听到田大嫂大声说："你是属曹操的？这么大的疑心。"

丁老太把话听在心里，就没敢睡。二和洗澡回家来，也就十二点多钟了，见母亲没脱衣服歪靠在床上，便道："你怎么还没睡？"

丁老太皱了眉道："咱们惹下祸事了。"

二和突然愣住了，很久才道："祸事？"

丁老太道："可不是！就为了你这一阵子你老不在家，田大嫂总是在咱们家做伴，田大哥对这件事好个不乐意。你走了，田大嫂来了，和我谈了个把钟头，田大哥直嚷到院子门来，把她找了回去。据看，恐怕两个人要拌嘴。"

二和道："怪不得了，刚才我由大院子里经过，田家屋子里还亮着灯，里面嘘嘘的有人说话，敢情是夫妻两口子闹别扭。我听听去。"

他说着话，悄悄地溜出跨院门，挨着人家屋檐走到田家窗户边去，走来就听到田大哥道："不管你存着什么心眼，你这样成日成夜地在他家里，我有点儿不顺眼。我现在是两条路子，我找着丁二和同他讲这门子理，凭什么他可以喜欢我的媳妇，他要回不出所以然来，咱们是白刀子进红刀子出！要不，我算怕了那小子，找房搬家。"

田大嫂道："冤家，你别嚷吧，这样深更半夜的，你这大嗓子说话，谁听不到？你不顾面子，我还顾面子呢。那没有什么，明天出去，找房得了。"

田大哥道："哼，我料着你也只有走这条路。我对你说，明天要踏到那跨院门一步，我就要你的命！"

二和听了这些话，站在人家屋檐下倒抽了一口凉气，心想：这话也不必跟着向下听了，在这大院子里，要碰到其他的院邻却是老大的不便。依然顺着人家的屋檐慢慢地溜回来。当时也没有把话告诉母亲，闷在心里，自上床睡了。当然，在这晚上，二和睡在床上非常地难过。

可是难过的不止他一人，田家二姑娘睡在床上，比他心里难过还要加上一倍。在田大嫂同丈夫吵嘴时候，她睡在床上不由得翻来覆去地想着，直埋怨大哥说话不近情理。丁二和那样老实的人，他会调戏我的嫂嫂？他自己的女人毫不在乎，喜欢和人们开玩笑那就不提了？最后听到大哥说要搬家了，暗暗想着："也罢，嫂嫂以后不能到这里来，自己到这里来，有的是老街坊，哥哥就干涉不到了。"心里这样地转着念头，觉得坦然了，这才安帖地睡去。

次日早上醒来，觉得天色兀自不肯天亮，在炕上扒着窗户台由纸窟窿里向外张望着，满院子泥水淋漓的，天空里飞着细雨烟子，风一阵阵地吹着，卷了那雨烟头子，向窗户外屋檐下直扑过来，虽然那窗户纸上只有几个窟窿小眼，可是那冷气吹了进来，人身上凉飕飕的。听听隔壁屋子里不断地有碗盏刀砧声，便隔了墙屋问道："大嫂，你已经做饭了吗？"

田大嫂道："你应该起来了吧？已经十点多钟了。"

二姑娘披衣开门出来，见大嫂已经变了个样子，头发蓬着，脸上黄黄的，高卷了两只袖子在小桌子上切菜，只睃了二姑娘一眼，依然在切菜。二姑娘道："大哥呢？"

田大嫂将嘴一撇道："他呀，哼！"手上的刀切着菜下去，碰着砧板，砰砰乱响。

146

二姑娘微笑道："大哥的脾气，你还不知道吗？他是个有口无心的人。"

田大嫂道："有口无心啦？他可是心里害着脏病。他已经出去找房子去了。"

二姑娘自取了脸盆来，将炉子上放的水壶倒着水洗脸，很不在意地笑道："你还生气啦？"

田大嫂只是鼻子里哼了一声，二姑娘将洗脸盆放在方凳子上，弯了腰洗脸，还是不在乎的样子道："你两口子昨晚上闹到什么时候？"

田大嫂道："全是他一个人瞎说，我没有理他。"

二姑娘道："我是不便劝解，其实人家真是老实人。"

田大嫂忍不住扑哧一声笑了，问道："谁是人家？人家是谁？"

二姑娘红着脸，不敢把话接着向下说，洗完脸，缩进房去了。

这天的天气是越来越阴沉，到了下午，更是牵棉线似的，下着一阵阵的雨点落到屋上和地上，哗啦作响。二姑娘坐在炕上，把两只手套子比着大小，带着微笑，正在出神，却听着有人在院子里嚷道："怎么着？没有听到说，二哥就搬家了？"

二姑娘被这句话惊动着，向外面张望了去，只见二和的马车套好了马，停在大院子里，车上除坐着那位老太太而外，却是箱子铺盖卷儿，堆了不少东西，在上面盖了两张大油布，雨水直淋，情不自禁地就啊哟了一声。田大嫂在对过屋子里睡午觉呢，被她这一声啊哟惊醒，便问道："二妹搂了什么东西了？"

二姑娘已是走到中间屋子里，两手叉了门向院子外面望着，因道："你瞧，这不是丁老太搬家了吗？"

田大嫂在自己屋子里，已是隔着屋子看见了，先就嚷起来道："干吗啦？这大杂院里出强盗吗？怎么冒雨搬家呢？"

二姑娘道："这可透着新奇。"

她姑嫂俩隔了屋子在这里议论着，二和身上披着油布雨衣，头上戴了破草帽，正由跨院门里走出来，钻进雨林里，就拿了马鞭子跳上车子的前座去。二姑娘顾不得害臊了，也冒着雨追出了院子，这一下子，可种下了彼此之间一种因缘了。

第十九回

顿悔醉中非席前借箸
渐成眉上恨榻畔拈针

丁二和这天搬家，是大杂院里的全院邻所不及料的，碰上又是雨天，不出去的人也都躺在炕上睡觉，这时田二姑娘一声嚷着，把在屋子里的人全惊动了，伸着头向外看来。

那时候，二姑娘已是一阵风似的跑到马车旁边，手扶了车子道："丁老太，你……你……怎么好好儿地搬家了？"说话时，那雨向下淋着，由了头发上直淋到身上，由身上直淋到鞋袜上。

二和道："你瞧，淋这一身的雨。"说着这话，赶紧向雨地里跳下来，牵了车上的油布，拉得开的，盖了二姑娘的头。

丁老太道："下着雨啦，二姑娘，你进屋子去吧。"

二姑娘道："你什么事这样忙，冒着大雨就搬东西呢？"

丁老太微笑道："没什么，不过有点儿家事。"

田大嫂先是老远地站着，看到二和牵开了雨布在二姑娘头上盖着，也跑了过来，同躲在雨布下面，把头直伸进车里来，问道："老太，也没有听到你言语一声，怎么就搬了？"

二和道："大嫂子，你回去吧，雨正来得猛呢！"他说完了这话，不管这姑嫂俩了，放下雨布，跳上车子去，口里哇嘟着一声，兜缰绳就走了。丁老太觉得车子一震荡，就在车上叫道："二姑娘，大嫂子，再见，再见！"随着这话，车子已经是出了大门。二姑娘追到大门洞子里来，却只见四只马蹄，四个车轮子，滚着踏着，泥浆乱飞乱溅。

二姑娘两手撑了门框，歪斜了身体，向去路望着。这虽是一条很长的胡同，可是雨下得很大，稍微远些的地方，那雨就密紧成了烟雾，遮掩了去路，自己好像身体失去了主宰似的，只是这样站着。忽然有人在身后牵扯了一下，低声道："二妹，了不得，你身上淋得像水淋鸡似的。"

二姑娘回头看时，田大嫂披着的头发在脸腮上贴住，在头发梢上还不住地向下滴着雨点，那身上的衣服好像是油缸里捞出来的玩意儿，层层地粘贴着，便笑道："你说我身上弄得水淋鸡似的，你也不瞧瞧你自己身上，那才是水淋鸡呢。"

田大嫂低头一看，呀了一声，笑道："咱们这副形象，让人看到，那真会笑掉了牙。"说着，拉了二姑娘的手就向家里跑了去，直到回家以后，这才感到身上有些凉浸浸的。

二姑娘钻到屋子里去，赶快关上门来，悄悄地把衣服换了。那湿衣服却是捏成了个团子，堆在破旧的椅子上，自己倒交叉了十指，坐在炕沿上，只管对那堆湿衣服出神。也不知道是经过了多少时候，房门咚咚地响，田大嫂可在外面屋子里叫了起来道："二姑娘，你这是怎么了？到了现在你的衣服还没有换下来吗？"

二姑娘缓缓地开着门，只对着她笑了一笑。田大嫂且不进房，伸头向屋子里望望，撇了两下嘴，眼望了二姑娘也报之一笑。二姑娘笑道："大嫂子，你笑什么？我这屋子里还有什么可笑的事吗？"

田大嫂道："就因为你屋子里没有什么，我才透着新鲜。刚才你关门老不出来是什么意思呢？我想你一定在屋子里发愣。"

二姑娘道："我发愣干什么？难道搬走了一家院邻，我就有些舍不得吗？"

田大嫂笑道："凭你这话，那就是为了这件事。要不什么别的不提，就单单地提着二和搬家的事上去呢？"

二姑娘红着脸道："大嫂，你可别这样闹着玩笑，大哥回来要听到了，那又同我没结没完。"田大嫂的脸色立刻也沉落下来，轻轻地叹了一口气。

二姑娘心里有一种说不出来的感觉。既不是真像大嫂子所说的，可也不是受着委屈；既不是心里难受，又仿佛带着一点儿病，闹得自己倒反是没有了主张。在自己屋子里是发呆坐着，到外面屋子来，也是发呆坐着。到嫂嫂屋子里去，见了嫂嫂并不说什么，还是发呆坐着。这天的雨，下的时间是极长，由早上到下午三四点钟，兀自滴滴答答地在檐瓦上流着下来。二姑娘是靠着里面的墙，手拐撑了桌子沿，托住头，只是对了门外的雨阵出神。那下的雨正如牵绳子一般，向地面上落着，看久了，把眼睛看花了，只好将手臂横在桌沿上，自己将额头朝下枕了手臂，将眼睛闭着养一养神。

大嫂子拿了一双袜子，坐在拦门的矮椅子上，有一针没一针地联着。始而二姑娘坐在这里发愣，她没有言语什么，这会子二姑娘已是枕了手臂睡觉了，便笑道："二妹，你倒是怎么了？"

　　二姑娘抬起头来看了一眼，又低下去，笑道："我有点儿头沉沉的，大概以先淋了点雨，准是受了感冒了。"

　　大嫂子连忙起身，伸手摸了两摸她的额头，笑道："你可真有点儿发烧，你是害上了……"

　　二姑娘抬头向她看了一眼，她微笑着把话忍下去了，站着呆了一呆。二姑娘抬起手来，缓缓地理着鬓发，不笑也不生气，把大眼睛向大嫂子看着。大嫂子道："下雨的天，也出去不了，你就到炕上去躺躺吧，饭得了，我会叫你起来的。"

　　二姑娘手扶了墙壁站将起来，因道："我本不要睡的，让你这样一说，可就引起我的觉瘾来了。"于是就扶了墙走到里面屋子里去，走到房门口，手扶了门框，莫名其妙地回头向田大嫂看了一眼，接着微微一笑。田大嫂原来是改变了观念，不和二姑娘说笑话了，现在经过了她这么一笑，倒又把她一番心事重新勾引起来，于是也坐在她那原来的椅子上，手扶了头，向门外看了去。隔着院子里的雨阵，便是二和以先住的那个跨院门，在跨院门外，左一条右一条，全是马车轮子在泥地上拖的痕迹。

　　正是这样看着出神呢，她丈夫田老大正踏着那车轮迹子走了进来。到了自己门口，将身上的油布雨衣脱了下来抖了几下水，向墙上的钩子上挂着。田大嫂也没理他，自撑了头，向门外看了出神。田老大在头上取下破呢帽，在门框上打打扑扑的，弹去上面的水，皱了眉道："下了一天不睁眼，这雨下得也真够腻人。有热水没有？打盆水我洗个脚。"

　　田大嫂依然那样坐着并不理会。田老大回转身来向她瞪着眼道："听见没有？问你话啦！"

　　田大嫂这才望了他道："你是对我说话吗？人生在天地间，总也有个名儿姓儿的，像你所说的话，好像同壁子说话似的，我哪里知道是对我说话呢？"

　　田老大望了她笑道："我知道，你还是记着昨日晚上的事。这没什么，昨天我多喝了两杯酒，不免说了几句过分的话，过去了就也过去了，你还老提着干什么？"

　　田大嫂点点头道："啊，你说过去了就过去了，没事了？我一个做妇道的，让人家说了这样的闲话，还有什么脸见人？"

田老大笑道："你别胡扯了，谁是人家？我同你同床共枕的人，私下说这样几句闲话，也没有什么关系。咱们家里就是一个二妹，我就说了几句酒后的言语，她听到了也明白，不能把这话来疑心你。"

田大嫂道："你才是油炸焦的卷子烧煳了人心呢！你在深更半夜的那样大声嚷着，谁听不出来？"

田老大笑道："你别冤我，谁听到？"

田大嫂道："你到二和家里去瞧瞧，人家不愿同你这浑小子住街坊，已经搬了家了。那么大的雨，人家都不肯多住一天。"

田老大怔了一怔道："这是二和不对，这样一来，倒好像他是真的避嫌疑走了。"

田大嫂道："你忘了你自己所说的话吗？你说不论在什么地方遇到他，就是白刀子进去，红刀子出来。人家凭着什么要在这里挨你的刀？我想着人家也并非怕事，不过人家不肯在这地方闹出人命案子来。你杀了他也好，他杀了你也好，可是他那个瞎子老娘依靠着谁？"

田老大也没有答复她的话，冒着雨就跑到对过跨院子里去了。不到两三分钟，他又匆匆忙忙地跑了回来，两手拍着叹了一口气道："这可是一件笑话！"

田大嫂这才站起来笑道："你总该明白我不是造谣吧？"

田老大在旁边椅子上默然地坐着很久，在身上摸一支烟卷出来衔在嘴里半天，然后东张西望地找了一盒火柴，擦了一根，随便地吸着，将烟慢慢地向外喷去。很久很久，才问了一句话道："二妹在哪里，倒没有瞧见？"

田大嫂已是将一只小绿瓦盆装了面粉，站在桌子边和面，因道："你还记得咱们家有几个人啦？"说着这话，头微微地摇撼着。在她耳朵上两只环子前后乱晃的形状中，可以知道她是如何有气。

田老大笑道："你说话就顶人，你想咋？回家来，我以为她在屋子里，自然也用不着问。现时有许久没听到她一点儿声息，自然要问一声儿，并非是我先就忘了她。"

田大嫂道："她不在屋子里，还会到哪里去？人家病着躺下来有大半天了，你那样说话不知轻重，我想你同胞姊妹听到之后，也许有一点儿不顺心吧。"

151

田老大听了这话更是默然，只是半昂了头，缓缓地抽烟，后来就隔了墙壁问道："二妹，你怎么了？发烧吗？"

二姑娘道："我醒的，没什么，不过头有点儿晕，我懒得言语。"

田老大笑道："昨天下午多喝了两杯，大概言前语后地把你大嫂子得罪了，她现在还直不愿意。"

二姑娘可没回答，田大嫂擀着面饼子却是微笑，田老大闷闷地坐在一边，倒抽了好几支烟卷。到了吃晚饭的时候，是烙的饼，菜是韭菜炒豆芽，摊鸡蛋，盐水疙瘩丝儿，另有一盆红豆小米粥，热气腾腾地盛了三碗放在桌上。田大嫂道："二姑娘，你不起来吃一点儿？我多多地搁油，还给你另烙了一张饼呢。"

二姑娘答是不想吃。田老大道："熬的有好小米粥，香喷喷的，你不来喝一点儿？二妹，你难道还真生你老大哥的气？"二姑娘这就轻轻地啊哟了一声，随着也就走出来了。

这桌子是靠了墙的，田老大坐在下方，她姑嫂俩对面坐着。三个人先是谁也不言语，田老大左手上夹了一块饼，右手将筷子拨着碟子里豆芽，只管出神，许久才道："二和为了我几句话搬了家，我心里过意不去，我总要想法子对得住他。"

田大嫂立刻笑着问道："你总要对得住他？倒要听听，是个什么法子。你再把人家请了回来住吗？此外……"说着向二姑娘瞟了一眼，二姑娘低头在喝粥，却没有理会到什么。

田老大笑道："人家凭什么一定要住在这儿，这儿出金子吗？"田大嫂就伸出筷子来把他的筷子按住，笑道，"你先别吃，说说你有什么办法？"

田老大就收下了筷子笑道："二和那个心上人逃跑了，他找不着踪影，可是我倒知道她的下落。他若是想和她见一面，我还可以帮他一点儿忙。"说着扶起筷子来，就要夹鸡蛋吃。

田大嫂伸手一把将他的筷子夺了过去，瞪了眼道："凭你这句话，就该罚掉你这一顿饭。"

田老大两手伏在桌上，向她望了道："那为什么？"

大嫂道："二和为了这个女人，差不多把性命都玩掉了，好容易脱了这个桃花劫，你还要他去上当？"

田老大道："月容现在阔得不得了，有的是钱花。二和一个穷光蛋，会

152

上她的什么当？"

大嫂道："你哪里知道？二和只要见着她，就会茶不思饭不想，什么事不干了，还不够上当吗？听你这话，大概你不存好心眼，还要引二和上当吧！"

田老大笑道："要是那么说，我不成个人了，你瞧我什么时候用暗箭伤过人？"

田大嫂道："你就没有什么坏心眼，我也不许你多这份事。你不起誓不管这事，我不给你筷子，让你手抓着吃。"

田老大看看他妹妹，却见她带了微笑，便道："其实替二和打一打算盘，也不应该要这么一个卖唱的女孩子的。我若是他，就攒下几个钱，早早地娶一位穷人家的姑娘，粗细生活全会做的，在家里陪了他瞎子老娘，他就可以腾出身子来，到外面去多做一些生意。"

大嫂笑道："这倒像话，把筷子给你使吧。可是你为什么还要他见贱东西一面？"

田老大道："人家阔了，他只要见一面，知道自己比不上有钱的主儿，他就死了心了。二妹，你说是不是？"

二姑娘低了头，撮了小嘴唇吹小米粥，摇摇头道："我不懂这些。"

田大嫂瞪了他一眼道："人家是一位大姑娘，你把这些话问她干什么？亏了你是做哥哥的。"田老大因媳妇的话不错，也就不提了。

可是二姑娘却不然，以为哥哥问这些话，总是有意思的，倘若就是这样问下去，也许还要问出一些别的话来。可是嫂子又正经起来，把哥哥的话压下去了，这样一个好机会，真是可惜。心里头是这样地想着，就从这顿饭起，又添了一些心病，闷在家里，也不到院邻家去聊天，也不上大门去望街，终日无事地就坐在炕沿上做些针线活。姑嫂俩替二和打的那双手套子，早就打好了，田大嫂怕田老大看到便拿起来了，就放在二姑娘屋子里了。二姑娘更细心，放在炕头上枕头底下，坐在炕沿上做活的时候，情不自禁地就会把这双手套由枕头下捞起来看看，甚至还送到鼻子尖上去闻闻。其实这手套子是自己打的，上面并没有什么香气，自己也是知道的，有一次，正拿着手套在闻呢，田大嫂正好进屋来，要和她借剪子用，看到之后抿嘴微笑笑。

二姑娘穿了短衣服盘腿坐在炕上，那个做针线活的簸箕放在腿边。因嫂子突然地来了，来不及把手套放在枕头底下去，就随手扔在簸箕里，自己依然像不感到什么，正了脸色坐着。田大嫂子手扶了桌子，偏着头，对她脸上望着。二姑娘微笑道："大嫂子又干什么？要拿我开玩笑吗？"

田大嫂道："你都成了小可怜儿了，我还拿你开玩笑吗？"

二姑娘道："要不，你为什么老向我望着？"

田大嫂道："就是念你可怜啦。你是自己没有照照镜子，你那脸色不比以先啦，这总有一个礼拜了，我瞧你两道眉毛头子总是皱着的。"

二姑娘把眉毛一扬，问道："是吗？我自己可是一点儿也不觉得。"

田大嫂站着将右手盘了左手的指头，口里初一十五地念着，走过来对二姑娘耳朵边问了几句话，二姑娘笑着摇摇头道："什么也不是，我身上没病。"说着，无精打采地在簸箕里拿起一块十字布，拨起上面红线的针在上面挑着花。

田大嫂道："你挑花干什么用的？"

二姑娘道："替北屋里王大妈挑的一对枕头衣。她在明年春天里要聘闺女了。"

田大嫂道："这王大妈也是不知道疼人，这院子里会挑花的人也多着呢，为什么单要你挑呢？"

二姑娘道："我挑得也不比谁坏呀？"

田大嫂道："就是因为你挑得好，我才说这话了。现在你是什么心事，要你挑花？"

二姑娘道："我怎么啦，丢了南庄房北庄地吗？"

田大嫂道："不用瞧别的，光瞧你两道眉毛，就把你心事说出来了。别的活都可以让你做，聘姑娘的活，就不能让你做。好像让老和尚做厨子，整天整宿地把大鱼大肉去熏他，他本来就馋着呢，这样一逗他……"

二姑娘在针线簸箕里摸起两个顶针在手里扬着，因笑道："我手上也摸不着什么揍你，我把这个砸你的眼睛，瞧你瞎说不瞎说！"田大嫂笑着一扭头，赶快跑到外面屋子里去。

过不了五分钟，她又走了进来，笑道："规规矩矩的话，我不和你拿着玩。丁老太不知道搬到什么地方去了。"

二姑娘道："咱们管得着吗？"

田大嫂道："不是那样说，丁老太这个人很好的。咱们在一块儿做街坊的时候，虽然帮了她做一点儿生活，可是言前语后的，咱们常得她的指教，长了见识不少。于今少了这么一个街坊，无聊的时候要找人聊天，就遇不着这样百事全懂的人了。"

二姑娘点点头道："这倒是真话，可不知道他们搬到什么地方住去了。"

大嫂先是在炕对过椅子上坐，这就坐到炕沿上来握住她一只手，笑道："你总知道，我这次同你哥哥闹别扭，全为的是你。不是我死心眼，忙着就在那几天同你做大媒，也不至于成日地在丁家，不成日地在丁家，你哥哥也就不说什么废话了。这回事情，若不是你哥哥一闹，丁家不搬，这碗冬瓜汤，我喝成了。"二姑娘没作声，呆呆地坐着。

田大嫂道："你哥哥在上次不说过，要引二和去见月容那丫头吗？当时我反对，事后我想着，又不该了。现在咱们不知二和住在哪儿，假使你哥哥要引他去和月容见面，总得把他找了出来。等他找出二和来以后，咱们再做咱们的事。"

二姑娘扑哧一声地笑道："我没有什么事，别闹什么咱们。"

大嫂将手慢慢地抚摸着她的脸，因道："孩子，你可别埋没了做嫂子的这一番热心。你别瞧二和是赶马车的，人家原底子不坏，丁老太教导得就很好，将来总有出头之日，绝不会赶一辈子马车。就算他没有什么出头之日吧，他为人可真实心，咱们合了两三年的街坊了，谁还不知道谁？你说对不对？"

她口里说着，那手还是在二姑娘脸上轻轻儿地摸着，二姑娘将手抓住她的手一摔，笑道："痒丝丝的，只管摸我干什么？"

田大嫂笑道："你把我摔死了，我看有谁知道你的心事来疼你。"说着，站起来牵牵身上的衣襟，就有出房去的意思。

二姑娘道："你又忙什么？坐着还聊一会儿吧。"

田大嫂将一个食指连爬了几下脸，笑道："你不是没有什么心思吗？"

二姑娘道："我本来没有心思，要你再聊一会儿无非是解个闷，人生在世真没有意思，乐一天是一天吧，唉……"

田大嫂合了掌作了几个揖道："姑奶奶，别叹气了，好容易把你那苦脸子逗乐，你又皱起眉头子来。"说到这里，恰好田老大一脚踏进门，等他追问所以然，这事情就开展起来了。

第二十回

带醉说前缘落花有主
含羞挥别泪覆水难收

姑嫂们的情分虽不及兄妹们那样亲密，但是兄妹之间所不能说的话，姑嫂之间倒是可以敞开来说。田大嫂和二姑娘闹着惯了，倒并不以为她是没出门子的姑娘就有什么顾忌。正这样说着，想不到田老大一脚踏进门来了，他没有说别的，连连地问道："什么事皱眉头子？又是我说什么得罪了你们了？"

二姑娘坐在炕上，先看到哥哥进来的，已然是停止笑容了，田大嫂还是抱了两只拳头作揖。田老大抢上前，抓住田大嫂的手胳臂，连摇了两下，笑道："怎么了？你说错了什么话，向二姑娘赔礼？你那张嘴喜欢随口说人，现在也知道同人家赔礼了？"

田大嫂回转脸来，瞪着眼道："我赔什么礼？我和二姑娘闹着玩的。"

田老大道："可是我听到你说，她老是皱了眉头子，为什么皱了眉头子呢？"田大嫂不说，一扭身走了。

二姑娘立刻走到外面屋子里来，将脸盆倒了大半盆水，将一条雪白的干净毛巾在水面铺盖着，恭恭敬敬地放在桌子上，然后退了两步，低向田老大道："哥哥擦脸吧。"

田老大一面洗着脸，一面向二姑娘脸上看了去，见她兀自低了眼皮，把两条眉头子快接触到一处，想到自己媳妇说的话颇有点儿来由。这就向她道："二妹真有点儿不舒服吧？"

二姑娘微微地摇了两摇头，可是还没有把头抬起来。田老大因为她没有什么切实的答复，也不便追着向下问。二姑娘稍微站了两分钟，看到炉子上放的水壶呼呼地向外吹气，立刻提起壶来泡了一壶茶，斟上一杯，两手捧着放到桌子角上。因为田老大洗完了脸，口里衔了烟卷，斜靠着桌子坐了，这杯茶正是放在他的手边。二姑娘还是静静地站着，直等他端起一杯茶来微微地呷过了两口，这才回到屋子里去。

田大嫂是在院子里洗衣服。田老大左手二指夹了烟卷放在嘴角里，微偏了头衔着，右手五指轮流地敲着茶杯，正在沉思着，里外屋子全很沉寂。这却听到屋子里微微有了一声长叹，田老大站起身来，意思是想伸着头向里面看看，可是屋子里又有那很细微的声音，唱着青衣戏呢，对戏词儿还听得出来，正是《彩楼配》。田老大怔怔地站了一会子，复又坐下来，他心里倒好像是有所领悟的样子，连连地点了几点头。当时也没有什么表示，自搁在心里，不过从这日起对自己的妹子就加以注意起来。不注意也就罢了，一注意之后，总觉得她是皱了眉头子。不过她仿佛也知道哥哥在注意着，不是搭讪着和哥哥做一点儿事情，就是低下头避了开去。田老大自然不便问着妹妹是不是害相思病，要去问自己媳妇吧，为了那晚醉后失言，到现在为止，夫妇还闹着别扭，几次把话问到口头，还是把话忍耐着回去了。

这样着苦闷到了已一个星期之久，想不出一个结果，心里头一转念，二和这个人到底不是好朋友。虽然他和我媳妇没事，我妹妹总有点儿受他的勾引，你瞧，只要是提到了丁二和，她就带了一个苦脸子，看那情形，多少总有一点儿关系。可是这话又说回来了，他果然有意我的二妹，他何以那么苦命地去追月容？听媳妇的口气，总说月容是个贱货，莫非二和本来有意我的妹妹，后来有了月容，把我妹妹扔了，所以我媳妇恨她？对了，准是这个。喳，二和这家伙一搬家，藏了个无影无踪，那是找不着他。月容那一条路子，自己知道，我得探探去，找着了月容，也许她会知道二和在什么地方，月容知道二和的事，比满院子老街坊知道的多着呢。他在心里盘算了个烂熟，在一日工作完了，先不回家，径直地就向琉璃厂走去。

这里有不少的古董店。有一家"东海轩"字号的，是设在街的中段，隔着玻璃门就可以看到七八座檀木架子，全设下了五光十色的古董。正有几个穿了长袍褂的人送着两个外国人上汽车，他们站在店门口，垂着两只大马褂袖子，就是深深地一鞠躬。汽车走了，那几位掌柜也进去了。门口就站着两个石狮子和几尊半身佛像，只瞧那派头，颇也庄严。田老大站在街这头对那边出神了一会儿，依然掉转身来向原路走了回去。走了二三十步，又回转头来向那古董店看看，踌躇了一会子，还是向前走着。再走了二三十家店面子，就有一家大酒缸，自己一顿脚，叫了一声好，就走了进去了。

看到酒缸盖，放了几个小碟子下酒，空着一只小方凳子就坐下来，将手轻轻拍了两下缸盖，道："喂，给我先来两壶白干。"伙计听了他那干脆的口号，把酒送来了。他一声儿不言语，把两壶酒喝完了，口里把酒账算了一算，就在身上掏出两张毛票放在缸盖上，把酒壶压着，红了脸，一溜歪斜地走到街上去。口里自言自语地道："他妈的，把我们的亲戚拐了去了，叫起来是不行的。你不过是一个开古董的商家，能把我怎么样？"说着话，就径直地奔到"东海轩"的大门里面去。在店堂中间一站，两手叉腰，横了眼睛向四周横扫了一眼。在店堂里几个店伙，见他面孔红红的，两个眼珠像朱砂做的一般，都吃了一惊，谁也不敢抢向前去问话。田老大看到许多人全呆呆地站着，胆子更是一壮，就伸了一个大拇指对自己鼻子尖一指道："我姓丁，你们听见没有，我有一个妹妹叫月容，是个唱戏的，让你们小掌柜的拐了去了。"

一个年纪大些的伙计就迎上前拱拱手笑道："你别是弄错了吧？"

田老大道："错不了！你的小掌柜不是叫宋信生吗？他常是到我那胡同里去，把包车歇在胡同口上，自己溜到大杂院门口去等月容，一耗两三个钟头。那包车夫把这些话全告诉我了。"

这伙计听他说得这样有来历，便道："丁大哥，既是知道这样清楚，那个时候为什么不拦着呢？"

田老大两手一拍道："别人家的姑娘在外面找野汉子，干我屁事！"

老伙计道："不是令妹吗？"

田老大道："是我什么令妹！她姓王，二和姓丁，我还姓田呢。"

老伙计道："这么说没有什么事了，你找我们来干什么？"

田老大道："丁二和那小子早把月容当了自己媳妇了，你小掌柜把人一拐，他就疯了，他和我是把子，我不忍瞧他这样疯下去，给月容送个信儿。月容愿意回去，不愿意回去，那没关系，只要她给一句回话，说是嫁了宋信生了，不回去了，死了姓丁的这条心，也许他的疯病就好了。月容的来历大概你们也打听得很详细，她是个没有父母的人，她自己的身子，她自己可以做主。她不嫁姓丁的，姓丁的也不能告你们，这只求求你们积个德，别让她坑人。你瞧我这话干脆不干脆？你们若不相信，说我这是骗你们的话，那也没法子，反正你们小掌柜拐了人家一个姑娘，那不是假的。"

158

那老伙计听他说话大声直嚷，而且两手乱舞，两脚直跳，大街上已是引起一大群人，塞住了门口望着。这就挽住他一只手臂笑道："田大哥，你今天大概喝得不少了。你就是要找我们小掌柜的，他有他的家，你找到我们柜上来干什么？这里是做买卖的地方，又不住家。"

田老大道："我知道他不住在这儿，我也不能在这里见他，可是他住在什么地方，你们准知道。你们告诉我一个地点，让我直接去找他，这不成吗？"

老伙计看到两个同事只在门口劝散闲人，只说这个是喝醉了酒的人，有什么可看的！心里一转念，有了主意了，就牵住田老大的手臂道："既是你一定要找他，那也没法子，我就陪你找上一趟吧，我们这就走。"

田老大道："我干吗不走？我要不走，是你孙子。"

于是这老伙计带拖带扯，把他拖到一条冷僻的胡同里来。见前后无人，才低声笑道："说了半天我才明白，你老哥是个打抱不平的。我告诉你一句实话：月容在北平，我们小掌柜可不在这里。"

田老大道："那就得了，我只要找女的。"说着，跳起来两手一拍。

老伙计拍了他的肩膀道："老兄，别嚷，别嚷，有话咱们好好地商量。"

田老大道："她在什么地方？你带我去见她。"

老伙计道："大哥，不是我说话过直，你今天的酒大概喝得不少。像你这种形象，别说是她那种年轻的妇道，就是彪形大汉看到你这种样子，也早早地躲到一边去。你不是要去问她的话吗？你问不着她的话，你见着她有什么意思？这也不忙在今日一天，今天放过去，明天我带你去，怎么样？"

田老大道："你准能带我去吗？"

老伙计笑道："你不用瞧别的，你就瞧我这把胡子，我能冤你吗？"说着，用手摸了两摸胡子。

田老大道："既是那么说，你这话很在理上，我就明天再来找你吧。我们哪儿见？"

老伙计想了一想道："咱们要谈心，柜上究竟不大方便，我到你府上去奉访吧。"

田老大道："你准去吗？"

老伙计拍拍他的肩膀道："朋友，你我一见如故，谁帮谁一点儿忙，全算不了什么。我生平喜欢的就是心直口快打抱不平的人，听你所说的话，句句都打入我心坎上，我欢喜极了。"

田老大道："老先生，凭你这句话，我多你这个朋友了。"

老伙计见他的话锋一转，立刻就大声喊叫洋车。车子来了，他讲明了价钱，就扶着田老大上车，车钱也掏出来交给了车夫，还叮嘱着道："你好好地拉吧。"

车子拉走了，老伙计算干了一身汗，自言自语地道："遇到了这么一块料，这是哪里说起！"他说过了这句话，就不免在胡同中间站着，呆了一呆。左手捏住瓜皮帽上的小疙瘩，将帽子提了起来，右手就在光头上连连地摸了两把，口里自言自语地道："这事到底不能含糊，我应当出来料理一下。"自己又答复着道，"对对对，这件事应当这样办。"

于是不走大街，在大小胡同里转。转到两扇小黑漆门下，连连地敲了几下门环，很久很久，里面有个苍老的声音很缓很缓地答应着道："谁呀？"老伙计答复了一个"我"字，里面却道："我们这里没人。"

老伙计道："我是柜上来的。"有了这句话，那两扇门打开了，一个弯了腰的苍白头发老妈子闪到一边，放了他进去。老伙计低声问道："她在家吗？"

老妈子噘了嘴，低声道："她坐在屋子里掉眼泪呢。你瞧家里一个人没有，谁也劝不了她。"

老伙计也低声道："你去对她说，是柜上的人来了，请她出来和我谈谈。"

老妈子把他引到正面屋子里坐着，自己却掀开门帘子走到旁边卧室里去。喁喁地说了一阵，这却听到有人答道："你先打一盆水进来让我洗脸吧。"

老伙计背了两手，在正面屋子里来往地踱着。这是一连三间北屋，里面算了卧室，外面两间打通了，随便摆了一张桌子，两三把断了靠背的椅子，两三张方凳子。屋子里空荡荡的，那墙壁上虽然粉刷得雪白的，但是干净得上面连一张纸条也没有。老伙计也不免暗暗地点了两下头。老妈子将一盆脸水送了进去了，老伙计猜着，女人洗脸，那是最费时间的，恐怕要在二十分钟后才能出来的，自己且在身上取出烟卷匣子，正待起身拿火柴，人已经出来了。

老伙计就点头叫了一声杨老板，偷看她时，已不是在戏台上的杨月容了。她蓬了一把头发，只有额前的刘海短发是梳过了的，脸上黄黄的，并没有擦胭脂粉，倒显得两只眼睛格外的大。身上穿一件墨绿色的薄棉袍子，总有七八成新旧，倒是微微卷了两条袖口，那棉袍子有两三个纽不曾扣上，拖了一双便鞋。看到老伙计手上拿了烟卷盒，又复走进卧室去，取了一盒火柴递到他手上，然后倒退两步靠着房门站定。

老伙计道："杨老板，你请坐，咱们有话慢慢地谈。"

月容叫了一声"胡妈倒茶"，自己就在门边方凳子上坐了。

老伙计擦了火柴，口里斜衔了一根烟卷，抬头向屋子四周看看，因道："这地方我还没有进来过呢，那天我就只在大门口站了一站。"

月容抬起一只手理了两理鬓发，因道："是啊，就是那天，你交代过我几句话之后，我没有敢向柜上再去电话。信生杳无音信，老掌柜还直不依我。我唱不了戏，见不得人，上不上下不下的，就这样住下去吗？信生临走以前只扔下十五块，钱也快花光了，花光了怎办？我本来不能雇妈子，可是我一个人住下这所独门独院的房子，可有些害怕。两口人吃饭，怎么也得三四毛钱一天，钱打哪儿出？再说，房子已经住满了月了，现在是住茶钱（即南方之押租），茶钱住满了，我满街讨饭去吗？你来得好，你要不来，我也得请柜上人替我想想法子了。"

老伙计看她的样子脸虽朝着人看，眼光可向地下看了去，只看那眼毛簇拥出来一条粗的黑线，其眼光之低下可知，便道："杨老板，有一位姓田的你认识吗？他说他同姓丁的同住在一个大杂院子里。"

月容昂着头想了一想，点点头道："不错，有的，他家是姑嫂两个。"

老伙计道："不，这是一个三十上下的男人。他说他同丁二和是把子。"月容低下头去，抚弄着衣角，老伙计道："那个人今天喝了个醺醺烂醉，到我们柜上来要人，不知道是自己的意思呢，还是姓丁的托他来的？"

月容突然地站了起来，问道："他们还记得我？"

老伙计道："怎么会不记得你？才多少日子呢？我想最惦记的还是你师傅。上次我们柜上不就托人对你说吗？假使你愿意回到你师傅那里去，我们私人可以同你筹点儿款子。我们老东家不向你追究以前的事，你也别向我们老东家要人，两下里一扯直。现在既是丁家也找你，那更好了。可是你这位姑娘死心眼子，一定要等信生回来。你没有想到他偷了家里三四万元的古董全便宜卖掉了吗？他捅了这样一个大娄子，没有法子弥补过来，他长了几个脑袋敢回家？你不知道，我们老东家的脾气可厉害着呢。"

月容道："我也听说你们老东家厉害，可是钢刀不斩无罪的人。是他的儿子将我拐出来，把我废了，又不是我花了他那三四万块钱。请问我有什么罪呢？不过我苦了这多日子，一点儿消息没有，恐怕也熬不出什么来，再说，举目一看，谁是我的亲人？谁肯帮我的忙？若是丁家真还找我的话，我也愿意回去。可是我就厚着脸去，怕人家也不收留我了吧。"

老伙计道："你和丁家究竟是什么关系，我们不明白。不过你师傅杨五爷我们是知道的，我们的意思，都劝你上杨五爷家去。师傅对徒弟，也无非老子对儿子一样，你纵然做错了事，对你一骂一打也就完了。"

月容摇摇头道："我不愿意再唱戏了。"

老伙计道："为什么？"

月容道："唱戏非要人捧不可，不捧红不起来，要是再让人捧我呀，我可害怕了。以往丁家待我很好，我若是回心转意的话，我应当去伺候那一位残疾的老太太。可是，我名声闹得这样臭，稍微有志气的人，绝不肯睬我的。我就是到了丁家去，他们肯收留我吗？我记得走的那一天，他们家还做了吃的让我去吃，买了水果直送到戏馆子后台来，他在前台还等着我。我可溜了，这是报应，我落到了这步田地。"说着，流下泪来。

她是低下头来的，只看到那墨绿袍子的衣襟上，一转眼的工夫滴下了十几粒黑点，可也知道她哭得很厉害。老伙计默然地抽完了半支烟卷，最后三个指头钳住了烟卷头，放到嘴里吸一口，又取出来，喷上一口烟，眼睛倒是对那烟球望着，不住地出神。月容低头垂了许久的泪，却又将头连摇了几下，似乎她心里想到了什么，自己也是信任不过。

老伙计把烟卷头扔在地上，将脚踏了几下，表示他沉着的样子，两手按了大腿，向月容望了道："杨老板，并不是我们多事，你和丁家到底是怎么一段关系呢？原听说你是个六亲无靠的人，你可以随便爱上哪里就到哪里。据今天那个姓田的说，你同丁家又好像是干兄妹，又好像是亲戚。听你自己的口音，仿佛也是亲戚，你这样荒唐，倒像自己把一段好姻缘找散了似的。你何妨同我说说，若是能把你那一段好姻缘再恢复起来，我们这儿了了一重案子，你也有了着落，两好凑一好。你瞧我这么长的胡子，早是见了孙子的人了，绝不能拿你打哈哈。"

月容在右肋衣襟纽扣上抽出一条白绸子手绢，两手捧着，在眼睛上各按了两按，这才道："唉，提起来可就话长着啦。老先生，你喝一杯水，我可以慢慢地把我和丁家的关系告诉你。"说时，正是那个弯腰的白发老妈子两手捧了缺口瓷壶进来，她斟上了一杯，一同放在桌上。老伙计斜坐在桌子角边，喝喝茶，抽抽烟，把一壶茶斟完了，地面扔了七八个烟头，月容

162

也就坐在门边，口不停讲，把过去报告完毕。

老伙计摸了两摸胡子，点点头道："若是照你这种说法，丁家果然待你不错，怎么你又随随便便同信生逃跑到天津去了呢？"

月容道："那自然是怪我不好，想发洋财。可是也难为宋信生这良心丧尽的人，实在能骗人，我一个没见过世面的穷女孩子哪里见过这些？谁也免不了上他的当呀。"

老伙计反斟了一杯茶送到她面前，很和缓地道："杨老板，你先润润口。不妨详详细细地告诉我，我把你这些话转告老东家，也许他会发点儿慈悲帮你一点儿忙的。"

月容接着那杯茶，站起来道过了谢谢，于是喝完了茶，放下杯子，把她上当的经过说出来，以下便是她由戏院子逃出后的报告。

第二十一回

两字误虚荣千金失足
三朝成暴富半月倾家

　　月容在叹过了一口气之后，她开始报告她受骗的经过了。她道："有一次，让信生再三再四地请，请到公寓里去吃了一顿饭。那时候，看到他在公寓里住了两间房，里面布置得堂皇富丽，像皇宫一样，心里就纳闷，他家里是干什么的，有这么些个钱给他花。据他自己说，家里除了开古董店不算，他父亲还是个官，做过河南道尹，家里的银钱有多少，连他自己也说不清。常是卖一样古董，就可以挣好几万。我一个穷人家的孩子，哪里看过这些？只见他整把地向外花钞票，觉得他实在太有钱了，我若是嫁了这样一个人，不但穿衣吃饭全有了着落，就是住洋楼坐汽车，什么享福的事都可以得着的。我这一动心，他说什么，我就都相信了。

　　"过了两天，他雇了一辆汽车，同我到汤山去洗澡，在汤山饭店里我们玩了大半天。吃饭的时候，他问我还有什么亲人没有？我这条心全在他身上了，哪里还会瞒着什么，我就告诉他，什么亲人没有，只有丁老太同丁二和待我不错。他不对我说什么，放下了吃西餐的刀叉，尽向我脸上望着微笑，我问他：'你笑什么，人家待我好，并没有一点儿不规矩的行动，不过把我当了一个妹妹看待。'我这句话说出来不要紧，他就昂起头来哈哈大笑，两只手还在桌上连拍了两下，闹得我也有些莫名其妙，只好瞪了两眼向他望着。我问他笑什么，他还狂笑了一阵才告诉我：'你是个很有名的角儿了。人家成了名角儿，或者是和有钱的人来往，或者是和有身份的人来往，你倒好，弄一个赶马车的人做干哥哥。趁早别向外人提，提出来了会让人笑掉了牙。'他说到这里，还把脸色正了一正，又对我说：'现在你还是刚成角儿，没多大关系，将来你要大红特红了，那丁二和满市一嚷闹，

164

说你是他的妹妹，他可有了面子了！可是你得想想，你家有个赶马车的哥哥，你也就是个赶马车的了。这事让新闻记者知道了，整个地在报上一登，你瞧你这面子哪儿摆去？'我听了他这一篇话，也臊得脸上通红。他见我已经是听了他的话，索性对我说，以后别和丁家往来，要和丁家往来，他就不愿理我了。

"那个日子，我哪一天也要花他个十块八块的，正是把手花大了，也觉得他待我很不错，他要是不理我，那倒叫我很受闷。因此，当时低头吃西餐没有敢回话。他后来再三地追问我，我只好口里哼着，点了两点头。可是我面子上是答应了他，我心里就想着：丁家娘儿俩待我全是很好的，叫我陡然地同人家翻脸，怎么样过意得去呢？所以到了第二天，我还是到丁家去了。不想信生早已存心监督着我的。大概一点钟的时候，他就运动了送我上戏馆子的车夫，拉着车子来接我，说是师傅接我回家去排戏。我明知道他是弄的把戏，可是我要不走的话，也许他也会跑到大门口来等着我。那让大杂院里的人知道了，岂不是一件大笑话吗？当时我就将错就错地坐着车子走了。谁知道我只这一点儿事没拿定主意，就错到了底。

"那包车夫是我的人，可不听我的话，扶起车把，说声宋先生在二仙轩等着呢，径直地就把我拉到二仙轩咖啡馆门口。这爿咖啡馆敢情是信生的熟人，只要他去了，就会把后楼那间雅座卖给他。平常那地方是不卖座的，那屋子里门帘子放着呢。我到的时候，听不到屋子里一点儿声音，心里就想着：也许他还没有来吧。正站在门帘子外面出神，这就听到他在屋子里很沉重地喝了一声说：'进来！'只这两个字，我已经知道他在生气，只好掀开门帘子，缓缓地走了进去。

"他面前桌上摆下了一杯咖啡，还是满满的，分明没有喝，口里斜衔了半支烟卷，要抽不抽的，我还带着微笑说：'你倒早来了？'你猜怎样着，他板了脸，瞪了眼对我说：'你太没有出息了！我怎么样子对你说过，叫你不要同那赶马车的来往，你口里答应着我，偷偷儿地又跑到丁家去。你要到丁家去，就到丁家去，那是你的自由，我也不能干涉你，无论如何，你也不应该在我面前说一样的话，背了我又说一样的话。你要知道，我看你是一朵烂泥里的莲花，不忍让你随便埋没了，所以把你大捧而特捧，打算将你捧到三十三天以上，让什么也追不上你的脚迹。可是你全不明白这个，自己扔了上天的梯子，故意向烂泥地里跑。你埋没我这番苦心，实在让我伤心得很。'

"我当时料着他必定是越说越发脾气，那没什么，我又不是他的奴才，他不高兴我，我走开好了。可是他说了许多话之后，并不强硬，反是和平起来了。他说：'你要埋没我这一番好心，我也没有法子。这只有那句话，凡事都是一个缘。你瞧，我待你这样的好，你还不能相信我。光用好心待人，有什么好处呢？'他说着这话，就慢慢地走到我身边来，而且装出那种亲热的样子来，亲热得让我说不出那个样子来。"她说到这里，脸上飞起一阵红晕，将头低了下去，手理着鬓发，把话锋慢了一慢。

老伙计坐在斜对面向她看着，一个字也不肯打岔。正听得有味，见她害起臊来，待要追着问，却明知道这是不便告人的。若要不问，看她这样子，也许就不接着向下说了。于是咳嗽了两声，把桌上放的纸烟盒拿起，先抽出一根放在嘴里衔着，然后再站起来，四周去找火柴。月容看到，这就在屋子里取了一盒火柴在手，擦了一根弯腰给他点着烟。老伙计在这个当儿，是看到了她白嫩而又纤细的手。随着再向她身上看去，见她眼圈儿虽然红着，肌肉虽然瘦着，可是白嫩的皮肤是改不了的。那墨绿的旧棉袍子罩住她的身体，益发地瘦小，在她走路也走不动的样子当中，那情形是更可怜了。便在很快地睃过她一眼之下，向她点了两点头道："你只管坐着慢慢地说，别张罗。我相信你这些话，全不假。"

月容道："我哪里还能说假的？许多真的，我要说也说不完呢。"

老伙计道："你只管坐着，慢慢儿地说。我今天柜上没什么事，可以多坐一会儿。姑娘，你不坐下来说吗？"他说这话的时候，哈了一哈腰，表示着客气。

月容退了两步，在原来位子上坐下，先微咳嗽了两声，然后接着道："这也只怪我自己没有见识，看到他对我这样的好，觉得只有他是我的知己。我就说：'我也知道同赶马车的人在一处来往没有什么面子。可是我在逃难的时候，他们救过我。到了现在，我有碗饭吃了，就把人家忘了，这是不应当的。再说，二和在馆子门口候着我，总要我去，说了十回，我也总得敷衍他一回。'信生就说：'那么想个根本办法，干脆躲开他们。我帮你上天津去，好吗？'我说：'上天津去，我回来不回来呢？'他说：'还回来干什么？你就算嫁了我了。你别以为你现在唱戏有点儿红了，不等着嫁人，可是这有两层看法：第一，唱戏的唱红了的，你也听说过。怎么红，红不过当年的刘喜奎、鲍灵芝？刘喜奎早是无声无息的了。鲍灵芝在天津穷得不得了，卅多了，又要出来唱戏。还有个金少梅，当年多少阔佬她不愿意嫁，包银每月两三千。现在怎么样？轮到唱前三出戏，快挨饿了。这全是我们亲眼得见的事，可没有把话冤你。你就是往下唱，还能唱到那样红吗？唱不到那样红，你还有什么大出息？无非在这两年同你师傅多挣两个钱罢了。第二，就算你唱红了，你迟早也得嫁人。可是唱戏的女人全犯了一个普通毛病，自己有能耐，嫁一个混小差事的人、做小买卖的人，有点儿不愿意，根本上自己就比他们挣的钱多。嫁有钱的人吧，那一定是做姨太太。你想，谁住家过日子的人肯娶女戏子去当家？唱戏的人，东不成，西不就，唱到老了，什么人也不愿意要，只好马马虎虎嫁个人。你现在若肯嫁我，第一是一夫一妻，第二是我家里有百十万家财。你亮着灯笼哪儿找去？若说你喜欢做官的，自己闹一份太太做，那也容易。我的资格就是大学生，家里有的是钱，花个一万两万的，运动一个官做，那准不难吧？'"

老伙计听了，手摸了胡子点点头道："这小子真会说，你是不能不动心了。"月容道："当然啦，他的话是说得很中听的，可是我自己也想了想，这时候我要答应了他的话，就跟了他糊里糊涂一走，到底是怎么个结果，也不知道。就对他说：'这是我终身大事，我还不能一口就答应跟你走。你还得让我想两天。'"

老伙计笑道："这样说来，杨老板总算有把握的，后来怎么还是跟了他走呢？"

月容道："有宋信生那种手段，是谁也得上当，别说是我这样年轻的傻孩子了。他已经知了我的意思，就对我说：'你怕我是空口说白话吗？我可以先拿一笔钱到你手上做保证金。我公寓里还有一笔现钱，你同我到公寓里去先拿着。'他这样横一说，直一说，把我都说糊涂了，他说一笔现钱给我，我也不知道推辞。在咖啡馆里吃了一些点心，我就同他到公寓里去。不瞒你说，这公寓里我已经去过多次，已经没有什么忌讳的了，一直跟到里面一间屋子里去，他把房门带上，好像怕人瞧见似的。随后就搬了一只皮箱放在床上，打开皮箱来，里面还有一个小提箱，在那小提箱里，取出了一些红皮蓝皮的存款折子，托在手上颠了两颠，笑着对我说：'这里存有好几万呢！'我本来没瞧见过什么存款折子，可是那本儿皮子上印有银行的招牌，我就知道不假了。他说里面有几万，我虽然不能全相信，但是他有钱在银行里存着，那不会假的。我怎么会那样相信呢？当时他在箱子里取出一大叠钞票，用手托着，颠了几颠，这就笑着说：'这是一千二百块钱的钞票，除了我留下零头做零用而外，这一千块整数，全交你手上暂存着。我的款子全存在天津银行里的，到了天津之后，我再取一万款子存到你手上，给为保证金。我要是骗了你，你有一万块钱也够花了。这一千块钱呢，只是保你到天津去的。到了天津，我要是前言不符后语，这一千块就算白送你了，你依然还是回北平来。'"

老伙计听说，不由得咤的一声笑着，骂出了三个字："这小子！"

月容道："当时我坐在沙发椅子上，看到他这样的硬说话，只有把眼向他身上注意的份儿，我还能不相信吗？他说得到做得到，立刻把那一大叠钞票塞到我手上。我的天，我自小长了这么大，十块八块，也少在手上拿着，一手托整千的洋钱，哪有这么回事？当时我托着钞票的手只管哆嗦，两只脚像是棉花做的，简直站不起来。他对我说：'我既然交给你了，你就在身上放着吧。可是有一层，这钱别让你师傅见着了，他要见了的话，一个也不让你拿着的。'我当时拿了钱，真不知道怎样是好，只有手上紧紧地捏住，对了他傻笑。于今想起来，我真是丢人。"

老伙计笑道："那也难怪，他那票子是五元一张的呢，还是十元一张的呢？"

月容道："所幸都是十元一张的，我就把这钞票分着五叠，小褂子上的口袋，短夹袄上的口袋，全都揣满了。"

老伙计道："他把钱交给你以后，他又说了什么？"

月容道："他倒没有说什么，不过我自己可想起了许多心事。身上装了这么些个钱，不但回家去怕师傅见着了要拿去，就是夜深回去，说不定也会遇到路劫的。因之立时心里的苦处，涌上了眉毛头上，只管把两道眉峰紧凑到一处。他好像知道了我的心事，就对我说：'你是愁着那钱怕让人看到吧？我替你出个主意，今天把钱放在身上，先别回去。到了明日，你把款子向银行里一存，那就没有问题了。至于以后的话，反正你不久是要跟我走的，那还怕什么？'我说：'我今天不回去，在哪里住？整宿地不回去，恐怕我师傅也不会答应我。'他就对我说：'你若是决定了跟我，这些事都不成问题。'掌柜的，你替我想想，我这么一点儿年纪的人，又是个穷孩子，哪受得了那一番勾引？所以他怎么说，我就怎么好。

"那一下午，我也没回家，就在公寓里头。到了我上园子的时候，一进后台就有人告诉我：'你哥哥丁二和来找你来了，另外还有一个直不老挺的人跟着，我一听就知道是王大傻子。这人是个宽心眼儿，有话就嚷出来的。我心里想着，他们别是知道我有了钱特意来找我的吧？心里直跳。我一出台，又看到他两人四只眼睛直盯住在我的身上，我心里可真吓一大跳，一定是他们知道我身上有钱，今天特意来守着我来了。我在台上只管拿眼睛瞟着他们，他们越是起哄。信生不等我完戏，就在后台等着我，悄悄地对我说：'你瞧见没有？他们已经在那里等着你了，你还能同他们一块儿走吗？'那一千块钱，我还揣在身上呢，听了这话，我心里就跳了起来。他又说：'你别害怕，我在这里保护着你，你同我一块儿走吧。'我当时也没有了主意，糊里糊涂地跟着信生走了。"

老伙计手摸了胡子点点头道："哼，我明白了大概……自然……第二天怎么样呢？"

月容红着脸低下头去，只管把两手卷衣裳角，默然了一会儿，才低声道："掌柜的，你还有什么不明白，公寓、旅馆这种地方，做姑娘的人就不应当去。只为第一次我让信生骗着去过了，到了这个时候，我还有什么话说？一切都听着他的。到了第二日不是嘛，我心里想着，这糟了，昨晚上一宿没有回去，今天师傅要问起话来怎么答复？就算师傅不怎样追问，说起来这话也很寒碜。所以信生就不挽留我，我也不敢走，加上信生见我居然在公寓里住下了，也是非常地高兴，雇了汽车就陪我出城去玩。一直玩到天色昏黑，方才回公寓，自然我更不敢露面了。在这几天里，信生就像发了狂一样包着汽车，终日地带我出去玩。

"有一天，他让我在公寓里等着，他自己出去跑了半天，回来的时候高高兴兴地对我说：'我发了一笔财了，别这样藏藏躲躲地过日子，我带你到天津去过日子吧。'我听了这话也是很愿意的，免得提心吊胆的，终日怕碰着人。在当天晚上，他把公寓里的东西收收拣拣，也不知道送到什么地方去了，然后就捆了行李箱子，带我上天津。第一天晚上，我们是住在饭店里，第二天就搬到一所洋房子里去了。我也不知道这洋房子里东西怎么那样现成，楼下客厅里，地毯铺得一寸来厚，沙发椅子都是绿绒的面子。天气还不算十分冷，热气管子已经是烧得很热了，走进屋去，我就脱下衣服来。这客厅里还有雕花嵌罗甸的红木桌子，四周围了盘龙雕花的方凳，靠墙一张长的紫檀桌子，上面又列了许多古董。客厅那里有间小些的屋子，一齐摆着白漆的桌椅。据信生告诉我，那是饭厅，专门吃饭用的。吃饭还有另一间屋子，这可新鲜。我上了楼，脚踏了梯子，一点儿响声没有，因为梯子上也铺了毯子呢。睡觉的屋子是不必说了，铜床上堆着什锦的鸭绒被，四方的软枕头，套子是紫缎子的绣着金龙，玻璃砖大穿衣柜，八面玻璃屏风的妆台，还有那长的沙发，是红绒的，美极了。隔壁屋子就是洗澡房，墙是花瓷砖砌的，比饭店里的还要讲究。窗户边的花盆架子上，大瓷瓶子，插着鲜花，镜子里一看，四处都是鲜花了。我真不知道坐在哪里是好，四处看看，执住了信生的手，笑着对他说：'我真想不到凭空一跳，就跳到仙宫里来了，我现在才晓得我的命太好。'掌柜的，我现在说我自己的短处吧，我也不知道我是怎么了，就像发了狂一样，抱着信生的颈脖子在他身上乱闻乱嗅，两只脚打鼓似的，左起右落，乱跳了一顿。"

老伙计听她说到这里，若是再向下说，恐怕有些不雅，这就插嘴笑道："你这是一步登天了，还有个不快活的吗？你们家里自然也用了几个用人了？"

月容道："可不是，除了两个老妈子，还有一个听差、一个厨子。当时我看到他那样大大地弄起场面来，料着至少也要快活个十年八年的。用人叫着我太太，我也莫名其妙地当起太太来。可是那些用人私下总议论着，说我不像个太太的样子，我也就听到好几回了。我不知道他们是说我年纪轻不像太太的样子呢，也不知道是说我不会摆阔，不像太太的样子。我只好自己遇事留心，在他们当面就正正端端地坐着，不蹦不跳。其实我们的那个家也像客栈一样，也做不起太太，管不起家来。早上绝对是起来不了，一直要睡到十二点钟以后才起床，起床之后，洗了脸，喝喝茶，可也就一两点钟了。吃过午饭，我们不是瞧电影就是听戏，或者上大鼓书场，回来吃过晚饭又出去。有时晚饭也不回家，就在外面吃馆子。"

老伙计道："听说你们在天津花的钱不少呀。既是这样子摆阔，到底有限，千儿八百的，一个月也就够了。"

月容道："谁说不是呢！这是头里一个礼拜的事。后来慢慢地不同了。白天，他还同我一块出去玩，到了晚上，他就一个人走。他说做古董生意，总是卖给外国人的，白天讲生意，有些不便，所以改在晚上，看货说价。起初我也相信，后来看到他所往来的人，只有些青年小滑头，并没有一个正正经经像做生意的人，我就很疑心了。有一天晚上，整宿地没有回来。到第二日早上八点多钟，他面色苍白跌跌撞撞地走进屋子。我看见这情形真吓了一跳，便问他是干什么了？他这个日子穿西服了，只看他把大衣臃肿在身上，领带子松松地挂在颈脖子上，而且歪到一边，那顶淡青的丝绒帽子向后脑勺子戴了去，前额都露出头发来了。他一件衣服也不脱，就向床上一倒。我急忙走向前摇着他的身体说：'你怎么了？一宿没回来，闯了什么乱子？'他闭了眼睛说：'完了，一宿输了三千多块，什么都完了。'他说到这里两手在床上一拍，跳了起来说：'我今天晚上去翻本。'说完了，他又倒下去睡了。我看他精神太坏，没有敢惊动他，让他去睡，他一直睡到下午四点钟，方才起来。我仔细地问起，才知道他上赌博场押宝输了三千多块钱，这赌场是现来现去的，当晚已经开了三千元的支票出去了。我就极力地劝他，输了就算了，若是这样大输大赢，有多少家财也保不住。他当时也听得，一到晚上，有人派汽车来接，他又出去了。这晚虽不是天亮回来，可是回来的时候也就三点钟了。我忙问他翻过本来没有？他说又输了一千多，因为银行里存款不多，不敢开支票了，所以没有向下赌。我听说这倒奇怪，难道银行里就只有这么些钱吗？

"又过了一天，到了吃晚饭的时候，饭厅上七八盏电灯全开了，白漆桌子上放了七八样菜，我们抱了一只桌子犄角吃饭。鸡鸭鱼肉，什么好菜全有，他饭碗里只有半碗口的饭，将筷子扒了几下，放下碗筷来将瓷勺子舀着汤，不住地喝着。我见老妈子去预备洗脸水去了，便笑道：'你是有上百万家产的人，输三四千块钱，就弄成这种样子？'他把瓷勺子一放，沉了脸色望着我说：'我现在不能不说实话了。我家里虽有钱，钱在我父亲手上呢。这回到天津来，我是在北平卖了一样古董，得价六七千块钱，我想着这总够花周年半载的了，不想自己一糊涂，连住家带赌钱，弄个精光了。现在银行里的存款要维持这个家，就是三五天也有问题。我现在没有别的法子，只有回家去住两天，趁着我父亲不留神，再弄两件好古董出来。我本来不愿告诉你的，只是你一个人住在这儿，我怕你疑心，不得不知会一声儿。'

"我听了这话，真是一盆冷水浇头，他的钱花光了那还在其次，他要离开我住几天，我可有点儿害怕。我就对他说：'你干吗忙着走呢？不如把我那一千块钱先花着，等我在天津熟了一点儿了，你再离开我。'他红着脸对我一抱拳头说：'你那一千块钱也已给我花光了。'我说：'不能呀，存款折子还在我手上呢。'他笑了，说是我不懂，那是来往账，支票同图章全在他手上，支票送到银行，钱就拿走了，抓着折子是没有用的。我这才知道我成了个空人了，望着他不会说话，心里猜着有点儿上当，可是落到这步田地，我还是想不到的呀。"

第二十二回

末路博微官忍心割爱
长衢温旧梦掩泪回踪

话谈到这里，月容精神上格外感到兴奋起来，两块脸腮全涨得红红的。老伙计道："这我就明白了，过了几天，信生就来北平偷古董，把事情弄犯了。"

月容道："不，事情还有出奇的呢！大概也就是第三天吧，有个坐汽车的人来拜访，他替我介绍，是在山东张督办手下的一个司令，姓赵。两人一见面，就谈了一套赌经，我猜着准是在赌博场上认识的。那时那赵司令坐在正中沙发上，我同信生坐在两边，他只管笑嘻嘻地瞧着我，瞧得我真难为情。"

老伙计用手揪了胡子梢，偏了头想道："赵司令，哪里有这么一个赵司令呢？"

月容道："那人是个小矮胖子，黑黑的圆脸，麻黄眼睛，嘴唇上有两撇小胡子，身上倒穿了一套很好的薄呢西装。"

老伙计点点头道："你这样说我就明白了。不错的，是有这么一个赵司令。他是在山东做事，可是常常向天津北平两处地方跑，他来找信生有什么事呢？"

月容道："当时我是不知道，后来信生露出口风了，我才明白那小子的用意。信生在那晚上也没有出去，吃过了晚饭，口里衔了烟卷靠在客厅沙发上，让我坐在一边陪他聊天。我就问他：'你现在有了办法了吗？不着急了？'他说：'我要到山东去弄个小知事做了。'我说：'真的吗？那我倒真的是一位太太了。'他说：'做县知事的太太有什么意思？要做督办的太太才有意思。'我说：'你慢慢地往上爬吧，也许有那么一天。可是到了那个日子，你又不认我了。'他说：'傻孩子，你要做督办的太太，马上就有机会，何必等我呢？'老掌柜的，你别瞧我小小年纪，在鼓儿词上，我学到的也就多了。立刻问他这是什么意思？他见我坐起来，板了脸，对他瞪着两只眼睛，也许有点儿胆怯，笑着说：'我替你算了算命，一定有这么一个机会。'我就同他坐到一张沙发上，把手摇着他的身体说：'你说出来，你说出来，那是怎么回事？'他说：'今天来的那个赵司令，就替张督办做事。赵司令以为你是我的妹妹，他就对我说，假定能把你送给张督办去做一房太太，我的县知事一定可以到手。'我不等他向下说，就站起来说：'宋信生，你是个大学生，还有几十万家产呢，你就是一个穷小子，你费了那么一番心眼把我弄到手，不问我是你的家小也好，我是你的爱人也好，就算我是暂时做个露水夫妻也好，你不能把我卖了！这是那些强盗贼一样的人，做那人贩子的事！你念一辈子书，也说出这种话来吗？我好好儿地唱着戏，你把我弄到天津来，还没有快活到半个月，你那狼心狗肺就一齐露出来了。你说赶马车的人没有身份，人家倒是存了一份侠义心肠，把我由火坑里救出来。你是个有身份的人，把我奸了拐了，又要把我卖掉！'我一急，什么话全嚷出来，顾不得许多了。他扔了烟卷，一个翻身坐起来就伸手把我的嘴握住，对我笑着说：'对你闹着玩呢，干吗认真？我这不过是一句玩话。'"

在她说得这样有声有色的时候，老伙计的脸上也跟着紧张起来，瞪了两只眼睛，只管向月容望着，两手按了膝盖，直挺了腰子，做出一番努力的样子，直等她一口气把话说完，这才向她道："也许他是玩话吧？"

月容将头一偏，哼了一声道："闹着玩？一点儿也不！原来他和那个赵司令一块儿耍钱，欠人家一千多块。他没有钱给人，答应了给人一样古董。而且对那姓赵的说，家里好古董很多，若是能在张督办手下找个事做，愿意送张督办几样最好的。姓赵的说，大帅不喜欢古董，喜欢女人，有好看的女人送给他，找事情最容易。信生就想着，我是个唱戏的，花着钱，临时带来玩玩的，和他本来没有什么关系。那时养不活我，把我送给张督办，他自己轻了累，又可以借我求差事，为什么不干？"

老伙计笑道："也许……"

月容道："我不是胡乱猜出来的。第二天，信生不在家，那姓赵的派了一个三十来岁的娘儿们偷偷儿地来告诉我，叫我遇事留心。那张督办有太太二十三位，嫁了他，高兴玩个十天八天，不高兴玩个两三天，他就不要

173

了。住在他衙门里，什么也不自由，活像坐牢。那女人又告诉了他家的电话号码，说是有急事打电话给赵司令，他一定来救我。"

老伙计道："这就不对了，叫信生把你送礼是他，告诉你不可上当也是他？"

月容道："是呀，我也是这样想。不过他说的倒是真话，我有了人家壮我的胆子，我越是不怕了。我就对信生说：'你既是要娶我，这样藏藏躲躲的不行，你得引我回去参见公婆；要不，你同我一块回北平去，我另有打算。若是两样都办不到，我就要到警察局里去报告了。'我成天成宿地逼他。我又不大敢出门，怕是遇到了那班要钱的人，人家和他要赌博账；再说，那洋房子连家具在内，是他花三百五十块钱一个月赁下的，转眼房钱也就到了；家里那些用人工钱又该打发，他说回家去偷古董，我可不放心，怕他一去不回头。他想来想去，没有法子，说到北平，到这边柜上想打主意。北平是熟地方，我就不怕他了。话说妥了，第二天把天津的家散了，我们就回北平来。钱花光了，衣服首饰还有几样，当着卖着，就安了这么一个穷家。他怕人家走漏消息，住了这一个小独院子，又雇了这么一个任什么事不会做的老婆子同我做伴。头里几天，他到哪里，我跟到哪里，随后他就对我说，这不是办法，我老跟着他，他弄不到钱。而且他也说了以后改变办法了，他也离不开我，就这样赁了小独院住家，有四五十块钱一个月，全够了。他还念他的书，我好好地替他管家，叫我别三心二意的。事到其间，我还有什么法子？只好依了他。第一天，他出去大半天，倒是回来了，没想到什么法子。第二天他说到柜上来，让我在对过小胡同里等着，他说是在柜上偷了古董先递给我。好赖就这是一次，两个人拿着，可以多偷几样。掌柜的，我虽然是穷人出身，这样的事我可不愿做。可是要不那么，马上日子就过不下去，我是糊里糊涂的，就着他去了。"

老伙计笑道："你不用说了，以后的事我明白了。这就接着信生到柜上来，碰到了老东家了。"

月容道："你明白，我还有点儿不明白呢。信生的老太爷怎么立刻就和儿子翻脸了？"

老伙计道："上次我不已经告诉过你了吗？信生把古董偷了去卖，我们东家可是查出来了，就为了这个到北平来找他，不想他倒上天津去了。等着碰见他以后，那可不能放过，所以立刻把他看守住了。"

月容道："可不是吗，我在那小胡同里等了许久，不见音信，上前一

174

望，看到你们店门口围了一群人，我知道事情不妙，吓得跑回来。想不到你第二天倒来找我来了。过去的事不提了。是信生骗了我，并不是我骗信生的老爷子。偷卖古董的这件事，我是事先毫不知道。现在没有别的，请老掌柜的把信生带了来，我和他商量一下，到底把我怎么样？"

老伙计连连地把胡子摸了几下，笑道："你还想和信生见面吗？我们老东家这回气大了，怎么也不依他，已经把人押回山东乡下去了。"

月容听说，啊哟了一声，站起来道："什么！他下乡去了？那把我就这样放在破屋子扔下不问吗？那我没有了办法，少不得到你柜上去吵闹。这一程子我没有去问消息，就为了掌柜的对我说过，叫我等上几个礼拜，又送了一口袋面同五块钱给我。现在快一个月了，你还让我向下等着吗？"

老伙计道："姑娘，我劝你别去找我东家了。他说信生花了七八千块钱，还背了一身的债，书也耽误了没念，这全为的是你。你说他儿子骗了你，这与他什么相干？你也不是三岁两岁，信生更是一个大学生，你两个人谈恋爱，又不是小孩子打架，打恼了就找大人。你两人在一块儿同居，一块儿花钱，告诉过老东家吗？"

月容道："信生不肯带我回去，我有什么法子？"

老伙计道："这不结了？你们快活时候瞒着家里，事情坏了你就去找我们老东家，这也说不过去吧？你真要到柜上去找信生，碰着了我老东家，那真有些不便。他会报告警察，说你引诱他儿子，你还吃不了兜着走呢。"

月容静静地坐着，听老伙计把话说下去。听他这样说着，他们竟面面是理，不由哇的一声哭了出来，两行眼泪如牵线一般地向下流着。老伙计又在身上摸出了烟卷盒子来，抽了一根烟，向她很注意地看了去。月容在身上掏出手绢来揉擦着眼睛，嗓子眼里不住地干哽咽着，彼此默然了一会儿，月容才问道："那怎么办？就这样地在这里干耗着吗？"

老伙计道："我倒同你想出一条路子来了，也就为了这个，特意和你报告来了。今天下午，丁二和派人到柜上找你来了，假如你愿意回去的话，他们还是很欢迎，你……"

月容不等他说完，抢着问道："什么，他们还记得我吗？不恨我吗？怎么会知道我在你们这里的？"

老伙计道："人家既下了苦心找你，当然就会找出来。你何妨去会会他们？你唱戏差不多唱红了，你还是去唱戏吧。你唱红了，自己挣钱自己花，什么人也不找，那不比这样找人强吗？"

月容皱了眉头子道："你说的也是不错。可是我哪有这样的厚脸去见人呢？"

老伙计道："怕臊事小，吃饭事大。你为了怕害臊一会子，能把终身的饭碗都扔到一边去不管吗？"

月容把眼泪擦得干了，左手按住了膝盖，右手缓缓地理着鬓发，两只眼睛对了地面上凝视着。老伙计摸了胡子偷眼看她，已明白了她的用意，便道："姑娘，你仔细想想吧，你还年轻呢，好好地干，前途不可限量。这回去见着师傅，自己知趣一点儿，老早地跪了下去，诚诚恳恳地认上一回错。有道是伸手不打笑脸人，他忍心不要你吗？把这一关闯过来了，你就好了。再说你要到丁家去，那更好了。他是你的平班辈的人，还能把你怎么样吗？"

月容依然注视着地上，把皮鞋尖在地面上画了几画，并不作声。老伙计道："我粗人只会说粗话，有道是打铁趁热，今天丁家人已经来过了，你趁了这个时候去，正是机会。"

月容沉默了许久，摇了几摇头道："我若是去了，人家要是说了我几句，我的脸向哪儿搁？再说他那里是一所大杂院，许多人围着我一看，我不难为情，二和也难为情吧？我猜着他绝不会收留我。"

老伙计道："今天晚上有月亮，你就趁着亮去一趟吧。晚上大杂院里也没有人瞧见你。"

月容道："去一趟呢，那没有什么，他还能够把我打上一顿吗？只是……"说到这里，又叹了一口气。

老伙计站起身来，拍了两拍身上的烟灰，笑道："姑娘，我暂时告辞，改天我再看你。你别三心二意的了。"他似乎怕月容会挽留，说完这话，起身就向外走。月容虽说了再坐一会儿，看到人家已走出了院子，当然也只好紧随在后面，送到大门外来。老伙计连点了几下头就向前走了，走过去十几步，又回转身来道："姑娘，你记着我的话，你必得去，假使你不去的话，你就错过这个好机会了。"

月容靠了大门框，倒很出了一会儿神。这时，天色已是快近黄昏了，天上的白云由深红变到淡紫，蔚蓝的天空，有些黑沉沉的了。做夜市的小贩子手里提了玻璃罩子灯，挑着担子，悄然地过去。月容自己一顿脚道："人家劝我的话是不错的，吃饱了，我就去。就是耗到明日天亮回来，我总也要得着一个办法。"主意想定了，回去煮了一碗面条子吃，洗过脸，拢了一拢头发。还有一件蓝布大褂是不曾当了的，罩在旗袍外。交代了老妈子好好照应门户，这就悄悄地走出来。

抬头看看天上的月亮，很像一只大银盘子，悬在人家屋脊上面，照着地面上，还有些浑黄的光。自己慢慢地踏了月亮走路，先只是在冷僻曲折的大小胡同里走，心里也就想着，见到了二和，话要怎样地先说；见到了丁老太，话要怎样地说。再进一步，他们怎样地问，自己怎样地答，都揣测过了一会儿，慢慢儿地就走到了一条大街上。月色是慢慢地更亮了，这就衬着夜色更深。这是一条宽阔而又冷僻的街道，大部分的店户已是合上了铺板门，那不曾掩门的店户，就晃着几盏黄色的电灯。那低矮的屋檐，排在不十分明亮的月色下，这就让人感到一种说不出所以然的古朴意味。

月容这就想着，天津租界上，那高大的洋楼，街上灿烂的电灯，那简直和这北京城是两个世界。想着坐汽车在天津大马路飞驰过去，自己是平地一步登了天，不想不多几日，又到了这种要讨饭没有路的地步。是呀，这一条街是以前常常过的，老王拉了包车一溜烟地跑着，每日总有两趟，这里上戏馆子，或者戏馆子回家来。那时，自己坐在包车上总是穿了一件时髦的长衣。车上两盏电石灯点得彻亮，在街上走路的人都把眼睛向车上看着。自己还想着呢：当年背了鼓架子在街上卖唱，只挑那电灯没亮的地方走，好像怪难为情的，不想不今日，这不能不谢谢二和那一番好处，他运动了一班混混，把自己救出来，而且给师傅那几十块钱，还是他邀会邀来的。一个赶马车的人，每月能挣着几个钱？这会是十个月的会，当然他还要按月挤出钱来贴会呢。

月容一层层地把过去的事回想起来，走的步子是越来越慢，后来走到一条胡同口上，突然把脚步止住。从前被师傅打出来，二和恰好赶了马车经过，哭着喊着上了他的马车，就是这里。这胡同口上有根电灯柱子，当时曾抱了这电灯柱子站着的，想到这里，就真的走到电灯柱下，将手抱着，身子斜靠住微闭了眼睛想上一想。这时，耳朵里咕隆呼一阵响，好像果然是有马车过来，心里倒吃了一惊。睁眼看时，倒不是马车，是一辆空大车，上面推了七八个空藤篓子。赶车的坐在车把上，举了长鞭子，在空中乱挥。心里一想，二和那大杂院里，就有一家赶大车的，这准是他的街坊吧？让人看到，那才怪不合适呢。于是离开了电灯柱，把身子扭了过去。

大车过去了，她站在胡同口上很出了一会儿神，心里也就想着：无论丁二和是不是说闲话吧，自己见了一个赶大车的，也不知道是不是那大杂院子里的人，就是藏藏躲躲地不敢露面，若是见了二和，那就更会现出胆怯的样子来了。到那时候，人家就会更疑心做过什么坏事。她慢慢地想了心事，慢慢地移着步子，这一截长街，一时却没有走到几分之几。虽然自己是低了头走着，但是有一个人在大街子过着，都要偷着去看看是不是那大杂院里的人。

在这条大街快要走完的时候，离着到那大杂院胡同里是更近了，心里也就越是害怕会碰到了熟人，最后就有一个熟声音说话的人走了过来，不知道他是和什么人说话，他说："唉，这是年头儿赶上的。"月容听了心里就是一动，这是王傻子说话呀。听他这口气，倒是十分地叹息，这绝不能是什么好话，莫非就是议论着我吧？又听得一个人道："不是那么说，大哥，咱们不是那种讲维新的人，总还要那一套讲道德说仁义。管他什么年头，咱们不能做那亏心事。"月容听了这话，更像是说着自己，立刻把头偏到一边，背了街上的灯光走去。王大傻子说话的声音已是到了身边，他说："咱们讲道德，说仁义，人家不干，岂不是吃死了亏？我的意思，能够同人家比一比手段，就比一比，自己没有那手段，干脆就让了别人。咱们往后瞧吧。"话说到这里，两个人的脚步声在马路面上擦着，响过了身前。月容向前看去，王傻子挑了一副空担子，晃荡着身体慢慢儿地朝前走去，另外一人，却是推了一只烤白薯的木桶子，缓缓地跟着走。

对了，这正是二和大杂院里的街坊。情不自禁的一句"王大哥"要由嘴里喊了出来，自己立刻伸起了右手捂了自己的嘴，心里已是连连地在那里嚷着：叫不得，叫不得。总算自己拦得自己很快，这句话始终没有叫了出来。眼看了街灯下两个人影子转进了旁边的小胡同，心里想着：可不是，转一个弯，就到了二和家里了。若是自己就是这样地去见二和，那是不必十分钟就可以见面的。可是这话说回来了，若是叫自己大大丢脸一番，也就是在这十分钟。这短短的十分钟，可以说是自己的生死关头了。有了这样一想，这两条腿无论如何是不能向前移动了。在一盏街灯光下站定了，牵牵自己的衣服，又伸手摸摸自己的脸腮，对那转弯的胡同口只管凝神望着。

主意还不曾打定呢，耳边又有了皮鞋声，却是一个巡逻的警察由身边过去，那警察过去两步，也站住了脚，回头看了来。月容沉吟着，自言自语地道："咦，这把钥匙落在什么地方？刚才还在身上呀。赶快找找吧。"

口里说着这话时，已是回转身来，低了头，做个寻找东西的样子，向来的路上走了回去，也不敢去打量那警察是不是在那里站着。自己只管朝回路上走，这回是走得很快，把这一条直街完全走没有了，这才定了定神，心想到丁家去不到丁家去呢？这可走远了。自己已是见了熟人就害怕，只管心惊胆战的了，何必还到二和家里去受那种活罪，去看他的颜色？冤有头，债有主，宋信生害我落到了这步田地，当然只有去找宋信生。假使宋信生的父亲要送到警察局去，那就跟着他去得了，我是一个六亲无靠的女孩子，纵然坐牢，那也没关系。

她缓缓地走着，也不住地向街上来往的人打量，总觉得每一个人都是那大杂院里的住户，实在没有脸子去见人家。后来有一辆马车迎面走来，虽是一辆空车，但那坐在车子前座上的人，手上拿了一根长梢马鞭子，只是在马背上打着，抢了过去。那个马夫是什么样子看不出来，但是那匹马，高高的身体，雪白的毛，正是和丁家的马无二样。自己这就想着，这个机会千万不可失了，在这大街上和他见了面，赔着几句小心，并没有熟人看见的。她心里很快地打算，那马车却是跑得更快，于是回转身来在车子后面跟着，大声叫道："丁二哥，二哥，丁二哥，二哥，二哥！"连接叫了七八句，可是那马车四个轮子滚得轰隆咚作响，但见车子上坐的那个人，手挥了鞭子只管去打马。月容很追了二三十家门户，哪里追得着？这只好站住了脚，向那马车看去，一直看到那马车的影子模糊缩小，以至于不见，这就一阵心酸，两行眼泪像垂线一般地流了下来。

虽然这是在大街上，不能放声大哭，可不停地哽咽着。因为这是一条冷静的大街，她那短时间的呜咽，还不至于有人看到，她自己也很是机警，远远地看到有行路的人走了过来，立刻回转身来，依然向回家的路上走去。当她走的时候，慢慢地踏上热闹的路，那街灯也就格外光亮了，这种苦恼的样子要是让人看到了，又是一种新闻，少不得跟在后面看。于是极力地把哽咽止住了，只管将衣袖去揉擦着眼。自己是十分地明白，二和这条路完全无望了。他明明看到我，竟是打着马跑，幸而没有到那大杂院里去；假使去了，今天这回脸就丢大了。越想越感到自己前路之渺茫，两只脚不由自己指挥，沿了人家的屋檐走着，自己心里也就不觉去指挥那两只脚。猛然地一抬头，这才知道走到了一条大街上，这和自己回家的路，恰好是一南一北。不用说，今晚上是六神无主了，这样子颠三倒四，无论办什么事也是办不好的，于是定了一定神，打量自己回家是应当走哪一条路。

这条街上，今晚逢到摆夜市的日子，沿着马路两边的行人路上，临时摆了许多的浮摊。逛夜市的人挨肩叠背的，正在浮摊的中间挤着走。月容在极端的烦恼与苦闷心情之下，想着在夜市上走走也好，因之也随在人堆里，胡乱地挤。因为自己是解闷的，没有目标，只管顺了摊子的路线向前走。走到浮摊快要尽头的所在，一堵粉墙底下见有一个老妇人，手里捧了一把通草扎的假花，坐在一条板凳上，口里叫着："买两朵回去插插花瓶子吧，一毛钱三朵，真贱。"这老妇人的声音，月容是十分地耳熟，便停步看去。这一看，叫她不曾完全忍住的眼泪，又要流出来了。这老妇人是谁呢？

第二十三回

仆仆风尘登堂人不见
萧萧车马纳币客何来

这老妇人是谁呢？就是丁二和的母亲丁老太。月容先是一怔，怎么会在这里看见了她？扭转身来就要逃走，可是只跑了几步，忽然又省悟过来，丁老太是个瞎子，纵然站在她面前，她也不知道是谁，又何必跑着躲开呢？因之索性回转身来，缓缓地行近了丁老太面前来。

那丁老太虽然一点儿看不见，可是她的嗅觉和听觉依然是十分灵敏的，立刻把手上的一捧花向上举了一举，扬着脸道："先生要花吗？贱卖，一毛钱三朵。"

月容伸着手要去抽那花，但是还相差有四五寸路，把手缩了回来，只管在大衣襟上搓着，把两只眼睛对丁老太周身上下探望了去。丁老太举了那花，继续地道："先生你不要这花吗？卖完了，我要早点儿回家，你就拿四朵给一毛钱吧。"

月容嗓子眼里一句"老娘"，已是冲到了舌头根上，这却有一个人挤了上前问道："这姑娘花买好了吗？什么价钱？"月容对那人看看，再向丁老太看看，只见她两只眼睛只管上下闪动，月容心房里怦怦乱跳，实在站立不住，终于是一个字不曾说出，扭过身子来走了。走了约莫五六丈远，回过头来看时，丁老太还是扬着脸的，似乎对于刚才面前站的一个人没有交代就走了，她是很不解的。这就叹了一口气自言自语地道："丁老太，我对你不起，我实在没那胆子敢叫你。"说完了这话，自己是感觉到后面有人追赶一般，放了很快的脚步就向家里跑了去。

这虽还不过是二更天，但在这寒冷的人家却像到了深夜一般。站在大门口耳贴了门板向里面听了去，却是一点儿声音也没有，连连地敲了几回门，那个弯腰曲背的老妈子才缓缓地来开门，披了衣服闪到一边，颤巍巍地问道："太太，你回来啦，事情办得好吗？"

月容听到"太太"这个名词分外扎耳，心里就有三分不高兴，哪里还去向她回话？老妈子睡的那间屋子紧连着厨房，在纸窗户下面有一点儿淡黄的光，此外是满院子黑洞洞的。月容摸索着走到屋子里去，问道："胡妈，怎么也不点盏灯放在我屋子里呢？"

胡妈道："那盏大灯里面没有了煤油，你凑付着用我屋子里这一盏小灯吧。"她说着话，已是捧了一盏高不到七寸小罩子的煤油灯进来了，颤巍巍地放在桌上，把手掩了灯光，向她脸上望着，问道："太太，你脸上的颜色不大好，受了谁人的气吧？"

月容板了脸道："你不要再叫我太太，你要再叫我太太，我心里难受。"

胡妈倒不想恭维人反是恭维坏了，只得搭讪着问道："你喝茶吗？可是凉的。"她尽管问着，脸子还是朝外，随着一步一步走了出去。

这屋子里是现成的一张土炕，靠墙摆了一张两屉小桌，上面是乱堆了破碎纸片同些瓶子罐子等类。那盏小的煤油灯就放在一只破瓦钵上，瓦钵是反盖着的。小桌子头边放了一只断腿的四方凳子，这土炕又是特别的大，一床单薄棉被和一床夹被单放在黄色的大块芦席上，这是越显着这屋子里空虚与寒酸。月容抱了一条腿在炕沿上坐着，眼见这绿豆火光之下这屋子里就有些阴沉沉的，偏是那一点儿火光还不肯停止现状，灯芯却是慢慢地又慢慢地只管挫了下去。起身到了灯边，低头看看玻璃盏子里的油，却已干到不及五分深，眼见油罄灯灭，这就快到黑暗的时候了，叹了一口气，自言自语道："睡觉吧，还等些什么呢？"说完了这句话，自己爬上炕去，牵着被就躺下了，在炕上平白地睁着两眼，哪里睡得着？桌上的灯光却是并不等她，逐渐地下沉，以至于屋子漆黑。可是两只眼睛依然还是合不拢，深胡同里的更锣敲过了一次，接着又敲过一次，直听到敲过三四次之后，方才没有听到了响声。

次早起来，见天色阴沉沉的，原来以为时间还早，躺在炕上想了一阵心事。因听到院子里有了响声，便隔了窗户叫问道："胡妈，还早吗？"

胡妈道："您该起来啦，已经半上午了。今天刮风，满天都是黄沙。"

月容道："好，起来，你找点儿热水我洗把脸，洗过脸之后我要出去。"

胡妈摸索着走进屋子来，向她问道："昨天的事情……"

月容淡笑道："求人哪有这样容易呢？今天还得去。我所求的人，大概比我也好不了多少。"

胡妈道："既是那么着，你还去求人家干什么？"

月容道："我现在并不是为了穿衣吃饭去求人，我是为了寂寞可怜，没有人知道我去求人。"

胡妈道："这是什么话，我不懂。"

月容道："你不会知道这个。你不要问，你预备了热水没有？没有热水，凉水也可以。"胡妈见她这样性急，倒真的舀了一盆凉水她洗脸。她洗过之后，在茶壶里倒了大杯凉茶漱了漱口，随着咽下去一口，放下茶杯在门框边，人就走出了门。

今天是特别的兴奋，下了极大的决心，向二和家走去。这时，天空里的大风挟着飞沙，呼呼乱吼，在街巷上层布满了烟雾，那街上的电线被风吹着，奏出了凄厉可怕的嘘嘘之声。月容正是对了风走去，身上的衣服穿得又单薄得很，风把这件棉袍子吹得只管飘荡起来，衣襟鼓住了风，人有些走不动，只管要向后退。但是月容也不管这些，两手放下来，按住了胸襟，只管低了头朝前钻了走着。有时风太大了，就地卷起一阵尘土，向人头上脸上扑了来，月容索性闭着眼睛扶了人家的墙壁走。终于她的毅力战胜了环境，在风沙围困了身子的当儿，走到了目的地。二和那个跨院子，那是自己走熟了的道路，再也不用顾忌着什么，故意开着快步，就向那院子门里冲了去。自己心里也就估计着，这样的大风沙天，也许他母子两个人都在家里。见了二和，不要弄成这鬼样，把身上头上的土都挥挥吧。站在那跨院门下，抽出身上的手绢来，将身上脸上的灰着实地挥了一阵，然后牵牵衣襟向院子里走去。

自然，那一颗心房差不多要跳到嗓子眼里来。因为自己要极力地压制住，这就在院子里先高声叫了一声："老太。"

屋子里有人答应了一声："谁呀？"挡住风沙的门顿时打开了，出来一人，彼此见着，都不免一怔。

月容认得那个人，是田二姑娘。怕碰见人，偏偏是碰见了人，只得强放出了笑容，向她一点头道："二姑娘，好久不见啦，丁老太在家里吧？"

二姑娘当看到月容的时候，也说不上是像什么东西在心上撞了一下似的，手扶了门框，倒是呆呆地站着望了她，一只脚在门槛外，一只脚还在门槛里呢。这时月容开口了，她倒不得不答话，也微笑道："哟，我说是谁，是杨老板，这儿丁老太搬家了，我家搬到这屋子里来住了。"

月容道："哦，他们搬家了？什么时候搬的？"

二姑娘道："搬了日子不少了。"

月容道："搬到什么地方去了呢？在这儿住着不是很好的吗？"

二姑娘顿了一顿，点着头道："外面风大，你请进来坐一会子吧。"月容站着对那屋子窗户凝神了一会儿，也就随了她进去。

田二姑娘已是高声叫道："大嫂，咱们家来了稀客了。"

田大嫂由屋子里迎出来，连点了几下头笑道："这是杨老板呀，今天什么风把你吹了来？你瞧，我这人太糊涂，这不是正在刮大风吗？"说着还用两手一拍。

月容见她穿一件青布旗袍，卷了两只袖子，头左边插了一把月牙梳，压住了头发，像是正在做事的样子，便道："我来打搅你了吧？"

田大嫂道："你干吗说这样的客气话？假如不是你走错了大门，请也不能把你请到的吧？请坐请坐。"她倒是透着很亲热，牵住了月容的手，拉了她在椅子上坐着。自己搬张方凳子挨了月容坐下，偏了头向她脸上望着笑问道："杨老板，听说你这一程子没有唱戏了，怎么啦？在家里做活吗？"

月容听说，不由得脸上就是一红，把头低下去，叹了一口气道："一言难尽。"

田大嫂倒是很体贴她，向她微笑道："不忙，你慢慢地说。"月容低下头，对地面上很注意了一会子，低声道："据我想，大嫂你也应该知道的。我自己失脚做错了一点儿事，这时你叫我说，我可真有点儿不好意思。"

田二姑娘没坐下，靠了房门站着，还将一个食指在旧门帘子上画着，她那样子倒是很自在。月容讲到这里，大嫂向二姑娘看着，二姑娘微笑，月容抬起头来，恰是看到了。但觉自己脊梁骨上都向外冒着汗，立刻站起来道："我不在这里打搅了，改日见吧。"说毕，已起身走到了院子里。

田大嫂又走向前握了她的手道："丁老太虽然不在这儿，咱们也是熟人啦，干吗茶不喝一口你就走？"

月容道："改日见吧，我短不了来的。"

田大嫂还牵住她的手送到大门口，笑道："王大傻子还住在这里呢。"

月容道："他大概知道丁老太搬到哪儿去了吧？"

田大嫂笑道："二和那孩子也不知怎么了，有点儿脸薄，这回搬家，倒像有什么不好意思似的。到底搬到哪儿去了，对谁都瞒着。你别急，你不找他，他还找你呢，只要戏报上有了你的名字，他有个不追了去的吗？女人就是这一样好。"

月容对她看了一眼，抽回手去，点个头说声再见，立刻走了。天空里的风还是大得紧，所幸刚才是逆风走来，现在是顺风走去，沙子不至于向脸上扑，风也不会堵住了鼻子透不出气。顺着风势，挨了人家的墙脚下走，走到一条大胡同口上，只见地面被风吹得精光，像打扫夫扫过了一样。很长很长的胡同，由这头看到那头，没有一个影子，仅仅是零落的几块洋铁片和几块碎瓦在精光的地面上点缀着，这全是人家屋头上刮下来的。月容由小胡同里走出来，刚一伸头，呜的一阵狂吼，风在屋檐上直卷下来，有一团宝塔式的黑沙在空中打胡旋，这可以象征风势是怎么一种情形。月容定了一定神，心想：迟早总是要回去，站在这里算什么？于是牵牵衣服冲了出去。

但是越走风越大，这一截胡同还没有走完，有人叫道："喂，这位姑娘到哪里去？"

月容看时，一个警察脸上架着风镜，闪在人家大门洞子里，向自己招手，因道："我回家呀，不能走吗？"

警察招着手道："你快到这儿来说话，风头上站得住吗？"

月容依他到了门洞子里。他问道："你家在哪里？"

月容道："在东城。"

警察道："在东城？你回去得了吗？你先在这儿避避风，等风小一点儿你再走。"

月容道："我回家有事。"

警察道："你什么大事，还比性命要紧吗？"月容不用看，只听到半空里惊天动地的呼呼之声，实在也移不动脚，只好听了警察的命令，在这里站着。

约莫有二三十分钟之久，那狂风算是过去，虽然风还吹着，已不是先前那样猛烈，便向警察道："现在我可以走了吧？"

警察将手横着一拦道："你忙什么的？这风刚定，能保不再起吗？"

正说话时，这大门边的汽车门开了，立刻有辆汽车拦门停住，随着大门也开了。一个穿长袍马褂的中年人，尖尖的白脸，鼻子下养了一撮小胡子，后面一个空灰色短衣的人，夹了个大皮包，一同走了出来。警察举着手，先行了一个礼，向那小胡子赔笑道："这位姑娘是过路的，刚才风大，我没有让她走。"

小胡子道："她家在哪里？"

警察道："她只说住在东城。"

小胡子对她望望道："你家住在哪儿？我也是到东城去，你顺便搭我的车走一截路好不好？"

警察道："这是郎司令，你赶快谢谢吧。"

月容心里在想着，人实在是疲劳了，坐一截车也好，有警察介绍过了，大概不要紧，便向郎司令微鞠了一个躬道："可是不敢当。"

郎司令笑道："倒很懂礼。这没什么，谁没有个遇着灾难的时候？你上车吧。"

月容又向他看了一看，还透着踌躇的样子。郎司令笑道："别怯场，上去就是了。要不是大风天，我不能停着车子满市拉人同坐。这也无非救济的意思，不分什么司令百姓。"

那个夹皮包的人比司令的性子还要透着急，已是走到汽车边，开了车门，让月容上去。月容不能再客气，就上车去，扶起倒座上的活动椅子，侧坐下去。郎司令上了车子，拍着坐的弹簧椅垫道："为什么不坐正面？"

月容道："我刮了一身的土，别蹭着了司令的衣服。这样好。"

说着话，车子已是开了，郎司令道："你家住在哪儿？我的车子可以送到你门口。"

月容道："不用，我在青年会门口下车得了。"

郎司令对她打量了一下，因道："姑娘，我听你说话，很有道理，你念过书吧？"月容也没正脸对他，侧了脸坐着，只是摇摇头。

车子里默然了一会儿，郎司令道："很奇怪，我在什么地方见过你似的，你认得我吗？"

月容忽然一笑道："我一个穷人家孩子，怎么会认得司令？"

郎司令虽然不能把她拖扯过来，对她身上，倒是仔细地看了几遍，笑道："我想起来了。"说着，将手在大腿上一拍。月容被他这一声喝着，倒有些儿吃惊，猛回头向他看了一眼，郎司令又拍了一下腿道："对了，对了！一点儿不错，你不是杨月容老板吗？"

月容禁不住微微一笑。郎司令道："你也是很红的角儿呀，怎么落到这样一种情形了？"

月容低下头去，没有答复，可是她的耳朵根上已是有一圈红晕了。郎司令道："你倒了嗓子了吗？不能吧？你还没有唱多久呀。实在不相瞒，我偶然看过你一回戏，觉得你的扮相太好，后来就连接听了一个礼拜的戏。隔了两天没去，听说是你停演了，我正纳闷，原来你还在北京。"

月容道："我不愿唱戏，并非是倒了嗓子。"

郎司令道："那为什么呢？"

月容道："不为什么，我不愿唱戏。"

郎司令听她又补了一句不愿唱戏，虽不知道她为了什么，但是看她那脸上懊丧的样子，便道："杨老板，你有什么事伤了心吗？"

月容道："伤心也不算伤心，可是……对不起，我不愿说。"

郎司令看她这样子，少不得更要端详一番。汽车跑得很快，不多大一会儿就到了东单大街。月容不住地把眼睛朝前看着，看到青年会的房屋，就请郎司令停车。郎司令笑道："风还大着呢，我送到你门口不好吗？"

月容摇摇头苦笑着道："有些儿不便，请你原谅。"

他微笑着，就让车夫停车。月容下得车来，把车门关了，隔了玻璃向车子里点了个头，道声"劳驾"，自走开了。

回得家来，但见那屋子里阴沉沉的，增加了一分不快，随身躺在炕上，闭了眼，一言不发。耳边是听到胡妈跟着进了房，也不去理会她。胡妈道："家里还没有了吃的呢，去买米呢，还是去买面呢？"

月容道："我不吃晚饭了。你把墙钉子上挂的那件长夹袍拿了去当，当了钱，你买点儿现成的东西吃吧。"

胡妈道："不是我多嘴，你尽靠了当当过日子，也不是办法，你要快快地去想一点儿法子才好。"

月容道："这不用你说，再过两三天，我总得想法子。"

胡妈道："别个女人穷，想不出法子来，那是没法。你学了那一身玩意儿，有的是吃饭的本事，你干吗这样在家里待着？"月容也没有答复，翻个身向里睡着。

胡妈道："那么，我去当当，你听着一点儿门。"

月容道："咱家里有什么给人偷？除非是厨房里那口破铁锅。贼要到咱们家里来偷东西，那也是两只眼瞎了三只半。"胡妈在炕面前呆站了一会子，也就只好走了出去。

到这天晚上，月容因为白天已经睡了一觉，反是清醒白醒的，人躺在炕上，前前后后什么事情都想到了。直到天色快亮，方才入睡，耳朵边一阵喧哗的声音，把自己惊醒过来。睁眼看时，窗户外太阳照得通红。把自己惊醒的，那是一阵马车轮子在地面上的摩擦声，接着是哗哗的马叫。马车这样东西，给予月容的印象也很深，立刻翻身坐了起来，向院子外望着。事情是非常凑巧，接着就有人打了门环啪啪地响，月容失声叫起来道："他找我来了，他，丁二哥来了。"口里说着，伸脚到地上来踏鞋子，偏是过于急了，鞋子捞不着，光了袜底子就向外面跑。所幸胡妈已是出去开大门，月容只是站在屋门口，没到院子里去。

听到有个男子问道："这里住着有姓杨的吗？"

月容高声答道："对了，对了，这里就是。丁二哥！"随着那句话，人是进来了，月容倒是一愣，一个不认识的人，蓄有八字胡须，长袍马褂的，夹了一只大皮包进来。

那人老远地取下了帽子，点着头叫了一声杨老板，看他圆脸大耳，面皮作黄黑色，并不像个斯文人。在他后面，跟了一个穿短衣的人，大一包小一包地提了一大串东西进来。月容见他快要进屋，这才想到自己没有穿鞋子，赶快地跑到里面屋子里去把鞋子穿上。那人在外面叫道："杨老板，请出来。这里有点儿东西，请你检点收下。"

月容心里想着：这一定是宋信生的父亲派人来运动我的。这得先想好了几句对付的话，口里说是"请坐"，心里头在打主意，牵牵衣服走了出来。便见那人在桌上打开了皮包，取出两截白晃晃的银圆放在桌子角上，短衣人已是退出去了，那些大小纸包却堆了满桌。月容道："啊，又要老掌柜送了这么些个东西来，其实我不在这上面着想的，只求求老掌柜同我想个出路。"

那人笑问道："哪个老掌柜？"

月容道："你不是仁宝斋老东家请你来的吗？"

那人且不答复，向她周身上下看了一遍，笑道："你是杨老板，我们没有找错。"

月容道："我姓杨，你没有找错，你是坐马车来的吗？"

那人道："对的。"

月容笑道："哦！二哥引你来的？他干吗不进来？我听到马车轮子响，我就知道是他来了。"那人听说，也跟着笑了。

第二十四回

翠袖天寒卜钱迷去路
高轩夜过背烛泣残妆

人坐在家里，忽然有人送钱来，这自是一桩幸运的事。像杨月容正在穷苦得当当买米的时候，有人送了大把银钱上门，这更是幸运的事，但这绝不能是天上落下来的一笔财喜，所以猜着是信生父亲送来的运动费。那人笑道："杨老板，你也善忘吧？昨天你不是坐了人家的汽车回来的吗？"

月容道："哦，你是郎司令派来的？我和他并不认识，昨天蒙他的好意送我到东城，我倒怪不好意思的。可是他并不知道我住在这里。"

那人笑道："别说你已经告诉他住在东城，你就不告诉他住在东城，有名有姓儿的人，他要找，没有个找不着的。昨天晚上我们司令就把你的情形打听清楚了，说你生活很困难，他很愿帮你一点儿忙。这桌上的大小纸包儿，是替你买的衣料，这钱，你拿着零花。你快一点儿把衣服做好，郎司令还要带你出去逛呢。我姓李，你有什么事打电话找李副官，我立刻就来。啰，这是我的电话号码。"说着，在身上掏出一张名片，递给月容。

她对桌上的东西看看，又对李副官看看，便摇头道："我又不认识郎司令，怎好平白地收他这些东西？"

李副官笑道："昨天你们不是认识了吗？"

月容道："也不能那样见一面，就收人家这些东西。东西罢了，这现钱……"

李副官笑着摇摇头道："没关系，漫说是这一点儿，就再多些他也不在乎。你别客气，干脆就收下来吧。再见，再见。"他说着话，抓起放在桌上的帽子两手捧着，连连作了几个揖就推门走了出去。

月容跟在后面，紧紧地跟出了大门外来，叫道："喂，李副官，你倒是把东西带着呀！"她说这话时，李副官已是坐上了他那漂亮的马车，前坐的一位马车夫加上一鞭，唰的一声，就把马车赶着走了。他坐在马车里，隔了玻璃窗户，倒是向她微笑着点了几点头。月容只管叫，那车子只管走，眼望着那马车子转过了胡同角，也就无法再叫他了。

关上了大门，回到屋子里来，那些送来的东西，首先送进了眼里。胡妈站在桌子角边，原是在用手去抚摸那装东西的纸盒子，当月容走进来的时候，她猛可地将手向后一缩，倒是向她笑道："你不用发愁了，衣服也有了，钱也有了，早晓得是这么着急，就不该去当当。"

月容也没有理会她，索性坐在椅子上，对了桌上那些纸包和洋钱只管发呆。胡妈以为她嫌自己动过手了，只得低了头缓缓地走出去。月容呆坐了有十分钟之久，自言自语地道："我也要看看到底有些什么玩意儿。"于是走向前，先把大纸包透开，里面却是一件新式的呢大衣，拿出来穿着试试，竟是不肥不瘦，恰恰可以穿得。另有比这小一点儿的一个纸盒，猜着必是衣料了。也来不及脱下身上这件大衣了，一剪刀把绳子剪断，揭开盖子来看，却是一套雪白的羊毛衫裤。在那上面放着一张绸缎庄的礼券，标明了五十元。既是纸包里东西不容易猜，索性一包包地都打开来看吧，看时，如丝袜、绸手绢、香胰子、脂胭膏、香粉，大概自回北京以来，手边所感到缺乏的日用东西，现在都有了。再数一数桌上所放的那两叠现洋钱，共是四十块。

在计数的时候，不免撞了叮当作响。胡妈在院子里走得窸窣有声，月容回看时，她那打满了皱纹的脸上，所有的斜纹都伸缩着活动起来，正偏了脸向里面张望。月容道："这样鬼头鬼脑地干什么？进来就进来吧。这桌上的东西，还怕你抢了去吗？"

胡妈手扶着门颤巍巍地进来了，把那没有牙齿的嘴笑着张开合不拢来，因低声道："就是什么事情也不干，好好儿地过，桌上这些钱也可以凑付两个月了。"

月容摇摇头道："这个钱，我还不知道怎么对付是好呢！你想，世界上有把洋钱白舍的吗？我是唱过戏的人，我就知道花了人家的钱，不大好对付。"

胡妈道："你怎么啦？怕花了人家的钱，会把你吃下去吗？钱是他送来的，又不是你和他借的、你和他要的，你到了这个节骨眼上还怕什么？来的那个人说，花钱的人要同你出去逛逛，就出去逛逛吧。你让姓宋的那小子把你骗够了，他也不要你了，你还同他守什么身份？趁早找个有钱的主儿，终身有靠，比这样天天过三十晚强吧？天可越来越凉了，今天屋子里没有火，就有点儿待不住。你当的那几件衣服也该去赎出来了。钱是人的胆，衣是人的毛，身上穿得好一点儿，见人说话也有一点儿精神。"

月容把整叠银圆依然放在桌上，却拿了一块钱在手缓缓地轻轻地在桌子上敲着，带了一些微笑道："这也是合了那句话，肥猪拱庙门，十分好的运气，趁着这好运气，我倒要去想一点儿出路。"

胡妈把桌上的大小纸包全都给她搬到里面屋子里去，走近了她的身边，微弯着腰道："姑娘，不是我又要多嘴，你应该趁了身上有钱的时候，置几件衣服穿着。你就出去找找朋友，请大家帮一点儿忙，人家看到你穿着不坏，也许念起旧情来，真会替你找出一条路来。譬如就说是唱戏吧，你穿得破破烂烂的去找朋友，人家疑心你是无路可走了，又回来唱戏，先带了三分瞧不起的意思。你要是穿得好好儿的去，他就说你有唱戏的瘾，也许你唱红了，他要来请求着你，还得巴结你呢。"

月容同她说着话，又把放在桌上的银圆抓了起来，翻覆着只管在手上算，算了十几遍，不知不觉地就揣到口袋里去。胡妈跟着走进房来，见炕上放的那些大小纸包，皱起了眼角的鱼尾纹，弯了两个手指哆嗦着指了道："你瞧，准值个百来块钱吧？"

月容淡淡地一笑道："别说是这么些个东西，就是比这多十倍我也见过。见过又怎么样？有出无进的一口气，到了总是穷。"她说了这话，把一条腿直伸在炕沿上，背靠了炕头的墙，微闭了眼，把头歪斜到一边去。

胡妈看看这样子，已是不能把话说下去，就自言自语地走出去，叽咕着道："不能因为发过财的，把东西就不看在眼里。谁叫你现在穷着呢？人要到什么地步说什么话。"

月容坐在炕上，却是把话听到了，心里想着：别瞧着这老妈子糊里糊涂的不懂什么，可是她这几句话是说得很对。瞧不起这些东西怎么样？现在穷着呢，想要这么些东西十分之一，还想不到呢！想到了这里，把眼睛睁开来，向炕上放的东西看了一看，再估计值得多少钱。由东西上又看到了身上的大衣，将手抚摸着，看看没有什么脏迹，还折过来一只衣裳角看看，看到那衣服里子还是缎子做的。点了两点头，自言自语地道："这个郎司令做事倒是很大方的，这个日子要他帮一点儿忙，大概是可以的。"于是站在地上牵牵自己的衣服，在屋子里来回地走了几次。

胡妈二次进屋子来，手握了门框，偏了头向月容身上看看，点着头笑道："这位司令待你很不错，这个好机会你可别错过了。"

月容道："话虽如此，但是我也受过教训的。男人要捧哪个女人，在没有到手的时候，你要他的脑袋他也肯割给你的，可是等他把你弄到手之后，你就是孙子了。你好好地伺候着他，他还可以带着你玩两天，你要是伺候得不好，他一脚把你踢得老远。那个时候你掉在泥里也好，掉在水里也好，谁也不来管你，那就让你吃一辈子苦了。"

胡妈跨过房门槛，把头伸过来，向她脸上望着道："姑娘，你还得想想呀，在你的意思，以为姓宋的是把你踢到泥里水里来了吧，可是现在不有人又来拉你了吗？可也见得就是跌到泥里去了，还是有人把你拉了起来的。"

月容笑笑道："对了，将来我跌到泥里水里去了，还图着第三个人把我拉起来呢！那么，我这一辈子就是在泥里水里滚着吧。我想回来了，我不能上当。"说着，两手将大衣领子一扒，反着脱了下来，就向炕上一扔，还把脚顿了两顿。

胡妈也没有理会到她是什么意思，笑道："你瞧，东西堆了满炕，我来归理归理吧。"月容道："对了，归理归理吧，等他们有人来的时候，这些东西完全让他们拿了回去。我反正不能为了这点儿东西自卖自身。胡妈你当了多少钱？"

胡妈道："我因为你睡着没有告诉你，当了五钱银子。要赎的当多着呢，一块儿赎吧。"

月容道："哼，赎当，这郎司令送来的几十块钱，我一个也不动的。当的五钱银子，大概还可以花一两天吧？"

胡妈正把东西向炕头上的破木箱子里送了进去，听了这话，手扶箱子盖，两腿跪在炕沿上，回头望了她，简直不知道移动。月容坐在椅子上，手撑在桌子沿上托住了自己的头，也是懒懒地向她望着道："你发什么愣？我的意思你还不明白吗？"

胡妈道："你什么意思？不愿花人家送来的钱？"

月容道："我为什么不愿花？我有那样傻？觉得关起门来挨饿好些吗？可是花了人家的钱，一定要想法子报答人家的。我报答人家只有这一条身子，要是我见钱就卖，那不如我厚着脸去见师傅，我去唱我的戏。"

胡妈这才盖好了箱子，走下炕来向她一拍手道："我说什么？早就这样劝过你的，还是去唱戏。"

月容那只手还是撑了头，抬起另一只手，向她摇了几摇道："你先别嚷，让我仔细地想上一遍。"胡妈是真的依了她就不再提此话。

当天晚上，大风二次刮起，这就不像前日的情形，已是很冷，月容将一床被卷得紧紧的，在大炕上缩成了一团。次日早上起来，穿上了那件薄棉袍子，只觉得背上像冷水浇洗过了，由骨头里面冷出来，便隔了窗子问道："胡妈，你把火拢上了没有？今天可真冷。你把炉子搬到屋子里来做饭吧。"

胡妈把一只小的白泥炉子战战兢兢地搬到屋子里来，向她做了苦脸子道："就剩这一炉子煤了，钱是有限的，我也没敢去叫煤。你身上冷得很吧？两只手胳膊就这样抱在胸面前。你不会把那件大衣穿起来先暖和暖和吗？"

月容道："现钱放在箱子里，我也不花他一个呢，怎能穿他送的大衣？"胡妈向她看看，也没言语。

就在这时，门外又有人打着门环啪啪乱响，月容皱了眉道："这样大的风，有什么人来？准是那个什么狼司令虎司令派人来通知我。你去开门，就说我病在炕上没有起来。"

胡妈缓缓地出去，那门环响着，还正是催促得紧。过了一会儿，胡妈踉踉跄跄了进来，向月容道："姑娘，你说是谁来了吧？"

月容道："不就是昨天来的那个李副官吗？"

胡妈道："哪里是？你猜是谁呀？"

月容道："咱们家里还有几个人来？大概是……"

外面屋子里有了一个粗暴的男子声音，问道："杨老板，收房钱的来了。"

月容哦了一声，答不出话，也不敢出去。那人又道："杨老板，你已经差上两个多月了，再要不给，我实在交代不过去。"月容由门帘子缝里向外张望了一下，那人道："你今天不给房钱，没别的，请你明天搬家。漫说你还欠两个月房钱，就是不欠，知道你家里没有男人，我们东家还不肯赁给你呢。"

月容道："我们统共住你两个月房子，就欠你两个月房钱吗？搬进来付了你们一个月茶钱，不算钱吗？"

那人道："还说呢！搬进来以后，就不付钱。这样的好房客谁敢赁？你不付钱，我在这里等着，你不出来可不行。"

月容偷向外面屋子看去，见那人靠了四方桌子坐下，架起腿来很得意地颤动，口里斜衔了一支烟卷，向外慢慢地喷着烟。月容看他不走，低头望望自己身上，那薄薄棉袍子还有不少的脏迹，只得把那件叠在炕头边的大衣穿在身上，走了出来。那人并不起身，绷住了横疤子肉的脸，向她冷眼看了一下道："有茶吗？劳驾倒口水来喝喝。"

月容两手插在大衣袋里，靠门站定，不由得也把脸沉下来，瞪着眼道："这房钱一个月多少钱？"

那人笑道："咦，你住了两个月房，多少房钱，你还不知道吗？每月是五块，两个月是十块。"

月容道："哦，也不过欠你十块钱。你就这样大的架子，假使我马上就搬，除了那个月茶钱，也只用给五块钱了吧？"

那人淡笑道："五块钱？五块钱就不易嘛！"他口里说着，两只脚架着，连连颠了一阵。月容鼻子里哼了一声，立刻缩进房去。

再出来时，当的一声，取了五块钱放在桌上，把头一昂道："这是一个月的房钱，还有五块茶钱，合算起来就是十块。两个月房钱全有了。你在我们面前摆什么架子！月不过五，再住一两天，我找房搬家。你拿出房折子来，让我写上。"

那人倒想不到她交钱有这样地痛快，便站起来笑道："并非我有意和你为难，我们捧人家的饭碗，专门同人家收房钱的，收不到房钱，我就休想吃人家这碗饭。"

月容伸出手来道："什么话也不说了，你拿出房折子来吧，我要写上房折子才让你走。"

那人将房折子拿出来，月容拿到里面屋子里去，将数目字填上。自己也不拿出来，却叫了胡妈进去，复身出来递给那人。那人没有意思，悄悄地走了。

胡妈关了街门，复又进来问道："姑娘你是动用了那款子给的房钱吗？"

月容手撑了头靠着桌子坐着，无精打采地答应了一声道："那叫我怎么办？收房租的人那一副架子，谁看了也得讨厌，何况他赖在这里又不肯走。事到了紧要关头，我也顾不得许多了，只好把那笔整款子先扯用了再说。我动用了多少，将来再归还多少也就是了。"

胡妈道："既然如此，我们索性挪用了两块吧。你瞧，天气这样凉，你还没有穿上厚一点儿的衣服，叫一百斤煤球来烧，这是要紧的事。"

月容还是那样撑了头坐着的，叹口气道："现在用是好用，将来要还钱的时候，怎么样子还法呢？"

胡妈道："你没有挪动那钱，我不敢多嘴，现在你既然动用了，你用了五块钱，固然是要想法子，你花了人家七块钱，也无非是想法子找钱去，反正是将来再说。你怕什么？"

月容听她说到了一个冷字，仿佛身上冷了两倍，于是将手伸到煤火炉子上，反翻不停地烘着。胡妈道："你瞧，你这件绿袍子，袖口上都破着，露出棉花来了，照说不冷你也该换一件新棉袄穿了。"

月容向她摇了两摇手道："你别搅乱我的心事，让我仔细想想吧。"说着，在衣袋里掏出两个铜子握在手掌心里，连摇了几下，然后昂着头向窗外道："老天爷，你同我拿个主意吧，我若是还可以唱戏，我这铜子儿扔下去，就是字；我若是不能够唱戏，扔下去就是花；两样都有，那就是二和会来寻我。"

说着，手掌托了两个铜子，拍着向桌上一跌，却是两个字。月容道："什么？我真的可以去唱戏吗？这个我倒有些不能相信，我得问上第二回。"

胡妈道："你别问了，占卦就是一回，第二回就不灵了。"

月容哪里管她，捡起两个铜子，将手合盖着摇撼了几下，又扔下去，看时，两个铜子又全是字。胡妈比她还要注意，已是伏在桌沿上，对了桌面上看去，笑着拍手道："你还说什么！老天爷到底是劝你去唱戏吧？"

月容道："既是这么着，等明天大风息了，我去找我师傅吧。"

胡妈笑道："你要是肯去找你师傅，就是不唱戏，十块八块钱他也可以替你想法子的。"

月容忍不住向她微笑道："你的意思我明白，还是把箱子里的钱动用几块吧。"

胡妈皱了眉道："我没有什么，反正是一条穷苦的命，不过我看到你这样受拘束，倒是怪作孽的。"

月容猛可地起身，到炕头上箱子里取出两块钱来，当的一声向桌子上面扔着，对她望着道："你拿去花吧，反正我是下了烂泥坑里的人，这双脚不打湿也是打湿了。"说着长长地叹了一口气。胡妈对于她的话，也懂也不懂，倒不必分辩，拿着钱走了。月容筹划了大半天，想来想去，果然还是胡妈无知识的人所说的话对。决定次日起个早就到杨五爷家里去求情。不想在这天晚上，又出了岔事了。

约在八点钟的时候，煤油灯里面的油汁是上得满满的，灯芯扭出很高大的火焰光里，月容是靠了桌子坐定，将几册手抄本的戏词摊在面前看。旁边放了一个火炉子，煤火是烧得很兴旺。除有一把新洋铁壶烧着开水而外，炉口上还烤着几只芝麻酱烧饼，桌子角上放了两小包花生仁儿，是就烧饼吃的。胡妈洗完了碗筷，没有事，也搬了一张方凳子坐在屋子角落里打瞌睡，她那鼻息声倒是和开水壶里的沸水声互相呼应着。月容望了她笑道："你心里倒踏实了。"

正说道呢，外面又有了拍门声，月容不由得咦了一声道："怎么着，这晚有人来敲门，难道还有人送了东西和钱来吗？"便拍醒了胡妈，让她出去开门，自己紧贴了窗户，由纸窟里向外张望。

在大门开合声以后，接着满院子里都是皮鞋杂沓声，这就有人道："啊，这院子里真黑，司令小心点儿走。"

月容听说，却不由得心里一跳。果然是郎司令的口吻叫起来道："杨老板，我们来拜访你来了。透着冒昧着一点儿了吧？"在这些人说话的当儿，郎司令已是走到外面屋子里来，接着就有人伸手将门帘子一掀。

月容心里一机灵，便道："请在外面坐吧，我这就捧灯出来。"

口里说着，已是左手掀帘子，右手举灯，到了房外，将头闪避了灯光，向站在屋中间的郎司令点了两点头，可是自己心房已是连连地跳上了一阵。把灯放在正中桌子上，正待回转身来，招呼郎司令坐下，不想他和李副官全都坐下，另外有两个穿制服，身上背了盒子炮的大兵，却退到屋子门口去站着。月容手扶了桌沿，对他们望望，还不曾开口呢，郎司令抬起右手，将两个指头只管将那短小的胡子，李副官却坐在里屋房门口，斜伸了一条腿，正好把进门的路拦住。他倒向人点点头笑道："杨老板，也请坐吧。"

月容本来想对郎司令说，多谢他给我的钱，多谢他给的东西，一看到房门给人拦住了，到院子里去的门也有人把住了，倒不知道怎么是好，一发愣，把心里所要说的话给骇回去了。郎司令还将着胡子呢，见她穿的那件绿袍子，紧紧地长长地裹住了身体，所以身上倒是前后凸起好几处，那白嫩的脸皮，虽没有擦胭脂，可是带了三分害臊的意味，在皮肤里层，透出了浅浅的红光来。她侧着脸子，逼近了灯光，正好由侧面看到她的长睫毛向外拥出，头发垂齐了后脑，是微微地蓬着。因笑着先点了两点头，回转来向李副官道："你把话对她说一说。"

李副官道："杨老板，你怎么不坐下，也不言语？郎司令听到我回去说你家里这一番情形，很有意帮你的忙。现时汽车在门口，咱们一块儿出去，找个地方吃点儿东西，谈谈，好不好？"月容将扶在桌沿的手来回摸擦，不抬头，也不说话。李副官道："回头我们还把汽车送你回来，你怕什么的？"月容默然了很久，猛可地将身了一扭，窸窸窣窣地有声。

郎司令略一低头，有了主意。见桌上还剩有大半支洋烛，就拿了起来，只回头对李副官望着，他已会意，立刻在身上掏出打火机来，将烛点上。郎司令左手拿了烛，右手挡了风，开了四方步子走着，笑问道："戏台上客人歇店，拿灯照照，有没有歹人是不是这个样子？"

李副官笑道："司令做什么像什么，可不就是这个样子吗？"

李副官微笑着，绕上桌子那边，将烛向月容脸上照来，见她两行眼泪串珠一般向两腮挂了下来，因道："这奇了！我们来了，也没有一句不中听的话，杨老板为什么伤起心来？"

月容索性一扭，对着里面的墙，那窸窸窣窣的小哭声更是不断。李副官手捧了洋烛站在她后面，倒有些不好转弯，向郎司令微笑道："你瞧，这是怎么一回事？"

郎司令就走过来将蜡烛接住，笑道："这没有什么，小姑娘见着生人，那总有点儿难为情的。"

郎司令笑道："那也好，咱们有话慢慢说。"他说毕，依然退到原来的椅子上坐着。

李副官将洋烛放在桌上，两只巴掌互相搓了几下，还微微地一鞠躬笑道："自然的，我们交情浅，你还不能知道我们司令是怎样一种人。司令办起公来、打起仗来虽然很是威武，可是要谈起爱情来，那是比什么斯文人都要温柔些的。你不愿同我们出去玩，或者不愿我们到这儿来，你都可以说，为什么哭了起来呢？"月容本想说一句并不是为这个，可是这话只是送到嗓子眼里，又忍了回去，依然是对了墙继续地掉眼泪呢。

第二十五回

难忍饥驱床头金作祟
空追迹到门外月飞寒

杨月容为什么哭，她自己也说不出这个所以然。这时，李副官站在后面又解释了几句，更叫自己没法子来答复，所以还老是对了墙站住。后来郎司令向李副官招招手道："也许是今天带了弟兄来，她受了惊了。这没什么，今天不算，明天咱们再来。"

李副官道："杨老板，你听见没有？郎司令怕你受惊，明天一个人再来。可是话得说明，你不能够听到说我们明天要来，你老早地就溜走了。"

郎司令笑道："这个倒不用你烦心。真是怕她走，给侦缉队去个电话，他们就会来挂桩的。不过那样办，也未免小题大做了。"

李副官笑道："这倒是我多话了。不过我还要问杨老板两句言语，答应不答应倒没有关系。你家境很寒，又没有个亲人来维持门户，你是不是还打算唱戏呢？"

胡妈的两个儿子都当过大兵，她倒是不怕挂盒子炮的，已是沏了一壶茶，两手捧着送了进来。郎司令一摆手道："茶不用喝了，我们问你两句话。"

胡妈将茶壶放在桌上，掀起一片衣襟来擦着手，笑道："司令，我可不懂什么。"

郎司令笑道："我们只问你所懂得的。你家杨老板有什么不顺心的事吗？"

胡妈道："您是像一把镜子一样的，还不照得我们彻亮吗？"

郎司令道："你们的日子难过，我也知道。可是不过差钱用罢了，也没有别的。前天李副官送来的钱还不够还债的吗？"

胡妈道："倒不是为了这个。你给的那些钱，她还不肯花，她怕花了还不清你的原数。"

郎司令笑道："傻孩子，我既然特意派人送钱给你了，我还能让你把钱退回吗？这且不管，你只管是把钱退回给我，还有什么打算吗？不能尽坐在家里挨饿。"

胡妈道："她的意思，想去唱戏，可是同她师傅闹过别扭了，这会子去见师傅，又怕师傅说闲话，所以透着进退两难。"

郎司令哈哈笑道："老李，你听见没有？杨老板掉泪，是向我们抱委屈，这我们更得帮忙。"

李副官本来抽回身到原地方坐下了，这又走过去，离着月容约莫有一尺多路，低声道："杨老板，这一点儿小事，你全不用放在心上。你觉着唱戏为难，就不用唱戏了，一个月要花多少钱，郎司令就能补贴你。"月容总是对了那堵墙，也不答话，也不回转身来。

郎司令站起身来笑道："老李，咱们走吧。男女之间，最好是不要用一丝一毫勉强的手段，我很愿用一点儿诚心去感动她。这就是说，别瞧军阀都不是讲理的，可是这里面也有好人呢。杨老板，再见吧。"他说着，已是走出了那屋门，在院子里叫道："哦，老李，我忘了一件事，你赏老妈子几个钱吧。她帮工帮到这种地方来，哪里还找得着零钱花？"

李副官在袋里一掏，摸出一叠钞票，就掀了一张五元的给她。胡妈两手合掌接住，口里连连地念道："这可了不得，谢谢你，谢谢你。"

李副官道："不是我的钱，你出去谢谢司令吧。"胡妈就和李副官一同出来，向郎司令道谢，直送到大门口去。

月容面墙站定，直听到皮鞋声已经走过了院子，才敢回转身来。胡妈已是笑嘻嘻地走进了屋子，向她笑着皱了眉道："姑娘，今天你是怎么啦？无论怎么，人家来了没什么歹意，你为什么背对了人还哭呢？"

月容由衣纽扣上抽出了手绢，缓缓地擦着眼泪，因道："你倒说得好，没什么歹意！你想咱们一个好好的人家，半夜三更的，人家就带了大兵闯进来，这把咱们还看成了一个什么人呢？就是当窑姐儿的吧，人家也得带三分笑脸瞧着。我是他的奴才？到了这晚上，砰砰砰砰地他捶开了街门，就可以向我屋子里跑？要不是我一机灵，把灯端到外面屋子里来，他准会坐到我的炕头上去。咱们受了人家这样无礼的对待，还是不敢说一声儿，得向人家来个笑脸。我心里一委屈，我就忍不住要哭。"

胡妈道："那是你想不开。郎司令那么大的官肯到咱们家来，就是太阳老爷照进屋子里来了。你是没出去瞧见，那一辆汽车真好，比八人大轿还要大。两个护兵在车外面一站，哧溜一声儿地开走了。这要是没钱，就能这么办吗？"

月容一扭脖子道："别不开眼了，汽车不论大小。把灯捧进去吧，我要睡觉。让我躺到炕上慢慢儿地去想。"胡妈捧了灯将她送进房，将灯放在小桌上，自己靠了门边向月容望着。

月容背对了门解长衣的纽扣，脱了鞋爬上炕去，回转身来看到了她，问道："你还站在这儿干什么？"

胡妈眯了一双老眼，向她笑道："我的意思……"

月容将两只手同时向外挥着，因道："你有意思？你的意思我明白，让我当郎司令一份外家。老实说，要我当人的外家，哪一天我都能办到，可我就是不干！我要是走那一条路，我还不如去唱戏呢。"

胡妈一伸脖子，将嘴半张开着。月容道："不用说了，不用说了。去睡觉吧。"胡妈也无法子再说什么，微微地叹了一口气，自掀门帘子走了。

月容睁着大眼望了小桌上的灯，清醒白醒地在炕上睡着，直听到胡同里的更锣打过了四更方才睡着。自然这一晚的沉思，总想到了一些出路，决定次日起来照计行事。虽然睡得晚，然而到了早上九点钟她就起来了。胡妈也是刚刚起床，摆了一只白炉子在屋檐下，正用火筷子向里捣炉灰，便扶了屋门向她顿脚道："我等着要盆热水洗脸，炉子还没有拢着，这不是捣乱吗？"

胡妈道："哟，这大早的你赶着洗脸，向哪儿去？"说时弯了腰，将两根长火筷子只管伸到冷炉灰里面捣动，炉子里是呼噜子作响。

月容道："你没有听到那个狼司令虎司令说吗？要通知侦缉队在咱们门口挂桩。挂桩这个暗坎儿，我是知道的。那就是派了便衣侦探在咱们家附近把守着，我要到哪里去，他们也得跟上。要是真那么办，你想那岂不是个大累赘？所以我想着，趁了今日早上，他还没有派人来的时候，我先出去找好一个藏身的地方。"

胡妈只看了她一眼，并没有答话，似乎对于她这个主意很不以为然。因为月容站在屋子门里面缩着一团地只管催着要热水，只好找了几根硬柴棍子塞到炉子眼里去烧，也来不及添煤；火着了，将瓷铁小脸盆舀了一盆凉水就在炉子上架着。月容跑到炉子边来，伸手到水里去探试了几回，摸着水有些温热了，立刻端了盆进屋子去。掩着门正弯着腰在桌上洗脸呢，却听到胡妈在院子里同人说话。始而以为是送煤或挑水的，没有介意，后来听到有个粗暴的男子声音叫道："你就拿得了主意吗？你进去问问看。"

月容问了一声："谁？"打开屋门来，看到却是一愣。

这是胡同口上二荤铺的掌柜小山东。他头上戴了黄毡帽，身上穿了蓝布腰袄，拦腰系了一根白线编的粗板带，笼了两只袖子，沉下那张黄黑马脸，颇有点儿不妥协的神气。月容问道："掌柜的，你又来要账来了吧？"

小山东淡笑道："杨老板，直到昨天，我才知道您是梨园行的。您是有法子想的，干吗瞒着？"

月容道："我们乍搬来的时候，蒙你的情，赊过几天东西吃。这是我记得的。可是你赊账的时候，认的主儿是姓宋的，不是我吧？"

小山东脖子一伸道："咦，这样说起来，倒是赊账赊坏了。别的不用说，我问您一句：炸酱面、馒头、葱油饼，多着呢，我也算不清，你吃过没有？"

月容道："吃过怎么样，吃过了就应该我给钱的吗？"她说是说出来了，然而脸腮上已经飞起两块红晕。

小山东冷笑道："吃饭不给钱，这是你们家的理？"

月容道："譬如说，人家在馆子里请客，客人吃了馆子里的东西，也得给钱吗，还是做主人的给呢？"

小山东道："虽然是做主人的给钱，可是做主人的溜了，大概在席的客人也跑不了。姓宋的赊的东西，在你们院子里吃的。漫说你们是一家人，就是请来的客，我也可以同你要钱。这钱你说给不给吧！若是不给，我去找巡警来讲个理。"

月容道："找天王来也不成，我没有钱。"

小山东道："你准没有钱吗？杨老板，你可瞒不过我。这两天，你家门口天天停着汽车，不是有钱的朋友，就是有钱的亲戚。你家有坐汽车的人，会给不起这点儿小款子吗？那你是成心。不给钱不行！我今天在这里耗上了。"

胡妈自小厨房走出来问道："到底欠你多少钱，你这样凶？"

小山东道："没有多少钱，两块来钱吧。"

胡妈在身上一掏，掏出那张五元钞票向他脸上一扬，笑道："要不了吧？你找钱来。"

小山东接了钱，笑着拱拱手道："劳驾，劳驾，我一刻儿就找钱来。"说着，一扭头就走了。

月容见胡妈给了钱，又不便拦住她，等小山东走了，就顿脚道："你这是什么意思，钱在你手上咬人吗？"

胡妈随着进屋来，将房门掩上，低了声音道："那五块钱你还不打算花吗？早上的粮没有了。姑奶奶，不是我说你，你真有点儿想不开。有瞧见大把洋钱不花情愿挨饿的吗？你若是真没有钱，我们帮工的，要么不干；要么，念着过去的情分，白帮你干两个月。这都不吃劲。你现在有钱，让我白瞧着挨饿，你也有点儿不忍心吧？"

月容道："胡妈，你别想错了。你看我这人是舍不得花钱的人吗？无奈这是人家的钱，我不敢动。"

胡妈道："并不是我多活两岁就端老牌子。瞧你为人实在有许多地方见不到。你现在走这条路也不好，走那条路也不好，总想去找师傅。找师傅怎么着？还不是靠人家门框混一碗饭吃吗？不用说他收留不收留吧，你这一去，先得挨上一顿骂。现在炕头上箱子里放着那么些个洋钱你不肯花，情愿挨饿受气，我真有点儿不明白。"

月容坐在椅子上，手撑了头，目注视了地上，默然无言。胡妈道："让我瞧炕头上那些个钱，还只管受憋，我这穷老帮子可不行。你要出去，你只管出去。"

这句话提醒了月容。回到里面屋子里，对炕头上的箱子瞧瞧，别说是锁了，根本就没有箱搭扣。爬上炕，掀开箱盖子，两截白晃晃的洋钱就放在箱子里零碎物件的浮面。手扶了箱盖，先怔了一怔，不免把现洋全拿出来，要向身上揣着。但是只揣了二三十块钱到袋里去的时候，便觉得那衣服底摆要沉坠下去。自己不免摇头想了一想，将几十块现洋揣在身上，满街去找人，这却现着不妥。纵然是把现洋全带着，放在屋子里的这些衣料同袜子鞋子，全是散乱放在炕上的，这又焉能保得了不遗失一件？于是把现洋掏出来，还是放到箱子里去，只坐在炕上发呆。

呆坐到了十二点钟，起床早的人肚子有些饿了，于是向窗子外叫道："胡妈，你还没有做饭吃吗？"

胡妈很大的嗓音答道："做饭？你说了，炕头箱子里的钱是不动的！你存在我这里的钱只有几毛了，我要大手一点儿的话，一顿就可以吃光。我不敢胡拿主意去给您办午饭，您要吃什么，您说吧。我没有什么，反正是天天嚼干烧饼，我再买两个烧饼嚼一顿就得了。"

月容听着，倒不由得心里动了一动，便道："我也没有叫你天天嚼干烧饼，不过偶然凑付一两顿。既是那么着，这一顿午饭随你的便，你想吃什么就吃什么。"

胡妈道："爱吃什么就吃什么吗？你一共只有几毛钱……"

月容道："你不用说了，这儿拿一块钱去花吧。炕头上放了几十块钱，别说你忍不住这份饿劲，我也忍不住这份饿劲了。"

胡妈笑嘻嘻地走了进来，两手一拍道："真的，并不是我说那不开眼的话，我要是不用钱，架不住那箱子里的大洋钱只管冲我招手。"

月容在箱子里取出一块钱来，当的一声向桌上一扔，接着又叹了一口气。

自这时起，月容所认为不能动的一笔钱，一动再动，已经是动过好几次了。虽然对于整数，还不过是挪动了十分之一二，但是这所动的十分之一二，现在要补起来也不可能了。吃过了午饭，月容沏了一壶茶，坐在炕头上喝。煤炉子搬到屋子里来，把全屋子烤得热烘烘的。自己斜坐在炕上，靠了叠好的被褥，半带了躺着，微闭了眼睛，做一个长时间在考量。心里正想着，就算动用过几块钱，马马虎虎地全退还给郎司令，退还以后……

这时，胡妈跌撞着走了进来，那脚步踏着地面是咚咚有声。月容猛可地向上一坐，睁眼望着问道："又是怎么了？"

胡妈两手张开抓住了门儿，把脖子伸了进来，瞪着眼摇摇头道："这房东真不是个人！咱们昨儿个刚辞房，现在他就在大门上贴上房帖了。"

月容将手轻轻捶了两下胸脯，笑道："瞧你这鬼头鬼脑的样子骇我一大跳。咱们既是辞了房了，人家当然要贴房帖，这又何足为奇？"

胡妈道："那么说，更干啦！您什么脚步都没有站稳呢，又要闹着搬家。咱们哪里来的那些个钱？"

月容道："就怕咱们不能实心实意地搬家。假如咱们愿意搬家，大概钱这件事还用不着我们怎样地担心呢？"

正说着，院子里有人叫道："你们街门也不关，仔细跑进了歹人来，把你们府上的传家宝要抢了走。"

月容听那声音就知道是李副官，只得带了笑容迎出屋来。李副官进门之后，见她脸上有了笑容，也就很高兴，便取了帽子在手，连连拱了几下手道："昨天晚上打搅你，真是对不起。"

月容想起昨晚向着人家哭的事，不由得脸上一红，勉强轻轻地说了一声"请坐"。李副官道:"门口贴了门帖了,你们打算搬家吗?"

月容怎好说是没钱给房钱,房东轰人走?只是轻轻地唔了一声。李副官道:"你们要搬家,好极了。找房的事,交给我啦。"

月容点着头,说了一声"谢谢"。她这一声"谢谢"本来是客气之辞,不料李副官听到,倒以为她是承认了他的请求。这一个错误关系非小,大门口的招租帖子,更要牢牢地贴住了。

这招租帖在大门口贴到三日以后,却来了月容昼夜盼望的丁二和。这是天色断黑不多久的时候,天空里撒上了几点星光,胡同里的路灯不大光亮,更是让那墙头上乍升的月亮斜照着这大门外的老粉墙雪白。王傻子挑了一副皮匠提子,二和挽了一只盛花生的藤筐子,说着话,走了过来。

王傻子道:"她那天到我那里去的时候,我不在家。田大嫂子让她坐了一会儿,她只说住在这儿,没提别的。当时我一点儿不知道,直到昨儿个我才知道这消息,找了你一天,也没有把你找着。"

二和道:"这也来得不晚。不过她的眼睛更大了,我弄成了这副寒碜样子,她是不是睬我们,还不知道呢。"

王傻子道:"那不管她。咱们知道她住在这儿,若是不来,那是咱们心眼儿小,咱们来了,就尽了咱们的心。见了她,咱们别提……哦,不对吧?这……哟!门框上好像是贴了房帖儿。"

说时,王傻子歇下了担子在大门口。二和近前一步,对门框上看着,点头道:"是房帖,'吉房招租'四个字很大,看得出来的。你别是听错了门牌吧?"

王傻子道:"我清清楚楚地听说是五十号。我还想着呢,这好记,就想着一百的一半的了。"

二和道:"也许这是独院儿分租,里面还有人,敲门试试。"于是伸手将一只单独的门环狠拍了十几响,里面却是一点儿回音没有。

王傻子道:"不用叫门了,里面一定是没有人。在这晚上,又不好家家拍门去问,咱们走吧,明天再来。"

二和道:"准是你记错了门牌。"

说到这里,有一位巡逻的巡警由身边经过。他见二和站在门口议论,便迎上前道:"你们找谁?只管敲着空屋的门干什么?"

二和道:"你先生来得正好。我跟你打听,有一个唱戏的住在这胡同里吗?"

巡警道："不是叫杨月容的吗？她就住在这五十号。可是今天上午搬走了。"

二和道："搬走了？"

巡警道："原来她报的户口是姓宋，最近我们才知道是杨月容。你们和她什么关系？"

二和道："我是她师傅家里人。她搬到哪里去了？"

巡警道："哦，她师傅找她？这孩子有点儿胡来。我们两次调查户口，把她的底细查出来了。不念她是个年轻姑娘，就要带到区里去盘问盘问她的。"

二和道："你先生不知道她搬到什么地方去了吗？"

巡警道："我瞧见她们搬走，搬往哪里可不知道。"

二和听了这话，只有向王傻子望着，王傻子也作声不得。那巡逻警也不干涉他们，悄悄地走了。

墙头上的大半轮月亮格外地升起，照见地上一片白，尤其是地上一片白。二和同王傻子两人的黑影倒在地上，显着孤零零的。二和抬头向天上看着，觉得半空里飞着一种严寒的空气。二和两手环抱在怀里，倒连连打了两个冷战，因道："今晚上也没刮风，天气怎么这样凉？"

王傻子道："我倒不怎么凉。咱们走吧。她搬走了，咱们在这里耗着，能耗出什么来？"

二和道："我心里替月容想，恐怕她的境遇不是咱们原先猜着那样好吧？姓宋的那小子既然很有钱，一月拿出百儿八十的来养活她，那很不算什么，何以住在这所小房子里？据巡警的话，仿佛她又不是同姓宋的在一处了。我还以为问唱戏的他会不知道，不想他一口就说出是杨月容了。"

王傻子已是把担子挑起，在肩上闪了两闪，笑道："走吧，你这傻子。"

二和走了两步，还回头向这屋子看看，那一片月亮的寒光照在矮墙同那灰色的瓦上。矮墙上伸出一棵小槐树，权权丫丫地垂了一些干枯槐荚，更透着这地方带些凄凉的意味。他便叹了一口气道："这地方怎么能住家？怪不得她要搬走了。"

205

第二十六回

绝路忘羞泥云投骨肉
旧家隐恨禽兽咒衣冠

丁二和今天来探月容，只愁着自己闹得太寒碜了，她见了会不高兴，真想不到跑来会扑了个空，十分地懊丧。当他叹过那口气之后，王傻子就问道："你这是怎么啦，埋怨带你白跑了一趟吗？这没有什么。她到田大嫂子家里去谈过，她的下落，田大嫂子所知道的总比咱们所知道的多。明天你问问她去。"

丁二和道："你这不是让我为难吗？我和老田闹过别扭，你是知道的。现在叫我到他家里去，不是找上门去碰钉子吗？"

王傻子道："老二，不是我说你，这是你的脾气不好。在外面交朋友，遇事总要容忍一点儿。其实老田是个本分人，说不定有时会闹上一点儿傻劲，可是过个一半天，他就全忘了。事后他知道你搬家，是为了他几句话气走的，他直过意不去。你去打听月容的下落，那还在其次；我说托他替你在公司里找一份事的话，那可更要紧。我瞧你这份小买卖，简直不够嚼裹儿，你也该早打主意。再说，你们老太太到底有了年纪了，又是个残疾，你只让她老人家赶夜市，这不是玩意儿。有一天不小心，车儿马儿地撞着了，你可后悔不转来。"

二和手挽了那个花生筐子，只是跟了王傻子走，一面叽叽咕咕地谈话。王傻子是挑了担子向回家的路上走，二和也就跟着他走。跟走了一截路，二和猛可地省悟过来，便站住了脚道："大哥明儿见吧，我糊里糊涂地跟着你走，多走了不少冤枉路。"

王傻子道："你就同我一块儿到老田那里去吧，大家一见面，把话说开了，什么嫌隙都没有了，免得你一个人去，又怪不好意思的。"

二和道："今天去，明天去，那都没有什么关系。只是我家老太太她赶夜市去了，我要去接她回来。"

王傻子道："这不结了，你为了家境贫寒，才让老太太去上夜市做生意，你要有了事儿，就别让老太太在街上抛头露面了。"

二和叹口气摇了两摇头道："一个人要走起运来，那是关起大门也抵挡不住的。反过来，一个人要倒霉，也是关门所抵挡不住的。万想不到，搬家不到一个月，那匹结实的马会一病就死了。自己一生气又病了半个月，落到了这步田地。我假使有一线办法，我不会让我的瞎子老娘出去做小生意。"王傻子道："你们老爷子做过这样大的官，到你们手上，怎么会穷得这样一塌糊涂？说起来，真是鬼也不能相信。"

二和摇摇头道："别提了，大街上背起历史来怪寒碜的。明儿见吧。"说着回转身来自向珠市口走，因为今天的夜市又改向珠市口了。

王傻子在后面站住了，提高了嗓子直嚷"明天必得来"。二和也没答话，一鼓劲子跑到夜市上，见自己母亲靠了一根电杆站住，举了手上的纸花，直嚷"贱卖，贱卖"。二和老远地叫了一声妈，走到面前问道："你怎么不在那当坊门口石头上坐着？这地方来往全是人，让人撞一下子，真找不着一个人扶你起来。"

丁老太道："今天买卖不好，我想也许是坐的地方太背了，所以请了这里摆摊子的大哥把我牵到这里来站着。"

二和道："没有生意就算了，咱们回去吧。明天的伙食钱大概是够了。"丁老太两腿也站得有些疼痛了，就依了二和的话，扶了他的肩膀慢慢儿地走了回家。

到家以后，这两条腿更是站立不起来，坐在床上就躺了下去。在躺下去的时候，又随着哼了一声。二和正点着屋子里的灯，拨开白炉子上的火盖，将一壶水放在上面。把水煮开了，在花生筐子里找出几个报纸包的冷馒头，也放在炉口上烤着，自己搬了一张矮凳子，正对了炉子向火，以便等着馒头烤热。无意之中又听到哼了一声，回转头来看时，却见母亲躺在叠的被服上，紧闭了双眼，侧了脸子在那里睡。因问道："妈，您怎么啦？刚才听到您哼了一声，我忙着茶水，没有理会。现在又听到您哼了一声了。"

丁老太迷迷糊糊地答应了一声哼，抬起一只手来，有一下没一下地捶着自己的腿。但是只捶了三四下，她也不捶了。二和走到她身边来，手按了床沿，俯着身体向她脸上望了道："妈，怎么样，您身体不大好吗？"丁老太微微地哼了一声，还是紧紧地闭着双目。二和伸手在她额角上抚摸了一下，觉得还是很烫手心的，不由得怔了一怔。

然后再坐到矮凳上去，看看这一间小屋子里，正面放一张铜床，四周堆了破桌子烂板凳。两只破箱子，索性放在铜床里边，真有些不相衬。等水开了，兑一壶茶，左手取了馒头嚼，右手握了茶壶柄，将嘴对了茶壶嘴子吸着，两眼不住地对屋子四周去打量。在这时候，便看到门框上悬了自己父亲的一张武装相片。在那相片上的人瞪了两眼看人的时候，显见得他对于坐在这里的穷苦儿子有了深切的注意。也不知是何缘故，二和仿佛身上连打了两个冷战。

热茶馒头吃喝足了，二和又走到床面前，伸手抚摸了老娘额角一下，觉得她头皮子更是发热。在她那两个高撑起来的颧骨上，还微微透出两团红晕呢。于是轻轻地给丁老太脱去了鞋子，将她扶着直睡过来，牵了被条轻轻地在她身上盖着。丁老太竟是睡得十分沉熟，凭他这样的布置，全不知道。二和皱了眉头子，环抱着两只手臂怔怔地对床上望着，但是丁老太只是鼻子里呼吸有声，仰面睡着，什么也不知道。二和看这情形颇是不好，哪里睡得着？和了衣服，在外边小木架床上牵了小被条子将下半身盖了。一晚上起来好几回，丁老太始终是睡了不曾醒。二和是提心吊胆的，直到天亮方才安睡。

等自己醒过来时，丁老太却坐在里面屋子里椅子上。不知道她在什么地方摸到了一串佛珠，两手放在怀里，只管捏着捏着，低了头，嘴唇皮有些颤动。便一个翻身坐起来，瞪了眼问道："妈，你好了吗？怎么坐起来了？"

丁老太道："昨晚上我是累了，要是就这样病下去，你还受得了吗？"

二和道："病要来了，那倒不管你受得了受不了，总是要来的。"

丁老太叹口气道："有道是天无绝人之路。我娘儿俩到了现在，手糊口吃，也就去死不远了，老天爷再要用病来磨咱们，也就透着太狠心一点儿了。"

二和先且不说话，把水火各事都预备得清楚了，就端了一碗热茶给丁老太喝，自己在她当面椅子上坐。

丁老太道："你该早点儿上街去了，今天我是出去不了的。"

二和道："妈，我跟您商量一件事。"

丁老太道："你是要到老田那里去吗？昨天王傻子来，我就劝你去了。"

二和道："不是那件事。你想，咱们住这破屋子，是什么人家？这张铜床放在这里，不但是不相衬，人家看到这也有些疑心。"

丁老太道："疑心什么呢？反正不能说是偷来的吧？这东西根本没法儿偷。我在你丁家一辈子，除了落下一个儿子，就是这样一张铜床。你那意思我知道，是让我卖了它。当年买来的时候，北京还没有呢，是由香港运来的，真值好几百块钱。如今要卖掉，恐怕十块钱也值不上。卖了它的钱，在家里吃个十天半月也就完了。救不了穷，一件纪念的东西却没有了，那何苦？"

二和道："救穷是不行，救急是行的。现在我生意不大好，您又病了，每天都过三十晚。若是把床卖了，多凑合几个本钱，我也好配一副担子挑着。多卖两样东西，也许比现在活动些，您要吃点儿什么补的，也可以买。"

丁老太道："你有你的想法，我也有我的想法。这张床是我同你父亲共有的，只有这张床能替我同你父亲做纪念。我每天无论怎样的苦，晚上睡到床上，碰了这床柱子响，我就恍然在二十多年前，还过着那快活的日子一样。我只凭了这一点儿梦想当了我一点儿安慰。没有床，我每日晚上就连一点儿梦想也没了，你忍心吗？再说，我还有一点儿痴想，等你好一点儿，你娶亲的时候，把这张床让给你们夫妻睡。那时我虽听不到床响，但是我有了别的事情安慰我，我也用不着这幻想来安慰了。"

二和道："这样说，我们就穷得要饭，也要留着这张床吗？"

丁老太道："你二十多岁的小伙子，也能跑，也能挑，总也不至于走上那一条路吧？"

二和道："我还有一件事和你商量。丁家人虽然一败涂地，能过日子的不是没有，我明天到他们家里去看看。无论怎么着，说起来我们总是骨肉之亲。"

丁老太突然站了起来，倒不问她儿子是不是坐在正对面，却连连地将手摇了几摇道："这话再也休提。他们那班人，若是有万分之一的良心，也不让我们吃这样的大苦。我早就说过了，要饭吃，拿着棍子走远些。"

二和道："这话不是这样说。老田是朋友，闹过别扭呢，你还叫我去找他；找自己人，丢脸也是丢在自己人面前，为什么不让我去呢？"

丁老太道："听你这话好像是很有理，你把当日分手的时候，他们那一分刻薄的情形想想，也就知道我拦着你是大有原因的。"

二和扶着他母亲坐下，低低地道："我自然可以听你的。我今天出去慢慢地想办法吧。"

丁老太道："你要是个好孩子，你就得听我的办法。我觉着田家大嫂子和她二姑娘，到底是好人。"二和听了他母亲的话，也只有默然。

丁老太昂着头，皱了眉头子凝了神一会儿，问道："二和，你在干吗啦？"

二和正是偏过头去，望了桌上放着自己那个贩花生卖的筐子，便道："我没有做什么。"

丁老太道："我没听到你干吗的一点儿响声，我猜着你又是坐在这儿发愣。我告诉你，年轻小伙子，别这样傻头傻脑的，早点儿去贩货做生意吧。"

二和站起来，伸手到墙洞子里去掏出自己的那个大布褡包，摸出里面的钱来计数一下。连铜子和毛钱票铜子票统同在内，不到半元钱。将这些钱全托在手心里颠了两颠，将眼睛注视着，正有一口气要叹出来，却又忍回去了。因笑道："妈，我可不能预备什么，这就走了。回头我叫二荤铺里给你送一碗面条子来吧。"

丁老太道："家里不还有冷馒头吗？你交给我，让我摸索着烤了吃。"

二和道："上次你烤馒头就烫过一回手，还要说这个呢。"

丁老太道："你不是说今天本钱不够吗？"

二和将手上托的钱又颠了两颠，连说够了。说是如此说了，可是眼眶里两汪眼泪水不由他做主，已是直滚下来。自掀了一片衣襟将眼泪擦干了，然后站着呆了一呆，向丁老太道："妈，我走了，也许赶回来吃中饭。"

丁老太道："你放心去做你的生意，不用惦记着我。"二和一步两回头地对他娘望望，直到院子里去，还回转头来对着里面看。

到了街上，右手胳膊挽了箩筐子，左手托住那一掌铜子，将左手有一下没一下地夹住了向上提拔。心里只管想着，要找个什么法子才能够发财呢？自然是三块两块，不能救穷；十块八块，以至几十块，这钱又从哪里来？窃盗是自己绝不干的。路上捡一张五百元的支票，倒是可以到银行里去兑现，然而这个样子到银行里去，人家不会疑心这支票的来路吗？正这样想着，耳朵里可听到叮叮当当的响声。回头看时，正是一爿烟纸店里，掌柜的在数着洋钱。远远看去，人家柜台上放着一大截雪白的小圆饼。自己忽然一顿脚，自言自语地道："我决计去碰着试试瞧。"这就随了这句言语，向一条不大愿意走的路上走去。

到了那个目的地，却是两扇朱漆门，上面钉好了白铜环。虽然不怎样地伟大，可是在白粉墙当中挖着一个长方形的门楼，门框边两个小石鼓，也就透着这人家不怎平常。二和抢上前去就要敲门环，但是一面看这红漆木框上，并没有丁宅的白铜宅名牌。记得一年前由此经过，还有那宅名牌子的，这就不敢打门，向后退了两步。

在这门斜对过有一条横胡同，那里停放着几辆人力车。见车夫坐在车踏板上闲话，便迎上前笑问道："劳驾，请问那红门里面是丁家吗？"

一位壮年的车夫脸上带了轻薄的样子，将脸一摆道："不，这伙儿人家不姓丁。"

二和不由得愣着了一下，问道："什么，搬了家了？"

那车夫笑道："没搬家，就是不姓丁。"

二和道："这是什么话？"

这时，有一位年老的车夫，长一脸的斑白兜腮胡子，手上捏了一个大烧饼向嘴里送着咀嚼，这就迎到二和面前，偏了头向他脸上望着，微笑道："您是四爷吧？"

二和向后退了两步，叹口气道："唉，一言难尽。你怎么认识我？请不要这样称呼。"

那老车夫道："我在这地方拉车有二十年了，这些宅门里的事，我大概全知道。"

二和道："刚才这位大哥说，这里现在不姓丁了，这话怎么讲？"

老车夫愣了一愣，还不曾答复出来，那个壮年车夫因他叫了一声大哥，十分地高兴，便向前笑道："四爷，你不知道吗？你们大爷又结了婚了。太太姓戚，还是你们亲戚呢。"

二和道："姓戚？我们大嫂姓梁啊。"

车夫道："那位奶奶回南了。这位新大奶奶搬进了以后，家产也归了她。你不瞧大门和墙油漆粉刷一新？"

二和道："啊，我们并没有听到这个消息。"

车夫道："倒不是你们大爷把产业送给人，只是把房卖了。后来新大奶奶搬进来住，大爷也就跟着住在这里。"

那老车夫拦着道："狗子，你别瞎说，人家的家事街坊多什么嘴！"说

211

着向那壮年车夫一瞪眼。

二和笑道："这没什么。我家的事，住在这里的老街坊谁不知道？我离开这里七八年，就来过两三回，现在又一年多不见了。我穷虽穷，想着总是同一个父亲的兄弟，特意来看看，并不争家产。家产早已分了，也轮不到我。"

老车夫笑道："四爷，我听说你很有志气，卖力气养老娘，这就很对。这些弟兄，你不来往也好，你见着他准生气。他这门亲事不应该亲戚做亲，哪里可以胡来的？你们是做官的人家，不应当给闲话人家说。"

二和道："是的。我的嫡母有几位姨侄女，可是都出阁了？"

狗子笑道："不是你们表姊妹？"

老车夫道："你这孩子，只知道人家家事吗？多嘴多舌的。"狗子一伸舌头，也就不提了。

二和站着发了一会子呆，自笑道："我做兄弟的还管得了他哥哥的事吗？大哥，我这筐子暂放在这里一会儿，我敲门去。"说着把手上的筐子放下，便走到红门下来敲门。

门开了，出来一个五十上下年纪的听差，矮矮的个儿，倒是一张长脸，两只凹下去的眼睛向上看人，尖鼻子两旁好几道阴纹，板了脸道："你找谁？"

二和道："我见大爷说几句话。"

那听差听说，再由他头上看到脚下为止，斜了眼睛望着道："你找大爷？"

二和道："我是……"说到这里，看看那人的脸子，又看看自己身上，便接着道，"我是他本家。"

那听差道："你是他本家？以前我没有见过。"

二和淡笑道："你进去说一声，我名字叫……"

听差道："我管你叫什么！大爷不在家，我去对太太说一声吧。你先在门口等着。"说了这话，又把大门关上。二和只得在外等着。回头看那些车夫，正向这里议论着呢。

约有十分钟之久，大门又开了。二和向里看时，远远地一个中年妇人在院子中间太阳里站着。听差道："那就是我们太太，有话你过去说。"

二和走向前，见那妇人披了狐皮斗篷，似乎由屋子里出来还怕冷呢。她烫了头发，抹了胭脂粉。虽然抹了胭脂粉，却遮掩不了她那脸上的皱纹。

两道画的眉毛又特别的粗黑，配了那荒毛的鬓角，十分难看。二和正诧异着大哥怎么同这样一个妇人结婚，可是再近一步，已认得她了。她是嫡母的胞妹，姨夫死了多年，承袭了姨夫一笔巨产，约莫值一二十万，是一位有钱的寡妇。自己心里转着念头，不免怔了一怔。

那妇人道："你找大爷干什么？不认识你呀。"

二和道："我叫二和，是他兄弟。"

那妇人道："哦，你是四姨太生的二和？你们早不来往了。"

二和道："虽然无来往，不过是我穷了，不好意思来，并不是连骨肉之情没有了。我今天由门口过，不见了宅名牌子，特意进来看看。"

那妇人道："不用看。这房子大爷卖给我了，现在是我养活着他。"

二和道："您不是七姨吗？多年不见了。"

妇人也像有点儿难为情，低了一低头，她把脚下的高跟皮鞋在地面上点了几点。那句话还没有答应出来，门口汽车喇叭声响，一个人穿了皮大衣，戴了皮帽子，高高兴兴地进来，远远地叫道："太太，你又同做小生意买卖的办交涉？"

那妇人道："这是你宝贝兄弟认亲来了。"说着，撇嘴一笑。

那汉子走近了，瞪了二和一眼道："你打算来借钱吗？落到这一种地步，你还有脸来见我。"

二和道："老大，你怎么开口就骂人？我来看看你，还坏了吗？"

那人道："你这种样子，丢尽了父母的脸，还来见我。"

二和脸一红，指着妇人道："这是七姨，是我们的骨肉长亲。你叫她太太，怎么回事呀？"

那人把脸一变，大声喝道："你管不着！怪不错的哩，你到我这里来问这话！滚出去！"说着，将手向门外指着。

二和道："我知道你是这样的衣冠禽兽，我才不来看你呢。你说我丢了父母的脸，我丢什么脸？我卖我的力气，养活我娘儿俩，饿死了也是一条洁白的身子。你穷了，把老婆轰走，同这样生身之母的胞妹同居，要人家女人的钱来坐汽车，穿皮大衣。窑姐儿卖身，也不能卖给尊亲长辈，你这样的无心男子，窑姐儿不如！我无脸见你？你才无脸见我呢！我走，我多在这里站一会儿，脏了我两只脚。"他说着自己转身就向外走，那一对夫妇对了他只有白瞪眼，一句话说不出。

二和一口气跑出了大门，在车夫那里讨回了筐子。老车夫道："四爷，

213

我叫你别去，不是吗？"

　　二和左手挽了筐子，右手指着那朱漆大门道："你别瞧那里出来的人衣冠楚楚的，那全是畜类！诸位，他要由你们面前过，你们拿口沫吐他！唉，我想不到我丁家人这样地给人笑话。"说毕，向地面吐了两口吐沫，摇摇头走了。

第二十七回

醉眼模糊窥帘嘲倩影
丰颐䐃腴隔座弄连环

　　丁二和在大街上这样叫唤着，那实在是气极了，不但脸是红的，连颈脖子也是红的。他抬起一只手向那红门一阵狂乱地指点着，在小横胡同口上的那些车夫却是哄然一声大笑。二和听了这笑声，觉得是引起了全体车夫一种共鸣，也就站住了脚向他们望着，以表示谢意。但这谢意，是无须表示，表示之后更觉困难。原来是那些人随了笑声之后，也在低声咒骂着：他说这样的人家好不了，上辈子杀多了人，刮多了地皮，这辈子要不来点儿缺德的事现眼给人看，那也太没有报应了。二和心里一动，挽着那筐子低头走了。

　　但是虽然离开了那些人，心里头还是不断地在揣想着的。他想着：母亲多几岁年纪，对于事情是见解得到一点儿。自己纵然穷一点儿，到底是同父的兄弟，并非登门求乞的叫花子，怎么大哥见了面就骂？这要是开口向他借钱，他不举起脚来乱踢吗？母亲说，讨饭要拿了棍子走远些，这不错的。想不到自己哥哥做出这样坏良心丧人格的事，不但是对胞弟这种行为应该对他加一种惩罚，就是他这样遗羞家门，也应当处分他一下。越想心里是越透着生气，然而这一腔怨气，恰又是不容易发泄。想到可以谈谈的，还只有那个王大傻子。于是走到旧日所住大杂院的胡同口上，找了一爿大酒缸，悄悄地溜了进去。

　　伙计看到便迎上前笑道："二掌柜，好久不见啦。"

　　二和叹口气道："我这份境况一言难尽，简直地没脸见老街坊了。"说着在门口的一口大酒缸边坐着。

　　北方酒店里的大酒缸，里面不一定有酒，但不摆下三四口圆桌面的大酒缸，那是名不符实。老上这种地方来的人，仿佛有桌子也不愿靠了坐，必定把酒壶酒杯放在缸盖上喝，那才算过瘾。二和这样坐下来，伙计把他当了老内行，笑道："怎么着，二掌柜今天喝一壶？"

二和点点头道："来壶白的。"

伙计把酒送来了，二和见缸盖上现成的四只下酒小碟子，有油炸麻花、煮蚕豆、卤鸭蛋、豆腐干，笑道："很好，这足可以请客。劳你驾，到西口大杂院里去，瞧瞧皮匠王大傻子在那里没有，你说我在这里等着。柜上有事，我可以同你张罗。"

伙计听说，向柜上看了一眼。掌柜的捧了手膀子在看小报上的社会新闻呢，一抬头道："老街坊的事，你就去跑一趟吧。快点儿回来。"伙计有了掌柜的话扭身走了。不到十分钟他就回来了，身后跟着的可是田老大。

他老远地举起手来握着拳头拱了几下，笑道："二哥，怎么啦？你是和我们旧街坊全恼了吗？到了胡同口上怎么不到我们那儿去瞧瞧？"

二和叹了口气，站起来相迎道："大哥，我这份寒碜，甩一句文话儿吧，我是无面目见江东父老了。"

田老大也在酒缸边坐下，笑道："你又几时喝上酒了？一个人也来上大酒缸。"

伙计见老主顾来了，早又添了一副杯筷。田老大伸手拍了两拍二和的肩膀，笑道："老弟台，不是我说你，你究竟年岁轻，沉不住气。做老哥的说你几句话，你还能够老放在心里吗？来，我们喝两杯。"说时，将二和面前的那只酒杯子斟上了一大杯，笑道："我们把以前的事全忘了吧。"

二和红着脸道："大哥，你怎么说这话！我之所以不到那大杂院里去，是有两层原因，一来我是落到这一份穷，不好意思见人；二来……二来……"他简直把话接续不下去，只好把杯子端起来喝了一口酒，扶起筷子来夹了两粒煮蚕豆，向嘴里扔下去咀嚼着。

田老大笑道："你那句话不用说了，我明白。就是为了我酒后说醉话，把你得罪了。这算不了什么，我给你赔个不是得了。喂，老三，今天的酒钱写在我账上了。"说着，对店伙点了两点头。

二和见他说得这样客气，也就不便再存着什么芥蒂，只陪了他喝酒。田老大道："王傻子同我说过，你的情形不大好，希望到我公司里去找一份职务。"二和不由低了头，垂下眼皮，端起杯子来喝了一口。田老大道："我说，咱们多年的老街坊，只要能想法子，我一定帮忙。我正在家里和我

216

那口子商量着呢，这里老三就去请王大傻子了。他不在家，我听说是你在这儿等着，我就跟着来了。我那口子还说呢，家里正撑面条做炸酱面，快下锅了。咱们喝过了酒，回我家吃炸酱面去。"二和微笑了一笑，也没说什么。田老大道："那要什么紧，我们那口子，虽然有点儿碎嘴子，可是也瞧同什么人说话。"

二和道："不是这样说，你瞧。"说着，把放在桌子腿边的花生筐子用脚踢了两下，笑道，"我简直和讨饭的差不多。"

田老大将面前一杯酒端起，唰的一声喝了下去，将酒杯子按住在缸盖上，头摇了两摇道："你要不肯到我家去吃炸酱面，算是把我当了臭杂子看待。"

二和笑道："你言重了。唉，这样看起来，还是交着了好朋友比自己亲手足还要强。"

田老大已是连连斟着酒。喝下了三四杯，这就笑道："这倒是真话。不用说兄弟，兄妹也是一样。你瞧我家二姑娘，总有点儿不乐意我，透着做哥哥的把她不放在心上，没得好吃，没得好穿。那都在其次，就是我没有给她拿主意找个好婆婆家。"

二和听他谈到这里，只好偏了头向伙计道："还来一壶白的。"

伙计将酒拿来了，二和替田老大满上了一杯，他连说"你喝你喝"，可是抢着干了那杯，又伸了空杯子让二和给满上。他似乎感到了极度的高兴，将头扭了两扭，笑道："咱们是老街坊，谁的事也不能瞒谁。我要喝了酒，胆比鸡子儿还大，没事尽向我们那口子找碴儿。可是酒一醒过来，那可不得了，除了不伤我父母，她是什么话都得把我骂一个够。到了那会子，我的胆子又只有芝麻点儿那么大，屁也不敢放。所以我心里想喝酒的时候，心里老是警告着自己别喝酒，回家少不了是找骂挨。可是把酒杯子一端，我是把什么祸事也不放在心上，就是把枪口对着我，我也得喝。"

二和笑道："这样说，你就别喝了。回头大嫂子怪下罪来，我可受不了。这点儿酒咱们平分着喝吧。"他说着，果然连斟了两杯酒喝着。

二和的酒量要比田老大小过两倍去，喝了这些个酒下去，也就有点头昏昏的，于是对田老大笑道："别喝了，再喝我得躺下，就不能到府上吃炸酱面去了。"

田老大歪着脖子笑道："我再来半壶。"

二和道："你要再喝半壶，我就先告辞了。"他说着还是真站了起来。

田老大笑着站起来，将身体晃荡了几下，拍着二和的肩膀笑道："那么我们就走吧。"说着，向柜上点了一个头，算是招呼他们记账。两个人带笑带说地走进了那大杂院。

二和倒没有知道田老大就住在他那屋子里，走进跨院门，不免怔了一怔。就在这时，田大嫂站到屋子门外来了，向他招了两招手，笑道："哟，今天刮什么风，把我们丁二掌柜刮来了？快请进来吧。"

二和红着脸，抱了拳头连作了两个揖，笑道："大嫂，你别见笑，我就为了怕你见笑，才没有敢来。"

田老大把脖子歪着，瞅了田大嫂笑道："人家脸皮子薄，别和他开玩笑了。"说着挽了二和一只手胳臂就向屋子里拉了进去。

二和看正中桌子上陈设了茶壶茶杯，另外是一盒火柴，压住了一盒烟卷。田大嫂左手按了桌沿，右手提了茶壶就向茶杯子里斟茶，眼睛望着二和，抿了嘴微笑，两耳朵上的环子只管抖颤着。二和看在眼里，两手接住了茶杯，连弯腰带点头，笑道："你别张罗，要是这样，我下次不敢来了。"

田大嫂笑道："你这样的贵客，反正来一回算一回，也就招待一回是一回，我们还敢拉二次买卖吗？请坐，请坐。我煮面条去了。"

二和同田老大围了一只桌子犄角坐了，眼睛正望着里屋门。门上是垂下了一条帘子，把里外隔绝了，但是门宽帘子窄，两边全露出了一条缝，由这缝里看到里面有一件格子花布的长衣襟只是摆动。二和将桌子的烟卷取了一根塞在嘴角里，擦了火柴缓缓地把烟点着了，手撑住了桌沿扶着烟卷抽，那眼睛对了门帘子缝里，却不肯移开，口里问道："大哥，这屋子你够住吗？"

田老大道："比原住的地方虽然少一间屋子，可是多一个小跨院子，比外面大杂院子里清静多了。这上面一张木床，就是我两口子睡。没法子，来人就让进房了。里面那间屋子，我们二姑娘睡。"

二和道："二姑娘串门子去了吗？做姑娘的人，总是闲着的。"

田老大道："没有哩，在里面屋子里呢。"

二和喷了一口烟，笑道："也许我弄成这一份寒碜，二姑娘也不愿见我，怕我和她借钱。"说完，看到那花衣布襟闪了一闪，接着还有一阵吟吟的笑声。

田大嫂在外面那矮屋子里煮面条呢，手里拿了一把捞面条的铁丝笊篱，跑到屋子门口来，笑道："可不是，二姑娘怕你借钱。你也不是没有和她借过什么吧？"

二和笑道:"街坊是好街坊,邻居是好邻居,就是我不够朋友,什么人全对不起。"

田老大笑道:"谁和你唱《翠屏山》,你来了一套潘巧云的戏词儿。"

二和道:"唉,实不相瞒,这一程子,我是终日地坐在愁城里,眉毛可以拴着疙瘩。今儿到您这儿来了,老街坊一见面,满心欢喜,我也不知道怎么是好,所以戏也唱上了。"

田大嫂对门帘缝里叫道:"二妹,听见没有,丁掌柜笑你呢!说你不是好街坊。"

二姑娘在屋子里笑答道:"本来嘛,咱们对待丁老太有不周到之处。"

二和啊哟了一声,连说:"不敢当,要说是为了这个不见我,那我可惭愧。"

田大嫂道:"人家现在可越发地学好了,尽在屋子里做针活,哪儿也不去。"

二和道:"本来二姑娘就爱做针活,也不自今日起。我家母谈起老街坊,就说二姑娘好。"

说到这里,似乎听到屋子里有点儿呵呵的笑声。二和将手掌擦擦酒红脸,笑道:"二姑娘别笑,我这是实话。你以为我喝醉了酒吗?田大哥,你说,咱们是在一块儿喝酒的,我醉了没有?"

田老大道:"二妹,你藏着干什么!二哥也不是外人,倒让他挖苦咱们几句。"

这才听到屋子里答话道:"谁躲着啦,我手上的活没有做完。"

二和手端了一杯茶送到嘴唇边,待喝不喝的,这就扭着脖子向田老大道:"你觉得怎么样?我这话没有把她夸错吗?"

田大嫂回到院子里却叫道:"二妹,我一个人在这儿真有点儿忙不过来,你也帮着我来端一端面碗,行不行?"二姑娘这才一掀门帘子,很快地走了出来了。

一会儿工夫,她左手端了一碟生萝卜丝,右手端了一碟生青豆,悄悄地向桌上放着。二和笑道:"作料还真是不少,这炸酱面一定好吃。"

二姑娘将桌上烟卷盒子、茶壶、茶杯,一齐从容地挪开,低了头做事,向二和一撩眼皮微笑道:"二爷好久不见啦,老太太好?"

二和点着头道:"托你福。有些日子不见面,二姑娘格外地客气起来,二爷也叫起来了。"二姑娘未加可否,抿嘴微笑。

田大嫂在外面叫道:"你问问丁二哥,他的面用不用凉水过一过?"

二姑娘只当是没有听到,自在旁边碗柜子里搬了碗筷向桌上放着。田大嫂道："二妹，你总得言语一声呀！"

二姑娘向二和问道："你听见了没有？咱们都在这屋子里，她嚷着，我听见了，当然二哥也听见了。这一定还要我转告一遍，不是多余的吗？"

二和笑道："我随便。过水，是面条子利落一点儿；不过水，是卫生一点儿。"

大嫂笑道："别在我这里吃了一顿炸酱面，回去闹肚子。那还是不过水吧。"

二姑娘闪到一边，低声笑道："你们听听，谁说话谁也听见，这还用得着别人在里面传话吗？"

田大嫂将小木托盘托了一大碗炸酱放到桌上，笑道："丁二哥是老街坊，我又是喜欢开玩笑的人，说两句也不要紧。要是别人，这样一说倒透着我假殷勤。"

说时，二和两手撑住桌沿站了起来，向田大嫂点了一个头道："你别太客气了。你越客气我心里越不过意。不是我丁二和喝了三杯酒有点儿酒后狂言，我觉得朋友交得好，比至亲骨肉还要好十倍。"

田大嫂笑道："你现时才明白啦。你要是肯信我老嫂子的话，也不至于闹了这一档子新闻。"说着把嘴向田老大一努，笑道，"这个人还替你打了一阵子抱不平呢，你知道吗？"

田老大道："唉，这是人家最不顺心的事，你还提起来干什么！端面来吃吧。"田大嫂对于丈夫这句话倒是接受了，端了几碗面条子上桌，自己也坐在下手相陪。

二姑娘没上桌，也没避到屋子里去，手里拿了一个铜连环坐在屋角落里矮凳子上，低了头只管盘弄着。二和虽然对她看了一眼，因为她是一位姑娘，不便说请她上桌来吃，也只好客气着说："二姑娘，打搅了。"

田大嫂道："二妹，你不吃一点儿吗？"

二姑娘道："我不是刚才已经吃过了一碗了吗？"

大嫂子笑道："我也是这样想，只吃一碗面得了，免得有了主人的，没有了客人的。"

二和听说，不由得身子向后一挺，将筷子碗同时放下来，笑道："要是像二位这样地优待来宾，我有点儿受不了。二姑娘你只管来吃，我有一碗面也就够的。"

二姑娘将三根铜棍子套住的许多铜环子，只管上下颠倒地解着。她十个指头拨弄不休，铜环子碰了铜棍子，不住地呛啦作响。看她舒展着两道眉尖，一双亮晶晶的大眼睛看了铜连环，只管带着一点儿浅笑。大嫂坐在下手，主客两位正坐在她左右手。她看看田老大，又看看二和，这就笑道："二掌柜，我们这面条子撑得怎么样？"

二和把一双筷子将面由碗里挑起来，挑得长长的，于是向田大嫂点了两点头道："撑得很好，又长又细。"

田大嫂笑道："要说很好，也不敢就承认了，反正不是门杠吧。要说又长又细，那是隆福寺门口灶温家的拿手东西。"

二和道："真要像他们撑得那样细也不好吃，成了挂面了。挂面拌炸酱，可不对劲。"

大嫂笑道："这样说，你是说这面不坏了？我告诉你，这不是我撑的，是我们这位厨子弄的。"说时回转身来，将筷子头指了二姑娘。

她不否认这句话，可也不表示着谦逊，只是低了头不住地弄她那铜连环。二和与她有几个月不见面了，只看她长圆的脸儿现在越发地丰润了。厚厚的浓黑头发剪平了后脑勺，在前头梳了一排半月形的刘海发，直罩到眉峰上面来，那就把她两块带了红晕的圆腮衬托得像烂熟的苹果一样。

二和是无意中看到，有了这样一种感触，可是在有了这种感触之后，就继续地去偷看她。最后一次，却是正碰着田大嫂向本人看过来，未免四目相射。二和对于田大嫂倒觉得不必在她面前怎样地遮盖，只是田老大也在座，怎好露出什么痕迹，只有低了头吃面。自己家里的伙食，十餐有八餐是凑合着吃的，这样好的作料却是少遇到。所以不多大一会儿工夫，就把那碗面吃完了。

田大嫂道："老二，你可别客气，再来一碗。"二和倒没说什么，将筷子夹了生萝卜丝吃。

田老大道："你别信她们闹着玩，面有的是。"他说着起身向外走。

田大嫂也放下筷子碗来向门外就走，口里嚷道："你怎么会下面？你可别胡来！"

二和眼见他两口子都走了，这屋子里就只有二姑娘一个人。她好像也不知道在屋子里的哥嫂全走了，只是把那连环在手上扣着解着。二和将筷子头夹了生青豆到嘴里去咀嚼，又把筷子头蘸了青酱送到嘴里去吮那咸味，两眼对二姑娘的乌黑头发只是望了出神。

二姑娘的全副精神都在手上的连环上，二和怎么地望她她也不知道。二和嘴里咀嚼了青豆，很是感着无聊，便笑道："二姑娘手上的这玩意儿叫什么名字？"

二姑娘并不抬头，答道："叫九连环。"

二和道："哦，这个就叫九连环。怎么样子玩法？"

二姑娘道："要把这上面的铜圈，一个个地全解下来。解得清清楚楚的，一个圈着一个。"

二和道："那还不是容易事吗？"二姑娘抿了嘴微笑，也没说什么，只向他看了一眼。二和道："这样说，这小小的东西还很有些奥妙呢？"

二姑娘道："奥妙可是没有，就是不能性急。我学了这玩意儿三天，一次也没有解下来。"她说着这话，把连环放在膝盖上就没有去解。

二和笑道："这是我来得不凑巧，到了这里，正赶上二姑娘解连环。"

二姑娘那苹果色的脸倒是加深了一层红晕，将牙咬了嘴唇皮，低了头微笑。二和看到她笑，自己也忍不住笑。二姑娘把身子一扭，扭着对了墙角落，两只肩膀只管闪动，嘴里是哧哧地笑出声来，笑得久了，把腰弯下去。最后，她猛可地站起身来，手叉门帘子就向里面屋子一钻。当她进去的时候，只见她把身子颤动个不了，想着是笑得很厉害了。

二和还要问她什么话时，田大嫂可就两手捧了一碗面进来了。见二和脸上很带了一些笑容，因把面放在他面前，低声问道："什么事让你这样快活？"

二和微笑了一笑。田老大也进来了，向二和道："老二，吃吧，难得留你在这里吃一顿面的，吃得饱饱的算事。唉，你干吗老乐？"他已是坐下了，望着他媳妇问出这句话来。

二和不免望着田大嫂，怕她随着开玩笑。因为田老大有了三杯酒下肚，是什么全不顾忌的。可是田大嫂并不理会，向田老大道："我告诉你吧，丁二哥今天高兴极了。"

田老大道："在大酒缸一块儿喝酒，他还直发愁呢，这会子他高兴了？"

田大嫂道："可不是！他到了咱们家，就高兴起来了。"这句话交代了不要紧，二和心里可直跳呢。

第二十八回

倚户作清谈莺花射覆
倾壶欣快举天日为盟

　　丁二和听到田大嫂要报告缘故，就不住地向她丢眼色。可是田大嫂满不理会，笑嘻嘻地向田老大望着道："你猜他今天来了，为什么高兴？"

　　田老大道："我猜不着，除非是炸酱面吃得很痛快。"

　　田大嫂笑道："你别看小了人。人家现在虽然境遇不大好，但是人家原来是一个公子哥儿呢，连炸酱面还有没吃过吗？"

　　田老大道："你干脆说出来吧，他到底是什么事高兴呢？"

　　田大嫂道："他为什么高兴呢，你不是说和他要在公司里找一个位置吗？他自己没有什么，只要他有了块儿八毛的本钱，干什么也可以糊口。只是他的老太太可以靠他养活，不用上街做小生意买卖了。他这一颗心就踏实了，怎样不高兴呢？"

　　二和听她这样说着，一颗心倒果然踏实了，对了他夫妇两个人都带了一分笑容，静听他们的回话。田老大道："对了，我已经在公司里给他想法子了，假使二哥愿意去干的话，大概总可以办到。"

　　大嫂向二和看了一眼，笑道："怎么样，我这不是谎话吧？"

　　二和站起来，向他两口子一抱拳道："足见你二位对我关心。"

　　田大嫂正收着碗筷呢，却把东西放下来不收，手扶了桌沿向他望着道："老实对你说，若是你一个人，还没有这样大的面子。二十多岁的人，还怕你找不着饭吃吗？只是我们心里老惦记住了老太太。她又是双目不明的人，冬不论三九，夏不论三伏，你尽让她老人家这样做下去，我们瞧着也是不忍。二和，我现在把话说明了，你还是干不干呢？"

　　二和笑道："我也不是那样不识抬举的人。你二位有了这样的好意，我还有个不愿高攀的吗？"

田大嫂就向田老大望着道："我可同你许下了心愿了，你可别让我丢人。"

田老大将手一拍胸道："说到别的事情，我做不了主。公司本来就要用人的，我介绍一个人去做事，大概还没什么难处。"

田大嫂就掉过来向二和道："你听见了？明天他到公司里和你想办法，后天你来听信儿吧。"

田老大笑道："我可不是公司里的经理，能够说一不二。明天我一定去说，可是也得请人打打边鼓，后日还不能够准有回信呢？"

田大嫂道："也许有回信呢？不是来打听消息，就不许二掌柜来吗？"

二和笑道："田大哥是好意，怕我跑往返路。其实我现在是整日在外面跑，多跑两回，那没关系。我大后日下午来吧。今天上午，我本是受了一肚子委屈，这一喝一吃，又经你两口子好意这样一抬举我，我高兴极了。今天我还没做生意呢，该走了。"

田大嫂见他带进来的一只空篮子扔在墙角落里，便笑道："这算吃了我们无钱的饭，耽搁了你有钱的工。今天时候已经不早了，怕你也做不了多少钱生意了。"

二和叹了一口气道："你是不知道，我今天还是真闹着饥荒，家里等了我卖钱回去开火仓呢。"

田大嫂把碗收拾着端了正要向外走，这又回转身放下东西来向他道："要不，在我这里先挪一块钱去用，将来你有了事情了，可得把钱都归还我。"说着便在衣袋里摸出了一块现洋，在手心里抛了两抛，回转头来，对二和斜看了一眼，笑道，"我知道，你准是说同人借钱是一件寒碜事，不能借。"

田老大将头一摆道："笑话！有道是有借有还，再借不难。人在外面混事，谁也有个腰里不方便的时候，向朋友借个三块两块，这是常事。漫说是咱们这样的穷小子，就是开大公司大银号的，也不是几十万几百万地在外面借款用吗？"

二和听到田大嫂说要借钱给他，本来透着不好意思，经他两口子一反一复地说过了，倒不好再推辞，便笑道："我怎么敢说不向人借钱的话？只怕是借了以后，没有钱还人家，可真难为情。"

田大嫂道："哟，块儿八毛钱的事，谁也不能放在心上，不还就不还吧。"

说着就把那块钱直塞到二和手心里来，二和接着钱，连说一两声谢谢，拾起了屋角下的筐子点着头道："我又吃了，又喝了，还借了你两口子的钱，真叫我惭愧得不好说什么。改日见吧。"

他说着话，脚不住地走，已是到了跨院子外。田大嫂追到台阶上招招手道："喂，别忘了，后天或是大后天，到我这里来听回信儿。"

二和在外面院子里回转头来看时，见她笑嘻嘻地竖起两个指头，二和也没有去细想这是什么意思，匆匆地到花生行去贩货了。稍微做了几小时的生意，就赶回家去看母亲。这原因是很简单，因为有了田大嫂借的那一块钱，最近要吃的两顿饭是没有问题的了。在晚上闲着无事，就把今天到田家的事说了一遍。

丁老太点点头道："我说怎么样？交得好朋友，那是比亲骨肉亲手足还要高到十倍去的。到了后天，你还是到他家去问问消息吧。"

二和道："约了大后天去呢，提早一天去，倒现着咱们穷急了。"

丁老太道："咱们还不穷、还不急吗？别人瞒得了，这样的老街坊，咱们什么事情他不知道？你反正是成天在外面跑的，到他家去多跑一趟，这算什么？"

二和当时也就含糊地答应了。无如丁老太却把这件事牢牢记在心上，天天催着二和去。到了那日，二和估量着田老大该回家吃午饭了，就在家里放下了花生篮子，匆匆地向田家走去。

因是算定了田老大在家的，并不曾向人打招呼，径直地就走进了跨院子去，口里还嚷着道："大哥在家吗？"可是这句话嚷出来以后，正面屋子里却是寂然，一点儿回响没有。

二和脚快，已经是走到屋檐下站住了脚，向屋子里伸头看了一看，因道："咦，这屋子没有人，怎么院门是开的呢？"

这才听到里面屋子里有人答道："二掌柜，请坐吧。我大哥大嫂出份子去了。"

二和道："二姑娘一个人在家啦？"

二姑娘将一根带了长线的针在胸面前别住，手摸了鬓发，脸上带了微笑靠内房门站定，向他周身很快地看了一眼，很从容地道："我大嫂子那天给你约会的时候，忘了今天要出份子。临走的时候她留下了话，说是那件事大概有希望了。"

二和道："那么，我明天再来吧。"

二姑娘牵牵衣襟，低下了眼皮子，微笑道："坐一会儿要什么紧。"

二和昂头看看房门框，便不在意的样子走了进来。二姑娘将桌子底下一张方凳子拖了出来放在门边，笑道："大远的路跑了来，休息一会儿吧。咱们老邻居，倒越过越生疏了。"

她说话时，在外面提了一壶开水下来，将桌上的茶壶加上了水，分明是里面预先加上了茶叶了。接着，她在小桌子抽屉里摸出一盒烟卷来。二和坐下了，却又起身摇着手道："你别张罗，我不抽烟。"

二姑娘道："你不是抽烟的吗？"

二和道："我现在忌烟了，那天在这里抽烟，是喝醉了酒。"

二姑娘放下烟卷盒，斟起一杯茶。当她斟茶的时候，低头望了茶杯子里面，却微微地颤动着，似乎她暗地里禁不住在发笑呢。二和立刻起身，将手遥遥地比着，连连地点头道："多谢，多谢。"

二姑娘将茶斟完了，退后几步，靠了里面门框站定，将一只右脚反伸到门槛里面去，人也一半藏在门帘子里面远远地向二和望着，微笑道："二掌柜烟已忌了，怎么又喝上酒了呢？"

二和端着茶杯在手里缓缓地呷茶，眼光也望了茶杯上浮的青烟，答道："我哪里要喝酒？那天也是闷不过，想把大傻子找到大酒缸去谈谈。不料倒是令兄去会了东。"

二姑娘道："你成天在大街上跑，还闷得慌吗？"

二和喝过一口茶，把杯子放下，昂起头来叹了一口气道："唉，二姑娘，你是饱人不知饿人饥。"

二姑娘左手扯住了门帘的边沿，右手伸个食指在门帘子上画着，眼睛看了指头所画的地方，微笑道："我怎么不知道，您不就是为了那个女戏子的事吗？"

二和脸上红起了一层薄晕，搭讪着把桌上的香烟盒取了来，抽出一支烟点了火缓缓地抽着，昂起头向座中喷了两口烟。二姑娘微微地转过身来向二和看了一眼，因道："二掌柜，我和你说得闹着玩的，你可别生气。"

二和笑道："你这是什么话，你府上一家子待我都好极了，我从良心上感激出来，正不知道要怎么报答是好。二姑娘这样地说一句笑话，我还要生气，那也太难了。二姑娘你坐着。"他说时，还点了一个头。二姑娘向他微笑着，见墙角落里有张矮凳子，便弯腰捡了过来放在房门口，半侧了身子坐下，将鞋尖在地面上连连画着，不知道是画着记号，或是写着字。

二和道："二姑娘，你平常找点儿什么事消遣？"

二姑娘笑道："我们这样的穷人家孩子，还谈什么'消遣'两个字。"

二和道："那倒也不一定。邻居坐在一块儿，说个故事，打一个哑谜，这是消遣；闹副牙牌，关着房门静心静意地抹个牙牌数儿，这都可以算是消遣。"

二姑娘点点头笑道："你这话也说得是对的，不过就是那么着，也要三顿粗茶淡饭吃得自自在在的人家。我们家还不敢说那不愁吃不愁穿的话。我姑嫂俩除了洗衣做饭而外，没有敢闲着，总是找一点儿针活来做。原因也是很简单的，无非借着这个好帮贴一点儿家用，至少是自己零花钱不用找我大哥要了。"

二和道："像二姑娘这样勤俭的人，那真不易得。"

二姑娘抿嘴笑道："不易得吗？也许有那么一点儿。我想着，我简直是笨人里面挑出来的。"

二和将手里的烟卷头扔在地上，将脚来踏住了，还搓了几下，眼光注射着地面笑起来道："果然是二姑娘先前说的话不错，老邻居倒越来越生疏了，见了面，尽说客气话。"

二姑娘微微地笑着，昂了头看门外院子里的天色。二和没有告辞说走，坐在这里不作声，也是无聊。于是第二次又取了一根烟卷抽着，口里喷了烟，也是对院子里看着。偶然对二姑娘看看，正好她也向这里看来，倒不免四目相射，二姑娘突然把脸红了，将头低下去。

二和喷了两口烟，搭讪着道："光阴真是快得很。记得我在这里住家的时候，好像是昨日的事。现在到了这里来，我可是做客了。"

二姑娘道："其实你那回抢着搬家也太多心。我大哥喝了几杯酒下肚，真是六亲不认。可是他没喝酒的时候，对人情世故都是看得很透彻的。"

二和道："虽然是这样说，也亏着田大嫂在家里主持一切。有道是牡丹虽好，也要绿叶儿扶持。"

二姑娘点点头道："对，幸亏他还有三分怕我大嫂，要不然他成天喝酒，那乱子就多了。"

二和不知不觉地又把那根烟抽完了，接着再取了一根烟抽着，因放出很自在的样子，腿架在腿上微笑着道："谈起大嫂，在这大杂院里谁也比不过她，配我们田大哥是足配。"

二姑娘只微笑，低头望了自己的鞋尖，低声笑道："那杨月容若是不走，伺候丁老太那是顶好的，丁老太也很喜欢她。可惜她是一只黄莺鸟，只好放到树林子里去叫。关到笼子里面来，她是不甘心的，有机会她就飞走了。"

二和道："唉，你还提她干什么！"

二姑娘笑道："其实她也用不着这样跑，就是在北京城里住着，大家常见面，二哥还能拦了她不唱戏吗？"

二姑娘把这句话说完了，回想到无意中说了一声二哥，不由得把脸红了。刚是把头抬起来却又低了下去。二和倒没有理会她是什么意见，还是微昂了头喷着烟。

二姑娘笑道："我可是瞎扯，你别搁在心上。"说时很快地瞟了二和一眼，接着道，"本来我这比喻不对。黄莺也好，画眉也好，你把它关在笼子里，怎么也不如在树林子里飞来飞去自在。"

二和道："那也不一样啊，有些鸟雀，它就乐意在人家留住着。鸡、鸭、鹅那是不用提，还有那秋去春来的燕子，总是在人家家里住着的。"

二姑娘道："那总也占少数。"说着，带了微笑，身子前后摇撼着。在她的表示中，似乎是得意，也可以表示着很自然。

二和道："用鸟比人，根本就不大相像。鸟天生成是一种野的东西，人要像鸟那样乱跑，那可是他自己反常。"

二姑娘点点头道："对了，月容不光是会唱，还长得好看呢。若照她长得好看，应该把她比一朵花。二掌柜，你猜，她该比一朵什么花？"

二和微微皱了眉毛笑道："我实在不愿提到她，二姑娘总喜欢说她。"

二姑娘笑道："一朵花长得好看，谁也爱看。她那样一个好人，忽然不见了，心里怪惦记的。"

二和微笑了一笑，没有作声。二姑娘道："真话嘛。有那长得不大好看的，无论这花有什么用处，有什么香味，人家也是不大爱理的。"

二和听了这话，不觉对她看了一眼，心里连连地跳荡了几下。二姑娘道："这世界上的事就是这么着，好花好朵儿的，生长在乡下野地里，也许得不着人瞧一眼。若是生长在大宅门子花园里，就是一朵草花儿也有人看到当了一种稀奇之物的。"

二和笑道："这话也不能说没有。可是花园子里的花，那也只好王孙公子去看看，穷小子还是白瞪眼。"

二姑娘笑道："那也不见得。遇着个王三小姐抛彩球，也许她就单单地

228

打在薛平贵头上。"

二和笑道："我可讲的是花，你现在又讲到人的头上来了。"

二姑娘也省悟过来了，何以不说花而说人？便红着脸笑道："人同花都是一个理吧。"说时抬起两只手来倒想伸一伸懒腰，但是把手抬起来一小半，看到二和站在面前，把手依然垂了下去。

二和向院子外面张望了一下道："田大哥还没回来，我该走了。"

二姑娘扶着墙壁站了起来，像是送客的样子，可是她口里说道："忙什么的，再坐一会儿。"

二和道："我不坐了，今天还没有做生意呢。"说着站起来拍了两拍手，虽见二姑娘并没有留客的意思，但是也不像厌倦着客在这里。因她手扶了门框，低着头还只管微笑呢，因之又走到房门口，看看天色，出了一会儿神。见二姑娘还是手扶了门低着头的，这又重新声明了一句道："再见吧，我走了。"随了这句话，人也就走出了跨院子了。

二姑娘倒是赶了来，站在屋檐下低声笑道："我还有一句话。明天别忘了不来，可有了回信了。"

二和道："我当然来。这是关于我自己饭碗的事，我有个不来的吗？"

二姑娘站着，低头凝神了一会儿，也没说什么。二和见她不作声，说一句"再见"，可又走了。二姑娘招招手笑道："我还要同你说一句话。"

二和见她这个样子，便又回转身来相就着她。二姑娘低声笑道："明天你来了，看到了我大哥大嫂，你可别说在这里坐过这样久。"

二和倒不想她郑而重之地说出来一句话却是这么一回事，也就对着她笑了一笑。二姑娘红着脸，也只有微微地以笑报答，二和同她面对面地站了一会儿，说不出所以然，终于是说声"再见"走了。

这一次二和回去是比较的高兴，同母亲闲谈着，说是田家二姑娘，你看这个人怎么样？丁老太坐在椅子上，总是两手互相掏着佛珠的，听了这话，把头偏着想了一想，问道："你为什么突然问出了这话？是他们提到了二姑娘一件什么事情吗？"

二和道："那倒不是，我觉得二姑娘对咱们的事倒真是热心。"

丁老太道："本来嘛，她姑嫂俩对人都很热心，你今天才知道吗？"

二和也没有跟着答复，把这话停了不说。丁老太却也不把这事怎么放在心上，只催二和次日再到田家去问信。果然地，二和只做了半天生意，带着花生篮子就匆匆地跑到田老大家来。

还没有进那跨院门，王大傻子迎着上前来，一把将他的手抓住，笑道："我正等着你呢，你这时候才来？没什么说的，今天你得请大哥喝一壶。"

二和道："喝酒，哪天也成！为什么一定要今天请你呢？"

王大傻子依然把他的手握住，笑道："这当然是有缘故的。你先请我喝上三壶，回头我再告诉你。"

二和笑道："不论怎么着，大哥要我请你喝一喝酒，这是应当的。有什么告诉我，没什么告诉我，这打什么紧！"

王大傻子两手一拍道："你猜怎么着，你有了办法了！田大哥已经给你在公司里找好了一个事了。你猜猜这事有多少薪水吧。"

二和笑道："我猜……"

王大傻子伸了三个指头道："有这么些个钱。并不是三块钱，是三十块。有了三十块钱，你母子两个人都够嚼裹的了。"

二和道："不行吧？"

王大傻子道："什么不行？田老大刚才对我说的，一点儿也没有错。他现出去打电话去了，一会儿就回来，咱们先上大酒缸去等着。"他说时挽了二和一只手胳臂就向外走，口里还道，"田大嫂，我给你一个信儿：丁二哥请我喝喜酒呢，我们在大酒缸等着呢。"

二和还要说什么，王大傻子拉了他一只手已是拖到了大门外，笑道："走吧，走吧，我嗓子眼里痒痒了。"带说带笑着，已是拖到了大酒缸。

这是熟主顾，也不用招呼，店伙已是送过一壶烧酒来。两个人围了一张小桌面坐着。王大傻子把两腿伸直来，两手按了桌沿腰子一挺，笑道："喂，给我们找一点儿好下酒的。今天是我们这丁二哥请喝喜酒，不能省钱。"

掌柜的在柜上坐了，正闲着呢，便插嘴道："怎么着，丁二掌柜快办喜事了吗？"

二和笑着连摇了两下头，啊了一声。田老大随了这啊的一声，已是踏进酒店了。他笑道："二哥，怎么尽摇头？"

酒店掌柜的笑道："他说喝喜酒，我想喝什么喜酒？不就是二掌柜到了岁数了，该办喜事了。"

田老大道："是吗？丁二哥把那位杨……"

二和站起来，两手同摇着道："绝对没有这件事。你问王大哥就知道。"

230

王傻子笑道："你和他找了一件好事，我说这是喜信儿，要他请我喝三壶。现在，他哪里谈得上娶亲？就是娶亲我也拦着他呢。坐下来。喝酒，喝酒。"他说着，把左手座位边的小凳子伸脚钩开，又拍了两下。

　　田老大左手按住了酒杯，右手拿了筷子，不住地夹了煮蚕豆向嘴里扔着，眼珠转了两转，向二和笑道："王大哥把话都告诉你了？"

　　二和道："没有呢，他只糊里糊涂地对我说要喝我的喜酒，我知道什么喜事？"

　　王傻子站了起来，将手指住田老大道："你，你，你问他，我还能冤你吗？田大哥，是不是他的事情已经找妥了？"

　　田老大笑道："这也用不着着急。你坐下来，咱们先喝酒。"

　　王傻子道："你说，不是三十块钱一个月的事吗？你说。你不说，我也坐不稳。"

　　田老大见他脸上像喝了好几斤酒一样，红透了眼睛皮，便笑着点了两点头道："对的，对的，是三十块钱一个月的事。王大哥，现在你可以坐下了吧？"说时连点了几下头。

　　王傻子提起上壶来斟上一杯酒，唰的一声昂起脖子来喝下去，向二和道："我能冤你吗？快喝吧。"二和越听说这些越是糊涂，愣愣地向田王二人看着。

　　田老大端起酒杯来先喝了一口，然后把杯子放下，还按了一按，表示了沉着的意味，向二和道："虽然是由我介绍的，也可以说是你自己的力量。我把你的姓名籍贯开了字条，送到经理那里去。他说是你的同乡，又问到你是干什么出身的。我看到他的意思不坏，就把你们老爷子的名字也告诉了他。他说那了不得，找到一家来了。他当年就向你们老爷子老太太全借过钱。把你派在调查科当了一名办事员。这比背了电线在满街跑那就好多啦。经理还真来个干脆，当时就下了批子，让你明天到公司里做事。老弟台，你说这件事办得痛快不痛快？没什么说的，咱们各人面前先干这一壶。"说时，把瓶子式的小酒壶一把捏了起来，左手拿了杯子，右手把壶向里面倒，倒一杯就喝一杯，接连地喝了三杯。

　　二和笑道："田大哥，尽管高兴，可别喝多了。"

　　田老大头一摆道："没关系。你大嫂子说我会办事，今天可开了大恩，让我喝一个醉。"说着，又端起杯子来向口里倒下去一杯，手里捏了杯子，还不住地挪搓着，偏了头向二和道，"老二，我们一家人待你全不错呀。将来咱们在一块儿的时候要多起来，我要喝过两壶之后，酒前酒后的要有什么话把你得罪，你可别向心里搁着。"

二和红着脸，也倒了一杯酒向他举了一举，一口干了，然后放下了杯子，伸出一个食指向天上指着道："当了这么大的太阳说话，田大哥待我这番好意算是把我由烂泥坑里拉了起来。我要是忘了你这好意，我不是丁家的子孙。"

田老大伸手拍拍他的肩膀，笑道："朋友交得好，彼此心照，不在乎起誓啦。"王大傻子在一边也就点点头。

果然地，二和为了起誓，将来就很有点儿感着苦恼呢。

第二十九回

月老不辞劳三试冰斧
花姨如有信两卜金钗

在他们喝酒的第二日，丁二和果然开始到公司里去工作了。在喝酒的第二个月，二和的家庭已是布置得很好。因为他做事很认真，公司里的经理念起以前曾因借他父亲的钱得了一个找出路的机会，现在也就借了一笔钱给二和，让他去整理家庭，所以他们的日子已经是过得很安逸了。

有一天星期，二和在厨房里做饭，经理却撞了进来了。看到二和迎到院子里，手里还拿了一把炒菜的铁铲子，便笑问道："这可了不得，你在家还自己做饭啦？"

二和将铁铲子送到厨房里去，却提了一把开水壶来沏茶待客。那经理在外面屋子坐着，举头四周观看了一遍，便请丁老太太出来相见。丁老太太由里面屋子摸索着出来，手还是扶了房门框就笑问道："经理先生，我猜你是刘副官吧？多年不见，你可发财了。"

经理站起来点点头道："你好说，老太太好！"

丁老太扬着脸笑道："那么我是猜对了。刘副官，你可别见笑，我穷得不能见人了。穷还罢啦，把一双眼睛弄成残疾了。"

二和道："对不起，她不能向你招呼。"

经理道："那就不必客气，请老太太随便坐吧。"二和挽着母亲斜对面地向经理坐了。

经理又向屋子四周看了一遍，点点头道："以二和现在的力量而论，也就不过如此罢了。只是他在家里还要做饭，管理家庭琐事，他每日到公司里去了，这些事又交给谁呢？"

二和道："做饭这件事总是我担任的。早上这一顿呢，我先做好了，同

233

母亲一块儿吃了再走；中上这一餐呢，或者请邻居同我炒一炒，或者在二荤铺里留下一句话，到了那个时候，送一碗面给我老太太吃；晚饭呢，自然就是我回来做给家母吃了。至于那些零碎琐事，我都是预先做好了的，或者出去的时候，没有把事做完，回来的时候，赶快把事情补起来。所以我在外面是做事，在家里也是做事，里外地忙。”

经理将手摸摸嘴巴，昂起头来，对屋顶上望望，笑道：“这样不是办法。”

二和道：“不是办法，也只有这样地做去，无奈这个‘穷’字把我们困住了。”

那经理对他母子俩倒看了好几眼，脸上微微带了一点儿笑容，似乎是有什么话要说的样子，嘴角连动了几下。二和道：“经理有什么要见教的吗？”说着将身子欠了一欠。

经理将两个指头拧一拧嘴角上的胡子，微笑道：“我看你家别的什么不齐备罢了，唯有一件却缺少不得。老太太，你猜猜，缺少一些什么？”

丁老太两手按了膝盖，偏了脸听他们说话呢，因经理已指明了要她答复，她就微微地点了两点头笑道：“这还用说吗，就是缺少这个吧？”说时，将大拇指同食指比了一个圈圈。

二和笑道：“对了。有了这个，我们就好办了。”

经理笑道：“不，不，你们虽然还差着这个，还有比这个更重大的呢。那是什么呢？就是替老太太找副眼镜。”他说着这话的时候，也是咪咪地忍不住笑声，直笑了出来。

二和脸一红道：“这是笑话。”

丁老太立刻伸手向他摆了两摆道：“你完全没有懂得刘先生所说的意思。他以为我没有眼睛，不能料理家务，应当找一个人代我料理家务，算是我两只眼睛。刘副官，你是这意思吗？”她说这话，虽然不能去看经理的脸色，然而她将脸朝着人，两只眼睛皮还只管闪动个不了。

刘经理两手一拍道：“正是这意思，到底老太太是个绝顶聪明人，一猜就着。”

丁老太道：“我们也是刚刚得着你的帮助才像一个人家，难道还有那种大款子娶儿媳妇吗？”

刘经理道：“钱的事，老太不用放在心上，我给二和张罗。”

丁老太笑道：“有您这好意，我们还有什么话说？可是娶一房儿媳妇并不是买一样东西，有了钱就可以办到的。"

刘经理笑道："我无事还不登三宝殿，今天就为做媒来的。不，做媒这两个字太腐败了，应该说是来做介绍人。"

丁老太道："那真是刘副官念在镇守使当年那一番旧情，人情做到底了。这倒叫我有点儿纳闷，像我们这样穷人家，有人同我们联婚吗？"

二和看看经理的脸子老带着笑容，母亲在猜疑的脸色上也飞上了笑容了，便插嘴道："经理的好意，我们是感谢的。可是家里添了一口人，又要加上许多负担。现在是刚刚饱了肚子，穷的那股子闷气还没有转缓过来呢，怎么着，现在又要去找罪受吗？"

经理将敬客的茶杯在茶几上端起来送到嘴边碰了一碰，随着又放下来，嘴角上带一点儿微笑，望了丁老太道："老太，您的意思也是这样吗？"

丁老太笑道："这孩子倒说的是实话，不过他说得太直率了。"

刘经理笑道："我以为丁老太正差一个帮忙的，来做媒正用得着。不想我这个月老有点儿外行，一斧子就砍在铁树上，碰了一个大缺口子。"

二和听到这话，不免红了脸。丁老太连连地摇头道："刘副官你可别见怪。这孩子不懂事，说话一点儿也不婉转。"

经理笑道："他这话也是对的，经济压迫人，比什么厉害。二和提到了负担上，那我也就不好再说什么了。"

丁老太怕经理见怪，只好找些别的话来说。经理也明知他们的意思所在，谈了一会子就告辞走了。

二和送走客再进屋来，丁老太埋怨着道："你这孩子说话也太不想想。一个公司里当经理的肯到小职员家里来，那面子就给大了。他又肯张罗钱替你做媒，那更是看得起咱们。不是往日他在你父亲手下当副官，那办得到吗？他这样做媒的人，是想吃想喝，还是想得喜封包儿？无非一番好意，体惜我双目不明，找个人来做伴罢了。你一点儿也不客气，就是给人一阵钉子碰。"

二和一走进门就听到母亲这样教训了一顿，倒不免站着呆了。丁老太道："你再想想吧，我这话对是不对？"

二和道："别的事情可以讲人情，婚姻大事也可以讲人情吗？"

丁老太道："我也没有叫你讲人情。"

二和还没有答言，就听到刘经理的声音在院子里叫道："我又来了。"

二和听了这话也是一愣，怎么他又来了？他随着这话已是走进了屋子，帽子也不取下，站在丁老太面前笑道："到底是我做媒外行。我说了半天的媒，还没有告诉你们是哪一家的姑娘，你们怎能答应呢？"

丁老太也站起来笑道："你请坐，难得你这样热心，请坐下来，慢慢地说吧。"

刘经理笑道："不用坐了，我就告诉老太女家是谁得了。"

丁老太道："是呀，哪一家会看上了我们这穷小子呢？"

刘经理道："我说出来了，你们想想，暂时不必答复我。我这斧子砍了一个缺口，不好意思在当面再碰一个缺口子。"

二和笑道："经理你请坐下来。我说话太直率了，家母也正在怪我呢。"

刘经理笑道："做媒的人，照例是要两边挨说的，这没关系。我还是提这姑娘吧，你大概认得。"

二和道："我认得的姑娘，经理也认得吗？"

刘经理笑道："这也没有什么不可以，也许你们老太太老早地就把她当姑娘看待过了。"

二和不由心里跳了两下，月容会托他出来做媒吗？丁老太道："这样说，是我们的熟人呀？"

刘经理道："自然是啊。这年头儿，不是戏台上说的话：东村有个小小子，西村有个小姐儿，两下一凑合，这就算做媒。现在必须是男女双方彼此有了很好的爱情，找一个人从中说一声儿，做一个现成的媒。这叫介绍人。还有根本上用不着人去向男家或女家说话，只是到了结婚的礼堂上，婚礼上差不了这么一种人，临时找一个人来补缺。这个人也许单单只新郎认得，也许单单只新娘认得，不但他不能替两方面介绍，反要新人介绍给新人说这是咱们的介绍人，这不是一件很大的笑话吗？"说毕，昂起头来哈哈大笑。

那丁老太正等着说他到底提的是哪一家的姑娘呢，偏偏他又把结婚的风俗谈上了一阵子。这就仰了脸对着他道："你说这姑娘是谁吧。"

刘经理道："我当然要说出来。不过有一层，假如我说出来之后你们不愿意，人家怪不好意思的，你们就千万不能对人再说。"

丁老太笑道："我们也不能这样不懂事啊。再者，这只可以说是我们没有钱，娶不起儿媳妇，不能说是不要谁家姑娘做儿媳妇。"

刘经理笑道："也不能那样说。假使找一个废人，或者身家不明的人给你做儿媳妇，你当然不能要啊。我说的这家姑娘当然不会这样。二和，你猜是谁吧。"

二和笑道："这个我猜不到。"

刘经理笑道："你自然不能猜。你若是猜出来了是谁，那就显见得你对于谁有了意思。"

二和啊了一声，还不曾答话，刘经理笑道："也许这个人就是你所注意过的，她姓……"刘经理说到这里，故意把话拖长了一点儿，不肯说完。

二和笑着摇了两摇头道："请经理不必让我猜了，我是猜不出来的。"

刘经理笑道："你也许不会想到他们待你有这样好。就是介绍你到公司里去的田金铭，他有个妹妹……"

丁老太抢着道："是二姑娘呀，田大哥怎么会请出公司里经理来做媒的呢？"

刘经理道："倒不是他自己，是他的女人。她常到我家里去帮了做点儿针线活，有时他妹妹也去。我太太倒很喜欢她姑嫂两个。问起姑娘还没有人家，她嫂子就说同你们是多年的街坊，很愿结成亲戚。不过她怕这事不容易成功，还不肯说出来。我太太以为这是两好就一好的事，就派我来做一个媒人。"

丁老太道："姑娘果然不错，我也很喜欢的，只是……"

刘经理笑着摇摇手道："这下文不必说了。只要你们知道这姑娘为人怎样，那就行了。明天可以，后天可以，再多过几天也可以，二和可以托人回我一个信。现在你们就开始考虑起来吧。"他说着掀起帽子来点了两点头径自走了。

二和将客送出了大门外，一路叫着奇怪回来。丁老太道："这有什么奇怪？有姑娘的人家托出人来做媒，那不是常事吗？"

二和道："本来是常事。可是咱们和田老大这样熟的人，什么话不好说？为什么绕上这样一个大弯子，还把公司经理请了出来？"

丁老太道："你没在听到说这是田大嫂子的意思吗？"

二和道："田大嫂子为人就是这样，太热心。上次也就为了她太热心，闹得田老大生了疑心，叫我们真不好应付。现在这件事又是田大嫂发动的，田大哥不知道是什么意思，不会更发生误会吗？"

丁老太本有一番话要说出来，听到二和这样说了，只带了一点儿微笑向他点点头。二和也不明白母亲的意思何在，不便追问，心里想着：等母亲提到这件事，再申诉自己的意见吧。谁知老太对于这件事好像不曾听到人说过一样，刘经理去后，就把事情忘了。二和越看到母亲沉默，越不知道如何应付，只好默然地过下去。

这样有了三天，心里想着经理所需要的答复，现在该说出来了。但是自己的意思很难决定，母亲的意思不知道，田老大的意思也不知道，这话又怎样地去说呢？每日到公司里去的时候总不免和经理见面的，见了面的时候，心里就拴上一个疙瘩，把头低了下去。所幸经理在见面的时候，虽在脸上带了一些微笑，然而他却没有提到做媒一个字。这更奇怪了，莫非他见我老不回信有点儿生气吧？因之二和在这天看到经理之后，老远地站定就笑着打起招呼来，笑问道："经理，今天天气凉，你还没有穿皮大衣？"

经理笑道："皮大衣放在汽车上。你同我来，我还有话同你说呢。"说时招招手，将他引到自己的办公室里来。他不怎样在意地自在写字台边椅子上坐下了，伸了巴掌，指着对过沙发椅子道："请坐，请坐。"

二和虽觉得一个小职员在经理室里是不能随便坐下的，然而经理是在父亲手下当过副官的人，自己总算他的小东家，那也无须太客气。于是点了两点头，倒退着坐到沙发上去。

经理打开桌上的烟筒子抽一根放在桌沿上，笑道："你抽烟。"

二和起身说了一声谢谢，经理自取了一根烟抽着，将桌上的墨盒移了一移，又把笔筒子里的笔根根都扶正了，这就笑向二和道："你今天来给我的答复了吗？"二和正要开口答话，经理向他摇了两摇手道，"你不要以为我是个经理，有点儿把势力压迫你，就非答应不可。这是你婚姻大事，不应当怕势力压迫的，你只管说你心里要说的话。"

二和笑道："经理有这样的好意，我还有什么话说，只是……"

经理笑着摇手道："不用转着弯子说了，我已经知道你的意思。我这个月老，算是砍了三斧子，就碰了三个缺口子。"

二和红着脸道："并不是我那样不识抬举，连这样的好事我也要推辞。只是听经理所说，好像田大哥还没有表示意见。他那个人有时很和气，有时喝两杯酒，那就要大大地闹起脾气来。"

经理笑道："这是我大意了。我那天告诉你娘儿俩做媒的经过，只说了是田大嫂的主意，却没有说老田的意思。自然我不能那样糊涂，也不问问他家主的话，我就来做媒。这两天你见着老田没有？"

二和道："昨天公司门口见着一面，只点了个头，没说什么。"

经理笑道："是的，这两天他有点儿躲着你，你也有点儿躲着他。其实这是不必。譬如这亲事说不成的话，往后你两个人同在公司里做事，还不见面吗？"

二和听了这话，脸色倒是有一阵变动，经理笑道："我看你这情形，大致我已明白了。你们做街坊的时候，二姑娘不也常到你家去玩儿吗？就是现在你也常到他家去吧？"

二和红了脸道："老街坊，相处得像一家人一样，倒也不拘形迹的。"

经理笑着点点头道："有你这话，我就很满意的。今天谈话到这里为止，改日我见令堂再详谈吧。办公时间到了，你办事去。"

二和站起来，究竟还不免有些犹豫。经理笑道："好吧，你去吧，什么事不外乎个人情，我知道就是了。"二和见无可申辩，也只好不说了。

当天经理回家，把话就告诉太太。太太正是一位好事的人，听了这话，立刻又把田大嫂子请了来，把话告诉她。自然，到了晚上，田家二姑娘也就知道这个消息了。可是在当日上午，这二姑娘心里感到有点儿不耐烦了。哥嫂两人恰是都出去了，她就坐在炕头上，两手抱了膝盖，隔了玻璃窗向外望着。

王傻子的媳妇王大嫂在院子里经过，见到玻璃里一张粉白的脸，便站着向她招招手道："二姑娘在家啦，出去玩一趟好不好？"

二姑娘摇摇头道："我懒着呢，坐在炕头上没下地。"

王大嫂子走到玻璃窗下，向她点了头，低声道："身上又不舒服吗？你要是不愿找大夫瞧瞧，也应当弄个偏方吃吃。"

二姑娘摇摇头笑道："死不了，没关系。"

王大嫂子笑道："一个做大姑娘的，身上老闹着毛病，这也不好。"

二姑娘笑道："我不过是懒得动，并没有什么毛病。大嫂子要上哪儿呀？"

王大嫂道："我们大傻子有半个多月不挣钱了。以前算命的说过他的运气不大好，我想到庙里去同他求支签儿瞧瞧。"

二姑娘忽然笑起来，立刻伸腿下炕来，一面招着手道："等一会儿，我也同你去。你打算上哪个庙里求签？"

王大嫂道："就是这胡同口上观音庵，很灵的。你洗脸吧，我在你家里等着吧。"

姑娘见她肯等着，更是高兴，除了理发洗脸而外，还换了一身干净衣服。又在梳妆盒子里找出了一小朵红绒花戴在鬓发上，手上还拖了一条很长的花绸手绢，笑盈盈地走了出来。

王大嫂子向二姑娘周身上下看了一遍，微笑道："你真美，该找个好婆婆家了。"

二姑娘将身子一扭道："你要是这样地同我闹着玩，那我就不去了。"

王大嫂笑道："我不同你闹着玩，我实在同你帮一点儿忙就是了。"

二姑娘道："那才对……不，我也不要你帮什么忙。"

王大嫂子笑道："你这话有点儿矫情。人生在世，谁短得的了要人帮忙呢？"

二姑娘也没有和她辩论，只笑着低了头走路。出这胡同口不远就是观音庵。这是一座尼姑庵，男子汉平常是不进去烧香礼佛的，所以满胡同里的姑娘、少奶奶也不断地向这庵里去。庵里的老尼姑满胡同里人都叫她庵师父，二姑娘也认得她的，一度还要拜她做干娘呢。

两人走进了庵里，老尼姑迎出来。先看到皮匠的老婆王大嫂，就只微笑着点了一点头。及至看到了二姑娘在后面，就伸了一只巴掌打问讯，因道："二姑娘也来了？你好，听说令兄在公司里又涨了薪水了。"

二姑娘道："王大嫂子来求支签，我也跟着来了。"

老尼将她们引进了佛堂，问道："二姑娘，你求签别在观音菩萨面前求了，这边花神娘娘面前就好。你不用说什么，磕下头去，两手捧起签筒子来摇着就得了。"

二姑娘听她所说，似乎话里头有话，把头低着也没有说什么。王大嫂自在正殿中间观音座前礼拜，老尼并没有理会。倒是二姑娘在花神座前站着，老尼就点了三根佛香，两手交给她，笑道："二姑娘，你磕下头去吧，我们这花神娘娘显灵着呢。"

二姑娘插好了香在炉子里，在拜垫上跪下去了。那老尼弯了腰就把签筒送到她手边，低声笑道："你随手摸一支签就得了。"

二姑娘并不看着签筒，随手在签丛中抽出了一支。老尼也不让她细看，早是接过去了，笑道："好的，好的，这是上上签。"

二姑娘站起来时，老尼已经把签文纸对了来，交给她笑道："你回去叫人念给你听，准不错。"

二姑娘笑道："我回去叫谁念给我听呢？满院子里找不着一个认识字的。"

老尼笑道："签上的诗句，凑付着我还认得，我就念给你听吧。"她于是两手捧着签文念道：

> 东方送暖日华新，万紫千红总是春。
> 昨夜灯花来报喜，平原走马遇佳人。
> 问财得财，问喜得喜。
> 行人快到，老病即瘥。

她念完了一遍，向二姑娘笑道："你听见了没有？无论什么事都让你顺心。可是有一句话我得声明，就是老佛爷照顾着我们，我们也得报答老佛爷。要是你所求的事顺了心了，你可得在花神娘娘面前许下一炷长年佛灯。"

二姑娘笑道："在佛爷面前我可不敢胡乱说话的。长年佛灯，我可没有这样好的常心，老是到庵里来点灯。"

老尼笑道："哪里要你这样费心呢？你把一年或是二年的油灯费交给我就得了。"

二姑娘笑道："要是这样办，我可以许下这心愿的。"

她两人在这里说着话，王大嫂子在那边观音大士面前也敬过了香求过了签，手里拿了一支竹签到老尼面前来，笑道："老师父，请您也给我对一对这支签。"

老尼爱理不理的，接过竹签随手就扔在签筒里，然后到旁边佛签橱里随便掏了一张签文给她，还叮嘱她道："这支签也不坏呢！上次你许的那笔佛香钱还没有交出来呢，对人失信不要紧，对佛爷失信是不可以的。"

王大嫂道："是呀，这真对不起。我就对我们王傻子说了好几回，说是许了心愿一定要还的。他糊涂着呢，有闲钱尽喝酒。"

老尼已是掉过脸来向二姑娘笑道："听说你常到公司经理家去，有机会带我去化一点儿缘吧。"二姑娘笑着连连地说可以。老尼直送到门外，连说花神娘娘最显灵的，可别忘了还愿。

二姑娘欢欢喜喜地回了家，哥嫂还没有回家呢。她就掩上房门，把签文拿出来看。自己虽然认不了几个字，可是那纸签文倒像是有趣的东西，越看越爱看。总在看过二十遍以后，才放到枕头下面去，自己就躺在炕上琢磨着老尼姑说的话。忽然想起一件事，是母亲在日给了自己两支双喜字的包金簪子，说是没有什么做手记的，这两根簪子拿去陪嫁吧。于今剪了头发，这簪子有什么用？想过了，就在灶头边的小箱子里把簪子取出来，随便扔在小桌上。

一小时以后，田大嫂回来了，进房来和她谈话。因为到小桌上来提茶壶，看到这两根簪子，便拿起来看看，咦了一声道："这是妈给你留下来的手记，你干吗乱扔？"

二姑娘淡淡地道："现在谁也不梳头了，要这东西有什么用？"

大嫂道："可是妈的意思，是留着你出门的时候做个纪念呢。"

二姑娘又淡淡地笑道："等着吧，还不如换了打两个银戒指呢。"

田大嫂将两根簪子托在手心里连掂了几掂，把上方的牙齿咬了下方的嘴唇，笑道："这个消息，我本来不愿意在这个时候告诉你的。你既然是着急起来，我就告诉你吧。刘经理既然出来给你做媒人了，二和那小子心里是早乐意了，不知道他为什么还不干脆地答应出来。"

二姑娘呸了一声，将头扭过去道："大嫂你瞎扯，谁问你这个？"

田大嫂笑道："真的，这日子快了，我是打算有了十成十的消息才告诉你……"

二姑娘捏了拳头远远地举着，做个要打的样子，田大嫂扔了两根簪子在炕上，扭转身来就跑走了。

二姑娘听了这话，心里暗暗地想着花神娘娘真灵，把那两根簪子捡起来，自己咻的一声笑了。站在炕边，也不知道什么缘故，好好地发愣，捏了两根簪子一动也不会动。后来很恭敬的样子对窗子外的天色看了一会儿，却把两根簪子向被褥上一扔，看时全是有喜字的一面朝上。捡了起来，二次再向被褥扔去，看时还是那面有喜字的朝上。这倒不觉地得了大嫂那传染病，也是把上面牙齿咬了下嘴唇皮，望了天带着笑容点点头，把两根银簪子捡起，就好好地收到小箱子里去了。趁嫂嫂没有留神，就溜到王傻子家里去，笑着叮嘱王大嫂道："今天咱们到观音庵去的事，请你千万别对我嫂嫂说。"

王大嫂道："请香敬佛爷这是好事，干吗瞒着？"

二姑娘连连摇着手说："别嚷，别嚷。"她也不敢多说，转身又回家了。王大傻子傻，他媳妇可不傻，当时心里就有点儿明白，后来又听到田大嫂说要同她妹妹寻婆婆家，这就更明白了。她不免把这话告诉了王傻子，王傻子又转告诉了二和。但是这里面有点儿误会的。

第三十回

事业怯重摧来求旧雨
婚姻轻一诺归慰慈亲

是在二姑娘求签以后第二日的事了。王大傻子特意到二和家里来找他谈话，一进院子口里就先嚷着："丁二哥！"

丁老太在屋里应声道："是王大哥吗？他还没有回来呢。请进来坐坐。"

王大傻子道："他什么时候回来？我有几句要紧的话急于要对他说说。"

他口里这样说着，人已是走了进来。丁老太手里端了一杯茶，斜靠了茶几坐着，只看那杯子里还向外冒着热气呢。屋子中间放了一只白炉子，煤火熊熊的，向口外抽出来三四寸高的长焰。炉口边上放了一把白铁壶，里面的水也正烧得呼噜呼噜作响。

王傻子道："这样子，是你老人家自个儿沏茶喝来着，可得仔细烫了。"

丁老太对了他说话的所在微微地起了一下身，依然坐下去，叹了一口气道："这也是没有法子呀。不过自个儿这样做惯了，倒也不觉得怎么样。你请坐。"

王傻子道："你熬到现在，也该出头了。二和现在一个月挣到三十多块钱，将来还有涨薪水的希望。他不在家，也该找一个人来伺候你了。"

丁老太道："雇人我是不敢雇的。别说我双目不明，雇了人在家里，她会给我胡搅一气，恐怕找一个人来，一进我这样的穷家也就不愿干了。"

王傻子在她对面一张矮凳子上坐着，抬起头来对屋子上下周围全看了一看。见正中神案前，残缺的五供和油盐罐子杂乱地放着，报纸和残书堆得有两尺来高。在这纸堆边上，又堆上两捆布卷儿。桌子角上一把黑铁壶却在砚池盖上，便道："老太，不是我多事，我说二和的那个脾气，您得管着一点儿。"

243

丁老太扬着脸，把闭了的眼睛连连闪动了几下，笑道："王大哥，二和做错了什么事吗？"

王傻子道："事情是做错了，可不是他有心做错的。不过，他也有心这样地干。"

丁老太不禁笑了，点点头道："大概二和做是做错了，究竟是不是他有心这样做的，您还说不定吧？什么事呢，我总可以拿三分主意。"

王傻子道："田老大这回给二和介绍事，他是有意思的呀。他的二妹有点儿谈恋爱呢。"说着不免将两手分别地搓着两条腿，反正是丁老太不看见的，就向她脸上不住地打量着。

丁老太笑道："王大哥也谈起恋爱来了？可是这些话全都是些谣言，你怎么也相信？"

王傻子将颈子一伸，低声道："不，我这话听着多了。田老大也是听多了这闲言闲语。姑娘大了，娘老子也管不了，别说是哥哥。再说，田大嫂子又很是帮小姑子的忙，他没有了办法，想着将错就错吧，就把二姑娘给二和吧。可是二和这小兄弟要耍一个小脾气，还是不大愿意。这一来可把田老大急了，不到两天就给二姑娘说上了个主儿。"

丁老太将手里半杯剩茶咕嘟一下向口里倒去，问着一声："是吗？"

王傻子道："我当然不能骗您。亲事不成，这没有什么。老二年纪还轻，还怕找不着媳妇吗？可是公司里这份事情，恐怕靠不住。"

丁老太道："虽然做不成亲戚，田家也不吃什么亏。二和究竟和他是好朋友，他既然介绍二和到公司里去了，好人就做到底，何必又要把他的事情弄掉呢？"

王傻子道："咱们同田老大共了多年的街坊，田老大为人您还有什么不明白的吗？他同人要别扭上了，那就真能胡来。听说那公司里现在还正要裁人呢。"

丁老太道："依着王大哥应当要怎样办呢？"

王傻子道："昨日个早上，二姑娘还同我那口子一块儿到观音庵烧香求签去的，瞧她那意思，好像心事还没有决定。你们趁早儿在二姑娘面前露点儿好意，这事也许挽回得转来。因为这件事，二姑娘是要做一半主的。我实话实说，您两只眼睛不方便，就得早早有个儿媳妇来伺候着。可是新娶的儿媳妇什么也摸不着头脑，能够在街坊里面找一个姑娘，那就比自己姑娘差不多。"

丁老太笑道："照你这样说，那简直我要娶儿媳妇，非娶田家二丫头不可？"

王傻子道："并不是非娶不可，唯有这么一个人透着合适。"

丁老太点点头道："您所说的，自然也是很对。只是二和这孩子的脾气也真不肯将就人。"

王傻子道："这没有什么，您可以吓唬吓唬他。您就说，要是不到田家去敷衍一下，恐怕公司里的位子难保。无论他脾气怎么不好，对于公司里的事情不能不放在心上。除了他自己要吃饭，还得养活着老娘呢。"

丁老太道："这孩子也是得吓唬吓唬他！穷到这份光景，他还得使上一股子脾气。王大哥，您先回去，回头我叫他去找您。"

王傻子道："好的，我在家里等着。假使他要找我，他可以在大酒缸坐着，派人去找我得了。"说着他已起身向外走去。

丁老太还昂了头，对门外叫道："王大哥，你在家里等着他，等到什么时候呢？"

丁老太说过了，却只听到王傻子说了一句老等着，人已走远了。

自然，王傻子是一番热心。然而田老大真会像王傻子所说的，这人也就私心太重了。丁老太心里把这个问题颠三倒四地想了很久，自己也解答不出一个所以然来。只在一小时以后，二和嘴里哼着西皮二黄走进来了。丁老太迎着他，首先一句话便问道："你在公司里看到经理对你有什么不好的颜色吗？"

二和道："没有呀，我每天老早地到，晚晚地走，经理还能对我说什么？"

丁老太道："经理要不高兴你，不会是为公事，是为了私事，你猜猜看。"

二和道："那还用得着猜吗？若是经理不高兴的话，那就是为了他媒没有做成。"

丁老太道："你知道还说什么！刚才王大傻到这里来过的，他说田老大生了气了，把二姑娘另许了人。瞧那意思，跟你已然是闹上了别扭，在经理面前说了坏话。说不定你这只饭碗有点儿保不住了。你想，他有那本领替你荐事，他就有本领在经理面前说坏话，免了你的职。"二和听了这话，愣愣地站着，许久说不出话来。

丁老太道："你不能一辈子提花生篮子养活我吧？刚刚有了一个稳当的

饭碗，你就愿意扔了吗？"

二和又沉吟了一会子，因答道："我想田老大总不至于做出这样的事来吧？不过公司里倒有裁人的谣言。"

丁老太坐着把头垂了下去，因道："自然这个时候，你和田老大去亲近亲近，或者在田大嫂子面前说几句好话，事情就回转来了。王傻子今天来不是没有意思的，也许他就是受着田大嫂之托。我老早老早就知道了田大嫂的意思，她是愿意咱们两家结亲的。说到二姑娘这丫头呢，也没有什么配你不过的。可是咱们不能为了饭碗去将就人家的亲事，这是你一辈子的事，我不能胡拿主意。"

二和道："大家虽是老街坊，相处得不坏，可是咱们这样的人家怎么会让田老大一家人看得起？这透着有点儿奇怪。"

丁老太道："田老大只要不喝酒，他媳妇叫他死，他也闭眼睛，这全是田大嫂的意思，他不能不照办。至于田大嫂子为什么定要结亲，二姑娘也乐意，这就我也不大明白。"

二和手扶了门框，昂头看了院子外的青天，把脚在门槛上一顿，倒是咚的一下响。丁老太道："你这孩子，事情是全凭你做主的，你好好的发什么狠！"

二和还没有答应呢，就在这个时候院子门外有人问道："这是丁家吗？"

二和答应了一声是，就有一个三十来岁的小伙子背着一只白面袋进来。二和道："你们是宝丰粮食店里来的吧？"

小伙子已把一口袋面扛进屋子来放在地上，答应"是的"。二和道："你扛了回去吧，我今天没有钱给。"

小伙子道："掌柜的说了，你不给钱，就记着吧。"

二和笑道："年头儿改好了，粮食店怕白面换不出钱，送到人家来，请人家记账？"

那小伙子倒没说什么，对他嘻嘻地笑着，说了一声再见，径自走了。

丁老太道："一袋面要三块多吧，他干吗一定赊给咱们？"

二和道："人都是势利眼。这宝丰粮食店的掌柜听说公司里有大厨房，想拉买卖。今天上午托过我，我答应了给他帮忙。是我顺便问了一声双喜牌白面什么价钱，他说卖给别人三块二，卖给咱们只要三块，回头就给咱们送一口袋来。不想他果然送来了。平常送了白面来不给钱，第二句话也

246

不用问，他就会扛走的。"

丁老太道："这不结了。这年头人死得，穷不得。这面是搁在咱们家里了，假如他知道你的事情有点儿靠不住，明天一大早就会来要钱。"

二和听了这话，只管在屋子里来回地转着，眼睛只瞧那墙角竖着的一只面口袋，随后就叫道："妈，我还是找着王大傻子谈话吧。"

丁老太道："他倒是说了，假如你不乐意到那大杂院里去，可以到大酒缸去等着他。"

二和道："不乐意到大杂院去，行吗？大概要求大杂院里人帮忙的事还多着呢。"

丁老太道："既是那么说，下午由公司里回来，你亲到田老大那里去一趟吧。"二和鼻子里哼了答应着，就匆匆忙忙地陪着母亲吃过了午饭，然后就到大杂院里来找王傻子。

只见王嫂子自靠了房门坐着在拉鞋底子，远远地看到了就站起来道："傻子没有想到你会在这个时候来，出去做生意去了。你来坐一会子。"

二和还没有答言呢，却看到二姑娘由王大嫂屋子里抢了出来。远远地看去，没有看清楚她是什么颜色，然而她颈脖子红红的是看得出来的。二和愣了一愣，依然走到王大嫂子身边来。她低声笑道："你现在也急了？我真替你可惜，煮熟的鸭子会给飞了。"她带说着话带走进屋子去，二和自然也是跟着。

王大嫂这就把嘴向西边屋子一努，因道："她已经有个主儿了。"

二和笑道："这干我什么事？"

王大嫂把脸一板道："你跑了来干什么？我知道你是听到公司里要裁人，来找他替你想法子的。"说时向他伸了个大拇指，又接着说道，"你也不摸着心想想，人家找你的事你瞧不上眼，这会子你有了事了，你就来找她，她睬你吗？"

二和虽然有点儿惊慌，但是态度还很镇静，低声问道："你说我有事，我有什么事？"

王大嫂道："你没听到吗？我再说一句，你公司里要裁员，你可得留神点儿。"

二和道："你也知道这消息吗？"

王大嫂道："刚才她在这里聊天就谈起了这件事，我正要问一个究竟你就来了，可见得她讨厌着你。"

二和道："也许人家是害臊吧？"

王大嫂道："全是熟极了的街坊，人家还害什么臊？说明白一点儿，人家是生你的气。"

二和犹豫了一会子，便道："既是那么着，我就晚上再来吧，这时候我要到公司里上工去了。"

说着话，溜了出来，远远地对了田家的窗户看了去。果然地，二姑娘一张脸子是在玻璃窗子里张望的，等到二和向她看了去，她立刻就把头低了下去了。二和虽不知道她是什么原因，反正她不乐意见面那是真实的，心里头总算打了一个疙瘩。

走到公司里，留心看看进出的人，果然脸色都有些慌张。自己也就把心房提着，向办公的地方走去。这一留心，事儿全出来了，只见各股办事的头儿全先后地向经理室里走。这屋子里几个同事的，全都交头接耳地说话，仿佛听到对过座位上有一位同事说："在公司里年月久一点儿的人，那总好些。因为这不是衙门，用人总得论一点儿劳绩。"

二和听说，心里更是不免卜卜乱跳。等着向经理室问话的人全走光了，自己也就一鼓作气地挺了胸脯子向经理室走去。可是走到房门口，手扶了门机钮停了一停，不曾推门，这两条腿又缩回来了，依然走到自己座位上坐下来写字。看那两位同事，也是瞪了大眼睛向自己看着。过了十来分钟，自己心事实在按捺不住，本待起身走着，可是看看别人的脸色，胆子也就小下来了。最后到了六点钟大家下班的时候，实在不能再忍了，这就把抄的文件放到桌子抽屉去，牵牵衣襟，摸摸领子，又走到经理屋子去。

那刘经理正把衣架上的大衣取下向身上加着，随手拿了帽子，一转身看到二和带上门站定，便问道："你也为了公司里有裁员的话，要来向我打听消息吗？"

二和笑道："不，不，我没有这资格。前次蒙经理的好意，替我提的那头亲事，到今日，无论如何我是该给你一个答复了。"

刘经理笑道："怎么，现在你觉得非答复不可了？那么，你就告诉我你所答复的话吧。"

二和道："以先我所考量着不敢应承下来的，就是我想着我家里的生活费现在还是自顾不暇，怎能再添一口人？可是最后转念一想，像田家二姑娘，她不是不会劳作的人，到了我家了，当然她可以出份力量来帮助，不至于白添一口人。"

刘经理将手摸摸自己的胡子，微笑道："据你这样说，你是可以俯允的了？"

二和听说，只好站着，捧了拳头连连拱了两下，笑道："经理说这话我就不敢当。像我这样穷，只能说是人家对我俯允，怎能说是我对人家俯允？"

刘经理笑道："凭我的良心说，田老大夫妇对你母子二人很好，你实在不应当过拂人家的意思。"

二和躬身道："是，我也很知道的。"

刘经理道："既是你已经明白了，那就好办。我这月老做成功了，也总算你给了我三分面子，我也很感谢的。回头我对田老大说一声，让他找出正式的媒人来。"

二和笑道："经理不做介绍人也好，为了两家体面的关系，还要请经理做证婚人呢。"

刘经理对于他这话倒不以为怎样刺耳，将手连连摸了几下胡子，点点头道："好吧，明天再说吧。今天应付公司里许多人，我累了，有话明天谈吧。"他一面说着，一面戴了帽子起身向外走。

二和不能反留在经理室里，自然是跟着他一块儿走出来，心里也就犹豫不定地沉思着：说到经理没有见怪的意思吧，他老早就说过了，算是碰过我三个钉子；说是他见怪吧，可是相见的时候，他的态度又很自然。这样自己给自己难题做的时候，肩膀上却让人拍了两下，回头看时，是收款股的一个小办事员。二和笑道："又是什么事高兴了？走来吓我一跳。"

那人正色道："还说我高兴呢，我是整天地在这里发愁啦。"

二和道："为了公司里要裁人的事吗？"

那人道："可不是。你是经理看得起的人，大概不要紧。据我所听到说的，大概要裁去五分之二的人。五个人里面裁两个，差不多就是对半留，我这饭碗恐怕靠不住了，我没有什么，我一个光人，有两条粗胳臂，每天能混一毛钱，我就能买两顿窝头啃。可是我还有一个女人，三个孩子，他们怎么办？"

二和道："我和你同犯着一样的毛病呀。"

那人道："你也是一个女人三个孩子吗？"

二和道："不，我的情形比你更重大。我有个六旬老母，而且是个双目不明的人。我母亲很可怜，在死亡线上挣扎着把我养大的。我实在不忍看着她把我养大了，正盼望着有个结果的时候，又回到死亡线上去。"

那人道："你有这样的情形，应该对经理说说去。经理不是同你很好吗？我想他知道你这种情形，一定可以把你留住。"

二和道："我最近有一件事，经理不大愿意我。"

那人笑道："那你就不对了。你这不是和经理闹别扭，你是同饭碗闹别扭。"

二和道："并不是闹别扭。他倒是一番好意，想替我办一件事，不过我觉得我这穷小子受不了那抬举，我推诿着没有立刻答应。"

那人道："什么事？"

二和摇摇头笑着，没有答复。那人叹了一口气道："世界上真有这些怪事，有的想巴结经理巴结不上，有的经理来巴结，反透着自己不够抬举。总而言之一句话，这是生定了的穷骨头。"

他一面说着一面走，二和听在心里，缓步走了回家去。到了以后，在院子里就很沉着地高声叫了一句"妈"。丁老太在屋子里听到，心里头就是一怔。二和进来了，便道："妈，王傻子来得不错，公司里果然有了变动。"

丁老太本来坐着的，这就站了起来道："什么，公司里有了变动？你没有来得及和田老大说吗？"

二和道："找田老大有什么用？公司里这回裁人要裁一半呢。我大着胆子直截了当地就去找经理。"

丁老太道："你难道倚恃着刘经理是咱们的旧人，简直不让他裁你吗？"

二和笑道："我虽不懂事，也不能那样地冒昧。"

丁老太走近了一步，问道："那么，你怎样地对经理说的呢？"

二和扶着丁老太道："你老人家坐下，让我慢慢地报告。大概我的饭碗还打破不了。"丁老太坐下了，二和就把对经理说话的情形报告了一番。

丁老太很高兴地站了起来，抓住二和的手连连抖了几下，笑道："你……你要是能这样办，那就好极了。田家那女孩子待我早就不坏，要是能到咱们家来，我们一定会相处得很好。"

二和道："虽然刘经理已然答应出来做主，可是田老大已经对这事另打主意了。究竟是不是已经另说妥了人家，那还不得而知呢。"

丁老太道："咱们既是把公司里经理说好了，先稳定了这饭碗再说。到了明天，我亲自去找田大嫂子一趟吧，有道是求亲求亲。"

二和道："这样说，倒成了我们求亲了。"

丁老太道："那有什么法子呢？"

二和听说之后，却没有作声，自在屋子里去做琐碎的事情。丁老太也已觉到了他那不高兴的样子，就没有再提到这事。

到了上灯的时候，母子们正在屋子里筹备着晚饭，却听到田大嫂在院子里叫道："丁老太，我们那位二姑爷在家吗？"

"二姑爷"这个称呼突然而来，他母子两个人都听着答应不出来呢。

第三十一回

朱户流芳惊逢花扑簌
洞房温梦惨听夜深沉

随了那一声"二姑爷"，田大嫂已是走进屋子来了。二和立刻笑着让座。丁老太也站起来笑道："大嫂子怎么得闲儿到我这里来？"田大嫂且不坐下，斜站着向二和看去，只是抿了嘴微笑。二和见了她这样子，不知是何缘故，倒立刻有些不好意思起来，红着脸四处张罗着。

田大嫂道："你满屋寻什么？"

二和道："找盒洋火给你抽烟啦。"

田大嫂道："我不抽烟的，你不知道吗？你忙糊涂了。"

二和笑道："有时候，大嫂也抽一根玩儿的。"

田大嫂笑道："刚才我在院子里嚷那么一声，没有嚷错吗？"

丁老太笑道："照说，我们是高攀一点儿。"

田大嫂笑道："咱们既然是亲戚了，这样的客气话全不用说了。刚才我在经理公馆里同经理太太做点儿粗线活。经理回来了，说到老二在他面前答应了这头亲事，还要请经理做证婚人呢。我一高兴，也没有回家，径直地就到这里来。到底是我心粗一点儿，还没有听一个实在，我就在院子里嚷起来了。"

丁老太笑道："谁不知道大嫂子是个直性子的人，无论干什么一点儿也不藏假。我们这样老实无用的人，就愁着找不出这样的人交朋友。大嫂子还没有吃晚饭吧？"

田大嫂道："这倒不必客气。我家里还有人等着我回去做饭呢。我到这里来，就是问一问这消息靠得住靠不住？"

丁老太笑道："我不说了吗，巴结还巴结不上呢，还有什么靠不住的？"

田大嫂笑道："我也没有工夫同你老人家细谈，改天再来商量吧，我要回家做晚饭去了。我们新姑爷，你送我到大门外去一趟，替我雇辆车吧。"

丁老太道："大嫂既然要回去做饭，二和就到门口替大嫂雇辆车去。"

二和道："田大嫂来了，坐也没有坐下，就要走。"

田大嫂笑道："老二，我们不在乎这个。将来我们姑娘过了门，你客客气气地待着她，比这样把我当客待好得多了。"

二和笑道："那么我就去同你雇车吧。"

二人走出了大门，田大嫂左右一看并没有人，因道："我问你一句话，这头亲事你透着有点儿勉强吧？"

二和笑道："大嫂子这是什么话？"

田大嫂抬起右手，将中指撤住了拇指，极力地弹着，啪的一声响，笑道："小兄弟，你在我面前还来这一套？你以前待我们二姑娘还算不错。自从有了那女戏子，你的情形就变了。这也难怪你，男人总喜欢那狐狸精一样的女人，真正爱你的人你是不会知道的。"

二和道："大嫂子，我有什么不对的地方，你尽管教训我，可是请你别提到这些话上面去。"

田大嫂站着向他望望，笑道："这样子说，你对着这头亲事总算愿意的？但不知道你明白不明白，这件事完全是我一手办成的。"

二和笑道："我怎么不明白？多谢你好意。"

田大嫂道："多谢不多谢，不应当先在口头上说，口头上说的，那算得了什么谢谢？"

二和道："你要怎样地谢谢呢？"

田大嫂道："要怎样地谢谢吗？"她说到了这里，沉默了一会儿，笑道，"现在你反正也不能谢我，将来再说吧。走了。"说毕，拔步就走。

二和道："我还得同你雇车呀。"

田大嫂笑道："我还要在这街口上买东西，不用雇车了。"她说得快，走得是更快，人已是走过好几户人家了。

二和在门口呆站了一会子，直望不着她的后影，这才慢慢地走回家去。丁老太道："我们这位田大嫂子，要痛快起来就太痛快了。做亲的事，还只刚说了一句话，她就叫起姑爷来了。"

二和道："真是没有办法。其实我心里头全惦记着公司里的职务，至于结亲这件事，再迟个三年二载，又要什么紧。"

丁老太道："你这孩子真是傻，结亲同公司里的工作那还不是一件事情吗？你瞧着吧，说不定你答应了这件事情以后，公司里还要给你调一个好的位置呢。"

二和叹了一口气道："唉，这年头。"

当时母子二人把这事很讨论了一阵子，觉得这事弯子兜得很大，为了自己的饭碗起见，简直不用犹豫，索性表示着热烈一点儿，就把这亲事赶着办吧。

在答应婚事的第三天，公司里的裁员风潮还正闹着呢。在这日上午，刘经理坐着汽车又到二和家里来了。这时二和不在家，是丁老太一个人，掩上了外屋门，坐在炉子边烤火。刘经理只在院子里咳嗽了一声，丁老太哟了一声道："又是刘副官来了，请进来坐吧。二和不在家，可没有人招待你。"

刘经理已是走了进来，见丁老太站着的，这就两手搀住了，笑道："老太太，你坐着吧。我是特意趁了二和不在家，有几句话来同你说的。"

丁老太点点头道："我知道你的好意，请坐吧。"

刘经理等她坐下，自搬了一张矮凳子坐在她身边，因低声问道："二和这两天回家，没有谈到结婚时候的经费问题上去吗？"

丁老太笑道："你想，像我们这样的穷人家，有了这样大的事，还有个不谈到经费问题上去的吗？愁的就是这个。"

刘经理道："你放心，我就是为了这件事来的。当年在镇守使手下，承他老人家看得起，很提拔了一阵子，我也就借了这点儿力量才有机会认识实业界的人。人做事总不能忘了本。现在我预备了一点儿贺礼，首先送过来吧。"说着，把带来的皮包打开，在里面取出两叠五元的钞票，送到老太手上去，笑道，"这是两百块钱，算我一份小礼物。你去筹办着喜事，假使不够的话，我在公司里头还可以替他想一点儿法子。"

丁老太手上捏住了钞票，微微地颠了两颠，笑道："刘副官，这就不敢当。只要你念着大家过去的关系，替二和在公司里多说两句好话，把他的位置保留住了，那就感谢你多了。"

刘经理笑道："这个你放心。只要他照着公司里的规矩行事，他的事情绝可以维持下去。他回家的时候，只望你老人家多多嘱咐他几句，不要发牢骚。说句迷信的话，穷通有命，那算我消磨人的志气，可是人在外面做事，绝无一步登天之理。只要有了梯子，慢慢儿地向上爬，哪怕十层楼、二十层楼，总可以爬到顶的。"

丁老太听了这篇话，倒有些莫名其妙，将脸扬着，朝了刘经理问道："据你这样说，他还在公司里闹脾气吗？"

刘经理道："这倒不至于。不过我知道他个性很强，怕他想起了身世，会不高兴干下去。"

丁老太笑道："这个你放心。这几年，他任什么折磨都受了，现在有了三十块钱一个月的事，他还会发牢骚吗？"

刘经理放声笑了一笑，站起来道："有点儿脾气倒不坏，有了脾气，这个人才有骨格，不过他不大能权衡轻重罢了。譬如我这次提亲，媒人的面子总算不小。我那天乍来提的时候，他就给了我一个钉子碰。他那意思说，婚姻大事，绝不能为了受大帽子的压迫就答应了。其实，他这是错见了，我们既这样念旧，我出头来替他张罗什么事，绝不能害了他。"

丁老太听说，怔了一怔，因向他笑了一笑道："那倒不是……"但也只说了这四个字，以下就接续不了。

刘经理笑道："好了，改日见吧。"

丁老太站起来道："刘副官，你还坐一会儿，我还有几句话要同你说一说。"

刘经理笑道："你就把款子收下来，不用踌躇了。"他说着话，已走到了院子里。

丁老太只好高声叫道："刘副官，多谢你了，改天我叫二和到你府上去登门道谢了。"

刘经理并没有答应，但听到大门外一阵汽车机轮响，那可想到他已是走了。丁老太把钞票捏在手里颠了几颠，情不自禁地叹了一口气道："想不到于今我倒要去求伺候我的人赏饭吃。"不过说过了这句话，她也不能把钞票扔到地下去，依然是摸索着开了箱子，把钞票妥妥当当地收藏着。

二和回来知道了这事，只嚷着奇怪。他道："现在这年头有这样的好人？念着当日的旧情，同我说了一头亲事，这还不算，又送我两百块钱作为结婚费？"

丁老太道："我也是说这样的好人，在现时的社会里没有法子找去。人家既是有了这样的好意，咱们还是真不能够辜负了。"

二和站在母亲面前，见她两手按了膝盖，还是很沉着地静待着。她虽然是不看见的，还仰了脸子对着人。在她的额角上和她的两只眼角上，有画家画山水一般的皱纹，在那皱纹的层次上，表现着她许多年月所受的艰苦。她那不看见的眼睛，转动还是可能的，只看她双目闪闪不定，又可以想到她在黑暗中，是怎样地摸索儿子的态度。便微微地弯着腰道："妈，你不必信刘经理的话，他那种话是过虑的。我无论如何不知进退，我也不能人家替我做媒，又代出了一笔结婚费，我还要说人家不好。"

丁老太道："孩子，并不是说人家好不好的那句话，我望你……"老太太说到这里，把话锋顿了一顿，接着垂下头来想了一想。

二和道："妈，你放心得了。这头亲事，既是我在刘经理面前亲口答应下来的，无论我受着怎么一个损失，我也不能后悔。"

丁老太道："你这话奇怪了。有人送你女人，又有人送你钱，你还有个什么损失？"

二和笑道："原是譬喻这样地说，这已经是天字第一号的便宜事了，哪里再会受损失？得了，有了钱，亲事这就跟着筹办起来。不久你有个人陪伴着，我出去做事心里也踏实得多，而况二姑娘和你也很投缘。"

丁老太这倒笑了起来，因道："你是叫惯了二姑娘的，将来媳妇过了门可别这样称呼了。"说毕又是咯咯的一阵笑。

二和在里在外，空气都是这样的欢愉，这更叫他没有法子去改变他的环境，自己也就糊里糊涂地跟着做下去。因为这样，刘经理似乎也有了一点儿好感，除了公司里的刻板工作而外，有时他有了什么私人的事情也叫二和去替他做。

这一天下午，刘经理发下了二十多封请客帖子，要二和代为填写。待二和写好了，刘经理已回家去。二和一来不知道这帖子是要交给公司里信差专送呢，或是邮局代递；二来也不知道自己所写的人名有没有错误，所以他为了慎重其事起见，两手捧住那一沓帖子就向经理家里来。好在刘经理家离这里并不怎么远，由公司里出来，转个弯就到刘家来了。

走到刘家大门口，正停着一辆汽车，似乎还等着人呢。二和在几日里是常向着刘家来的。他也不怎么考虑，手捧了帖子，径直地就向刘经理私人书房里来。这个地方是中进院落里面的一个跨院。一个月亮门里面支着一个藤萝的大架子，虽然这日子已经没有树叶，可是那搭在架子上的藤萝重重叠叠地堆着。太阳穿过花架子，也照着地面上有许多黑白的花纹。远远地看到正面那三间房屋，朱漆的廊柱和窗户格子上面蒙着绿纱，那是很带着富贵色彩的。脑筋里立刻起了一个幻影，记得当年做小孩子的时候，自己家里也就有好几所这样的屋子，就以自己那位禽兽衣冠的大哥而论，他也是住着这样的屋子的。他正这样地出着神，不免停住了脚，没有向前走去。

就在这个时候，听到咯咯的一阵笑声便醒悟过来，到了经理室外边干吗发这种呆想？第二个感想，就是这笑声是妇人的声音，不是经理太太，就是经理的姨太太，有了什么事故，正和老爷开着玩笑。这时候跑进去，可有点儿不识相。于是退后两步，走出院子月亮门来，闪在一边走廊上站着。那笑声慢慢到了近边，看时，却是一位摩登少女。她穿着新出来的一种绸料所做的旗袍，是柳绿的颜色，上面描着银色的花纹。头发后面也微烫着，拥起了两道波纹，在鬓边倒插了一朵红绒制的海棠花。她穿的也是高跟鞋子，一路是吱咯吱咯地响着，手胳臂上搭了一件枣红呢大衣，摇摇晃晃地走了过来。直到近处，这才把她认识出来，正是自己的未婚妻二姑娘。她大概是很得意吧，挺胸脯，直着眼睛的视线，只管向前走去。旁边走廊上站着有个人在打量她，她可没有想到，自然也没有去注意。

二和自应允她家婚事以后，总觉得有一点儿不大好意思，所以始终没有同她会面过。现在看到她，她可没有看见自己，若是在她后面勉强叫一句二姑娘，也许引着她好笑。和母亲说话叫了一声二姑娘，母亲还笑得咯咯不止呢。心里这一盘算着，那个鲜花一般的二姑娘早已走过去了。不过自己身子四周，还是香气很浓厚地在空气里面流动着。心里又随着变了一个念头，是自己眼花了吧？纵然她快要做新娘子了，少不得做两件新衣服，可是她这种十分浓厚的香味，是很贵重的化妆品吧？和她同住一个门楼子里面，做了好几年的院邻了，哪里见过她用这样好的化妆品？那么这也是人家新送她的吗？二和只管沉吟着，已是看到二姑娘走出了外面的院子门，手里将那一捧请帖掂了两掂，这算自己清楚了，就跟着向刘经理屋子走去。

他当然不敢那样冒昧，还站在门外边，将手敲了几下门。里边叫声进来，二和才推了门进去，见刘经理在他自己小办公室里写字台边坐着。他看到是二和进来了，好像受了一种很大的冲动，身子向上一耸，脸上透出一番不自然的微笑，因道："原来是你来了。"

二和将那一叠请帖送上，笑道："怕误了经理的事，特意送了来。"

刘经理点点头笑道："很好。你近来做事，不但很勤快，而且也很聪明，将来我总可以提拔提拔你。"话说到了这里，他已恢复了很自然的样子，随手拿起那一叠请帖放到左手边一只铁丝络子里面去。

二和跟着他的手看了去，却见那里有一张带了硬壳子的相片。只是这硬壳朝上，却叫人看不到这里面的相片是什么。刘经理见他注意着，便笑道："这里也没有什么事了，你有事你就走吧。"说毕用手挥了一挥。

二和站着呆了一呆就退身出去了。到了外面院子里，又站着停了一会儿，对刘经理的屋子窗户看了一看，觉得笑也不是，哭也不是，转身走了出去。这就第二个念头也不想，立刻一股子劲地就冲回家去。

二和家里这时已经用了一个老妈子了，安顿着老太太在中间屋子里坐了，沏了一壶茶放在她手边茶几上，另外有一只小磁铁碟，装了花生仁，让老太太下茶，那舒服是可想而知的了。二和一头冲进了屋子，叫道："妈，我报告你一件奇怪的事。"

丁老太道："什么事呢？"说时，抓了两粒花生米向嘴里丢了去，慢慢地咀嚼着。

二和道："就是刚才的事。我到刘经理家去，看到她由刘经理屋子里出来。"

丁老太道："谁？二姑娘吗？她姑嫂两人本来也就常到刘经理家里去的，这算不了什么。"

二和道："她平常的样子去，自然也算不了什么。可是她穿得花枝招展的，浑身都是香水，人走去了很远空气还是香的。"

丁老太道："是吗？也许今天是什么人家有喜庆的事吧。"

二和道："人家有喜庆的事，和刘经理有什么关系呢，她去干吗？我心里实在有点儿疑惑。"

丁老太道："胡说。照着你这样说，那是二十年前的事了。现在的大姑娘，要她大门不出，二门不过，那还行吗？刘太太同她姑嫂俩全很好的，有许多针活还是叫田大嫂子做呢。她没有给你说什么吗？"

二和道："她一径地朝前走，压根儿就没有看到我，我同她说什么呢？"

丁老太听了这话，低了头，默然地想了一会子，笑道："你别胡思乱想。我明天见着刘经理，当面问问他看。"

二和道："啊，那可不行。要是把他问恼了，我的饭碗就要打碎了。"

丁老太道："你别瞎说了，人家刘经理是规规矩矩的君子人，没有什么事可以疑心他。我这里说问问他，并不是问别的，就是说二姑娘承太太看得起，常把她找了去，受了太太的教训不少。那么，他就会说到她为什么常去了。"

二和同母亲讨论了一阵子，对于这事，没有结果，自己也就无法去追问。

过了几天，也曾重新地看到二姑娘两次，见她依然是平素打扮，不过因为彼此已经有了婚约了，透着不好意思，低着头，匆匆地就避开了。田老大方面，对于这婚事固然是催促得很紧，就是刘经理也常对二和说这喜事应该早办，为的是丁老太双目不明好有个人伺候着。在这种情形之下，二和是不能不赶办喜事了。在一个月之内，二和靠了刘经理送的那二百块钱，又在别的所在移挪了一二百块钱，趁着钱方便，赁了小四合院的三间北屋布置起新居来。在公司里服务的人看到二和是刘经理所提拔的人，这喜事又是刘经理一手促成的，大家全都凑趣送份子。二和索性大做一下，到了吉期，借着饭庄子办起喜事来。

到了这日，酒阑灯灿。二和也就借着经理的汽车把新娘送回家去。新房里摆设着丁老太传授下来的那张铜床，配了几顶新的桌椅同一架衣橱、一只梳妆台，居然也是中等人家的布置了。四方的桌上，放一架座钟、两只花瓶子，桌沿上一对白铜烛台，贴着红纸剪的喜字。那烛台上面，正火苗抽着三四寸高点了一对花烛。桌子左手，一把杏黄色的靠背椅子上，身体半侧地坐着那位新娘。新娘身上穿了一件水红绸子的旗袍，微烫着起了云卷的头发，在鬓边倒插了一枝海棠花，又是一朵红绒剪的小喜字。看她丰润的脸腮上泛出了两圈红晕，那眼珠黑白分明的，不对人望着，只看了对过衣橱子上镜子的下层。那花烛上的火焰在她侧面照着，更照着她脸上的红晕，像出水荷花的颜色一般鲜艳。

二和今天也是身穿宝蓝花绸面羊皮袍，外罩青缎马褂，纽扣上悬着喜花和红绸条。头发梳得乌光之下也就陪衬着面皮雪白。他满脸带了笑容，站在屋子中间向二姑娘笑道："你今天累了吗？"

二姑娘抿嘴微笑，向他摇了两摇头。二和同她认识多年，还是初次看她这样艳装打扮。虽然那一次在刘经理家里看到她的，那究竟还是在远处匆匆一面，现在可是对面对地将她看着了。只看她抿了嘴的时候，那嘴唇上搽红了的胭脂，更是照得鲜艳，于是也笑道："我们也成了夫妇，这是想不到的。"

二姑娘对于这话似乎有什么感触似的，抬起眼皮来，很快地向他看了一眼。二和笑道："我这么一个穷小子，不但今天有这样一身穿着，而且还娶了你这样一个美人儿。"

二姑娘向他微笑道："现在还有客吧？你该出去陪一陪。"

二和道："客在饭庄子里都散了。还有几个要闹房的，我托了几个至好的朋友把他们纠缠去了。外面堂屋里、我老太太屋子里，预备下了两桌牌，等他们来了，就支使着他们出去打牌去。"

二姑娘笑道："你倒预备得好，新房里不约人进来闹闹，人家肯依吗？"

二和笑道："洞房花烛夜，是难得的机会。我们应当在屋子里好好儿谈上一会子，干吗让他们进来搅和？"

二姑娘笑道："将来日子长呢，只要你待我好好儿的，倒不在乎这一时三刻的。你出去吧，人来了，是笑话。"

二和索性在下方一张椅子上坐下了，笑道："我也出去，终不成让你一个人坐在屋子里？"

二姑娘道："我到老太太屋子里去坐。"

二和同时摇着两手道："新娘子不出新房门的。"

二姑娘笑道："你听听，院邻屋子里热闹着哩，他们还不来吗？"

二和道："我也安顿着他们在打牌。"

二姑娘微笑道："得，就是这样你瞧着我，我瞧着你吧。"

二和道："他们打牌的，还没有理会到咱们回来呢，至多还有五分钟，他们就该来了。在这五分钟里头，咱们先谈两句。回头他们来了，就不知要热闹到什么时候，今晚谈话的机会就少了。"

二姑娘笑道："瞧你说得这样……"下面还有一个形容名词，她不说出来，把头低下去了。

二和见她笑容上脸，头微低了不动，只把眼珠斜转着过来看人。她耳朵上今天也悬了一副耳坠子，由侧面看去，那耳坠子在脸腮上微微地晃打着，看出她笑得有点儿抖颤，那是增加了她一些妩媚的。

这屋子里除了双红花烛之外，顶棚下面还悬了一盏电灯。灯罩子上垂着一丛彩色的珠络，映着屋子里新的陈设，自然有一种喜气。这是初冬天气了，屋子角上安好了铁炉子，炉子里火正烧得火焰熊熊的，屋子里暖和如春。二和这就想到在今年春间，同她同住一个院子的时候，有一天晚上曾做过一个梦，梦到她穿了一身水红衣服，做了新娘子。在梦里，并没有想到那个新娘子就是我的，因为一个赶马车为生的人，绝不能有这样的幸福。现在，新娘子坐在自己屋子里了，谁能说她不是我的？几个月之间，梦里所不敢想的，居然见之事实了。天下有这样容易的事，莫非这也是梦？

二和正这样地沉思着呢，却听到院子里有了胡琴的响声，便向新娘子笑道："这又是街坊闹的玩意儿。他们说要热闹一宿，找一班卖唱的来，这准是他们找来的。要不，这样的寒天，街上哪里有卖唱的经过？要是真唱起来，那可受不了。"

二姑娘笑道："随人家闹去。你要是这样也拦着，那样也拦着，除了人家说笑话，还要不乐意呢。"二和微笑着，没有向下说。

院子前面的胡琴拉起来了，随着这胡琴，还配了一面小鼓声。这声音送到耳朵里来是太熟了，每个节奏里面夹了快缓不齐的鼓点子，二和不由得啊哟叫了一声道："这是《夜深沉》呀！"

二姑娘听到他话音里，显然含着一种失惊的样子，便问道："怎么了？"

二和的脸色在那可喜的容颜上，本来带了一些惨白，经过她问话之后，把乱跳的心房定了一定，笑道："一个做喜事的夜里，干吗奏这样悲哀的音乐？"

二姑娘道："悲哀吗？我觉得怪受听的，并不怎样地讨厌。"

二和且不答复，半偏了头向外听去。那外面拉胡琴的人倒好像知道里面有人在注意着似的，那胡琴声是越拉越远，好像是出了大门去了。二和自言自语地道："这事有点儿奇怪，我要出去看看。"他说着话，更也无须征求新娘子的同意，抽身就向院子里走，一直追到前院来。

原来这房是两个前后四合院，二和是住在后院的。当他追到前院正屋子里时，那里有一桌人打牌，围了许多人看，大家不约而同地哄笑起来。有人道："新郎官什么时候回来的？我们还没有去闹呢！"

二和道："刚才谁拉胡琴？"他手扶了屋子的风门，带喘着气。

一个贺客答道："来了一老一少两个女人，她径直地向里走，问这里做喜事要不要唱曲子？我们还没说好价钱，她就拉起来了。拉得怪好的，我们也就没有拦着。"

二和道："那年轻女人多大年纪？"

贺客答道："二十岁不到吧，她戴了一副黑眼镜，可看不出她的原形来。"

二和也不再问，推开门向外追了去。追到大门外，胡同里冷静静的，只有满地雪一样的月色，胡琴声没有了，人影子也没有了。

第三十二回

虎口遇黄衫忽圆破镜
楼头沉白月重陷魔城

丁二和听到了《夜深沉》的调子，就以为是月容所拉的胡琴，这不是神经过敏吗？可是他很坚决地相信着，这是月容拉的胡琴。因为自从听过月容所拉的胡琴而后，别人拉起这个调子，也曾听过，觉得无论如何也没有月容所拉的婉转动听。刚才所拉的调子就是月容所拉的那一套，可是自己追出来之后，并不看到一点儿踪影。怔怔地站了一会子，只好转身进门去。

那前进院子里的人见二和开了门，匆匆地跑了出去，大家都有些疑惑，跟着也有三四个人向外面追了来。直追到大门口时，恰好二和向大门里面走，大家这就将他包围着，又哄笑起来。有人问："喂，新郎官，你怕我们闹洞房，想偷偷儿地躲了开去吗？"

二和道："没有的话。我看夜深了，在饭庄子里的一部分客人还没有回来。我到门外来瞧瞧，假如他们再不来的话……"

贺客们又哄笑起来道："那么，你要关门睡觉了？"

随了这一阵笑声，大家簇拥着二和到新房里去。自这时起，就热闹开始了。接着在饭庄子里的贺客也都来了。虽然二和事先已经安排好了，让他们在各屋子里打牌，然而到新房里来闹的还是不少。二和无论心里怎样地不安，也不能对着许多贺客摆出苦脸子来。三点钟以后，客人缓缓散去，那又是古诗上说的话，春宵一刻值千金。

到了次日早上，二和却是比新娘起得早，但他也不开房门出去，只是在床对面远远的一张椅子上坐着，口里衔了一支香烟，歪斜了身子对床上看去。见二姑娘散了满枕的乌发，侧了半边红晕的脸躺着。新红绸棉被盖了半截身子，在被外露出了一条雪白的圆手臂。看她下半截手，戴了一只细葱条金镯子。心里想到，田老大哪有这种闲钱替妹妹打这样贵重的首饰，这一定也是刘经理打了送给她的。不由得自言自语地道："很好的一个人，唉！"

也许是这声气叹得重了一点儿了，却把新娘惊醒。二姑娘一个翻身坐了起来，手揉了眼睛望着他道："你什么时候起床的？我全不知道。"

二和淡淡地答道："也就是刚起来。"

二姑娘立刻起身笑道："要不，我起来，你再睡一会子。"

二和笑道："也没有这个道理。"

二姑娘也不敢多向他说什么，就穿了衣服赶快出来开门。自然地，双双都要到老太太屋子里去问安。

丁老太太是看不到他们的颜色的，就微偏了头，听他们说话的声音。她听到二和说话的声音是有气无力的，心里就有些卜卜不定。因此，丁老太当二和一个人在身边的时候，她就悄悄地问二和道："新娘子没有什么话可说吗？她待我倒是很好的。"

二和看到二姑娘进门以后，丁老太非常之欢喜，无论如何也不必在这个日子让母亲心里感到不安慰。所以他对老太太说话，也总是说新娘很好，并不说到二姑娘有一点儿缺憾。可是他的脸上总带了一点儿不快活的样子。

二姑娘看到，却只当不知道，反是倒茶送烟，极力地伺候着他。二和在她过分恭维的时候也有点儿不过意，看看屋子里无人，就低声对她道："有些事情你不必替我做，让我自己来吧。"

二姑娘道："我总想安慰着你，让你心里更痛快一点儿。"

二和笑道："你不要误会了。我虽然脸上带了一些忧容，但是绝不为着你。你的心事已经对我说了，那算是你觉悟了，我还能搁在心上吗？我要搁在心上，那我的心胸就太窄小了。"

二姑娘道："是的，我老早地就知道了你是一个宽宏大量的人，我很对不起你。只是我想着，你绝不会老搁在心里的。我已经说过了，你能够原谅我，打这个圆场，那就很好；假使你不愿意，也是本分。几个月之后，我自有一个了断。"

二和皱了眉，摇摇手道："我自有我的心事，绝不为你。"

二姑娘听他如此说，也不能一定追问个所以然，只好放在心里。

但是二和为了她不追问，也就越发地忧形于面。他总想着，在完婚的

263

那一晚上，怎么会有了一个唱曲子的来闯门？这是冬天，绝不是沿街卖唱的日子。院邻说了，那天拉胡琴的姑娘戴上了一副黑眼镜，这也是可疑之点，晚上根本就不宜戴黑眼镜。而且一个唱曲子的小妞儿，也正要露露脸子给人看，怎么会在眼睛外面罩上一副黑眼镜的呢？这决计是月容来了。至于她何以知道我搬家住在这里的，何以知道这天晚上完婚，这可叫人很费摸索。

二和这样揣想着，也就把实在的情形告诉了王傻子，请他出去做买卖的时候，街头巷尾多多留意。王傻子听说也感着兴奋，自第二日起，对于自己挑担子所经过的地方，都予以深切的注意。在他这样用心之中，只一个月的时间，也就把月容找到了。

原来月容在那一天，得着李副官的最后通知，她想到郎司令花了这么些个钱，又是有势力的人，不讨一点儿便宜，那怎么可以放过？假使让他讨一点儿便宜，玩个十天半月又不要了，有什么法子去和他讲理？说不得了，厚着脸皮去找杨五爷吧，究竟靠了卖艺糊口还是一条出路。于是换了新衣服，加上大衣，坐着车子直奔杨五爷家来。坐在车子上想着，说了不唱戏不唱戏，还是走上唱戏的一条路，既是唱戏，就要好好地唱。第一天打炮戏，就要把自己的拿手杰作《霸王别姬》露上一下。师傅究竟不是父母，只要可以替他挣钱，虽然逃跑过一回的，那也不碍着师傅的面子，他还能说什么吗？

到了杨五爷的家门口，自己鼓起了一股子劲向前敲门去。连敲了有十几下门响，里面慢吞吞地有脚步迎上前来，接着有个苍老的声音问道："找谁呀？"

门开了，是一位弯腰曲背、满脸皱纹的老婆子，向来没有见过。月容道："五爷在家吗？"

老婆子望了她道："五爷？这里是一所空房，小姐，你找错了门牌子吧？"

月容道："空房，原来的家主呢？"

老婆子道："这房子已经空下两个多月了，原主儿下乡去了。"

月容道："这是他自己房产呀，为什么搬下乡去？"

老婆子道："详细情形我不知道。我是房子空下来了好多天，有人叫我来看房的。听说这房子是卖了，现在归廊坊二条景山玉器作坊管看，你要找这原主儿，可以到那边找去。"

月容听说倒不免呆了一会儿。回头看时，拉着自己来的那辆车还停在一边，车夫笑道："小姐，我还拉你回去吧？"月容在丝毫没有主意的时候，也就情不自禁地坐上原车，让车夫拉了回去。

到家门口时，这就看到司令的汽车停在大门口。门口站了两名卫兵，正瞪了眼睛向自己望着。索性放出大方来，付了车钱，大步走进门去。李副官老早地看见，直迎到院子里来，笑道："人要衣裳马要鞍。你瞧，这样一拾掇，你又漂亮得多了。司令现时在一个地方等着你呢，我们一块儿走吧。"

月容道："别忙呀。我刚进门，你也等我喝一口水，歇一会儿。"

说着话，两人同走进屋子来。李副官笑道："你的事，我已然调查清楚了。你简直是个六亲无靠的人。不趁着这一会子有个搭救的人赶快地找条出路，年轻轻的，你打算怎么办？司令是个忙人，一天足有十四五个钟头忙着公事。今天他特意抽了半天工夫等着你去谈话。"

月容把大衣脱了，搂在怀里，站在里屋门口，向李副官望着道："你别瞧我年轻，男人的手段我全知道。郎司令叫我去谈话，还有什么好话吗？"

李副官笑道："你明白我来的意思，那就很好。可是郎司令待你很不坏，绝不亏你。你要说不愿意他，你身上怎么穿着他给你做的衣服呢？"

月容道："放在这里我无非借着一穿。衣服我是没有弄脏一点儿痕迹，请你这就拿回去。"

李副官坐着的，口里衔了一根雪茄烟，笑道："好，你的志气不小。衣服没有弄脏，可以让我带回去。还有郎司令送你的那些钱，你都还得起原来的吗？"

月容红了脸，倒是愣住了。李副官笑道："自然，天下没有瞧着白米饭饿死人的道理。你家里生不起火来，瞧着箱子里有现成的大洋钱，这不拿去买柴买米、买煤买面，那是天字第一号的傻子了。"

月容虽然鼓着勇气，然而她的嗓音还是大不起来，低低地道："这是我错了。可是挪用的也不多，十来块钱吧。那款子也请你带回去，给郎司令道谢。"

李副官笑道："我拿来的时候是整封的，现在拿回去可拆了封了。我交不了账。你是有胆量的，同我一块儿去见他。再说，我既然来接你了，你想想，不去也不行吧？"

月容点点头道："你们这有钱有势的，就是这样地欺压良善。左手拿刀子，右手拿着钱，向人家要鼻子，人家不敢割耳朵给他。"

李副官笑道:"杨老板,我真佩服你。你小小的年纪,说话这样地厉害。"

月容道:"我也是跟人家学来的。"

李副官嘘了一口气,这就站了起来,望着月容道:"怎么样,我们可以一块儿走了吧?郎司令回头要怪下来,倒说我做事不卖力。你既知道他左手拿刀子,右手拿钱,也不用我多说,同我一块去拿钱吧。"

月容手扶了门框,昂头对窗子外的天色看了一眼。李副官走近了两步,因道:"你看,天气不早了不是?"

月容道:"不去当然是不行,可是……"她说到这里把头低了下去道,"我……我将来怎么办?"

李副官道:"你要提什么条件吗?"

月容道:"我这一去就跑不了了。我们这六亲无靠的人,真可怜……"说到这里,把话哽咽住。

李副官皱了眉头子,两手拍了腿道:"说得好好儿的,你又磨叨起来了。你瞧,你瞧。"

正说到这话时,却有一阵皮鞋声,的囊的囊,走了进来。月容向李副官笑道:"我知道,是你带来的卫兵进来了,反正我也没有犯枪毙的罪,他们进来了我也不怕。"话说到这里门开了,只见一位穿黄呢制服外罩着皮大衣的人,头上戴了獭皮帽子,脚踏高底靴子,手里拿了一条细竹鞭子,晃荡晃荡地走了进来。

月容先是一惊,又来了一个不讲理的。可是那人站住了脚,皮靴打得啪的一声响,然后取下帽子来,向月容行了个鞠躬礼,口里叫了一声"宋太太"。这一种称呼,那是久违了。月容答不出话来,后来仔细把那人一瞧,笑道:"哦,想起来了。你是天津常见面的赵司令。"

那李副官听到月容这样地称呼着,心里倒不免吃了一惊,就向赵司令看了一眼。赵司令道:"这位是谁?"

月容道:"他是李副官,在郎司令手下办事。"

赵司令笑道:"哦,他在子新手下做事。"说着向李副官注意地望着道:"你也认识这位宋太太吗?他们先生宋信生是我的把子。他两口子全是小孩子,闹了一点儿意见,各自分手,落到这般光景。我给他们拉拢,把宋先生拉了来了,还是让他团圆。怎么着,信生怎么不进来?李副官,你和信生的交情怎么样?他在大门外我汽车上,你把他拖了进来。"

李副官看看赵司令这样子气派不凡，人家既是如此说了，大概不会假。这倒不好说什么，只是唔哦了两句。赵司令道："什么，信生这家伙还不进来？丑媳妇总要见公婆的。"

他在这里骂骂咧咧的，李副官向外看时，有两个挂盒子炮的马弁陪着一个穿西服的白面书生进来。看他微微低着头，两腮涨满了红晕，显然是有很惭愧的样子。

他进门来之后，向月容叫了一声，月容脸色陡变，抖颤着声音道："你回来啦？你……你……害得我好苦呀！"

李副官一看这样子，的确是月容的丈夫回来了。漫说还有个赵司令在这里，就是只有信生一个人，也没有法子把她拉走。于是向月容点了个头，含糊说声再见，悄悄地就溜出去了。到了大门外，却看到自己的汽车后面停有一新式的漂亮汽车，这想到那个进去的人说是司令，绝不会假。所以并不要再调查什么，也就走了。

他这一走，月容算是少了一层压迫者。可是她这一会子工夫，又惊又喜，又悲又恨，一刻儿说不出来什么情绪，反是倒在炕上，伏在枕头上呜呜地大哭。

赵司令带着信生一块儿走了进来，站在炕前，向月容道："喂，嫂子，过去的事不必说了。信生早就到北京来了的，只是不好意思见你。这地方上有两名侦缉队的便衣侦探，和他很有点儿交情，他已经打听出来了，这个姓郎的要和你过不去，运动了这里的便衣，瞧见老郎的汽车，就让他打电话报告。刚才他接着电话，知道不救你不行了，就打电话给我。我说事到于今还有什么可以商量的，就把他带了来了。他实在对你不起，应该罚他。不过现在还谈不到这上面去。刚才是我们赶着来了，要不，你还不是让姓李的那小子带去了吗？"

月容被他一句话提醒，倒有些不好意思，因低了头道："那也不能怪我。我一个年轻女孩子，人家尽管把手枪对着我，我有什么法子去抵抗？再说，除了我自己，还有一个老妈子跟着我呢。开门七件事，哪一项不要钱？姓宋的把我放在这里，一溜烟地跑了，把我害得上不上下不下，我不找个人帮忙怎么办？姓李的把我带去见姓郎的，我也不怕。说得好，咱们是个朋友，说得不好，他要动着我一根毫毛，我就把性命拼了他。"

赵司令听说，对她微微地笑着，只将两个手指头不住地捋着嘴唇上的短胡子梢。宋信生坐在墙角落里一张椅子上，在身上取出一根烟卷来，擦了火柴点着，紧揾了嘴唇皮，不住地向外喷着烟。脸上虽然有些不好意思的样子，可也带了两三分的笑容。

赵司令笑道："在天津的时候，宋太太和我谈过两次，你可以相信我是一个好人。"

他说这话时，坐在屋子中间一张椅子上，就回头向信生、月容两个人两边张望着，接着向月容道："凭了你二位在当面，说出一个证据来吧。在天津，信生要钱弄了一个大窟窿的时候，他妙想天开，想认你做妹子，把你送给张督办，他好换一个小官做。我碍了朋友的面子，没有拒绝他。可是他暗地里派人通知过你，说这张督办有二三十位姨太太，嫁过去了，决计好不了的。有这事没有？"

月容向信生瞪了眼道："有的！"

赵司令道："事后，我也把信生痛骂过两顿，他也很是后悔。这次是无意中会到了他，谈起你的事，我大骂他不该，天天催了他回来。他自己也知道惭愧，在门口耗了许多天都不敢进来。是今天他打听得事情很要紧，非回来不可，所以拉了我来救你。"

月容道："救我干吗！我让人家捉了去，大不了是死；我在这破屋子里住闲，过久了也是饿死。"

赵司令笑道："你别忙呀，我的话还没有说完呢。我这次来，就是要彻底地帮你一个忙。我家太太你虽没有看见，我家的用人你是看见过的。我想你一定相信，我太太一定待人不错。现在我想接你两口子一块儿到我家里去住十天半个月，在这个时期里，我去和信生找个事。不必多，每月挣个百十来块钱，就可以养活你两口子。以后好好地过日子，就不必这样吵吵闹闹了。信生，你愿意不愿意？"

信生脸上表示了很诚恳的样子，因站起来向他笑道："有你老哥这样的帮忙，我还能说什么？不过她现在未必还相信我。"

赵司令道："若是跟着你在一块儿，漫说她不相信你，我也不能放心。现在既是住在我家里，我们太太是个精明强干的人，要想在她面前卖弄什么手法，那是不行的。事不宜迟，我们就走。虽然我对郎子新是不含糊他的，可是他要追着来了，彼此见了面，总透着有点儿不大合适。"

月容微皱了眉毛，在那里想着，果然幸得他们来了，才把自己救出了难关。他们要是走了，郎司令派人再来，凭宋信生这样一个柔懦书生，那就不能对付。若是连宋信生也走了，那就让他们带去，想起了今天的事，

268

也许要罪上加罪。心里头正这样地犹豫着，把头低下去沉思着。赵司令又向她笑道："有你们先生在一处，你还有什么对我不放心的吗？"

月容道："不是那话。"

赵司令道："我知道，你是怕打搅我。可是你没有想到我和信生是把子呢！把弟住在把兄家里，那有什么要紧？"

信生道："有老大哥这番好意，我还说什么？那就照着你的话办吧。月容把东西检检，把随身的东西带了走。至于桌椅板凳，请赵大哥派两名弟兄在这里和咱们收拾就是了。"

月容觉得躲开了郎司令的压迫，又可以抓着宋信生在一处，这是最好不过的事。当时迟迟疑疑地，在房门口站着，向人看看，就走进屋子去，又走了两步，又回过头来向赵司令看看。

赵司令笑道："我的姑太太，你就快点儿收拾，我们就走吧。"

月容放下了门帘子，把箱子打开，先把那些现洋钱将两块布片包了，塞在大衣袋里。其余的东西，实在没有什么值钱的，也就随他们去收拾吧。当时把大衣搂在怀里站到房门口，一只脚放在房门限外，一只脚在门限内，人是斜靠了门框向外面看着。赵司令就一伸手把信生拖过来，拖着站在月容面前，笑道："你搀着她走吧。"

信生真的相信了他的话，搀住月容手臂一块走出来。月容不由自主地也就跟了他们出门上车，匆匆忙忙地和老妈子交代一句也来不及。

这时已经日落西天了，冬天的日子短，汽车在大街上跑过了几截很长的距离，已经是满街灯光。在一所花园的围墙里面，树顶露出灯光来，那正是一所洋楼。说是赵司令家里，也许可以相信。一个做司令的人，住洋楼也是本分。不过下车看时，这地方是一条很冷静的长胡同，并不见有什么人来住。只看那电灯杆上的电灯一排地拖在暗空，越到前面，越密越小，是很可以看出这胡同距离之长的。可是一下车，就让信生搀着进了大门了，不容细看是什么地方。大门里一个很大的院落，月亮地里，杈杈丫丫地耸立着许多落了叶子的树木。在树底下，看到两个荷枪的兵士在便道上来往。有人过去，他们就驻脚看了一下，彼此擦身而过，谁也不说什么。

月容被信生送进了洋房子，有两个女仆在门边分左右站定伺候着。赵司令向她们道："客来了，带这位小姐见太太去。"

两个女仆向月容请着安，同笑着说："随我来吧。"

她们一个在前面引导，一个在后面押住。月容在半楼梯上，向信生点头打个招呼，来不及说什么，被后面的女仆脚步赶住着，很快地就到了楼上了。这倒有点儿奇怪的。像这样的大宅门里，应该很热闹，可是这楼上静悄悄的，却没有什么声音。而且屋外屋里的电灯，只有一两盏亮起来，对于全楼房的情形，叫人看得不能十分清楚。后来进了一个屋子，倒是像自己以前在天津所住的房子一样，布置得非常富丽。女仆在掩上房门之后，开了屋梁上垂下来五星抱月的大电灯。月容踏着地毯，坐在绒面的沙发上，见床铺桌椅之外，还有玻璃砖的梳妆柜，显然是一位太太的卧室。那两个女仆倒茶敬烟，倒是很客气，可是她们并没有去请太太出来陪客。

月容道："你们的太太呢？"

女仆道："太太出去打牌去了，你等一会儿吧，也许一两个钟头她就回来的。"不问她倒罢了，问过之后，这两个女仆索性鞠了一个躬退出去，把房门给掩上了。

这屋子里只剩月容一个人，更显得寂寞。坐了一会子，实在忍不住了，就掀开窗户上的紫幔向外张望了去。这窗户外就是花园，在这冬天，除了那些枒丫的枯木而外，并没有一点儿生物。在枯树那边，半轮冷清清的白月在人家院子树顶上斜照了过来，这就不由得自言自语地道："什么时候了，怎么主人还不回来？倒把我一个人扔在这屋子里。"

于是手拉了门钮子，就要开门出去。不想那门关得铁紧，丝毫也拉扯不动。回头看看别的所在，还有两扇窗子、一扇门，全是关闭得像漆嵌住了一般，用手推送，丝毫也移动不得。月容急得在屋子里来回乱转，本待要喊叫两声，又不知道这是什么地方，恐怕叫不得的。在椅子上坐了一会儿，还是掀开窗幔，隔了玻璃向外面张望，那半轮白月，简直是落到了人家屋脊上。深巷里剥剥呛的更锣、更梆声，倒是传过了三更。已经十一点多钟了，纵然赵太太没有回来，赵司令也该通知一声。为什么把客人关起来呢？看这情形，大概是不好吧？心里如此一想，就不由得叫了起来。这一叫，可就随着发生了问题了。

第三十三回

入陷惜名花泪珠还债
返魂无国手碧玉沾泥

像月容这样一个年轻的女人，被人请到家里去，什么也不招待，倒锁在一间黑屋子里，她哪里经过这种境界？自己也不知道是要人开门呢，也不知道是质问主人翁，却是把两只小拳头在房门上擂鼓似的捶着，口里连连地喊着救命。约莫叫喊了有五分钟之久，这就有了皮鞋橐橐的声音走到了房门口。月容已是叫喊出来了，这就不用客气了，顿了脚叫道："你们有这样子待客人的吗？"

那外面的人把很重的东西在楼板上顿得咚咚的响，仿佛是用了枪把子。他应声道："喂，喂，你别胡捣乱，你知道这是什么地方？告诉你吧，这和陆军监狱差不多，闹得不好，立刻可以要你的性命！"说罢，接着是嘎咤一声，分明外面那个人是在搬弄机钮，接着装子弹了。月容顿了一顿，没有敢接着把话说下去。但他们不开门，就这样糊里糊涂让人关下去吗？于是回走到沙发边去坐下，两手抱了腿，噘起嘴来向屋顶上望着。

这时，有人在身后轻轻地叫道："杨老板，别着急，到我这里来错不了。"

月容回头看时，却是赵司令开着里边一扇门进来了。他换了一件轻飘飘的蓝绸驼绒袍子，口里衔了大半截雪茄烟，脸上带了轻薄的微笑向她望着。月容皱了眉头子向他望着道："赵司令，信生呢？"

赵司令勾了两勾头笑道："请坐吧，有话慢慢儿地谈。咱们认识很久了，谁都知道谁，你瞧我能够冤你吗？"

月容道："冤不冤我，我也没有工夫去算这一笔闲账了。你说吧，信生到哪里去了？叫他送我回去。"

赵司令倒是在她对面椅子上坐下了，身体靠了椅子背，将腿架了起来，不住地上下颠着，向月容笑道："你回去，你还有家吗？"

月容道："你们刚才还由我家里来呢！"

赵司令笑道："咱们走后，弟兄们把你的东西都搬走一空了。东西搬空了以后，大门也锁起来了。"

月容道："不回去也不要紧，你把信生给我找来就行了。"

赵司令嘴里喷出一口烟，将头摇了两下笑道："他不能见你了。"

月容道："他不能见我了，为什么？你把他枪毙了？"

赵司令道："那何至于？我和他也没有什么深仇大恨。"

月容道："那为什么他和我不能见面？"

赵司令笑道："他害了见不得你的病，把你卖了，搂了一笔钱走了。"

月容听说，不由得心里扑扑地乱跳，红了脸道："谁敢卖我？把我卖给了谁？"

赵司令道："是你丈夫卖了你，把你卖给了我。"他说到这里，把脸也板起来了，接着道，"他拿了我一千多块钱去，我不能白花。再说，你怎么跟他逃走的？你也不是什么好人。你是懂事的，你今晚上就算嫁了我，我不能少你的吃、少你的穿，让你快快活活地过着日子。你要是不答应我，我也不难为你。这是我们督办留给我办公的地方，内外都有大兵守卫，你会飞也飞不出去。至于说叫警察，大概还没有那么大胆的警察，敢到我们这屋子里来捉人吧？"

月容听了这一番话，才明白逃出了黑店，又搭上了贼船。看看赵司令架了腿坐在沙发上，口角上斜衔了一支雪茄烟，态度非常从容。看他泰山不动，料着人到了他手上是飞不脱的，于是故意低着头默然了一会儿。

赵司令笑道："我说你这个人，看去是一副聪明样子，可是你自己做的事，糊涂透了心。凭宋信生这么一个小流氓，你会死心塌地地跟上了他了。在天津的时候，他想把你送给张督办，打算自己弄份差事，不是我救你一把，你现在有命没命还不知道呢！这次回了北平，又把你卖给我。他有一分人性，想起你为他吃了这样大的苦，下得落手吗？就算我白花这一千块钱，把你送回去给姓宋的，你想那小子不卖你个三次吗？你要为人守贞节，也要看是什么人！"

他说完了，只管吸烟。那月容流着眼泪，在怀里抽出手绢来揉擦眼睛，越是把头低了下去。

赵司令道："这也没有什么难过的。上当只有一回，以后别再上当就是了。我这姓赵的，无论怎样没有出息，也不至于卖小媳妇儿吃饭，你跟着我，总算有了靠山了。"

　　月容擦干了眼泪，抬头一看他，那麻黄眼睛、粗黑面孔、大翻嘴唇皮子，穿了那绸袍子，是更不相衬。心想宁可让宋信生再卖我一次，也不能在你手上讨饭吃。因十分地忍耐住，和缓着声音道："你说的都也是好话。可是我心里十分地难受，让我在这屋子里休息两天吧。你就是要把我收留下来，我这样哭哭啼啼的，你也不顺心。"

　　赵司令笑道："你的话也说得怪好听的。不过你们这唱戏出身的人真不好逗，过两天也许又出别的花样，我得捞现的，哭哭啼啼我也不在乎。"

　　月容道："可是我身上有病，你若是不信的话，可以找个医生来验一验。我不敢望你怜惜我，可是我们没有什么深仇大恨，你也不应当逼死我。漫说你这屋子锁上了门的，我跑不出去，就是这屋子没锁门，你这屋子前前后后全有守卫的，我还能够飞了出去吗？"

　　赵司令道："自然是飞不出去，可是时候一长了，总怕你又会玩什么手段。"

　　月容道："我还会玩什么手段啦？我要是会玩手段，也不至于落到现时这步田地。你看我是多么可怜的一个孩子，这个时候，假如你是我，也不会有什么心思同人谈恋爱吧？人心都是肉做的，你何必在这个时候……"说着，那眼泪又像下雨般地由脸上滚下来。

　　赵司令很默然地抽了一顿烟，点点头道："照你这样说着呢，倒也叫我不能不通融一两天。可是咱们有话说在先，等你休息好了，你可不能骗我。"月容道："你不管我骗不骗你，反正我是关在笼子里的鸡，你爱什么时候宰我，就什么时候宰我，我骗你还骗得了吗？我说的这些话，不过是请可怜可怜我。肯可怜我呢，那是你的慈悲心，你要是不可怜我，我又能怎么样呢？"她是一面揩着眼泪一面说的，说到这里，将手腕臂枕了头，伏在椅子扶靠上放声大哭。

　　姓赵的看到她这副情形，真也透着无法温存，便站起来道："既是这样说，你也不必再哭，我依了你就是。你要吃什么东西不要？我们这里厨房是整夜预备着的，要吃什么……"

　　月容立刻拦住道："不用，不用。你若是有好心，让我好好儿地在这屋子里躺一会子吧。"

赵司令站起来叹口气道："我倒不想你这个人是这样别扭的。"说着，他依然开了里边那扇门走了。

　　月容坐着发了一阵呆，突然上前去，拉动那门机钮，可是那门关得铁紧，哪里移动得了分毫。垂着头叹了一口气，只有还是对了这门坐着。这一天，经过了几次大变化，人也实在受累很了，靠在沙发上坐得久了，人就昏昏沉沉地睡了过去。忽然有人推着自己的身体，轻轻叫道："杨老板，醒醒吧。给你铺好了床，请你上床去睡。"

　　月容看时，是一个青年老妈子，胖胖的个儿，上身穿着蓝面短皮袄，梳了一把如意头，刘海发罩到了眉毛上，脸上让雪花膏涂得雪白。月容一看她这样子，就知道她是什么身份，便勉强点着头笑道："劳你驾了，你这位大嫂贵姓？"

　　她将一双水蛇眼睛眯着笑了起来道："干吗这样客气？你叫我刘妈吧。"

　　月容道："你们太太呢？这是你们太太的房吧？"说着，向屋子四周看了一看。

　　刘妈道："这儿是赵司令办公的地方，没有家眷。"

　　月容道："哦，没有家眷？刘嫂，你坐着，咱们谈一会子吧。我人生地不熟的，一个人坐在这屋子里，闷死了。"

　　刘妈见她很客气，就在桌上斟了一杯热茶过来，笑道："茶呀，点心呀，全给你预备了。看你在沙发椅子上睡得很香，没有敢惊动你。你先喝这杯茶。"月容接着茶杯，让刘妈在对面坐下。

　　刘妈笑道："杨老板，你倒是挺和气的。原先就同我们司令认识吧？"

　　月容道："也不是我认识他，是我那个没良心的认识他。要不是认识，你们也不至于把我骗到这里，把我关起来。"

　　刘妈笑道："他可是真花了钱。那个姓宋的对你这样狠心，你还惦记他干什么？我们司令在张督办面前是个大红人，有钱有势，你就跟了他吧。不用说多了，你只要能抓住他一年，就可以拿个万儿八千。你要是有本领，捞个三万五万也没有准。"

　　月容道："照你的看法，就是跟你们司令，也不过是个短局？"

　　刘妈笑道："他这个缺德的就是这么着。见一个爱一个，爱上了就立刻要弄到手，到手以后，他要你多久，真没个准。"

　　月容道："他现在有几个太太？"

　　刘妈道："算是正正经经有个名儿的，济南一个，天津两个，北平一

274

个。随随便便凑合上的，我都说不清。"月容道："这里他没有家眷，里里外外就全靠你一个人维持了？"

她听了这话，倒不怎样难为情，顿了一顿道："他把我算什么啦？"说着，眼圈儿一红，嗓子眼也就硬了。

月容看这情形，心里更明了了，因道："刘嫂，你年纪还很轻吧？"

刘妈道："唉，这也是没法子，我才二十五岁。"说着，把屁股下的凳子拖着近两步，向月容低声道，"我有个表兄，在这里当马弁，他把我引荐着来的。乍来的时候，你瞧这缺德鬼，苍蝇见血一样，一天也不能放过我。后来就爱理不理了。可是我还不敢和听差马弁说一句笑话。可是说起名分来，我不过是个老妈子。一出这大门，谁不笑我哇？"

月容道："钱总让你花得趁心吧？"

刘妈道："有时候我给他烧大烟，一说高兴了，倒是二十三十的随便给的，也就是图着这一点。以后有你给他烧烟，他就用不着我了。"

月容道："刘嫂，你别看我年纪轻，我是翻过跟头的了。大概嫁人不像是找房，不合意，三月两月的，又可以换一所。凡是没有让自己看透的人，总得有一番打算。虽然姓赵的把我关在这里，可关不住我的心。"她手理着头发，偷看刘妈的脸。

刘妈气色也还平和，反问道："他花了钱，他肯随随便便地让你走了？"

月容点点头，很久很久才惨然地道："我也知道走不了，可是我还有一条大路呢。"说着，又垂下泪来。

刘妈道："杨老板，你是个唱戏的人，天天在戏台上劝着人呢，什么法子想不出来？何必着急？"

月容道："刘嫂，你要想个法子能把我救出去了，我一辈子忘不了你的好处。"

刘妈听说，两手同时向她乱摇着，又伸手向门外指指，静静地听了一听，因道："现在一点多钟了，你睡着吧，有话明天再说。我这就去给他烧烟，顺便探探他的口气。可是，他那注钱也不能白花。"

月容道："他要是不放我走，我有个笨法子，早也哭，晚也哭。他莫想看我一次笑脸。"

刘妈笑道："这个话怎么能对他说？也许听到了，今天晚上就不会放过你。你睡着惊醒一点儿吧。"说毕，她开里面门出去了，那门顺手带上，嘎轧的一声响，分明是锁上了。

275

月容这才觉得自己手上还捏住一只茶杯，便站到桌子边，提起茶壶，连连地斟着几杯喝了。也不知道是肚子里饿得发烧呢，也不知道是另有什么毛病，只觉胸部以下让火烧了，连连喝了几碗茶下去，心里头还是那么，并不见得减少了难受。对了电灯站着，不免有些发痴。这就看到对面墙上悬了一张赵司令的半身相片，相有一尺多高，穿的是军装，更显出一分笨相。联想到他本人那份粗黑村俗的样子，便伸手将桌子一拍道："八辈子没有见过男人，也不能嫁你这么一个蠢猪。"这样拍过一下，好像心里头就痛快了许多似的。回转身，看到床上的被褥铺得整齐，正想向前走去，忽然摇摇头，自言自语地道："别瞧你铺得这样整齐，我还不睡呢！"说着，依然倒在沙发椅上。好在这里每间屋子都有着热气管子的，屋子里暖和极了，虽然不铺不盖，倒也不至于受凉。究竟人是疲倦得厉害了，靠住沙发椅子背就睡过去了。

一觉醒来，另有个年老的老妈子在屋子里收拾东西，弄得东西乱响。月容坐正了，将手理着鬓发。她笑道："哟，小姐，您醒啦！床铺得好好儿的，你干吗在椅子上睡？"

月容口里随便地答她，眼光向通里面的旁门看去，见是半掩着门的，于是问着这老妈子的姓名年岁，很不在意地向里面走来。等着靠近了那门，猛可地向前跑上两步，伸手将门向怀里一拉，可是失败了。那外面挺立着一个扛了枪的卫兵，直瞪了眼向屋子里看来。月容也不必和他说什么，依然把门掩上。

这收拾屋子的老妈子看到她突然伸手开步，倒是吓了一跳，跟着追了上来。月容笑道："你什么意思？以为我要跑吗？"

老妈子望了她道："小姐，要您是出这屋子的话，得先回禀司令，我可承担不起。"

月容道："哪个要你承担什么？我是要开开门，透一下屋子里的空气。"她虽这样说了，那老妈子望着她颤巍巍地走了，以后便换了一个勤务兵进来伺候茶水。月容只当没有看见，只管坐在一边垂泪。

九十点钟的时候，勤务兵送过一套牛乳饼干来。十二点钟的时候，又送了一桌饭菜来。月容全不理会，怎么样子端来，还是怎么样子让他们端了回去。

又过了一小时之久，那刘妈打开后壁门走进来了，还没有坐下来，先喊了一声，接着道："我的姑娘，你这是怎么回事？不吃不喝，就是这样淌着眼泪，这不消三天，你还是个人吗？”说着，在她对面椅子上坐下，偏了头向她脸上看来。

月容道："不是人就不是人吧，活着有什么意思？倒不如死了干净！"

刘妈道："你这样年轻，又长得这副好模样，你还有唱戏的那种能耐，到哪里去没有饭吃？干吗寻死？"

月容道："你说错了。你说的这三样好处，全是我的毛病，我没有这三项毛病，我也不至于受许多折磨了。"

刘妈点点头道："这话也有道理，有道是红颜女子多薄命。不过，你也不是犯了什么大罪坐着死囚牢了，只要有人替你出那一千块钱还给姓赵的，也许他就放你走了。昨晚上我和他烧烟的时候，提到了你的事，他很有点儿后悔。他说，以为你放着戏不唱，跟了宋信生那败家子逃跑，也不是什么好女人，趁着前两天推牌九赢了钱，送了宋信生一千块钱……"

月容忽然站起来向她望着道："什么，他真花了一千块钱？他花得太多了！是的，我不是什么好女人，花这么些个钱把我买来，又不称他的心，太冤了！是的，我……我……我不是个好女人。"说着向沙发上一倒，伏在椅子扶靠上又放声大哭。

刘妈劝了好久才把她劝住，因道："姓赵的这班东西，全是些怪种。高起兴来，花个一万八千，毫不在乎，不高兴的事，一个大子儿也不白花。你要是称他的心，他也许会拿出个三千五千的来给你置衣服、置首饰，你这样和他一别扭，他就很后悔花了那一千块钱。他说，想不到花这么些个钱找了一场麻烦。所以我说，有一千块钱还他，你也许有救了。"

月容道："谁给我出一千块钱还债？有那样的人，我也不至于落到这步田地了。我知道，我不是个好女人，哭死拉倒！死了也就不用还债了。"说着嘴一动，又流下泪来。刘妈对她呆望着一阵，摇摇头走出去了。

月容一人坐在这屋子里，把刘妈的话仔细玩味了一番。"不是好女人"，"不是好女人"，这五个字深深地印在脑子里，翻来覆去地想着。就凭这样一个坏蛋也瞧我不起，我还有一个钱的身份？伤心一阵子，还是垂下眼泪来。但是这眼泪经她挤榨过了这久，就没有昨日那样来得汹涌，只是两行眼泪浅浅地在脸腮上挂着。也唯其是这样，嘴唇麻木了，嗓子枯涩了，头脑昏沉了，人又在沙发上昏睡过去。

二次醒来，还是刘妈坐在面前。她手里捧着一条白毛绒手巾，兀自热气腾腾的，低声道："我的姑奶奶，你怎么这样想不开？现在受点儿委屈，你熬着吧，迟早终有个出头之日。哭死了才冤呢！你瞧，你这一双眼睛肿得桃儿似的了。你先擦把脸，喝口水。"说到了这里，更把声音低了一低，因道，"我还有好消息告诉你呢。"

月容看她这样殷勤，总是一番好意，只得伸手把那手巾接过来，道了一声劳驾。刘妈又起身斟了杯热茶，双手捧着送过来，月容连连说着不敢当，将茶杯接过。"她这样客气，恐怕这里面不怀什么好意吧？"这样一转念，不免又向刘妈看了一看。刘妈见她眼珠儿一转，也就了解她的意思，笑道："我的小姑奶奶，您就别向我身上估量着了。我同你无冤无仇，反正不能在茶里放上毒药吧？"

月容道："不是那样说……"她把这话声音拖得很长而又很细，刘妈牵着她的衣襟连连扯了几下，让她坐着。月容看她脸上笑得很自然，想着她也犯不上做害人的事，便笑道，"刘嫂，不是那样说，我……"

刘妈向她连连摇手道："谁管这些，我有好消息告诉你呢。你先把这杯茶喝完了。"

月容真个把那杯茶喝了，将杯子放下来。刘妈挨着她在沙发椅子上一同坐下，左手握了她的手，右手挽了她的肩膀，对了她的耳朵低声道："姓赵的这小子，今天下午要出去耍钱，大概晚上两三点钟才能回来。这有好大一段时光呢，在这时候可以想法子让你脱身。"

月容猛可地回转身来，两手握住刘妈两只手，失声问道："真的吗？"

刘妈轻轻地道："别嚷，别嚷。让别人知道了，那不但是你走不了，我还落个吃不了兜着走呢。"

月容低声道："刘嫂，您要是有那好意，将来我写个长生禄位牌子供奉着您。"

刘妈将手向窗户一指道："你瞧，这外面有一道走廊，走廊外有个影子直晃动，你说那是什么？"

月容道："那是棵树。"

刘妈道："对了。打开这窗户，跨过这走廊的栏杆，顺着树向下落着，那就是楼下的大院子。沿着廊子向北，有一个小跨院门，进了那跨院，有几间厢房，是堆旧木器家具的，晚上谁也不向那里去。你扶着梯子爬上墙，再扯起梯子放到墙外，你顺着梯子下去，那里是条小胡同，不容易碰到人。走出了胡同，谁知道你是翻墙头出来的？你爱上哪儿就上哪儿！"

月容让她一口气说完了，倒忍不住微微一笑，因道："你说得这么容易，根本这窗子就……"

刘妈在衣袋里掏出一把长柄钥匙塞在她手上，因道："这还用得着你费心吗？什么我都给你预备好了。"说着，把声音低了一低道，"那栏杆边我会给你预备下一根绳，跨院门锁着的，我会给你先开着。在屋犄角里，先藏好一张梯子在那里。你不用多费劲，扶着梯子就爬出去了，这还不会吗？"

月容道："刘嫂，你这样替我想得周到，我真不知道怎样答谢你才好。"

刘妈道："现在你什么形迹也不用露，一切照常。那缺德鬼起来还要过瘾的，我会缠住他。等到他过足了瘾，也就快有三点钟了，陪着督办要钱也是公事在身，他不能不滚蛋。你少见他一面，少心里难过一阵，你说好不好？"

月容还有什么话可说，两手握住刘妈的手只是摇撼着。刘妈站起身来，用手轻轻地拍着她的肩膀道："你沉住气，好好地待着，当吃的就吃，当喝的就喝，别哭，哭算哪一家子事？哭就把事情办得了吗？"

月容点点头低声道："好，我明白了。我要不吃饱了，怎么能做事呢？"

刘妈轻轻地叹了一口气道："咳，可怜的孩子。"说着，悄悄地走出去了。

月容坐在沙发上沉沉地想了一会子，觉得刘妈这样一个出身低贱的女人，能做出这样仗义的事，实在有些让人不相信。一个当老妈子的人，有个不愿向主人讨好的吗？再说，我和她素不相识，对她没有一点儿好处。我要是在这里留下来了，她在姓赵的面前那份宠爱也许就要失掉了，想到这里不由得伸手一拍，自言自语道："对了，她就是为了这个，才愿意把我送走的。这样看起来，这妇人是不会有什么歹意的了。"

于是把刘妈给的钥匙送到窗户锁眼里试了一试，很灵便地就把锁开了。悄悄将外窗子打开一条缝向外面张望一下，果然那走廊的栏杆外边有一棵落光了叶子的老槐树，离开栏杆也不过一尺远，随便抓住大树枝就可以溜了下去。本待多打量打量路线，无奈楼梯板上已是嗵嗵地走着皮鞋响，立刻合上了窗户，闪到沙发上坐着。现在有了出笼的希望，用不着哭了。计划着什么时候逃走，逃出了这里以后，半夜三更先要到什么地方去找个落脚之所。自己这般有计划地想着，倒是依了刘妈的话，茶来就喝茶，饭来就吃饭。

冬天日短，一混就天气昏黑了。却听到刘妈在外面嚷道："司令，您也

279

得想想公事要紧。人家约您三点钟去，现在已经四点多了。她在那屋子里躺着呢，没梳头没洗脸的，您瞧着也不顺眼。您走后，我劝劝她，晚上回来，别又闹着三点四点的。你在十二点钟前后回来，她还没有睡，我可以叫她陪着您烧几筒烟。"这话越说越远，听到那姓赵的哈哈大笑一阵，也就没有声息了。

到了晚上七八点钟的时候，另一个老妈子送着饭菜进房来，月容便问她刘嫂哪里去了。她叹气道："同一样地让人支使着，一上一下，那就差远了。人家就差那点儿名分，别的全和姨太太差不多了。司令不在家，没人管得着她，她出去听戏去了。"

月容道："听戏去了？我这……"

她道："我姓王，您有什么事叫我得了。"

月容道："不，没什么事。"她摇着头，很干脆地答复过了这王妈。看到桌上摆好了饭菜，坐下来扶起碗筷自吃。

那王妈站在旁边不住暗中点头，因微笑道："你也想转来了。凭你这么一个模样儿，这么轻的年岁，我们司令他不会掏出心来给你？那个日子还有这姓刘的份儿吗？气死她，羞死她，我们才解恨呢！"她虽然是低了声音说话的，可是说话的时候，咬着牙，顿着脚，那份愤恨的情形，简直形容不出来。月容看着，越是想到刘妈放走自己那是大有意思的。

饭后，催王妈把碗筷收着走了，自己就躺到床上先睡一觉。但是心里头有事，哪里能安心睡下去？躺一会子就坐起来。坐起来之后，听听楼上下还不断地有人说话，觉得时候还早，又只好躺了下去。这样反复着四五次之后，自己实在有些不能忍耐了，这就悄悄地走到窗户边，再打开一条缝来，由这缝里张望着外边。除了走廊天花板上两盏发白光的电灯之外，空洞洞的，没有什么让人注意的东西。电光下照见栏杆上搭了一条绳子，半截拖在楼板上，半截拖在栏杆外面，仿佛是很不经意地有人把绳子忘下在这里的。由此类推，跨院门上的锁、跨院墙犄角上的梯子，都已经由刘妈预备好了的。这倒真让人感着刘妈这人的侠义，说得到就做得到。扶了窗户格子，很是出了一会子神。

正待大大地开着窗跨了过去，立刻就听到走廊外的板梯让皮鞋踏着噔噔作响，将身子一缩，藏在窗户旁边，却见一个穿灰衣的护兵骂骂咧咧地走了过去。他道："天气这么冷，谁不去钻热被窝？当了护兵的人，就别想这么一档子事。上司不睡，冷死了也不敢睡。"

月容听着，心里一想，这可糟了，姓赵的不睡，这些护兵都不敢睡，自己如何可以脱得了身？站在窗户边很是发了一阵呆。约莫有十分钟之久，却听到有人叫道："吃饭吧，今天这顿晚饭可太迟了。"说着，接连地叫了一阵名字。

月容忽然心里一动，想着，这是一个机会呀，趁着他们去吃饭的时候，赶快跳出这个火坑吧。主意想定，将窗户慢慢打开，听听这一所大院子里，果然一些人声没有。虽然自己心里头还不免跟着扑扑地跳，可是自己同时想到，这个机会是难逢难遇的，千万不能错过。猛可地将脚齐齐一顿，跳上窗户就钻了出去。到了走廊上，站住向前后两头一看，并没有人，这就直奔栏杆边，提了那根绳子在手拴在栏杆上，然后手握了绳子爬过栏杆。正待抬起脚来踏上挨着楼口的树枝，不料就在这时，唰的一声，一个大黑影子由树里窜出，箭似的向人扑了过来。月容真不料有这么一着意外，身子哆嗦着，两脚着了虚，人就向前一栽。那黑影子也被月容吓倒了，嗷儿的一声，拖着尾巴跑了。但月容已来不及分辨出来它是一只猫，早是扑通通一下巨响，一个倒栽葱落在院子地上。

一个护兵刚是由楼下经过，连问倒了什么了，也没有什么人答应。及至跑向前一看，廊檐下的电灯光照出来有个女人滚在泥土里，就连连地啊哟了两声。近到身边，更可以看清楚了是谁，便大喊道："快来人吧，有人跳楼了！快来吧，楼上的那一位女客跳楼了！"

晚上什么声音都没有了，突然地发生了这种惨呼的声音，前前后后的马弁勤务兵全拥了上来。月容躺在地上，滚了遍身的泥土，身子微曲着，丝毫动作也没有。其中有一位乌秘书，是比较能拿一点儿主意的人，便道："大家围着看上一阵子就能了事吗？赶快把人抬到屋子里去。看这样子，这人是不行的了，别抬上楼，客厅里有汽管子，抬上客厅里去吧。"

勤务兵听着，来了四五个人，将月容由地上抬起就送到楼下客厅里来。乌秘书跟着进来，在灯光下一看，见月容直挺挺躺在沙发上，除了满身泥土之外，还是双目紧闭，嘴唇发紫。伸手摸摸她的鼻息，却是细微得很，额角上顶起两个大肉包，青中透紫。回头见楼上两个老妈子也站在旁边，便喝骂道："你们都是干什么的！锁在屋子里的人，出来跳了楼了，你们还不知道！这个样子，人是不中用的了，谁也负不了这个责任，我得打电话向司令请示去，你们好好在这里看守着。"说毕，他自去打电话。

这里一大群人，就围着这样一个要死不活的女人。过了十几分钟之后，

281

乌秘书匆匆走了进来将手向大家挥着道："好啦，好啦，司令输了钱，来不及管这档子事。你们全没有错，倒让我找着一份罪受。黄得禄已经把车子开到了院子里，你们把她抬上车子去吧。"说时，将手向几个勤务兵乱挥着。月容依然是昏沉地睡着，只剩了一口悠悠的气，随便他们摆弄。人抬上了汽车以后，就斜塞在车厢子里。乌秘书也并不贪恋她这个年轻女人，却坐在前面司机座上。车子到了不远的一所教会医院，乌秘书替月容挂了急诊号，用病床将月容搭进急症诊病室里去。

值班的大夫却是一位老天主教徒，高大个儿，在白色的衣服上飘着一绺长黑的胡子，长圆的脸上架着一副黑边大框眼镜。乌秘书为了要向赵司令有个交代，也跟着走到这急诊室里来。一见那老医生便笑道："啊，是马大夫亲自来看，这孩子也许有救吧？"

马大夫见月容身穿一件绿绸驼绒旗袍，遍身是灰土，一只脚穿了紫皮高跟鞋，一只可是光丝袜子。头发蓬乱在脸上，像鸟巢一般，也是灰土染遍了；但皮肤细嫩，五官清秀，在灰尘里还透露出来。一看之后就不免暗中点了一下头，回头因问道："乌秘书，这位是……"

乌秘书点点头道："是……是……朋友。"

马大夫就近向月容周身看了一看，问道："怎么得的病？"

乌秘书道："是失脚从楼上摔了下来。"

马大夫哦了一声，自解了月容的衣襟，在耳朵眼里插上听诊器，向她身上听着，不由得连连地摇了几下头。接着又按按她的脉，又扒开她的眼皮看看，于是把听诊器向衣袋里一放，两手也插在衣袋里，向乌秘书道："这样的人，还送来诊干什么！"

乌秘书道："没有救了吗？"

马大夫道："当然。乌秘书，是把她放在这里一会儿呢，还是将原车子带她回去呢？"

乌秘书拱拱手笑道："在贵院，死马当着活马医，也许还有点儿希望。若是将原车子拖回去，在半路上不就没有用了吗？"说着，人就向外面走。

马大夫跟到外面来，低声道："假如人死了，怎么办？这事赵司令能负责吗，或者是乌秘书负责呢？"

乌秘书顿了一顿，笑道："她是一个妓女，没有什么家庭的。我代表赵司令送来治病，当然不要贵院负责。"

马大夫道："是十之八九无望了。她是由楼上倒栽下来的，脑筋受了重伤，在医界还没有替人换脑筋的国手，她怎样能活？不过她有一口气，做医生的人，是要尽一分挽救之力的。现在我要求乌秘书负责答复，这人死在医院里，你不问；这人我们治好了，你也不问。可以吗？"

乌秘书笑道："那好极了。我们本是毫无关系的，不过她摔在我们办公处，不能不送她来医治。贵院既可负责把她接收过去，我们何必多事？我知道贵院是想把她的尸身解剖，这个你尽管办，我们绝对同意。"他一面说，一面向外走。

马大夫站在急诊室门口对他的后影呆呆望着，许久，摇了两摇头，自言自语道："不想北平这地方，是这样暗无天日。"

说时，屋子里的女看护啊哟了一声，似乎是见事失惊的样子，大概睡在病床上的那个少妇已经断了气了。

第三十四回

归去本无家穷居访旧
重逢偏有意长舌传疑

马大夫虽然是那位赵司令的熟人，但他和赵司令却没有丝毫朋友感情。他慨然地负着月容的生死责任，那不是为了赵司令，而是为了月容。这时，屋子里面的女看护大叫起来，他倒有些不解，立刻走进屋子来向她问是怎么了。女看护远远地离着病床站住，指着病人道："她突然昂起头来，睁开眼睛望着！"

马大夫笑道："你以为她真要死吗？"

女看护呆站着答不出话来。马大夫笑道："咦，你不明白吗？我们这是教会办的医院，姓赵的就是要来追究，我们也有法子给她解脱。她先在我们这里休养几天，等姓赵的把她忘了，让她出院。"

他一面说着，一面走近月容的病床。月容仰了脸躺着，眼泪由脸上流下来，哽咽着道："大夫，那个人对你说的话全是假的。"

马大夫道："你虽没有大病，但你的脑筋倒是实在受了伤。你的事我已猜着十之八九，你不用告诉我，先休息要紧。"说毕，他按着铃叫了一个院役进来，叫把月容送到一个三等的单间病室里去。月容已是慢慢清楚过来，看到马大夫是一种很慈祥的样子，就也随了他布置，并不加以拒绝。

在一个星期之后，是个晴和的日子，太阳由朝南的玻璃窗户上晒了进来，满屋子光亮而又暖和。月容穿了医院给的白布褂裤，手扶了床栏杆坐在床沿上，手撑了头沉沉地想着。恰好是马大夫进来了，他对她脸色看了一遍，点点头笑道："你完全好了。"

月容道："多谢马大夫。"说着站起身来。

马大夫道："我已经和那姓赵的直接打过电话了，我说你的病好是好了，可是疯了，我要把你送进疯人院去。他倒答应得很干脆，死活他全不管。"

月容道："马大夫，你该说我死了就好了，免得他还有什么念头。"

马大夫道："我们教会里人是不撒谎的，这已经是不得已而为之了。说你疯了，那正是为着将来的地步。人生是难说的，也许第二次他又遇着了你。若是说你死了，这谎就圆不过来。"

月容道："二次还会遇着他吗？那实在是我的命太苦了。不过，他就遇着我，再也不会认出我的，因为我要变成个顶苦的穷人样子了。"

马大夫道："但愿如此。你对我所说的那位姓丁的表哥靠得住吗？"

月容道："靠得住的。他是一个忠厚少年，不过……是迟早，我是要投靠他的。"

马大夫道："那就很好。趁着今天天气很好，你出院去吧。"

月容猛然听到出院这两字，倒没有了主张。因为自己聊避风雨的那个家已经没有了，丁家究竟搬到哪里去了？而况他是什么态度也难说。这一出院门，自己向哪里去？在北京城里四处乱跑吗？这样地想着，不免手牵了衣襟，只是低头出神。

马大夫道："关于医院里的医药费，那你不必顾虑，我已经要求院长全免了。"

月容道："多谢马大夫，但是……是，我今天出院吧，今天天气很好。"

马大夫道："你还有什么为难的事情吗？假如你还需要我帮忙的话，我还可以办到。"

月容低着头牵着衣襟玩弄，很沉默了一会儿，摇摇头道："谢谢你，没什么要你帮忙的了。我这就出院吗？"

马大夫道："十二点钟以前，你还可以休息一会儿，医院里所免的费用是到今天十二点钟为止。"

月容深深地弯着腰向马大夫鞠了一个躬。马大夫也点点头道："好吧，我们再见了。"说着，他走出去向别间病室里诊病去了。

月容又呆坐了一会子，忽然自言自语地道："走吧，无论怎么没有办法，一个人也不能老在医院里待着。"

不多一会儿，女看护把自己的衣服拿来了，附带着一只手皮包，里面零零碎碎还有五块多钱。这都是自己所忘记了的。在绝无办法的时候，得着这五块钱，倒也有了一线生机。至低的限度，马上走出医院门，可以找

285

一个旅馆来落脚，不必满街去游荡了。比较地有了一点儿办法，精神也安定了一些。换好了衣服，心里却失落了什么东西似的，缓缓地走出医院门。

太阳地里停放着二三十辆人力车子，看到有女客出来，大家就一拥向前，争着问到哪儿。月容站住了脚向他们望着，到哪儿去？自己知道到哪儿去呢？因之并不理会这些车夫，在人丛挤了出去。但这车夫们一问，又给予了她一种很大的刺激，顺了一条胡同径直地向前走。不知不觉就冲上了一条大街，站定了脚向两头看去，正是距离最长的街道。看看来往的行人车马，都是径直向前，不像有什么考虑，也没有什么踌躇。这样比较起来，大街上任何一种人，都比自己强。只有自己是个孤魂野鬼，没有落脚所在的。心里一阵难过，眼圈儿里一发热，两行眼泪几乎要流了出来。可是自己心里也很明白，在这大街上哭，那是个大笑话。看到旁边有条小胡同，且闪到里面去，在衣袋掏出手绢擦擦眼睛。

糊里糊涂走过几条胡同，抬头一看，拐弯的墙上钉着一块蓝色的地名牌子，有四个白字标明了是方家大院。心里带一点儿影子，这个地名，好像以前是常听到人说的呀。站着出了一会儿神，想起来了，那唱丑角的宋小五她家住在这里。这人虽然嘴里不干不净，喜欢同人开玩笑，可是她心肠倒也不坏，找找她问问师傅的消息吧。于是顺着人家大门一家家看去，有的是关着大门的，有的是开着大门的，却没有哪家在门上贴着宋宅两个字。

沿着人家把一条巷子走完了，自己还怕是过于大意了，又沿着人家走了回来。有一位头顶上挽个朝天髻儿，穿了大皮袍子的旗下老太太，正在一家门口向菜担子买菜，就向她望着道："你这位姑娘走来走去，是找人的吧？"

月容这就站定了向她深深点了一个头，笑答道："是的，我找一家梨园行姓宋的。"

老太太笑道："这算你问着了。要不然你在这胡同里来回溜二百遍，也找不出她的家来。她原来住在这隔壁，最近两个月家境闹得太不好，已经搬到月牙胡同里去住了。那里是大杂院，是人家马号车门里，很容易认出来。这里一拐弯儿就是月牙胡同。"

月容不用多问，人家已经说了个详详细细，这就照她所说的地方走去，果然有个车门。院子里放着破人力车、洗衣做的大水桶、堆了绳捆的大车、加上破桌子烂板凳，真够乱的。悄悄走进大门，向四周屋子望了一下，见两边屋子门口有人端出白泥炉子来倒炉灰，便打听可有姓宋的？那人向东边两个小屋一指道："那屋子里就是。"

月容还没有走过去呢，那屋子里就有人接嘴道："是哪一个找我们？"

月容听着，是宋小五母亲的声音。以前她是常送她姑娘到戏院子里去，彼此也很熟，因道："宋大婶，是我呀，大姐在家吗？"

这时，那小屋的窗户纸的窟窿眼里，有一块肉脸，带了一个小乌眼珠转动了两下，接着有人道："这是哪儿刮的一阵仙风，把我们杨老板刮来了？请屋子里坐吧。可是我们屋子里脏得要命，那怎么办呢？"

月容拉开门，向她屋子里走去。看看那屋子，小得像船舱一样。北头一张土炕，上面铺着一条半旧的芦席，乱堆两床破被褥。红的被面，大一块小一块的黑印儿，显得这被是格外的脏。炕的墙犄角上堆着黑木箱子、破篮篓子，一股子怪味儿。桌子上和地下，大的盆儿、小的罐儿，什么都有。只以桌子下而论，中间堆了一堆煤球，煤球旁边却是一只小绿瓦盆，里面装了小半盆干面。

小五妈赶快将一张方凳子上的两棵白菜拿开，用手揩了两揩，笑道："杨老板请坐坐吧。屋子小，我没有另拢火。"说着弯腰到炕沿下面去，在窟窿眼里掏出一只小白炉子来，虽不过二三十个煤球，倒是通红的。

月容向屋子周围看去，一切是破旧脏。小五娘黄瘦着脸，挽了一把茶杯大的小髻，满头乱发，倒像大脸盆。下身穿条蓝布单裤，上身倒是穿件空心灰布棉袄，又没扣纽扣，敞着顶住胸骨一块黄皮。因道："大婶，你人过得瘦了，太劳累了吧？"

小五娘什么也没说，苦着脸子，长长地叹了一口气。月容道："大姐不在家吗？"

小五娘道："她呀！你请坐，我慢慢地告诉你。"

月容想着，既进来了，当然不是三言二语交代过了就可以走的，就依了她的话坐下。小五娘摸起小桌上的旱烟袋，还没抽一口呢，开了话匣子了，她道："这几个月，人事是变得太厉害了。你不唱戏，班子里几个角儿嫁的嫁、走的走，班子再也维持不了，就散了。你闻闻这屋子里有什么味儿吗？"

她突然这样一问，月容不知道什么意思，将鼻子尖耸了两耸，笑着摇摇头道："没有什么味儿。"

小五娘道："怎么没什么味儿！你是不肯说罢了。这里鸦片烟的味儿就浓得很啦。我的瘾还罢。我那个死老头子，每日没四五毛钱膏子简直过不去。小五搭班子的时候，每天拿的戏份也就只好凑付着过日子。班子一散了，日子就过不过去。老头子没有烟抽，不怪自己没有本事挣钱，倒老是找着小五捣乱。小五一气跑了，几个月没有消息。现在才听说，先是去汉口搭班，后来跟一个角儿上云南去了。北京到云南，路扶起来有天高，有什么法子找她？只好随她去吧。"

月容道："哦，原来也有这样大的变化！你两位老人家的嚼裹怎么办呢？"

小五娘道："还用说吗？简直不得了。先是当当卖卖，凑付着过日子。后来当也没有当了，卖也没有卖了，就搬到这里来住。耗子钻牛犄角，尽了头了。老头没有了办法，这才上天桥去跟一伙唱地台戏的拉胡琴。每天挣个两三毛钱，有了黑饭，没有了白饭，眼见就要坍台了。可是北京城里土生土长的人，哪儿短得了三亲四友的，要讨饭，也得混出北京城去。杨老板，你还好吧？可能救我们一把？"

月容的脸色一刻儿工夫倒变了好几次，因笑道："叫我救你一把？嗐，不瞒你说，我自己现在也要人救我一把了。"

小五娘对她看了一看，问道："你怎么了？我的大姑娘。"

月容道："大婶，你没事吗？你要是没什么事，请坐一会儿，让我慢慢地告诉你。"

小五娘道："我有什么事呢？每天都是这样干耗着。"这才在棉裤袋里掏出一包烟，按上烟斗，在炕席下摸出火柴点着抽起来。

月容沉住气，把眼泪含着不让流出来，慢慢地把自己漂流的经过说了一遍。说完了，因叹口气道："听说我这事情还登过报，我也不必瞒人了。你瞧，我不也是要人救我一把吗？"

小五娘道："啊！想不到大风大浪的，你倒经过这么一场大热闹。你还有什么打算吗？"

月容道："本来我是不好意思再去找我师傅的。可是合了你那话，耗子钻牛犄角尽了头了。我要不找师傅，不但是没有饭吃，在街上走路还怕人家逮了去呢。"

小五娘道："你要找师傅吗？漫说你不能下乡去找他，就是你下乡去找着了他，恐怕那也是个麻烦。他为着你的事伤心透了。要不他也不搬下乡去。"

月容道："他为着我搬下乡去的吗？"

小五娘含着烟袋吸了一口烟道："也许有别的原因吧。不过有点儿是为着你，你要去见他，决计闹不出什么好来。他现在同梨园行的人疏远得很呢。"

月容听了她的答复，默然了很久，摇摇头低声叹口气道："现在是一点儿办法都没有了。"

小五娘道："你不是还有一个表哥吗？虽然你以前和他恼了，事到于今，只有同人家低头。"说时将旱烟袋嘴子向月容点着。

月容道："我有什么不肯低头的？无奈他不睬我，我也没有办法。有一次，他驾着马车在街上走，我追着他叫了几十句，他也不肯理我。"

小五娘坐在炕沿上，见她皱了眉毛、苦着脸子，两行眼泪在脸上直滚下来，对她望着，连吸了几袋烟，将烟袋头在炕沿敲着烟灰，便道："姑娘，你也别着急。凭着你这样人才，绝饿不了饭的。假使你不嫌我这里脏，我叫老头子到别处去住，你可以在我这里先凑付几天。"

月容道："大婶，我现在到了什么境界，还敢说人家脏吗？不过让老爷子到外面去住，那我可心里不过意。我正也有许多事想同他商量，靠着他在梨园行的老资格，我还想他替我想点儿法子呢。"

小五娘道："你的意思，还想出来搭班？"

月容道："嗓子我还有。"

小五娘笑道："那敢情好，叫老头子给你拉弦子。你有了办法，我们也就有了办法。他要到晚半晌才能回来，你在我这里等着吧。你饿着吗？我下面条子给你吃。随便怎么着，给你在天桥找个园子，老头子总可以办到的，你安心等着吧。"

月容皱了眉道："我仔细想想，实在不愿再回到梨园行去。我那样红过的人，现时又叫我上天桥了，那比叫上法场还要难受。再想别的法子吧。"

小五娘听着话的时候，在炕头破篮子里拿出了破布卷儿层层地解开来，透出几十个铜子。她颇有立刻拿钱去买面条之势，现在听说月容不愿回到梨园行去，把脸沉下来道："除了这个，难道你另外还有什么挣钱的本领吗？"说时，将那个破布卷儿依然卷了起来。

月容心头倒有些好笑，想着就是做买卖也不能这样地干脆，可是也不愿在她面前示弱，因道："就因为我不肯胡来。要不是有四两骨头，我还愁吃愁穿吗？我逃出了虎口，我还是卖着面子混饭吃，那我又何必逃出虎口来呢？"

小五娘道："难道你真有别的能耐可以混饭吃吗？"她手上拿着那个布卷儿，只管踌躇着。

月容在身上摸出一块钱来交给她道："大婶，你不用客气，今天我请你吧。你先去买点儿烟膏子来，老爷子回来了，先请他过瘾。我肚子不饿，倒不忙着吃东西。"

小五娘先哟了一声，才接了那一块钱，因笑道："怎么好让你请客呢？你别叫他老爷子了，他要有那么大造化生你这么一个姑娘，他更美了，每天怕不要抽一两膏子吗？你叫他一声叔叔、大爷，那就够尊敬他的了。姑娘，你这是善门难开。没这块钱倒罢了，有了这块钱，我不愿破开，打算全买膏子。你还给我两毛钱，除了买条子下给你吃，我还得买包茶叶给你泡茶。"

月容笑着又给她两毛钱。小五娘高兴得不得了，说了许多好话。请她在家里坐着等一会子，然后上街采办东西去了。

她回家之后，对月容更是客气。用小洋铁罐子在白炉子上烧开了两罐子水，泡了一壶茶，又在怀里掏出一小包瓜子让月容嗑着。还怕月容等得不耐烦，再三地说过一会子老头子就回来的。其实月容正愁小五父亲回来得早，他要不留客，今天晚上还没个落脚的地方呢。看看太阳光闪作金黄色，只在屋脊上抹着一小块了，料着老头子要回来，便站起身来道："大婶，我明天来吧。我得先去找个安身地方。"

小五娘道："他快回来了。我不是说着你就住在我这儿？怎么还说找地方安身的话？"

月容道："可是我不知道大爷是什么意思。"

小五娘道："他呀，只要你有大烟给他抽，让他叫你三声亲爸爸他都肯干的。"她虽是这样说着，可就隔了窗户的纸窟窿眼儿向外张望着，笑道："你瞧，说曹操，曹操就到了。"

月容还没有向外望呢，就听到老头子嘟囔着走了过来。他道："打听打听吧，我宋子豪是个怕事的人吗？东边不亮西边亮，你这一群小子和我捣乱，我再……"话不曾说完，他哗的一声拉着风门进来了。

月容站起来叫了一声大爷。这宋子豪穿了一件灰布棉袍子，上面是左一块右一块的油污和墨迹。歪戴了顶古铜色毡帽，那帽檐像过了时的茶叶一般在头上倒垂下来，配着他瘦削的脸腮同扛起来的两只肩膀，活显着他这人没有了一点儿生气。他垂下了一只手，提着蓝布胡琴袋向小五娘喝了一声，正是有话要交代下去。回头看到了月容，倒不由得呀了一声，将胡琴挂在墙钉上，拱拱手道："杨老板，短见呀，你好！"

小五娘笑道："杨老板还是那样大方。到咱们家来，没吃没喝的，倒反是给了你一块钱买大烟抽。我知道你今天要断粮，已经给你在张老帮子那里分了一块钱膏子来了。"说着，在墙洞子里掏出一个小洋铁盒子，向他举了一举。

宋子豪看到，连眉毛都笑着活动起来，比着两只袖口向月容连拱了几下手道："真是不敢当。杨老板，你总还是个角儿，我们这老不死的东西，总还得请你携带携带呢。"

月容道："听说班子散了，咱们另想办法吧。短不了请大爷大婶帮忙。"

宋子豪抢着过去，把那盒烟膏子拿过来看了看，见浓浓的有大半盒，足够过三天瘾的，便连连摸着上嘴唇几根半白的小胡子，露出满嘴黑牙齿来，笑道："杨老板，只有你这样的聪明人知道我的脾气。你送这东西给我，比送我米面要好得多。"说着，又把那盒烟膏子送到鼻子尖上嗅了几嗅。

月容道："大爷要是过瘾的话，你请便。我正好坐着一边陪你谈谈。"

小五娘道："不，他要到吃过晚饭以后才过瘾呢。"

子豪眯了眼睛笑道："不，这膏子很好，让我先尝两口吧。"他说着，就在炕头上破布篮子里摸索出烟灯烟枪来，在炕上把烟家伙摆好，满脸的笑容，躺下去烧烟。

月容坐在炕沿上，趁着他烧烟不劳动的时候，就把自己这几个月的经过详细说了一遍。宋子豪先还是随便地听，自去烧他新到手的烟膏子。后来月容说到她无处栖身要找出路，子豪两手捧着烟枪塞在口里，闭了两眼，四肢不动，静听她的话。再等她报告了一个段落，这才稀里呼噜将烟吸上了一阵，接着喷出两鼻孔烟来，就在烟雾当中微昂了一下头道："你学的是戏，不愿唱戏，哪儿有办法？就说你愿意唱戏吧，你是红过的，搭着班子一天拿个三毛五毛的戏份，那太不像话。要不然这就有问题了，第一是人家差不差这么一个角儿；第二是人家愿意请你了，你一件行头也没有，全凭穿官中，那先丢了身份……"

月容道："我根本没打算唱戏，这个难不着我。我的出身用不着瞒，就是一个卖唱的女孩子，我想还卖唱去。晚上人家也瞧不出来我是张三李四，只要大爷肯同我拉弦子，每晚上总可以挣个块儿八毛的。再说我自己也凑合着能拉几出戏，有人陪着我就行了。"

子豪道："姑娘，你这是怎么了，把年月都忘记了？现在快进九了，晚上还能上街上卖唱吗？"

月容道："这个我倒也知道。天冷了，夜市总是有的，咱们去赶夜市吧。"

子豪道："你当过角儿的人，干这个那太不像话。"他横躺在炕上，将烟签子挑了烟膏子在灯上烧着，两眼注视了烟灯头并不说话，好像他沉思着什么似的，右手挑了烟膏泡子，在左手的食指上不住地蘸着。

月容见他没有答复，不知他想什么，也不敢接着向下问。小五娘坐在短板凳上斜衔了一支烟卷抽着，喷出两口烟来，因道："说起这个，我倒想起一件事。那卖烟膏子的张老帮子和那些玩杂人的要人认识，常常给他们送烟土，请她给你打听打听好不好？"

月容笑道："这也不是那样简单的事。你以为是介绍一个老妈子去佣工，一说就成吗？"

小五娘道："这要什么紧，求官不到秀才在。我这就去叫她来吧。"她说着径自开门走了。

月容对于这件事始而是没有怎样理会。不多大一会子，听到小五娘陪着人说话走了回来，这就有一个女人道："让我瞧瞧这姑娘是谁？亦许我见过吧？"

说着话，门打了开来，小五娘身后随着一位披头发、瘦黄面孔、穿着油片似的青布大袄子的女人。在她说话时已知道了她是谁，但还不敢断定，现在一见，就明白了，不就是旧日的师母、张三的媳妇黄氏嘛！脸色一变站了起来，口里很细微地叫了一声。虽说是叫了一声，但究竟叫的是什么字样，自己都没有听得出来。黄氏微笑着点了几点头道："月容，我猜着就是你，果然是你呀。"

月容在五分钟之内自己早已想得了主意：怕什么，投师纸收回来了，她敢把我怎么样？于是脸色一沉，也微笑道："他们说找贩卖烟膏子的张老帮子，我倒没有想到是你。"

黄氏道："哦，几个月不见，这张嘴学得更厉害了。"她说着，在靠门的一张破方凳子上坐着。小五娘倒呆了，望了她们说不出话来。

月容道："大婶，你不明白吧？以前我就是跟她爷们儿卖唱的。他把我打了出来，我就投了杨师傅了。我写给她爷们儿张三的那张投师纸早已花钱赎了回来了，现在是谁和谁没关系。"

黄氏道："姑娘，你洗得这样清干什么？我也没打算找你呀。小五娘说，有个姓杨的小姐，唱戏红过的，现在没有了路子，打算卖唱，要找个……"

月容鼻子里哼了一声道："我就是讨饭，拿着棍子碗我也走远些，绝不能到张三面前去讨一口饭吃。"

黄氏道："你不用恨他，他死了两三个月了。"

月容道："他……他……死了？"说着，心里有点儿荡漾，坐下来，两手撑了凳子向黄氏望着。

黄氏道："要不是他死了，我何至于落到这步田地。我总这样想着，就是张三死了，只要你还在我家里，我总还有点儿办法。现在做这犯法的事，终日是提心吊胆的，实在没意思。再说也挣不了多少钱。唉，叫我说什么！死鬼张三坑了我。"她说着，右手牵了左手的衣袖，只管去揉擦眼睛。

宋子豪躺在床上烧烟，只管静静地听她们说话，并不插言。这时突然向上坐了起来，问道："这样说起来，你娘儿俩不说团圆也算是团圆了。"

月容笑道："她姓她的张，我姓我的王，团什么圆？"

小五娘道："你怎么又姓王了？"

月容道："我本来姓王，姓杨是跟了师傅姓。我不跟师傅了，当然回我的本姓。"

黄氏道："姑娘，自从你离开我们以后，没有人挣钱，我知道是以前错待你了。你师傅，不，张三一死，我更是走投无路，几个月的工夫老了二十岁。五十岁不到的人，掉了牙、撮了腮，人家叫我老帮子了。你别记着我以前的错处，可怜可怜我。"

月容见她说着，哽了嗓子，又流下泪来，因道："我怎么可怜可怜你呢？现在我就剩身上这件棉袍子，此外我什么都没有了。"

黄氏道："我知道你是一块玉落在烂泥里，暂时受点儿委屈，只要有人把你认出来了，你还是要红的。刚才小五娘和我一提，我心里就是一动。东安市场春风茶社的掌柜是我的熟人，他们茶社里有票友在那里玩清唱，另外有两个女角，都拿黑杵（即暗里拿戏份之术语）。有一个长得好看一点儿的走了，柜上正在找人。一提起你的名儿，柜上准乐意。这又用不着行头，也不用什么开销，说好了每场拿多少钱，就净落多少钱回来。这不是一件好事吗？只要你愿意干，你唱一个月两个月的，名誉恢复了，你再上台露起来，我和宋老板两口子全有了办法。"

宋子豪左手三指夹了烟签，右手只管摸了头发听黄氏说话，这就把右手一拍大腿道："对，对，还是张三嫂子见多知广，一说就有办法。这个办法使得，每天至少拿他一元钱戏份。"

黄氏道："也许不止，他们的规矩，是照茶碗算。若是能办到每碗加二分钱，卖一百碗茶就是两块了。生意好起来，每场卖一百碗茶很平常。日夜两场，这就多了。"

小五娘听了也是高兴，斟了一杯热茶，两手捧着送到月容面前来。月容接着茶笑道："瞧你三位这份情形，好像是那清风茶社的掌柜已经和我写了纸定了约的。"

黄氏道："这没有什么难处呀。杨月容在台上红过的，于今到茶馆子里卖清唱，谁不欢迎？就是怕你不愿干。"说时，她两手一拍，表示她这话的成分很重。

月容手上捧了那茶杯，靠住嘴唇，眼睛对墙上贴的旧报纸只管注视着，出了一会子神，微笑道："对了，就是我不愿意干。"

宋子豪在口袋里摸出一只揣成咸菜团似的烟卷盒子，伸个指头在里面摸索了半天，摸出半截烟卷来，伸到烟灯火头上点了很久，望了烟灯出着神，因缓缓地道："杨姑娘的意思，是不是不愿人家再看出你的真面目来？但是赶夜市你怎么又肯干呢？其实夜市上也有灯光。再说，你一张嘴，还有个听不出是谁来的吗？"

月容道："我如果出来卖唱的话，我一定买副黑眼镜戴着，就让人家猜我是个瞎子姑娘吧。"

宋子豪道："姑娘，你这是什么意思，以为瞧见你要笑话你吗？"

月容道："为什么不笑话我？我这样干着讨饭的买卖，还是什么体面事吗？"

宋子豪笑道："体面也好，丢脸也好，你的熟人还不是我们这一班子人？笑话也没关系。至于你不认得的人，那你更不必去理会他。"

月容道："你们以外，我就不认识人了吗？有人说姓杨的远走高飞了一阵还是回来吃这开口饭，我就受不了。"

黄氏连连点着头道："这样说，你是什么意思我就明白了。你是全北京人知道你倒霉都不在乎，所怕的就是那位丁家表哥。"她说时，张开脱落了牙齿的嘴，带一种轻薄的微笑。

月容也笑着点了两下头道："对的，我就是怕姓丁的知道我倒了霉。"

黄氏道："你以为姓丁的还爱着你没有变心吗？"

月容顿了一顿，没有答复出来。黄氏笑道："你没有红的时候，他把辛辛苦苦挣来的几个钱拼命捧你，那为着什么？不想你一红就跟着人跑了，谁也会寒心。"月容低了头，将一个食指在棉袍子胸襟上画着。

黄氏道："他现在阔了，什么都有了。你这时候就是找着了他，也会臊一鼻子灰。"

月容喘着气，用很细微的声音问道："他什么东西都有了吗？"

黄氏道："可不是，不住大杂院了，租着小四合院子。这几天天天向家里搬着东西收拾新房了。"

月容道："你瞎说的。你不认识他，他也不认识你，你怎么会知道得这样清楚？"

黄氏道："我不认识他吗？在杨五爷家里会过的。我为了打听你的消息，找过那个唐大个儿，找过那个王大傻子，后来就知道许多事情了。他现时在电灯公司做事，和那个姓田的同事……"

月容道："是那个田老大。他媳妇儿一张嘴最会说不过的。"

黄氏道："对了，他……"

月容突然站了起来，脸色又变了，望着黄氏道："那田二姑娘呢？"

黄氏道："你明白了还用问吗？娶的就是她。"

月容道："对的，对的。那女人本来就想嫁二和，可是二和并不爱她。我走了，二和一生气……"她说到这里，不能继续向下说了，在脸腮上长长地挂着两行眼泪，扭转身躯来坐着。

宋子豪手上的那半截烟卷已经抽完了，在身上掏出那空纸烟盒子来看了看，丢在一边，向小五娘道："烟卷给我抽抽。"

小五娘道："我哪有烟卷？你剩下的一根烟，我刚才抽完了。你连烟卷也没买，今天又没拿着戏份吗？"

宋子豪道："还用说吗？今天这样的大晴天，天桥哪家戏棚子里也挤满了人，只有我们这个土台班不成。为什么不成呢？就为的是熊家姐儿俩有三天没露了，捧的人都不来。临了，我分了四十个子儿，合洋钱不到一毛。黑饭没有，白饭没有，我能够糊里糊涂地还买烟卷抽吗？杨老板你可听着，这年头儿是十七八岁大姑娘的世界，在这日子，要不趁机会闹注子大钱，那算白辜负了这个好脸子。什么名誉，什么体面！体面卖多少钱一斤？有钱就是大爷，什么全是假的。有能耐弄钱，那才是实实在在的事情。你有弄钱的能耐你不使出来，自己胡着急，这不是活该吗？你念那姓丁的干什么？你要是有了钱，姓丁的也肯认识你；现在你穷了，他抖起来，你想找他，那不是自讨没趣吗？"

大家听老宋这样大马关刀地说了月容一阵，以为她一定要回驳两句，可是她还是扭转身坐着，却呜呜咽咽哭起来了。

第三十五回

难道伤心但见新人笑
又成奇货都当上客看

在宋子豪这个家庭里，那又是一种人生观。月容先前那番别扭，他们就认为是多余的，这时她又哭起来，大家全透着不解。宋子豪一个翻身由烟床上坐了起来，向着月容道："姑娘，你怎么这样想不开？这年头儿，什么也没有大洋钱亲热。姓丁的在公司里做事，吃的是经理的饭，经理和他做媒，姓田的姑娘也好，姓咸的姑娘也好，他有什么话说？只有一口答应。漫说你已经和他变了心，他没了想头；就是你天天和他在一处，他保全饭碗要紧，照样地跟你变脸。"

月容原扭转身去向下静静听着的，这就突然转过脸来向宋子豪望着道："你就说得他那样没有良心，我瞧他也不是这样的人。"

宋子豪微笑道："你先别管他为人怎样，将心比心，先说你自己吧。当初姓丁的怎样捧你？你遇到那个有子儿的宋信生，不是把姓丁的丢了吗？"

月容倒涨红了脸，没有说话，低下头去默然地坐了很久。最后，她禁不住鼻子窸窣声，又呜咽着哭了起来。

黄氏道："唉，叫我说什么是好？"说着，两手并起拍了两只大腿。她将屁股昂起，手拖着方凳子上前了一步，伸着脖子低声道，"姑娘，你应该想明白了吧？大爷的话虽是说着重一点儿，可是他一句话就点破了。这也不怪人家把你甩了，你以前怎么把人家甩着来的呢？过去的事让它过去了吧，以后咱们学了个乖，应当好好地做人。"

月容掏出胁下掖的手绢缓缓地揩抹着脸上的眼泪，向黄氏看了一眼，又低头默然不语。

宋子豪道："姑娘，你不投到我们这儿来，眼不见为净，我们也就不管这一档子事。你既到我们这里来了，又要我们替你想办法，我们就不得不对着你说实话。"

在说话的时间，小五娘四处搜罗着，终于是在炕席下面找出两个半截烟卷，都交给了子豪。他将两个指头夹着烟卷放在烟灯上，很是烧了一阵，眼望了月容，只是沉吟着。

小五娘也凑上前向她笑道："我们这三个人，凑起来一百四五十岁，怎么不成，也比你见得多些，你为什么还不相信我们的话呢？"

月容道："我为什么不相信你们的话？可是你们所说的，只管叫我挣钱，可不叫我挣面子。"

宋子豪将两个手指尖夹住那半截烟卷送到嘴唇边抽着，微闭着眼睛连连吸了两口，然后喷出烟来微笑着道："只叫你挣钱，不叫你挣面子？你落到这步情形，就是为了要顾面子吧？假使你肯看破了顾面子没有什么道理，一上了宋信生的当，立刻就嚷出来，你还不是做你的红角儿？有了你，也许这班子不会散，大家都好。"

月容道："我一个新出来的角儿，也没有那样大的能耐。"

小五娘睁了两只大眼，将尖下巴伸着望了她，张着大嘴道："不就为着缺少好衫子，凑合不起来吗？那个时候，谁都想着你，真的。"

月容听说，忍不住一阵笑容撺上脸来。宋子豪也是表示郑重的样子，将烟头扔下，连连点了两下头道："真的，当时我们真有这种想头，这事很容易证明。假如这次你乐意到市场清唱社露上一露，保管你要轰动一下。"

黄氏道："这年头是这么着，人家家里有个小姐儿，再要长得是个模样儿，这一份得意就别提了。"

月容听到，又微笑了一笑，站起身来将小桌上的茶杯端起来喝了两口，然后又坐下向宋子豪望着，虽不笑，脸上却减少了愁容。

黄氏道："你以为我们是假话吗？你到大街上去瞧瞧吧，不用说是人长得像个样儿了，只要穿两件好看一点儿的衣服，走路的人全得跟着瞧上一瞧。人一上了戏台，那真是三分人才七分打扮……"

月容摇摇手道："我全明白。我自小就卖艺，这些事听也听熟了，现在还用说吗？"

宋子豪道："只要你想明白了，我们就捧你一场。"

月容对黄氏看了一眼，微笑道："我自由惯了，老早没有管头，现在……"说着，微微点着头，鼻子里哼了一声。

黄氏随了她这一点头就站起，半弯了腰向她笑道："姑娘，你到底还是有心眼。你在我面前，一没有投师纸，二没有卖身契，高兴，你瞧见我上两岁年纪叫我一句大妈大婶的；你不高兴，跟着别人叫我张老帮子吧。难道到了现在，我还要在你面前充什么师娘不成？"

她这样直率地说了，倒叫月容没的可说，只望了她要笑不笑的。宋子豪把另一根烟卷头又在烟灯上点着，望了月容道："这种话张家大婶也说出来了，你还有什么不放心的？你要知道，这年头讲的是钱。你有了钱，仇人可以变成朋友，你没有钱，朋友也可以变成仇人。"

黄氏睁了眼睛望着她，张着嘴正待说话，宋子豪打着哈哈，同时摇着两手笑起来道："我不过是比方着说罢了，张大婶也不会是杨老板的仇人。"

月容把眉毛皱了两皱，因道："这些话，说他全是无益。照你们这样说，姓丁的大概是变了。不过百闻不如一见，我倒是要看看他现在的人，究竟变成什么样子了。请张大婶给我打听打听，他什么时候在家，我要去见他。"

黄氏道："你若是真要见他……"

月容抢着道："没关系。至多他羞辱我一场罢了，还能够打我吗？"

宋子豪道："就是羞辱你，他也犯不上，不过彼此见面有点儿尴尬罢了。"

月容道："我不在乎，我得瞧瞧他发了财是个什么样儿。"

黄氏道："既是那么着，今天晚上什么也来不及，明天上午我替你跑一趟。"

月容道："那也好，让我没什么想头了，我也就死心塌地地卖唱。"

黄氏和宋子豪互看了一眼，大家默然相许，暗暗地点着下巴。意思自是说，这样做也可以。谈到了这里，事情总算告一段落。大家又勉励了月容一顿，由小五娘主演、黄氏帮着，做了一餐打卤面。宋子豪也跑了好几趟油盐店，买个酱儿醋儿的。月容拘着大家的面子，只好在他们家里住下。

黄氏倒是不失信，次日早上，由家里跑来就告诉月容她立刻到二和家里去。她去后不到一小时，月容就急着在屋子里打旋转。宋子豪是不在家，小五娘坐在炕上，老是挖掘烟斗子里一些干烟灰，也没理会到月容有什么不耐烦。月容却问了好几次现在是几点钟了，其实黄氏并没有出去多久，不到十二点钟，她就回来了。

一走进大门，两手拍着好几下响，伸长了脖子道："这事太巧了，他们今天借了合德堂饭庄子办事，搭着棚，贴着喜字。家里没有什么人。我不能那样不知趣，这时候还到饭庄子上去对姓丁的说你要见他，那不是找钉子碰？"

月容见她进来，本是站着迎上前去的。一听她这话，人站着呆了，一句话也说不出来，脸上的颜色却变了好几次。许久才轻轻地问了一声道："那么着，你就没有见着他了？"

黄氏道："巴巴地追着新郎官，告诉他说有个青年姑娘要找他说话，这也不大妥吧？"

月容更是默然了，就这样呆呆地站着，无精打采地回到破椅子上坐下，手肘撑了椅子靠，手捧了自己的脸腮，冷笑道："怕什么，我偏要见见他！新郎新娘全是熟人，看他怎样说吧。等他吃过了喜酒回家的时候，我们再去拜会。那时他正在高兴头上，大概不能不见，见了也不至于生气。"

黄氏听说，以为她是气头上的话，也只笑了一笑。月容先还拉着黄氏同坐在炕沿上，问了些闲话。问过了十几句，向炕上一倒，拖着一个枕头把头枕了，翻过身去屈了两腿，闭上眼睛就睡过去。黄氏看着她睡过去了，知道她心里不舒服，多说话也是招她心里更难受，就不去惊动。月容睡过一觉，看到屋子里没人，一个翻身坐起来，在墙钉上扯着冷手巾擦了一把脸，整整衣裳领子，一面扯着衣襟，一面就向外走。看到店里墙壁上挂的时钟已经有两点多钟了，自己鼻子里哼着一声道"是时候了"，就雇了街边上的一辆人力车子，直奔合德饭庄。

赶上这天是个好日子，这饭庄子上倒有三四家人办喜事，门里门外，来往的男女闹哄哄的。虽是走到庄子里面，只是在人堆里面挤着，也并没有什么人注意。月容见墙上贴着红纸条，大书"丁宅喜事在西厅，由此向西"。月容先是顺了这字条指的方向走去，转弯达到一个夹道所在，忽然将脚步止住，对前面怔怔望了一下。远远地听到王大傻子叫道："喂，给我送根香火来，花马车一到，这放爆竹的事就交给我了。"

月容好像是做了什么亏心事一样，心里扑嗵扑嗵乱跳着，把身子转了过去，对墙上一张朝山进香的字条呆望着。这样有五分钟之久，也听到身后纷纷地有人来往，猜想着，这里面有不少相识的人吧？这么一想，越是不敢回头，反是扭转身悄悄地向外面走了出来。但还不曾走出饭庄子大门，一阵阵军乐喧哗，有一群人嚷了出来道："丁宅新娘子到了。"

随着这叫唤声，有好些人拥了向前，把月容挤到人身后去。月容想着："挤到人身后去也好，借着这个机会，看看田二姑娘变成了怎么个样子。"

于是就在人缝里向外张望着。田二姑娘还没出现，丁二和先露相了。他穿着蓝素缎的皮袍子，外套着青呢夹马褂，在对襟纽扣上挂着一朵碗口大的绒花，压住了红绸条子。头发梳得乌亮，将脸皮更衬得雪白。且不问他是否高兴，只看他笑嘻嘻地由一个年轻的伴郎引着向大门口走来。他两只眼睛完全射在大门外面，在两旁人缝里还有人会张望他，这是他绝对猜想不到的。虽然月容在人后面眼睛都望直了，可是他连头也不肯左右扭上一下，径自走了。

月容立刻觉得头重到几十斤，恨不得一个筋斗栽下地。将眼睛闭着，凝神了一会儿。再睁开眼来看时，新郎新妇并排走着，按了那悠扬军乐的拍子缓缓地走着。新娘穿着粉红绣花缎子的旗袍，外蒙喜纱，手里捧着花球。虽然低着头的，只看那脂粉浓抹的脸非常地娇艳，当然也是十分高兴。在这场合，有谁相信她是大杂院里出来的姑娘？月容一腔怒火也不知由何而起，恨不得直嚷出来，说她是个没身份的女人。所幸看热闹的人如众星捧月一般拥到礼堂去了。月容站在大门里又呆了一阵，及至清醒过来，却听到咚咚当当的军乐在里面奏着，显然是在举行结婚典礼。鼻子里更随着哼了一声，两脚一顿，扭头就跑出来了。

北平虽然是这样大一个都市，可是除了宋小五家里，自己便没有安身的所在。雇了车子依然是回到月牙胡同大杂院里来。刚走进门，小五娘迎上前，握住她的手，伸了脖子道："姑娘，这大半天你到哪里去了？我们真替你担心。老头子今天回来得早，没有敢停留就去找你去了。"

月容笑道："怎么着？还有狼司令虎司令这种人把我掳了去吗？若是有那种事，倒是我的造化。"

她说着，站在屋子里向四周看了一看，见宋子豪用的那把胡琴挂在墙上，取下来放在大腿上拉了两个小过门。小五娘站在一边，呆呆望着她，就咦了一声道："杨老板，敢情你的弦子拉得很好哇。"

月容先是眉毛一扬，接着点点头道："若不是拉得很好，就配叫作老板了吗？身上用的几个钱花光了，今天我要出去做买卖了。"

小五娘猛然间没有听懂她的意思，望了她微笑道："开玩笑，上哪里去做生意？"

月容两手捧住胡琴向她拱了一拱，淡笑道："做什么生意？做这个生意。你不是说我拉的胡琴很好吗？"

小五娘道："这两天不要紧，我们全可以垫着花。怎么混不过去，也不至于在这十冬腊月的要你上街去卖唱。"

月容道："卖唱？也没有谁买得起我唱戏他听。"

小五娘道："你怎么说话颠三倒四的？你还拿着胡琴在手上呢。"

月容哦了一声道："我不是这样说过吗？我今天有点儿发神经病，说的话你不要理会了。"说着放下胡琴，又倒在炕上睡了。

直睡到天色昏黑的时候，见小五娘捧着煤油灯出去打油去了，自己一个翻身坐了起来，拿了墙上挂的胡琴就扯开门走出去。刚走到大门口，黄氏抢着进来，在月亮地里看到月容，立刻迎上前去扯着她的衣襟道："姑娘，恭喜你……"

月容道："恭喜我？别人结婚，我喜些什么？"

黄氏道："喝，你总不忘记那个姓丁的，我说的不是这个。我到市场里去过一趟了，一提到杨月容三个字，他们全欢迎得不得了。"

月容和她说着话，两脚依然向外面走，黄氏要追着她报告消息，当然也跟了出来。月容把手上的胡琴交给她道："大婶，你来得正好，我就差着你这么一个人同去。我想偷着去看看这两位新人是怎么一个样子，怕不容易混进门去。现时装作卖唱的，可以大胆向里面走。"

黄氏道："做喜事的人家也没有人拦着看新娘子的。可是见了之后，你打算怎办？"

月容道："我是卖唱的，他们让我唱，我就唱上两段；他们不让我唱，我说了话就走。"

黄氏道："别啊，姑娘。人家娶了亲，一天的云都散了，你还去闹什么笑话！我这么大岁数了，可不能同你小孩子这样地闹着玩。"

月容道："你要去呢，装着这么一个架子，像一个卖唱的；你不同我去，我一个人也得去。"说时拿过黄氏手上的胡琴，扭转身来就往前面走。黄氏本待不跟着去，又怕她惹出了乱子，把自己所接洽的事情要打消个干净，于是也就跟着她一路向外走了去。

月容看到她跟着来了，索性雇了两辆车子，直奔丁二和家来。下了车，见大门是虚掩着的，推门向里看去，那里面灯光辉煌的。正面屋里有强烈的灯光，由一片玻璃窗户向外透出，映在那窗格子上的大小人影子只管上下乱动。在这时候，除了说笑声和歌唱声而外，还有人拍手顿脚，高兴得不得了。月容想着，新房必是在那里，一鼓作气地直冲进那正屋里去。正中梁柱上垂下来一盏雪亮的大电灯，照着地面也发白。正中桌子上摆着茶碗干果糕饼碟子，四周围椅凳上坐满了人，有的嗑着瓜子谈笑，有的扶了桌子，拍着板眼唱西皮二黄。虽然进来一位女客，也没有谁注意。

月容看到右边屋子垂下了门帘子，里面有哗啦哗啦的搓麻雀牌的声音，料着这是新房，掀开帘子更向里面闯了去。可是进门看着，只是普通房间，围了一桌人打牌，不觉失声道："哦，这不是新房！"

一个打牌的道："新郎刚到屋子里去和新娘说几句话，你就别去打岔了。"

月容道："我是卖唱的，你们这里办喜事，也不唱两折戏热闹热闹吗？"

黄氏随了她进来，正想从中介绍一番，现在还没有开口，她已经说是卖唱的了，那也只好悄然站在她身后望了大家。黄氏一来，更证明了这是一副卖唱的老搭档，她那二十年卖唱的神气是不会改掉的。有人便问道："你们唱什么的？"

月容道："大鼓，小曲儿，全成。只我今天没有带家伙出来，只能唱大戏。"说着在黄氏手上接过胡琴来，靠了门站住，将胡琴斜按在身上拉起《夜深沉》来。几个打牌的一听之下，全都发愣地向她望着。月容脸上带了三分微笑，低垂了眼皮，将一段《夜深沉》拉完，笑道："各位不听吗？我也不唱了。"说着扭转了身体就向院子外走去。

走出了大门，她又继续着将胡琴拉起，黄氏跟在她身后追着问道："姑娘，你这是什么意思？"

月容也不睬她，自管继续拉胡琴。出了这胡同，闪到小胡同里去站着，却听到丁二和在身后连连大叫着"月容，月容"。黄氏扯着月容的衣服，轻轻地道："丁二和追来了。他瞧见你的吗？"

月容道："等等吧，他一定会追到这里来的。他到了这里，别的不说，怎么着我也得损他两句。"

黄氏道："过去的事，提起来也是无益。人家今天刚成家，也不能因为你损他几句，他把家又拆了。"

月容道："我拆他的家干什么？我见着面，还要劝他夫妻俩客客气气呢。"两人说着话，月容手上就忘了拉胡琴。胡琴声音停止了，那边丁二和叫唤的声音也没有了。

黄氏道："怎么他不叫唤了？准是回去了吧？"

303

月容道："我先是怕他不睬我了，现在既然出来叫我，不找个水落石出，他是不会回去的。"

黄氏道："那我们就等着吧。"

月容手扶了人家的墙壁，把头伸出墙角去向外面望着，两分钟、三分钟继续地等着。直等着到二三十分钟之久，还不看到二和前来。

黄氏伸手握着月容的手道："姑娘，你瞧，你的手这样凉，仔细为这个得了病。"

月容道："再等十分钟，他东西南北乱跑也许走错了路。过一会子，他总会来的。"

黄氏见她是这样坚决的主张，也就只好依了她。可是又等过了十来分钟，只见月光满地，像下了一层薄雪。风吹过天空，仿佛像很快的薄刀，割着人的皮肤。人家墙院里的枯树让这寒风拂动着，却是呼呼有声，此外是听不到一点儿别的声音。黄氏道："姑娘，我看不用等了。人家正在当新郎的时候，看新娘还嫌着看不够，他跑到外面来追你干什么？回去吧，天怪冷的。"

月容穿的这件薄棉袄本来抗不住冷，觉得身上有些战战兢兢的，现在黄氏一提，更觉得身上冷不可支，只得随着黄氏低了头走出小胡同去。月亮地上，看看自己的影子倒在自己的面前，送着地上的影子一步一步地向前移着。寒夜本就走路人少，她们又走的是僻静的路，她们只继续地向前追着她们的影子，此外是别无所有。因之两人并不找车子，只是靠谈话来解这寂寞的行程。虽然天冷，倒可以借着走路取一点儿暖气。

缓缓地走到了家门口，大杂院的街门全都关闭上了。黄氏挨着墙根儿在宋子豪屋外头昂着头连连地叫了几声，小五娘就颤巍巍地答应着，开大门出来。一见月容就伸出两手，握着月容的两只手连连地抖擞了一阵，颤着声音道："我的姑娘，你怎么在外边耽搁这样大半天？把我急坏了。没什么事吗？"

黄氏站在她身后插嘴道："啊！今天晚上可来了一出好戏，回头你慢慢地问她就是了。明天我上午到你们家来吧。没别的，咱们一块儿到市场去吃锅贴。等姑娘答应了，明天同到茶社里去瞧瞧，这一瞧，事情那就准妥。"

小五娘笑道："是吗？只要姑娘肯去，茶社里老板一定会抢着会账。别说吃锅贴，就是吃个三块四块，敢情他都认了，哈哈！"说着，两人对乐了一阵。

月容听说，心里也就想着，只看他们听说自己要出面，就是一句话，乐得他们这个样子。若是真上台挣起钱来了，那他们要欢喜到什么样子呢！走进屋子去，耳官灵敏的宋子豪没等月容身子全进门，早是一个翻身由烟炕上坐了起来，右手拿了烟枪，握拐杖似的撑在大腿上，左手三个指头横夹了烟签子向月容招着手道："杨老板，来来来，到炕上来靠靠吧。外面多凉，我这里烧着热烘烘的炕，你先来暖和暖和吧。"

月容点点头，刚走过来，宋子豪又眯着眼睛向她笑道："姑娘，你今天在外面跑，累得很了吧？玩两口好不好？"说时递过那烟枪，做个虚让的姿态。

月容看那烟枪是根紫竹的，头上还嵌着牛骨圈儿，便问道："大爷，你这烟枪是新买的吗？"

宋子豪笑道："你好记性，还认得它。这正是死鬼张三的东西。"

月容道："那么是那老帮子送给你的了？这没有别的，必是她运动你劝我上市场。"

宋子豪依然眯了眼睛笑着。月容正了颜色道："大爷，你们要是因为穷了，打算抬出我来挣一碗饭大家吃，我没有什么不同意的。独木不成林，我出来混饭吃也得人帮着。若是你们另想个什么主意要打我身上发财，那可不成。你就是把我送上了汽车，我也会逃下来的。"

宋子豪把烟枪放了下来，两手同摇着道："绝不能够，绝不能够。"说时将烟盘子里烟签子钳起，反过来指着炕中心烟盘子里的烟灯道："我们要有什么三心二意，凭着烟火说话，全死于非命。姑娘，你既然知道我们是为了穷要抬出你来，我们也就不必瞒着，只望你可怜可怜我们吧。"他说完了，两手撑住膝盖，闭了眼睛连摇了几下头，叹着一下无声的气。

月容隔了放烟具的所在和他并排在炕沿上坐着，偷眼对他看着，见他脸上放着很郑重的样子，便也点了两点头道："大爷，我想通了，你们劝着我的话是对的。这年头谈什么恩爱？谈什么交情？只要能挣钱，就是好事。有了钱，天下没有不顺心的事，我还是先来想法子挣钱。"

宋子豪静静地听着，突然两手将腿一拍道："姑娘，有你这话，什么事不就办通了嘛！好啦，我得舒舒服服抽上两口烟。"说着，他身子倒了下去，稀里呼噜地响着，对了烟灯使劲抽起烟来。

月容抱过两个枕头，也就在炕上横躺下。小五娘在屋子里摸摸索索地

305

动着这样，摸着那样，回头看看炕上，便道："喂，有了膏子，就别尽着抽了，明天你还要同张大婶儿一块儿上市场去呢。我说，咱们想点儿法子把小五那件大衣赎出来，给杨老板穿上吧。我记得才当一两二钱银子。"

宋子豪道："是应当的。只是时间太急了，怕兑不出来。"

月容笑道："你们别这样捧太子登基似的只管捧着我，把我捧不出来，你们会失望的。这年头，唉……"说着，她咯咯笑了一阵，一个翻身向里，径自睡了。

劳累的身体、冷清的心情，加上这暖和的土炕，安息之后，就很甜地睡过去了。等着她醒来的时候，炕上堆着一件青呢大衣、一条花绸围巾，还有一双毛绳手套。坐起来揉着眼睛出神了一会儿，正待问这东西是哪里来的，黄氏笑嘻嘻地在那面木柜子隔开的套间里迎了出来，因道："姑娘，你醒啦，也是昨晚上累了，你睡得可是真香。我来了一早上，也没瞧见你翻过身。"

月容道："你一大早就来了？"

黄氏笑道："说到这件事，我们可比你还上心啦，做着这讨饭也似的生意，烟膏子上我也存着五七块钱，先给你垫着花吧。你们当老板的人，若是出去连一件大衣也没有，哪儿成啦？"

月容皱了眉道："你们这个样子捧我，照情理说，我是应当感谢你们的。可是捧我不是白捧我，好像向你们借债一样。现在向你们借了钱，将来我要加双倍的利钱还给你们的。我总怕借了你们的钱，还不起你们这笔债。"

宋子豪正由外面进来，右手拿了一个报纸糊的小口袋，里面装了几个热烧饼；左手提着一只干荷叶包，外面兀自露着油淋淋的，分明是拿了一包卤菜来。月容的眼光射到他身上，他立刻放出了笑容向她连点了几下头道："姑娘，你说这话我们就不敢当。我们捧你那是事实，要说我们放印子钱似的打算在你身上发笔大财，漫说我们没有这大胆，就是有这么大胆，你这么一个眉毛眼睛都能说话的人，谁还能骗得过你？"

月容点点头道："哼，那也不错，我是上当上怕了。一次蛇咬了脚，二次见着烂绳子，我也是害怕的。"

宋子豪笑道："这么说，我们虽不是三条长虫，也是三条烂绳子了？呵呵呵。"说着张开嘴来一阵大笑，顺手就把报纸口袋和荷叶包都放在炕头小桌子上，两手抱了拳头连拱了几拱，笑道，"不成敬意，你先吃一点儿。回头咱们上市场去，这顿饭可就不知道要挨到什么时候。"

月容笑道："你瞧，这一大早上，你们又请我吃，又请我穿，这样抬举着我，真让我下不了台。我要不依着你们的话给大家找一碗饭吃，我心里真过意不去。"

小五娘提着一把洋铁壶正向破瓷器壶里代她沏茶，听了这话，把洋铁壶放在地上，两手一拍道："这不结了。只要有姑娘这句话，我们大家都有饭吃。"

黄氏也笑嘻嘻地端了一盆水进来，小五娘回头问道："张大婶，你端的是什么水？没有用那小提桶里的水吗？"

黄氏道："我给姑娘舀了一碗漱口水呀，那水不干净吗？"

小五娘道："怎么不干净？我们这院子里，全喝的是甜井水。这些日子水不大好，怕姑娘喝不惯，在对过粮食店里讨了半提桶自来水回来，为的给姑娘沏茶。"

黄氏笑道："还是宋大妈比我想得更周到，喝起水来也怕我们姑娘受了委屈。"她说着把脸盆放在方凳子上，然后在口袋里摸出一包擦面牙粉、一把牙刷子来，全放在炕沿上，笑道："我知道，别的你还可以将就着用别人的，这牙刷子叫你用别人的，那可不成。"

月容笑道："大婶儿，这样叫你费心，我真不过意。"

小五娘沏好了茶，将杯子满斟了一杯送到桌子角上，笑道："我们这老头子，抽上两口烟，就爱喝口好茶。这是我今天上大街买的八百一包的香片。"

月容见他们都做着人情，要谢也谢不了许多，只得大大方方地受用着他们的。刚洗过脸，黄氏就把她的洗脸水端了过去。宋子豪衔着半根烟卷靠了门站定，喷着烟道："那荷叶包子里是酱肉。你把烧饼一破两开，把酱肉放到里面当馅儿，吃起来很有味的。你瞧，我还忘记了一件事呢。"说着伸手到衣袋里去掏着，掏出两个小纸包来，因笑道："这是两包花生米，嚼着花生米就烧饼吃，一定是很有味的。"说着，两手捧着送到这边桌上来。

月容心里想着，吃了你们的东西，将来还你们的钱就是了，这也没什么关系。因此也就坦然地吃喝着。可是一回过头来，见宋子豪、小五娘、黄氏都是站班似的老远地站着看着自己，因站起来道："哦，我还没理会呢。怎么我一个人吃，你们全站在一边望着？"

宋子豪道："我们老早吃了烤白薯了。你吃吧，吃饱了我们好早一点儿到市场去。"

月容也是照了他们的话，将酱肉夹在烧饼里面，手捏了咬着吃，口里缓缓地咀嚼着，不免微微一笑，鼻子哼着道："最后这句话，你还是把心事说出来了。"

宋子豪抱了两手做拳头，连拱了几拱，笑道："姑娘，你是个圣人，我们哪瞒得了你？自然，我们也无非这点儿心事。"

月容也不再和他们客气，喝着茶，吃着烧饼。吃喝饱了，手抚摩着头发问小五娘道："你这儿没有雪花膏吧？"

小五娘笑道："本来没有，刚才我在篮子里把小五用的那半瓶雪花膏找出来了，给你预备着呢。"说时，她倒伸了一个指头连连向月容点着。

月容微笑道："这好比我又要唱一出拿手好戏，你们伺候着我出台呢。可不知道前台有人叫好儿没有。"

宋子豪夫妇同黄氏一齐答应着道："有呀。"

月容也就点点头微笑，在小五娘手上接过一只雪花膏瓶子同一块落了嵌边的小方镜子去。两手托着，看着出了一会儿神，她却是点点头，又重重地叹了一口气。这一声叹息中，那是甜酸苦辣的味儿都有含着的呢。

第三十六回

别泪偷垂登场艰一面
机心暗斗举案祝双修

世上有许多不愿跳上舞台的人，往往为着朋友的引诱，或者家庭的压迫，只得牺牲了自己的成见，跟着别人上台。其实他上台之后，受着良心的谴责，未尝不是精神上的罪人。杨月容被宋子豪这批人恭维包围，无法摆脱，也就随着他们的怂恿向市场清唱社去了。

是登场的后七天了。月容穿着黑绒夹袍子，长长的、瘦瘦的，露出了两只雪藕似的手臂。下面衣衩缝里露出湖水色的绸裤，下面更是湖水色丝袜、白缎子绣花鞋，清淡极了。她漆黑的头发在前额梳着刘海儿，更衬得她那张鹅蛋脸儿非常的秀丽。在茶社的清唱小台上，她半低了头站着。台底下各座位上，满满地坐着人，睁了眼昂着头向台上看着。在月容旁边场面上的人，手里打着家伙，眼睛也是睁了向月容身后望着。每到她唱着一句得意的时候，前台看客哄然一声地叫着好，拉胡琴的、打鼓的，彼此望着微微一笑。在他们身后，有一排花格子门隔着。两旁的门帘子里和窗户纸里，也全有人偷着张望。随了这一片好声，在花格子底下的人也都嘻嘻地笑了起来。

小五娘和黄氏并排站住，看过之后，两个人对望着，头碰着头，低声道："这孩子真有个人缘，一天比一天红起来。别说上台了，就是这样清唱下去，也是一个大大的红角儿了。"

黄氏笑道："你瞧着，那第三排正中桌子上坐的那个穿蓝绸袍子、戴瓜皮帽儿的，那是刘七爷。"

小五娘道："袍子上罩着青缎子小嵌肩，口袋上挂着一串金表链，口角上衔着一支玳瑁烟嘴子，手撑了头望着台上出神的，那就是的吗？"

309

黄氏连连点了头道："就是他，就是他。你瞧他微微地点着头，那正是他暗里夸月容的好处。"

小五娘道："今天这出《玉堂春》就是刘七爷点的。他说今天点这出《玉堂春》，他就是要考一考月容，若是好，他就让月容加入他的班子。"

黄氏道："那么，他不住点头，就是把月容考取了？"

小五娘笑道："你瞧，我们那老鬼拉着胡琴也是眉开眼笑的，就是他，大概也很是高兴吧！"

她说着话，一回头看到茶社东家王四也走来在这里张望着，便点点头说道："四爷，怎么样，我们给你拉的角儿不错吧？"

王四比着两只灰布袍子的袖口，向她们连连打了两个拱，因笑道："感激之至。可是她太红了，我们这一瓢水养不住金色鲤鱼。听说她有人约着要搭班子了，今天刘七也来了，我倒有点儿疑心，准是他有约她的意思。"

黄氏道："那也不要紧呀。就是月容搭班子，也不能天天露。一个礼拜在这儿告两回假，也不碍大事呀。"

王四道："刘七组班子，是要上天津上济南呢。"

小五娘笑道："我们介绍她来的时候，你还不敢让她唱压轴子，现在是短不了她了！"王四抬起手来只管搔着头发。

说着话，月容已唱完了，向后台来，一掀门帘子，大家异口同声地道着辛苦。月容也满面是笑意。王四笑道："杨老板，您不急于回去吗？我请您吃涮锅子。"

宋子豪提了胡琴站在门帘下，不住地向她挤眉弄眼，意思自然是叫她不要答应。月容笑道："老是叨扰四爷，我不敢当。这一个礼拜让您请过三次客了，改天我来回请吧。"

王四笑道："也许是刘七爷已经预定在先了吧？"

月容脸上带着一点儿红晕，强笑了一笑，没有答复他。宋子豪在旁插言道："四爷，您别瞧着刘七来听戏，就以为杨老板有离开这里的意思。组戏班的人四处找合适的角儿，这是常事。杨老板的唱功、扮相那用不着咱们自个儿夸，她二次出来，人缘儿要个，戏份又要得出，哪个不愿意邀她？刘七本来就和杨五爷有交情，他想邀杨老板的意思不能说没有，可是杨老板真还没有和他接头。"

王四笑道："刘七爷那么一个老内行，他有那瘾到茶楼上听票友？当然今天这一来是很有意思的。也许他不好意思今天就请杨老板吃饭，可是天一天二，他一定会请的。我这话只当是放一个屁，你们记着。"他把话说到这里，脸可就红了。

月容觉得王四帮忙不少，陡然和人家翻了脸也不大好，便笑道："四爷，你别误会。今天我真有点儿私事，要和一个朋友商量一件事。"

王四道："哪一位呢？大概还是梨园行吧？"

月容随便答道："不，不，是一个姓丁的朋友，他是铁工厂里的。"

王四笑道："我不过随便的这样一句话，杨老板的交际我能问吗？明天有工夫的话，我明天再请吧。"

宋子豪手提着胡琴就向后台外面走，口里道："好好好，我们明天叨扰。"

月容会意，取下衣架上的大衣搭在手胳臂上，随了宋子豪后面走去。小五娘同黄氏自然也跟了走。王四站在后台站着发愣，对了他们的去路很是呆望了一阵，然后叹了一口气，走向前台来。

场面上打鼓的朱发祥还没有走开，口里斜衔了一支烟卷，在胸前横抱着两只手胳臂，偏了头只管出神。王四掀着门帘子出来了，看看茶座上已走了十停之九的人，只是远远的躺椅座上还有几个人，便低声道："发祥，你瞧，杨家这小姐风头十足。"

朱发祥笑道："她是没有收下野性的鹰，饿了到你手上来找乐子，吃饱了，翅膀长满了，她就要飞了。"

王四道："刘七今天到这儿来的意思，你也看出来了吗？"

朱发祥道："他不为什么，还到这儿来听清唱不成？不用说，我只要知道他是刘七，就知道他是什么用意。月容本人年纪轻，她还不会到外面去张罗，这都是老枪宋子豪出的主意。照理说是不应该。在咱们这里还没有帮半个月的忙，怎么又有走的意思？"

王四道："她帮咱们的忙，不如说咱们帮她的忙吧。听说她原来跟着一个什么司令，人家玩了她几个月，把她轰了出来，就剩一个大光人。老枪在天桥混不下，也没有法儿，这就托人和我说，有这么一个人愿意来唱。我原来也听过她一两回戏，知道她扮相不错，唱呢，有时候还够不上板呢。反正这年头是这么着，有几成模样儿，就不怕没人捧。头三天我还没敢让她唱压轴子，谁知三天以后，她一唱完了，座上就开闸，闹得大家都不愿意唱在她后头。红是红了，要不是我肯用她，未必人家

311

就知道她又出来了。"

朱发祥道："现在尽说也没用。她要是真走，咱们就得商量一个应付办法，必得找一个人比她还好，才能叫座。"

王四将脸一沉道："不能那样容易让她走，我得另想法子来对付。"他两人说着一面下台向茶座上走。

这里有两个老主顾赵二和蒋五，和王四都很熟。赵二躺在睡椅上摇摇头道："票友内行我熟人少。要说到杨月容，我是一脉清知。也是坤角里面真缺人才，大家会这样拿着灯草秆儿做金箍棒耍。"

王四道："听说她以前家境很穷，所以一唱红了，忘其所以的，就出了花样了。"

赵二笑道："女孩子唱戏，有几个不是寒苦出身的？这不算为奇。"说着，淡笑了一笑，坐起来提着壶斟了一杯茶喝。王四同朱发祥也都在对面椅子上坐下。王四在身上掏出烟盒子来，起身向赵蒋二人各敬了一支烟卷。

蒋五和赵二隔了茶几坐的。蒋五三个指头有意无意地在茶几上顿着烟卷，向赵二道："丁二奶奶说的话靠得住吗？"

赵二笑道："这位丁二奶奶同月容是三角恋爱，诚心毁月容的话当然也有两句，可是照实情说，也应当打个八折。"

王四听他们说话，两眼不免向他们呆望着，问道："哪来的丁二奶奶，也是梨园行吗？"

赵二道："提起来话长。简单地说，丁二奶奶是我们同事丁二和的新媳妇，所以叫丁二奶奶。当月容还没有红的时候，就是二和捧的。后来月容唱红了，把脸一变，跟了有钱的跑，二和就娶了这位二奶奶。"

王四道："凭你这样说，也道不出月容什么出身上的短处来。"

赵二回转头向四周看了一看，笑道："在这茶楼上，我也不便多说。据丁二奶奶说，她是跟着张三在街上唱小曲儿的，后来跑出来就在二和家里过活着。好容易二和把她送进梨园行，拜过了有名的老师。因为她行为不端，二和不要她，就和田家结亲戚了。"

蒋五口里衔着烟卷，两手回过去枕着头，躺在椅子上望了赵二笑道："二奶奶也不用说人，她的情形谁不知道？"

赵二伸了伸舌头，摇着头道："这个可不能提。"

王四坐在旁边，见他们说话那种吞吞吐吐的样子，心里也有几分明白，便笑道："这个我们管不着。我也不能这样胁迫她，说是她要不在这里唱，我就揭她的根子。"

赵二忽然哈哈一笑坐了起来道："我倒有个法子，可以叫她在这里唱下去。"

王四道："只要有法子让她唱下去，怎么着委屈一点儿，我们也愿意呀！"

赵二道："用不着要你受委屈。我知道的，二和还在追求着月容，月容没有忘记二和，那也是真的。要不然为什么丁二奶奶的醋劲很大呢？只要我们对二和说一声月容在这里唱戏，他准来。他来了……"

王四接着说道："让我和他攀攀交情，那可以的，恐怕就没有那样容易的事。"

赵二道："不管成不成，我们不妨试试。"

王四究竟不大知道丁杨的关系，总也希望能成事实，对于赵蒋二人倒是很敷衍了一阵。眼巴巴所望的，便是月容在今天受过刘七的招待，明天到茶社来，看她是一种什么态度。

到了次日下午三点多钟，又是宋子豪一男二女拥护月容来了。王四迎上前去，在后台口上向她连连点了几个头，带拱着手道："杨老板来啦，今天早。"

月容笑道："快四点了，也不早。"

王四向她周身看着笑了一笑，想说什么，又想不出要说什么。但眼光望在人身上，不交代个所以然，又有点儿难为情，便笑道："杨老板今天穿着淡蓝的衣服，比昨天那件黑绒的更要边式得多。"

月容也对自己胸前看了一看笑道："没钱买绸料子，做件蓝布衣服穿。"

王四笑道："漂亮的人，穿什么也好看，你这样像位女学生。"说时向她脚下看去，笑道，"少一双皮鞋，我来奉送一双。"月容微微地笑着，不觉走近了上场门。

凡是卖艺的人，尤其是小妞儿，有这么一个脾气，未登场之先，爱藏在门帘下面掀着一线门帘缝向外张望观众。月容在戏班子里也沾染了这种习惯。这时，走着靠近了门帘子，将身闪到上场门的一边，掀开一条帘子缝，将半边白脸在帘子缝里张望着。当她开始向门外看的时候，还带了笑音和身后的人谈话。后来这笑音没有了，她手扯了门帘，呆着在那里站住，动也不动。在后面的人全也没理会到有什么变故。宋子豪向前一步，也到了帘子边下，笑道："我瞧瞧，大概又上了个满座儿吧？"

只见月容猛可地转回身来，脸红着，像涂了朱砂一般，连连地道："他

313

来了，他来了。"

宋子豪倒是一怔，望了她问道："谁来了？"

月容抽回身，向台后那间小休息室里一跑，靠了桌沿站定，两手撑了桌子，连摆着头道："这怎么办？"

宋子豪也跟了进来问："姑娘，什么事让你这样为了难？"

月容道："二和来了。"

宋子豪道："他来了，难道还能禁止你上台唱戏吗？"

月容道："倒不是为了这个。"

宋子豪道："还有什么事觉得没有办法呢？"

月容低了头很沉思了一会子，眼望了地面，将脚尖在地上画着，因道："我就有点儿难为情。"她说这话声音是非常的低小，低小得连自己都有些听不出来。

宋子豪道："这是什么话？唱戏的人，还怕人瞧吗？"

月容道："各有各的心事，你哪里会知道？"

宋子豪道："你怕他会叫你的倒好吗？"

月容立刻正了颜色道："不会的，他绝不能做这样的事，他不会再恨我的，我晓得。我说难为情，是我觉得我做的事有些对不住他，猛可地见着面，倒什么……似的，唉！"说着，垂下脖子去摇了几摇头。

黄氏在一边看了她那情形，不住地点着下巴颏儿，似乎已在计算着月容的各种困难。宋子豪被月容一声长叹把话堵回去了，只有站在一边发愣。黄氏就只好接嘴道："姑娘，你怎么这样想不开？你们一不是亲，二不是故，爱交朋友就多交往几天，要不，一撒手谁也不必来认谁。他先对不起你，做起新姑爷来了，怎么你倒有些难为情去见他？"

月容道："他虽然另娶了人，可也不能怪他。你看他今天还追到这茶楼上了，可见他心眼里还没有忘了我。"

黄氏道："你既然知道他来是一番好意，你就上台唱你的戏，让他见你一面吧。你怎么又说是怕见他？"

月容低着头，很是沉思了一会子，却抬起头来道："哪位有烟卷，给一支我抽抽。"

宋子豪在身上掏出一盒香烟，两手捧着，连拱了几拱，笑道："这烟可不大好。"

月容也不说什么，接过烟盒子来，取出一支烟衔在口里。宋子豪在身上掏出火柴盒来，擦了一根，弯腰送过去。黄氏也在墙上擦着了一根，送将过来。那小五娘看到桌上有火柴盒，刚正拿到手里。月容说声"劳驾"，已是接过去自己擦上一根，把烟点了。其余两根火柴，自己扔在地上。月容也没有理会这一些，她自微偏了头，缓缓地抽着。这里三个人不看到她表示什么意见，也就不好问得。

月容缓缓地把那支烟抽了一大半，这才问道："大爷，今天咱们预备唱什么的？"

宋子豪道："你不说是唱《骂殿》的吗？"

月容道："改唱《别姬》得了，请你拉一段舞剑的《夜深沉》。"

宋子豪笑道："恐怕凑不齐这些角色吧？"

月容道："你去和大家商量，有一个霸王就得，只唱一段。"她交代了这句话，又向宋子豪要了一支烟卷抽着。

宋子豪向门帘子外面张望了一下，因道："杨老板，咱们该上场了。"

月容点点头，也没有作声。宋子豪提了胡琴先出台去了。月容只管吸那烟卷，呆呆站着不出去。小五娘拧了把热手巾，走近前来，带了笑音低声道："姑娘，你该上场了。"

月容懒懒地接过热手巾去，随便地在嘴唇皮上抹了两抹，听着锣鼓点子已经打上了，将手巾放在桌上，低头掀着门帘子出来。照例地，全身一露，台底下就是哄然一阵的叫好。在往日，月容绷着脸子也要对台底观众冷冷地看上一眼，今天却始终是低着头地坐在正中的桌子角上。北方的清唱是和南方不同的。正中摆了桌子，上面除了一对玻璃风灯之外，还有插着箫笛喇叭的小架子。再有一个小架子，上面直插着几根铜质筹牌子，写着戏名，这就是戏码了。所有来场玩票的人围了桌子坐着，你愿意背朝人或脸朝人那都听便。女票友更可以坐到桌子里面去，让桌上摆的陈设挡住了观众的视线。玩票的人拿的是黑杆，并非卖艺，也没有向观众露脸的义务。不过这里要月容出台，目的是要她露一露，往日也是让她坐在前面一张椅子上，或者站在桌子正中心。今天月容闪到桌子里面去坐着，这是全观众所不愿意的。王四在四处张望着，见又上了个九成座，大家无非是为了杨月容来的，怎好不见人？自己也就挨挨蹭蹭地走近了桌子边，想和月容要求一下。不料走近一看，却吓了一跳。

月容两手捧了茶壶，微低着头，眼眶子红红的。原来月容藏在桌子角上，虽然避免了人看她，但是她还可以看见别人。在玻璃灯缝里，已是不

315

住地向外张望着。在斜对过最后一排座位上，二和独据一张桌子坐在那里。他虽然还在新婚期间，但在他脸上却找不着丝毫的笑容。穿了青呢的短大衣，回弯过两手靠住了桌沿，鼻子尖对准了面前的一把茶壶，也是半低了头。但是他不断地抬着眼皮向这里看了来，在这上面，绝看不到他来此有丝毫的恶意。而且在这副尴尬情形中，分明他也是觉得会面就很难为情，似乎这里面有种传染病，当自己看过之后，也一般地感到难为情。于是索性将额头低过了茶壶盖，只管低了头。

本来自己一出台已到了开口的时候，只因为那个配霸王的男票友出茶社去了，临时由别人垫了一出《卖马》。现在《卖马》也唱完了，锣鼓点子一响，月容想到老藏着也不是办法，只得随了这声音站起来。先是两手按住了桌沿，微微低着头和演霸王的道白。胡琴拉起来了，要开口唱了，这就抬起头来，直着两眼，只当眼前没有什么人，随了胡琴唱去。先是绷着脸子像呆子似的，后来脸色渐渐变着忧郁的样子，不知不觉地那眼光向二和所坐的地方看去。他那方面当然时时刻刻都向台上看来的，月容看去时，却好四目相射。看过之后，月容仿佛有什么毒针在身上扎了一下，立刻四肢都麻木过去。其实也不是麻木，只是周身有了一种极迅速的震动。但是自己站在唱戏的立场并没有忘记，胡琴拉完了过门，她还照样地开口唱着。宋子豪坐在旁边拉胡琴，总怕她出毛病，不住地将眼睛向她瞟着。她倒是很明白，把头微微低着，极力地镇定住。有时掉过身来，在胁下掏出手绢来缓缓地揩擦几下眼睛，眼眶儿红红的，显然是有眼泪水藏在里面。

王四坐在场面上，接过一面小锣来敲着，两眼更是加倍地向月容注视着。月容和这些注意的人都只相隔着两三尺路，自然知道着他们很着急，就眼望了他们，微点了两下头，那意思自然是说，我已经知道了。宋子豪这算放了一点心，再跟着抬头向台下二和那里看去。他好像是在很凝神地听戏，两手膀子撑住了桌子，将十指托住脸腮，头低下去望了桌面。好容易熬到月容唱过了那段舞剑的二六板，以后没有了唱句，大家放心了。接着是加紧舞剑的情调，胡琴拉着《夜深沉》。

那个座位上的丁二和，先还是两手撑了头，眼望了桌面向下听去。很久很久，看到他的身体有些颤动。他忽然站起身来，拿着挂在衣钩上的帽子，抢着就跑出茶社去。到了茶社的门口，他站定了脚，掏出衣袋里的手绢将两眼连连地揩着。听听楼上胡琴拉的《夜深沉》还是很带劲，昂头向楼檐上看了许久，又摇了两摇头，于是叹了一口气，向前走着去了。但走不到十家铺面，依旧走了回来；走过去也是十家铺面，又依旧回转身。这样来去走，约莫走有二三十遍。一次刚扭转身向茶社门口走去，却看到三四个男女簇拥着月容走了来。虽然她也曾向这边看过来的，可是她的眼睛并不曾射到那人身上，被后面的人推拥着，她没有停住脚就随着人走了。二和站着很是出了一会儿神，然后再叹了一口气，也就随着走出市场了。

他新的家庭住在西城，由市场去有相当的距离。当他走出市场的时候，街上的电灯已经亮着。因为心里头感到一种莫名其妙的空虚，在街上也忘了雇车子，顺了马路边的人行道，一步一步地向前走，回到家里时已经完全昏黑了。那位做新人不久的田家二姑娘这时已很勤俭地在家里当着主妇。晚餐饭菜久已做了，只等着主人回来吃。看看天色黑了，实在等得有些不耐烦，情不自禁地到了大门口，斜傍了门框，半掩了身子站定。胡同里虽还有一盏电灯远远地斜照着，但还射照不到这大门以内。手挽了一只门环，头靠了门板边沿，眼睁睁地向胡同里看了去。

二和的影子刚在那灯光下透出，她就在脸上透出了笑容来等着。二和虽到了门外，还在街的中心呢，二姑娘就笑向前迎着他道："今天回来得晚了，公司里又有什么要紧的事吧？"

二和默默地淡笑了一声，并没有答话。二姑娘在半个月以来是常遭受到这种待遇的，却也不以为奇。二和走进了大门，她又伸手携着他的手道："今天该把那件小皮袄穿上才出去。你瞧，你手上多凉。"

二和缩回手来，赶快地在她前面跑着，走到院子里，就向屋子里叫了一声"妈"。

丁老太道："今天怎么回来得这样的晚呢？"二和且不答复，赶快地向屋子里走了去。

二姑娘看他那情形，今天是格外地不高兴，也就随着他跟到屋子外面来。还不曾跨进屋子门，却听到丁老太很惊讶地问道："月容又出来了吗？这孩子也是自讨的。"

月容这两个字，二姑娘听了是非常的扎耳。这就站着没有进去，在窗户外更听下文。二和道："公司里人说她在东安市场里清唱，我还不相信，特意追了去看看，果然是她。她没有出场也就知道我到了，在唱戏之后，还让场面拉了一段《夜深沉》。不知道怎么着，我一听到了这种声音，就会把过去的事一件件地想起来，心里头是非常难过，我几乎要哭。后来我坐不住了，就跑出来了，没有到后台去找她。"

丁老太道："清唱不是票友消遣的所在吗？她是内行了，还到那里去消遣干什么？"

二和道："茶社靠这些票友叫座。有愿在他那里消遣的，当然欢迎，不愿消遣，他们就暗下里给戏份。男票友不过三毛五毛的，像月容这样的人，两三块钱一天那没有问题。"

丁老太道："她有了职业也罢，年轻轻的，老在外面漂流着，哪日是个了局？"

二和道："改天星期，我要找着她谈一谈。我看前呼后拥的好些人包围着她，和她谈话还是不容易呢。"

丁老太道："见着她，你说我很惦记她。大概她也不肯到咱们家来了。来呢，我们那一位大概也不乐意。"说到这里声音低了很多，似乎也有些怕人听到的意思。

二姑娘站在门外，越听就越要向下听。听到最后，不知是何缘故，身体都有些抖颤。最后，她只好扶着墙壁慢慢地走回屋去。到了屋子里以后，便感到满腔怒火由胸膛里直喷出来，仿佛眼睛和鼻孔里都向外冒着火焰。手扶了桌沿，人就是这样呆呆坐着。自然，胸中这一腔怒火能够喊叫出来是更好，因之瞪了两眼只管朝门外看去，便是这两只秀媚的眼里，也有两支火箭射出来似的。可是她有怒气，却没有勇气。她望着望着，二和进来了。她两眼热度突然减低，立刻手撑了桌面站起向二和笑道："就吃饭吗？我去给你热那碗汤去。"

二和依然是忧郁着脸子，摇摇头道："我不想吃什么。"

二姑娘笑道："怎么着，有什么心事吗？"她说着这话，站起来迎到二和身边，微微地依贴着。

二和牵起她一只手来握着，笑道："我有什么心事？除非说是钱没有个够，还想公司里加薪。"

二姑娘听他说加薪，怕他再绕一个弯子又提到刘经理身上去，这就笑道："累了一天，为什么不想吃饭？也许是身上有点儿不舒服吧？"说时，那只手还是让二和握着，另一只手却扶着二和的肩膀，又去抚摸他的头发，低声笑道，"你还是吃一点儿吧。你打算还吃点儿什么合味的呢？我同你做去。"

二和笑道："我实在是不想吃什么，经你这样一说，我不得不吃一点儿。去到油盐店买一点儿辣椒糊来吧，我得吃点儿辣的刺激刺激。"

二姑娘笑道："别吃辣的了，吃了上火。"

二和道："你不是说了我想吃什么，你就给我做什么吗？"二姑娘含笑向他点了两点头，自向厨房里去了。

二和坐在椅子上，对她去的后影望了一望，自言自语地道："她现在倒能够忏悔，极力地做贤妻，不过似乎有点儿勉强。"

丁老太在隔壁屋子里搭腔道："二和，你在同谁说话？"

二和道："我这样想着，没同谁说话。"

丁老太道："你这孩子……唉，叫我说什么是好。"

二和哈哈一笑道："这样的话我也不能说，那也太委屈了。"

丁老太在隔壁屋子里没有回话，二和也就没有再向下说。相隔了约两三分钟，听到一阵脚步声自窗户外走过。二和昂着头问是谁？二姑娘在外面笑道："给你沏茶呢。"二和也不理会，还是在屋子里坐着。

一会儿工夫，二姑娘将一只茶盘子托了两菜一汤送到桌上。老妈子提着饭罐子和筷子碗也跟了进来。二姑娘笑道："你去烧开水一壶来给先生吃茶，这里的事交给我了。"

老妈子放下东西去了。二姑娘先摆好一双筷子在二和面前，然后盛了一碗饭，两手捧着送到二和手上笑道："吃吧，热的。"

二和笑道："劳驾。你怎么不把碗举着平额头？"

二姑娘道："那为什么？"

二和道："这就叫举案齐眉呀。"

二姑娘笑道："只要你这样吩咐，我就这样做。"

二和扶起筷子碗吃饭，向二姑娘笑道："想不到我有了职业，又得着你这样一个贤妻，真是前世修的。"

二姑娘眉毛一动，笑道："我嫁了你这样一个精明强干的好丈夫，也算前世修的。"

二和道："我好什么！一个赶马车的。"

二姑娘道："你就不说你是镇守使的儿子吗？"

二和扒了几口饭，点点头道："再说，也得刘经理帮忙。"

二姑娘红着脸，没有答复他这句话，靠了墙边的梳妆台站着。很久，笑问道："明天是星期六，可以早一点儿回来吗？"

二和捧着碗筷向她望了笑道："又给我预备什么好吃的？"

二姑娘见他脸上已是带着笑容，进言的机会就多了。打了个呵欠，抬起手来抚着头发，因道："吃的，哪一天也可以和你预备。你应该带我出去玩半天了。"

二和低了头将筷子扒饭，因道："没满月的新娘子，尽想出去干什么？"说这句话时，是突然地说着的，语气未免重一点儿，说完了之后倒有点儿后悔。又改了笑容道，"现在这年头，无所谓满月不满月，那有什么关系？不过，明天下午我有点儿事情。"

二姑娘牵牵衣襟低头道："那么后天星期天，可以带我出去玩了？"

二和又低头吃着饭，脸没有看着人，因道："后天下午三点钟以后我还有点儿事。上午我可以陪你出去。"

二姑娘脖子缩了一缩，笑道："我和你闹着玩的，哪个要你陪着出去。"

二和看她脸上带有一种不自然的微笑，这也当然是她蜜月中一种失望。但这个星期六和星期日绝对是不能陪她的，因笑道："那么明天晚上我带你出去听戏吧。"

二姑娘将颜色正了一正，因道："我不说笑话，明天下午我想到嫂嫂那里去，把打毛绳子的钩针拿了来。"

二和道："好的。见着大哥，你说我有事，明日不能请他喝酒了。"

二姑娘笑着点了两点头。二和全副精神这时都放在清唱社里的月容身上，对于二姑娘有什么表示并没去注意。饭后，二和又到丁老太屋子去闲谈，二姑娘在留意与不留意之间，完全都听到了。自然，她也不在其间说什么话。

到了次日，二和换了一套新呢的学生服，拿了十元钞票揣在衣袋里，再罩上大衣，临走丢下了一句话，中饭不回来吃，晚饭用不着等，也许是不回来吃了。二姑娘一一答应了，装着什么也不知道似的。

在家里吃过了午饭，就对丁老太说要回去一趟。丁老太道："家里有女用人陪着，你放心回去吧。"

二姑娘有了这句话，就回房去好好地修饰一番。当她临走的时候，又缓缓走到丁老太屋子里告辞。丁老太虽看不到她穿的什么衣服，但她走过之后，屋子里还留着一股很浓厚的香味。丁老太昂着头出了一会儿神，一来她是新娘子，二来她是回娘家去，丁老太虽然有点儿不愉快，可是为省事起见，也就不作声了。

第三十七回

怀妬听歌事因惊艳变
蓄谋敬酒饵肯忍羞吞

田二姑娘说是要回娘家去，谁也没有领会到有个第二娘家。当她坐的人力车停下来时，却是刘经理家大门口。她付了车钱走进大门的时候，守门的老李迎着请了个安，笑道："你大喜了。"

二姑娘站住，向他点了两点头，还没说话，那老李笑道："太太出去瞧电影去了。"

二姑娘道："坐经理车子出去的？"

老李道："经理在家。"

二姑娘在身上掏出一张五元钞票放在窗户台上，用手拍了两拍，笑道："给你买双鞋穿吧。"

老李再屈腿请了个安道："又要你花钱。"二姑娘只向他微笑，踏着高跟鞋进到上房去了。

刘经理的家是有东方之美的高等住宅，更配着西方式的卫生设备。单以刘经理私人办公室而论，外面是红漆柱的走廊，配着绿格窗户，院子里撑上绿柱的藤萝架。架上叶子凋零得干净了，阳光穿着藤枝筛了满地的花纹。二姑娘由旁边月亮门钻进来，但见三五个小麻雀在地上蹦蹦跳跳找寻食物，院子里不听到一点儿声息。二姑娘却故意把高跟鞋踏得突突作响，果然这响声有了反应，正面屋里的窗户帘掀开一角，有张人脸在那里一闪。

二姑娘绕过了走廊，在正屋侧面的小门里进去。只一拉门，便有热气向人身上直扑将来，随着这热气，也就是一阵香气。因为这屋子里摆下了许多的鲜花盆景，都开得很繁盛。刘经理手指头里夹了半支吸过的雪茄，背了两手在屋子里来回地走着。二姑娘进来了，他还是来回地踱着，脸上带了一点儿笑意，站住向二姑娘望着。

二姑娘笑道："有钱的人家到底是有钱的人家，这样的冷天，屋子里又香又暖和。"

刘经理将手向她周身上下都比着画了一下笑道："瞧你穿得这样的美，淡绿色的绸袍子，外加着咖啡色的呢大衣，热闹中带着雅静……"

二姑娘连连摇着手道："得啦，得啦。趁你太太没在家，正正经经地谈两句话吧。"她说着，自在沙发椅子上坐下，背向后靠着，对刘经理道，"有好烟卷，赏我们一支抽抽。"

刘经理正待伸手去按电铃，二姑娘便摇着头道："别叫人来。进门就花了五块。咱们就这样谈谈。"

刘经理便不按铃，在她对面坐着。二姑娘道："你现在怕沾着我了，我身上也没有长着刺，会扎了你？那样老远地坐着干什么。"

刘经理笑道："不是那样说。你以前是田二姑娘，现在是丁二奶奶，这其间当然有些不同。但愿你以后夫唱妇随，以前的事一笔勾销。"

二姑娘鼻子一耸道："哼，一笔勾销那怎样能够？他对我的事情十分不谅解。"

刘经理道："他不谅解到什么程度呢？"

二姑娘道："表面上他很平和的。只是冷言冷语的，说得我很难受。"

刘经理道："这点儿醋意也是不免的。你好好对待他，慢慢地他也就忘记了。"

二姑娘道："他怎么能忘记？我的肚子一天比一天大，他瞎了眼不看见吗？"

刘经理将雪茄放到嘴里连吸了两口，喷出烟来，微笑着道："你放心。他一天在公司里做事，他一天不敢追究这件事。凭他一个赶马车的人，白得一个美媳妇，又有了一个每月四十块钱的位置，人财两得，还有什么不足的？"

二姑娘道："也就为着这公司里的一个位置吧，不然过门第一天我们就翻脸了。这个我心里明白。可是他既然是很勉强，不久总要出岔子的。昨晚上回来，我听到他和老太太说话。那个杨月容又出来了，现时在东安市场一家茶楼上清唱，他今天下午就要去捧她。"

刘经理笑道："这是你吃醋了，告诉我有什么用呢？"

二姑娘道："我真不吃醋呢！不是为着肚子里这个累赘，根本我就不嫁丁二和了。今天我到这里托你一件事，办不办在你。"

刘经理笑道："话还没有说，你就先给我一点儿颜色看，大概这事情是不大好办吧？"

二姑娘道："二和不是要听清唱去吗？当他在听的时候，希望你也去吧。"

刘经理道："你的意思我明白了。因为我在那里，他就坐不住。"

二姑娘道："当然。我是这样想，只要你连去三天，他就会永远不去了。"

刘经理道："你就让他去听得了。在外面卖艺的女孩子，什么大人物没有见过？她绝不会把丁二和这种人看在眼里的。"

二姑娘道："我没有把他们过去的事情告诉你吗？若不趁早去拦着他，那我敢说，不到一个月姓丁的就会同我决裂。决裂我不含糊，可是他说出来的理由一定受不了。到了那个日子，也是你的累。"

刘经理将雪茄衔在口里深深地吸了两口，因道："你这个主意虽然不错，可是只能禁止二和不去捧场。他若是暗下里和姓杨的来往，有什么法子禁止他？"

二姑娘道："先拦着他不去捧角再说。暗下里来往，我再在暗里头拦着他。"

刘经理笑道："只听到你们说杨月容左一段艳史，右一段艳史。到底是怎样一个美人儿，我倒要去瞧瞧。"

二姑娘道："今天二和准在那里，你就去吧。去了叫声倒好，我也解恨。"

刘经理扛着肩膀笑道："你就这样白来一趟吗？"

二姑娘将脸色一板，横了眼望着他道："你不说我已经是丁二奶奶了吗？"

刘经理道："现在我还是这样说呀。我也没有别的意思，觉得你来过之后，烟没有抽我一支，茶也没有喝我一口，就这样地走了，我有点儿招待不周。"说时，把两只眼睛笑得眯成了一条缝，将背向沙发椅子上靠着，架起右腿来，只管颠着。

二姑娘道："招待周与不周，我倒不管。但望你负一点儿责任，把我身上这点儿累赘给我解除了，我就感恩不尽。"

刘经理道："这也没有什么关系，到了那时候，你拿我的名片到医院里去就是了。"

二姑娘又将眼睛一横，点点头道："哼，你倒说得很自在，到了日子，上医院一跑就了事？请问，由现在到那发动的日子，这一大截时间，我怎么对付着过去？"

刘经理笑道："这个……"说着抬起手来连连地搔了几下头发，嘴里跟着还吸上了一口气。

二姑娘先是鼓了嘴，随后也就弯着腰，扑哧一笑道："你们当经理的人，也就是这点儿能耐。"

刘经理道："不是为这点儿缘由，我极力地敷衍丁二和干什么？"

二姑娘道："你知道用手段敷衍他，你就该知道用手段制服他。"

刘经理道："说来说去还是那一句话。车子可不在家，要不我马上就去。"

二姑娘道："你就在汽车行里叫一部汽车去，又算得什么？"说着，手扶了茶几站起来，因道，"我可要走了。是我的事，也是你的事，你若是不办，到了那个节骨眼儿，我也有我的办法。"说完，她一扭身子就推了门出去。可是她走出了门外却站了一站。这一站，可让门里伸出一只手来把她拖进去了。

一小时以后，二姑娘回娘家去打了一个转身。刘经理也就到了东安市场。当他走上茶楼的时候，各茶座上都坐满了人。那茶楼上的茶房见他穿着氄皮鼠子大衣，戴着獭皮帽子，手指头上夹了半截雪茄，又是面团团的，这就立刻迎上前来笑道："你要坐前面点儿，还是到那边雅座里去躺躺呢？"

刘经理也没说什么，将手指头夹住的雪茄向前指了一指。茶房会意，立刻就在最前面一张桌子边找了一个位子，引他坐下。刘经理在跨进楼口的时候，早就把眼睛向四周人头上扫了一遍。在里边的楼角上，看到有人将两只手抬起来撑住了桌沿，再将两只巴掌托住了自己的下巴，呆呆地向台上望着。虽然那手掌够把脸子挡住了，可是在他的姿态上已经可以看出他是二和了。

彼此相隔着路远，他不向这里看来，自己也不能无缘无故地闯将过去。坐下来，又回过头去向二和看着，二和正是放下手来要找个什么，却好向刘经理打个照面。二和立刻站起身来，远远地鞠着半个躬。

刘经理倒也带了笑容向他点了两点头，此外并没有什么表示，坐正了对着台上。不到半小时，茶座上的人哄然地叫了一阵好，只见门帘子微微地掀动着，一个穿黑绒袍子的女郎悄悄地走了出来，就在桌子旁边坐了。只看见她抬起一只雪藕似的手臂轻轻理着鬓发，对在座的人一一点着头。在远处虽看不到她在向人说什么，然而红嘴唇里微露着两排白牙，那一种动人的浅笑实在妩媚，就这一点上，已经断定她是杨月容了。看那细小的身材，实在不过十七八岁。这样妙龄的少女，哪里看得出她是经过很多磨折、富有处世经验的人？恐怕关于她的那些故事都是别人造的谣言了。如此想着，对于月容的看法，还另加了一番可怜她的眼光。

月容早看到二和今天又来了。只因昨天的满面泪容引起了许多人注意，这不但透着小孩子脾气，也许人家注意到二和身上去，让他不好意思再来。因之今天未出场之先，就做了一番仔细的考虑。到了快掀帘子出来的最后五分钟，才由身上掏出粉镜子来，匆匆地在鼻子边抹了几下，然后又将绸手帕轻轻地抹了几下嘴唇。这还不足，又对镜子里装了两次笑容，颇觉得自然，于是放心到场子上来。当掉转身靠了椅子坐下时，很快地向里边角落里看去，二和还是两只手撑住了头对着这边看了来。月容没有敢继续着向那里回看过去，两三次地抬起手来抚摩着鬓发。偏是茶座上有几个起哄的青年，就是月容这样抬手抚摩鬓发，他们也是跟了叫好。这样月容就更不敢向茶座上看过来了。

在茶座里的刘经理将那半截雪茄衔在嘴角上，身子伏在桌沿上，昂了头向小台上看了来。这时，虽然另有人在唱戏，他完全没有理会，只是将两眼向月容身上死死地盯着。别人叫好，他就衔了雪茄连连地点了几下头。点过头之后，又将头下部微微地摆荡，整个头颅在空中打着小圈圈。正在出神之际，耳边却有人轻轻地道："经理，你很赞成这位杨女士吧？"

刘经理回头看时，正是自己的属员赵二，便点点头笑道："我在市场里买东西，随步走上楼来歇歇腿儿。你是老在这里喝茶的吧？"

赵二笑道："也就为着这里有票友，花一两毛钱可以消磨好几个钟头。"他说着话，在身旁桌子下面拖出一只方凳子来，就靠住刘经理坐下，低声笑道，"这位杨女士原是内行。现在加到清唱班子里来，当然比普遍的人好，经理可以听几句再走。"

刘经理笑着微微点了两下头。赵二在身上掏出烟盒子来，取了一支烟卷在手，站起身来，弯着腰向刘经理面前递了过去，低声道："你换一支抽抽。"

刘经理举着手上的雪茄笑了一笑。赵二看到刘经理的茶已经沏来了，就取过茶壶向他面前的茶杯满满地斟上了一杯。刘经理看到也只是点点头。

在这时，坐在场上的月容端起一把红色茶壶，连连向壶嘴里吸了几口，在场上和她配戏的人有两位隔了桌面向她点点头打着招呼，接着戏开场了，却是《二进宫》。月容在戏里唱皇娘一角，正是清唱容易讨好的唱工戏。刘经理口里衔了那半截不着的雪茄，昂着头向台上呆望着，动也不动。别人叫好的时候，他也把头点上两点。月容在今天受着王四的请求，没有坐到桌子后面去，只是在桌子前面右边椅子上半歪了身子向里坐着。刘经理虽然只看到她半边脸，但有时她回过脸来看别处，却把她看得很清楚。当她在唱得极得意的时候，场面上不知谁大意，把一面小锣碰着落到地上来了，当的一声响。月容坐在椅子上先是吓得身子一跳，随后就回过头来向场面上红着脸瞪了一眼。但随着这一瞪眼之后，再回过头去，却又露出雪白的牙齿微微一笑。刘经理将脑袋大大地晃着一个圈子，叫道："好，够味！"

赵二看到刘经理这样赞成，悄悄地站起身来到别的地方去。约莫有十几分钟的工夫，他回到了原地，刘经理还不知道。赵二低声笑道："经理，回头到东来顺去吃涮锅子，好吗？"

刘经理道："不必客气。"

赵二笑道："不，我和这茶楼上的老板熟，刚才和他说了。"说到这里，把头伸过来，就着刘经理的耳朵，将右手掩了半边嘴唇，轻轻向他道，"他满口答应了，约着月容也来。"

刘经理笑道："成吗？咱们跟人家没有交情呀。"

赵二点点头答应着道："成，这里老板邀她，她不能不去。再说，经理在座，她更不能不去。"

刘经理想了一想，笑道："东来顺太乱吧？"

赵二道："那就是东兴楼吧。"

刘经理道："当然由我会东。你先去打个电话，说我订座，一提我，他们柜上就知道的。"赵二答应了一声是，起身打电话去了。

这一来，刘经理听着戏更得劲，关于二和的问题早是丢到脑后。不等散场，他就到东兴楼去等候着。酒馆和茶楼相隔只有五分钟的路程，刘经理只刚坐下，赵二、蒋五一同进来，赔着笑道："她一定来。"

刘经理笑道："我知道你们是这茶楼上的老主顾。"

赵二笑道："我把那个拉胡琴的老板也找来了，回头咱们可以叫她唱一段。"

刘经理背着两手，绕着屋子中间的圆桌子不住地转圈子，因道："我也是一时高兴。老赵说是请我吃东来顺，遇见了我，没有叫你们会东之理，所以我就转请你们到这里来了。她来不来倒没有关系。"

　　只这一句，却听到院子里有人答道："来了来了，说好了，怎能够不来？"

　　刘经理伸头向门帘子外面看去，只见宋子豪放下两只青布袍子的长袖，由右手袖笼子里垂出一把胡琴来。他见门帘子里面有人影子晃动，左手伸上去，将瓜皮帽子上的红疙瘩捏住，提起帽子来，远远地向门里头鞠着躬。他后面跟着月容，已加上了青呢大衣，在领口里已露出白毛绳围巾。粉红脸儿配上这一切，透着雅静。在她后面才是那位茶楼老板王四。他见前面的人脚步缓一点儿，抢上前两步，掀着门帘子进来，取下头上瓜皮帽，两手抱住连连地向刘经理打了两个躬，哈着腰笑道："这是刘经理，久仰久仰，没有向公馆里去问候。"

　　那赵二是应尽介绍之责的，只好抢着在中间插言，代王四报告姓名。转过身来，见宋子豪已是领着月容进来，站在一边，这就向月容深深地点了一个头，笑道："杨老板，这就是电灯公司刘经理。北京城里最有名的一位大实业家。无论内外行，只要稍微有名的人，全都和刘经理有来往。"说着伸出右手来向刘经理比着。

　　月容听到电灯公司这个名称，心里就是一动，莫非二和有什么事要同我交涉，还特地把他们的经理给请出来？于是先存下三分客气的意思，向刘经理鞠了一个躬。刘经理再就近将月容一看，见她细嫩的皮肤仿佛是灰面捏的人一样，也就微抱了双拳在胸上略拱了两拱，点着头笑道："久仰久仰，只是无缘奉请。"

　　月容也不知道说什么是好，只是和他点着头微微地笑着。虽然她嘴里也曾说着话的，不过只看到她的嘴唇皮活动，却没有一些声音。宋子豪静站在旁边可有些耐不住了，这就向前挤了一步，两手捧了帽子带胡琴弯腰一躬到地，然后高举两手作了一个揖，起来笑道："本不敢打搅刘经理，王四爷说，也许经理高兴，要消遣一两段，所以斗胆跟着来了。我说，我不必叨扰了，就在旁边坐着候一会儿吧。"

　　刘经理见他身上那件青布袍子上面乌得发光，一片片的油渍。袖口上破成一条条的网巾，好像垂穗子似的垂了下来。偏偏他的袍子衣领里还要露出一圈小衣，分明是白色的，这却被颈脖子上的污垢把衣染得像膏药片一般。刘经理一见，就要做恶心，只因他是很客气地施礼，倒不好不理会，便淡笑着向他点了两点头。

月容回转头来向宋子豪道："现在这年头，大总统和老百姓全站在一个台阶上，大家平等。过于客气了也不好。要是那么客气，我就坐不下去了。咱们爷儿俩还能分个彼此吗？"

刘经理先是怔怔地望了她向下听去。等她说完了，这就回转身来向宋子豪笑道："请吃便饭，就不必拘束，请坐，请坐。"说时回转头来看到月容，接着笑道，"杨老板请坐。"

月容看看在面前的人，除了刘经理，都透着受拘束，这就向大家看了一眼道："大家都请坐吧。"说着，自挪开了桌子边一把椅子坐下。

刘经理道："是，大家随便地坐，这也无所谓。我不坐主席了。"他交代过了，就挨了月容右手边的椅子坐下。在场的人一见大事定矣，自然也就不去做多余的周旋，跟着在桌子周围坐下。

刘经理见月容坐在下手，微低了头，将手比着筷子头把筷子比齐了，脸上似乎带了笑容，可是仔细地看起来，她又是绷着面子，垂了眼睛皮不看任何一人。这就料着她不至于不应酬这个场面，但是也不大愿意来这里应酬的。于是将两只袖口微卷了几卷，昂着脖子向站在旁边的伙计点点头道："你告诉柜上，照我们这些人配着够吃的菜做上来。记着，这里面要一个红烧鱼翅。"

伙计答应去了。王四隔了桌面就站起来笑道："刘经理，您别太破费了。"

刘经理伸出手来向他招了几下，笑道："坐下，坐下。今天难得杨老板赏脸。要不预备一两样看得上眼的菜，让人家说咱们过于悭吝。"

王四见他这本人请账不写自己身上，透着没趣，只好红了脸坐下。月容又低着头微笑了一下。宋子豪看到就欠着身笑道："月容将来上台，还要请您多捧场呢。"

刘经理道："在哪家露演呢？两三个包厢，那毫无问题。事先把票子送来就是了。大概散座上也要有人叫好才够热闹，每天我要五十张票。"

月容听到他肯这样大量地帮忙，自然是一件可感的事，情不自禁地却在欢喜的时分微微一笑。但笑出来之后，又感到是不怎样适宜的，于是把头低下去。

刘经理看到，也觉得这腼腆型的少女之笑非常够味。于是把大脑袋再晃成个小圈子，笑道："好，好！凭着杨老板这一表人才，我们不捧还去捧谁？这样吧，干脆每天给我留三排座，二三四三排。不管一百座、二百座，全是我的。”

宋子豪坐在对面，也高兴得张开那张没牙的嘴合不拢来，举起一个大拇指道："这真是一件豪举！除了刘经理，可以说没有人可以办到。"

说到这里，伙计已向桌子上端着酒菜。有刘经理在场，自然有伙计提着酒在身后斟酒。宋子豪立刻站起来向月容点点头道："难得刘经理肯这样地帮忙，咱们借花献佛，就借着刘经理的酒，向刘经理敬上一杯吧。快接过壶来。"说时就不住地向月容丢着眼色。

月容会意，就站起身来将茶房手上的酒壶接过，回转身来向刘经理站着。还没有开言呢，这一下子可把刘经理急了，啊哟着一声，随着也站起来，两手抱了拳头不住地作揖道："这就不敢当，这就不敢当。"

月容低声道："我可不会应酬，刘经理别拘谨。"说时，两手依然抱住那把壶。

刘经理笑道："这是形容我做主人的荒唐。我以为大家随便吃饭，用不着客气，所以就让茶房斟酒。这么一来，把我形容得无地自容了。"

赵二见月容两手捧了壶，头微低着，两腮红红的，这就向刘经理笑道："经理，你就接着这杯酒吧。你瞧，杨老板多么受窘。你就快接着吧。"

刘经理口里连说好好，两手捧着杯子向月容面前接酒。月容笑着提起壶来，把酒斟将下去，刘经理两眼笑着合成了一条缝，口里连说"不敢当不敢当"。月容老早已把他的杯子斟满了，酒既不能再向下斟，他还是那样地端着杯子，也不便将两手缩了回来。因之刘经理发了愣地站着，月容也只有跟了他发愣站着。

宋子豪看到，就向月容叫道："杨老板，你请刘经理坐下吧。这样客气到什么时候为止哩？"

月容抬头看时，刘经理才觉悟到手里的杯子已是斟得满满的。纵然手不动，那杯子里的酒也是晃荡晃荡地泼了出来。接着又哦哟了一声，低下头来一伸脖子把杯子里酒唰的一声喝干，向月容照着杯连鞠两个躬，笑道："谢谢，我该转敬了。"

月容红着脸道："我可不会喝酒。"说着，带了笑容连连地摇了一阵头。

刘经理见她两手全捧了壶，实在不能夺将过来，便伸手拍着她的肩膀，笑道："请坐，请坐，有话咱们坐下来说。"

月容回头看了一看，脸色正过来，默然地坐下，半低着头把酒壶在桌上放下，抬着眼皮，很快地向宋子豪看了一眼。宋子豪似乎知道她要看过去，他早预备下了，向她连连丢了两回眼色。月容回想到刘经理所说，每日要定两个包厢和前三排的座位，这就暗暗地咽下了一口气，平和了颜色坐下。刘经理虽然知道她的态度颇是勉强。可是他也想着，哪个有几分姿色的女子都有点儿脾气，这也不必介意，依然吃喝说笑地对着杨月容带说带夸。

赵二在吃六七分酒下肚以后，胆子也就大得多，于是端起面前的酒杯子向月容举了一举。月容以为他是在劝酒呢，当然也就端起面前的杯子陪着他举了一举。赵二又回转脸来向刘经理望着笑道："经理，我有两句话想借了酒盖脸说出来，可以吗？"他说时，眼神向月容身上一溜。

刘经理也笑道："反正是大家闹着玩笑，你有什么话尽管说吧。"

赵二笑道："我知道的。杨老板现在孤身一人，六亲无靠，真透着寂寞。我的意思，想介绍杨老板跟你发生一点儿亲戚关系，不知道经理意思怎么样？"

刘经理笑道："我知道，我知道，你叫我收这么一个干姑娘。就别看我蓄了嘴上这两撮小胡子，只是年纪不大，恐怕还不够做爸爸的资格吧？"

月容手上还端着那只酒杯子呢。待要放下，见赵二还是高高举着；要随便喝一口吧，更是短礼。只得老是举了杯子，带了笑容向赵二看着。赵二见她没有丝毫推诿的意思，因道，"经理，你的意思怎么样？杨老板差不多都答应出来了。"

刘经理向月容看了一看，笑道："那样办未免不恭。我们先干上一杯吧，其余的话再说。"

月容红着脸道："我真不会喝酒，随便奉陪一点儿吧。"说着，举起杯子来喝了一口。全桌的人在她放下杯子又一点头之间，鼓了一阵巴掌。

赵二笑道："还有什么话说，我来恭贺一杯！经理收到这样一位聪明伶俐的美丽小姐。"

刘经理见月容脉脉含情，也十分高兴，一举杯子把酒喝干了，向月容照过了杯，抬起手来搔着头发笑道："大家给我开了这么大一个玩笑，我把什么来做见面礼呢？"

宋子豪笑道："今天不过这样说一声儿，要是刘经理真有那个意思，当然要由月容出来办酒，跟您磕头。这么大孩子了，当然也不好意思讨个喜封包儿买糖吃。"

刘经理点点头道："有办法，有办法，几件普通行头是我的事了。只是日子怕来不及呢。"说着将眉头皱了起来。

宋子豪笑道："月容只要干爹肯帮忙就得了，做行头这种小事哪里还要您亲自动手？您身上带着支票簿，随便开一张支票就得。"

月容向他瞟了一眼，低声道："瞧您……随便说话。"

刘经理手上端着酒杯子呢，情不自禁地又向她举了一举，笑道："没关系，没关系。你要是真需要什么行头，能力又办不到的话，只管来找我。"

月容望了他微微笑上一下，却没说什么。刘经理笑道："真的，你要什么东西只管对我说。我不能夸下那海口说是有求必应，反正你发生了什么困难，我一定帮忙。"

王四道："刘经理说话真是痛快不过。来，我为杨老板恭贺一杯。"说着，把酒杯子举了起来，连连地点上了几下头。

刘经理手上也拿着杯子的，向月容笑道："咱们爷儿俩同喝一杯。"

月容站起来，两手捧着杯子送到刘经理面前放着，低声道："请干爹代我喝了这杯吧。"

刘经理没想到占她一点儿便宜，她倒索性叫起"干爹"来，不由得心里荡漾着，只是眯了两眼向她微笑。赵二笑道："经理听到没有？人家已然是很亲热地叫着干爹了。"

月容向刘经理看了一眼，低了头对嘴唇皮咬着，脸上微微地透出两圈红晕。赵二笑道："经理你瞧着，人家叫出来了，你不答应，倒叫人家怪不好意思的。"

刘经理端起酒杯来笑道："我该罚，我该罚。"说着把这杯酒喝下去。这么着，也就是表示他完全得着胜利。满桌的人也都以为他得着胜利。在暗地里好笑的那只有月容一个人罢了。

第三十八回

献礼亲来登堂拜膝下
修函远遣拭泪忍人前

在这个席面上，只有宋子豪心里最为纳闷。他想：月容这个人心高气傲，平常不但不肯应酬人，而且也不会应酬人。现在她在许多人当面极力地恭维刘经理，这就透着奇怪。后来刘经理要说不敢说的，说了一句爷儿俩，她索性叫起干爹来，这真让宋子豪要喊出怪事来。他睁了两眼望着她，意思要等她回看过来，侦察她是什么意思。可是月容坦然坐在那里吃喝，就像不知道宋子豪的意思一般。

刘经理是越发想不到另有问题，借了三分酒意索性向月容问起戏学来。梨园行人和人谈戏学，当然也是一件正经事。因之月容也放出很自然的态度来谈着。一餐饭吃完了，刘经理非常高兴，因道："月容，今天咱爷儿俩一谈，很是投机。这不是外人，就不用客气了，今天的事一说就得。你现在还没有露演，可以说还没有收入，要破费许多钱真的请酒磕头，算我这个人不知道你们年轻人艰难。再说，现在是什么年头，真那样做，也透着俗套。"

月容站在桌子边，两手捧了一只茶杯慢慢地喝着茶，低了头细声道："那总是应当的。"说完了，脸上又是一红。

王四道："对了，要是不举行一个典礼，透着不恭敬。虽然说杨老板现在还没有登台，可是请干爹喝杯喜酒的钱总可以凑付。"他在月容附近坐着的，说到这里把身子起了一起，向月容笑着。

宋子豪在桌子边坐着的，微微地向王四瞪了一眼，因笑道："我和杨老板差不多是一家人了，杨老板有这样的正经事要办，当然我们不能让她为难。"

刘经理斜靠在一张椅子上坐了，口向上，口角上斜插了一支雪茄。听了这话，微微带着笑容。月容向宋王二人各瞪了一眼，低头想了一想，自己也微笑了。于是将一只空茶杯子用茶洗荡了一下，提壶斟了一杯热茶，两手捧着送到刘经理面前，低声笑道："吃过饭后，干爹还没有喝口茶。"

　　刘经理一个翻身坐了起来，两手抢着茶杯接住，笑道："啊哟，不敢当，不敢当。"

　　月容且不答复他这句话，站在他身边低声问道："干爹，我干娘也爱听戏吗？"她说这话，眼睛向刘经理一溜，把眼皮立刻又垂了下来，红着脸皮，带了一点儿微笑。

　　刘经理嘴里那根雪茄已经因他一声啊哟落到了地上，说话是利落得很，笑道："不。"

　　月容听了这个"不"字，向他又瞅了一眼。刘经理这个"不"字是对着月容心里那番意思说出来的，看到月容误会了，因笑了接着道："不对，不对。你干娘是一位极开通的人，我在外面的应酬事，她向来不说一个字的话来干涉的。"

　　月容放大了声音道："改天我到公馆里去拜见干娘，可以吗？"

　　刘经理见在座的人都将眼睛向自己身上望着，虽不知道他们是什么意思，可是自己要充作大方，绝不能说月容不能去拜干娘，便笑道："你哪天到我家去玩玩呢？我事先通知内人一声让她好预备招待。"

　　月容笑道："要是干娘预备招待，我就不能事先通知。事先通知，是我叫干娘招待我了。只要干爹回去说一声，收了这么一个没出息的干姑娘，那就无论哪一天到公馆里去，干娘都不会说我是冒充的了。"

　　刘经理笑道："这样好的姑娘，欢迎也欢迎不到，就是冒充，我们内人也很欢迎呀。"

　　月容低头微笑着，就没有接着向下说。但在这一低头之间，却看到刘经理口里衔的那半截雪茄落在地上，便弯腰在地面上拾了起来。在怀里掏出手绢来，将雪茄擦抹了一阵，然后送到刘经理面前来。刘经理接着烟衔在口里，她又擦了一根火柴将烟点上。这样一来，刘经理只管高兴，把月容刚才说的话也忘记了。

　　月容回转头来向宋子豪道："大爷，我们吃也吃了，喝也喝了，该轮着我们了吧？"

　　宋子豪点着头笑道："是，是，是。"说着把挂在墙上的胡琴取下就拉起来。

大家叫好，说杨老板爽快。月容就站在刘经理身边，背转身去唱了一段。唱完了，向刘经理笑道："干爹，你指教指教。"

刘经理坐在椅子上摇头晃脑地笑道："好，句句都好。"

月容笑道："你不应该说这样的话。我有什么不妥的所在，你应该说明白，让我好改正过来。尽说好，显着是外人了。"

刘经理伸手搔着头皮道："是的，是的，我应当向你贡献点儿意见。可是你唱得真好，难道叫我说那屈心话，愣说你唱得不好不成？"

月容笑道："那么，干爹，再让我唱一段试试瞧。"

刘经理笑道："可以，你就唱一段反二黄吧。"

月容道："这回要是唱得不好，干爹可是要说实话的呀。"说毕向刘经理溜眼一望，鼓了两只腮帮子。

刘经理点着头笑道："就是那么说，我是豆腐里面挑刺儿，鸡子里挑骨头，一定要找出你一点儿错来的。"月容带了笑容，又接着唱了一段。

唱完了，刘经理先一跳，由椅子上站起来，笑道："我的姑娘，你打算怎么罚我，你就明说吧。你这一段比先前唱得还好，我不叫好已然是屈心，你还要我故意地说出不好来，那我怎能够办到？我要是胡批评一气，这儿有的是内行，人家不要说胡闹应当受罚吗？"他说了这一大串，弄得月容倒红了脸，勉强地带了笑容，只是低了头。刘经理以为是给了她钉子碰，她不好意思，又极力敷衍了一阵，月容这才告辞说回家去。

刘经理这就叫伙计来，还要雇汽车送。月容笑道："干爹，你在别件事上疼我一点儿吧。我们那大杂院，还是在小胡同里，汽车进不去的。"

刘经理每听一声干爹，就要心里痛快一阵，现在索性叫干爹在别件事上疼她，更让他心痒难搔。无奈月容已是穿上了大衣走到房门口，不能再追问哪一件事是别件事，便笑道："这就走了吗？没有吃好。"

月容鞠躬笑道："干爹，咱们明儿见吧。"交代了这句话，她已扭着身子出去了。

刘经理听到她最后一句话是明儿个见，以为是指着在清唱座上见，也就很干脆地答应了一句"好，明儿个见"，这五个字也许比月容说得还要响亮些。月容同宋子豪去了，在座的人又向刘经理夸赞了一阵，说是这位姑娘真得人欢喜，将来一定可以藏之金屋。刘经理将手指点着大家笑道："你们说的不是人话，有干爹娶干姑娘的吗？"

赵二笑道："多着呢。收梨园行的人做干姑娘，那也就是这么回事。"说完，大家又哈哈大笑一阵。

月容去后，刘经理已是打了一个电话回去，叫汽车开了来。回家之后，见着刘太太，她问道："你说下午不出门，陪我去听戏的，怎么又溜出去了？"

刘经理笑道："吴次长打着电话来了，要我到东兴楼去吃便饭。"

刘太太一撇嘴道："你又胡扯。刚才你打电话回来说是你请客，这一会子，又变成吴次长请你吃便饭了？"

刘经理道："你想吧，东兴楼我那样熟的地方，我哪能够叫别人会东呢？也没吃多少钱，不过十块上下。"

刘太太道："我管你吃多少钱，不过我讨厌你撒谎就是了。"把话说到这里，这一回交涉可就过去。可是到了次日上午十点钟，刘经理这一句谎话可就戳穿了。

那时，一个跑上房的老听差，脸上带了几分稀奇的意味，直走到房门口，才低声道："太太，外面有客来拜会。"

刘太太道："经理不在家你不知道吗？告诉我干什么！"

听差道："我也知道经理不在家。可来的是位女客，她要见太太。"

刘太太道："是女客，请她进来就是了，鬼鬼祟祟的做什么？"

听差道："她还亲自送着好几样礼物来了呢，我没有敢让她进来。"

刘太太一听这句话，觉得里面另有文章，这就迎了出来问道："是怎么一个人？"

听差道："年纪很轻的，约莫有十七八来岁儿。有一个老头子跟着，提了七八样礼物。她说她姓杨，你一见就知道了。"

刘太太昂着头道："姓杨？姓杨的熟人可多了。她穿得朴实不朴实？"

听差道："倒是很朴实的，不像是什么坏人。"

刘太太道："坐什么车子来的，是坐洋车来的吗？"

听差道："是的。虽不见得是什么贫寒人家的姑娘，可也不见得是阔主儿。"

刘太太道："那就请她进来吧。在内客厅里坐吧。"

听差出去了，刘太太也就进房去，对着镜子扑了两扑粉，再到内客厅来。

这时，地上堆着点心盒和水果蒲包，占有桌面大一块地方。客厅门边站着一位十七八岁姑娘，青呢大衣底下露出蓝布大褂，脚下连皮鞋都没有穿，只是踏着纱线袜子和青呢平底鞋。看她那一张没有搽胭脂粉的素脸，就看不出是位什么坏人，便点点头笑道："这位是杨小姐吗？初次相见啊！"

她鞠着一个躬道："请你恕我来得冒昧。我叫杨月容，是个唱戏的。昨天蒙刘经理不弃，要收我做干闺女。我想怕攀交不上，就是攀交得上，当然姑娘是站在娘一边的，应当先拜干娘。你许我叫一声干娘吗？"

说话时向刘太太身上看去。见她穿了青湖绉的绒袍子，踏着紫绒平底鞋子，四十来岁年纪，扁扁的柿子脸儿，涂着严霜似的白粉，蒜头鼻子黑嘴唇，两只乌溜的眼睛。在她这份长相上已经看出她是必有妒病的人，于是在说过话之后，更向她一鞠躬。

刘太太虽然有几分不高兴，可是见了她带着满堆礼物来的，而且又非常谦恭，这却不好意思带着什么怒色，便点点头道："是吗？我并没有听到守厚回来说呀。"

月容笑道："这是昨晚上在东兴楼的事。我就说应当先来问问刘太太的意思，假如攀交不上，我也很愿意来见刘太太问候问候。"

刘太太见她有些胆怯的样子，便带了三分笑意道："何必这样客气，带着这些东西来？"

月容看到，就走向前两步，低声笑道："初次来，我怎好空着两手，这不能说上礼物两个字。假使你肯收我这个无出息的孩子，今天先跟你磕头，改日请干爹干娘喝杯淡酒，再当着亲友正式行礼。照说，实在攀交不上，不过我一见到你，我心里头好像真有了这样一位母亲，说不出来的高兴。所以我不管能说不能说，我忍不住把我心里的话说出来了。"

刘太太索性把那收藏着的七分笑容也放了出来，点点头道："那可不敢当呀。"

月容一回头，看到站着一位女仆在旁边，便道："劳驾，请你端一把椅子放在屋子正中。"女仆一看太太的脸色并没有丝毫的怒容，这就笑嘻嘻地搬了一把椅子在客厅中间放着。刘太太笑道："你们别胡闹，不过这样说着罢了，哪里……"

月容不管她同意与否，已是走到客厅中间站定，向刘太太笑道："干娘，你请坐下来。"

刘太太笑道："说了就得，不必，不必。"

月容听了这话，认定了机会再也不能放过，立刻在地毯上跪着，正正端端朝着摆椅子的所在磕下头去。

刘太太这倒抢上前两步，奔到椅子边将她搀着，笑道："起来，起来。说了就得。"

月容被她搀住起来之后，站定了笑道："干爹说得不错，干娘是个贤惠的人。这样，我才敢认干爹了。"

刘太太一出门就让月容一阵恭维，把人都弄糊涂了，来不及问这个干小姐怎么从天外飞来的了。现在受了人家的礼拜，做了干娘，算清醒过来。这就携了她的手让她坐下，慢慢地追问着月容何以认识这位干爹的。等着月容把经过说明了，刘太太不觉眉毛一扬，在月容肩上连连拍两下，笑道："好孩子，你的意思我明白了。我们那个没出息的看上了你。你是一个卖艺的人，不敢得罪他，又不愿受他的糟踏，所以打算走我这条路，对我明说了，就可制服他。也许听到人家胡说我是怎样的厉害，怕是瞒着我，将来有什么麻烦，不如走明的便当得多，你说是不是？"

月容道："这些话，上半段是你猜着了的，下半段可让我受着冤枉。干娘猜着了的，我用不着再说。你没猜着的，我可以说一说。当坤角的，谁也有几位干爹，不见得这些干姑娘都是见过干娘的，也没听过什么麻烦。我是听到人说干娘为人贤良，与其找个靠得住的干爹，倒不如找位靠得住的干娘。我们这一行里面就有好几个名角儿是让干娘捧起来的。再说，我的情形又和别人不同。我是个六亲无靠的人，能够得着好老人家照应我、指教我，那就是我得着一个亲娘一样。我就是怕攀交不上。"

刘太太笑道："你怎么知道我为人呢？你干爹绝不能乍见面就夸我一阵吧？"

月容道："干爹也夸过的，此外公司里赵二爷也说过。"

刘太太点点头道："这差不多。赵二是我娘家哥哥介绍到公司里来的，他绝不能引着你干爹做坏事。我为人他自然也知道清楚一点儿。"

月容笑道："娘，你现在可以知道我这回事是诚心诚意来的了。"

刘太太眉开眼笑地承认了她这句话。刘家的男女用人打听到了一个女戏子上门来拜干娘，都以为有一台戏唱。现在看刘太太已经承认下来了，都跟着起哄，向太太道喜，向月容叫"小姐"。刘太太携着月容的手引到自己屋子里去坐，留她吃午饭。取出二百二十元钞票交给月容，说是这二百块钱也不算什么见面礼，拿回去买一点儿衣料。另外二十块钱，叫月容赏给男女用人。也别太给多了，给多了下次不好出手。月容当然一一照着她的话答应。

刘太太非常地高兴。到了吃午饭的时候，又打着电话把刘经理催回来，说家里有贵客，请他务必回来。刘经理匆匆回家，在大门口就问门房有什么客来。门房受了太太的嘱咐，只说是有一位女客在上房，并不认得。刘经理却也不介意，等自己直走入了太太屋子里的时候，见月容笑嘻嘻地站着，叫了一声干爹，这倒愣了一愣。

刘太太口里衔着烟卷，靠了沙发斜坐着，冷笑道："你在东兴楼请吴次长吃便饭？"

刘经理红了脸向月容望着道："你怎么来了？"

刘太太道："是我把她找来的。我告诉你，这是我的好闺女，在外面遇事多照应点儿。"

刘经理听了这话，才把飞入九霄云里的灵魂又给它抓了回来，满脸带笑容道："太太的干闺女，不像是我的闺女一样吗？"

刘太太道："只要你明白这一层就得。闺女就是闺女，要拿出一点儿做长辈的样子来。"

刘经理笑着没有说什么。回头看看月容，她挨了太太坐着，脸上微微地带一点儿笑容，并不把眼睛斜看一下，便道："你在我这里吃了便饭去。上市场不忙，我会把车子送你去。以后可以常到我家里来，我不在家，有干娘招待。"

刘太太道："我的姑娘，我自然会招待。你在家不在家有什么关系？"刘经理伸了一伸舌头也就退出去了。

刘太太向月容笑道："你瞧你干爹那副受窘的样子，看到你在这里，不自圆自己的谎。可是，这样一来更可以证明你今天来是诚心拜我，他没有知道的。"

月容笑道："干娘往后看吧。干爹公司里不还有个丁二和吗？"

刘太太道："是有这么一个人。你干爹算做了一件好事，给他说了个媳妇，还帮了不少的钱呢。你怎么知道这个人？"

月容道："我认得他的老太太。丁老太太人不坏，我就很相信她。你可以请干爹问丁二和，他可以把我为人向干爹报告的。"

刘太太道："哦，你也认识他家的？是怎么样子认识的？"

月容偷看她的颜色却也很自然，嘴里衔着那支烟卷，还是被吸着缓缓地向外喷着烟。月容也起身斟了一杯茶喝，很自然地答道："我的师傅和他们家做过邻居。"说完了，看到刘太太并不有什么诧异的样子，这话说过去，也就算是说过去了。在刘家吃过了午饭，带着胜利的喜色坐着刘经理的汽车回家。

刘经理为了省事，也坐着车子同走。和太太说明白了的，先把车子送自己到公司，然后让车子送月容回家。月容对于这种办法也就没有怎样地介意。刘经理的车子到了公司里，向来是开了大门停在大院子里的。在这下半天开始办公的时候，院子里来来往往的人是牵连不断。刘经理下车的时候，恰好丁二和由汽车边经过，一个小职员见着了经理，自应当向他表示敬意，所以二和也就站定了脚，对刘经理深深地点个头。因为汽车并不停住，又转着轮子向外，这就引着二和身子闪开向车里看去。车子上的月容更是老早地看到了他，心里暗暗地叫糟了，一定会引起二和的误会。她立刻把身子一缩，藏到车厢靠后的所在去。二和本已看得很清楚，正奇怪着她怎么会坐上刘经理的汽车，也许是看错了人，总还存着几分疑心。及至月容在车内向后一闪，这就十分明白。眼看汽车呜嘟一声由院子里开出了大门去，将二和闪在院子里站着只管发愣，说不出一个字的话来。

当日下午，本要办完公事就向市场去的，偏是今天经理特意多交下几件事来办，一直俄延到五点钟方才办了。预计赶了去，月容也就唱完，只得罢休。第二日是个大风天。第三天呢，丁老太有了病，办完公就回家，理会不到月容头上去。一直耽搁了四五天，到第五天上午，实在忍不住了，就到经理室去请半天假。可是隔着门帘就听到有人在里面说话，未便突然闯进去，打算等听差来了请他进去先通知一声，不免在外面屋子里站了一会儿。

就在这个时候，听到赵二的笑声。他道："这是经理的面子，也是月容的面子。说到实惠，她究竟得不着多少。依着我的意见，另外开一张支票给她，无论多少，她倒是得着实惠。"

又听到刘经理笑道："我除了听到她叫几声'干爹'而外，什么好处也没有得着，可是钱真花得不少。"

赵二笑道："将来感情处得好了，她又常到宅里去，您有什么命令，她一定会孝敬您的。您性急哪儿成啦？"

刘经理道："我性急什么？"接着，哈哈一阵笑。

这些话在捧角家口里说出来很是平常，可是二和听了不免头发根根直竖，两眼向外冒火。以后说的是什么话却是听不到了。这样痴立着有十分钟上下，方才发觉到自己有事不曾办。于是把衣服牵扯了两下，凝神了一会儿，这就平和了颜色，先在门外叫了一声经理，然后掀着门帘子走了进去。

刘经理口衔雪茄，仰在写字椅子上，对了天花板望着，脸上不住地发出笑容来。二和隔了写字台远远地站着叫了一声经理。他似乎没有听到，还是向了天空由幻想里发出笑意来。二和料想他没有听到，把声音提高一点儿，接着又叫了两声。刘经理这才回转头来，向他笑着点了两点头道："我正有事要找你来谈谈，请坐下吧。"

刘经理一向是不大以部下来看待二和的，二和听着也就在他对面小椅子上坐着。刘经理将写字台上的一听烟卷向外推了一推道："抽烟。"

二和起身笑答："不会抽烟。"

刘经理道："你现在有了家室，开销自然是大得多，拿着公司里这几个钱怕是不够花的吧？"

二和笑道："人心是无足的。要说够花，挣多少钱也不会够花。好在我穷惯了，怎么着也不会放大了手来用，勉强勉强总让对付过去吧。"

刘经理笑了一笑，点点头道："你实在是个少年老成的人。但是我念起镇守使的好处，我不能不替你找一条出路。就算你愿意这样在公司里混下去，我干一天，你可以干一天；我要不干了，谁来替你保那个险？我早已就替你留下这个心，不过没有说出来。现在我得着一个机会，正要来找你商量商量。"

二和听了这话，有些愕然，呆了眼向刘经理望着，把来此请假的意思都丢到九霄云外去了。刘经理口里衔着雪茄烟，态度还是很从容的，拉开写字台中间抽屉取出一封没封口的信来放在桌子上。二和偷眼看时，上面写着"呈济南袁厅长勋启"，下面是印刷好的公司名称，另笔加了"刘拜"二字。刘经理指着信封上袁厅长三个字问道："你知道他是谁吗？"

二和道："不知道。"

刘经理道："他是我的老同事，当年在镇守使手下当军法处长。现时在山东当民政厅长，红得不得了。他上次到北京来，我们天天在一块儿应酬。提到了旧事，我说你在这里。他很愿见见，但有事一耽搁就忘记了。前几天我写信给他，请他替你想条出路，他回信来说，只要你去，决计给你想法。我想，你就到外县去弄个警佐当当，不比在公司里当个小伙计强吗？这是我替你回的信，你拿了这信到济南去见他。我和袁厅长是把兄弟，我写去的信虽不能说有十二分力量，至少也有十一分半。因为他不好意思驳回我的介绍的。我已经对会计股说了，支给你两个月的薪水，那么，川资够了。家用你放心，我每月派人送三十块钱给老太太。当然，不是永久这样津贴下去。等你事情发表了，按月能向家里汇钱，我就把津贴停止。还有一层你放心，若是袁厅长不给你事情，你回北京来，我还是照样调你到公司里来。你对于这件事还有什么考虑的吗？"他笑嘻嘻地说着这番话，脸上又表示很诚恳的样了。

二和听一句，心里跳动一下，觉得他的话仁至义尽，不能再存可驳的言语，因道："像经理这样面面俱到替我找出路，我还有什么可说的呢？无奈家母是个双目不明的人，只怕自我走后，要感到许多不便。"

刘经理笑道："孩子话！大丈夫四海为家，岂能为了儿女私情老在家里看守着，丢了出路也不去找？再说你已娶了家眷，伺候老母正可以交给她。济南到北京只是一天的火车路程，有事你尽可以回来。若是你调到外县去做事，当然是个独立机关，你更可以把老太太接了去。你要知道，这是千载一时的机会，千万不可错过。你若埋没了我这番好意，我也不能不对你惋惜了。"说着把脸面就板下来。

二和倒没有什么话说。很久很久，却汪汪地垂下两行眼泪来。他立刻低下头，在身上掏出手绢来，将眼泪擦摸着。刘经理虽然昂了头坐在沙发上抽雪茄，但是他的目光还不住地向二和身上打量着。现在见他流出眼泪来，颇为诧异，回转身来，两手扶了桌子沿，向他望着道："你怎么伤心起来了，这样舍不得老太太吗？"

二和擦着眼泪道："那倒不是。我觉得刘经理这样待我，就如自己的骨肉一样，实在让我感激不尽。我将来怎么报答你的恩惠呢？"

刘经理笑道："原来如此。我第一次见你们老太太的时候，我不就说了吗？是报当年镇守使待我那番恩惠。这样说起来，你是愿意到济南去的了？"

二和点点头道："难得经理和我这样想得面面俱到，我哪里还有不去之理！"

刘经理道："那么，你把这封信拿去，马上可以到会计股去领薪。从明日起，你不必到公司里来了。"说着，手里取着那封信直伸过来。二和垂下手去，两只拳头暗里紧紧捏着，眼对了那封信慢慢地站起身，且不接那信，眼泪又垂下来了。

第三十九回

谈往悟危机樽前忏悔
隔宵成剧变枕上推贤

　　丁二和这一副眼泪，在刘经理眼里看来自然是感激涕零了。但是二和伸手去接那封介绍信时，周身都跟了颤抖着，把信接过来以后，未免向刘经理瞪了一眼，立刻低了头下去。刘经理站起来笑道："我们后会有期。"说时，伸出手来向二和握着。

　　二和也来不及去看他的脸，也照样地伸出手来和他握着。当刘经理烫热的手握在自己手心里的时候，就恨不得将他由座位里面直拖出来。勉强放着手，说了一声"多谢经理"，这就扭转身来向外走去。仿佛自己是吃了什么兴奋剂，步子开得是特别大。一直走到公司大门外面，才回转头来向公司里凶狠狠地瞪眼望着，自言自语地道："总有一天，我可以看到你们灭亡！"说着气愤地向前走了去。

　　走了有两条街，自己突然站住了脚，失声道："怎么回事？他发给我两个月的薪水，我完全不要了吗？虽然不是劳力去换来的，反正他们公司里这种大企业剥削得人民很可以，分他几文用用有什么要紧！"于是回到公司里，在会计股把钱取到手，雇着车子坦然地坐着，一路唱了皮黄回家去。进到院子里以后，口里还在哼着。

　　二姑娘在屋子里迎了出来，笑问道："这早就回来了？今天在路上捡着钞票了吧？这样欢喜。"

　　二和笑道："你真会猜，一猜就猜着了。这不是钞票？"说着由怀里掏出来，一把捏住，高高举着。二姑娘看着倒有些愕然。

　　二和也不理会她，一直走到老太太屋子里去，高叫了一声妈，接着昂起头来，不住地哈哈大笑。丁老太正坐在屋子里念佛，心是很静的，听他笑声里不住地带着惨音，便仰了脸问道："什么事？又给谁闹了别扭了吧？你这孩子，脾气总不肯改。"

二和道："给谁闹别扭？人家向我头上找是非，我也没有法子躲了吧？"

丁老太道："谁向你找是非？我猜着了，又是你听清唱的时候，同捧角的人发生冲突了吧？"

二和道："那何至于？我要出门了。"说着又哈哈笑了一阵。

丁老太只管仰着脸，把话听得呆了，很久才点点头道："我知道，迟早你会走上一条路的。你在公司里辞过了职吗？"

二和道："用不着辞职，人家先动手了。"

丁老太道："那么是公司里把你辞了？本来你进公司去就是一件侥幸的事。现在人家把你歇了，这叫来也容易，去也容易，你也不必怎么放在心上。这个月剩下没有用了的钱，大概还可以支持十天半月的。我知道新娘子手边还很有几文，稍微拿出来补贴几文，我想一个月之内还不会饿饭。"

二和道："公司里没有辞我，而且还发了两个月的恩薪呢。只是刘经理给我写了一封荐信，好端端地要我到济南去找官做。"

丁老太道："这亦奇了。事先并没有听到他提过一个字呀。"

二和道："你怎么会知道？就是我本人在接到这信的前一秒钟，我也不知道。他给我的时候，就说已经吩咐了会计股给我预备下两个月的薪水，马上可以去拿。同时又叮嘱我说，自明天起不必再到公司去了。"

丁老太点着头，哦了一声。二和道："这两个月薪水，我本来打算不要，但是我若不要，那是白不要，我就拿回来了。这封介绍信，我恨不得立刻就撕碎了，可是转念一想，留着做一项纪念品也好。"

丁老太默然了很久问道："把你介绍给谁？"

二和道："是一个姓袁的，现时在山东当民政厅长。据姓刘的说，也是在我们老爷子手下做过事的。"

丁老太道："是袁木铎吧？是有这样一个人，他和刘经理是联手。他介绍你去，你跟着去就是了，也许他真有一番提拔你的意思。"

二和在矮凳上两手撑了腿，将眼望了地面上的砖块只管出神，许久才哼了一声道："他提拔我，那犯得上吗？你是个慈善的人，绝不猜人家有什么坏心眼。这是人家一条调虎离山之计，要把我轰出北京去。"

丁老太道："那不至于吧？因为你已经够受委屈的了。你在北京也好，你离开北京也好，碍不着姓刘的什么事，他又何必要把你轰出北京去呢？"

343

二和道："你有什么不知道的，有钱的人专门就爱糟蹋女人取乐儿。你说的话，是指着他糟蹋第一个女人说的。他现在又要糟蹋第二个女人，大概嫌着我碍事，要把我轰起跑。其实我握在人家手掌心里，又能碍着人家什么事呢？"

丁老太道："第二个女人吗？"说时微微地摇着头，继续着道，"不会，不会。哪有第二个女人？干你什么事？"

二和淡笑道："当然你猜不着，就是我也想不到会在这个女人身上出了问题。月容不是在卖清唱吗？他又看上了。大概知道月容和我以往的关系，觉着老为了女人和我过不去是不大好的事，所以给我一块肥肉吃，让我走开。我不吃这肥肉，我得瞧瞧这究竟！这小子倚恃他有几个臭钱，无恶不作。有一天，他别犯在我手上，犯在了我手上，哼！我要讨饭，拿着棍子走远些，也不能受他这种冤枉气。"说着在怀里掏出那封介绍信来，哧哧几声撕成了几十片。

丁老太听到这哧哧之声，随了站起身来，把手拖住了他的手，问道："你这是怎么了？撕什么东西？"

二和道："你拦着也来不及了，我撕得粉碎了。"

丁老太道："你这孩子，还没有穷怕？大把地撕钞票，让人家知道了，说我们……"

二和把那卷钞票塞到了丁老太手上，因道："我也犯不上和钞票生气，你收着。我是撕了那封信，自己绝了离开北京的念头。你坐着，你坐着。"说着，两手扶了老娘，让她慢慢地在椅子上坐下。

丁老太点点头道："你这倒是对的。我们也不是那样太无骨气的人，一回两回地只管让人支使着。月容这孩子怎么会和他认识了呢？再说，她已经和你见了面了，也该到我们这儿来瞧瞧。不上这儿，倒和姓刘的认识了呢！"

二和道："你想，一个卖艺的人，又是女孩子，而且还到了日暮途穷，像刘经理这样坐着汽车到处花钱的人，她还有什么不肯将就的？"

丁老太道："那也不见得她就肯随便跟上姓刘的。"

二和道："她随便不随便我不知道。不过前两天她同姓刘的坐着汽车到公司里来，姓刘的下了车，汽车再送她走。看那样子，还不是随便的交情呢。"

丁老太听说，还没有答言，却听到房门外面轰咚一声响。丁老太道：

"什么东西摔了？"

田二姑娘在门外答道："没有什么，我碰到一下门。"说着这话，她也随着进来了。

二和对她看了一眼，也没作声。二姑娘一低头，见满地撒着碎纸片儿，便笑问道："我们二爷也是个新人物儿，不爱惜字纸。"

二和微笑道："我刚才和老太太说的话，你没有听到吗？"

二姑娘道："我没有留心，大概也听到几句。"

二和笑道："就是我们这位有仁有义的刘经理要我到济南去的介绍信。你想，我纵然十分没有出息，能够这样随便听人调度吗？"

二姑娘早是红着脸站在一边，手扶了桌子犄角，把头低下去。但一低头，又看到自己的腹部隆然拱起，更是加上了心里一层不安。但又不便完全含糊不理，因之用了低微的声音答道："公司里的事，你是小心谨慎地干着，这又要把你调走，真是……"

二和突然站起来，两手同摇着道："什么话也不用提。明天我已经不到公司去了，今晚上也不必睡得那样早，我想出去听一晚戏，把晚饭弄早一点儿吧。"

丁老太道："你这孩子，还要去听戏？"

二和沉着脸道："我怎么样不知趣，也不能够去听月容的戏，听说她就在这两天要上台，但今天晚上还不是她上台的日子。她上台的时候，我们这位刘经理预备了包两百个散座、八个包厢。这样子的捧法子是有声有色。我们花三毛钱坐两廊的人，她会睬我吗？"

丁老太道："今天你只管发脾气，出去恐怕要惹乱子，我在家里坐着不放心。"

二和笑道："你有什么不放心，难道……咦，你怎么流起眼泪来了？"说着向身旁站的二姑娘道："掉过脸来望着。"

二姑娘在怀里掏出手绢来，连连擦了两下眼睛，又强笑起来道："我哭什么呢？我怨你不带我出去听戏吗？"

二和道："那为什么呢？总有一个原因。"说这话时，向她嘻嘻地笑着。

二姑娘叹了一下无声的气，因道："这年头，真是人心大变。"就只说了这四个字，以下就没有什么话了。站在桌子边，两手环抱在胸前，只是把一只脚在地面上缓缓地点动着，很久很久地发着愣。

二和笑道："这是一句戏词儿呀，怎么在上面又另外加着'真是'两个字？你在哪一点上见得人心大变呢？"

二姑娘道："我也不过是听了你的话发一点儿感慨，我又何必在这里面多事？"她说完了这话，连丁老太都微偏了头想了一想，感到她的话有些文不对题。

二和又在小凳子上坐下了，手扶了两条大腿，将右脚不住地在地面上打着拍子，然后点点头道："好吧，我也不去听戏了，让老妈子去给打四两白干来喝吧。喝了就睡觉，大概不会出什么乱子。妈，这一点儿要求你总可以答应吧？"

丁老太道："那么你就只喝四两，别多喝。"

二和站起来，拍着二姑娘的肩膀，笑道："喂，给我们弄点儿下酒的去。"

二姑娘笑道："多打二两酒，我也喝二两，成不成？"

二和道："怎么着，你心里也憋得难受？要喝二两去烦恼吗？"

二姑娘笑道："我有什么烦恼？有道是一人不吃酒，二人不打牌，陪你喝上两杯。"

二和点点头道："好的，你就陪我喝上两杯。"

二姑娘道："我给你做菜去，你别出门了。"说着，她真走了。

丁老太道："她有孕的人，你要她陪你喝酒做什么？"

二和笑道："也许她心里比我还难受，让她喝一点儿吧。"

丁老太低声道："这孩子总算知错的，怎好让她胡乱吃酒？仔细妨碍着大人。"

二和笑道："二两酒也不至于出什么毛病，她要喝就让她喝吧。"丁老太听到他的话是这样坚决地主张，不愿多谈，只轻轻地叹了一口气。

二和站起来伸了一个懒腰，又站着向母亲凝视了一会儿，因笑道："你放心，反正我不能惹下什么乱子来的。"

丁老太道："我倒不是怕你喝酒，只是你这样心里发躁，让人听着怪不舒服的。"

二和嘻嘻笑道："好，好，从此刻起，我不说什么。大不了凑合几个钱闹一辆车子，还做我的老行当去。"说了这话，又同丁老太说了二三十分钟闲话，方才走回自己屋子里去。却见大的碗、小的盘子都在桌上摆着，二姑娘手提了一把小酒壶笑嘻嘻地跟了进来。

二和道："这不像话，怎么摆好了酒菜在屋子里吃喝？不要老娘了吗？"

二姑娘将摆在桌子横头的空酒杯子先斟上了一杯，随着笑道："老太太的三餐饭全得你留神，那我也太不知道做儿媳的规矩了。在你没有回来的时候，我就做了一碗汤面吃过了。现在老太太听到说你没有了事，心里就会横搁上一块石头，除了饭吃不下，恐怕有好几宿不能睡觉呢。咱们从前做街坊的时候，你不在家，我们姑嫂俩常陪着老太太聊天，就知道你有了什么事，她总是整宿不睡的。今晚上又该不睡了。"

二和道："你说这话，我心里头大为感动。凭你以前照顾我瞎子老娘这一点说起来，我就该报你的恩。于今，我这老娘还得望你多照应。"说着，脸色沉郁着，眼圈儿一红。

二姑娘走上前一步，拉着他的手，让他在桌子边坐下，将两手轻轻地按住他的肩膀，又拍了几拍，轻轻地道："二哥，你喝吧。我满心里只有对不住你的一个念头，你干吗说这些话？说了是更加让我心里难受。"她说着，也就在对面椅子上坐下，端起杯子来向二和举了一举，因微笑道，"喝吧，别把公司里的事放在心上。咱们好好地干，还不至于没有饭吃。"

二和道："你怎么想起来了要喝酒？"

二姑娘低垂了眼皮，将手抚摩着比齐了放在桌面上的筷子，因道："我是非常之对不起你。"

二和皱了眉道："这句话你总说过千百次了，你常是这样说着，又有什么用？"

二姑娘道："我并不是怕你算什么旧账，无奈我做事越来越错。这……一……次，又是我错了。"

二和正端起一杯酒来待要喝下，听了这句话不免愣住了。只是将一杯酒要举不举的，向她望着道："你这什么意思？"

二姑娘道："是我听到你说月容又出台来了，我怕你又去追她，把我扔下，我给老刘打了个电话，请他别让你误了公事去听戏。"

二和道："那么，是你要他到戏馆子里去逮我？"

二姑娘点点头，眼皮垂下，没有向他看过来。二和笑道："我老早知道了，要不他怎么知道我私人的行为？我没追上月容，老刘倒追上月容了。这让你心里更难过吧？"

二姑娘红了脸道："你这是什么话！我的意思是他怕你捣乱，把你调走，你离开了公司，又没有事，他又不保险，那简直就是借题目，把……"

二和放下酒杯用力在桌上按一按，表示他意思的沉着。不等她说完，连连摇了两下手道："不对，不对。他一定会让济南的袁厅长给我找一件事的。最好是这件事可以打动我的心，简直一去不回来。那么，把你再送到山东去，他轻了累，可以专心来玩月容了。"

二姑娘听了这话，脸上只管红着，将右手按住的酒壶斟了一杯酒喝着，还不肯放手，又斟一杯酒喝下。直待斟过第三杯时，二和将筷子夹了一块红烧牛肉送到嘴边，却突然把筷子啪的一响放下，伸手过来将杯子按住，问道："这是白干，你干吗这个样子喝？"

二姑娘望了他眼泪水要滴下来，颤着声音道："我害怕。"

二和索性起身过来，握住她的手道："你心里头还有什么痛苦吗？不必害怕，只管说出来。我能同你分忧解愁的，一定同你分忧解愁；若是不能，你说出来了，比闷在心里头憋着那要好得多。"

二姑娘不敢抬起头来，缓缓地道："我连喝几杯酒，就是壮我的胆子，要把话告诉你。他以先对我说过，叫我忍耐着，暂受一些时候的委屈，将来总有一天可以抬头的。在我受着委屈的日子，只要他不死，每月暗下里津贴我五十块钱。就是一层，千万别把我肚子里这件事给说破了。我贪着这每月的五十块钱，我……"

二和也觉酒气上涌，耳朵根都红了，摇撼着她的手道："你怎么样呢？你！"

二姑娘摇摇头道："你不用问，反正他是个坏人。我以前错了，不该再错，贪图的这五十块钱，绝靠不住的。因为我们结婚的时候，他明明白白说了，保证你公司里这只饭碗绝不会打破。现在明许的也推倒了，暗许的还靠得住吗？我恨极了他！总是骗人！"说着，咬了牙齿，将手捏了个拳头在桌上捶着，接着道，"我本来就觉得你这人很忠厚，待你就不错；嫁了你，我就更当为你。现在好好儿地把你事情丢了，我实在对不起你。我们全上了人家的当，以后这日子又要……"她忽然反握了二和的手道："我不要紧，可以吃苦，你也是个能吃苦的人。就是老太太刚舒服了几天，又叫她吃了上顿愁下顿，真不过意。不过咱们拼着命干，你找个小生意做，我做点儿活帮贴着，也许不至于穷到以前那样。"

二和先呆了一呆，然后回到原来的座位上去，哈哈笑道："我说你为什么这样起急？也为的是受了刘经理的骗。哈哈，这叫一条被不盖两样的人，哈哈！"说毕，一伸手把酒壶隔桌面拿了过去，先满上一杯，右手捏着壶且不放下，用手端着杯向口里一倒，然后放下杯子，交手一拍桌子道："好小子，你要玩女人，又怕招是非。是非移到别人头上去了，你又要讨便宜！我爸爸是个小军阀，还有三分牛性遗传给我。我没法子对付你，我宰了你！豁出去拼了这小八字，替社会上除了这个祸害。"

二姑娘回头看了看外面，正色道："酒还没有喝醉呢，可别说这样招是非的话。"

二和又斟了一杯酒端在嘴唇边，唧的一声把酒吸到嘴里去，红着眼睛望了桌子角上那盏煤油灯，淡笑了一笑。

二姑娘对他看了一看，问道："平常你也有三四两的量，怎么今天一喝就醉？"

二和带着酒壶摇撼了几下，笑道："我说，田家二姑娘，你可别想不穿，在酒里放下了毒药。"

二姑娘道："别胡说，老太太知道了，又说我们没志气。"

二和摆摆头道："志气，哼，这话是很难说的。"交代了这句，他已不肯多说了，只管喝酒吃菜。直斟到有十杯酒上下，二和两手扶着桌沿站了起来，晃荡着身体望了二姑娘道："我要四两，你又加了二两，共是六两酒，咱们喝了这样久。"

二姑娘笑道："管他多少，够喝就行了。给你盛碗饭吧？"

二和摇着头道："醉了，不吃了，我要去睡觉了。"口里说着，手扶了桌椅就走到床边去，身子向床上一倒，就什么全不知道了。

一觉醒来，看到窗户纸上已是成了白色。再看看床上，被褥既没有展开，也不见二姑娘，便道："咦，怎么着，人没有了？"

猛然坐了起来，头还有些昏沉沉的，于是手扶了床栏杆缓缓站了起来，向屋子周围看了一看，昂着头就向门外叫道："妈，二姑娘在你屋子里吗？"

丁老太道："没有呀，起来得这样早？大冷天的。"

二和道："昨晚上我喝醉了，她没在床上睡。"说着这话，已到了老太太房门口。

家里的老妈子可就在厢房里插嘴了。她道："二奶奶昨晚上九点钟就出去了，她让我关街门的。说是二点以前准回来的，没想到一宿没回来。"

丁老太还是在床上睡的，这就一翻身坐了起来，问道："二和，你昨天喝醉了酒，说她一些什么了？"

二和倒站在屋子里发愣。很迟疑了一会子，因道："我并没有醉，更没有说她什么。"

丁老太道："那她为什么连夜就跑走了？"

二和道："实是奇怪。我的事用不着她这样着急。"

丁老太道："你听门口汽车响，是什么人把她送回来了吧？"

二和也觉得有汽车在门口停止的声音，这也透着很奇怪，便直奔外院。打开大门来，挺立在面前的却是公司里赵二。虽然脸上先放下笑容来，可是两个眼睛眶子陷落下去，面皮上没有血色，灰沉沉的，显然是熬了夜。

他先道："你早起来了？没出门？"

二和才点头道："赵二爷，早啊。天刚亮，哪里就出去了？这早光降，一定有什么事指教，请里面坐。"

赵二道："不必了，我还要走，就在这里告诉你吧。嫂夫人昨晚没回来吗？"

二和对他周身上下很快地看了一眼，因道："二爷知道她在哪里吗？"

赵二伸手握着二和的手，低声软气地道："就为这事来的了。昨天晚上，我们一群人又在东兴楼请月容吃饭。八点来钟，还没有散席呢，二嫂子不知道在哪里访着了，也突然地跑了去。"

二和愕然道："是吗？我喝了两盅晚酒，老早地睡了，她出去我也不知道。你们在东兴楼吃饭，她怎么会知道呢？"

赵二道："借个电话向刘宅门房一问，有什么打听不出来的？这且不管了，她这件事透着孟浪一点儿。"

二和伸起手来连搔了几下头发，皱了眉道："实在的，她跑去干什么？"

赵二道："她去倒没有别的事。她因经理把你介绍到济南去，以为是你的事情辞掉了，特意去找经理说话。她那意思，以为你们的婚姻也是经理主持成功的，现在婚期不到三个月，丈夫没有了职业，好像扶起来是刘经理，推倒也是刘经理，这话有点儿说不过去。可是刘经理就不这样想了，以为嫂夫人这样去找他，很碍着他的面子。把嫂夫人由屋子里推出来，嫂夫人向后退，忘了跨门限……"

二和道："摔了？动了胎了？"向赵二脸上望着，接连地问这样两句话。

赵二拱拱拳头，赔着笑道："现时在医院里，昨晚就小产了，大概大人不碍事。"

二和红了脸，重声道："为什么昨晚上不来告诉我？"

赵二道："嫂夫人不许我们来报告，那也没有法子。"

二和极力地抿了嘴唇，鼻子里哼了一声道："随便推一下就动了胎了？

我还有点儿不相信。内人到东兴楼的时候，月容在那里吗？"

赵二道："嫂嫂脾气急一点儿，不该见面就给月容一个难堪。她说：'你巴结刘经理，丁二和也管不着你，你为什么要把他的饭碗打破？漫说你们不过是过去有交情，就是现在有了交情，一个女戏子，同时有两三个老头的也多得很，你何必把他当了眼中钉？'月容到底年轻，让她一顿说着，坐在桌子边脸色灰白，一句也说不出来。你想，老刘这个人可搁得住这样的事？便喝了一声说：'你是什么好东西？'嫂嫂也厉害，她当着满桌子人说：'各位，你们知道姓刘的是什么人？让我来宣布他的历史……'我们瞧事不好，赶快劝走她，不想拉拉扯扯就闪了胎了。总算刘经理不计较，立刻把自己的汽车送嫂嫂到医院里去了。"

二和陪着他站在门洞子里，很久很久没有说话，将手抚着头，横了眼对门外路上看着。赵二以为他注意这部汽车，便拱拱手笑道："我们就坐这车子到医院那里去。假使嫂嫂病好了，那自是千好万好……"

二和猛然地抓住他的手道："什么！另外还有什么危险？"

赵二苦笑道："小产自然是让大人不怎么舒服的事。闲话不用说了，我们先去看她要紧。"二和见老妈子在院子里，叮嘱她不必惊动老太，便和赵二坐上了汽车。

二十分钟，二和已经站在一间病房的门口。那个穿白衣服的女看护手上托着一木盘子绷布药瓶出来，反手轻轻地将门带上，向二和轻轻地道："请你进去吧。"

二和推门进去时，见屋子里只有一张病床，枕头垫得高高的，二姑娘半躺半坐着，将白色棉被拥盖了全身，堆了全枕头的枯焦头发，面色让白被白枕一衬托，像黄蜡塑的脸子，两只眼睛陷下去两个大窟窿。看到二和进来，她将头微微点了一下，嘴角一牵，露出两排雪白的长牙，透着一种凄惨的样子。

二和走近床边，只问了"怎么样"一句话，二姑娘两行眼泪已是由脸上顺流下来。二和向前一步，弯腰握住她的手，轻轻地道："胎已经下来了？"

二姑娘点点头道："进医院不到一点钟就下来了。"

二和道："这样也好，替你身上轻了一层累。"

二姑娘又露着白牙一笑，接着道："但是……"说着，合了一下眼睛，接着道，"但是我人不行了。"

二和道："现在血止了没有？"

二姑娘道："昨夜昏过去三次，现在清醒多了。"她将极低的声音缓缓地说着，将手握住了二和的手，先望着他，然后慢慢地闭上眼睛道，"我自己说我自己，那是很对的。事情越做越错……"

二和道："这些事全不必提了，你好好地养病。"

二姑娘闭着眼睛总有五分钟，好在她的手还在二和手上握着的，二和也就让她去养神。二姑娘复睁开眼来，声音更透着微弱了，向二和脸上注视着道："我要是过去了，你就把月容娶过来吧，她为人比我贤良得多。我以往恨她也是无味，她根本就不知道咱们的事。"

二和见她说完了话有些喘气，就轻轻地拍着她的肩膀道："你不要难受，先休息两天，把身体休养好了再说。"

二姑娘微微地一笑，又闭上了眼，然后扯扯二和的衣袖道："我到医院里来以后，我的亲人还只有你一个人知道。你能不能到我家里去一趟，给我兄嫂报一个信儿，我只是想和亲人见一面。"

二和托着她的手，轻轻拍着她的手背道："好，你静静躺一会儿吧，我立刻就去。"二姑娘听着，就点了两点头。

二和等她合上眼睛就掉转身体出去。到了房门口的时候，也曾掉转身来回头向床上看着，恰是二姑娘睁开眼来，向房门口看着，她就把靠在枕头上的头微微地点了两点。二和复走回来站到床头边，将手轻轻摸着她的头笑道："不要紧的，你安心养病。"

二姑娘又微微地做了一个惨笑，由被里缓缓伸出手来握着他的手道："我昨晚上太性急了一点儿，不怪月容。她要做你的女人，一定比我贤良得多。你不要忘了我刚才的话，这样一个好人，别让她落在姓刘的手上糟蹋了。"

二和道："你不要胡思乱想，我去找你哥嫂来。"二姑娘松了手，点点头，先对二和注视一番，缓缓闭上了眼睛。

二和在这个时候，将过去的一些心头疙瘩已是完全丢个干净。站在床面上望着她出了一会儿神，放轻脚步走出病房，心里可在想着，假使她真有个不幸，那是太委屈了。而这两个月来，自己给她受的委屈也不少。这样懊悔着，缓缓地蹐出了医院。见对面人家屋脊上受东起的太阳斜照着，抹上一片殷红的阳光。瓦缝里藏着积雪，晨风由屋头上向地面压下来，将那碎雪夹着灰尘一齐向人身上扑着，让人先打了个寒战。觉得目前的现象，是真带有凄惨的意味。但心里想着这是心理作用，哪一个冬天的早上不是这样子呢？这样一解释，也就坦然地向田老大家里报信去。

冬天日短，太阳是很快地由人家屋脊向地面走来。在太阳光洒遍满地的时候，医院大门口已是停着一大片人力车。看病的人纷纷向着医院里进去。虽不见得什么人脸上带了笑容，但也不见得有泪容。就是医院里出来的人，脸上也很和平镇定，不像医院里出了什么问题。这把坐在车上一路揣想着二姑娘更要陷入危险境地的幻想慢慢加以纠正。下了车子走进医院门，田大嫂是特别地性急，已经三步两步地抢着走了进去。田老大恐怕她不懂医院里规矩，会闹出什么笑话，自也紧紧地跟着。当二和走到病房门口时，他夫妇俩已进去了。

医院里规矩是不准两人以上到病房里去的，只好站在门外等着。这样还不到五分钟，听到窸窸窣窣的声音，门开了，田老大挽着他媳妇一只胳膊出来。只见田大嫂两眼泪水像抛沙一般在脸上挂着，张了大嘴，哽咽着只管抖颤，弯了腰已是抬不起来。田老大脸上惨白，眼角上挂着泪珠。

二和看到，一阵昏晕，几乎倒了下去，翻了眼望着他们问道："人……怎么了？"

田老大摇摇头，低声道："过去了。"

二和听了这话，两脚一跺，且不进病房，转身就向外跑，叫道："我和姓刘的拼了！"在他这句话说完以后，连在一旁的看护们也都有些发呆呢。

第四十回

一恸病衰亲惨难拒贿
片言惊过客愤极回车

田老大对于自己家里的事，说明白却糊涂，说糊涂多少又明白一点儿。今天妹妹被刘经理推动得小产了，便也有一种说不出来的苦闷。这时妹妹死了，也就顾不得自己的职业，心里计划着要和姓刘的算账。二和一声大喊，跳起来要和姓刘的拼命，引起了他的共鸣，也跳着脚道："是要同姓刘的他妈的拼了！"二和本来就是满腔怒火不能忍耐，经田老大这样鼓励一句，立刻扭转身子就向医院大门外走。

田大嫂虽然是在呜咽着，还不曾昏迷。看到二和向门外走，立刻也跳了起来，向前伸手一把将二和衣服抓住，连连叫道："老二，你这是怎么了！二妹躺在床上，你先得去看看。这是医院，人还不能久搁，应当怎么把她收殓，你要先拿个主意。姓刘的也跑不了，慢慢地和他算账不迟。"

虽然只有几句话，说出来很是中肯，二和就站住了，向她问道："过去了，什么时候过去的呢？我很后悔，不该离开她。"

大嫂道："据看护说，过去有二十分钟了。"二和听着，两眼也流下泪来，转身向病房里走去。

田大嫂向田老大道："这事情还真是扎手呢。老二手边没多少钱，这一笔善后的款项马上就该想法子，怎么着也要对付个百多块钱才好。"

田老大道："哪里有呢？时间太急了，就是和人家去借，也要个一两天的商量。"

田大嫂道："等老二出来再说。"

夫妇抹着眼泪在过道里凳子上坐着等候。二和没有从病房里出来，蒋五已是由外面匆匆地走进来。看到田老大便站住脚向他道："什么！令妹不

354

在了？"

田老大因他是公司里的一个高级职员，只好带着眼泪站了起来，向他拱拱手道："真是件大大不幸的事。五爷怎么知道了？"

蒋五道："我接着经理电话叫我来的。大概经理是得着医院的报告。丁二爷呢？"

田老大道："他在病房里哭去了。"

蒋五两手抄着大衣领子将衣襟紧了一紧，因皱了眉道："这不是光哭的事啊！人是不能久放在医院里的，得赶快收殓起来。"

田老大道："谁不是这样说呢？可是这急忙之中，哪里去筹这么一笔款子呢？"

蒋五道："这些事情你们全不必挂心。我既然来了，自然会担起这重责任。"

田老大脸色一正，向蒋五道："五爷，这可不是开玩笑的事。"说时，将袖口子擦着眼睛。

蒋五也正着颜色道："你们现在是什么情绪？我是铁打的心，在这个时候给你开玩笑？"

田大嫂立刻抢着迎上前来插嘴道："是的，蒋五爷巴巴地起大早跑了来，当然有事，绝不是跟我们开玩笑。"

蒋五爷道："我蒋五也不敢夸下那种海口，说是同事家里有什么事情，我姓蒋的就能拔腰包帮忙。这里有二百块钱，是刘经理让我带来的，请你交给丁二和。"说时，就在衣服袋里掏出两叠钞票来，向田老大递过去。

田老大真想不到有一个急处，便有一个妙处。有了这二百元，料理二姑娘的丧事尽有富余。伸了手便要把钞票接过去，突然地身后有人喊了一声："慢着！"田老大回头看时，二和红着双眼，推开病房的门，走了出来。田老大见他来势很凶，只好把手缩了回来，向他望着。

二和抢上前两步，伸手把蒋五那只拿钞票的手拦了回去，瞪了眼道："蒋先生，你别瞧我途现在失了业，人穷志不穷，我家里死了人，还不至于到外面去花钱买棺材。"

蒋五红了脸道："丁老二，你这是什么话？拿着两百洋钱挺身出来和人帮忙，难道还有什么恶意吗？"

二和在衣袋掏出手绢来擦了擦两只眼睛，脸色跟着平和了一点儿，因道："对不起，我心里很乱，话说得急一点儿。这钱若是蒋五爷的呢，你

355

这样的好意没的别的说的，我给你磕头，把款子收下来。可是，你这款子是姓刘的造孽钱！为了钱，我才让他收拾到这种境地，我为什么还要他的钱！这是医院里，有些话我不便说，可是我说不说你也应当明白，我……我……我是太穷了，又有个瞎子老娘，只好遇事让步。"

他带了凄惨的声音来说着，蒋五手里托着钞票慢慢地收了回去，望了二和道："我这一次来，没有什么坏意吧？"

田老大抱着拳头连拱两下道："五爷，你别见怪。二和是遭了这件不如意的事，心里头很乱，说话有些失分寸。"

蒋五道："他既然不是对我发脾气，我也就不怪他。不过这笔款子我不便胡乱带回去，我得先打一个电话给刘经理，征求他的同意。电话在哪里？田大哥，请你引我去。"田老大倒认为他是真不能做主，就引着他打电话去了。

二和站在过道里，两手叉了腰，倒是向了田大嫂发呆。田大嫂道："现在并不是发愣的事，这后事你打算怎么办？应该拿出一点儿主意来才好。"

二和道："主意？有什么主意呢？有钱就有主意。我也想了，家里还有六七十块钱，我猜想着令妹箱子里总也有几十块钱，凑合着可以把人抬出医院去吧。"

田大嫂道："她箱子里有钱没有钱我不敢说。就是有，一齐花了，这日子怎么过？你可没有职业了。妹子一死，就是田老大这一碗饭恐怕也有些靠不住。"

二和听到，只觉心头连跳了几下，昂起头来向天上叹了一口气。田大嫂道："你们都是这种别扭劲，也不能尽怨别人。"二和脸上带着泪痕倒是冷笑了一声。

田大嫂看到他这种样子，也没的话说，只是坐在夹道的长椅上发呆。偶然一回头，却看到女看护挽着丁老太走进来，不由得失声叫了一句啊呀。二和也看到了，立刻赶上前去将丁老太挽着，因问道："妈，你怎么来了？"

丁老太颤巍巍地走着，颤着声音问道："人躺在什么地方？让我摸摸她。不是公司派人告诉我，我还不知道。"

二和道："过去很久了，你摸她干什么？"

丁老太抖颤得握不住二和的手，微摇着头道："在昨天，我就知道这孩子有些反常。好好儿的喝什么酒？现在果然是丢了这条命了。才二十一岁的人，后来日子长着呢。"

田大嫂叫了一声老太，也走过来，挽她一只手臂，又哟了一声道："你为什么赶了来呢？我的老娘！瞧你这样哆嗦着，可……可……可不大好。"

丁老太道："不管，不管。我得摸摸这个人。这孩子待我不错呀。就这样委委屈屈的一辈子，什么也没得着就去了。"她说到这里，哽咽着已不能发出声音。

田大嫂道："老太，你别进病房去了。医院里也不许人放开嗓子来哭。"

丁老太垂着泪，只管摇着头道："我不哭，我不哭。"

二和道："大嫂，随她老人家进去摸摸吧。她要是白来一趟，她心里憋得难受，她更会哭的。"

田大嫂道："那么，我挽着老太进去吧，你进去了，又得伤心一场。"

二和有气无力地点点头道："那也好。"于是二和在长凳上坐着，田大嫂挽着丁老太进去了。二和听到门里面似乎有窸窣之音，心里自也透着难过，只是抬起袖子不住地揉擦眼睛。

悲惨的时候那也很容易过去。不知经过了多久，田大嫂开了门抢着出来，见有一位女看护经过，就一把抓住道："小姐，小姐，快去请一位大夫来！"

女看护站住了，向她翻着眼道："人死了两三个钟头了，你不知道吗？"

田大嫂道："不是，不是！有一位老太太在屋子里晕过去了。"

二和来不及听她详细地说下去，跳了起来，就向病室里撞了去，只见床上的二姑娘是由白被单里伸出一只手来，丁老太却手搭了床沿坐在地上。虽是背靠了床脚没有躺下，而头是向前垂着，已经与胸脯相接了。二和抢上前两手抱着老太，嘴对了她耳朵连连叫了两声妈，她哼也不哼一声。

田大嫂也抢着进来了，因道："二和，你可别胡动手。老太太晕过去一会子就好的，先让女看护进来瞧瞧，搬到别个屋子里去请大夫瞧瞧。"

二和坐在地上就双手拥抱了丁老太坐着，一会儿工夫，女看护进来了，因道："这样大年纪的人，让她坐在地面上，那是不大好。你们赶快去挂一个急号，请大夫来看。我就去找夫子来，用病床来把她带去。"

二和伸手摸了一摸衣袋问道："挂急号多少钱？"

女看护还没有答话，门缝里田老大伸进一个头来，插嘴道："不要紧，我这里预备着钱了，我去替你挂号。"

二和也来不及详细地问，只说了一句劳驾。看护也是看到老太太病势来得凶猛，便也很快地找着工人推了病床来，将老太太送到急诊室里去。二和不敢放心，紧紧地在后面跟着。医生将老太太周身诊察过了一遍，见二和垂了两手悄悄地站在身后，便道："这老太太是你令堂吗？"

二和道："大夫，病症很严重吗？"

医生将听筒插到袋里，两手也随着放在白罩衣的袋里，对了病床上的丁老太注视了一下，微微摇着头道："相当严重，要住院。"

二和道："怎么陡然得了这样重的病？"

大夫道："刚才不过受了刺激。但她心脏很衰弱，上了年岁，不好好地看护着，那是很危险的。"

二和也来不及加以考虑，猛可地答道："当然住院。"

医生就在屋旁桌上开了一张字条交给女看护，向三等病室里去要床铺，一面在丁老太身上打针。二和听见丁老太又轻轻哼了一声，觉得有些转好的希望，心里比较地安慰一点儿。可是那女看护来答复，却是三等病室里没有床铺，二等病室里也只有一张床铺。大夫回转头来，向二和周身上下打量了一番，因问道："令堂的病，最好是住院，而且现在也移动不得。这二等病室……"他说话时取下他鼻子上架的宽边眼镜，在裤子袋里取出一条白绸手绢来，将眼镜缓缓地擦着。

二和道："就住二等室吧。大概要先交多少钱才可以住院？"

大夫戴上眼镜，望了他身上道："这个你向交费处接洽。"说毕他出诊室去了。

二和跟了出来，田老大和蒋五都站在门外等着。田老大道："老太要住院吧？"

二和皱了眉道："一波未平，一波又起，这叫我怎么办？大概还是非住院不可。老太心脏衰弱，动都不能动了。"

田老大道："那不要紧，我已经给你预备下钱了。二等病室是五块钱一天，须缴十天，是五十元，再加上预缴二十块钱的医药手术费，共要缴七十块钱。"

二和向他看看，回转头来又向蒋五看看，犹豫着问道："莫非还是你那二百块钱？"

田老大伸着两手乱摇了几下道："你不用过虑。这笔款子是我由五爷手上借来的，将来由我归还五爷就是了。你算在我手上借去的钱，那还不行吗？"

二和将两手环抱在胸前，皱着眉对了地面上望着，点点头道："既然如此，请你挪过来先用几天，往后我再想办法奉还。"

田老大道："我二妹虽然死了，我们亲戚总是亲戚，谈什么还不还的话！我们先把老太太安顿好了再说。"

二和眼望了地面，很久很久才叹了一口气。

蒋五向田老大道："你还迟疑些什么？还有一个要等着收殓的呢。"

这句话又提起了二和的伤心。见身边放了一张长椅子，一歪身坐在上面，手拐撑了椅子靠，将手扶了头，又只管垂下泪来。他在这伤心，田老大把缴费的手续完全办完了，把收款股的收条交给了二和，因道："哭着就算能了事吗？还得打起精神来做事呢。"

二和跳起来答道："是的，我还要办事呢。"

于是先将丁老太送进了二等病房，再回转身来和二姑娘料理身后。人不知道饿，也不知道渴，除了哭，就是忙着拿钱买东西。等着把二姑娘收殓入棺，由医院后门送到城外一所庙里停放，已是下午三点钟。人实在是支持不住，就在禅堂里借了和尚一张木榻睡着。

等到醒过来了，在桌上已经点一盏煤油灯了。和尚含笑走进屋子来向他道："丁先生，醒过来了？那位田先生说，请你不必回去，就在小庙里安歇。"

二和道："那为什么？"

和尚道："田先生说，怕你回去看到空屋子会伤心的。"

二和坐在木床上出了一会儿神，点点头道："那也好，但不知现在几点钟了？"

和尚道："时候倒是还早，丁先生可以在我们这里喝点儿茶，吃点儿素面。田先生说，他七八点钟会来一趟的。"

二和看那和尚瘦长的脸，眉毛峰上簇拥出几根长毛，穿件布衣僧袍，干干净净的，却也不见得怎样讨厌，便依了他的话，和老和尚闲谈了一会儿。老和尚也陪着用过了茶、面。还不到九点钟，庙门外一阵狗叫，随着在寂寞的大院子里发生着脚步响，隔了窗户就听到田老大问道："二和醒过来了吗？"

二和道："我听着你的话，没有回家去呢。"

田老大倒跑得满头是汗。走进屋子来，就把头上罩的一顶线帽子摘下，不曾坐下，脸上先带着三分高兴的样子，因道："你放心吧，所用的二百多块钱，都有了着落，不必还了。"

二和也站起来，抓住他的手道："听你这话，可是姓刘的送来一笔款子了？但这笔款子我断断乎不能要！"

田老大按住他的手，让他依然在床上坐下，因道："既是你说明了不用这种钱的，我岂能那样傻，非接收他的钱不可？姓刘的也许是天良发现了，他说他并不求你的谅解，这一笔钱愿同你做一桩买卖。请你随便在家里挑一样比较值钱些的东西给他做抵，就算你用东西变卖来的钱，这当然不算得姓刘的好处。"

二和道："你还不知道吗？我家有什么值钱的东西呢？"

田老大道："不是说比较值钱的东西吗？你看着桌子值钱，你就把桌子给他，你看着椅子值钱，你就把椅子给他。好不好呢？"

二和还是抱了两只手在胸前，低头望着地面，又摇了两摇头道："我怕姓刘的这家伙又在玩什么手段。"

田老大道："这是没有别人在这里听到，要不然，你倒成了个小孩子。人家拿二三百块钱随便买你一项破烂东西，他有什么手段？"

二和道："我也正因为他这件事做得有些奇怪，想不出他另有什么作用。"

田老大道："有什么作用呢？你不是他公司里的人了，他用什么手段时你可以不睬他。"

二和道："哼，我也不怕他用什么手段！现在我还有个老娘，假如我没有这个老娘，漫说他不过是公司里一个经理，就是带着十万八万军队的军阀，我也要和他碰碰。"

田老大没作声，挨了桌子坐下，自在身上口袋里取出一盒烟卷来递给二和一根，自衔了一根在嘴里，靠了墙壁坐着抽。见桌上有一张包过东西的破报纸，就拿起来看了一看，很久很久没有作声。二和也拿了烟卷放在嘴里，缓缓地抽着，见田老大始终没有作声，因道："大哥，你为什么不言语？"

田老大这才放下报纸来，向他摇摇头道："老二，你这个少爷脾气，直到现在丝毫也没有改。叫我说些什么？"

二和道："你也应当原谅我。一而再、再而三地上了人家的当，我现在是对于什么出乎意外的事都有些害怕。既是大哥这样说了，我一个穷家，没有什么可卖的，只有我睡的那张铜床是祖传之物。据我母亲说，当年买来的时候也值个二三百元。现在虽不值那些个钱，到底是一样有价值的东西。就请你转告老刘，把我这张床抬了去吧。像我们那种人家，还摆上那样一项古董，本来不配，都只为我娘说，什么祖业也没有，这床留着我结婚吧。现在我已经用这张床结过婚了，卖了也好。"

田老大点点头道："你这话对，我想着，也只有那张铜床好卖。我明天叫人去搬床吧。"

二和道："最好一早就搬了走。趁着我没回家，东西先出了门，也免得我心里头又难受一阵。"

田老大道："好的，今晚上我陪你在庙里睡一宿。明天一大早，你上医院瞧老太太去，我就和你去办这件事了。"

二和也觉这话妥当。回得家去，不见娇妻，不见老母，那是很难堪的。就同田老大在庙里住下。

可是在二和家里，的确是出了问题了。他家里雇用的老妈子陈妈见主人全家都不在家，就也认为是个绝好的捡便宜机会。关上了大门，首先就来开二和房间里的箱子。这是下午五点钟的时候，屋子里已经点上灯，认为绝没有什么人在这时回来的。可是她想了很久的法子也没有把箱子的锁打开。她主人总是要回来的，又不敢打破箱子。正自对了箱子坐着出神，还要想第二个办法来打开箱子。可是大门"咚咚"地响着。迎出来开门，却是田大嫂来了。她一点儿也不客气，就坐在二和屋子里代他看家。陈妈遇到这样一位对头，心里实在难过。

到了七点多钟，又有人敲门，她这就想着，必定是二和回来了，在院子里故意叽咕道："我没有瞧见过的，一个娘儿们，随便地就向人家跑！要不是我在家里看守着，不定要出些什么花样。"她说着话将门打开，借了胡同里的路灯一看，却是很年轻的一位姑娘，穿着大衣，远远地送过来一阵脂粉香。向来不见有这种人到这里来的，便道，"你找错了人家了吧？"

那姑娘答道："我叫杨月容，和这里丁二爷认识。你怎么没开门之先就骂我一阵？你们主人在家吗？"

陈妈道："我骂你干什么？我们二爷出门了。"

月容自言自语道："可是上济南了？"又问道，"那么太太在家吧？我见见太太。"

陈妈道："太太死了。"

她说话时，两手还是扶着门站着。月容也生气了，放重了声音道："我见见老太太。"

陈妈道："老太太得了急症，上医院了。"

月容道："你干吗？我说一句，你顶一句！"

陈妈道："实情嘛！我顶你干什么！"

月容道："你这样对人说话，是主人告诉你的吧？好，我就不进去。"说着扭转身来就走，看到街边停着人力车子，就不问价钱，坐着回家去。

现在宋子豪夫妇得了她的帮助，还搬到原先带小五住家的所在住着。月容在许多条件之下已经有了一间单独的房子。回家之后，推开自己的房门就向一张小铁床上倒下去，将头偎在枕头里放声大哭，那眼泪正是奔泉一般纷纷向下滚着。黄氏现在也住在这里，帮着洗衣、做饭。听了月容的哭声，立刻同着宋子豪夫妇俩直拥了进来。三人围了床头，全弯着腰，连连问是怎么了？

月容坐起来，用手绢擦着眼泪道："这是我自讨的。"

宋子豪道："你说要去找二和去，是没找着他家吗？这也不值得伤心，明天再打听清楚了，再去一趟就是了。"

月容道："没找到那倒罢了。想不到连丁老太对我都不谅解。"

黄氏道："那怎么回事呢？她说了你什么重话？"口里说着，提起屋子中间白炉子上的热水壶向脸盆里倾着水。

月容道："见着老太太，就让她说我几声，我也有个分辩。"

小五娘道："难道你到那里他们不让你进去？"月容道："可不是！在大门里一个老妈子就骂出来开门，说是大娘们不该胡跑。见了面一问，二和出门了，二奶奶死了，老太太得急症了！回了我一个一干二净。二和出门去了也许是真的，老刘不是说他上济南了吗？怎么二姑娘死了、老太太得急症了，这话也说了出来！那就干脆不愿见我了。接连碰了他那死老妈子三个钉子，叫我无话可说，心里实在憋得很。"

黄氏拧了一把热腾腾的手巾递了过来，笑道："姑娘，你才愿意生着这些闲气呢！后天你就上台了，你得好好休养两天才是。"

月容接过手擦了脸，一转身见黄氏又捧一杯热茶站在面前。月容接着茶，叹了一口气道："一个人和别人没有利害关系，那是合不起伙来的。好了，从今晚上起，咱们再别谈姓丁的话。"

宋子豪道："姑娘，这算你明白了。老早你就该这样做的。我们给你预备好了猪肉、甜酱、豆芽、豆瓣，正想和你做炸酱面呢，你不想吃一点儿吗？"

月容道："干什么不吃？我也犯不上不吃。"只这一句话，小五娘同黄氏答应不迭，立刻抢出屋子给她做面去。

宋子豪坐在旁边抽着烟卷，把他长到五十岁的经验之谈详细地一说。无非人生只有钱好，有了钱，什么都可如愿以偿。譬如丁二和娶田二姑娘，也就是为了钱。假如你有钱，你不难把丁二和买过来，让他和二姑娘离婚。为了钱娶二姑娘，就可以为了钱休掉二姑娘了。月容正在气头上，对于他的话却也并不否认。吃过了晚饭，老早地睡觉。因为上台的日子只剩一天了，接洽事情多些，把二和的事也就丢在一边。

到了这日下午，刘经理却坐了汽车来访她，站在院子里喊了一声："杨小姐在家吗？"

宋子豪在屋里隔着小小的玻璃窗户先看到了，立刻跳了出来。啊哟了一声，拱着两手平了额头，弯下腰去道："真是不敢当，要你劳步。"

黄氏在厨房里出来，两手乱扑着灰，笑道："我听到门口汽车响，我就纳闷，我们这儿也有贵人到？哟，可不是贵人到了吗？姑娘，快出来，瞧，干爹来了。"说时，那张灰黑的脸上笑着皱纹乱闪。

刘经理听到她又清又脆地叫了声干爹，也禁不住扑哧一笑。黄氏以为刘经理也对她表示好感，索性抢上前两步站在他面前，露出黄板牙来，只管咧了嘴笑。月容在屋子里梳头发呢，听说刘经理来了，左手拿了镜子，右手拿了梳子，只管发呆。没个作道理处，就是这样站在着窗户边上不肯移动。黄氏还是在外面叫着道："姑娘，出来啊！干爹在院子里等着呢。"

月容本来也想出来迎接的。为了黄氏这样一喊叫，透着出来迎接刘经理是一件可耻的事，还是拿了梳子对着镜子继续地梳拢。黄氏代他掀开门口的一条旧布帘子，笑道："你瞧，干爹来了！忙着梳头，没关系，自己爷儿俩要什么紧。"

月容板着脸，将镜子梳子一齐向桌上一扔，啪的一下响着，瞪了一眼，随即回转身来。她以为可以做点儿颜色给黄氏看，却不料跨进房门口，站在面前的却是刘经理。他笑道："干吗老不出来？莫非是听说干爹来了，有些害臊吗？"说着就走向前来，轻轻地拍了月容两下肩膀。

月容将身子向后一缩，正着颜色缓缓地问道："干娘知道你到这儿来吗？"

刘经理自脱了大衣放在月容床上，笑道："你别尽惦记着干娘，也得放点儿好心到干爹身上来。"说着，就躺在月容小床上，抬起两条腿，放在白炉子边的矮凳上。

月容见他这样子随便，靠了墙站定，抱了两手在怀里向他望着。黄氏在玻璃窗外面倒张望了好几次，叫道："月容也不倒一杯茶给干爹喝吗？"

月容道："你瞧，左一句干爹，右一句干爹，叫得比我还要亲热。好像刘经理又多收了这么一个大干闺女。"臊得黄氏说一声你瞧这孩子，随着就跑走了。刘经理躺在床上忍不住哈哈大笑。这么一来，屋子外面就没有人打岔了。

刘经理将手拍着床沿道："你坐下，我有话同你说。"

月容笑道："你坐起来吧，我真该给你倒一杯茶才像个主人的样子。"

刘经理道："你坐下，我有话告诉你。你听我的话，比倒茶点烟伺候好多着呢。"说时，又拍了床沿。

月容没办法，只好在他放脚的方凳子上坐下。刘经理笑道："这孩子怕挨着我？好像我身上长着长刺会扎你似的。"

月容红了脸，笑道："这院子后面还有街坊呢，让人瞧见笑话。"

刘经理笑道："爷儿俩怕什么的？我要送你一样东西，大概就送到了。"

月容道："你别尽在我头上花钱，我不爱穿什么好衣服。"

一言未了，有人在院子里问道："这是杨小姐家里吗？送东西来了。"

月容答应了一声，借着这机会就跑出屋子去了。刘经理躺在她床上，只是微微地笑。

月容一会子工夫两脚跳了进来，掀开门帘子就问道："你这是怎么回事，把丁二和家里那张铜床给搬来了？"

刘经理这才坐起来，笑道："我告诉你的话你不听，我有什么法子？不然你就早明白了！"

月容皱了眉道："干爹，这件事真不好随便。你怎么好把丁二和的东西向我这里搬呢？"

刘经理笑道："我为什么不能把丁二和的东西搬了来？他卖给我了，当然可由我来支配。"

月容道："他卖给你了？这张床是他家传之物，就是要卖东西，也卖不到这件东西上面来。"

刘经理道："他全家人都到济南享福去了，这笨东西不好带，留在这里，又存放谁家呢？不如卖了是个干净。现在的丁二和不是以往的丁二和了，别扭得什么似的。你想，他要是不闹别扭，我叫他来访你谈一谈，应该不来吗？"

月容手扶了床栏杆望着刘经理，很是出了一会儿神。刘经理道："我是真话，你相信不相信？"

月容出了一会儿神，问道："他家没有出什么事故吗？"

刘经理被她这样突然地问着，心里像是一动，可是脸上依然很镇静，带着微笑道："你小小年纪，倒是这样神经过敏。"

月容道："我实对你说，我昨天到他家里去了一趟。你不告诉我他在什么地方，可是我也找到了。"

刘经理红着脸没有话说。月容道："不过我也不怪你，你不告诉我也许是一番好意。我找到那里，大门还没有进去，接连就碰了三个钉子。"说着就把昨晚在丁家敲门的事说了一番。

刘经理脸上变了好几回颜色，到了最后，两手一拍道："怎么样？你现在可以相信我的话了吧？"

月容道："请你告诉我实话，到底是怎么回事？二姑娘好了吗？"

刘经理道："这女人太岂有此理，你还提她做什么！你真有那耐性，还去找她。"

月容道："那天晚上她冲到饭馆子里来，虽然是她的错处，但是她疑心我在你面前说坏话，以至于把二和轰到济南去，那也是窄心眼儿的女人所做得出来的事。所以我下了决心要见她把误会解释一下子，而且也要看看她的病。"

刘经理道："有什么病？没病，讹诈罢了。她婆媳两个硬要将这张铜床卖我三百块钱，不然，那女人就要打动了胎来讹我，和我打官司。我没法子，照付了钱。在昨日下午，他们全家上济南了。老实说，我轰他们走，一大半是为了你。"

月容不由得两朵红云飞上脸腮，因道："他在这里也碍不着我什么事。"

刘经理道："你不知道吗？他因为看到你和我同进同出，恨极了，打算在你登台的时候，他找一班人在台底下叫倒好。你想，我们预备大大地捧你一场，让你出一场十足的风头，若是让整群的人在台底下叫起倒好来，那不是一场大笑话吗？你想，我们在饭馆子里吃饭，谁也碍不着谁，他女人都可以来，花几毛钱买一张戏票，谁也可以到戏院子里去的。你就能保证他们不捣乱吗？二和在公司里说的话比这厉害的是多之又多，但是我怕你心里难受，我并没有把他这些话传达到你耳朵里去。可是你也到丁二和家去碰过钉子的，你想到他们翻脸无情，总也可以相信我的话有几分真吧？"

月容呆立在床头边，很久不能作声。刘经理突然站起来握着月容的手笑道："别把这事放在心上，我们一块儿吃午饭去。"

月容被他拉着手，并不抽回来，只低了头站着。刘经理笑道："傻孩子，以前我说好好地捧你红起来，别去傻想丁二和，现在你该明白我这话不错了吧？"

月容还呆不作声。站着很久，刘经理低头一看，见她脸上挂着两行眼泪，眼睛红红的，立刻连连拍了她几下肩膀，笑道："胡闹，胡闹，这也值不得一哭！干爹明日给你找个漂亮的女婿，不赛过丁二和十倍不算。"这一句话倒是月容听得进的，却想出了一篇话来。

第四十一回

立券谢月娘绝交有约
怀刀走雪夜饮恨无涯

杨月容既当过了一回名角，人家捧角的用意何在，那是不消说就可明白的。刘经理这样出力捧她，这为的是什么在当时就知道了，所以次日拉出了刘太太就来硬抵制住了他。今天刘经理忽然送一张床来，这事透着尴尬。现在他说为自己找个漂亮女婿，显然是置身事外。索性厚着脸向他笑道："这么说，干爹替我买这张床是送给我的嫁妆了？"

刘经理笑笑道："忙什么，你既出面唱戏了，总得唱个三年两载的。这张床是我买给你睡觉的。"说着，向屋子周围看了一遍，笑道，"你还缺少着什么？我同你预备吧。"

说话时，月容已是闪了开去，斟了一杯热茶两手捧着送到刘经理面前。刘经理手上接着茶杯，眼睛却斜向她注视着微笑着："我问你缺少什么东西呢，你没听到这句话吗？"

月容笑道："我听见了，干爹帮着我的地方太多，我要什么东西会跟干娘要的。"

刘经理道："笑话，笑话！你干娘的钱也就是我的钱，和干娘要东西，不是和向我要东西一样吗？"

月容道："虽然是那样说，究竟娘女的关系，说起话来方便得多。"

刘经理放下茶杯，又抢上前抓着她的手笑道："干闺女和亲生女不同，她是和干爹关系最深的。"

月容想要把手挣脱，刘经理却把她拉到了院子里，笑道："走走走，我们吃午饭去。赵二、蒋五都在那里等着呢。"他的力气大，月容不能抗拒，终于是让他拉着出去了。

黄氏虽被刘经理调笑着走开了这窗户，但是看到月容被干爹携着手一路走出去，心里非常得意，仿佛自己也被刘经理携着手一样。一直走出门来，望了他们坐着汽车走去。她在汽车后面窗户里看到月容的脑袋和刘经理的脑袋并在一处，就笑嘻嘻地走进院子来叫道："小五娘，月容这孩子现在也会哄人了。你瞧，她跟着刘经理欢欢喜喜地走了。"

这时后面有一个人插嘴道："谁说不是，可是光哄着还是不够呢。"

黄氏回头看时，认得是刘经理的亲信赵二爷，便笑道："二爷也来了？难得，难得。请到月容屋子里坐吧。"

赵二手上拿了个纸包，表示着很诡秘的样子，伸了头向四周看看，问道："老枪在家吗？"

宋子豪走出来，两手扶了头上的黄毡帽笑着答应道："在家啦，二爷。"说着拱起两手，连连作了两个揖。

赵二向他招了两招手，因道："咱们找个地方说两句话。"

宋子豪笑道："月容屋子里坐吧，这屋子里有火。"

赵二向黄氏道："你也来，也有话对你说。"

黄氏听到赵二爷愿跟她谈话，就眉开眼笑地跟了进屋去。他们放下了门帘，还掩上了房门。约谈到半小时之久，赵二笑着走了出来，因道："这是刘经理最得意的一条妙计，你可别做错了。"

宋子豪拱着两手举平了额顶，笑道："绝不会错，绝不会错。"

赵二笑道："不久丁二和该来了，我先走吧。"

宋子豪笑嘻嘻地送到大门口，见赵二坐上人力车，将棉布车帘子放下。于是笑着进来道："二爷做事很周到，他还怕在路上遇到丁二和呢。"

黄氏也忘了院子里风凉，站在院子中间，两手连连拍了巴掌，因道："这小子，当年在我手上把月容拉去的时候，那一副情形，还得了！我多说一句话，就得挨揍。现在……"

宋子豪扬了两手，把她向屋子里轰，因道："你先到屋子里坐着吧，别是太高兴，露出了马脚。"黄氏总也算是顾全大体的，听了这话，就走回屋子里去。

不到一小时，果然是他们意料中的丁二和来了，在院子里高声问着宋三爷在家吗？宋子豪走了出来，见二和穿着青布棉袄裤，外披着老羊毛青布大衣，头上戴了鸭舌帽子，完全是个工人的样子。可是脸上发青，眼睛红红的，非常之懊丧。因走出来迎着道："你是丁二哥？"

二和点点头道："是的。"

宋子豪道："好，请到月容屋子里坐。"

只这一声，门帘子一掀，黄氏由屋子里抢了出来，笑道："丁二爷来了？我们短见啦。请屋子里坐。"

二和惨笑着，点了两点头。可是在这一转身的当儿，已是看到自己传家的那张铜床拆散了做成一大堆的零件，堆在这房门外的窗下面。立刻心里一阵酸痛，站着没有动。

黄氏掀起门帘，点点头道："进来呀，这是月容睡的房间。"

二和见他们向月容屋子里让，心里倒有些荡漾。但既来了，绝不能做出一点儿怯懦的样子。因之咬紧了牙齿，向屋子里一冲，同时手扶了帽子，打算见着月容深深地行个鞠躬礼。而且还预备了一篇话，说是我很惭愧，还是要来求你。但是我为了老娘，你一定可以原谅的。他一面走着，心里一面警戒着自己绝不要生气。可是在屋里站定脚时，却发现了屋子是空的。

宋子豪跟着进来，见他有些愕然，因道："请坐吧，月容和刘经理出去了。可是你的事她已然留下了话让我们来办。"

二和虽感到有些不安，但是到了这里，已经是难为情的了，不拿钱是惭愧，拿钱也是惭愧。索性坐着等机会吧，便在床头边一张小方凳子上坐下。看看屋子四周，虽然陈设简单，却也糊得雪亮。床对面一张小桌子上面除了化妆品之外，却有一个镜架子，里面嵌着刘经理一张穿西服的半身相片。镜架子下有一只玻璃烟缸子放了半截雪茄，那正是刘经理常常在嘴角上衔着的东西。也不知道自己心里这一股怒气由何而生，就在鼻子里呼哧一声冷笑了出来。

宋子豪隔了屋子中间的火炉子向他相对地坐着，脸上带了一份沉郁的样子向他道："我知道二哥这两天是有心事，也没有去奉看。月容这孩子呢，究竟年轻，你也别见怪她。她没工夫到医院去看老太太，明天她就要露演了。"

二和道："我怎么那样不知进退，还要她去看我们？我是赵二爷再三约着的，不然我也不会来。她留下的话是怎么说的呢？"

宋子豪向黄氏道："请你把那款子取出来。"

黄氏答应一声，起身向里面屋子取出三叠钞票放在小桌子上。宋子豪指着桌子上的钱道："这是三百块钱。月容说，她不能忘了老太太的好处，知道老太太在医院里要花钱，这就算是送给老太太的医药费。不过她也有

369

她的困难，请你原谅。她还没上台，哪里来的许多钱？都是向刘经理借的。刘经理也知道这钱借给你用的，他有一个条件，就是请你别再和她来往。而且望你还是到济南去。她现在乍上台，什么全靠刘经理帮忙，刘经理的意思可不敢违背。若是为了你得罪了刘经理，这可和她的前程有碍。她话是这样说了，我不能不交代。"

二和是偏了头，静静地听他向下说，等他说完了却不答复，问道："三爷，有烟卷吗？赏一支我抽抽。"

宋子豪啊哟了一声，站了起来笑道："你瞧我这份荒唐。只顾说话，烟也没跟客人敬一支。"说着从怀里掏出一盒烟卷来，抽出一支烟，两手捧着，恭恭敬敬地送到二和面前来。

二和接着烟，起身拿桌上的火柴，这就靠着桌子把烟卷点着，微昂起头来，抽着向外喷，一个烟圈儿又一个烟圈儿，接着向空中腾了去。黄氏始终是坐着一边只管看他动静的，见他听了话，一味抽烟，却不回话，就忍不住插嘴道："二哥，你的意思怎么样？听说老太太这病很重，得在医院里医治一两个月，这不很要花一点儿钱吗？"

二和喷出一口烟来道："是很要花几个钱。我没了职业，家里又遭了丧事，花钱已经是不少，再要加上一个医院里长住着的人，凭我现在的经济力量，那怎样受得了？大概月容和姓刘的也很知道我这种情形，所以出了这三百块钱的重赏，要我卖了公司和月容这条路。若在平常的日子，我要不高兴来，只说一句我不爱听的话我就不来；我要高兴来呢，你就把我脑袋砍了下来，我也要来的。可是我为了死人还得安葬，为了半死的老娘还得医治，什么耻辱我都可以忍受。我现在需要的是钱，有人给我钱，叫我怎样办都可以。这话又说回来了，月容对于我这一番态度，不也为的是钱吗？好的，我接受月容的条件。"

宋子豪斟了一杯茶，两手捧着放在桌子角上，然后伸手拍了两拍他的臂膀，笑道："老弟台，你何必说月容，世界上的人谁人不听钱的话呀？你是个有血性的人，我相信你说的这话绝不含糊。"

二和把胸脯子一挺道："含糊什么！我知道，这样不能说是月容的主意。这是姓刘的怕我和月容常见面，会把月容又说醒过来了。我现在女人死了，月容是可以跟我的呀。这一会子，月容为了虚荣心太重，要姓刘的捧着她大大出一回风头，叫她干什么都可以，就利用了我要用钱的机会来把我挟制住。其实我一不是她丈夫，二不是她哥弟，她和姓刘的姘着也好，她嫁姓刘的做三房、四房也好，我管不着，何必怕我见她？"

宋子豪取出一根烟卷塞在嘴角上，斜了眼向二和望着，擦了火柴，缓缓将烟点着，笑道："二哥，你既然知道这样说，这话就好办了。她无非是想出风头，又不敢得罪刘经理，只好挤你这一边。还是你那句话，你既不是她的哥弟，又不是她的丈夫，你要是老盯住她，她也透着为难。一个当坤角的人，就靠个人缘儿，玩意儿还在其次。捧角的人要是知道她身边有你这么个人盯着，谁还肯捧她？"

二和把那支烟卷抽完了，两个指头夹了烟屁股使劲向火炉子眼一扔，一股绿焰由炉子里涌出。端起桌上那杯茶，仰着脖子咕嘟一声喝了个光，这就坐下点着头淡笑道："我极谅解三爷这些话，对我并不算过分的要求。我丁二和顶着一颗人头，要说人话。漫说月容帮助了我这么些个钱，就是不帮助这些钱，为她前程着想，要我和她断绝来往，我也可以办到的。"

黄氏向他望着道："老二，你余外有什么要求吗？"

二和道："我有什么要求？"说着站起来在桌边斟了一杯茶，端起来缓缓地喝着，将杯子向桌上放着，重重地按了一下，点点头笑道，"有是有一个要求，那就是请你二位转告月容，请她不要疑心到我的人格上去。我虽然为了老太太不免也用她几个钱，可是我绝不把这个当作断绝来往的条件。我已然写好了一张借字带来，请二位交给她。只要我不死，活一天就有一天计划着还她的钱。既是算我借她的钱，我就更要接受她的要求，表示我不是为了她怕见我，我就讹她。当着二位我起个誓，往后我若是在月容面前和姓刘的面前故意出面捣乱的话，我不是我父母生的；我若有一点儿坏心想坏月容的事，让我老娘立刻死在医院里！"说话时，抬起右手伸了一个食指指着屋顶。说完了在怀里掏出一张字条，向宋子豪点点头道，"这是借字，我交给谁？"

宋子豪道："没听到说你写借字的话呀？"

黄氏向宋子豪瞧了一眼，因道："丁老二这样做，要洗清白他是一个干净人。不依从他倒不好，我代收着吧。"

二和一点儿不犹豫，立刻就将借字交到黄氏手上笑道："你还是交给三爷瞧瞧，上面写的是些什么字眼。"

黄氏当真交给宋子豪道："你就瞧瞧吧，手续清楚点儿也好。"

宋子豪接过借字，偷眼向二和看时，见他又斟满了一杯茶，昂着头向嘴里倒了下去，也没敢言语，低头看那借字。上写着：

> 立借字人丁二和，今因母病危急，愿向杨月容小姐恳借得大
> 洋三百元整。杨小姐缓急与共，令人感激！该款俟二和得有职业，
> 经济力量稍裕，即当分期奉还，并略酬息金聊答厚谊，此据。

> ×年×月×日丁二和具

宋子豪两手捧了纸条，口里喃喃念着，不住点头道："二哥真是一个硬汉。我想你一定说得到做得到。"

二和微笑道："往后瞧吧。三爷，款子现在可以给我了。我也不便在这里久坐。"

宋子豪起身道："啊，你瞧我这份儿大意。"于是将桌上的钞票双手捧着交给了二和，笑道，"请你点一点数目。"

二和将钞票塞到怀里去，笑道："不用了，杨小姐也不会少给我的钱。"说时取下帽子，向桌上摆的那镜框子倒是连点了两下头，因道，"刘经理，再会吧。总算你完全胜利了。"说毕，举起帽子在头上盖着，对宋子豪黄氏又举了一举手道，"再见，再见。哦，不，在最近的时候咱们是不会见着的。"

宋子豪也只好跟着向外面送了出来。见二和站在院子里对那一大堆铜床架子冷笑了一声，并没有说什么，径直出门去了。

宋子豪的烟瘾根本没有过足，谈了许多的话更费精神，追不上二和也不送了，站在院子里望着。小五娘由屋子里笑出来道："来过瘾吧，我给你烧了一个挺大的泡子。总算不错，赵二爷托你们办的事，办得很顺溜。"

黄氏隔户在屋子里哈哈地笑着道："一报还一报！我今天比吃了人参燕窝还要痛快。丁二和这小子，花几十块钱，把月容弄去，还把一张领字拿了去。今儿个为了三百块钱，除了把月容送回来，还交了一张借字给我。"

宋子豪笑道："老帮子，别太高兴了。你胡嚷一阵，嚷到月容耳朵里去了，大家吃不了兜着走呢。"黄氏被他一拦，虽是不说了，还是哈哈地笑。

其实，这种事情月容做梦也想不到。被刘经理拉出去了，胡混了半天，直混到下午四点钟方才回来。她走进房来，第一件事便是看到小桌子上放的那只镜框子，这就咦了一声，问道："这张相片是哪里来的？"

黄氏已是跟随她走进房来，因答道："赵二爷来了一趟，他说是来找刘经理的。没坐到十分钟就走了，扔下这张相片。我们也不知道他是什么意思。"

月容拿起相片看了一看，扯开抽屉，扔了进去，因道："我屋子里头向来就没有放过男人的相片。别这样亲热得过分了，让人笑话。"

黄氏没有作声，将茶壶洗刷干净了，新沏了一壶香片，和她斟了一杯，放在桌上笑道："喝杯热茶，暖和暖和。老枪把烟瘾过得足足的，静等着你吊嗓子呢。"

月容走到桌子边，手扶了桌子犄角，悬起一只脚来，将皮鞋尖在地上旋转，只管沉吟着。随后又端起茶杯来放在嘴唇边，缓缓地低下去，眼望了茶杯上出的茶烟，问道："赵二来说了些什么？"

黄氏道："他没说什么。他说刘经理约他吃午饭的，他追到这里来。"

月容道："他怎么会知道刘经理在这里，不是干娘叫他来的吗？"

黄氏走前一步，眯了两眼，低声笑道："刘经理做事很仔细，这些事都不会让刘太太知道的。你别瞧赵二是刘太太的人，他可捧着你干爹的饭碗。你干爹到这里来的事，他敢同你干娘说吗？他长了几个脑袋？干爹带你上哪儿了？准是吃过了饭又上绸缎庄去扯衣料。"

月容呷着茶，微笑了一笑。黄氏弯着腰，伸了个食指连连点着她道："现在天气一天比一天冷了，你应当趁机会和你干爹要件皮大衣。"

月容道："东西别要得太多了，仔细还不清这笔账。"

黄氏笑道："还什么账？干姑娘要干爹做两件衣服穿，那不是应当的吗？"

月容道："今天我起来得太早，身体有点儿倦，我想睡一觉。到七点钟的时候你叫我起来，我还有个应酬。"

黄氏向她瞧着，眼睛变成了一条缝，笑道："你瞧，我们杨小姐真有门儿。还没上台，就忙起应酬来了。"

月容瞪她一眼道："别胡捧场了，干爹替我约了几个报馆里人吃饭，这也是当角儿的人不得已的事。"说到角儿两个字，她脸上也透着有得色，跟着微微一笑。

黄氏道："你有正事，你就躺一会儿吧，六点多钟我来叫醒你。"说着带上门出去了。

她其实不是要睡，只是心里头极其慌乱，好像自己做了一件不合意的事情无法解决，就躺在床上静静地想心事。在半小时之后，却听到黄氏、宋子豪夫妇喁喁说话，虽是隔了两间屋子，用心听着，也可断断续续听到两句。黄氏曾说："姓丁的这小子，这回竟犯在我手上。"由此想到那张铜床，更想到刘经理、赵二都突然找上门，颇有些可疑。因之穿上大衣，悄悄地走出门来，雇了一辆人力车直奔丁二和家。

在车上想着，这回无论丁家人怎样对待，总要进门去问个水落石出。可是车子拉到丁家门口，招呼车夫一声说是到了。车夫歇下了车把，伸直腰来向大门上一看，摇着头道："走错了门吧？不会是这里。"

月容道："你怎么知道不是这里？"

车夫说了个喏字，向门框上一指。月容看时一张红纸帖儿，明明白白写了"吉屋招租"四个字。先是一愣，再仔细将房屋情形、门牌号码看了一过，昂头沉吟了一会子道："是这个地方呀。"

车夫道："你什么时候来的？"

月容道："前两天来的。听说这人家上济南去了，我不相信，特意来瞧瞧。"

车夫道："你瞧门环上倒插着锁，又贴了招租帖儿，准是上济南了。我还拉你回去吧。"

月容对大门望着出了一会儿神，又叹了一口气，只好坐车子去了。

这个时候，二和在医院里正也谈到这所房子的问题。丁老太躺在床上，二和坐在床头边的椅子上。丁老太道："你整日整夜地看守着我，也不是个办法啊。一来你得找个事情做，二来我们还有个破家呢。"

二和道："这些您都不必放在心上。我现在借到了三百块钱，除了用一百多块钱给您治病而外，还可以腾出三四十块。我零用每天吃两顿饭，有两毛钱足够了。暂时有那些钱维持着，用不着找事。说到那个家，您更可以放心。房子我已辞了，大大小小的应用东西分拨到田家和王傻子那里存着。等您病好了，咱们再找房搬家。"

他口里说着，和母亲牵牵被褥、移移枕头，俯了身子问道："妈，您喝一点儿水吧。"

丁老太道："不用。其实这里有看护，也用不着你在这里照应我。"

二和将方凳子拖近了一步，再坐下，将手按住被角道："妈，我怎能不照应您？您在这世界上就剩我这个儿子，我在这世界上也就只剩您这一个老娘。我们能多相聚一刻，就多相聚一刻。"

丁老太眼角上微微透出两点泪珠，又点了两点头。二和道："你不用挂心，我什么苦也能吃，我什么耻辱也能忍受。我一定要好好儿地来照应您的病。"

丁老太眼角上的泪珠虽然还没有擦干，她倒是闪动了脸上的皱纹微微地笑了一笑。

二和看到老娘这种慈笑，心里是得着莫大的安慰。昂头向着窗外正自出神，觉得手上有东西触动着，低头看时正是老娘由被底伸出手来轻轻地拍着自己的手背呢。这就是老娘听了痛快，疼爱着自己呢。两脚放在地面是极力地抵住，心里是在那里转着念头：我老娘这样地疼爱着我，我一定要顾全一切。刘经理、杨月容，一切人的怨恨，我都要忘掉的。这样想着，自己连连将头点了几点。

这样，他是对于环境力求妥协了。可是到了第二日，有一个抱不平的王傻子来反对他这种主张了。在他进病室看过丁老太病体之后，向二和招了两招手，将他引到外面来，一歪脖子，瞪了眼道："老二，你忘了今天是什么日子了吗？"

二和被他突然问起这句话，倒有些愕然，只是向王傻子望着。王傻子笑着摇摇头道："你倒真是忘了。杨家那丫头今天登台，你不知道吗？这丫头我不要她姓王，还是让她跟师傅姓杨吧。"

二和道："今天她登台又怎么样？"

王傻子道："咱们也花个块儿八毛的去捧一捧。可不是正面捧，咱们是个反面儿捧，也到台下去叫声倒好儿出出这口气。"

二和笑道："谁有这么些闲工夫？再说也犯不上。她今天登台，捧的人整千整百。我们两个人去喊个倒好儿有什么用？再说她天天上台，天天有人捧，咱们能够天天就跟着叫倒好儿吗？"

王傻子道："虽然那样说，到底今天是她登台的第一天，咱们给她拦头一捧，多少让她扫扫兴。"

二和抓住他的手连连摇撼了两下，笑道："别这样看不开，咱们上大酒缸喝酒去。"

王傻子笑道："喝酒我倒是赞成，喝醉了听戏去。你也别把老太的病尽管放在心上，有道是吉人自有天相，咱们先去喝三杯。"说着也不问二和是否真要喝酒，拉了就走。

这已经是七点钟的时候，大酒缸吃晚酒的人正在上场，由里到外坐满了人。只在屋犄角上有半边桌子，凑合着墙成三角形，就塞了进去。二和同傻子并肩坐着，正对了那堵墙。在这桌上原摆着炸麻花儿、花生米、豆腐干之类，店伙送上两小壶白干，各斟着一壶。王傻子左手端了杯子，右手三个指头捏了一根炸麻花儿放在嘴里咀嚼着，两只眼睛可就翻转来向墙上望着。二和也随了他的视线看去时，却是一张石印的红绿字戏单，戏单中间有三个品字形排列的大字，正是杨月容的姓名。在这下面排着戏名，横书着"霸王别姬"四字。王傻子将麻花儿一放，手按了桌子道："他妈的，又卖弄这一段《夜深沉》。该随着胡琴舞剑了。"

二和凑近一点儿看去，上面果然印着今日是登台第一晚，先哼了一声，接着端起酒杯来喝了一口。王傻子缓缓地回向街上看了一看道："今天天气很冷，也许要下雪。我敢说她今天上台上不了满座。"

二和端着酒杯子，只管向那戏单子看着，也没作声。这戏单子勾引不了他听戏，倒是很能勾引他喝酒。虽然王傻子的酒量很好，二和也并不用他劝进，一杯又一杯只管向下喝去。王傻子喝着酒，口里还不住叽咕着，因道："咱们虽都是穷骨头，可是谁要在咱们面前摆出阔人架子来，咱们还真是不能受！尽管让他有钱，咱们不在乎。我要是不愿意，你就出一万块钱，想买我院子里一块砖头，我也是不卖的。"

二和把一壶酒都斟干了，还提起壶来向杯子里滴上几滴，然后使劲向桌上一放，啪的一声响着，瞪了眼道："姓刘的这小子拿出四五百块钱，要我在他面前认招，不许我在他同月容面前露脸。他捧杨月容，尽管捧就是了！他捧角还不许角儿的朋友出头，有钱的人真是霸道！"

王傻子也把酒壶一扳，直立起来，拍着二和的肩膀道："二哥，走，咱们瞧瞧去。月容这样的红，看她今天是不是长了三只眼睛！你瞧，我这里有钱。"说着身子一晃，掀起一片衣襟，在腰包里一拔，掏出一沓纸卷儿来。里面是洋钱票、铜子票、毛票全有。他卷着舌头道："买两张廊子票，瞧瞧她。你说叫倒好没用，咱们就不叫倒好，光瞧着就是了。"这样说时，已经抢到柜台边，胳膊一挥把二和挥得倒退了几步，横了眼道，"酒钱该归我付！你现在虽然比我腰包子里还足，但你可是要替老娘治病的。"

二和笑道："就让你会账吧。你都能怜惜我老娘，难道我自己倒不管我老娘了吗？"

说着话，自己一溜歪斜地向大街上走去，王傻子跟着来了，他就向前引路。心里糊涂，两条腿并不糊涂，顺了一条大街走着。远远看到街北边火光照耀得天色绯红，在红光中拥出了一座彩牌坊。彩牌坊下面，汽车、人力车排成两条长龙。

王傻子一摇头道："想不到这丫头今天这样威风。一个在街上卖唱的黄毛丫头，有这么些个人捧场。"

二和道："这都是姓刘的这小子邀来的。"两人红了眼睛，一路骂到了戏馆子门口。

那两扇铁栅门已关得铁紧。在门里面悬了一块黑木牌，大书"客满"。王傻子道："怎么着，满座了吗？那黑牌子上写着什么？"

二和道："写着'客满'两个大字。"

王傻子道："你瞧着。门里边还站着一个巡警，真他妈的有那副架子。这样子说，咱们就是想花个块儿八毛的也进去不了。"

二和道："前台不能去，咱们到后台瞧瞧去也好。我知道由后面小胡同里转过去，可以转到戏馆子后门口。"

王傻子道："那就走吧。"说着挽了二和的手臂就向戏馆子后面走来。

这里是一条冷胡同，东转角的所在，有一个双合门儿半掩着。斜对过正有一盏路灯斜斜地向这里照来，看见有个短衣人在门里面守着。王傻子闯到门边，还不曾抽腿跨门，那人由门里伸出头来，吆喝一声找谁？王傻子道："你们这儿杨月容老板是我朋友，我要进去瞧瞧。"

那人道："还没有来呢！"

王傻子在门外晃荡着身体，因道："什么时候了，还不到园子？咱们候着，总快来了。"

于是搭了二和的肩膀在胡同里徘徊着。看看天上，没有一点儿星光。寒风由人家屋头上压了下来，拂过面孔，像快刀割肉一样，两个人就格外走快一点儿，以便取暖。因之顺了前后胡同绕个大圈子，再回到戏馆子后门口来。这冷静的胡同，老远地就可以听到汽车响。王傻子道："来了，咱们站到一边看去。"说时，汽车到了门口。

汽车门正对了戏馆子后门。先是月容披了皮大衣向下一钻，随后刘经理也跳下了车，接着她一只手臂，一路走去。这时，二和被冷风一吹，酒醒了三分之二，倒是拖住了王傻子的手，不让他向前。

王傻子道："怎么啦？老二，你害怕吗？"

二和道："我不能失信，我不能在他们面前露面。"

王傻子道："瞎扯淡，有什么不能露面？谁定下的条规？"挣脱了二和的手就向前奔去。

汽车已是开走。那后门依然开着，却一拥出来七八个大汉，有人喝道："这两个小子在哪里喝醉了黄汤到这儿来捣乱，叫警察去！"

又有个妇人声音道："别动手，犯不上跟醉鬼一般见识，我有法子治他。"一言未了，哗啷一声，门里一盆冷水向王傻子直泼将来。王傻子不曾防备，由头到脚淋了个周到，总有两三分钟说不出话来。等他喊出来"这是哪个做的事，你给我滚出来"，那七八个大汉已是一阵狂笑拥进了那后门。接着啪的一声，这两扇双合门关上了。王傻子抖着身上的水，望了那戏馆子后门破口大骂。

二和走上前挽着他道："大哥，咱们回去吧。天气还这样冷，你这周身是水，再站一会儿，你还要冻成个冰人儿呢。泼水这个人，我知道是张三的媳妇，原先是月容的师母，现在可跟着月容当老妈子了。"

王傻子掀开大袄子衣襟，向腰带里一抽，拔出一把割皮的尖刀来，在路灯光下显出一条雪白的光彩。二和道："你这是哪里来的刀？"

王傻子道："是我皮匠担子上的。我知道月容这丫头进出坐着汽车，我没有告诉你，暗下带了来，想戳破她的车轮橡皮胎。现在，哼！"说着把尖刀向上一举，抬头望了灯光。

二和道："这班趋炎附势的东西实在可恶。你那刀交给我，我来办。这是我的事，你回去吧。"说时，就握住王傻子的手。王傻子先不放手，回转头来向二和望着，问道："不含糊？你能办？你别是把我的刀哄了过去。"

二和道："王大哥，你瞧我丁二和是那么不够朋友的人吗？"

王傻子咬了牙打了个冷战，因道："这泼妇一盆冷水淋头浇来，由领脖子里直淋到脊梁上去，我身上真冷得不能受。我真得回去换衣服。"

二和道："是这话，你赶快回去吧。"

王傻子将刀交给了二和，另一手握住二和的手，沉着脸道："二哥，我明天一早听你喜信儿了。"说毕，昂着头，对戏院子的屋脊瞪着，又哼了一声道，"别太高兴了！"说毕，又打了两个冷战，只好拔步走了。

二和手握了尖刀柄掂了两掂，冷笑一声，缓缓地把刀伸进衣襟底下，插在板带里，背了两手，绕着戏院子后墙走。但听得一阵阵的锣鼓丝弦之声跳过了墙头来。胡同里两个人力车夫有气无力地拉着车把悄悄过去。那电杆上的路灯照着这车篷子上一片白色，猛可地省悟，已经是下雪了。在空中灯光里，许多雪片乱飞，墙里墙外简直是两个世界。心里估计着戏馆子里的情形，两只脚是不由自己指挥，只管一步步地向前移着。走上了大街，看那戏馆子门口，层层叠叠的车子还是牵连地排列着。在雪花阵里，有几丛热气向半空里纷腾着，那便是卖熟食的趁热闹做生意。走到那门口，斜对过有一家酒店，还有通亮的灯光，由玻璃窗户里透出来。隔了玻璃窗户向里张望一下，见坐满了人，也就掀了帘子进去，找个面墙的小桌子坐着，又要了四两酒慢慢地喝着。一斜眼，却看到刘经理的汽车夫也坐在柜台旁高凳子上独酌，用柜台上摆的小碟子下酒。于是把身子更歪一点儿，将鸭舌帽更向下拉一点儿，免得让他看见。但是这样一来，酒喝得更慢，更无心离开了。

不多一会儿，却见宋子豪抢了进来，向汽车夫笑道："好大的雪！李四哥辛苦了。"

汽车夫道："没什么。我们干的是这行，总得守着车子等主人。有这么一个喝酒的地方，这就不错了。你怎么有工夫出来喝一杯？"

宋子豪道："我特意出来告诉你一句话，你喝完了还把车子开到后门口去等着。"

汽车夫道："戏完了，当然送杨老板回家。"

宋子豪道："事情还瞒得了你吗？"说着，低了声音叽咕一阵，又拍拍汽车夫的肩膀，笑着去了。

二和看到，心里却是一动。等着汽车夫走了，自己也就会了酒账，绕着小胡同再到戏馆子后门口去。这时，那汽车又堵上了门。车子是空的，大概汽车夫进去了。于是站在斜对过一个门洞子里，闪在角落里向这边望着。这已是十一点多钟了，胡同里很少杂乱的声音。隔着戏馆后墙，咿唔咿唔，胡琴配着其他乐器拉了《夜深沉》的调子，很凄楚地送进耳朵。在这胡琴调中，路灯照着半空里的雪花，紧一阵，松一阵，但见地面上的积雪倒有一尺来厚。胡同里没有了人影，只是那路灯照着雪地，白光里寒气逼人。一会儿工夫，戏馆子里《夜深沉》的胡琴拉完了，这便是《霸王别姬》的终场。二和料着月容快要出来，更抖擞精神注视着。

十分钟后，锣鼓停止，前面人声喧哗，已是散了戏。不多一会儿，那后门呀然开着，汽车夫先出来了，上车去开发动机，呜哧哧响着。又一会儿，一个穿大衣的男人出来了，他扶着车门低声道："我坐那乘车行里的车子陪太太回去。你把这乘车子送杨小姐到俱乐部去。你先别言语，只说送她回家。到了俱乐部，你一直把车子开到院子里去。一切我都安排好了。"

汽车夫道："经理什么时候去？"

那人道："不过一点钟。蒋五、赵二都会在那里等着的，他们会接杨小姐下车。说好了我们打一宿牌。记住了，记住了。"说毕，那人又缩进门去。二和看定了，那人正是刘经理。心想："这样看起来，月容还没有和他妥协，他这又在掘着火坑，静等月容掉下去呢。"

以后又不到十分钟，一阵人声喧哗，灯光由门里射出来，四五个男女簇拥着月容出来。月容一面上车，一面道："怎么我一个人先回去？下着大雪呢，你们和我同车走不好吗？"

却听到黄氏道："宋三爷有事和馆子里人接洽，走不了。后台有人欠我的钱，好容易碰着了，我也得追问个水落石出。"这样解释着，月容已是被拥上了车。车子里的电灯一亮，见她已穿着皮领子大衣，在毛茸茸的领上面露出一张红彤彤的面孔，证明是戏妆没洗干净。口里斜衔了一支绿色的虬角烟嘴子，靠了车厢坐着，态度很是自得。喇叭呜的一声，车子走了，雪地里多添了两道深的车辙。

二和走出了人家的门洞，抬头向天上看看，自言自语地道："她已经堕落了。只看她那副架子，别管她，随她去吧。"对那戏馆子后门看看，见里面灯火熄了大半，可是还是人影乱晃。于是叹了口气道："她怎么不会坏！"

低了头缓缓走着雪路，就走上了大街，却见宋子豪口衔了烟卷，手提了胡琴袋迎面走来。虽然他不减向来寒酸样子，头上已戴了一顶毛绳套头帽，身上披着麻布袋似的粗呢大衣，显是两个人了。

二和迎上前，叫了一声三爷。他站住了，身子晃上两晃，一阵酒气向人扑来，问道："丁老二，那盆冷水没有把你泼走？你又来了？"

二和道："大街上不许我走路吗？"

宋子豪道："你用了那刘经理五六百块钱，你这小子没良心，还要捣乱。我告诉你，军警督察处处长和刘经理是把子，今天也在这里听戏。你先在园子后门口藏藏躲躲，没有把你捆起来就算便宜了你，你还敢来？可是人家这会儿在俱乐部开心去了。你在这里冒着大雪吃什么飞醋？哈哈哈。"说着将二和一推，向前走了。

二和站在雪里，呆了一会儿，忽然拔开步来径直就向前走。约有半小时之久，已是到了所谓的俱乐部门口。一幢西式楼房在一片云林子里矗出。楼上有两处垂下红纱帘子，在玻璃窗内透出灯光。正遥远地望着呢，那院子门开了，闪出两条白光，呜呜的喇叭响着，一辆汽车开出来了。那汽车开出了门，在雪地里转着弯，很是迟缓。在暗地里看亮处，可以看出里面两个人是蒋五和赵二，他们笑嘻嘻地并排坐着。这辆车子呢，就是刘经理私有的。车子转好了弯飞跑过去，轮子上卷起来的雪点倒飞了二和一身。立刻，俱乐部门口那盏门灯熄了。这里离着路灯又远，雾沉沉的，整条胡同在雪阵里。

二和见门口墙上小窗户里还露着灯光，便轻轻移步向前走去，贴了墙站在窗户下静静听着。有人道："有钱什么也好办。登台第一宿的角儿，刘经理就有法子把她弄了来玩儿。"

二和听了，一腔怒气向上涌着，右手就在怀里抽出刀来紧紧握着，一步闪到胡同中间。正打量进去的路线，却见楼上窗户灯光突然熄灭，只有一些微微的桃色幻光由窗户里透出。再向四周围看，一点儿声音没有，也不看到什么东西活动。雪花是不住地向人身上扑着，他咬了牙站在雪地里发呆。不知多久，忽然当当几声大钟响由半空里传了来，于是想到礼拜堂的钟，想到卧病在教会医院里的老娘，两行热泪在冷冰的脸上流下来。当——当——远远的钟声，又送来两响，那尾音拖得很长，"当"的声音变成"嗡"的声音，渐渐细微至于没有。这半空里，雪被钟声一催，更是涌下来。

二和站在雪雾里叹了口长气，不知不觉将刀插入怀里，两脚踏了积雪，也离开俱乐部大门。这时，除他自己之外没有第二个人。冷巷长长的，寒夜沉沉的。抬头一看，大雪的洁白遮盖了世上一切，夜深深的，夜沉沉的。

图书在版编目（CIP）数据

夜深沉 / 张恨水著. —北京：中国文史
出版社，2018.3

（民国通俗小说典藏文库·张恨水卷）

ISBN 978 - 7 - 5034 - 9895 - 4

Ⅰ.①夜… Ⅱ.①张… Ⅲ.①长篇小说 – 中国 – 现代

Ⅳ.①I246.4

中国版本图书馆 CIP 数据核字（2017）第 316218 号

责任编辑：卢祥秋

点　　校：清寒树

出版发行：**中国文史出版社**

网　　址：http://www.chinawenshi.net

社　　址：北京市西城区太平桥大街 23 号　邮编：100811

电　　话：010-66173572　66168268　66192736（发行部）

传　　真：010-66192703

印　　装：廊坊市海涛印刷有限公司

经　　销：全国新华书店

开　　本：720×1020　1/16

印　　张：25.25　　　　字数：400 千字

版　　次：2018 年 3 月第 1 版

印　　次：2018 年 3 月第 1 次印刷

定　　价：75.00 元